[传统文化修养丛书]

楹联新话（三种）
——楹联新话（两种）

朱应镐　陈方镛　撰

乔继堂　刘冬梅　点校

上海科学技术文献出版社
Shanghai Scientific and Technological Literature Press

目　录

楹联新话（朱撰）

- 序 …………………………………………………… 3
- 卷一　格言 ………………………………………… 5
- 卷二　祠庙 ………………………………………… 19
- 卷三　廨宇 ………………………………………… 55
- 卷四　名胜 ………………………………………… 74
- 卷五　庆贺 ………………………………………… 92
- 卷六　哀挽（上）………………………………… 113
- 卷七　哀挽（下）………………………………… 136
- 卷八　集古 ………………………………………… 156
- 卷九　杂缀（上）………………………………… 174
- 卷十　杂缀（下）………………………………… 190
- 后叙 ………………………………………………… 208

楹联新话（陈撰）

- 序 …………………………………………………… 213
- 故事 ………………………………………………… 215
- 时事 ………………………………………………… 222

廨署…………………………………………………… 228

院宇…………………………………………………… 233

庙祀…………………………………………………… 238

园林…………………………………………………… 244

庆贺…………………………………………………… 251

哀挽…………………………………………………… 259

胜迹…………………………………………………… 271

谐语…………………………………………………… 280

杂缀…………………………………………………… 289

整理后记……………………………………………… 311

楹联新话

朱应镐 / 撰

序

昔博陵崔斯立为蓝田丞，噤不得施，则日哦松下，以为"余不负丞，而丞负余"，伤长材之短用，无所行其意也。南台主簿，今之蓝田丞也。滋著往来福州，辄下榻其间。见其门不容旋马，听事几案间尘簌簌常积寸许。其属有胥一人，徒四三人，晨夕以借书转写为事。盖余执友耘青先生官是职十二年矣。先生以不羁才，浮沉于此，既无所效，则萃其力于著述。所为书盖甚富。《楹联新话》者，其见闻之余，随时劄记，久而成帙者也。

先是，梁茝邻中丞集古今楹帖为一书，略加评论，命曰《楹联丛话》。中多钜公佳制，以故不胫而走。海内继是作者益夥，而湘乡曾文正公、德清俞荫甫太史，以殊勋硕学，咸精此体。盖斯事虽细，至其比事属辞，得心注手，巧力并绝，非淹博闳深之士弗能也。是乌可无述哉！

先生是书，可继梁氏。然梁氏以高科显宦，顺风而呼，收罗为易。先生羁于闲散，友朋寥落，而裒集之多，几与之埒；尤能出余力以参互考订，纠其舛误，正其事实，亦可见物以好聚而精力之绝人也。若其列格言于篇首，尤得古人"几箴牖铭，无一非学"之微意焉。先生素精考核，顾谦下不欲示人。独此书之成也久，滋著怂恿而刊之。虽随时劄记，不足以见先生之长，然中如据《晋书》纪传以证周孝侯不师陆机，据《新语》及《汉书》以证神农不著《本草》之类，精当确凿，皆足以匡谬正俗。然以先生言之,则亦崔公日哦松下之意也。抑《庄子》有言:"用志不分,乃凝于神。"先生惟官于此,为无为,事无事,故得以收罗放失而浸淫于古。他日尽出所为,裒然钜集,是书盖不足多。然则先生不负主簿,主簿亦何尝负先生哉!

光绪十年冬十月,政和宋滋蓍叙。

卷一 格 言

余家自五世祖积山公以下，分为六房，至今犹同居一宅。大厅中上悬长匾，镌九世祖五序公遗训三百余言，所以使子孙常目在之也。柱有两联，一云："学以居敬穷理为本；道在事亲从兄之间。"为五序公属其婿石子昂太史所书。一云："返己有真修，所求乎子臣弟友；传家无别业，惟守此礼乐诗书。"为积山公属梁山舟学士所书。按《后汉书·蔡邕传》："六世祖勋，父棱。"注引邕祖携碑云："携字叔业，长子棱。"自邕至勋，连身逆数凡六世，故谓之六世祖。盖祖郑、马释《尧典》九族之例也。然《礼记·大传》曰："四世而缌，服之穷也；五世袒免，杀同姓也；六世亲属竭矣。"郑注："四世，共高祖；五世，高祖昆弟；六世以外，亲尽无属名。"是以高祖为四世，高祖之父为五世，高祖之祖为六世。数从祢起，不从身起，与九族之例不同。故《晋书·贺循传》《毁庙议》云："七庙之义，出于王氏。从祢以上，至于高祖，亲庙四世。高祖以上，复有五世、六世无服之祖。故为三昭三穆，并太祖之庙而七。"其说正如《大传》。盖九族上溯祖宗，下及子孙，而己在其中，故可连身；五世、六世则专溯祖宗而不及己，而无连身之理也。后世史文碑志，皆遵其例。其序人世系者，如《旧唐书·高纪》："高祖，凉武王暠七代孙也。暠生歆，歆生重耳，重耳生熙，熙生天锡，天锡生虎，虎生昞，昞生高祖。"《北齐书·神武纪》称："六世祖隐土庆，庆生泰，泰生湖，湖生谧，谧生皇考树。"颜鲁公《欧阳使君神道碑》称："六代祖僧宝，五代祖頠，高祖纥，曾祖胤，祖谌，父机。"《高君墓碣》称："五世祖不害，高祖英童，曾祖开礼。"唐杜淹撰《文中子世家》："九代祖寓生罕，罕生秀，秀生元则，即文中子六代祖也。元则生焕，焕生虬，虬生彦，彦生一，一生隆，文中子之父。"皆离身逆溯也。其自序世系者，如沈约《宋书·自序》称："七世祖延，延子贺，贺子警，警子穆夫，穆夫子林子，林子子璞，璞子约。"陈子昂撰父墓志称："五世祖太乐生高祖方庆，方庆生曾祖汤，汤生祖通，通生皇考辩。"柳子厚撰父神道表称："六代祖庆，五代祖旦，高祖楷。"穆员、苏子美诸家，亦莫不然。惟韩退之独从范书，未免失之好奇。黄梨洲《金石要例》不取，其见卓矣。积山公为应镐高祖之父，故不称六世祖而称五世祖云。

先高祖归愚公，乾隆间以学行重于时，著有《家诫》四卷。其论学以"不欺不满"为主。尝书集句一联悬于斋壁，云："自长非所增，自短非所损；独立不惭影，独寝不惭魂。"跋云："上联出《列子·力命篇》，下联出《晏子·外篇》。刘勰《新论》引之，改'魂'为'衾'，后儒相承习用，然实不如'魂'之精妙，故仍书原文以自励云。"笔法酷肖姜西溟。年久边幅稍损，先大父重加装潢，储以檀匣，题跋其上，谓："祖宗绪言，手泽所存，不啻宝田故笏，我子孙当世世保守勿失焉。"

《随轺日记》载成亲王集句联云："今人与居，古人与稽，念终始典于学；敬以直内，义以方外，於缉熙单厥心。"《萍龛掌录》载熊文端相国（赐履）集句联云："老吾老以及人老，幼吾幼以及人幼，老幼在宥；先天下之忧而忧，后天下之乐而乐，忧乐与同。"上足以征"乾惕"之功，下足以见"胞与"之量。

湘乡曾文正公（国藩）官京师时，与汤文端（金钊）、唐确慎（鉴）以圣学相砥砺。尝有镌木联云："不怨不尤，但反身争个一壁静；勿忘勿助，看平地长得万丈高。"又云："丈夫当死中图生，祸中求福；古人有穷而修德，困而著书。"上可括《孟子》"养气"章，下可括《孟子》"天降大任"章。又集句云："敬胜欲，义胜怠；知其雄，守其雌。"为左恪靖篆书，毕生学力，于此可见。此其督师讨贼，所以备历艰险，不一动其心而卒成大功欤？！

瓯宁郑荔芗先生（方坤）有同邑友二人，其一讲干济而躁于官，其一厌世缘而怠于学。先生撰一联以箴之云："惟豪杰能有为，从来豪杰偏安命；做神仙便无事，未必神仙不读书。"见者叹为名言。今建宁人家厅事莫不榜之。

将乐梁月山先生（奝）、永福余潜士先生（时缵），并精理学。梁设教于家塾，有联云："动中有静底意思；闲时作忙里功夫。"余设教于福州魏氏家庙，有联云："道无间精粗，领悟得鸡雏有仁，蚁子有义；学莫泥章句，体认著风雷皆《易》，草木皆《诗》。"两先生学术，即此可见。

曾南丰《四忌铭》："著书忌早，处事忌扰，立朝忌巧，居室忌好。"林衡甫县尉（庆铨）取《瓯西日记》语为对云："制行欲方，行事欲圆；存心欲拙，作文欲华。"

沔阳王裕泉太守（冕南），其先德九香先生（树芬）于宋儒最推服刘公是。尝集其《弟子记》中语，榜厅柱云："智不求隐，辨不求给，名不求难，行不求异；进莫若让，勇莫若义，贵莫若仁，富莫若廉。"

番禺梁少亭仪部（肇晋）集《文中子》语为联云："其名弥清，其德弥长；自知者英，自胜者雄。"

《止斋遗书》云：谢退谷师曾言：某有楹帖云："张而复张，天地且无力量；敛之又敛，昆虫亦有生机。"语甚有味，惜未记其人姓名。

锡山朱熙芝茂才（荫培）有赠平筠士联云："事要成功须定力；学无止境在虚心。"

周子曰："公生明，廉生威。士大夫若爱一文，不值一文。"陈简斋曰："从来有名士，不用无名钱。"傅一风曰："对失意人莫谈得意之事，处得意日当思失意之时。"舅氏陶顺甫先生尝集为楹帖云："莫对失意人而谈得意事；从来有名士不取无名钱。"

闽县林艿溪孝廉（昌彝），尝集宋人句为堂联云："愿将馀巧还天地；学积阴功遗子孙。"

闽县叶季韶舍人（仪昌），太仓孙少彭太守（寿铭），俱喜集格言作对。叶所集如云："玩人丧德，玩物丧志；多见阙殆，多闻阙疑。"以《论语》对《尚书》。又云："色即是空，空即是色；恩生于害，害生于恩。"以《阴符》对佛经。又云："美言不信，信言不美；疑人莫用，用人莫疑。"则以陆宣公奏疏语对《道德经》也。孙所集如云："口莫多言，情莫多妄；名可强立，功可强成。"以《文子缵义》语对《傅子·口铭》。又云："易乐必多哀，轻施必好夺；正谊不谋利，明道不计功。"以《董子》语对《中说·王道篇》语。又云："好学近智，力行近仁，知耻近勇；在官惟明，莅事惟平，立身惟清。"则以《忠经·守宰篇》语对《中庸》也。孙又有一联云："霸国战智，王国战义，帝国战德；上士闭心，中士闭口，下士闭门。"上出《中说·问易篇》，下出龚氏鼎臣《中说》注引古谚，天造地设，但不可揭于居宅耳。

亡友马宾侯（灿）言：近人门帖多用"欲高门第须为善；要好儿孙必读书。"视《联话》所载"非关因果方为善；不计科名始读书"一联，虽落第二义；然为中人以下说法，要自切近可守。往读傅一风先生《闻知集》，有云："读书纵未成名，究竟人高品雅；行善不期获报，自然梦稳心安。"正可作此联转语。余按："非关因果，不计科名"，陈义虽高，未免犹有因果、科名之见，不若"为善最乐，读书便佳"八字浑然而无弊也。

《楹联丛话》载桑弢甫先生书室联："放开肚皮吃饭；抖起精神读书。"陈观楼先生联："竖起脊梁立行；放开眼孔观书。"严问樵大令讼堂联："有一日闲，且耕汝地；无十分屈，莫入吾门。"汪龙庄先生《病榻梦痕录》载其罢官后题树滋堂联："用百倍功，行成名立；退一步想，心平气和。"固皆名言可佩。然傅一风先生《闻知集》有云："大著肚皮容物；立定脚跟做人。"又云："无十分冤，莫与人讼；有一日闲，且勤尔业。"又云："修德用十分功，自然神安梦妥；作事退一步想，无不心平气和。"乃知诸联实本于此，特小变其文耳。而桑、陈书室两联，则又不如先生之"容物""做人"，陈义尤为阔大也。

陈恭甫太史（寿祺）尝言徐氏崇本堂有联云："但堪磨墨何非砚；略可烧香便是炉。"雷翠亭先生见之，谓有至理，包括无穷。凡人生随遇而安，无求过美，何在不可作如是观耶？古联云："要足何时足，知足便足；求闲不得闲，偷闲即闲。"即是此意。若杜静台先生书室联云："无求胜在三公上；知足常如万斛馀。"则尤见道有得之言也。

侯官连梅耦明经（攀桂）学行醇笃，其所撰楹帖，如云："暗室中须问心得过；平地处亦失足堪虞。""幼不学，壮无成，伤今老大；过愈多，功又少，请自乘除。""始念佳而转念不佳，见义无勇；一事错而凡事皆错，择术未精。""四十二年碌碌无奇，安得出人头地；三百六日孳孳为利，何堪昧我性天。""显扬之谓何，筋力就衰，叹行藏无据；教诲不可已，心思既竭，望子弟能贤。"亦可谓能自讼矣。

湘乡曾文正公（国藩）督两江时，题厅事联云："虽贤哲不免过差，愿诸君谠论忠言，常攻吾短；凡堂属略同师弟，使僚友行修名立，方尽我心。"又云："于汉宋间折衷一是；以江海量翕受群言。"盛德虚衷，具见名臣风距（矩）。非公不能为是言，亦非公不能副是言也。

广东抚署二堂有新建程晴峰抚部（矞采）联云："充无欲害人心，不忧不惑不惧；行可以告天事，曰清曰慎曰勤。"按王隐《晋书》载李秉《家诫》云："昔侍坐于先帝，时有三长吏俱见，临辞出，上曰：'为官长当清当慎当勤，修此三者，何患不治。'"秉所称先帝者，司马昭也。昭虽篡弑之贼，其言不可以人废。今人谓"清、慎、勤"三字出于吕氏《官箴》，由未见裴松之《三国志·李通传》注也。

桂阳陈隽丞抚部（士杰）为闽藩时，大府有欲裁粮价、汰冗员以要名誉者，公持不可，并撰一联以规之云："治赋有常经，勿市小恩忘大体；驭官无别法，但存公道去私情。"真救时之药石。

浙江臬署有高廉使（卿培）联云："刑期无刑，判来笔下常防纵；痛定思痛，跪到阶前已悔迟。"

钱塘来子庚观察（锡蕃）以邑丞起家，夙负廉干声。守泉州日，叶季韶舍人（仪昌）赠以联云："清廉便算七分人，公生明，要到十分地步；练达能申三尺法，宽济猛，毋欺五尺儿童。"观察揖而谢之曰："微君不闻斯言。"遂悬诸座右。又李远泉司马言：郑邑侯（佐成）令侯官，其前任以廉著，同时闽县以能著。邑侯题一联于堂柱云："有守尤贵有为，徒博清名，何补民生国计；善政不如善教，但夸济干，犹惭制锦烹鲜。"亦洞见治道之言也。今之矜操守、尚才能，而不恤间阎疾苦者，盍亦闻斯言而深长思欤？

保安杨介堂（福五）观察守漳州时，题大堂联云："第一严自己关防，其余则门内家丁，堂前胥吏；凡百为斯民打算，即此是告天心事，报国经纶。"全椒薛慰农观察（时雨）守杭州时，题大堂联云："为政戒贪，贪利贪，贪名亦贪，勿务声华忘政本；养廉宜俭，俭己俭，俭人非俭，还崇宽大葆廉隅。"杨以诚属官，薛以讽大史，探源握要，足以垂为官箴矣。

施望云（山）曰："国家设官，所以理事也。喜事则事多，畏事则事亦多，惟无事时不妄扰，有事时不迁延，斯为得之。"余常叹为知言。因忆宝坻李郡伯（光庭）守黄州，尝题署联云："清心以尽心，意外升沉皆定数；办事勿多事，个中界限无分明。"成都谢邑侯（翔南）宰福安，亦有联云："无事莫生事，有事莫畏事，此之谓解事；在官勿旷官，去官勿恋官，乃可以服官。"亦可谓深明此义者矣。

新会曾庆垣少尉（廷献）言其邑署大堂有联云："法合理与情，倘能三字兼收，庶无冤狱；清须勤且慎，莫谓一钱不要，便是好官。"宁德杨剑波通守（锡通）言方菊人太守任汉阳有联云："事以当为归，只恐忙时我错；吏非廉可了，要令去后人思。"两意略同，而方语尤周匝，非墨吏所能藉口也。

吾绍嵊县署大堂有联云："视曰民视，听曰民听，头上青天可畏；溺犹己溺，饥犹己饥，眼前赤子如伤。"仁人之言霭如。惜不详何人所题。

陈小桥先生（泰来）以名孝廉出令江南，潘文恭公（世恩）

赠以联云："宦况非甘，休忘却书生面目；民生甚苦，要存些菩萨心肠。"

马大令桂芳曰："招远孙仙植先生（梦桃）以名孝廉观政浙江，宰仁和。时有江北富豪强占江南贫妇田，讼诸守令，不得直。先生下车，妇复愬之。原问官及监司咸庇豪，先生弗顾，卒判还贫妇，而论豪如律。先生因题讼堂一联以见志云："世鲜有告民，休将有告欺无告；官多无心过，莫把无心转有心。"今州县冤狱，始无心而终有心者众矣，安得遍以先生之言告之？

福安县署大堂有联云："什么叫做好官？能免士民咒骂足矣；有何称为善政？只求讼狱公平难哉！"西安学署有联云："读书人惟者重衙门，才准无妨出入；做官底即此间公事，也要有些作为。"可谓切中时病，不得以其俚而忽之。

诸暨蔡东轩学博（英）司训江山县。岁饥，劝大姓输粟赈济，设局于明伦堂，题联云："尽力尽心，未能尽职；任劳任怨，不敢任功。"

官场口语，以得宪眷者为"红"，否为"黑"。同治初元，徐清惠公（宗幹）抚闽时，前抚满洲仲文中丞（瑞璸）、总督正轩制府（庆端），以事被劾去位，一时私人废黜殆尽。公《咏炭》有句云"一半黑时犹有骨；十分红处便成灰"，谓此。程桐轩太守（荣春）为书其语，加跋，锓本，印成楹帖，分贻寅好。今多有悬挂者。附要津者可鉴矣。

《归田琐记》载：贵州一驿馆有联云："满眼尽穷黎，奚忍多用一夫，误他举家生活；两头皆险路，何不缓行几步，积君无限阴功。"仁人之言，可为虐使夫役者劝。

从叔稷园太守（绍榖）宰直隶交河县，遣使迎养其母沈太宜人。先大父约斋公寄以联云："事母几人同大吏；养民有道视婴儿。"时应镐侍侧，先大父呼而谕之曰："昔邢延庆云：'居家者每留心恤下，而不知事上；居官者每留心事上，而不知恤下。真颠倒相。'可谓至言。吾此联实窃取其意而出以蕴蓄。人能勉力于斯，便可为真孝子、循吏矣。小子识之，毋作寻常投赠观也。"

《冷庐杂识》载：有人赠刑幕联云："求其生不得则无憾；勿以善之小而勿为。"语亦警切。

钱塘张太史（曰衔）通籍后不与当道往还，樵苏不继，读书自得。题联于堂云："相对半床书，冀渐臻圣域；但啜一瓯粥，誓不入公门。"

萧山汪龙庄先生（辉祖）题寝室联云："身如未正家难教；昼有所为夜更思。"见所著《病榻梦痕录》。

吾友王茂才（福昌）言在浦城乡中人家见一堂联云："读书好，耕田好，要好便好；创业难，守成难，知难不难。"言浅旨深，耐人寻味。郑茂才（锡祺）言在余杭山中人家见一堂联云："无狂放气，无道学气，无名士风流气，方称儒者；有诵读声，有纺织声，有小儿啼哭声，才算人家。"按：次联对句见《陆象山先生语录》，出句记亦古语，惜忘之。

闽县何青芝先生（玉田）有题厅事联云："常省事，多让人，过后思量有趣；学吃亏，能守分，到头受用无穷。"又云："读书即未到圣贤，但蹈矩循规，也是吾儒宗派；居室且休论完善，可遮风蔽日，便为我辈匡庐。"

许紫笙孝廉有题书斋联云："真担当不由好事袭去；大便宜都从吃亏得来。"

闽县郑冠卿学博自题书室联云："安居即是小神仙，净几明窗，不容易享者清福；努力便成佳子弟，青灯黄卷，莫等闲错过时光。"

父子之恩泪于妻，姑妇之情间于女，而家以不和，此世人通病也。南海徐佩韦大令（台英）为子授室，自榜一联于堂柱云："女无不爱，媳无不憎，愿世上翁姑，推三分爱女之情以爱媳；妻易于顺，亲易于逆，望汝曹人子，减半点顺妻之心以顺亲。"语极痛切。

又按：《尔雅·释亲》："子之妻曰妇。"后世谓之子妇，亦谓之新妇。今则由新娘而转为息妇。考"息"有"子"义。《战国策》："老臣贱息舒祺最少。"《东观汉记》："此盖我子息也。"《尸子》："弃黎老之言，用姑息之语。"注："姑，妇也；息，小儿也。"然则息妇即子妇，义固可通也。惟加女作"媳"，则误矣。"媳"乃俗字，始见于梅氏《字汇》，他字书皆不收。宋刘跂《学易集·穆府君墓志铭》云："女嫁唐诵，我姑之媳。"乃用以入文,殊为失检。大令亦沿其讹而不察耳。

董琴涵观察(国华)尝因家事语人曰:"骨肉之间以不平为平。必求其平,则愈不得平矣。"斯真善处骨肉之爱者。家大人尝取《礼记·内则》语为对,以勖子弟云:"承堂上劝,所爱亦爱;处门内事,不平为平。"读之使人油然生孝悌之心。

南海罗文心(昌基)《楹帖采腴》载一家庙联云:"莫云遗泽不灵长,但大家饥有食、寒有衣,朝夕从容,便当思旧德;岂必烦言多责备,亦只要孝于亲、悌于长,伦常敦叙,即可谓亢宗。"训词深厚,惜不著撰者姓名。

闽人谓殡屋曰权厝。孟瓶庵考功(超然)集《四书》为联云:"可与权,不过供为子职;及至葬,然后尽于人心。"考功常病世人惑于风水,不葬其亲,录唐以来诸家论说以怵惕之,名《诚是录》。复揭此联于殡室,使见者触目警心,意良深矣。

《燕下乡脞(脞)录》云:"徐文穆相国本予告归杭州,适里中社事正盛,昼夜相竞。立戏场数处,各以台上灯联求书。却之不可,乃大书曰:'防贼防奸防火烛;费钱费力费工夫。'复书一匾曰:'戏无益'。众喻其意,遂止。"是真士大夫居乡之轨范也。

诗不贵作理语,故集诗楹联,格言颇鲜。然如集左思、陶潜句云:"努力崇明德;随时爱景光。"崔瑗、阮籍句云:"慎言节饮食;信道守诗书。"白居易、郑谷句云:"身闲乃当贵;道在不嫌贫。"陆鲁望、杜荀鹤句云:"须知日富皆神授;不可家贫与善疏。"徐玑、陆游句云："养成心性方能静；梦亦齐庄始有功。"又集陆游句云："文章切忌随人后；温饱从来与道违。"戴复古句云："著脚怕从流俗转；留心学到古人难。"亦可作宋儒语录读。

近人集帖字为联，多有格言法语可作箴铭者。如集《兰亭序》六言云："言或自生天趣；事当曲顺人情。""静坐自然有得；虚怀初若无能。""少言不生闲气；静坐可致大年。""毕生无不快事；随地作自在观。"七言云："无事在怀为极乐；有长可取不虚生。"此吴平斋（雲）句也。又七言云："相喻以天无所事；有为于世不虚生。""以清虚化其迹相；得幽静永此岁年。"八言云："乐此幽闲，与年无尽；化其躁妄，得气之和。""品当齐于贤能之列；事不可以虚妄相将。""伐异为同，修之在己；以舍得取，听诸自天。""不以异时殊其趣向；当于临事观其修为。""于古人所为知其大；不异己相视故可群。""少得清闲，揽古自乐；随其时地，修己内观。"此丁心斋（守存）句也，亦皆可诵。

政和宋伯瑜县博，言通行格言楹联，有不可磨灭者。如："传家有道惟存厚；处世无奇但率真。""有关世教书宜读；难对人言事莫为。""此心少忍便无事；吾道力行方有功。""乐于不乐方为乐；闲到忘闲始是闲。""收天下春，归之肺腑；与万物共，只此性情。""爱山水游，其人多寿；得诗书气，生子必贤。""无以古人终不可及；当此少年犹大有为。""心术不可得罪于天地；言行务留好样与儿孙。"（按：此乃傅一凤先生《闻知集》中语。）"对失意人莫谈得意事；处有钱日当思无钱时。""读圣贤书，当思其中有我；任天下事，先须此内无他。""身世多险途，急须寻求安宅；光阴同过客，切莫汩没主翁。""一生在君父恩中，问何报称；万事看儿孙分上，行且从容。""孝莫辞劳，转眼便为人父母；善毋望报，回头但看尔儿孙。""世事无穷，做到老时学到老；人生有几，得宽怀处且宽怀。""物力艰难，须知吃饭穿衣谈何容易；光阴迅速，即使读书行善能有几多。"其语虽皆习见，而范世励俗，深切著明，发人猛省。此其所以家传户诵，历久而如新欤！

湖州杨芝春蹉尹著有《楹帖新裁》，孙大令福清为之序，未及梓行而没。其格言类中五言如："士品直方大；官箴清慎勤。""静虚怀若谷；恭俭德之舆。""盟心何碍直；用智必须圆。""学古斯有获；修词立其诚。""爱作近情事；弗存过分心。"

六言如："喜且得半日坐；憾不读十年书。""记事先提其要；问途必于已经。""居易自安本分；畏难不算奇才。""作事兼权情理；持身恪守墨绳。""立之监，佐之史；友其贤，事其仁。"

七言如："范心雅择韦絃佩；规过须披药石言。""近德梯航惟逊志；论交管钥在知人。""言效缄金宜守默；学如攻玉在观摩。""立品须知敦本重；论交最是识人难。""善在随时勤力积；事于难处见神通。""学问以伦常为首；文章得风气之先。""学似为山勤积累；理于观水悟循环。""人无求备持平论；事好争先有用才。""舍五伦别无德行；即一善亦是师资。""爱读书宜先养气；思补过乃克有功。"

八言如："业精于勤，寸阴宜惜；交得其益，一字堪师。""读书便佳，开卷有益；为善最乐，著手成春。""五福源头，端由积德；六经注脚，惟重躬行。"皆可传诵。

卷二　祠　庙

杭州吴山新建仓颉祠，前临浙江，后枕西湖，形势殊胜。俞荫甫太史撰联云："上溯羲皇画八卦时，文字权舆，秦而篆，汉而隶，任后来缣素流传，不外六书体例；高踞吴山第一峰顶，川原环抱，江为襟，湖为带，看从此菁华大启，振兴两浙人材。"彭雪岑宫保（玉麟）亦撰联云："一画本天开，破万古洪荒，草昧无须绳更结；六书随世换，供后人摹写，英雄未免笔难投。"

吾绍南镇禹庙有联云："江淮河汉思明德；精一危微见道心。"

栖霞马山五大令（桂芳）言其乡老子祠有联云："先孔孟而生，以道术阐儒风，治国治民，与邹峄尼山同归一辙；造神仙之极，显化身开觉路，为豨为谷，较赤松黄石独有千秋。"

先大父约斋公代人题留侯祠联云："为帝者师，佐汉功原高将相；弃人间事，报韩心已了英雄。"又云："辅汉复韩仇，运策特饶儒者气；学仙全主德，闭门谁识老臣心。"隐括本传而有余味，次联对句尤未经人道。

福州南台山有汉闽粤王庙，规制宏敞。享殿塑王专像，柱有联云:"犄汉角秦,逐鹿当年余旧国;枕吴带粤,钓龙今日有高台。"又云:"率旅从行,功并萧曹扶汉室;分茅胙土,身先忠懿拓闽疆。"不题姓名。后为寝殿,像遵汉制,王右妃左。徐松盦中丞(继畬)锲柱联云:"龙池春草合;燕寝雨花香。"

长沙贾太傅祠有上谷杨翰集句联云:"长沙不久留才子;宣室求贤访逐臣。"

梁曦初太守(景先)为余述成都诸葛祠联云:"日月同悬出师表;风云常护定军山。"又云:"兴亡天定三分局;今古人思五丈原。"又集句一联云:"隐居以求,行义以达;临事而惧,好谋而成。"亦恰称身分。惜忘却撰者姓名。

江宁治西有驻马坡,相传诸葛武侯曾驻马山麓,故以为名。山半有武侯祠,毁于兵火。薛慰农观察主讲惜阴书院,为鸠资重建,遂焕然一新。刘制府(坤一)题联云:"许先帝驰驱,东连吴会;有儒者气象,上继伊周。"陈幼莲(宗濂)云:"风景依然,名士曾航衣带水;云霄如在,寓公为集草堂资。"冯编修(煦)云:"驻马此重经,莫问渠天发残碑,临硎断阙;卧龙如可作,愿为我翦除他族,开济清时。"颇有寄托。

关帝庙佳联,自《联话》所载而外,吾见亦罕。韩鄂不茂才(韡)尺牍载一联云:"德自能名,陈寿小儒,立传难扬美盛;义不可屈,曹瞒奸贼,拜官徒效解推。"意高而句未挺拔。惟咸丰丙辰过仙霞岭关庙,见集句两联,一云:"江汉以濯之,秋阳以暴之,磨而不磷,涅而不淄,是则同圣人复起;爵禄可辞也,白刃可蹈也，见利思义，见危授命，此之谓君子时中。"二云："天地合其德，日月合其明，四时合其序，智者勇者圣者欤，纵之将圣；富贵不能淫，贫贱不能移，威武不能屈，忠矣清矣仁矣夫，何事于仁。"联合浑成，推崇得体，可称合作。

范次典（鸿谟）题彰德府关庙联云："鼎立定中原，惜汉祚天移，未与生平完事业；馨香崇古邺，问曹瞒地下，更从何处避英灵。"《蜀志》本传称公降于禁，斩庞德，威震华夏，操议徙许都以避之，故下联云然。家质民先生（元润）题严州关庙联云："恨中原事业，未尽西川，遂令三千载宏纲，龙德蛙声，正闻不明司马鉴；缅故老衣冠，犹存东浙，好把数百年往事，黄巾赤伏，兴衰共话钓鱼台。"以羊裘翁关合严州，与范作异曲同工。若世传河南许州八里桥庙一联云："灞桥自古有行人，问谁策马而驰，传名不朽；曹魏于今无寸土，赖此绨袍之赠，遗像犹存。"读《陈志》纪传，并无酌饯、赠袍之事，小说游谈，岂可据为典要；而《楹联述录》犹取之，何耶？

武昌城外卓刀泉关帝庙，瞰长江而立，李雨苍先生（云麟）题联云："息马仰真容，忆当年泰岱同瞻，衮冕常新，俨与岳宗南面；卓刀留圣迹，看此地长江环抱，渊泉时出，不随浩渎东流。"盖山东兖州有息马地，相传帝尝驻马其处。庙像乃示梦于众所塐，与世间画者不同，神座后可望泰山。先生昔曾到此故也。

新安汪村水口有关庙，并祀张睢阳。上有文昌阁，俞荫甫太史题联云："威名满华夏，真义士，真忠臣，若论千载神交，合与睢阳同俎豆；戎服读《春秋》，亦英雄，亦儒雅，试认九霄正气，常随奎璧焕光芒。"

高唐州武庙为山西乡祠，徐清惠公（宗幹）题联云："乡人到处皆祠祝；先主当年此宦游。"昭烈帝曾令高唐，故云。

杭州吴山新建关忠义庙，有联云："忠义冠三分，想西湖玉篆重摹，终古侯封尊汉鼎；威灵跻伍相，看东浙银涛疾卷，迄今庙貌并吴山。"按：西湖照胆台旧藏汉寿亭侯碧玉方印，毁于贼。杭人购玉摹刻补之。山有伍子胥祠，故云然。惟玩其语意，则犹误沿俗说，以"汉"为代名，"寿亭"为地名也。

考《蜀志》本传，建安五年，曹操表封某为汉寿亭侯。裴松之无注，熊方《后汉书年表》，"异姓侯"有"汉寿亭侯关某"，其下格注云"武陵"。（原书传写脱去"汉"字。）《续汉郡国志》"荆州刺史部武陵郡"属县有汉寿故（古）索，阳嘉三年更名刺史治。忠义当时，殆封于此。若郭璞《尔雅注》有"汉水从汉中沔阳南至梓潼汉寿"，此"汉寿"即后汉广汉郡葭明（萌）县，在益州刺史部。蜀先主改名"汉寿"，晋又改"晋寿"，不但与武陵汉寿非一地，且当操封忠义时，先主尚未入蜀，蜀地未有此名也。亭侯，侯之卑者。汉封爵有国侯、郡侯、县侯、乡侯、亭侯，亭即"十里有亭"之亭。《后汉·百官志》所谓"功大者食县，小者食乡亭"是也。然则汉寿亭侯之"汉"，非汉魏之"汉"明矣。自罗贯中作《三国演义》，有"降汉不降曹"之说，妄谓刻印无"汉"字忠义不受，加"汉"字乃受之，此无稽之甚者。试思是时，关、曹同为汉臣，忠义何由逆知其日后之为魏公、魏王，而遽自别以汉乎？洪容斋、米元成、赵瓯北、钱竹汀诸公考证已详，而今人犹有贸贸不知者，故复参录之。

《联话》载四川姜伯约祠联云："九伐竟无成，心师武侯，能继祁山六出志；三分不可恃，计诛邓艾，已复平阴一败仇。"按：六出祁山，九伐曹魏，语出《三国演义》，今人皆沿用之。考《蜀志》诸葛亮、姜维两传及《通鉴纲目》，殊不核。《亮传》云："建兴五年，亮率诸军北驻汉中。六年春，率诸军攻祁山。马谡违亮节度，为张郃所破，乃拔西县千余家还。"此一出也。是年冬，复出散关，围陈仓，曹真拒之，粮尽而还，此二出也。七年，亮遣陈武攻武都、阴平，自出至建威、遂平二郡，此三出也。九年，亮复出祁山，杀张郃，以粮尽退军，此四出也。十二年春，亮悉大众由斜谷出，据武功五丈原；其年八月，亮疾病，卒于军，此五出也。《通鉴纲目》所书与传合。

《维传》云："延熙十年，维出陇西南安、金城界，与魏大将军郭淮等战于洮西。"此一伐也。十二年，复出西平，不克而还，此二伐也。十六年，维率数万人出石营，围南安，粮尽退还，此三伐也。十七年，复出陇西，围襄武，魏军败退，拔河间、狄道、临洮三县民还，此四伐也。十八年，与夏侯霸俱出狄道，大破魏雍州刺史王经于洮西，此五伐也。十九年，与镇西大将军胡济期会上邽，济失期不至，维为魏大将邓艾败于段谷，此六伐也。二十年，魏征东大将军诸葛诞反于淮南，维复率数万人出骆谷径至沈岭，魏大将军马望等拒之，维闻诞败乃还，此七伐也。景耀五年，维率众出侯和，为邓艾所破，还住沓中，其后未尝复出师，此八伐也。《通鉴纲目》所书亦合。然则维之伐魏只八次，亮之伐魏只五次，且惟第一次、第四次至祁山。而谓之六出、九伐，非事实矣。世人习闻《演义》虚诞之说，未尝一核正史，遂误至今不改。《联话》采此联，亦未之辨。故详考而正之。

《联话》引《桃符缀语》载周公瑾祠联云："大帝君臣同骨肉；小乔夫婿是英雄。"按：此联乃方扶南《题周瑜墓》诗，见《随园诗话》。又按：小乔，《三国志·周瑜传》本作"小桥"。杜牧之诗"铜雀春深锁二乔"，通作"乔"。考《广韵》："乔，虏姓。"《前代录》云："匈奴贵姓乔氏，代为辅相。"又："桥姓，出梁国后，汉有太尉桥元。"则"乔"乃别自一姓，不得通"桥"。扶南盖沿牧之之讹。

吾邑沈港有神医庙，祀华元化。旧有联云："岐黄以外无仁术；汉晋之间有异书。"相传为家贞木先生手笔。道光季年，里人葺而新之，先大父约斋公题一长联云："医能刳腹，实别开岐圣门庭，谁知狱吏庸才，致使遗书归一炬；士贵洁身，岂屑侍奸雄左右，独憾史臣曲笔，反将厌事谤千秋。"议论警辟，为时所称。

齐梅麓太守宰宜兴，撰周孝侯庙联云："朝有奸党，岂能成将帅之功，若教仗钺专征，蛟虎犹非对手敌；世无圣人，不当在弟子之列，谁信读书折节，机云曾作抗颜师。"《联话》载之，以为辞气激昂，可当一篇《周处传论》。然处少无赖，为乡里患；及弱冠，感父老"三害"之言，乃杀虎斩蛟，入吴寻二陆，励志好学。事出宋临川王义庆《世说》，《晋书》虽采入本传，其实妄也。

考处殁于惠帝元康七年，（处碑作九年，误。此依本纪。）年六十二。则其生在吴大帝赤乌元年。陆机殁于惠帝太安三年，年四十三，则其生在吴景帝永安五年。赤乌距永安二十余载，是处年弱冠，机尚未生，处固无由寻也。载考《陆机传》："年二十而吴灭，退居旧里。"是吴未亡之前，机未尝还吴，处又无可寻也。或谓处寻二陆当在吴亡之后。考吴亡时，处年已四十三，筮仕已久。据本传，处仕吴为东观左丞、无难督。故王浑登建邺宫，处有对浑之言。如使处于此时方励志好学，则为东观左丞、无难督者果何人乎？以此推之，知《世说》所云，尽属谬妄。《晋书》不加考核，据以入传，殊为无识。

又按：世传陆机所撰处墓碑，亦有"来吴事余厥弟"之语，此碑系唐陈从谏所重树，窜改旧文，事迹错互，不可据以为信。说具仁和劳季言（格）《读书杂识》中，足洗孝侯千古之诬。附录于此，以为世之读晋史者告焉。

乌程城隍神，相传为唐张睢阳。沈鹿坪题云："一城捍天下兵，丹心贯日；片语留身后誓，铁面凌霜。"盖像面色黑，因公有"为厉鬼杀贼"语也。又台州巾子山睢阳庙联云："保障在江淮，业肇中兴，正史论功先郭李；光辉齐日月，心明大义，孤城著节迈颜卢。"语亦稳帖。但次联上两句并不运用本事，尚嫌蹈空耳。惟吾邑莫宝斋侍郎（晋）任仓场时，修张睢阳庙，并集句为联云："须髯辄张，凛凛有生气；颜色不乱，阳阳如平时。"以本传对韩文，天然巧合。

惠山张睢阳庙有丁植卿联云："天地风尘，古庙丹青经几劫；江淮俎豆，空山鼠雀亦千秋。"

《馀墨偶谈》云：浔州西山，有唐时李御史明远祠。传为御史昆季，吏隐此山得道，同时飞举。同治初年，张润农观察（荣组）游此，书联云："人偕皎日秋霜，撑持南斗；天与清风明月，管领西山。"

《冷庐杂识》云：杭州钱武肃王祠在涌金门外，规制宏敞。有王义成公题额云："顺天者存"。楹联则孙文靖公（尔准）云："衣锦还乡，保万民于乐土；上疏归国，启百世之蒸尝。"又裔孙嘉定伯瑜中丞（宝琛）云："功在生民，惜传闻异辞，信史尚留曲笔；德垂奕禩，怅播迁中叶，支流莫溯真源。"按：下联梁氏《丛话》谓出钱梅溪手，殆梅溪撰书而款题中丞也。又按：《通鉴》载："吴越王宏佐知国有十年之蓄，乃复其境内税三年。"欧公《五代史》则言："钱氏自武肃王镠，世尝重敛其民，以事奢僭。下至鹅豚鱼卵，家至日取，按簿责负，人不堪其苦。"与《通鉴》不同。杨用修《丹铅录》引宋代别记，谓"公为推官时狎一伎，为钱惟演所持，故憾而诬其祖"。周少霞《十国春秋备考》录之，以为吴越辨案。是联出语，殆即指此。

愚考之则大不然。按：《江表志》云："吴越时，民多赤体，以竹篾系腰，其贫至此。而胥吏虽贫，亦家累千金。"《江南馀载》云："徐铉尝奉使吴越，夜若有麇鹿叫者，乃县令催科也。"《顺存录》云："钱氏欠租一斗，便定徒罪，以故江景防入宋，沉图籍于河，以苏民困。总缘自武肃王来三世，竭十州之力以事大国故也。"由此观之，则钱氏取民之苛酷可知。复税特宏佐一人一时之事，乌得以此而遂定其累世无重敛耶？钱氏子孙仕宋多贵显，故《通鉴》不无隐恶。欧公独执《春秋》之义，据事直书，不相假借，犹有古良史之遗，而谓之曲笔可乎？至用修说出钱世昭《钱氏私志》，用修忘其名，故但云宋代别记。是书以《五代史》贬抑钱氏之嫌,其诋诬欧公不遗余力。末云"皆报东门之役",则挟怨造谤,已不自讳。用修援以为证,已失之不考;少霞又从而惑之,何欤?

岳鄂王祠联,如:"百战妙一心运用;两言决千古太平。""子孝臣忠,决战早成三字狱;君猜相忌,偏安还赖十年功。"非不稳惬,但取材太熟耳。高老荼言,近西湖庙中亦惟蒋果敏(益澧)、王文勤(凯泰)两作可采。蒋云:"遗烈镇栖霞,酾酒来(《述录》误"酾酒重")瞻新庙貌;大旗悬落日,撼山愿学古军容。"王云:"万里坏长城,南渡朝廷从此小;一抔留古墓,西湖烟水到今香。"

《联话》载吴云樵侍郎撰汤阴岳庙联云:"千秋冤狱莫须有;百战忠魂归去来。"固自雅切,然其句实从尤西堂题《韩蕲王庙》诗"英雄气短莫须有,明哲保身归去来"脱胎。

《停云阁诗话》云:侯官林文忠公自苏藩奉讳归里,倡浚西湖。湖上有李忠定公祠,公葺而新之,并题联云:"进退一身关庙社;英灵千古镇湖山。"殆自仿也。及粤逆之乱,公奉诏督师讨贼,薨于潮州。乡人奉公像于祠后桂斋,以配忠定。楹帖甚多,惟叶季韶舍人一联云:"郊原雨足云归岫;台阁风清月在天。"语妙双关,不落窠臼。

兴化木兰陂一佛祠,明郡守宁波张白齐(琦)联云:"天有遗情,长送月波明俎豆;代无长物,日收山翠与儿孙。"

福州南台有水部尚书庙，祀宋陈忠肃公（文龙）。公以大魁官参政，出守兴化，为元兵所执，不食死。事迹具《宋史》本传。后成海神，明永乐间封今号。国朝册封琉球，例迎公像供使舟，赐御书匾额。柱镌林文忠手书联云："节镇守乡邦，纵景炎残局难支，一代忠贞垂史传；英灵昭海澨，与信国隆名并峙，十洲清宴仗神庥。"又林勿村中丞（鸿年）联云："移孝作忠，季世独持气运；成仁取义，斯人不负科名。"按：历代职官，惟魏、晋、宋、齐、梁、陈、隋有水部郎，北魏、北齐、唐、宋有水部郎中。其官，晋统于屯田尚书；宋、齐、梁、陈、北齐、北魏，统于起部尚书；唐、宋统于工部尚书。并无水部尚书之名。且公生时已参知政事，身后降封尚书，亦未协事理。后之册使，宜疏请厘正焉。

《馀墨偶谈》云：楹联有天然工巧无斧凿痕者，如题建文帝庙云："僧为帝，帝亦为僧，一再传衣钵相沿，回头可证；叔负侄，侄不负叔，三百载江山如旧，到眼皆空。"

西湖于忠肃祠有集句联云："守经达权，是社稷之臣也；知来藏往，以神明其德夫。"下联盖谓公祠祈梦最验云。

京师宣武门外杨忠愍公祠，相传即公故第。柱有桂雩门隶书联云："燕市宅依然，两疏共传公有胆；钤山堂在否，十年不出彼何心。"

《丛话》载黄星斋宅中述山西河津县薛文清（瑄）祠联云："开绝学于胡叔心、陈公甫、王阳明之前，享祀方堪从庙庑；集大成于西河氏、太史公、文中子之后，诞灵应不愧河津。"不著撰人姓氏。愚观洪洞范彪西进士鄗鼎《广理学备考·薛先生集附记》，知此联乃先生所作，惟对语是其出语，又"方"作"乃"，"庙庑"作"孔孟"，"河津"作"唐虞"，五字不同。不知是星斋传误，抑梁氏因其未工而改之欤？

梁少亭仪部撰新会江门陈白沙先生祠联云："良知心学，主静心学，并为理学真传，怅今兹逝水悠悠，不见古人来者；富春钓台，江门钓台，都道楼台胜处，想当日斯竿簹簹，依然霁月光风。"

杭州金少参九（陛）祠，旧在北新关，乱后移祀于仁和漕仓。全椒薛慰农观察守杭州时，题联云："树东林帜，蕴西台声，公为椒邑名贤，考献征文，戚里稔知清惠泽；植南国棠，掌北门管，我亦杭州守土，酌泉荐醴，瓣香莫罄溯洄情。"盖公与观察同里，家有"清惠堂"，故云。

桐乡李临川先生祠，有沈鹿坪联云："德仰儒宗，次立功，次立言，殁而可祭乎社；名垂史册，古遗直，古遗爱，过者犹式其间。"

扬州梅花岭史忠正公祠，旧有严问樵大令（保庸）联云："生有自来文信国；死而后已武乡侯。"脍炙人口。《联话》采大令他作甚多，而独遗此，殆偶未见欤？

《鸥陂渔话》云：徐俟斋先生涧上草堂，在天平山南之上沙，即潘稼堂为其寡媳孤孙赎归使居，并奉先生栗主为祠堂者。门外有小涧，其地至今称"涧上"。吴江徐山民待诏丈达源，其裔孙也。嘉庆初，尝为修葺。洪稚存太史小篆题额曰"高风亮节"。陈仲渔征君隶书楹帖曰："遁世克承文靖志；穷居不愧孝廉名。"余少时初谒先生祠，即见此额此联，分明写记。乃待诏后刻《草堂纪略》，此额作"高风清节"，款易阮元。仲渔联话并不录，岂祠祀重修，额联俱失，不复记忆耶？

又云：余游海虞，见致道观侧瞿忠宣公祠有联云："圣代即今多雨露；宗臣遗像肃清高。"集句天然凑泊，措词尤为得体。不知出何人手。

台湾府城旧有延平王庙，私祀明臣郑成功。邑令吴（廷华）集句为联云："钟河岳之灵，为胜朝绵正朔；遵海滨而处，知中国有圣人。"立言最为得体。同治甲戌，侯官沈文肃公（葆桢）奉命渡台，防倭抚番，拓而大之。并请于朝，赐谥忠节，列入祀典。题联云："开万古得未曾有之奇，洪荒留此山川，作遗民世界；极一生无可如何之遇，缺憾还诸天地，是创格完人。"乙亥，闽抚王文勤公（凯泰）代公，复联于柱云："忠节感苍穹，大海忽将孤岛现；经纶开运会，全山留与后人开。"

章申甫丈，为余诵安溪蒋侯祠联云："从无仙宰不风流，想当年春雨泥融，吏散定栽千个竹；谁道清溪忘雅化，看此日夕阳苔护，我来犹读百年碑。"惜忘何人所题。

《零金碎玉》载上海陈忠愍公（化成）祠有熊一本联云："昔年未读五车书，雅量清心，温如玉，冷如冰，是大将亦是大儒，使天下讲道论文人愧死；此日竟成千载业，忠肝义胆，重于山，坚于石，忘吾身不忘吾主，任世间寡廉鲜耻辈偷生。"慷慨激昂，可当公一篇传赞。

天津有谢忠愍公祠。公讳子澄，成都人。咸丰三年，令天津。贼由怀庆乘虚北犯，公率兵团力战却之，有捍卫畿辅功。后殉难于津卫口。祠有公门下士梅小树（宝璐）联云："破敌扶危，淝水旧勋同一辙；鞠躬尽瘁，锦宫崇祀并千秋。"又华葵生（长忠）一联云："赤手挫鲸鲵，痛闾阎顿失瞻依，沽水生寒凝血泪；丹心光俎豆，知灵爽不忘捍卫，蜀山含愤返忠魂。"

上海淘沙场有袁公祖志祠。公为随园太史之孙，咸丰三年署上海县。会匪刘丽川难作，命其弟奉母出避，而自坐堂皇，骂贼死之。其祠联，皆公平日知交所制，最称精切。如惠安陈念庭主政（金城）云："明德自有达人后；忠臣必求孝子门。"嘉善金眉生都转（安清）云："力竭股肱，继之以死；心存民社，没则为神。"邑人曹树珊等云："摄事值艰难，问外患谁招，内忧独任；临危征气节，幸臣忠不朽，子孝兼全。"又王庆谟等云："循吏即诗人，最难慷慨捐躯，特为仓山新壁垒；忠臣原孝子，想见从容别母，长教沪渎愤风云。"秀水汪虎溪（守愚）云："像设俨如生，忆当年黄浦从军，恍睹灵旗昏黑夜；交情长不死，倘他日仓山怀旧，重寻诗梦蔚蓝天。"嘉定张东墅（修府）云："世泽衍随园，记此邦芝舍长留，报最循良，能以仁风追产柏；戎机生沪渎，痛当日皋比谁主，临危慷慨，独将忠节媲山松。"

归安徐庄愍公（有壬）官江苏巡抚，庚申城陷死之。其妾施氏、子震翼及一女，皆死；幕友、仆、妾，从死者五人。同治十三年，建祠苏州，其乡人属俞荫甫太史撰联云："仗节镇危疆，当军事土崩瓦解，不可收拾之时，视城中无固志，视城外无援兵，縻（糜）顶踵以报君恩，妇竖舆台同授命；结缨完大义，与谥法履正志和，使民悲伤有合，在吴会为名臣，在吴兴为先达，节春秋而修祀典，日星河岳共招垂。"按：谥法"履正志和曰庄"，"使民悲伤曰愍"，对语用之。

杭州省城有罗壮节、王贞介合祠。壮节名遵殿，乙未进士，浙江巡抚；贞介名友端，丁未进士，署浙江布政使，同死庚申之难者也。高滋园都转联云："由名进士起家，为名臣，一开府，一开藩，浙东西崇德报功，人与白、苏共千古；是大丈夫出身，临大节，以战死，以守死，城内外矢穷援绝，天教巡、远作双忠。"

湖州赵忠节公（景贤）以乡绅率兵团守湖州三载，三解重围。及浙江郡县尽陷于贼，犹死守六阅月。城破被执，幽系累年，卒骂贼死。论者谓军兴以来死事者不胜数，若公之奇烈，诚创见也。俞荫甫太史题其祠联云："在朝忠臣，在乡义士，百战艰难，至死不二；有唐睢阳，有宋信国，千秋俎豆，得公而三。"可谓临文无愧辞矣。

芜湖有曾靖毅公祠。公即文正公弟，殉三河镇之难者也。文正公题联云："英名百战总成空，泪眼看山河，怜予季保此人民，保此疆土；慧业三生磨不尽，痴心说因果，愿来世再为哲弟，再为纯臣。"

闽省乌石山王壮愍公（有龄）祠，有郭远堂抚部联云："一门忠孝人皆仰；两字功名此最难。"

肇庆府城张忠武公（国梁）祠联云："百战子龙身是胆；千秋袁粲死犹生。"

薛慰农观察撰江宁向、张二公祠联云："百战建殊勋，身历多艰，非巡远谁作汾淮障蔽；双忠崇大节，功成诸将，惟宗李实开韩岳先声。"

汉阳黄鹄矶有满洲文恭公（官文）、益阳胡文忠公（林翼）合祠，盖咸丰间文忠抚湖北，文恭督两湖，推贤让能，和衷共济，肃清湘鄂，遂复东南，诸行省士民思其功德而祀之者也。彭公（毓崧）题联云："蔺廉是社稷臣，善相让，过相忘，风义足为天下式；陶庾秉节镇日，离则伤，合则美，功名留与后人思。"最能抉出两贤心事。李伯相（鸿章）亦有联云："力争武汉上游，运会佐中兴，宋相边关姚相守；奠定东南半壁，馨香隆美报，羊公碑石杜公祠。"语亦警炼。至姚公（绍崇）联云："功业本忠勤，昔陶公，今胡公，此地此人，要使山河万古；风云无改变，仙出世，儒入世，倏来倏往，笑看江汉双清。"汤观察（聘珍）联云："名楼高处有公存，江水群飞，到此东流皆北折；幕府旧人惟我在，秋风万里，来从南海更西征。"则归美益阳，又各抒其所见矣。

许雪门观察（瑶光），题诸暨包村义民包立身祠联云："普天莫非王臣，已为同仇悲子弟；百战欲存寸土，休将侠义认神仙。"按：立身少有膂力，曾遇异人，授以飞行占验之法。咸丰十一年十月，贼陷诸暨。立身倡义集团，远近附之，挈家来投者甚众。贼屡以大队攻之，辄败；诱之降，不从。同治元年正月，伪侍王约湖州贼伪梯王由富阳进攻，环数十里为营。立身善以少击众，相持六阅月，先后杀贼十余万人。会大旱，水竭，粮亦垂尽。贼乃遏其汲运，日以西洋火器轰击，庐舍悉毁，死亡山积。七月朔，村遂陷。立身率亲军溃围出，至马面山，中炮死。得脱者只二百余人，余皆歼焉。贼平，江孝廉（葆荣）收瘗遗骸，凡得颅骨一十七万一千二百六十具，此外残碎不全者不计其数。同治三年，浙藩蒋果敏公（益澧）护理巡抚，以其事闻，诏从优议恤。当立身之初起也，人传其有异术，能布香灰为城，飞竹刀断贼头，以故战无不胜，众咸称为神仙。今《墨馀录》《恤纬录》，犹侈述其事。其实多附会，不足信。亡友包友山（楷）《包村义团记》，辨之最详。观察此联独征其实，足以信今而传后矣。

蒯士香廉访（贺荪），题西湖林公汝霖祠联云："荷圣代褒荣，祭有祠，葬有墓，史亦有书，十里湖光，傍苏、白堤前，魂归有所；为吾曹冠冕，夫死忠，妻死节，婢复死义，一门血泪，继岳、于庙后，神对无惭。"

曾文正公专祠遍东南，而在江宁清凉山者尤宏丽。薛慰农观察（时雨）题联云："维岳降神，建补天浴日元勋，俎豆蒸尝，旷典迈鸡鸣十庙；以劳定国，增钟阜石城名胜，香花尸祝，斯人比龙卧千秋。"又城内有公遗爱坊，当始建时，观察为撰两联，一云："偃武遽骑箕，系亿万家父老讴思，堕泪碑宜留岘首；削平等开创，挽十二载干戈劫运，大功坊合比中山。"一云："使节三持，遭际如文端，干济如文毅；仁恩再造，钟阜同其高，江流同其深。"及上石，匠人只镌前一联，两面雷同；又憎其长，削去上句，致不成文理。此亦大事，而司事者乃一听无知匠人之所为，何耶？

吴云帆太守（均）守潮州，政声卓著。有"三不要"之名，谓"不要官，不要钱，不要性命"也。殁后，郡人建祠塑像祀之。同治乙丑，蒋叔起廉访知府事，属华守庭司马代撰楹联云："精爽犹存，举国争传三不要；后尘难步，鲰生自愧百无能。"

西湖凤林寺侧有蒋果敏公祠。公讳益澧，湘乡人，历官广西、浙江布政使，擢巡抚，调广东，镌级归，甫召用而没。公夙以戎功著，而吾浙之复，尤赖其力，故士民至今思之。其祠联云："百战中兴年，未治民，先治兵，溯建旄湘渚，飞舰汉皋，洗甲章门，扬旌桂岭，以至浙江底定，粤海遄征，五六省灌燧销锋，独担南岳风云，跌荡功名题册府；千秋遗爱地，夷大难，布大惠，看负笈生徒，荷锄农女，载涂宾旅，归市工商，即如吏亦行冰，军犹挟纩，十一郡铭碑诔社，来就西湖山水，携扶童叟拜神旗。"

吾邑雷神殿有集句联云："穆穆在下，明明在上；赫赫厥声，濯濯厥灵。"或谓上联不及下联之切，盖分雷、电为二故耳。不知电乃雷火，凡雷之起，如爆竹然，必先发火光而后出声，则雷电本是一物，"明明"句正指雷火，不为泛设也。

番禺陈兰甫学录题火神庙联云："缅思上古圣神，四时钻燧；请看太平气象，万户吹烟。"又风神庙联云："太平之时，以不鸣条而瑞应；君子之德，在乎偃草而令行。"

金醴香观察（菁茅）题华光庙联云："朱鸟流光，功参赤帝；黄离叶吉，福被苍生。"

江宁治东有泉曰八功德水，出钟山灵谷寺。旧有龙神庙，洎兵兴毁，坛宇荡然无存。同治六年，曾文正公督两江，会天旱，率属祷于灵谷之神，四祈四效，岁仍有秋，乃相与重建庙貌以报。公自有记，存文集；并题联云："万里神通，度海遥分功德水；六朝都会，环山长护吉祥云。"

《庸闲斋笔记》云：雍正间，先文勤相国督浚吴淞江，松江府周公（中铉）勤其官而水死。郡人感德，私祀之，叠著灵应。道光初，巡抚陶文毅公奏，奉特旨，立庙江干，有司岁祀。同治十年冬，予权上海县事，大吏疏请重浚吴淞，起青浦，迄上海，计一万一千余丈，而在上海者十之七。余虔祷公祠，半年中集民夫数万于河上，风尘不惊，疾疫不作。工竣，谢以联云："百四十年旧迹重开，念先人诣切同舟，数典敢忘其祖；万一千丈钜工告蒇，庆此日江流顺轨，惟公所存者神。"

城隍之名，见《易》："城复于隍。"《礼记》"天子大蜡八"，水庸居七。"水，隍也；庸，城也。"唐李阳冰《缙云城隍记》谓"祀典无之，惟吾越有之"，如言庙祀之始耳。然成都城隍祠，李德裕所建；张说有《祭荆州城隍文》，杜牧有《祭洪州城隍文》，则不独吴越为然。又芜湖城隍庙建于赤乌二年，高齐慕容俨、梁武陵王祀城隍，皆书于史，又不独唐而已。宋以来，其祠遍天下，或锡庙额，或加封爵，至或迁就傅会，各指一人以为神之姓名。且相传，神亦有代谢，如世上之迁更者，其果然欤？明洪武二年，命加封爵：京都为"升福明灵王"，开封、临濠、太平、和州、滁州皆为王，其余府为"威灵公"，州为"灵佑侯"，县为"显佑伯"。赵兵备（翼）《陔馀丛考》谓"京师封帝，开封、临濠、东平、和、滁以王，府曰公，县曰侯"，误也。三年，诏去封号，止称某府、州、县城隍之神，迄今因之。事具《明史·礼志》《大清会典·通礼》。

庙联最多，亦最杂，惟旧传集句一联云："善报恶报，迟报速报，终须有报；天知神知，我知子知，何为无知？"（此《后汉书·杨震传》本文。《东观汉记》无"我知子知"四字，不知何人改为"天知地知，尔知我知"。）以佛经对《杨震传》，落落大方。又范县城隍庙联云："天之阴骘有权，毋谓为善或不昌，为恶或不灭；神所凭依在德，须知降祸皆自取，降福皆自求。"正可为前联转语，而梁氏俱不录，何欤？

吾绍城隍庙有联云："任凭尔无法无天，到此孽镜悬时，还有胆否？须知我亦严亦恕，且把屠刀放下，回转头来。"

闽县林奎五茂才题城隍庙六龙司联云："锡爵岂徒称五羖；报功端合祀三牲。"

财神庙联，集经语者，如金兰浦学录句云："以义为利，则财恒足；既富方穀，而邦其昌。"俞荫甫太史句云："无以为宝，惟善以为宝，则时恒足矣；义然后取，人不厌其取，又从而招之。"又云："生财有大道，则拳拳服膺，仁是也，义是也，富哉言乎至足矣；君子无所争，故源源而来，孰与之，天与之，神之格思如是夫。"俱极浑成，且寓劝惩之旨。太史又有自撰西湖孤山财神庙一联云："梅鹤洗寒酸，好教逋老扬眉，葛仙吐气；莺花添富丽，恰称金牛湖上，宝石山边。"巧思浚发，尤传诵于时。

杭州西湖药王庙联云："传家历帝鼇八朝，姜水烈山，珍图鸿邑；读史殿禅通一纪，醴泉嘉穀，灵祉蝉联。"按：世传神农尝百药作《本草》，其说本于陆贾《新语·道基篇》。然《新语》但称："神农以行虫走兽难以养民，乃求可食之物，尝百草之实，察酸苦之味，教人食五谷。"是神农但尝百草，教人谷食，未尝尝药治病。《汉书·艺文志》载神农书甚多，独无《本草》，惟有《神农黄帝食禁》七卷。《食禁》，盖即教人食五谷时禁其不可食者，与《本草》不同。据《周礼》"疾医"疏引《中经簿》《本草》，刘向说"乃六国时人扁鹊弟子子仪所作"，不出神农。俞荫甫太史辨证极详。且神农为三皇之一，即有尝药之事，亦不当称药王。宋韩元旦《桐阴旧话》称："忠献公年六七岁，病甚，忽曰：'有道士牵犬，以药饲我。'俄汗而愈。"按《列仙传》："韦善俊，唐武后朝京兆人，长斋奉道法。尝携乌犬名乌龙，世俗谓为药王"云云。据此，则宋时所谓药王乃是仙人韦善俊，不知何时误为神农。此联虽不及神农尝药，而用之于药王，犹不免为俗说所囿也。惟前阅高江村《扈从西巡日录》："郑州城东北有药王庄，为扁鹊故里。药王庙专祀扁鹊，香火最盛。明万历间，慈圣太后出内帑，增建神农轩辕三皇之殿，以古名医配食。自是药王之会弥加辐辏。"

正阳关金龙四大王庙，为督销盐局供奉。薛慰农观察题联云："以书生作河渎尊神，庆雪浪常恬，与伍相国威灵共著；惟蘖政擅江淮美利，愿风帆助顺，并八公山草木无惊。"按：神姓谢名绪，南宋会稽诸生，为谢太后之侄。父生四子，神最少。元兵方盛，神以戚畹，愤不乐仕，隐钱塘之金龙山。宋亡，神赴水死。明太祖起兵，吕梁之捷，神显灵助焉，敕封"金龙四大王"，立庙黄河上。国朝因之。朱国桢《涌幢小品》，邵远平《戒山文存》，施愚山《蠖斋杂记》，所记略同。然则"金龙"其所隐山名，"四"其行弟（第）也。而吕叔清（湛恩）乃引陈栋《淮安镇海金神记》，称"龙于五行属木，木畏金，从其畏厌之，可无患，于是创镇海金神庙"云云。以为"地四生金"，所谓"金龙四大王"者，亦即以"金镇海"之义，不必实有其人。此与全谢山、赵瓯北谓"海神天后，取以水配天，不关林氏女"之说正同。务高论而不顾事实，窃所不取。观察此联不从吕说，可谓实获我心矣。

《水牕春呓》云：左季高侯相少时，计偕过洞庭君庙，题联云："迢遥旅路三千，我原过客；管领重湖八百，君亦书生。"意态雄杰，即此可见。

文昌为斗魁六星，与梓潼神本不相涉。自元初以"辅元开化文昌司禄帝君"封其神，明景泰间以"文昌宫"额其庙，遂合而为一。昔人考之详矣。福州林春圃秀才（步青）集句联云："主善为师，学者必以规矩；在天成象，焕乎其有文章。"广州陈少伯秀才（景伊）撰句联云："一十七世前修，为汝等现身说法；

二百余年中祀，助我朝应运生材。"人称其佳。然本朝文昌之入祀典，始于嘉庆六年，实无二百余年也。

林子莱孝廉（仰东）题文笔书院奎星楼联云："有星炯然如夜月；兹楼高处接三台。"

蒋果敏公（益澧）为浙藩时，重修吴山文昌庙，并题联云："本孝友以化人文，看卓笔峰高，胜地自来多俊杰；列星辰而司禄命，占联珠气耀，销兵全在重科名。"

临海严孝廉（乘潮）题台州八仙岩吕祖祠联云："看下方扰扰红尘，富贵几时，只抵五更炊黍梦；溯上界茫茫浩劫，神仙不老，全凭一点度人心。"顺德蔡太史（锦泉）题邯郸吕祖祠联云："因果证殊难，看残棋局光阴，试问转瞬重来，几见种桃道士；黄粱炊渐熟，阅遍枕头世界，乐得饱餐一顿，做成食饭神仙。"严是醒世之言，蔡是达人之见。

福州冶山有赞化宫，祀吕纯阳。尝降乩与人谈玄治病，刻有《葫头集》。其祠联多清丽，如张荣题云："曾作宰官身，检唐苑名经，春色曲江归进士；独醒尘世梦，话岳州诗事，月华冶麓拜飞仙。"柯玉栋联云："四围紫气捧心香，结成胜地蓬壶，正屏麓云开，剑池月上；万丈白毫悬肘篆，分与神山药石，早葫头日驻，枕底春回。"张秉铨题云："万劫挽蓬莱，荃宰无名，不徒大醉行吟，剑外光横沧海月；一官驱桂管，瓣香在抱，正值落成合乐，枕头梦引故山云。"王孝思题云："五十年梦醒华胥，酒怀黄鹄，剑气青蛇，独抱法轮回世劫；七二篇肩承柱史，铁笛吹云，金丹浴露，幸依宝筏证关元。"

按：吕洞宾为唐德宗朝礼部尚书吕渭之孙，咸通中举进士，不第。值黄巢乱，隐居终南山，学老子法。叶石林《岩下放言》，吴曾《能改斋漫录》，赵与时《宾退录》，所记略同。宋时《陈抟传》言"其年百余岁，数至抟斋中"。是洞宾固唐末人，历五代至宋初犹存也。《述异记》载卢生遇吕翁于邯郸旅店，"授枕入梦"事，在开元间，下距咸通百有余年，其为别一吕翁可知。而今人皆以为洞宾，盖沿袭《传道录》及《神仙通鉴》之误耳。

山阴孙太守（廷璋）题吕祖庙联云："点石果能成，未必黄金犹是贵；炊粱容易熟，倦教好梦也须阑。"

泉州吕祖祠，塑像仗剑跨鹤，庭有碧桃一树。梁尧辰集《诗品》为联云："壮士拂剑，高人惠巾，生气远出；白云初晴，碧桃满树，独鹤与飞。"

福州城南有元天上帝庙，郑直士部郎（植）题联云："玄之又玄，与天合德；上于无上，惟帝居尊。"

侯官林颖叔方伯（寿图），集句题九仙山王灵官庙联云："神无常依，惟德是辅；山不在高，有仙则灵。"

曾文正公有题江宁痘神庙联云："善果证前因，愿斯世无灾无害；拈花参妙谛，惟神功能发能收。"

倪云癯大令（鸿），言广州海幢寺观音男像有须，祈嗣辄验。

满洲文庄公（德保）抚粤时，尝往祷之，遂生煦斋相国（英和）。后其弟官粤东，相国寄题楹联云："佳气海天遥，忆当年兆协桑弧，早沐神慈垂默佑；政声山斗在，念此日荫承兰锜，敢忘忠荩绍清芬。"至今犹存。

按佛经，观世音菩萨乃转轮王第一子，名不晌，亦名宝意。及见天人，请受佛法。因观一切众生，欲断诸苦。宝藏佛字之曰"观世音"，为"普光功德山王如来"。尝白佛言："如有女人出家，见种种女人身而说法。"是观世音出世本男子，而其为妇人者，乃化身也。（说参《悲华经》《观音得大势受记经》《普贤陀罗尼经》《楞严经》。）

至其塑像男、女，明胡应麟《笔丛》、王世贞《观音本纪》引唐释道世《法苑珠林》载："宋王球在狱念'观世音'，梦一沙门与以一卷经，弥增专志，遂被宥。"《太平广记》载《辨正论》："晋郭宣文处茂因其友杨收敬有罪，同系狱。念'观世音'，梦一菩萨慰以'大命无忧'，少日俱免。"《述异记》："晋沙门法义病积，归诚观世音。梦一道人为治，觉而豁然。"《冥祥记》："宋张兴妻系狱，念'观世音'，梦一沙门导之使逸。""苻秦毕览随慕容垂北征，入山失道，念'观世音'，夜见一道人示以途径，遂至家。"谓古时观音无妇人像。而赵翼《陔馀丛考》、俞［正］燮《癸巳类稿》，则谓"观音之为女像，自六朝以来已然"。《陈书·后妃传》："后主沈皇后国亡后入隋。隋亡，至毗陵天静寺为尼，名观音。"《隋书·王劭传》："文皇独孤后秘记，言是妙善菩萨。妙善，即世传妙庄王女观音也。"蜀孙光宪《北梦琐言》："唐懿宗丧同昌公主，见左军观音像陷地四五尺。左右言：'陛下是中国之天子，菩萨是边土之道人。'帝悦。"盖指公主为观音示身。所言观世音，皆女身。

《北齐书·徐之才传》："武成病，初见空中有五色物，稍近，变成一美妇人；食顷，变为观世音。"《法苑珠林》："齐彭子乔系狱，诵《观世音经》。有鹤下至子乔边，时复觉如美丽人，子乔双械自脱。"宋洪迈《夷坚志》："董性之母素持经，忽病死，其魂呼'救苦观世音'。恍若有妇人挈之偕行，遂瘳。""许洄妻难产，默祷观世音，恍惚见白氅妇人抱一木龙与之，遂生男。""徐熙载母虔奉观音。熙载舟行将覆，呼菩萨名得免。既归，母笑曰：'夜梦一妇人抱汝归，果不妄。'"所见观世音，皆女身。

南宋甄龙友《题观音像》云："巧笑倩兮，美目盼兮，彼美人兮，西方之人兮。"寿涯禅师《咏鱼篮观音词》："窈窕丰姿都没赛，提鱼卖，堪笑马郎来纳败。"所咏观世音，亦无非女身。则观世音之无男像可知。

胡、王所引数事，其见为沙门道人，不须观世音亲见也。说甚博辨。然余观唐段成式《酉阳杂俎》，《太平广记》释证三引云："长安云花寺有观音堂。大中末，百姓屈岩患疮且死，梦一菩萨摩其疮曰：'我在云花寺。'岩惊觉汗流而愈。因诣寺寻检，至圣画堂，见菩萨一如其睹，遂立社建堂移之。"《儒林公议》："谢绛雅秀有词藻，然轻黠利唇吻，人罕测其心，时谓之'玉面观音'。"孙光宪《北梦琐言》："蒋凝侍郎有人物，每到朝士家，人以为祥瑞，号'水月观音'。"夏文彦《图绘宝鉴》："贺六待诏家世专画观音，至其身，于艺尤工。忽观音化为丐者求画，遂得真相。"宋吴曾《能改斋漫录》云："吴侍郎待问，其父，人以其长厚，呼为'吴观音'。"《夷坚志》又载："淳熙五年，信、饶二州都巡检罗生，寓王秀才宅。一婢曰'大喜'，目障交蔽，久不见物。一日，梦一僧授以瓯饮之，便觉目瞳瞭然。罗以告王秀才曰：'此我家观音也。'"王渔洋《居易录》载沧州张汉儒在普陀见观音现身事云："跪祷久之，果睹大士自石壁中出，惟见侧面。又祷曰：'愿睹正面。'大士即又背洞面海，去人咫尺，绀发卷鬓，高颧隆准，衣绿色，半身在云气中不可见。倏入石壁去。"夫菩萨非女人像也。呼男子为"观音"，闻梦僧而知为"我家观音"，且以"卷鬓隆准"示形，其非女人像尤可概见。

然则六朝以来，观世音固有男像矣。盖观世音极幻人之术，其见示之身，男女初无一定，当时之塑像亦然。以为皆男者固失之，以为皆女者亦未为得也。惟今寺观塑像尽易女身，只海幢寺一男像仅存，世不经见，遂滋聚讼，故为平之如此。

大竺法喜寺观音殿兵后重修，满洲冠九廉访（如山）题联云："救百千万劫，具大慈悲，湖山无恙；现三十二身，说妙功德，物我同春。"湘乡李世颜题联云："立马吴山，忆昔年转战沙场，履险如夷，宝筏自天援苦海；还辕湘水，愿今日皈依竺国，指迷彻悟，瓣香异地拜慈云。"

江宁莫愁湖上华严庵观音座前，有联云："湖山旧属女儿家，稽首慈云，愿佳丽尽生西土；图画今留元老像，翻身苦海，叹功名都付东流。"盖庵奉曾文正公小像也。又周绍斌联云："满湖水月空中相；半夜霜钟悟后禅。"

福州城南于山观音殿，有朱海谷观察（桓）联云："五虎阶前听法去；双虹水面度人来。"盖殿面五虎山，旁夹洪山、万寿两桥也。陈望坡尚书（若霖）亦有联云："城郭拥慈云，杨柳青分三竺国；海天闻法界，莲花青护九仙山。"

何青芝先生题观音庙联云:"放大光明,真耸人观德;空诸色相,勿求我声闻。"

湘阴左文襄公(宗棠)同治甲子督闽浙,至光绪甲申,复以大学士督师入闽。游鼓山涌泉寺,适观音殿修竣,主僧丐题楹帖,乃书一联付之云:"结来香火因缘,先后廿年,持节重游闽越地;同是大千世界,海天一览,置身如在普陀山。"

黄山慈光寺韦陀殿有联云:"惟大英雄能觉悟;为诸菩萨振纲维。"见黄秋宜《游记》。

广州华林寺金钢(刚)殿,有陈棠溪仪部(其锟)集《华严经》联云:"永离盖缠,放无量色光明网;常服善铠,出不思议变化云。"

京师龙树寺佛殿,有萧山汤文端公(金钊)联云:"何处菩提,莫错认庭前槐树;无边法藏,且笑拈阁外芦花。"

吾绍戒珠寺佛堂有联云:"不生,不灭,不垢净,不增减,度十方苦,是名诸佛;无我,无人,无众生,无寿者,离一切相,方见如来。"

闽县叶季韶舍人(仪昌),尝自营生圹于邑之玳石山,泐"凤栖"二字其上。旁有社公祠,制联榜之云:"香火有缘,及我归真共晨夕;溪山无恙,在官常调足烟霞。"

德清乌巾山之阳有土谷祠，父老相传曰"尧皇土地"，不知何义。然长兴有尧市山，《一统志》云："尧时洪水，民避难于此成市。"则德清之有尧时迹，亦无怪也。癸酉岁，庙重修落成，俞荫甫太史题一联云："耕而食，凿而饮，相传中古遗风，尚留村社；春有祈，秋有报，愿与故乡父老，同拜神旗。"

淮安漂母祠扉，镌联云："姓氏隐同黄石远；英雄识在郯侯先。"见雷松舟《燕游日记》。

高州府文明门外有冼夫人庙，文树臣观察撰联云："诛欧阳纥，佐陈霸先，功烈著旗常，民奉馨香绵百世；前南越王，后东莞伯，英雄昭史册，天生巾帼共三人。"

高邮露筋祠，据米南宫碑文，神盖唐宋间人，姓萧名荷花，与嫂过此，不肯投宿田舍，被蚊啮露筋而死者。陶文毅公（澍）以御史巡漕，祷水有应，疏请赐额"贞应"，自是灵异益著。其楹联有云："白水至今犹一色；绿杨到此不三眠。"又云："谁与共三秋，有江上曹娥，溪边蒋妹；我来游此地，正湖心月白，门外风清。"不即不离，而贞洁自见。若周素生大令云："千古死应无此法；斯人奇在不知名。"则刻意出奇，反成滞相，非徒考据之疏也。又有集渔洋诗者云："湖边孤寺半烟筱；门外野风开白莲。"按：梁氏《联话》尝以杨升庵句"庭前夜雨弄孤筱"对渔洋句，而自嫌非露筋本事。今则以王配王，意境恰称，殆胜之矣。

福州马江船政局中祀天后，其殿材俱来自外洋。沈文肃公（葆桢）题联云："惟神天亶聪明，愿千秋灵爽式凭，俾俺巧班工，同成宝筏；此地海疆门户，看万顷沧波不动，有冰夷洛女，虔拜云旗。"林孝廉（宪曾）亦题联云："岩岫发灵光，喜频年荒裔输材，大选栋梁崇庙貌；海天留圣迹，悉先世长林分叶，得依俎豆颂宗功。"语俱壮阔。又汪应辰一联云："秋社荐黄花，正箫鼓重阳，证果三生天竺梦；故乡思荔子，记湖山招隐，先芬一卷邵州诗。"（神生时，母梦观音抱送神女。宋雍熙四年九月初九日升化。高祖蕴，为唐邵州刺史，著有《邵州集》。）绝不铺张功德，而独从神之家世、生没著笔，脱尽寻常窠臼，可谓扫陈言而标新颖矣。

乌石山天后宫为鹾商公所，风景最胜。某岁重九，诸名士登高于此，适屏南王教谕（家驹）自台湾归，舟遇顺风，一夕而达，亦与会焉。纪以联云："万顷泛沧溟，感履险如夷，几度稳凌鳌背浪；一官怜苜蓿，愧登高能赋，片帆如助马当风。"

侯官梁礼堂观察（鸣谦）题天后庙联云："是（《述录》误作"自"）神禹后一人，盛德在水；由大宋来千古，崇祀配天。"

梁氏《联话》载张南山为述武后庙联云："六宫粉黛无颜色；万国衣冠拜冕旒。"谓"武后不知何处有庙"。今按：宋周去非《岭外代答》云："广右有人言：武后母，钦州人，今皆祀武后，冠帔巍然，巫者称曰'武太后娘娘'，俗曰'武婆婆'。"据此，则岭外固有武后庙矣。

有人撰关忠义夫人庙联云："生何氏，殁何年，盖弗可考矣；夫尽忠，子尽孝，可不谓贤乎！"梁氏《联话》采之，而引宋牧仲《筠廊偶笔》载冯山公（景）改撰王朱旦《解州关侯祖墓断碑记》，称："侯祖石磐公，讳审，字闻之。和帝永元二年庚寅生，居解州常平村宝池里。卒于桓帝永寿二年丁酉，享年六十八。子毅，字道远，桓帝延熹三年庚子六月二十四日生。侯长，娶妻胡氏，灵帝光和元年戊午五月十三日生子平"云云。谓夫人固自有姓，作者亦未见冯记尔。

愚按：赵瓯北《陔馀丛考》云："东汉人尚无别号。今既名审、字闻之，则磐石乃别号，一可疑也。名审、字闻之，名毅、字道远，皆取《中庸》《论语》之文。其时《中庸》杂于《礼记》中，何以两代名字恰用《中庸》《论语》，二可疑也。忠义尚有子曰兴，碑既载其兄，何不载其弟，三可疑也。忠义殁后，子孙在蜀，（按裴松之本传注："《蜀记》：'庞德子会随钟、邓入蜀。蜀破，尽灭关氏家。'"）解州故乡尚属魏、晋，此碑何时、何人所立，并不附见，四可疑也。"赵氏之言卓矣，然犹第论冯记，而未核王碑也。

今按：云间徐学栋传刻王碑，载"康熙戊午，解州常平士人于昌读书塔庙，昼梦忠义授以'易碑'二字，惊寤。见浚井者得巨碑，已断且碎，合而读之，知为忠义父奉祀厥考主，中纪生殁甲子并两世字讳。因往寻墓道，与碑悉合，乃告州守王朱旦为碑"。是此碑立自忠义之父，与冯记不言所立者不同。但其所谓"奉祀厥考主"者，其为祀主于寝欤？固不须碑；其为迁主于庙欤？亦不须碑。且即须碑，则第载其考之生卒事迹及子若孙之名足矣，何以必书子若孙之生日？且忠义生日史传无考，元郝经作《顺天庙记》，始有"夏五月十三日、秋九月十三日，大为祈赛"之说。明太祖建庙金陵，因定制以五月十三日为生日；国朝因之。此不过从民俗，隆胖蚃，非谓忠义实生于是日也。至《东京梦华录》谓"六月六日"，《关王事迹》谓"六月二十二日"，邺书《玉匣记》谓"六月二十三日"，纷纭傅会，不可究诘。而道书以六月二十四为生日，五月十三为得道之日，尤为谬妄。今独隐取道书之说，而以明祖定期移之关乎，岂非防人知所自来，思有以灭其迹，而故为是舛迕哉？冯记虽削去"奉祀厥考"之语，曲为弥缝，而不知罅漏固甚多也。然则此碑之伪托，灼然可知。而梁氏乃取以证关夫人之姓，陋矣。（又按：《订伪杂录》："钱唐、崇明、武乡县志，《季汉五志》，皆为此碑所误。"）

马平马质夫（文濬）言，其乡文昌、关帝合祠，有联云："欲知前世因，只完得孝友一生，便成阴骘；寄语后来者，若认定君臣二字，许读《春秋》。"按：帝好《春秋》，《蜀志》本传无明文，惟裴松之引《江表传》，云"公好《左氏传》，略皆上口"而已。故莅邻中丞每嫌联中用此二字。然《左传》本名《左氏春秋》，有传即有经，尚非全无根据者比。

至"阴骘"，出《书·洪范》"惟天阴骘下民"。古只两解：一训"阴定"。《史记·宋微子世家》载此经，作"维天阴定下民"。伪《孔传》取之，云："骘，定也。言天下言而默定下民。"疏云："传以骘即质也。质训为成，成亦定义。"此以"骘"为"质"之假字为训。一训"阴升"。《吕氏春秋·君守篇》引此经而申之曰："阴之者，所以发之也。"高诱注云："阴阳升陟也。（此疑"阴覆陟升也"之误。陟，骘之假字。）言天覆生下民，（覆训阴，生训骘。）王者助天举发，（句。"举发"即经文"骘"字之义。"助天"云云，谓经下文"相协厥居"。）明之以仁义。"《释文》引马融注："取之云阴，覆也；骘，升也。升犹举，举犹生也。"应劭《汉书·五行志注》亦同。后儒皆引《尔雅》"骘"本诂"升"以证此，以"升"为"骘"之本义为训，说虽不同，要无释"骘"为"德"者。世传之"阴骘"为"隐德"，显背经义，此则不可不知也。然洪州倅（颐煊）《读书丛录》：'《尔雅·释诂》："鹭，升也。"此正高注所本。"阴骘"又通作"阴德"，《史记·田完世家》："行阴德于民"。《淮南·人间训》："夫有阴德者必有阳报。"《新序·杂事篇》：'吾闻有阴德，天报以福。'《说文》：'德，升也，音义并同。'"

长乐柯镜岩郡博（寿亨）言江苏广东会馆祀关帝、天后，柱镌联云："帝天同德；吴粤一家。"可谓简括。

苏州沧浪亭右有五百名贤祠，创自道光戊子。陶文毅公兵后重修，薛慰农观察有联云："千百年名世同堂，俎豆馨香，因果不从罗汉证；廿四史先贤合传，文章事业，英灵端自让王开。"

金岱峰郡博教授台州，祀郑康成、许叔重于仓圣祠，手题联额。其仓圣祠联云："作黄帝史官，记动记言，鼻祖神灵明四目；开元公《尔雅》，释诂释训，耳孙著述衍三苍。"许叔重龛联云："家传十四篇，书合三苍为一；律讽九千字，学通五经无双。"郑康成龛联云："微言守遗，当奉大师为表帜；实事求是，敢从二氏问传薪。"

畿辅先哲祠在宣化门外斜街，享殿有沈经笙相国（桂芬）联云："《三辅黄图》，先民有作；千秋金鉴，何代无贤。"桑伯佾尚书（春荣）联云："学焉各得性之所近；贤者亦将有感于斯。"李兰孙尚书（鸿藻）联云："周召王化所基，考献征文，不独纂成耆旧传；燕赵古称多士，希风采韵，相期同翊圣明时。"张香涛抚部（之洞）联云："轩辕台，伯夷庙，吉甫墓碑，观圣贤风教所遗，请稽经典；碣石馆，日华宫，首善书院，数幽冀人才之盛，直到皇朝。"又云："其山恒，其水漳，其浸涞，其薮昭馀祁，会大一统车书，渊岳钟灵皇建极；鄙夫宽，薄夫敦，顽夫廉，懦夫有立志，萃三千年人物，庙堂观礼士希贤。"后殿左室附祀忠义，联云："薰膏馨烈光惇史；巴舞骚音奏国殇。"右室附祀列女，联云："远比华阳编士女；岂无刘向传贤明。"旁有绿胜庵，为憩息所，联云："河朔人才葛禄记；斜街花事竹垞诗。"并抚部所题。

无锡惠山新建五中丞祠，祀海忠介（瑞）、周文襄（忱）、周怀鲁（孔教）、汤文正（斌）、李文恭（星沅）。应敏斋方伯书联云："自胜国至熙朝，歌咏不忘，四百年来五开府；以事功兼学术，馨香无愧，九龙山下一崇祠。"

光绪五年春，杭人于孤山重建数峰阁，以祀明抗珰殉国诸贤。无锡秦廉访（缃业）题联云："抗珰就义，殉国成仁，大节本无殊，积血尚埋燕市碧；竹阁闲登，柏堂小憩，忠魂应未远，数峰遥见越山青。"

光绪丙子，江苏漕运赴天津，覆舟于黑水洋，解员蒯司马（光烈）等死焉。敕建愍忠祠于天津马家口，直督李爵相（鸿章）制联云："大海咽波涛，遗恨难填精卫石；圣朝多雨露，褒忠常傍水仙祠。"又陈大令（炳泰）联云："一死亦何奇，诸公浩劫同沦，最难堪碧海惊涛，寥天惨雾；千秋均不朽，异日英灵如在，愿常护飓樯风转，刍粟云飞。"

同治甲子，金陵大功告成。曾文正公奏建楚军水师昭忠祠于鸡鸣山，自为碑记，并题联云："贱子幸余生，记曾明月大江，横槊追随酣战夜；诸君原不死，似有金戈铁马，乘风闪烁夕阳时。"（或作左侯相撰，恐误。）彭雪岑宫保亦题联云："江淮河汉，浪涌涛惊，三千里扫荡纵横，君等能当天下事；矢石戈矛，血飞肉薄，十六载精忠义烈，国殇惟有楚人多。"

左季高侯相督师漳州，尝造大冢，聚瘗阵亡将士。制联表之云："能取义而舍生，死且不朽；为厉鬼以杀贼，魂兮归来。"又杭州昭忠祠有联云："荷二百年厚泽深仁，之死靡他，听东海怒潮，同怀悲愤；合十四县忠魂义魄，昭兹来许，酹西湖明水，共荐馨香。"会宁昭忠祠有联云："百战树功名，跃马横戈，豺虎丛中争效命；千秋怀义烈，刑牲击鼓，麒麟冢畔与招魂。"相传皆侯相所题。

广州越王山下昭忠祠，有文树臣观察联云："大节炳南天，想当年折戟沉沙，兵气已随尘劫尽；崇祠依北郭，望空际云车风马，英魂都自战场来。"

邹翰飞秀才言惠山昭忠祠楹帖极多，惟合肥李公（鹤章）一联最佳。句云："死事念诸君，尚落得一席名山，千秋俎豆；封侯嗤我辈，倒不如杖游南岳，钓隐西湖。"

湘乡昭忠祠有曾文正公联云："纶綍褒崇迈古今，生而旂常，没而俎豆；忠诚浩气塞天地，下为河岳，上为日星。"

曾文正公题李伯相家庙联云："庭训差同太邱长，子孝孙贤，已迈元方季方而上；碑文虽逊鲁国公，功高德厚，实在颜庙郭庙之间。"盖公尝为撰庙碑，故云。又题刘霞仙中丞家庙云："孔氏絃歌，鲁国新声闻壁内；汉家箫鼓，祖庭余韵在人间。"

石门高氏出齐公族，由谷熟迁姑苏。晋兴元时，又由苏还杭州。其地在九华山西南，曰魁峰，曰石门，曰桃坞，皆其地也。高滋园都转尝属俞荫甫太史代撰祠堂楹联云："卜宅晋兴元，石门秋色，桃坞春风，聚九华秀气，绵延累代簪缨，后裔至今怀祖德；溯源齐公族，谷熟分支，姑苏别派，守百禩清芬，崇奉不祧俎豆，先祠终古傍魁峰。"

合肥刘氏宗祠，有薛慰农观察联云："自受封得氏以来，唐社分支，夏廷疏爵，周家食采，汉室称藩，世禄相承，华胄遥遥光史乘；有文德武功可溯，阁中藜焰，帐外笳声，堂上蒲鞭，军中旗帜，宗风递衍，同枝密密盛淮肥。"

闽县曾伯厚孝廉（福谦），言其家庙有联云："道统绍一贯之传，师孔友颜，来者直开思孟；文章擅八家之誉，接韩步柳，同时并驾欧苏。"

侯官林筱民孝廉从赵又铭宫赞、于慎卿中翰册封琉球，归为余言二君题其国祠庙联甚多。如龙神庙云："合长江大河而注诸海；能兴云致雨是谓之神。"蔡端明祠云："传家茶荔都成谱；遗爱枌榆尚有桥。"中山先王庙云："明德维馨，克昌厥后；保世滋大，载锡之光。"又云："迪维前光，是彝是训；昭哉嗣服，宜君宜王。"善兴寺云:"孤磬发清响;浓云生夕凉。"又寺中不动天僬云:"四大皆空,从何处坐;独立不惧,作如是观。"东禅寺云:"顽石有禅意;古木生昼阴。"龙渡寺云:"得句佛亦善;安禅龙自驯。"临海寺云:"是诗境佛境;有钟声潮声。"又云:"此身恍入水精域;与佛曾结欢喜缘。"三光院云:"奇字偶模天竺帖;大观不羡广陵涛。"余不尽记,且忘其孰为赵作、孰为于作也。

杭州西湖大佛寺有沁雪泉,其联云:"沁雪贮寒泉,一片清虚,照彻大千世界;开山成宝相,十分圆满,想见丈六金身。"语颇雅切,不知何人所作。

山阴平水显圣寺佛堂有联云:"果然性地皆空,无色无声无臭味;定有佛堂普照,自南自北自西东。"

陆敬安曰:西湖多长生祠,楹联佳者,莫宝斋侍郎题窦东皋总宪(光鼐)长生位云:"怜才心事无双,教泽深长留学校;知己平生第一,师恩高厚并君亲。"李芝龄师(宗昉)题汪文端公长生位云:"政并白苏遗泽远;文成雅颂继声难。"

仁和吴小宋大令(章祁)以名孝廉宰蜀之蓬溪县,政绩卓著。在官三年,以劳瘁卒。邑人感其惠,立祠祀之,纪以联云:"修其孝弟忠信,可使制挺(梃),故曰仁者无敌;保我子孙黎民,尚亦有利,以此没齿不忘。"

金溪胡为高题三官庙联云:"极定道宗,太极原从无极;元为善长,三元统会一元。"

卷三　廨　宇

潘四梅《卧园诗话》云：予官校书时，见武英殿门所悬春联云："四库藏书，宝笈牙签天禄上；三长选俊，琼楼玉宇月华西。"武英殿后为敬思殿，即余辈校书之所。香山黄香石明经（培芳）书联云："万卷开时，书窟中祕；五云深处，簪盍同人。"

按：武英门联已载梁氏《联话》"应制"门，惟"琼楼玉宇"作"缥囊翠轴"，与上联"宝笈牙签"意复，当从《诗话》为直。爰并录之。

总理各国事务衙门大堂有联云："帝泽如春，正寰海波澄，瀛洲日丽；太平有象，喜灵台伯偃，王会图成。"

河南道御史署在都察院南，梁曦初侍御尝题联云："一径问谁开，近接乌台分曙色；三年曾我住，好留鸿爪识巢痕。"

两江督署煦园对联，俱薛桑根先生题。其退思堂句云："赋江南春，六代莺花归眼底；后天下乐，十年休养在心头。"拜石山房句云："分狮林一角，鹫峰一拳，丘壑自然佳，兴到梅苔铺作席；种芙蓉成城，杨柳成郭，林阴深处望，客来冠珮粲如云。"

浙江抚署旧有桐城方恪敏公（观承）联云："湖上剧清吟，

吏亦称仙,始信昔人才大;海边销霸气,民还喻水,愿看此日潮平。"其后公侄受畴来为浙抚,复题联于署云:"两浙再停骖,有守无偏,敬奉丹毫遵宝训;一门三秉节,新猷旧政,勉循素志绍家声。"自跋云:"乾隆戊辰,先伯父恪敏公由直隶藩司抚浙。余昔为此邦守令,今继伯父之后,亦由直藩擢任。余弟维甸,又曾以总督摄抚事。六十年来,三持使节,洵殊遇也。敬诵御赐诗中'新猷旧政,有守无偏'之句,谨录成联,以志国恩世德云。尔时嘉庆癸酉六月上浣也。"

桐乡冯柯亭中丞(钤)抚皖时,于后园莳梅及蔬果,题联云:"为恤民艰看菜色;欲知官况种梅花。"

福建巡抚署在福星坊嵩山麓,地多古榕。宝应王文勤公(凯泰)由粤藩擢任,联于大门云:"舟行瀛海上头,正三岛风清,十洲云朗;人在嵩山顶上,看庭前草色,门外榕阴。"

闽县郭远堂抚部(柏荫)由翰林观察广东,以忧归,掌教鳌峰书院。同治初,起为江苏臬使,迁巡抚。时值兵燹之后,题联于大堂云:"十九年晦遯自安,为感君恩投笔起;三千里疮痍未复,每怀民瘼汗颜多。"又题署中后乐园云:"从田间来,愿问吾民疾苦;后天下乐,试观曩哲襟怀。"

满洲禹门先生(福申)典试江右,寻奉督学之命。题一联于署云:"简满洲视学西江,自今以始;愿多士希风东鲁,与古为徒。"盖前此无满人督江学也。

福建学使署西偏，旧有友清轩，庭植松、梅、竹。乾隆间，督学朱竹君学士复于其地建三百三十三士亭。亭前列三百三十三石，皆当时诸生所献也。学士报满，适其弟文正公来代。学士联于亭云："偶为选石看山计；若慰连床话雨情。"至今树、石犹林立无恙。徐寿蘅侍郎视学时，其封翁俞臣先生复题柱联云："亭伴松竹梅，好鸟枝头亦朋友；石分瘦绉透，诸峰罗列如儿孙。"侍郎亦题一联云："海右此亭，石气荡为天下雨；楼头一笛，梅花吹破万重云。"

李铁梅中丞（嘉端）督闽学，风裁峻厉，一时庠序肃然。临去，榜一联于大堂云："爱之能勿劳，要如父兄之于子弟；学焉得所近，蕲本忠孝发为文章。"

顺天定州试院有揽胜楼，余姚汪学使（元方）题联云："下笔千言，撷滹水沱山之胜；停轺一望，载清风明月而归。"州有明月、清风两镇，故云。

琉球天使馆在那霸城，仿中朝官廨规制，有旗竿、照墙、辕门、鼓亭。大门署曰"天使馆"，仪门署曰"天泽门"，大堂屏门署曰"敷命堂"，康熙间册使汪舟次方伯（楫）、林石来参议（麟焻）题。方伯复联于屏门云："帝德著怀柔，正朔万年颁上国；臣心表忠信，南风三日到中山。"

嘉庆四年，正使赵介山修撰（文楷）题堂柱云："牛女拱三垣，看奎璧光分，丹诏有时临渤澥；楼船经万里，笑神仙事渺，青山何处是蓬莱。"副使李和叔中翰（鼎元）亦题柱云："丹凤衔书，天威咫尺；苍龙弭节，地险寻常。"同治五年，正使赵又铭宫赞新题柱云："天语表恭藩，秉礼合称今鲁国；海滨崇朴俗，采诗宜入古唐风。"副使于慎卿中翰（光甲）亦题柱云："沧海曾经，看初日朝升，长虹夕霁；蓬山不远，喜好风帆引，甘雨车随。"堂后有穿堂，直达二堂，中为正副使会食之所。乾隆二十一年，册使周文恭公（煌）额曰"声教东渐"，并书联云："圣化沿扶桑，万里而遥瞻日近；皇华临辨岳，九州之外仰天高。"左右即寝室，各有一楼，左居正使，汪方伯额曰"长风阁"；右居副使，林参议额曰"停云楼"。道光二十四年，册使高螺舟太守（人鉴）复题堂联云："入帘山晓，卷幔海秋，客馆东西双杰阁；持节龙蟠，衔书凤翥，使槎闽浙两词臣。"又长风阁联云："云树万家新雨后；海天一色暮潮秋。"为赵宫赞所题。停云楼联云："槛外月明临玉宇；枕边潮响忆钱唐。"为高太守所题。

琉球姑米岛公馆，为册使避风而设。乾隆二十一年，周文恭公奉命册封，遇飓登岸居此。额其堂曰"宝典流辉"，并系联云："鳌首驾山来，拥卫不违天咫尺；蜑民迎节拜，欢呼创见汉威仪。"

林颖叔方伯（寿图）任陕藩时，题仪门联云："门对终南，莫向此中寻捷径；地邻太乙，须知在上有仙都。"终南、太乙，皆其地山名也。又花厅联云："室有澹台，与商公事；人非安石，莫尚清谈。"

桂林陈文恭公（宏谋），有题福建臬署大堂联云："庭草不须除，常觉胸中生意满；炉香频自祝，但求世上好人多。"霭然仁者之言。

江苏臬署大堂有联云："读律即读书，愿凡事从天理讲求，勿以聪明矜独见；在官如在客，念平日所私心向往，肯将温饱负初衷。"应敏斋廉访属俞曲园先生题。

江都蒋叔起廉访为粤臬时，题署联云："如得其情，则矜而勿喜；有条不紊，若网之在纲。"宝应王文勤公（凯泰）为浙臬时，题署联云："堂前草木新栽，春色自留生意在；门外湖山不远，清光先照我心来。"

番禺许宝衢廉访（祥光）陈臬粤西，修署园，工竣，各纪以联。其挹秀亭句云："酷暑此中消，但期林下清风，常盈我袖；凉云随处荫，安得人间喜雨，遍记吾亭。"因树为屋句云："庭前草色，槛外山光，须知我辈能豪，不在雕梁画栋；墙及半肩，窗开四面，愿与吾民相见，常如白日青天。"唾绿亭句云："亭前古井长留，激浊扬清，澹泊要明廉使志；窗外孤峰特立，居高临下，伛偻须识老人心。"盖其地有老人峰也。又集李、杜句云："空山欲听水仙操；日暮聊为梁父吟。"其襟抱可以想见。

长沙吴桐云观察（大廷）任福建盐道，改商运为票运，并提陋规入官，岁溢课银十余万。当创议时，僚属啧有烦言。公题二堂一联以见志云："除积弊以挽颓风，并世几人能特识；挈私囊而归国帑，九重万里鉴臣心。"又尝命客代撰花厅楹帖，多不惬意。湖州刘蕴山学博（其清）献句云："风月助清谈，入座人才皆竹箭；冰霜坚素志，和羹心事问梅花。"公喜，即延之入幕。其爱才如此。

方子严观察由内阁中书官广东岭西道，自题大堂联云："曾踏软红尘，只不忘药砌薇阶，十载文章纶阁静；勉为清白吏，好记取韶山端水，两番兄弟绣衣来。"盖其兄子箴都转，亦尝居是职也。又西斋联云："不惜簿领贤劳，十步以内，必有芳草；且得琴书乐趣，数弓之地，兼种名花。"为观察属林芗溪孝廉题。

湖北武昌府署有周太守（廷绶）联云："十城表率，九郡先驱，亿万姓属目相看，刑赏惟求孚众志；廿载司曹，一麾出守，二千石仔肩恐钜，清勤不敢负家声。"按："一麾出守"，出颜延年《咏阮始平》诗："屡荐不入官，一麾乃出守。"沈括《梦溪笔谈》、张表臣《珊瑚钩诗话》，谓"山涛荐阮咸为吏部郎，三上，武帝不用。后为荀勖一挤，遂出始平"。延年所谓"麾"，乃"指麾"之"麾"，非"旌麾"也。自杜牧之《登乐游原》诗"拟把一麾江海去"谬为旌麾，遂成故事。今考崔豹《古今注》曰："麾者，所以指麾也，武王执白旄以麾是也。乘舆以黄，诸公以朱，刺史二千石以熏。"据此，则刺史、二千石乃得建麾。牧之将乞郡，故有"拟把一麾"之语，未可为误。沈、张所论，亦只知其一、不知其二耳。乃今人犹祖其说，有谓守郡不可用"一麾"者，何欤？

临安骆莲浦太守（钟麟）题常州府署联云："念东南民力几何，敢以茧丝忘保障；同上下考成安属，愿将抚字寓催科。"侯官李兰卿都转（彦章）题思恩府署联云："政必实，心必虚，每逢牧长师儒，要问千旄何以告；民吾胞，物吾与，虽及猺狼獞獠，莫言痛痒不相关。"仁爱之情，溢于言表。然不若全椒薛慰农观察（时雨）题杭州府署联云："太傅佛，内翰仙，功德在民，官迹相承私向往；道州诗，监门画，疮痍满地，虚堂危坐独彷徨。"尤酝藉而有味也。

兴化府署有王子勤观察（广业）题联云："荔子甲天下；梅妃是部民。"语巧而新。延平府署有赵善溪太守（人同）题联云："双剑化双龙，谬领延平名胜地；一琴兼一鹤，仰承清献旧家风。"见者亦称其工切。

张午桥太守知廉州，重修署亭。文树臣观察为撰联云："治行继前贤，何殊野吏清操，醉翁高致；登临还我辈，试看天涯明月，海角孤云。"按：野吏亭在惠州府署，宋陈文惠公（尧佐）建。海角亭在廉州，天涯亭在钦州。故援以为比云。

归安徐阮邻司马（保宇）为甘肃茶盐同知，题大堂联云："回民汉民，多是子民，我最爱民无异视；礼法刑法，无非国法，尔须畏法莫轻来。"

赵古农《临池草》载南海县署联云："自秦汉以来，于都会独称首领；通山泽之气，与编氓共振衣冠。"番禺县署联云："莫入吾门，事后省多烦恼；各勤尔业，眼前尽觳便宜。"不知何人所题。

罗田潘四梅先生（焕龙）宰洧川，岁暮自制春联，大门云："化日光天，偕尔民共登仁寿；和风甘雨，愿彼苍永锡丰亨。"花厅云："喜园中鸟语花香，十分煦妪；想郊外雉驯麦秀，一样融和。"内厅云："课士复课民，晚起放衙勤吏治；读书兼读律，公馀退食惜春光。"

贵池桂丹盟廉访（超万），归安杨蕉雨刺史（炳堃），并著清操。桂宰栾城，题大堂云："我如卖法脑涂地；尔敢欺心头有天。"杨宰息县，题大堂："每施鞭扑心常恻；不事苞苴梦亦清。"可谓无愧其言。

崔松如司马（蓬瀛）曾四任长乐县。其再莅时，前任为刘云樵观察（翊宸），能吏也。司马题一联于二堂云："草草两年过，一笑赋闲居潘令；花花千树满，再来认前度刘郎。"语妙双关。

长汀县署花厅后有蓬莱阁，在大池上。池水自卧龙山曲折而下，清澈见底。中皆植莲，花时，香闻远近。黄曼君司马（国培）署县事时，题联云："入夏荷花偏不热；出山泉水尚能清。"盖自况也。

直隶深泽县大堂，有剡城吴大令（步韩）长联云："邦畿五百里内，依山带水，谁言地褊长沙，看东距鹿城，西邻鼓国，南萦滹渡，北瞰恒阳，官此土者，如闾师，如比长，如古子男，引养引恬，要有实心敷治，漫流连高台柳月，小院荷风，古井泉香，危楼塔影；烟火二万家余，就日瞻云，何幸躬逢盛世，想士食旧德，农服先畴，工用矩规，商循氏族，我所思兮，为良吏，为神君，为慈父母，济宽济猛，可无善政宜民，须记取杨震四知，中牟三异，赵公双砚，刘守一钱。"

会稽县署宅门前有横河，通以小桥。其门联云："流水带鸭琴，官舍宛如江上宅；小桥通曲径，吏曹亦是镜中人。"

山阴汪禹九司马（萧）令顺德，题署门联云："平临百里花封，处处桑麻鸡犬；谁绘一城春色，家家烟南楼台。"

怀集县署斋西偏有莲塘、榕林，为署人纳凉地。鲍云韶先生（璈）游幕时，建亭其间，额曰"绿云水榭"。濒行，留联云："莲社初开，把酒且邀今日醉；萍踪靡定，种花留待后人看。"

广东南海学署有集句联云："近圣人之居，修其孝弟；守先王之道，发为文章。"

钱塘袁又村太守（祖德）尝摄宝山县丞，所治为上海吴淞江东隅地。书联于厅事云："剪取吴淞半江水；即是河阳一县花。"为人所称。

归化典史署客厅，有刘二尹似春集句联云："人生有酒须当醉；我辈无钱不算贫。"

粤东抚署佐贰官厅中，有集句联云："不卑小官，尝为委吏；既得天爵，莫非王臣。"

慈溪盛莲水通守（在渌），言其邑学宫明伦堂旧有姜西溟先生集句联云："辅世长民莫如德；经天纬地谓之文。"今不存。

漳州学宫，旧在郡治东南隅，自宋迄国朝，屡经修葺，未之有改。同治三年秋，毁于粤逆。明年城复，制府今侯相左公（宗棠）始移建于开元寺废址。掘土得石柱二，上镌朱文公联云："十二峰送青排闼，自天宝以飞来；五百年逃墨归儒，跨开元之顶上。"按：此联附载公《大全集》后，《楹联丛话》录之，谓"公构书舍，对天宝山，俯临开元寺"而作。考《志》：开元寺建于唐嗣圣间，至宋绍熙初，公守是邦，适五百七十余年，故公语云然。乃竟若预为今日改寺为学之谶，亦一奇也。工竣，左公撰句纪之云："创始问何年，果然逃墨归儒，天遣梵王纳土；筹边经此地，正值修文偃武，我从漳海班师。"

福建贡院楹帖，《联话》所载诸作多不存。新制佳者，惟明远楼有云："烛烬三条，试听长空仙乐举；头高百尺，曾看沧海夜珠来。"三鉴楼有云："十六年三度霞关，喜者番风味堂前，新咏同敲秋夜月；八千卷一时云集，问谁蹑鳌峰顶上，雄文高压海门潮。"为郑梦白中丞（祖琛）题。又三鉴堂联云："鹄立八千人，谁洒金壶堪蘸墨；蟾圆三五夜，我怀玉局亦煎茶。"为韩芸舫中丞（克均）题。

广西思恩府试院大堂，有李兰卿都转联云："于人何所不容，告牧长师儒，多备輶轩三岁选；有本是之取尔，先诗书礼乐，须知根柢六经来。"

何地山侍郎（廷谦）督粤学，按试阳江厅。适试院落成，侍郎揭联于大堂云："万里下征轺，从羚峡南来，见此邦民物山川，可跻列郡；千间开广厦，对鳌峰西峙，愿多士文章事业，胜似前贤。"又廉州试院馀园欣赏楼联云："辟地无多，却分广厦数椽，门迳不容人迹到；论文有暇，试上层梯一望，海山胜向画图看。"亦侍郎题。

四川成都试院，有江右杨庆伯学使联云："我生与永叔同乡，衡鉴无私，得士亟求如轼辙；此地是升庵故里，仪型不远，论文何必溯渊源。"

桂林府秀峰书院尊经阁有联云："一柱峥嵘，百粤风云从地起；六经璀璨，万年星日自天垂。""一柱"，用唐张固《独秀峰》诗"擎天一柱在南州"语也。

善化陶文毅公（澍）少时主讲澧州书院，题联云："台接囊萤，车武子方称学者；池临洗墨，范希文何等秀才。"超脱可喜。

杭州崇文书院在西湖北山麓，旧有联云："儒脩南渡承东汉；名胜西湖在北山。"后遭乱毁。同治四年重建，会全椒薛慰农先生（时雨）以杭守引退，巡抚马端敏公（新贻）聘主讲席。先生撰联榜之讲堂云："讲艺重名山，与诸君夏屋同栖，岂徒月夕风晨，扫榻湖滨开社会；抽帆离宦海，笑太守春婆一梦，赢得棕鞵桐帽，扶筇花外听书声。"明年，宝应王文勤公（凯泰）由浙臬擢广东布政使，亦留联云："云路及时登，盼诸君同咏霓裳，传来南海；风帆随处转，好他日重携文酒，泛到西湖。"

绥远城长白书院为驻防诸生肄业之所，联云："盛世本同文，合左云右玉封疆,息马投戈,朔漠寖成邹鲁泽;将军不好武,萃黑水白山俊彦,敦诗说礼,边关长此诵弦声。"某将军属薛桑根先生题。

何地山侍郎(廷谦)题龙川通衢司景韩书院联云:"此乡为闽峤通衢,前朝战垒犹存,宜以诗书回犷俗;其地有昌黎遗庙,多士讲堂新立,固应山斗奉名贤。"

左季高侯相督闽浙,在福州创建正谊书院,为举人肄业地。聘林勿村中丞主讲席,中丞题联云:"中原士气扬旗鼓;左海文光射斗牛。"侯相亦联云:"青眼高歌,他日应多天下士;华阴回首,当年曾读古人书。"华阴,长沙书院名也。

顺德黎方流孝廉(如璋)题其邑观澜书院云:"翻水成文,须知苏海韩潮,不外渊源洙泗;观澜有术,安得乘风破浪,直教洄溯瀛洲。"按:李耆卿《文章精义》云:"韩如海,柳如泉,欧如澜,苏如潮。"今不知何以讹为"韩潮苏海"也。

黄式权《锄经书舍零墨》云:南海冯小芸观察(树勋)宰南汇时,创建芸香草堂,专课经解诗赋,录诸生十八人为弟子,令各植梅花一株。筑室其间,额曰"吟梅"。系以联云:"看一树花开,可似放翁,绘得几家团扇;动十分诗兴,还如何逊,吟成东阁官梅。"

汀州归化县峨嵋书院,有邑人罗竹淑孝廉联云:"一带城垣排雁齿;半天山翠拥峨眉。"盖院在城北小峨眉山上也。

湘乡东皋书院有曾文正公联云："到此湖山俱有灵，其秀气必钟英哲；古来豪杰都无种，在儒生自识指归。"

朱竹垞《静志居诗话》云：顾亭林先生迁居山西，营书院一区，尽取家藏经史暨明累朝《实录》，插签于架。余分书题其柱云："入则孝，出则弟，守先王之道，以待后学；诵其诗，读其书，友天下之士，尚论古人。"按：此联梁氏《联话》谓竹垞题西湖之敷文书院，殆误。

广州有海味台，当珠江之中，水军形胜地也。咸丰己未，台毁于火。同治庚午，构屋数楹，为巡船缉捕公所。文树臣观察为撰楹联，大门云："环海波澄，犀甲军排金鼓肃；层霄月上，骊珠光射斗牛寒。"大厅云："砥柱奠中流，万古风涛横地轴；楼船屯劲旅，五更鼓角壮江声。"船厅云："楼阁俯中央，最难忘曲榭回廊，良宵风月；江天雄一览，犹想见伏波横海，往日勋名。"

福州大庙山山川坛左，有厅事三楹，为官吏岁祀憩息之所。闽县谢笃人孝廉（锡光）设帐其中，尝题一联于厅柱云："抚心亦念苍生，奈平生积学未优，聊复在山培小草；当道自征素履，到此地报功诚重，好先入舍树甘棠。"

杭州义学有集四书联云："谨庠序之教，孰先传焉，孰后倦焉；闻絃歌之声，有成德者，有达材者。"相传为莫宝斋侍郎手笔。

张棠邨先生题广州义学联云："三千士独对大廷，莫道无关窗下事；五百年间生名世，安知不是座中人。"激励寒畯，辞旨宏深。许斋生先生题严州义学联云："虽非千万间，居然广厦；为语二三子，慎厥初基。"语亦简贵。

曾文正公题瓜州盐栈联云："两点金焦，劫后山容申旧好；万家食货，舟中水调似承平。"

都门番禺试馆有联云："云路九秋高，驱毂振缨，桂子香时来日下；客怀三月远，停杯剪烛，木棉红处话波罗。"

薛桑根先生题宿松段氏试馆云："瀹岳韫瑰琦，笔挟风涛，随千里大江东下；于门兴驷马，曲赓霓羽，看一轮明月秋高。"

杭州安徽会馆薛慰农观察有联云："美擅湖山，留此地萍踪，好共一觞一咏；欢联桑梓，问故乡梅信，无忘江北江南。"又金陵歙县会馆联云："冠佩集群贤，从丹山白岳而来，诗伯文雄，望气浩如云海；莺花邻艳迹，览桃叶青溪之胜，古欢新契，豪吟称此江山。"

都门江安会馆，有王文勤公（凯泰）联云："联襼集群贤，都看五色云中，恩迎日下；停骖逢盛会，犹忆百花洲上，春到江南。"江西江安会馆，有何地山侍郎（廷谦）联云："俱是宦游人，从大江南北来，追忆昔贤，犹存鹿洞学规，蠡湖政绩；曾为持节使，登匡庐左右望，瞻言故里，如见白门烟雨，黄海云涛。"

保定浙绍会馆戏台联云："别馆接莲池，谱来杨柳双声，古乐府翻新乐府；故乡忆梅市，听到鹧鸪一曲，燕王台作越王台。"山阴骆照题。

金陵湖南会馆戏台，有曾文正公联云："荆楚九歌，客中聊作枌榆社；江山六代，劫后重闻雅颂声。"

福州南台广东会馆，番禺曹太史（秉濬）督闽学时题联云："客至共欣然，别来珠海烟波，故里关情频问讯；人生如寄耳，话到榕江风月，他乡聚首亦前缘。"又区觉生观察（天民）题云："作客几时闲，趁此间茶熟香温，正宜结侣三山，本地风光评荔子；思家千里远，喜今日兰言竹笑，为报人来五岭，故乡心事问梅花。"又戏楼联云："月榭坐飞觞，三雅三升，记来桑柘影斜，社酒昔同乡饮醉；风亭听弄笛，一声一曲，唱到荔支香近，里歌原合土音操。"

杨剑波通守言汉口昭忠祠戏楼有联云："且按战场文，试将玉笛梅花，谱出承平雅颂；要知前代事，如对晴川芳草，演来优孟衣冠。"

《馀墨偶谈》云：贵州东门外九华宫，江南会馆也。其中楹帖极多，如："游子春来折杨柳；故乡人到问梅花。"孙心筠观察题也。楼中又悬鲍华潭先生一联云："秋来黄叶成村，打桨忽生归櫂想；雨后青山满郭，登楼常作故乡看。"先生和州人，语尤清切。至翁祖庚先生题船舫集句云："诗梦不离桃叶渡；骚人未驻木兰舟。"则又绮丽之作矣。

吴江王氏义庄有薛慰农观察联云："大义惟敬宗，收族最先，割千百亩膏腴，其川三江，其浸五湖，荷锸决渠同食福；达孝以继志，述事为善，经一再传封殖，我仓既盈，我庾维亿，瓜绵椒衍永承庥。"又震泽县积谷仓云："其谷宜稻，既坚既好；自天降康，乃积乃仓。"盛泽镇积谷仓云："娄南应主藏天星，斯万斯千，多多益善；吴下擅具区水利，馀三馀九，陈陈相因。"亦观察题。

广州施医局寿世堂，创自梁少亭仪部、蔡和甫司马。门有联云："愿众生皆成寿者相；学菩萨普济世间人。"嵌字自然。

《鸥陂渔话》云：沈归愚尚书未达时，曾居木渎镇，自题门帖曰："渔艇到门青涨满；书堂归路晚山晴。"二语极肖乡村清远之景。后来居者知为尚书手墨，即镌诸门间。余少时过之，见老屋破扉，犹存字迹，因常口诵不忘。五十年来，询之渎川人，无复知者，而余亦迷其处矣。

闽县王植庭观察（有树）由进士官四川夔州府，中岁告归，卜筑于亭头乡。室宇朴雅，自署堂柱云："未艾早悬车，鸠拙自藏，莫更出山为小草；于茅聊结屋，蜗居虽陋，却宜锄月种梅花。"

归化李星斋《客窗随笔》云：吾邑小峨眉山人谢龄友家有园林之胜，所题楹帖多可诵。如："春草池通棋墅外；笔花山露女墙西。""芙蓉径曲时延月；牡蛎墙低不障山。""梧桐叶上听秋雨；杨柳林中见远山。""春巢鸟梦花间月；秋水鱼游镜里天。""烛影夜阑花睡去；帘波风午燕归来。"又长句云："三生脉望旧编残，问谁染翰轩前，一镜方塘朝洗砚；十载元驹今梦觉，苦记读书声里，隔溪古碓夜春雲。"

全椒薛慰农观察解组后，筑藤香馆落成，自题楹联。大门云："自探典籍忘名利；未有涓埃答圣朝。"厅事云："杜陵广厦构胸中，白首无成，空自许身稷契；庾信小园营乱后，青山依旧，聊堪匿迹巢壶。"书舍云："不著衣冠，门前久谢乘轩客；只谈农圃，月下欣闻打稻声。"

闽县曾亦庐大令（元澄）由进士宰浙江乐清、黄岩等县，引疾归，卜居安民巷，即其师陈恭甫太史故宅也。自榜联于厅事云："薄宦匆匆，携得温台风满袖；旧游历历，忆随时酢雪当门。"

番禺许宾衢观察（祥光）筑楼于珠江之滨，颜曰"袖海"，盖取东坡"袖中有东海"意。自撰楹帖曰："石角东西花月夜；潮头上下海天秋。"又曰："四面清风三面水；二分明月一分花。"

番禺张南山太守（维屏）引疾归里，筑听松园于烟雨寺旁，为著书之所。自题联云："为词客，为宰官，为老渔，卅载风尘，阅几多人海波涛，才得小园成退步；爱诗书，爱花木，爱丝竹，四围溪水，喜就近佛门烟雨，且营闲地养余年。"

山阴宋华庭司马（泽元）所筑且园，中有亭，环植梅花，额曰"索笑"。系以联云："著意为寻春，居然管领梅花，犹是吾家风味;及时好行乐,试问当前明月,不知今夕何年。"盖亭后有圆门,上书"月窟"二字也。

潮州丁禹生抚部(日昌)家,园中有高楼可望远,为抚部宴客之所。题联云:"如此江山,对海碧天青,万里烟云归咫尺;莫辞樽酒,值蕉黄荔紫,一楼风雨话生平。"

闽县龚霭人藩伯(易图)家旧有双骖园,其高祖榕溪都转所辟,后捐为正谊书院。藩伯别建园于乌石山麓,仍循旧名,示不忘祖德也。其地荔子最甘,藩伯集句题一联云:"平生最爱说东坡,日啖荔子三百颗;天下几人学杜甫,安得广厦千万间。"

上海胡青坳(式钰)编《窦存》云:昔癯园中草堂落成,自题楹联,丐汤雨生先生书之。句云:"花鸟无多,能领自足;神仙非易,得闲便佳。"

番禺石星巢《藤阴杂录》载其外叔祖史莲征明经(溶)有题俞氏楼联云:"簾卷虾须,唤奚童洒扫,瓯雪藕,椀调冰,何妨啸傲烟霞,挥麈顿遗尘鞅事;香烧龙脑,有嘉客过从,画云林,书海岳,更好平章风月,倚阑刚揽夜珠来。"主人得之甚喜。

罗文心《楹帖采腴》载一水阁联云:"猛听一声秋,凉意欲来先到水;贪看深夜月,清光才上便登楼。"

常州刘云樵观察告退后,于府城造一园。入门有一亭,悬一联云:"一步一花景;无时无鸟声。"今此园已属恽氏。

江阴何廉昉太守（栻）以名进士官吉安守，罢归侨寓扬州。擅禺筴之富，构壶园，以诗酒自豪。曾于听事制联云："种三顷秫，拥百城书，此生足矣；制千丈裘，造万间厦，何日能之。"曾文正公题其寓宅联云："千顷太湖，鸥与陶朱同泛宅；二分明月，鹤随何逊共移家。"

卷四　名　胜

泰山孔子崖有徐清惠公（宗幹）集句石刻云："仰之弥高，钻之弥坚，可以语上也；出乎其类，拔乎其萃，宜若登天然。"见梁茝邻中丞《归田琐记》。

李香萍（家瑞）《停云阁诗话》云：岱麓关帝庙旁厅事三楹，甚轩敞。徐清惠公（宗幹）宰泰安时，题联云："日出时，月上初，雨后雪中，得无限好诗好画；书数卷，棋半局，炉香琴韵，到此间成佛成仙。"神味悠然，得未曾有。

黄山奇胜闻天下，名人摩崖诗字甚多，而佳联不概见。黄秋宜（肇敏）游记所载，如慈光寺，歙县曹文正公（振镛）句云："谈经云海花飞雨；说法天都石点头。"吴退旃先生句云："洗钵乍分蕉上雨；弹琴时引竹间风。"文殊院，萧山高小楼观察（枚）句云："蓬飞九品为黄海；狮吼一声下玉屏。"皆彼教中语也。惟紫云庵有赵子良一联云："紫石云烟作屏障；青天风雨走蛟龙。"普贤庵有不署名一联云："奇妙脱凡蹊，果到峰头始信；光明凌绝顶，直从天外飞来。"又钱塘汪夔石室一联云："石诡松奇，自是有仙骨；僧闲云懒，到来生隐心。"状境自能相称。

寿佛寺即梁家园故址，楼榭之外，凿池引水，可以行舟，故王渔洋、宋荔裳诸公有"泛棹梁园"之什。乾隆初，李雨村观察寓其地，颜其楼曰"看云"，并撰联云："窗外小丘如岫列；楼前积水当湖看。"今则已谷而陆矣。按：此联载《雨村诗话》中，而《诗话》易其出句为"槛外远山排闼绕"，何欤？

徐紫珊（逢吉）《清波小志》引《净慈寺志》云：西湖十景，南屏有其二。一曰南屏晚钟，一曰雷峰夕照。郑郡丞（烨）读书莲花洞下，自号"莲石散人"。书一联于殿柱云："松韵鼓笙簧，和南屏之晚钟，清如雅奏；禅心开定慧，对雷峰之夕照，湛若明生。"非久住山者，不能领略到此。

归安吴又蕉（昭基）《游梦倦谈》云：西湖湖心亭，道光间倾圮已久，游人裹足。兵燹后首先修葺，反胜于前。中悬一联云："中央宛在；一半句留。"书法雄厚，为蒋芗泉中丞（益澧）所题。

左季高爵相抚浙，重修西湖冷泉亭，题联云："在山本清，泉自源头冷起；入世皆幻，峰从天外飞来。"与董思白旧联"泉自几时冷起；峰从何处飞来"，一问一答，各臻其妙。

西湖孤山以林和靖而传。咸丰辛酉，仁和典史上杭林公（兆霖），与其母、妻、姊、女六人，同殉粤逆之难。杭人感其忠烈，为营冢于和靖墓侧，立祠冢前。劲节高风，先后竞爽，亦近时一名迹也。祠中楹联林立，论者以全椒薛慰农观察（时雨）、长白明克庵司马（明德）为最。薛云："大节媲阎公，取义成仁，青史从今尊县尉；忠魂依处士，补梅招鹤，孤山终古属林家。"明云："上下五百年，处士忠臣各今古；迴环三十里，于祠鄂庙共湖山。"浑朴典雅，各擅其长，宜为人脍炙不置矣。

他如濑江姚季眉司马（光宇）云："封墓结仙邻，雪满空山来鹤吊；覆巢悲死节，风凄古木泣鹃魂。"仁和董敬甫工部（慎行）云："劲节抗冰霜，千树梅花皆玉照；丛祠倚林麓，四山鹤唳即神絃。"秀水沈梦粟广文（景修）云："泉冷古梅花，可与盟心惟白水；亭空孤鹤影，居然埋骨共青山。"乌程朱兰江广文（砺金）云："一命重朝官，劲草疾风终树节；千秋依处士，寒梅孤鹤与招魂。"视前作少逊，然清新拔俗，要非率尔操觚者可同年语也。

西湖苏小小墓去岳坟不远，先大父约斋公尝题联云："小字偶相同，考古休凭《吴地记》；香魂真有托，结邻长傍鄂王坟。"按：苏小小，钱唐名倡，南齐人。《武林旧事》《咸淳临安志》载其墓在西湖，而唐陆广微《吴地记》载在嘉兴县侧。徐凝《嘉兴寒食》诗："惟有县前苏小墓，无人送与纸钱灰。"王禹偁亦有"县前苏小旧荒坟"之句。故朱竹垞断为家在钱唐而墓在嘉兴，后人多主其说。然《吴地志》云是晋妓，与南齐之苏小时代不同，则是明有两人。古今同姓名者甚众，安得谓嘉兴有苏小墓，而钱唐必不可别有苏小墓耶？此联表而出之，足以破考据家之惑矣。近见《零金碎玉》载程柯亭（曾洛）一联云："湖山此地曾埋玉；花月其人可铸金。"亦以为葬于西湖也。

莫愁湖在江宁水西门外，湖上旧有华严庵、胜棋楼、郁金堂诸胜。自为粤逆所据，荡焉无存。同治甲子城复，曾文正公率属修葺，尽复旧观。仍祀中山王胜棋楼，下供卢莫愁。新制楹帖甚多，如魁时若（魁玉）云："山色湖光，都为一览；英雄儿女，并艳千秋。"黄慎之（思永）云："六代湖山，几人诗酒；簇新花鸟，依旧楼台。"郭鳞伯（树勋）云："天子爱英雄，登金碧重楼，想见云龙万里；美人隔秋水，望芙蓉十顷，疑来海燕双栖。"彭雪岑宫保（玉麟）云："王者五百年，湖山具有英雄气；春光二三月，莺花合是美人魂。"语俱壮丽。然不若程兰生（文炳）一联云："六代莺花，并作王侯清净地；一湖烟水，荡开儿女古今愁。"辞旨尤为超脱也。

后壬申二月，文正公薨于位，江南士民奉公像以配中山，薛慰农观察（时雨）撰长联云："出西州门迤逦而来，见桑麻遍野，花柳成蹊，十万户重睹升平，遗爱难忘，白叟黄童齐下泪；与中山王后先相望，幸湖水波恬，石城烽静，五百载允符运会，大名并峙，衮衣赤舄更图形。"庄严典丽，则又非诸作之所及矣。

金陵太平门外元（玄）武湖，周围三十里遍植荷花，三面皆水，非舟不达。曾文正公督两江时，筑长堤约三里许，中造数桥以通水，人比之杭州苏、白两堤。公薨，里人于堤处建楼三楹，奉公小像。山翠波光，近在窗几。薛慰农观察题联云："人间宰相，天上神仙，果然蓬岛归真，想圆峤、方壶，相连一水；小队曾来，大名不朽，留得湖山遗爱，比谢安、王导，别擅千秋。"

秦淮风月，千古艳称。兵燹以来，旧院遗址，无可寻觅。即从前利涉桥、文德坊一带，所谓桃叶渡、丁字簾、落日放船好诸名胜，亦皆鞠为茂草矣。自甲子克复，两岸河房先后兴修，依然繁盛，馀尚未能尽复。嬾云山人潘卯桥（恩）游览所及，各撰联纪之。录其题杨氏停艇听笛水阁云："寻江令宅，访段侯家，流水声中，六朝如梦；赌太傅棋，弄野王笛，夕阳槛外，双桨徐停。"又题林氏水阁云："六朝金粉，十里笙歌，裙屐昔年游，最难忘北海豪情，西园雅集；九曲晴波，三生梦影，楼台依旧好，且消受东山丝竹，南部烟花。"又题怀素阁水榭云："看一水西流，画舫清樽，且喜金吾不禁；唱大江东去，铜琶铁板，须邀玉局同来。"又题停云水榭云："一曲《后庭花》，夜泊销魂，谁是三生杜牧；东边旧时月，女墙怀古，我如前度刘郎。"又题梦绿轩水榭云："璧月夜夜，琼树朝朝，绿水红桥舟似织；诗老莺莺，公子燕燕，清歌妙舞酒如淮。"

袁子才先生随园中楹帖，《联话》已据《续同人集》采入矣。比见先生文孙翔甫大令《随园琐记》，知尚有佳句可取。如张船山云："大名还在杜；时论又推袁。"王集云："中天悬明月；绝代有佳人。"鲁沂云："此地在城如在野；其人非佛亦非仙。"龙雨苍云："羲皇以上怀陶令；山水之间乐醉翁。"汪度云："日对十顷琅玕，如封万户；坐拥百城图史，何假兼圻。"先生自题云："读书已过五千卷；此墨足支三十年。"皆传作也。又一联云："林木翳然，便有濠濮间想；清风飒至，自谓羲皇上人。"此则系宋渊子（似道）上梁文忠语，以《世说》对渊明《传》，见《困学纪闻》。不知是人所赠，抑先生自书之以联句欤？

袁翔甫（祖志）曰：往岁余与侄辈读书，因树为屋。忽闻门外剥啄声，启视，则群从人肩丈许木刻长联，称奉主命送悬园中。其句云："只一座楼台，占断六朝烟景；问几人诗酒，能争绝代风流。"款署"桐城黄文炳敬题"。字大于斗，亦复古朴可爱。

扬州名胜，首数蜀冈。蜀冈有东、西、中三峰，而中峰诸景，尤著称海内。乱后尽毁。同治辛未，定远方梦园方伯（濬颐）转运两淮，筹款兴复，园林楼观，焕然一新。方伯各为诗文纪之，其楹帖则载所著《丛说》中。

如题平山堂云："大明寺里拓坤舆，望重庐陵，赖刁周郑赵史吴踵事增华，遂全江上浮岚，长留真赏；丰乐区边推壮观，雄吞邗水，有毛魏金汪宗尹鸿篇钜制，敢道劫馀畚筑，足抗前贤。"盖山堂创自欧阳文忠，递经宋刁约、周淙、赵子蒙、郑兴裔，明吴平山修葺。本朝康熙初，改为寺。后郡守金长真、舍人汪蛟门捐资重建，时毛西河、魏叔子、宗观、尹某及长真、蛟门皆有记。至是，方伯复继其后，故联中历叙其颠末也。

谷林堂句云："遗址在棲灵，稚竹老槐，风景模糊今异昔；开轩借真赏，焚香酬（酹）酒，仙踪戾止弟从师。"谷云旧在棲灵寺，今移建于真赏楼，故云。

洛春堂云："品题金带银盘，毕竟杨花难比洛；消受淡云微雨，果然秋禊不如春。"

平远楼句云："三级曩增高，两点金焦，助起杯中吟兴；双峰今耸秀，万株松栝，涌来槛外涛声。"

晴空阁句云："亦一清流，更有何人继高躅；二分明月，却于此处照当头。"

第五泉云："两井立称，考古当凭《墨庄录》；五泉新得，即今可宝殿司砖。"按：第五泉起于唐刘伯刍论次茶水："扬州大明寺井居第五。"张又新《煎茶水记》云"无可考"。宋张邦基《墨庄漫录》载："东坡尝以塘（塔）院西廊井与下院蜀井，二水相较，以塔院为胜。"以塔院井即第五泉。后二井亦湮。明释沧溟掘地得泉并《大明寺碑》，疑即塔院井故址。徐九皋书"第五泉"，勒石井旁。迨本朝康熙间，汪应庚建西园，凿池得古井，有唐景福钱数十，古砖上刻"殿司"二字，乃知塔院真迹实在于是；沧溟所得者，盖下院蜀井也。李艾塘《扬州画舫录》谓"蜀冈本以泉胜，随地皆得甘泉，其真伪不必过分"，似非定论。此方伯所以有"当凭《墨庄》"之语欤？

镇江府石公山在郡城东北，大江南岸，与焦山对峙。岩壑奇秀，为洞庭七十二峰之冠。山有石公庵，庵有翠屏轩，介归云洞、明月湾之间。其楹帖云："归云洞口云千叠；明月湾头月一轮。"又云："眼豁湖山真面目；气吞吴越最精神。"轩后有亭，署曰"断山"，联云："岫引天风波上下；亭飞海月翠空明。"下有浮玉北堂，飞阁临湖，烟波浩然，一目千里。其堂联云："秋壑春岩，百变云烟苍莽外；渔帆雁阵，四围风景画图中。"俱不知何人所题。

昆山县马鞍山广袤三里，高七十丈，上下楼台层叠。山半有亭，道光甲午，侯官林文忠公（则徐）登此，集石湖、放翁先生句为联云："有情碧嶂团圞绕；得意孤亭缥缈间。"庚申之劫，胜迹尽废，亭亦颓圮，惟存石柱四条而已。

雷松舟（国楫）《燕游日记》云：常州城外皇华亭，近挹惠、锡二山，有联云："津路控吴趋，君子至斯欣得见；邮亭斟惠水，好山相对欲忘疲。"为金匮令青田韩（锡胙）所题。书用隶体，亦韩作。句既典切，字亦古雅。

郑锡祺《零金碎玉》云：吴下贝孝廉（信三）不求仕进，高士也。尝营别墅于虎丘，筑亭曰"归鹤"，环植梅花。自书联云："无子无孙，家祭早年供麦饭；有风有月，吟魂夜夜伴梅花。"

上海城隍庙中之西园，即明豫园，池沼楼台，极曲折玲珑之致。自赭寇之乱，半成废砾，今虽重葺，而规模结构迥不如前矣。旧有僧寄尘楹帖云："莺莺燕燕，翠翠红红，处处融融活活；风风雨雨，花花草草，年年暮暮朝朝。"颇著于人口。然此联实袭西湖花神庙、吴中网师园联语，非其创格也。

安庆府中江第一亭负城临江，为郡城胜景。太湖李尚书（振钧）登而乐焉，制联榜前楹云："秋色满东南，笑赤壁以还，与客泛舟无此乐；大江流日夜，问青莲而后，举杯邀月更何人。"

肥上小辋川为王育泉先生别墅，极水木明瑟之致。方梦圜方伯题联云："地邻飞骑桥边，问当年一船筝笛，万队旌旗，弹指话沧桑，只安排水国逍遥，已是昆池庄叟境；春到听莺时节，看此夕对月歌诗，临风把酒，散怀忘泛梗，且领略画图结构，俨然鹿砦右丞居。"乱后墅废，其联亦不知存否矣。

河南许州府展江亭，在府城西小西湖中，宋韩维建。旧书宋文宪句为联云："凿开鱼鸟忘情地；展尽江湖极目天。"情景恰好。

杏花村黄公垆，有陈省斋太守联云："至今村酿黄公酒；依旧花开杜牧诗。"见《随园诗话》。

《静志居诗话》云：浮远堂在君山，宋绍兴中建。淳熙间，李鹤田（珏）为江阴司法，题柱联云："此水自当兵十万；昔人曾有客三千。"按：此联已载《联话》，而不言在浮远堂，且无撰人姓氏，故补之。

江西吴城县望湖亭，相传为吴周瑜练水军处。乱后尽圮。彭雪岑尚书（玉麟）修复之。题联云："战舰列千军，想当年小乔夫婿，破浪乘风，多少雄姿英发，今我戈船来寄绩，弔古凭栏，叹几许事业兴亡，只赢得残灰劫火；湖天开一碧，看此日大地山河，落霞孤鹜，无复活泼生机，谁家铁笛暗飞声，悲歌击筑，把那些沧桑感慨，暂付与芳草斜阳。"

《两般秋雨盦随笔》载黄鹤楼联云："楼未起时原有鹤；笔从搁后更无诗。"飘忽有致，不知《联话》何以遗之。

张诗舲方伯任粤西时，题风洞山联云："漓江水绿招凉去；常侍风清赏雨来。"又题独秀峰五咏堂云："雄藩胜览曾开囿；太守风流尚读书。"

《归田琐记》云：余小霞州判（应松）罢官，舟经藤县。温心山明府（鹏翀）初建访苏亭落成，代姚若虚撰联云："万里赴琼儋，夜起江心弄明月；一亭抚笠屐，我从画里拜先生。"自识："心山以苾林中丞师所遗《苏公笠屐图》勒石。"又自题一联云："公是孤臣，明月扁舟留句去；我为过客，空江一曲向谁弹。"盖隐括文忠公《藤江》五古诗意也。

上德甫（昶）《滇行日录》云：嵩明州海潮寺在滨潇湘江上，擅水木之胜。方丈中悬鄂刚烈公（容安）书唐人句云："海暗云无叶；山寒雪有花。"笔力雄劲，想见其致命遂志之概。又一联云："云连树色微分岸；船载波光直到门。"为昆明陆漱亭孝廉（艺）所题。王梦楼太守亟赏之。

嵩明州莲光寺中有放生池，阮文达公（元）题一联云："子产舍鱼，溯放生之始；庄周知乐，闻转偈之机。"

陈子重（鼎）《滇黔纪游》云：普安县出南门外有山，名鹦哥嘴岭，甚峻。上有鹦鹉寺，联额皆王继文先生书。大殿，制府蔡公一联云："一峰天半闻鹦语；万籁松间衹鸟啼。"语佳绝。

朱彦册（美镠）曰：四川长水县有朝云庙，徐文长题联云："朝云朝朝朝朝朝朝朝退；长水长长长长长长长流。"上联第四、五、七"朝"字读如"朝觐"之"朝"，下联第四、五、七"长"字读如"消长"之"长"。就题起义，奇巧天成，洵非渭不能作也。按：此联今载施可斋《闽杂记》，并谓："《联话》及《浪迹丛谈》所记福州罗星塔、温州江心寺联云云，皆袭其语，而牵强不切。"诚破的之论。惟考文长平生未尝至蜀，不知何以有此题句。岂蜀人丐其撰、书而悬挂欤？

潘四梅（焕龙）《卧园诗话》云：山西闻喜县红鹤楼，峙于涑水之旁，其地当街，往来者踵相接也。刘竹笑太守为宰时，题联云："楼中几阅古今秋，想当年丹翼飞来，放眼都成仙世界；

桥上许多名利客,到此地绿阴深处,回头即是小蓬瀛。"

福州南台山有汉闽粤王庙,故俗称大庙山。道光庚戌,郡人醵资重修,于其旁余地建台山第一亭,亭右复构榕阴山馆,远挹群山,俯瞰大江,为城南胜概。其楹帖多集古句成之,如陈雪樵(心棻)云:"林气映天,竹阴在地;月明如昼,江流有声。"吴梅臣(冠春)云:"窗中列远岫;天际识归舟。"语颇稳惬。咸丰间,潞河白让卿观察游闽,假居于此,复集一长联云:"衔远山,吞长江,西南诸峰林壑尤美;送夕阳,迎素月,风雨之际枕簟生凉。"此则全神俱到,非体会入微者不能道矣。

闽粤王庙后有瓜莲精舍,盖闽人于六月为瓜莲会以祀王,此其宴憩所也。前有小池,旁即钓龙井,花石掩映,颇具幽趣。旧有联云:"瓜雨莲风池上社;柳烟梅月井边台。"又长乐陈某题句云:"池塘得月开新鉴;楼阁如春改旧观。"书法秀劲,非凡手所及,惟其跋称"修庙时梦庙额书'开闽第一正神之庙',后庑楹帖即此句,因书以志神灵"云云,则贻笑于识者矣。无论汉时但有柏梁体,七言律句始于唐人,非王所尚;且其旧额"汉闽粤王庙"五字,循当日封爵,最合典礼。今改为"第一正神",尤属杜撰。殆陈曾持此议,而虑人不从,故托以神其事,而不知适形其浅陋也。

福州绘春园在水部门外,相传其初为耿藩庄房,故俗称"耿王庄"。后为蘼贾陈氏世业。陈家中落,以其地抵逋于洋商。同治己巳,官赎归之,设桑棉局于此。其地广不二十亩,而有溪有田,有花果,周以缭垣,本类人家园圃。自归官后,增置假山、楼台、庭榭，蔚成大观，因改今名。中有种石山房、菡香小榭、绿阴深处、裁云织月轩、十三本梅花精舍诸胜，大吏暇日，常游晏焉。区觉生观察（天民）有联云："杨柳池塘桑柘月；芙蓉簾幕荔枝风。"孙莱山侍郎（毓汶）亦有联云："美景画难成，对雨后罗纨，一曲满浮桑落酒；仁风扬不尽，借江东箫管，同声欢唱木棉裘。"又云："喧全寂，倦都醒，一片碧玲珑，高树凉风人倚槛；夏如秋，晴亦雨，三分寒料峭，疏簾清簟客敲棋。"风景可以想见。

福州小西湖上有宛在堂，比杭之湖心亭。林文忠公集《洛阳桥碑》字为联云："长空有月明两岸；秋水不波行一舟。"

闽县刘子忱（忱）孝廉，集句题乌石山社学联云："朋辈于此饮文字；林壑之美钟东南。"

闽县丁戊山房在嵩山，傅处士（汝舟）所居。后移桂枝坊，即宋陈忠肃（文龙）芙蓉园。郑善夫为题门帖云："巷小过颜，老去无心金紫；园名自宋，秋来有意芙蓉。"

陈孙鹏（云程）《闽中摭闻》云：永福方广岩下有石室，可庇千人。五代时建寺，供宾头卢尊者。元王翰镌"飞珮"二字于石。天门林泉生有联云："石室云开，见大地山河，三千世界；水簾风掩，露半天楼阁，十二阑干。"名人题咏甚多。按：此联已载《楹联续话》，而不著何人所撰，且"云开"误作"天开"，因录而正之。

吾邑马肖岩大令（百庆）宰邵武，曾修熙春台，题联云："熙皞遗风留郡邑；春秋佳日好登临。"拆字妙无痕迹。

长汀东门外苍玉洞前有台可眺远，旁即演武场，官吏多迎送于此。毗陵刘禹门上舍（偶）题联云："几树垂杨堪系马；一声长笛送归鸿。"

福安列岫亭在县东天马山脊，俯视城邑。旁有隙地，可以习射。雍正间，知县方士模重建，题偶句云："卜筑踞层颠，看浪影茫然，一曲渔歌山月白；栽培思旧德，顾桑阴沃若，千家蚕织夜灯红。"

漳浦闪园在於陵别墅东，国初张山人（士楷）读书于此，因崖架屋，石壁上犹存对句"盘迴丹岭顽仙洞；峭立青天大隐屏"十余字，今俗名闪园寨。

琉球那霸有龟山，一峰独出，距前附小峰二丈许。那人驾石为洞，连二山，高十余丈。其巅有楼，可揽中山全势。册使李和叔中翰颜曰"蜀楼"。联云："左瞰青畴，右扶苍石；后临大海，前揖中山。"见所著《使琉球日记》。

福州鼓山白云寺客堂有联云："松际窥人孤嶂月；山中留客半床云。"

倪云癯（鸿）《桐阴清话》云：白云山为羊城第一胜地。半山新构小亭，为游人停憩所。中有联云："上方月出初生白；下界尘飞不染红。"见者叹其工切。

又云：番禺沙湾司杭头乡有老松一株，古干参天，浓阴蔽日，相传为六朝时陈将军（元德）手植。歙县许小琴少尹（文琛）常往拜之，好事者为建拜松亭。中有联云："四角亭开临止水；六朝人去賸孤松。"今不知其亭犹存否。

又云：惠州元妙观为羽士大道场，古槭拏空，奇石挺立。其门联云："玉局仙人留带日；越州和尚吃茶时。"系宋芷湾太史所题。

又云："快风阁在广州北门外，四面虚敞，所见无非丘垄。上书扬州石天基（成金）成句云："引我舒怀山远近；催人行乐家高低。"景色恰合。

又云：道光壬辰，程春海侍郎（恩泽）典试粤东，度庾岭，遇雨，憩张曲江祠。遍观楹帖，无当意者。偶得"相公风度想梅花"句，初无下联。及抵红梅驿，忽笑曰："何不以本地风光对之。"遂回车赴寺，索笔大书云："王道荡平通岭表；相公风度想梅花。"寺僧因勒于祠壁，见者皆叹其工。

台湾彰化县水社有珠子山，山傍有亭。波白嶂青，风景绝胜。彭和庵司马（鏊）题联云："往结羡鱼情，两岸荷花双桨艇；相期招鹤影，半潭烟水一亭山。"

四川成都府桂湖池，荷、桂为会城胜景。其地本杨升庵先生故宅，今附祀谢忠愍公子（澄）。梁曦初侍御有联云："六月荷花八月桂；杨公故宅谢公祠。"

《水窗春呓》云：小孤山在大江中，单椒壁立，锐下丰上，如置石盘盎中。碧萝红叶，秋暑尤丽。余两过之，书联云："有美一人，中夜闻五铢环珮；遗世独立，下游俯两点金焦。"时人诧为此山之绝唱。又云：九江琵琶亭，余亦有联曰："灯影幢幢，悽断晴风吹雨夜；荻花瑟瑟，魂销明月绕船时。"皆组织元、白本事也。

又云：苏州新修沧浪亭成，应敏萧廉访嘱拟一联曰："小子听之，濯足濯缨皆自取；先生醉矣，一丘一壑亦陶然。"

又云：黄鹤楼、岳阳楼为大湖南北巨观，而联话无甚动人者。余过鄂渚，集古句题曰："大江流日夜；西北有高楼。"后至岳州，亦题曰："对此茫茫百端集；此老惓惓天下心。"又题"三醉"曰："一月二十九日醉；百年三万六千场。"一时传诵，以为合作。按：首联不对，次联复"此"字，虽曰浑切，究非楹帖中正轨也。

《海山诗话》云：高州金莲庵为苻南先生重修，高要彭春洲明经（宗）题一联云："卧莲瓣读书，是天人福慧；见桃花悟道，须来者聪明。"

何悔馀舍人题扬州题襟馆长联云："当年多士登龙，追陪雅集，溯渔洋修禊，宾谷题襟，招来济济英髦，翰墨壮江山之色，翳玉钩芳草，绿蘸歌衫，金带名葩，香霏砚席，扬华摘藻，至今传宏奖风流，贤使君提唱骚坛，谁堪梅阁联吟，芜城续赋；此日有人骑鹤，烂漫闲游，怅文选楼空，蕃釐观圮，闻尽茫茫浩劫，园林膡瓦砾之场，只桥畔吹箫，二分月古，湾头打桨，十里春深，补柳栽桑，渐次复承平景象，大都会搜寻胜概，我欲雷塘泛酒，蜀井评茶。"

西湖南屏寺方丈有联云："细剪山云缝破衲；闲捞溪月作蒲团。"又金陵僧月潭题昭忠寺也园联云："与石订交奇不厌；有梅同处冷何妨。"俱新颖可喜。

西湖诂经精舍有湖楼，《志》所谓"第一楼"也。德清俞荫甫先生自戊辰岁主讲精舍，每春秋一至以为常。丁丑，有先生宴及门诸子于第一楼，其门下士绘《俞楼秋集图》，并篆"俞楼"二字，将榜于其上。先生寓书止之，且曰："藉诸君翰墨流传，异时有好事者补作小楼，则诸君之榜名实斯称，然须在五百年后矣。"于是其门下士醵金度地，于六一泉侧筑楼三楹，而颜之曰"俞楼"。面湖枕冈，极幽秀之趣。彭雪岑宫保巡江东，病其卑隘，乃拓而大之。后凿曲池，前叠假山，山上复补建西爽亭，由是俞楼之名溢湖上。徐君（琪）、汪君（行恭），俱为之记。先生自书二十八字，悬之前楹，曰："合名臣名士为我筑楼，不待五百年后，此楼成矣；傍山北山南沿堤选胜，恰在六一泉侧，其胜何如。"此非特为西湖增一名迹，亦为西湖增一佳话矣。

金陵元武湖在太平门外，周围三十余里，尽植荷芰，三面皆水，非舟不达。曾文正公督两江时，筑一长堤以通往来，人甚便之，以比杭州之苏、白两堤。堤傍湖神庙面湖而建，小楼三楹，足揽全湖之胜。薛慰农观察题联云："三百年方策犹存，䏑凫渚鸥汀，时有云烟入图画；四十里昆明依旧，听菱歌渔唱，不须鼓角演楼船。"

苏州潄玉山庄，有俞荫甫太史联云："丘壑在胸中，看叠石疏泉，有天然画意；园林甲吴下，愿携琴载酒，作人外清遊。"

薛慰农观察，尝偕刘省三爵帅、周海舲军门，韵珊、织云两女史，同游焦山自然庵。题联云："鹤去难回，留片石孤云，共参因果；我来何幸，有英雄儿女，同看江山。"

星河林象鼎（钧）《樵隐诗话》云：潮州有西湖，为一郡名胜处。昔人有一联云："湖名合杭颍而三，水木清华，惜不令大苏学士到此；山势分村郭之半，楼台金碧，还须遣小李将军画来。"语殊工切。

《鸥陂渔话》云：仲雍墓在虞山之麓，与言子墓毗连。墓门石柱镌联句云："一时逊国难为弟；千古名山尚属虞。"闻昔年两贤后裔，以争墓旁隙地构讼累年，官累讯不决。后常熟令某公题此联于墓门，言氏后人见之，遂让地而息讼焉。盖讽谕之所感深矣。惜不详为何人。又致道观侧瞿忠宣公祠堂内，有楹帖云："圣代即今多雨露；宗臣遗像肃清高。"集句天然凑泊，措词尤为得体。亦不知出何人手。皆余昔游海虞时所见。

王华斋通守（日暎）以旧抄武昌黄鹤楼楹联一帙相示，中多《联话》未收之作。如史文靖公（贻直）云："一上高楼，缅当年江汉风流，多少千秋人物；双持使节，喜此日荆衡形胜，纵横万里金汤。"刘显庚云："身在九霄，看月印长江，千斛明珠涌出；眼空万里，望浮云孤岳，半天玉尺平来。"气象雄阔，足与斯楼相称。陈文恭公云："楼外白云停，殊觉天际真人，至今未远；江边黄鹤返，纵有卷中佳句，到此皆空。"吴白华侍郎（省钦）

云："城郭依然，只趁扁舟盘鹤影；江山如此，试携短笛落梅花。"陈大纶云："崔唱李酬，双绝二诗传世上；云空鹤去，一楼千载峙江边。"汤世镛云："浩劫定三千，最难忘树绕晴川，草凄芳渚；壮怀吞八九，看不尽大江东去，爽气西来。"周雩云："恨我来迟鹤已去；怪他早到诗先题。"亦俱清新拔俗。

而任天宝一联云："骑鹤翔空，一瞬元黄新甲子；神龙混迹，旁求忠孝作神仙。"题外使事，尤能脱寻常窠臼。然考崔颢《黄鹤楼》题下自注云："黄鹤乃人名也。"其诗云："昔人已乘白云去，此地空馀黄鹤楼。"云乘"白云"，则非"乘鹤"矣。《图经》载"费文祎登仙，驾鹤于此"，《齐谐志》载"仙人子安，乘黄鹤过此"，皆因黄鹤而为之说者。当以颢之自注为正。张南轩辨费文祎事，谓"黄鹤以山得名"，或者山因人而名欤？李邕《岳麓寺碑》，题"江夏黄仙鹤刻"。邕书好自刻之，此固寓名，然亦可见相传之旧矣。而题者多谬蜕，何欤？

《联话》载岱庙中有"帝出乎震；人生于寅"八字联语，而不著撰人姓氏。余阅全谢山《鲒埼亭集》，《皇舆图赋》自注："出震、生寅，御制东岳庙对句。"可知此联为圣祖宸翰也。

卷五　庆　贺

同治十二年十月初十日，恭逢慈禧端祐康颐昭豫庄诚皇太后四十圣寿。福州经坛设于正谊书院，其灯联俱庄严闳丽。闻山长林勿村中丞，命院中诸名士拟撰择用者。记其八言云："胎炎孕黄，尊于四海；符天媲昊，绥极万邦。""姒宫妊室，为女中师；尧酒舜琴，以天下养。""笃生武王，四方来贺；亦有文母，万寿无疆。""是女中师，必得其寿；为天下母，无疆惟休。"

十一言云："启电枢虹渚之祥，一人首出；凝姒室娲台之祉，万福攸同。"

十九言云："佛国日熙长，看众生展礼祝釐，只为一人娱爱日；天家春浩荡，愿大孝推恩锡类，更教六合普同春。""笙歌合天半韶钧，看高捧慈云，遥向帝闻开寿宇；功德为女中尧舜，愿永绵爱日，长教海国沐恩波。"

二十言云："大孝光三，率王公臣庶礼重尊亲，兰殿椒闱绵爱日；洪畴开四，暨南朔东西欢歌颂，珠囊玉镜洽昌期。"

二十二言云："练衣示范，金鉴求书，亿万年绥履攸宜，姒幄娥台隆式鹄；簾陛宣勤，宫庭笃孝，千百国祝釐咸集，尧天舜日永延鸿。"

二十三言云："十三年孝养宫闱，庆萱辉永祐，椒荫同仁，丹凤联軿颁玺诏；六千里瞻依魏阙，喜榕树围香，梅枝向暖，苍龙衔篆献经坛。"

《楹联续话》载：明侯官林太守（春泽），正德甲戌进士，至万历己卯，年百岁，有司为建人瑞坊。尝自撰门联云："四十登科，甲戌还登甲戌榜；五旬生子，长孙又抱长孙儿。"按：上联下句"登"字复出，且于理未协，殆是"逢"字之讹。又按：古人以十日为旬，故"旬"字从日。汉魏六朝人文字，从无称十年为旬者。唯白乐天《偶吟自慰兼呈梦得》诗有"且喜同年满七旬"之句，注："予与梦得甲子同辰，俱得七十。"则其误始于唐中叶也。

李星斋《客牕随笔》云：乾隆间，吾闽寿民沈起龙夫妇百岁，子孙五世，四十余口同居。巡抚请旌于朝，蒙赐诗褒美，载高宗《御制集》中，洵盛事也。其家犹藏大吏赠联云："孙子生孙，五代幸逢全盛世；老人偕老，百年共乐太平春。"按：此事《重纂福建通志》失载。其联，他书亦有作"江南县令赠寿民傅忠"者，未知孰是，录以俟考。

幼闻先大父约斋公言：某观察由进士授部郎，擢御史，出为兴泉永道，调江南河库道，告归。有子六人，长、次同登会榜，一守闽，一守陕。孙八人。五月朔，其七十生日也。有联云："五月诞长庚，名属春官，郎分画省，入谏院，出监司，羡当年政事馀闲，更管领梅妃，保釐洛女；七旬先吉午，子重薛凤，孙育荀龙，举同科，守名郡，想此日寿筵开处，有瀛洲羽客，函谷仙翁。"组织工致。惜今已忘其姓名。

满洲鹤舫相国（穆彰阿）与宣庙同庚，生于除夕。六十时，僚属寿言俱不惬意,惟桂星垣观察一联云:"一德赞襄,帝庇元臣同寿考;四时调燮,天生上相在春前。"公见而喜曰:"毕竟才人吐属,与众不同。"

长乐梁茝邻中丞(章钜)著作甚富。解组后,其同年谢茉石赠联云:"乾隆末举秀才,嘉庆初历翰苑,道光间掌封圻,回首功名成百顺;经史部有旁证,艺文家喜博稽,政事门备掌故,等身著述自千秋。"及七十生日,王叔兰以联寄祝云:"二十举乡,三十登第,四十还朝,五十出守,六十开府,七十归田,须知此后逍遥,一代福人多暇日;简如格言,详如随笔,博如旁证,精如选学,巧如联话,富如诗集,略数平生著述,千秋大业擅名山。"本谢意而语更俊朗,中丞喜,载之《归田琐记》中。

倪云癯(鸿)《桐阴清话》载:香山黄寿廷先生(增庆)生于乾隆庚午,至道光庚戌,许信臣祭酒(乃钊)督粤学,始补博士弟子员。咸丰辛亥,钦赐举人。壬子,授国子监司业,时已百三岁矣。或赠以联云:"四朝身历昇平日;百岁人呼矍铄翁。"

满洲蕉园将军(庆保)生于中秋日。镇广州时,庆七十寿。严厚民先生(杰)与将军雅故,以赫蹏笺用宋体书一联以献云:"上古大椿长不老;小山丛桂最宜秋。"将军悬之上座,语宾朋曰:"厚民,经师也,故以庄语勖予。"

吾邑屠筱园先生(湘之)五十岁时,为太孺人庆七十。其母、子生辰,在二、八两月望。陶补云封翁辰寿以联云:"美景良辰,春半好花秋半月;洞天福地,七旬寿母五旬兄。"按:会稽山为第十洞天,若耶溪为第十四福地,见唐杜光庭《记》。此盖切其所居之地云。先生亦有寿某六月廿三日七十联云:"莫道古来稀,年齿已堪告杜老;若论一日长,风流直欲唤莲兄。"又寿欧阳某十月七十云:"三千岁月春犹小;六一风神古所稀。"亦巧而新。

归安沈鹿坪进士(焯),寿陆虢莘先生(震)七十联云:"地本仙居,鸠杖亲携寻药饵;官真吏隐,鹤觞小酌咏梅花。"盖先生时官仙居教授也。

先大父约斋公,寿萧远村县尉(重)五十联云:"三绝擅奇才,何必买臣同富贵;百龄征上寿,须知萧史本神仙。"

侯官沈文肃公为船政大臣时,为封翁庆七十寿。王子希征君(景贤)制联云:"帝赖长君作舟楫;天留大老看湖山。"

吴县潘玉泉方伯为相国文恭公季子,早岁通籍,声誉籍甚。咸丰庚申、辛酉间,东南沦陷,创议迎皖师由海道至沪;又创会防局,联络中外。及苏城既复,而洋将戈登挟杀降为名,几欲倒戈。方伯以口舌折冲之,卒使帖然而去。其有造于三吴非细也。戊辰十一月,为方伯五十生日,俞曲园先生寿以联云:"以名父子,生宰相家,有德业事功,文章气节;当中兴年,祝无量寿,是英雄儒雅,富贵神仙。"丁禹生中丞极赏之,然方伯谦不敢当,未久即撤去。

闽县王子希征君(景贤),为丽丹观察(葆辰)之父。其七十时，刘子谌太（守）寿以联云："立心如古大儒，本道德以至寿考；有子为名进士，知文章出于渊源。"

侯官林芗溪先生（昌彝）经术湛深，尤精三《礼》。沈文肃公少时尝受业其门，先生七十生日，公祝以联云："寿世文章，一代斗山韩吏部；等身述作，六经渊海郑司农。"

沈文肃公（葆桢）督两江，六十寿日，梁孝熊献联云："衮衣一品拜元戎，大江南，大江北；灯火万家祝生佛，八千春，八千秋。"

番禺陈兰甫先生（澧），寿方柳桥太守（功惠）五十联云："性嗜多藏书，嚼其精华，自得寿考；年方服官政，加以岁月，当至公卿。"

侯官沈丹孙孝廉，寿其外舅林劭甫先生七十联云："品学世儒宗，洛社衣冠，耆德更推康节老；湖山仙眷属，幔亭风月，曾孙罗拜武彝君。"

侯官周苍士学博（嘉璧）有寿王少尉联云："治狱有阴功，东海于公真厚德；长生留妙诀，南昌梅尉是仙班。"又寿林希贤云："饮且尽碧筒杯，介寿恰邻天贶节；遊何必赤松子，闲身便是地行仙。"盖林生于六月初也。何青芝先生（玉田）亦有寿苍士联云："名山梅鹤饶清福；陆地神仙占大春。"

闽县张薇三孝廉（拱辰）正月十七五十生日，陈迪斋部郎

（赞图）制联云："锦瑟编年，袖有画眉京兆笔；金钱买夜，案多侑酒穀城书。"语极雅切。然宋时上元放灯增十七、十八两夜，为建隆五年诏书，以时和年丰之故，见《太祖实录》《三朝国典》诸书。《侯鲭录》谓"钱氏纳上进钱，增两夜"，殊属妄传。朱翊《猗觉寮杂记》辨之甚详，亦不可不知也。

闽县郭远堂中丞（柏荫），以湖北巡抚引疾归里。时长子穀斋太守已官吾浙，孙亦馆选，有年少子及侄并举于乡。次年七十寿日，罗少耕司马（嘉杰）寄联祝之云："四朝恩遇，瓌颐继宣猷，维吴维楚维粤，声望翕然，治谱争夸牙笏美；七秩庞龄，鸿光同举案，有子有侄有孙，科名踵起，称觞笑看锦袍新。"陈伯初孝廉书联云："耆英洛社万家佛；草木平泉一品诗。"

杨子恂太史（仲愈）联云："谢家玉树乌衣巷；魏国黄花昼锦堂。"按：此联《楹联述录》误为太史贺其孙入泮作。又按："谢家玉树"出《晋书·谢元（玄）传》："与从兄朗为叔父安所器，因曰：'子弟亦何预人事，而正欲使其佳？'元答曰：'譬如芝兰玉树，欲使其生于庭阶耳。'"初不知"玉树"为何物，读《山海经》："开明北有玉树，一树有五彩。"然亦非阶除间所植之木。或据《后汉书·扬雄传》《甘泉赋》云："翠玉树之青葱。"颜师古注："玉树者，武帝所作。集众宝为之，用供神也。"谓元语指此。然疑玉饰之木不能生于庭阶。及观宋张淏《云谷杂记》云："《三辅黄图》曰：'甘泉谷北岸有槐树，今谓之玉树。根干盘峙，二三百年木也。'杨震《关辅古记》云：'耆老相传，咸以此树即扬雄《甘泉赋》所谓玉树青葱也。'"刘餗《隋唐嘉话录》曰："云阳县多汉离宫故地，有树似槐而叶细，土人谓之玉树。据子云《甘泉赋》云'玉树青葱'，后左思以雄假称珍怪（按：此

《三都赋序》语），盖不详也。"与颜师古注不同。乃知谢元所谓"芝兰玉树"，即此物也。至《甘泉赋》之"玉树"，当从颜说。李善《文选注》引《汉武故事》云："上起神屋，前庭植玉树：珊瑚为枝，碧玉为叶。"云谷谓《黄图》《嘉话》所言者，乃甘泉所产之木；此则饰玉以象其木，用以供神，其说是也。观《赋》云："翠玉树之青葱兮，璧马犀之璘瑂；金人仡仡承其钟虡兮，嵌岩岩之龙鳞。"同为宝饰供神之物，灼然可知。若果为种植之木，则子云不当与"马犀、钟虡"并举矣。《野客丛书》据《黄图》《嘉话》，以师古为谬，而讥左思之未审，岂非止知其一、不知其二耶？因录太史联，附识之。

俞荫甫太史（樾）善为楹联，其祝嘏之词格老意新，矫然拔俗。如直督李少荃伯相正月五日五十，寿云："以岁之正，以月之令，春酒一杯，为相公寿；治内用文，治外用武，长城万里，殿天子邦。"

苏藩竹樵方伯（恩锡）六月十一日五十有四，寿云："白香山五十四官苏州，早见诗篇满吴郡；范纯仁六月中赐生日，行看草制出坡公。"

沈仲复观察九月十日五十，寿云："以玉堂客，作金山主人，旌节将移，且为第一泉小住；歌鹤南飞，和大江东去，茱萸未老，好补重九日清游。"时观察方从常镇道调苏松太道，未莅新任也。

汪莲府驾部十月二十日六十，寿云："北阙赋归田，岿然作东鲁灵光，际一阳始升，逢六旬初度；西湖劳望远，安得跨南飞瑞鹤，来桃花潭上，拜柏叶仙人。"

杜筱舫观察六十，寿云："从名法入手，由盐官起家，而陈臬,而开藩,意思萧闲,共识东坡是五戒转世;纪近代战功,辑古来谣谚,又工诗,又能书,精神渊著,请歌《南山》之六章寿公。"观察历署藩臬,著《古谣谚》及《平定粤匪纪略》《江南北大营纪事本末》《万红友〈词律〉校勘记》。始生时,其大父梦一老僧担簦入室,盖有夙根云。

高滋园都转九月二十四日六十,寿云:"官两浙近廿年,以二品归田,仍在白苏旧治;过重阳刚半月,为六旬介寿,恰当黄菊新花。"都转以浙江运使引疾,仍居杭州。

浙抚杨石泉中丞九月九日五十,寿云:"钟三湘秀气,为两浙福星,奋武揆文,恰值宾兴大典;借九日秋光,献五旬春酒,翔机集叚,恭逢御极初元。"是岁为光绪元年恩科,乡试中丞充监临官,又为武闱主试也。

许雪门太守正月七日六十,寿云:"先立春三日作生辰,千万户柏酒桃汤,敬为使君寿;合大集一编即年谱,六十岁先忧后乐,又到上元初。"太守自编其诗为《悠游集》《蒿目集》《上元初集》,是岁正月初十日立春。

蒯士香廉访七十,寿云:"溯转战申息间,军前曲部,万里封侯,白发坡仙,犹坐冷泉判公牍;忆同登甲辰榜,都下谯遊,卅年成世,黄花魏国,长从老圃看秋容。"廉访牧光州时战功甚著,张朗斋军门为其帐下健儿,今已官至提督,立功塞外矣。

张少渠别驾五十,寿云:"不福星,真福星,即此一言可为君寿;已五十,又五十,请至百岁再征馀文。"别驾去年奉檄预江苏海运之役,将附福星轮船以行,忽舍之而就他船,福星船竟沉于海,别驾幸而免。

张仲甫中翰八十,寿云:"万卷掉书城,精神满腹,著作等身,积卅年雪案萤窗,尤于麟经有得;两回游泮水,净土潜修,名场倦踏，看明载苍颜鹤发，重歌鹿鸣而来。"中翰通内典，著书甚多，而《春秋属词辨例》一书尤为钜制。

金眉生廉访六十，寿云："推倒一世豪杰，拓开万古心胸，陈同甫一流人物，如是如是；醉吟旧诗几篇，闲尝新酒数盏，白香山六十岁时，仙乎仙乎。"上联用陈同甫语，下联则白太傅《耳顺吟》中语。

范春泉大令生于二月十六日，其五十时，适与天津海运之役。薛慰农观察赠联云："大衍添筹，一百六日春光好；长才奉檄，七十二沽遊兴浓。"又寿徐某六十云："樱笋开筵，娱君以叶子戏；芝兰绕膝，先我周花甲年。"徐好手谈，长观察一岁，故云。有寿可曾禅师云："参最上乘，得无量寿；分九华脉，为六朝僧。"

闽县杨子恂太史（仲愈）寿言，以典丽胜。如曾亦庐大令（元澄）六十云："天寿老诗人，大集编年，栗里琴樽绵甲子；民怀贤令尹，小春爱日，棠阴歌祝遍湖山。"大令生于十月十四日，曾任浙江乐清、黄岩县，著有《养拙斋诗草》，故云。向静荸太守（燊）封翁七十云："乐事古真稀，寿寓双星，千里板舆来福地；良辰天不夜，春城元夕，万家灯火拜神仙。"盖封翁生于上元日，就养在闽也。又寿李某长联云："文章是太白后身，五花马，千金裘，年少已豪情盖世，溯画船采石，桦烛笙歌，代鲜奇人，久矣红尘无此乐；出处本邺侯心法，一品衣，九仙骨，功成则高揖归田，想玉简嵩衡，羽书幢节，天留清福，绰然馀事学长生。"自注："失名。"或谓似李芋仙刺史（士棻），俟考。

孙诗樵孝廉（樏）言其尊人有寿路蕙圃学博联云："恒山维高多寿者；泮水思乐见文人。"

衡山彭宝臣先生（濬）以嘉庆乙丑大魁，仕至奉天府尹。解组归，道出直隶。有乡人为其父祝百龄者，捧笺乞言，先生立寿一联赠之云："人生不满君今满；世上难逢我竟逢。"脱口如生，语尤得体，见者莫不叹赏。

齐玉谿（学裘）《见闻随笔》，记其曾祖母曹太恭人以侧室正位，亲见其子雨峰大令、孙梅麓太守登词垣、宰大邑，年登八十。邹相国（炳泰）赠联云："有子有孙，皆成名进士；多福多寿，是为太夫人。"按：此联《联话》采《两般秋雨盦随笔》，谓是邹宗伯（一桂）寿其门生之母作，殊属讹传，因录而正之。

梁吉甫太史（逢辰）撰林岵瞻比部祖太夫人寿联云："致欢久协曹全谚；介福长酬令伯情。"上用《曹全碑》"重亲致欢"，下用《易经》"受兹介福于其王母"语。

晏彤甫总宪（端书）太夫人八十赐寿，有联云："一品太夫人，备三从四德，五世同堂，更荷两宫齐赐杖；（《蕉窗见闻录》误"更荷"为"恭执"，"赐杖"为"介福"）六句都御史，统七宾八师，九筹献寿，欣逢十月好称觞。"

同治己巳，合肥李太夫人七十生辰。时长公筱泉制府方抚吾浙，次公少荃相国以大学士、肃毅伯督两湖。献寿言者充门，惟俞荫甫太史（樾）一联独出冠时，其句云："花下板舆来，自皖而两浙，而三吴，而潇湘洞庭，数千里瞻拜慈云，凤鸟舞，鸾鸟歌，颂无量寿佛；床头牙笏满，有子为宰相，为节度，为观察转运，五百年特锺间气，玉策贤，金策圣，作中兴名臣。"

袁笃臣观察官江宁盐法道。三月，为太夫人庆七十寿，薛桑根先生制联云："堂北奉尊嫜，中寿常陪上寿；江南歌众母，三春同祝千春。"盖其时观察祖母郭太夫人年登百岁，犹在堂也。

张友山方伯之母太夫人，尝从方伯由部曹历官陕西、四川、广东、安徽。及方伯开藩吴下，太夫人行年八十矣。正月望，其生日也。俞曲园先生祝以联云："京国奉慈舆，而秦而蜀而皖粤诸邦，又见三吴开寿宇；元宵张夜宴，有子有孙有曾玄继起，行看五代共华堂。"又祝朱竹石司马之母赵太淑人六十寿云："三珠树环侍一金萱，添个比肩人，来助綵衣舞；周甲年刚逢建寅月，留将婪尾酒，敬祝锦堂春。"盖太淑人有三子，生于正月二十四日，前三日为其幼子梅石娶妇也。又祝应敏斋廉访之母朱太夫人二月十七日七十有八寿云："距花朝五日，开萱寿八旬，吴下刚翻新菊部；酌春酒三杯，披仙衣一品，怀中行抱小兰孙。"

韩军门殿甲之母王太夫人生五子，长即军门，次官总兵，三官副将，四官县令，五官州牧。二月二日为太夫人五十寿辰，杜小舫观察撰联祝之云："膝前种五树桂，天上拜五花封，正仲春虬降鹓鸣，共祝五旬寿母；报国提一旅师，传家罗一床笏，看诸子文通武达，同披一品仙衣。"

福州五子登科者，前有曾霁峰封翁，后有郭阶三封翁。若六子科甲，则惟叶敷恭太史之母邱太夫人一人。太夫人生于正月十三日，其六十时，有献联者云："六子宫袍慈母线；万家灯火锦堂春。"

郭远堂抚部有寿李少荃伯相六十联云："为四海苍生，祝南极寿星不老；有六旬莱子，知北堂爱日方长。"

明代三元惟商文毅公（辂）一人。其七十时，李文正（东阳）赠联云："自古年华稀七秩；本朝才望重三元。"见王笠舫《琅嬛集》。

徐君义（应秋）《谈荟》云：鄞县杨守陈、守阯兄弟各发本省解，其后对掌南北成均，并为尚书。其家堂联有："金榜题名，四世十科进士；玉阶听履，一门三部尚书。"可谓极盛矣。

梁氏《联话》引《槐厅载笔》：昆山徐太翁（开法），明季兵乱曾救难妇数十人，有隐德。国初定鼎后，生三子：长乾学，次秉义，三元文，皆鼎甲八座。其门联云："侍郎尚书都察院；状元榜眼探花郎。"

按：徐氏三昆季并登鼎甲，列崇班，固自难能可贵。然健庵司寇（乾学）以康熙庚戌探花，历官左都御史，终刑部尚书；果亭侍郎秉义，康熙己酉探花，历官国子监祭酒，终吏部侍郎；立斋相国以顺治己亥状元，历官左都御史，终文华殿大学士。此联于科名则增榜眼，于官位则遗宰相，殊未为核实也。

闽县曾霁峰太史（晖春）为亦庐大令（元澄）之父，晓沧观察（兆鳌）之祖，曾亲见五子登科，子孙三世进士。其厅事有联云："鲁国簪缨三叶茂；燕山门第五枝芳。"今观察之子幼沧太史（宗彦），光绪癸未复与馆选。杏宴恩荣，蝉联四叶，谈者尤艳称之。

《楹联述录》云：吾闽自国初迄今，探花及第者，自晋江黄济川太史（贻楫）始。太史著有《三善合编》，弱冠从先君游，其及第时，先君撰联赠之云："自兴朝二百年，吾里探花君第一；纪结交十四省，斯人善果世无双。"盖纪实也。

顺德黎召民方伯领咸丰壬子乡荐，以《书》艺进呈。先是，其从兄方流孝廉癸卯获隽，以《春秋》艺进呈。方伯谒祠之日，孝廉撰联云："九重乙览荷恩私，诗书礼乐春秋，昔进麟经，今进璧经，十载文章双奏御；廿六丁年承荫远，父子祖孙兄弟，两登南榜，三登北榜，一堂亲戚五抡魁。"

按："亲戚"，林氏《述录》作"亲眷"。考字书："眷，亲属也。字亦作婘。"《史记·樊哙传》："大臣诛诸吕。吕须婘属，因诛伉。"伉乃哙子，吕须所自出也。《五代史·裴皞传》："裴氏世为名族。居燕者号东眷，居西凉者号西眷，居河东者号中眷。"是亲属固可称"眷"，然无连文称"亲眷"者。惟"亲戚"则为古亲属之通称。《史记·宋世家》："箕子者，纣亲戚也。"此谓其诸父。《韩诗外传》："曾子曰：'亲戚既没，虽欲孝，谁为革？'"此谓其父母。《战国策》："苏秦曰：'富贵则亲戚畏惧。'"此谓其妻嫂。《左传·僖二十四年》："封建亲戚，以屏藩周室。"此谓其子弟。《昭二十年》："棠君尚谓其弟员曰：'亲戚为戮，不可以莫之报也。'"《三国志》："张昭谓孙权曰：'况今奸宄竞逐，豺狼当道，乃欲哀亲戚，顾礼制？'"此谓其父兄。详见顾亭林《日知录》。然则亲属之称"亲戚"，不胜于"亲眷"乎？

《曾文正公年谱》云：道光乙巳春闱，湖南中式八人，皆长沙籍。贵州中式之黄辅相与其侄彭年，原籍醴陵。而状元萧锦忠、朝元孙鼎臣，去秋顺天乡试南元周寿昌，亦于是科同入翰林。时公方为侍读，管长沙郡馆事。题名之日，撰联云："同科十进士；庆榜三名元。"盖佳话也。

阳春谭康侯部郎（敬昭），十二岁时应县郡试，凡十四冠军。某撰一联赠之云："百千卷里无双士；十四场中第一人。"可谓绝无仅有。

闽县曾伯厚孝廉（福谦），有贺其门人吴寿岩（元福）入泮联云："作名公卿，从秀才始；得佳子弟，为吾党光。"

《静志居诗话》云：平湖陈上交光禄（泰来），年十八举于乡，十九释褐。归娶，赐内府金花灯笼。知平湖县事刘抑亭赠以联云："秋进士联春进士；大登科后小登科。"乡里荣之。

黄天河《金壶遁墨》云：闰七月续娶，隋九芗刺史赠联云："纪闰秋清，为有双星迟驾鹊；催妆才富，好倾八斗赋惊鸿。"

《鸥陂渔话》云：《西清诗话》："刘原父再婚，欧阳公以诗戏之，有'洞里桃花莫相笑，刘郎今是老刘郎'之句。"《王直方诗话》："'白藕作花风已秋'一绝，赵德麟细君王氏作。德麟鳏居，因见此篇，遂与为亲。人谓"二十八字媒"。余甥刘耿夫续妻王氏，尝戏拈前二事制联赠之云："雅谑古贤传，仙客重来桃欲笑；良缘芳姓合，诗媒初达藕方华。"

吴县潘筑岩茂才为文恭公之孙，娶壬戌状元吴棪甫侍郎之女，于十月初旬亲迎成礼。俞荫甫太史书联贺之云："门第旧金张，喜宰相文孙，刚配状元娇女；倡随小梁孟，缔百年嘉偶，恰当十月阳春。"

潘瑶圃大令（恭寅）署连江时，续娶张莘田大令（用糖）之女。有联云："花县新脣，掷果好随仙令舄；春山如笑，画眉先问丈人峰。"

闽县张季枬孝廉（桢）宴鹿鸣后授室，曾伯厚孝廉贺以联云："鸳鸯社里，夜月玉箫，先看万选青钱，付与文坛夸手笔；龙虎榜头，春风金勒，留得一枝彩管，归来妆阁写眉图。"

《楹联述录》载陈秀才（锡熊）贺其友新婚联云："插鬓留香花第一；画眉偷样月初三。"盖时在十二月三日也。又，金仲和文学集随园、船山句为联，贺其友续娶云："华堂奠雁灯如昨；绣幕鸾窥月再圆。"可称工切。

吴县潘伟如中丞（霨）任闽藩时，为公子合卺。杨子恂太史献联云："使君是南国福星，正板舆奉处，蓬莱海水，玉华洞天，介寿瑶觞，好听来十郡笙歌，咸乐太平婚嫁；族阀擅中朝隽望，恰金屋修成，萱草北堂，梅花东阁，催妆彩笔，最难得八瀛风月，都归才子文章。"

按：《诗·卫风·伯兮》章："焉得萱草，言树之背。"《毛传》云："蕿草令人忘忧。背，北堂也。"盖北堂为妇人所居之地，家人以君子久役不归而思念之，谓安得萱草种于北堂，以忘其忧耳。初未尝言母也，不知何以相承为母事。然孟郊诗："萱草生堂阶，游子行天涯。慈亲倚堂门，不见萱草花。"则其误自唐已然矣。

钟仲山观察（峻），为子娶王裕莽观察之女。时钟方擢道员，王亦升知府。有贺联云："秦晋缔良缘，正两姓椿萱，同膺凤诰；钟王传字法，教一双儿女，共写鸾书。"

番禺许拜庭封翁（赓扬），曾有五代一堂之庆。孟蒲生孝廉为制联云："事祖事父，祖事祖事父，父事祖事父；有子有孙，子有子有孙，孙有子有孙。"句法奇创。

王文简公（士禛）长刑部时，汪文漪阁学（灏）献联云："尚书天北斗；司寇鲁东家。"公载之《香祖笔记》。《联话》以为钱名世所作，盖误。

曾伯厚孝廉（福谦）言，林文忠公（则徐）有赠某达官联云："通侯门第双龙节；才子文章五凤楼。"

曾文正公以大学士督两江，钟西耘太史集《争坐位帖》字献联云："文中子之门出将相；郭令公所至如天人。"俞荫甫太史亦有集《曹全碑》字联云："退之工文辞，学者从而师事；司马相中国,远人服其威名。"沈文肃公为船政大臣,煦万寿赠联云:"人望昌黎如泰山北斗;帝命傅说作舟楫盐梅。"盖非二公不足以当之。

刘霞轩宫保(蓉),与左侯相参骆文忠公幕府,时有"诸葛"之目。宫保入蜀,有赠联者云:"文章西蜀双司马;经济南阳一卧龙。"

故事:翰林称先入馆者为"前辈",其人入阁,则改称"中堂"。合肥李少荃伯相大拜时,太夫人犹在堂,尝改袁子才先生六十自寿诗为联云:"已无朝士称前辈;尚有慈亲唤小名。"一时传为嘉话。

番禺梁檀浦方伯,矩亭先生之哲嗣也。咸丰戊午,先生尹顺天署,后有亭曰"佳晴喜雨快雪",方伯尝读书其中。至同治辛未,亦尹顺天,撰联云:"抚字值时艰,素念常萦千里外;读书承手泽,清风犹忆十年前。"

《楹联续话》载:满洲野园少宗伯(介福)尝四主会试,四主乡试,其他殿廷衡文,不可枚举。有《恩荣宴》诗云:"鹦鹉新班宴御园,摧颓老鹤也乘轩。龙津桥上黄金榜,四见门生作状元。"于文襄公赠以联云:"天下文章同执辙;门墙桃李半公卿。"

按:此出纪文达公(昀)《滦阳消夏续录》,近人陈大令(康祺)《郎潜随笔》亦述其事。余考之,则联是而诗非也。元遗山《中州集》第八卷,载金吏部尚书张大节有《同新进士吕子成辈宴状元楼》绝句,即是前诗。所异者,惟"御园"作"杏园",

"摧颓"作"不妨","四见"作"三见","作状元"作"是状元"耳。则此诗不出自介公可知。殆公见其类己，偶书之而略改数字，见者遂谓介作欤？至"婴武新班"，文达自言"当时忘未问公出典"。郭频伽《灵芬馆诗话》引元遗山《探花词》"殿前婴武唤新班"句，谓是其所本，然不宜去"唤"字。考元初王鄂《汝南遗事总论》注："吕子成，名造，承安二年词赋状元。"又《元遗山年谱》："生于昌明元年。"计是时年才八岁，张大节尚在其前数十年，安得反用元诗？且玩元诗，不过"婴武唤人"意，未必有本。张诗之"婴武新班"，当是金源故事，与元诗各不相涉。尚应博考，未可援后以证前也。说本叶调生（廷琯）《吹网录》。此虽无关联语，而后人多承文达之误，故附辨之。

《冷庐杂识》云：南昌彭文勤公（元瑞），乾隆丁酉典试浙江，得人最盛。所取文不限一格，试卷万馀，遍加评骘，莫不切中作者之病，至有捧落卷而感泣者。是科副主试茅耕亭阁学（元铭），出闱后赠公联云："闻士颂之，自吴于越；读公文者，如韩欧阳。"盖纪实也。

潘四梅《卧园诗话》云：予宴鹿鸣时，大京兆为朱蕉堂先生（为弼），楹帖云："此身来自田间，喜霞蔚云蒸，四海英雄皆入彀；他日同趋阙下，看鸾翔凤翥，一时人物尽登仙。"

通州徐清惠公（宗幹），道光甲辰以汀漳龙道调充乡闱监试。其六世祖岩叟先生，国初亦曾入闽闱。公题联云："人文大会六千士；祖武重绳二百年。"迨同治壬戌，恩榜补行辛酉正科，时公已以闽抚为监临。是科因江浙未平，展期十月，两典试绕道至十二日抵闽，十六日入闱。公复撰一联云："于斯为盛八千士；重与论文十九年。"按：此非特佳话，而闽中人文之日盛，亦可藉以考见也。

钱塘袁兰村明府（通）为随园先生之子，仰承家学，博雅工诗，尤精词曲。陈曼生司马（鸿寿）赠以联云："仓山续诗格；红豆又词人。"盖国初吴蘭次太守词有"把酒祝东风，种出双红豆"句，时号"红豆词人"也。

倪云癯《桐阴诗话》云：兴国万清泉征君（斛泉）研精朱程之学，结茅山中，读书讲道，不求仕进。宋鼎、邹金粟，其高足弟子也。会贼扰湖湘，所居适当其冲。一日，贼大至，征君整襟端坐，弦诵之声渊渊如出金石，贼为引退。胡文忠公疏荐于朝，奉旨赏七品冠带。大吏赠以联云："绛帐一时培后辈；黄巾三舍避先生。"此诚草野难副之盛名，亦国家非常之旷典也。

罗田潘四梅明府（焕龙），女兄伴霞，女弟仲华、幼晖，与其室杨琴珊，皆能诗，有集。四梅宰洴川日，黔阳易屏山刺史（良俶）赠以联云："循名花县腾三载；文字兰台萃一门。"亦佳话也。

郭远堂抚部抚湖北。同治癸酉乡试，宴鹿鸣日，题联云："橐笔入名场，四十六年怀往事；弹冠延后进，三千里外拜新恩。"盖抚部登道光戊子贤书，至此已四十六稔也。又云："魏阙捧丝纶，精白盟心，不惮搜罗披万卷；楚材收杞梓，文章华国，相期事业在千秋。"

马宾侯（灿）《萍龛掌录》云：桂丹盟廉使言：其同年某进士有二子，并传家学，善古文；其甥亦多能诗。廉使赠以联云："海内文章，老泉传轼辙；江西诗派，山谷得徐洪。"可称典切，惜忘其姓名。

按：世称苏明允为老泉。考明允《嘉祐集》有《老翁泉铭》，其序云："往岁十年，空山月明，见一老翁偃息泉上。就之，则隐而入于泉，因甃石筑亭而为铭。"《东坡集》有《老翁井》诗，梅圣俞有和诗，《晦庵诗话》《苕溪渔隐丛话》俱断为明允之作，此"老泉"之名所由起也。然叶适《石林燕语》云："苏子瞻谪黄州，号东坡居士，其所居之地也。晚又号老泉山人，以眉山祖茔有老翁泉，故云。"是"老泉"是东坡之号。《焦氏笔乘》亦引《燕语》以辨，且云："子瞻尝有'东坡居士老泉山人'八字共一印，见于画册。其所画竹，或用'老泉山人'朱文印章。欧公撰《明允墓志》，但言'人号老苏'，而不言其自号'老泉'。"叶去苏时甚近，语必不谬。《潜邱劄记》又述戴唐器语云："东坡有《得钟山泉公书寄诗为谢》云：'宝公骨冷唤不闻，却有老泉来唤人。'果明允号老泉，坡敢于僧泉公者称曰老泉乎？"尤为确证。

愚又按：子由有《次韵东坡寄其生日》诗云："归心天若许，定卜老泉室。"又《祭东坡文》云："老泉之山，归骨其旁。"是子由亦以老泉属东坡。合而观之，则老泉非明允之号审矣。盖泉名虽起于明允，而未尝为号。至东坡始取以号之，而不甚著。南宋以来，遂讹为明允，沿习至今，不可复正，故为辨之如此。

光绪二年，为美国开基百年之期。在费里地费城建屋设会，广征天下珍宝及异材奇技，互相比赛，以志庆典，美其名曰"百年大会",亦曰"赛奇公会"。一时同赴者三十七国,我中国亦与焉。每国各有储物院,中国院前建木质牌楼,额曰"物华天宝",联曰:"集十八省大观,天工可夺;庆一百年盛会,友谊斯敦。"为管理会务东海关税务司德璀琳属司事李少池(圭)所撰。

卷六　哀挽（上）

杨卧云先生（希闵）言，定亲王河上翁之薨，怡亲王讷斋主人命门客撰挽联，俱不惬意。江南一才士，为举明秀水朱苣园（茂昭）集句云："阁中帝子今何在；河上仙翁去不回。"王大称赏，厚赠之。按：此联载朱竹垞《静志居诗话》，借以挽王，允称巧合。或谓某达官奉命撰王挽联，一才士为集此进御，殆传闻之讹也。

阳湖洪稚存太史（亮吉），乾隆庚戌榜眼。嘉庆初，川陕贼未靖，上书诚邸，乞转奏。末有指斥乘舆语，部议"大不敬"，当斩。仁庙知其忠，免死，戍伊犁。未百日即赦归，且诫臣工："弗以言为讳。"圣主之圣，直臣之直，真超越前古矣。其没也，某挽以联云："罗胸探月窟星垣，庾信文章，韩琦科第，吾宗快婿贤甥，得先生为两绝；裹足历冰天雪窖，上方请剑，绝塞弯弓，当代忠臣奇士，贻惇史以千秋。"

卢抱经学士（文弨）终于常州龙城书院讲席。李申耆太史（兆洛）挽以联云："当代经师，郑东海、马扶风，抗前贤为伍；此间旅殡，荀兰陵、苏玉局，得夫子而三。"

李篁仙农部挽温琴舫云："金石依然，洒泪重摹秦相碣；人琴何在，伤心独过海王村。"

吾绍徐太守（联璧）历守湘南，以廉惠称。年至九十而没，莫宝斋侍郎（晋）在都，寄联挽之云："廉吏石犹存，二十年景仰师资，睟然如见先生面；老人星乍殒，三千里痛深父执，逝者弥惊后死心。"阮文达公（元）时督浙学，亦有联云："八郡棠阴，官情昔比湘江水；九龄梦觉，精气犹留南极星。"

莫宝斋侍郎挽徐颖占先生云："人生七十稀，难留单豹婴儿色；修竹三千满，空忆犹龙老子容。"

亡友王雅方（兆南）言，宗芥飓司马（圣垣）官粤东时，有僚友素无宦情，为家累所迫，勉就县令，郁郁不得志而没。司马挽以联云："现宰官身，西去仍归极乐国；了儿女债，南来误入买愁村。"为人传诵。按：此联今载赵古农《临池草》，而不知出自司马也。

南昌万梅皋先生（廷兰）任侠工诗，由翰林官通州牧。东路厅之狱，同僚株连者甚众，先生恻然，以一身任之，拟大辟，系保阳狱。十六年，高宗知其冤，特旨赦归。至嘉庆丁卯始卒，享年八十有九。著有《计树园诗存》。梁山舟学士集元遗山句作挽联云："千丈气豪天也妒；一生诗在事堪传。"

满洲远皋先生（文宁）以翰林历掌文衡，官步军统领，卒于驻藏大臣之任。张温和公（祥河）挽以联云："内相经文兼纬武；西方成佛即升天。"又挽下南同知王司马（汉）联云："七日招魂，屈子衣冠轻似蜕；九重赐恤，王尊名节重于山。"盖司马因走扫溺，七日求尸不得，以衣冠敛也。

葛忠节公（云飞）之殉夷难也，义勇徐保夜迹公尸，走竹山门，雨霁，月微明，见公面去其半，立崖石下，手握刀不释，左一目犹睒睒如生。欲负之行，不能起。拜而祝曰："盍归见太夫人乎？"遂起，乘夜浮舟以归。潘文恭公（世恩）挽以联云："忠孝两难全，看碧血淋漓，犹留半额头颅见阿母；英雄真不死，抱丹心冥没，总是十分肝胆报君王。"

族伯祖明河参军（文光）精法家言，事母孝，以布都事借补邵武府经历，卒。及殡，妾林氏仰药以殉。张太守（元祥）挽以联云："随侍得贞姬，临诀片言如曒日；承欢违老母，弥留一恸耿终天。"盖纪实也。

有为福宁郡守者，殁于除夕。或挽之云："借署名都，九月温麻多奉佛；骑箕除夕，万家曝竹送登仙。"

吾邑高升平封翁没于七月既望，年八十一。屠筱园郡博挽之云："椿龄周九数，月亦周，日亦周，略迟一个时辰，云路有情归缓缓；兰会值中元，来相值，去相值，料得诸天古佛，灵山拍手笑呵呵。"又挽周绍香云："垂瞑关心，尚记趣携小桃叶；抚棺长恸，何期便卧古藤阴。"盖绍香娶妾于外，遗言挈之归守也。

会稽屠筱园先生（湘之），于学无所不窥，尤工诗古文。尝注《随园四六》，援引悉出本书，详明精核，远出石琢堂《袁文笺正》之右。今其稿存陶濂生太史处。其没也，太史挽以联云："夫子何为者，以经术作大文章，数十年煞费苦心，果尔必得其禄，必得其位；哲人其萎乎，幸老成即就婚媾，风雨夜追思懿范，猝然如闻其声，如见其形。"盖太史尝受业于先生，而其弟即娶先生之女云。按：此联，或云梁湖王氏挽钱西骎作。

邹公眉观察挽俞陶泉都转联云："敬以持己，恕以及物，一息尚存，此志不容稍懈；生不交利，死不托子，九原可作，微君吾谁与归。"见《蕉牕见闻录》。

桐乡陆芎畇县博（元鋆）生于临海，晚年就养其子敬安台州府学署而没。武进洪大令（翊）挽之云："鹤俸慰桑榆，台岳重游，六十年前来处去；鲤庭茂桃李，楹书可读，五千言在没犹存。"

平湖张海门太史（金镛）有友马某，尝随尚书玉麟公出塞，甚见推重。公薨，适太史计偕入都，为撰联以挽云："短后记裁衣，历雪窖冰天，万里追随班定远；长安仍索米，䲶鸶肩火色，九衢痛哭马宾王。"王文恪公亟赏之。

桐乡唐明府（炳），由庶常改官桃源县令。没后，有挽之者云："天上谪仙，此去依然参桦署；人间隐吏，今来何处问桃源。"

贵阳成兰生方伯（世瑄）为江藩，值英人之变，以忧卒；母犹在堂。梁茞邻抚部挽之云："望断黔阳，可怜万里云帆，依然将母；魂消白下，共惜半年风鹤，了却孤臣。"又挽沈香城通守

（廉）云："淮浦共题襟，脱颖为君欣得地；吴门方扫榻，遗函报我已升天。"盖抚部为淮阳道时曾延通守入幕，以得官去。及闻其罢归，方复迎之，而其讣遽至云。

张磐泉学录挽吴石华先生云："李韩年谊，嵇吕交情，感逝伤怀，同忆大罗天上事；陆马史才，姜张词笔，衔华佩实，是真文苑传中人。"

南海吴荷屋抚部（荣光）解组后侨居桂林，与余小霞州判（应松）甫联文酒之盟，而抚部卒。小霞撰联挽之云："为名士，作词臣，任封疆大吏，爱路近家园，小住桂林营绿野；工书画，考金石，著燕许文章，怅迹疏坛坫，遽闻兜率迓香山。"又代黎白仙挽满洲静山太守（兴仁）云："治谱已千秋，是名宦传人，最堪惜正盼莺迁，遽悲鹤化；齐民同一哭，况平生知己，更难忘几番说项，五载依刘。"

按：《诗》"鸟鸣嘤嘤……迁于乔木"，郑笺："嘤嘤乃两鸟声，非莺也。"自汉张衡《归田赋》："王雎鼓翼，仓庚哀鸣。交颈颉颃，关关嘤嘤。"又《东都赋》："雎鸠鹂黄，关关嘤嘤。"仓庚、鹂黄，即莺也，皆以"嘤嘤"言之。而梁元帝《言志赋》："闻莺鸣而求友。"陈杨谨《从驾祀麓山庙》诗："轩树已迁莺。"遂明指为莺。唐李峤、李白、李商隐、白乐天诸公，相率承用。乐天作《六帖》，且类入"莺"门中，遂成故实。小霞贪于属对，虽明知其误而不改也。

吾邑杜尺庄先生（煦），以文章行谊重于时。咸丰纪元，当事议举先生孝廉方正，固辞不许，乃疏未上而先生遽卒。时汉军徐铁荪观察（荣）守吾绍，挽以联云："特科正待醇儒，天不慭遗，镜水稽山销气色；耆社夙称前辈，吾犹及见，诗巢书藏想风流。""诗巢"，即陆放翁快阁故址，建以祀越中诗人者，先生尝修复之。"书藏"，其藏书处也。

侯官李远泉运副（廷瑛）言，林文忠公（则徐）之薨，其挽联以李学博（彦俊）、胡文忠公（林翼）为最。李云："千秋青史存公论；四海苍生哭此人。"胡云："报先帝而忠陛下，两朝开济属宗臣，表续《出师》，千古英雄同下泪；佐天子以活百姓，万口欢呼起司马，家传画像，四方妇孺亦知名。"

太和李月楼二尹（子馥），骯有奇气。咸丰初，小刀会匪之乱，率勇援仙游，力战死。其父犹存。符雪樵大令（兆纶）挽联云："风雨二陵秋，哭子忍闻秦蹇叔；功名千古恨，封侯空说李将军。"

满洲忠武公（塔齐布）忠勇仁廉，历平湖南北剧贼，为中兴名将。咸丰五年七月，薨于浔阳军中，年只三十有九。先是，公尝辱于副将常清，曾文正公为劾去常清而荐公，故其挽联云："大勇却慈祥，论古略同曹武惠；至诚相煦妪，有章曾荐郭汾阳。"胡文忠公（林翼）亦挽之云："谥并武乡侯，旷代奇勋青史在；年如岳少保，古来名将白头稀。"皆纪实也。时满洲香五太守（廷桂）为长沙县，亦有联云："誓清大地山河，一捷湘，再捷湖，三捷鄂，争奈浔阳垂捷，遽陨台星，将军忠义果忘家，手掷髑髅，曾不计上有老亲，下无弱息；哭断秋江枫荻，生同里，官同僚，交同盟，只惭伟略难同，空悲旧雨，此日东南犹苦战，眼看疮痏，更凭谁早抒国步，力挽天心。"悲壮淋漓，尤可作公一篇传赞。

按：此三联载《忠武挽言录》刻本，文正联并见《零金碎玉》。《楹联述录》乃以文忠联为文正、太守联为文正挽文忠作，不知忠武与太守同隶旗籍，同官湖南，殁于江西浔阳军中，无子，母犹在堂，故上联有"浔阳"及"老亲、弱息"句，下联有"同里、同僚"句。若文忠，则卒于湖北巡抚之任，虽亦无子，而其时封翁及太夫人已亡。且与文正一籍益阳，一籍湘乡，并非同邑，安得如所云云耶？至其误"垂捷"作"告捷"，"只惭"作"自惭"，"生同里、官同僚、交同盟"作"生同时、居同里、官同僚"，"眼看疮痏，更凭谁早抒国步"作"净扫萑苻，问谁能匡扶社稷"，非特情事不合，抑且文义不联。是书之舛讹，不一而足，而于此联尤甚，故特纠之。

湘阴罗忠节公（泽南）以诸生起义，转战大江南北，力摧剧寇，官至宁绍台道。咸丰六年，卒于武昌军中。楚军之有湘勇，自公始也。左季高爵相（宗棠）挽以联云："率生徒数十人转战而来，持三尺剑，著等身书，亦名将，亦纯儒，独有千秋，罗山不死；报国家二百年养士之德，复卅六城，杀亿万贼，是忠臣，是良友，又弱一个，湘水无情。"罗山，公别字也。

黄平孙兰皋邑侯（翘江）以进士知邵武县，死咸丰丁巳之难。先是，公官河间，有与女鬼辩讼前生事。自记："当城隍神未审时，偕冥吏至一处，额曰'旌忠堂'，有衣冠者居其中。吏因语公：'他日当入此堂。'"然则公之殉忠，盖早定矣。钱塘严梦琴通守（丽正）挽以联云："漫云徒死，胜于不死，一死聊完臣子节；既有前生，何必今生，他生莫现宰官身。"

江夏温壮勇公（绍原）坚守六合八载，卒以身殉，天下哀之。《平定粤匪纪略》谓公以投水死，盖本于都统德兴阿公奏牍也。其实当江浦事急，德公弃师登舻，贼遂长驱麇集。公百计抵御，城陷，犹率众巷战，力竭被戕。夫人王氏、子辅才，同时遇害。是时德公远潜江滋，据传闻之辞，率以入告。虽于公大节无损，然非事情矣。或传挽公一联云："不请兵，不请饷，不请功，以一旅义师，御四围强寇，铁铮铮好男子；或死忠，或死节，或死孝，举全家骨肉，殉满县生灵，风惨惨有馀哀。"

罗壮节公（遵殿）自杭州归葬宿松，时黑龙江骑兵方到，曾文正公率之往迎。题一联云："孤军绝外援，差同许远城中事；万马迎忠骨，新自岳王坟畔来。"

劳文毅公（崇光）抚广西，曾拔张忠武（国梁）于椎埋中，卒为名将。及忠武殉节丹阳，公撰联挽之云："东南半壁，血战十年，那知功坏垂成，顿使江天空保障；俎豆千秋，荣褒九陛，自诧言多幸中，先从草泽识英雄。"按：收降忠武，《平定粤匪纪略》属之张公亮基。冯学士桂芬、李方伯元度文集，皆谓公抚广西时事。今读此联，足以订《纪略》之讹矣。

益阳胡文忠公（林翼）雄才伟略，以湖南北恢复东南诸行省，成中兴戡定之基。惜不及见大功告成而薨，时距文宗升遐只月馀也。曾文正公挽之云："遘寇在吴中，是先帝与荩臣临终憾事；荐贤满天下，愿后人补我公未竟勋名。"李次青方伯亦有联云："赤手定南天，持节遽乘江渚鹤；丹心依北极，骑箕犹扈鼎湖龙。"按：文正联见《蘉露荛杂记》及《海山书屋诗话》。《述录》属之左爵相，误矣。

侯官王壮愍公（有龄）抚吾浙，咸丰辛酉之乱，固守围城三阅月，粮绝城破，自缢以殉。谭仲修孝廉代人撰联以挽云："裹创饮血，百战此孤城，痛鼠雀已无，云坏睢阳，方远乞贺兰破敌；循吏忠臣，一朝自千古，恨犬羊未尽，潮悲浙水，更谁生茹草遗民。"

饶枚臣军门（廷选）为漳州游击时，与顾华封参戎（飞熊）同剿小刀会匪，订昆季之好，积功至浙江提督。辛酉城陷，死之。参戎挽以联云："记当年共事南漳，情联手足，迄今十载，遥听声威，直教闽匪、粤夷、越寇、江氛同丧胆；传此日临危东浙，痛裂肝肠，既瘁一身，更兼眷属，竟使贞姬、爱弟、幼儿、娇女尽捐躯。"参戎以武进士起家，能文善书，此联盖其手制也。

方子严观察挽张海柯军门联云："识面我无缘，名在江淮，百战功勋万人敌；出师公未捷，气吞云梦，一生忠勇九重知。"盖军门阵殁于湖北也。

钱塘董更生司马（基升），由龙岩州保升知府。有故交访之，别甫二日，而司马以暴疾卒。其人挽之云："万里重逢，廿年相识，才分离两日，遽闻丹旐西归，一死固难知，不信竟因无病病；五旬未足，四品犹虚，但多活片时，便得黄堂真拜，九原如可作，还期似昔更生生。"

包晋卿（晋）挽李听松明经（寅）联云："老科目一官无，老幕府一金无，长此劳劳，空有文章安所用；为名士以客死，为孝子以毁死，对兹瞶瞶，从今造化更何愚。"

侯官林芗溪学博（昌彝），挽其妻弟周仰苍茂才（球璋）联云："辛苦接青毡，方羡潜仁承茂叔；凄凉埋白琥，何堪处仲弔元规。"

杨笙友方伯挽张锡田先生云："廿载盘桓，回首魂销联榻夜；一生狂狷，齐声论定盖棺馀。"

杭州郑铁庵，与金韵仙孝廉（绳武）、屠又樵茂才（品金）交最契。二君俱工诗文，而韵仙尤精于词。又樵避乱客死，金亦旋卒。铁庵各为联挽之。其挽屠云："水淡证鸥盟，式好无尤，常记取文酒盘桓，尔醇我肆；烽燃惊鹿走，欲生反死，可省得室家离散，亲老儿孤。"金云："一第亦微名，输君顾曲矜才，脱口唱晓风残月；三生真诳语，恨我招魂乏术，伤心对衰草斜阳。"

嘉兴曹秋湄司马由进士令陕西，告归，殁于浦城戎幕。张小舫太守（其曜）挽之云："十年梓里怡情，忆题雁名高，泽沛西秦留治迹；半载柳营共事，叹骑鲸仙去，水流南浦黯离魂。"

满洲文端公（倭仁）相业卓著，而其要在"格君心，尊国体"两端。薨时，谢麟伯太史（维藩）献联云："持谠论于道统绝续之交，诚意正心，讲幄敢参他说进；夺我公于国事纷纭之际，排和议战，明朝无复谏书来。"可谓能举其大矣。

花县骆文忠公（秉璋）由湘抚督四川，平发逆石达开，土匪李泳和、蓝大顺等。薨于位。先是公居谏垣，以却户部库吏赂，受知成庙，遂大用。童逊庵太史（槭）挽联云："自成庙鉴公清操，天下已望丰裁，至今将相兼资，由先帝知人，留得老成匡社稷；论益州讨贼奇勋，此地复安耕凿，太息功名未竟，正中原多故，愿教灵气护山河。"又左季高侯相联云："公为诸葛一流，尽瘁鞠躬，死而后已；我侍文忠数载，感恩知己，生不能忘。"盖公抚湘时，侯相以孝廉参公幕府，言听计从，恩礼殊绝，故其言如此。他书以为曾文正挽胡文忠作，则于情、文全不相合，其亦未之思也。

通州徐清惠公（宗幹）薨于闽抚之任。先是，公尝分巡汀、漳、龙及台湾，咸有政绩。杨子恂太史挽之云："是廿年南国福星，教泽在士，遗爱在民，嗟我苍生，读到（《述录》误"罢"）碑文惟（《述录》误"齐"）下泪；数一代中兴人杰（《述录》作"良佐"），循吏有传，功臣有表，报公（《述录》误"君"）青史，愧无椽笔为书勋。"杨雪蕉光禄（庆琛）亦有联云："立德立功，结闽中三至因缘，到底成仙仍此地；同官同谱，想山左十年交谊，从今爱我更何人。"盖公与光禄同年，又尝同仕山东也。

无锡秦縠贻大令（煦）历任烦剧，缘事罢职，卒于闽。曾伯厚孝廉（福谦），其所取士也，挽以联云："舆论听旁人，三十年宦海劳薪，那堪春梦醒时，归岫更愁云影滞；名场嗟故我，五千里客程返棹，讵料前缘续后，到门长哭雪声寒。"又挽中表梁翊轩孝廉（俊年）联云："行囊诗卷，病榻药香，销磨一世才华，不图果熟荔支，竟尔归真游紫府；问字停车，飞觞折柬，笃爱两家兄弟，此后花开夜合，共谁话旧剪青灯。"盖翊轩尝客粤东，病足十余年，以六月殁也。

曾文正公（国藩）为中兴名臣冠冕，其薨于江宁也，中外哀挽之作具载于《荣哀录》。

其叙功德者，如冯林一宫允（桂芬）云："武纬本文经，为汉唐后儒臣吐气；中兴媲开国，与顺康间元佐论勋。"周寿山藩伯（开锡）云："中兴将相出其门，合武乡、汾阳之功，并为一手；半壁东南失所恃，问王导、谢安而后，几见斯人。"范郡伯（志熙）云："当代一人，是潞国丰仪，汾阳福泽；大名千古，有皋夔事业，韩柳文章。"陈军门（济清）云："为国家股肱心膂之臣，再造勋名郭忠武；锺衡岳磅礴郁积之气，三朝知遇李长源。"彭镇军（昌禧）云："韩欧无武，李郭无文，集数子所长，勋华巍焕；衡岳之高，洞庭之大，叹哲人其萎，云水苍茫。"黄振纲云："万户领侯封，堕泪直同羊叔子；千秋论相业，易名不愧范希文。"黄军门（少春）云："入正揆席，出总师干，以其身系天下安危，真不愧元老壮猷，名臣硕画；德媲皋夔，功逾管葛，所注意在民生休戚，恨未见滇南解甲，陇右销兵。"

其兼恩谊者，如孙琴西藩伯（衣言）云："人间论勋业，但谓如周召虎、唐郭子仪，岂知志在皋夔，别有独居深念事；天下诵文章，殆不愧韩退之、欧阳永叔，却恨老来涅籍，更无便坐雅谈时。"郭韵轩侍郎（嵩焘）云："论交谊在师友之间，兼亲与长，论事功在唐宋以上，兼德与言，朝野同悲惟我最；考初出以夺情为疑，实赞其行，考战绩以水师为著，实主其议，艰难未预负公多。"薛慰农观察（时雨）云："一个臣休休有容，频年燮理馀闲，小队出郊坰，惯向山中招魏野；万户侯绵绵勿替，当代元勋佐命，大名垂宇宙，岂徒江左诵夷吾。"冯展云侍郎（誉骥）云："一旅独勤王，誓此身扫荡江湖，勋业终能酬志节；片言曾论帅，记当日流连诗酒，笑谈早已识英雄。"贺抚部（祥麟）云："海内外福寓偕依，入操庙算，出扫槐氛，旋斡拓中兴，允武允文资荩画；江西南停云相望，我值悬弧，公伤弭节，去来同寸晷，一生一死恸交情。"蒯子范太守（德模）云："公今与皋夔望散同进（一作"遊"），翳（一作"伊"）古元勋齐俯首；我正溯江汉沱潜而上，每经遗垒辄伤心。"倪豹臣抚部（文蔚）云："知我十年前，问客何能，门下滥竽常自愧；论才三代后，如公有几，江南爱树已难忘。"刘廉访（于浔）云："秉节立三朝，门下属僚多将相；违颜才两月，座中师傅已神仙。"

俱极警策。其余佳构尚夥，以词意大同小异，故不具录。阅者谅焉。

俞荫甫太史（樾）亦有文正公挽联，自序云："余受知于公最深。庚戌进士覆试，公充读卷官，以余诗有'花落春仍在'句，期许甚大。余以'春在'名堂，识感亦识愧，故于联中及之。"句云："是名宰相，是真将军，当代郭汾阳，到此顿惊梁木坏；为天下悲，为后学惜，伤心宋公序，从今谁诵落花诗。"

潍县陈觉民太守（应聘）权韶州，其兄某刺史殉全州之难。丧归，道经郡治，太守设祭于光孝寺。汪芙生司马（璨），代僚属撰公挽云："先轸此归元，想晋绛英灵，飒爽弓刀能杀贼；常山悲喋血，仗平原家祭，苍凉旌翣与招魂。"

侯官林梅九广文（国士）挽叶纪周云："黯黯雪中天，丹旐言旋，遵海魂归游钓地；汪汪湖上水，只鸡凭吊，临风肠断解推人。"

随州喻云岩学博（懋泰）深于经术，司铎谷城，与吾乡施望云先生相得甚欢。及没，遗命必以望云题铭旌。望云既哭以诗，并撰挽联云："欲追旧梦已依稀，与君上下襄江，短别十年，长别千古；不为交情方痛哭，数我平生老友，经师易得，人师难求。"

华守庭司马挽张弼臣刺史联云："肝胆独能倾，忆当年铁马金戈，相依患难；膏肓终莫救，叹此地白头黄口，未有归期。"

番禺桂杏帷孝廉（坛），挽其师陈奎垣茂才联云："面训犹存，十载春风称弟子；心丧罔极，两楹夜月梦先生。"

杨黼香太守殁于蜀，其挽联，苍古莫如陈学录（澧），哀艳莫如冯抚部（誉骥）。陈云："生为循吏，殁必有可传，亟宜纪载；少与齐名，老不复相见，是用痛伤。"冯云："故里魂归，江上雪花杨子宅；新诗泪并，峡中人日蜀州篇。"

侯官沈文肃公，少受业于林香溪学博（昌彝）。公管马江船政，香溪自粤归，不及见而殁。公挽以联云："总角侍龙门，风雨啸歌，许以同心如昨夜；轻装归马渎，波涛咫尺，失之交臂恨终天。"又挽董虞琴大令（平章）云："八千里外好音来，陶令归乎，胡为郁郁幽愁，四载驹光扶病过；二十年前知己感，钟期邈矣，忍听声声血泪，九旬鹤发抚棺悲。"又挽饶仲卿主政（新）云："谓此才定玉笋班中，何期五千里归来，薄宦京华成幻梦；寻乃父向大罗天上，为道十三年别后，故人尘世已衰翁。"盖虞琴殁时，老母犹存；仲卿尊人枚臣军门，则已殉杭州之难也。

番禺金引泉茂才（寿昌）幼孤，母夫人鞠之成立。生一子，年未强仕而殁。吴红生观察，其堂甥婿也，时官淮海，寄联挽之云："有母八旬，卅年教养，又从两岁抚孤孙，那堪寂寂青灯，嫠妇纬添仍似昔；思君一恸，百感苍茫，倘使九原逢伯姊，为语萧萧白发，女儿花悴不胜秋。"

侯官李上舍（昂）为子嘉封翁（作梅）之仲子，聘林勿村抚部女孙。未娶而上舍卒，女遂奔丧守节。有挽之者云："本来兰玉易摧，累尔翁老悼童乌，此去匆匆真太悬；自古彭殇同寿，幸有妇辉增寡鹄，千秋啧啧又奚悲。"

蒋澍东挽许庚云先生（金匮）云："道学绍白云先生，闭户著书，万口共推经笥富；豪饮若青莲学士，飞觞醉月，千秋同有酒楼传。"

曾抚部（璧光）挽满洲文庄公（瑞麟）联云："立言立德立功，中外咸钦韩魏国；多福多男多寿，古今几见郭汾阳。"

宝应王文勤公（凯泰），抚闽有政绩。其仿阮文达粤海堂创设致用堂，监临癸酉乡试，力除夙弊，尤为士林所称。光绪乙亥,巡台湾番社回省,积劳薨于位。俞荫甫太史,其同年生且姻娅也,挽以长联云:"乘桴过斗六门边,瘴雨蛮烟,不辞辛苦,立功在绝徼,盖视傅郑尤难,伟矣半载经营,尽辟天南生熟地;回头思廿七年事,敝车羸马,时相过从,同谱若弟兄,遂订朱陈之好,伤哉一朝永诀,未完吴下唱酬篇。"杨子恂太史亦有联云:"正己率属,勤政爱民,并代循声配清惠;养士存儒,通经致用,一家硕学接楼村。"又盛莲水通守(在渌)联云:"桐爨感知音,最难忘风味堂前,推敲夜月;梅霖期入相,万不料鲲身山外,憔悴秋风。"盖公监临癸酉乡试,赋诗纪事,通守和作曾为其所赏也。

文树臣观察(星瑞),挽罗海农太守(瀚龙)联云:"同谱忆前缘,廿载深交,掩泪怕看循吏传;称觞曾几日,九原遗憾,伤心犹恋老莱衣。"盖太守卒之前二日,犹为其封翁七十称祝也。

陈兰浦学录挽潘伯临部郎(正亨)联云:"三绝擅清才,能诗能字能文,一第未成留隐憾;半生多乐事,爱客爱花爱酒,考终无疾证前修。"

冯竹儒观察(焌光)尊甫尹平刺史以事戍伊犁,殉回匪之难。及西域平,观察乞假出关,求其遗榇归葬。时左季高侯相督陕甘,诔以联云:"绝域作忠魂,孤冢迷离,收骨犹凭鄡曼父;覆盆嗟往事,九重昭雪,吁天不待武陵儿。"未几,廷议有遣使泰西之役,观察奉召入都,殁于上海。侯相并挽之云:"万里觅遗棺,风雪西归怜孝子;九重劳侧席,海天(《述录》误"邦")东望失才臣。"金眉生都转亦有联云:"生入玉门关,父骸归矣,儿心慰矣，可怜抱恨终天，追到黄泉供定省；恩来金锁闼，主眷隆哉，臣力竭哉，纵未宣威异域，传之青史冠循良。"

金眉生都转又有挽陈鱼门太守联云："七纵擒深得各国情，一箭烛孤城，是鲁仲连再世；两孝廉同负大将略，万山鼓奇气，乃张苍水后身。"辞气岸异不凡，惜誉过其实，非鱼门所敢当也。

闽县曾子干副贡（兆桢）任侠使气，能拯人之厄。为药所误而卒。刘寿之孝廉（三才）挽以联云："太史复生，定为君编游侠传；庸医不杀，恨非我作掌刑官。"人多诵之。

闽县陈子驹副贡（遹祺）为南社十子之一，生于道光庚寅。家居嵩山，即明傅处士（汝舟）丁戊山房故址。其殁也，杨雪沧观察（濬）挽以联云："六如慧业悔多才，乃知同降庚寅，桃坞蹉跎艰一第；十子名家生并世，恰好卜居丁戊，木虚风调共千秋。"见者称其工切。

福州周少绂司马（麟章）好谈佛老，尝任山东高密、藤县，所至主仆各跨一驴，别以一驴负书自随，民称"三驴大夫"。以乞养归。沈文肃督两江，延之入幕，未几卒。文肃撰联挽之云："主计属龚黄，得数月勾留亦幸矣；真儒说仙佛，知三家衣钵必争之。"孙澄之太守（文川）亦有联云："终严亲逮养之年，伏处唧哀，至行更超循吏传；值我佛托生之日，跏趺坐化，随缘偶现宰官身。"又庄萧卿比部（鼎元）联云："心迹在黄壶、陈镜之间，两袖清风，廉吏归装惟一鹤；口碑遍吕湖、郑乡以外，万家霖雨，大夫遗事说三驴。"足以传司马矣。

皋兰吴柳堂先生（可读）居谏垣，因劾乌鲁木齐提督成禄，言激切过当，下部议，免官。光绪初，召吏部主事。及葬惠陵，力请为行礼官。礼成，自尽于蓟州马伸桥之三义庙。遗疏论继统事，吏部以闻，上震悼，赐恤如例。好义者争输地与金，为营葬于蓟，使望惠陵，从先生志也。张抚部（之洞）撰联挽之云："奸良终痛秦黄鸟；授命能卑卫史鱼。"黄国瑾联云："哀吁九天，明《春秋》一统；昭垂两疏，与日月双悬。"黄太史（贻楳）联云："天意吊孤忠，三月长安忽飞雪；臣心完夙愿，五更萧寺尚哦诗。"则谓先生出都之日天大雪也。而管太守（贻萼）云："哲人忧盛危明，纵为国捐躯，断不使朝廷有阙；圣主怀忠赐恤，倘异时披奏，定能知臣子无他。"白太史（遇道）云："烈士岂殉名，效命输忱，一疏直争天下计；圣人能受谏，金谋独断，九原差慰老臣心。"归美朝廷，其立言尤为得体云。

侯官王丽丹观察（葆辰），挽沈文肃公（葆桢）联云："内端心学，外备边防，遗疏独拳拳，抱半壁隐忧，病榻弥留谋国远；作吏耐贫，课功责实，手书常娓娓，诵先人恺谊，孤儿涕泪受恩多。"

刘开生都转博学精禅理，人叩其学佛要旨，曰："惟不动心而已。"壬午二月，自泰西奉使归，寻没。其友李芋仙刺史（士棻）挽之云："汉宋学兼优，及见嘉光诸老辈；去来心不动，已完佛祖大因缘。"

青浦熊纯叔学博（其英）善诗古文，慕义若渴。光绪丁丑，河南旱灾，赤地千里，人相食。先生恻然悯之，乃在江浙倡募巨资，偕凌厉生部郎（淦）、金苕人太守（福曾）赴豫散赈。自丁丑冬至己卯春，集款四十余万，遍赈二十七州县，全活无算。先生积劳成疾，竟以正月四日殁于卫辉。豫人感其德，立祠祀焉。其同里慎葆森撰联挽之云："上立德，次立功，惟期实足副名，敢以困济中州，遽信彼苍能福我；天道远，人道迩，勿谓理难胜数，但使芳流后世，须知吾邑有传人。"可谓乐善者劝。

长乐林锡三阁学（天龄）督学江苏，延陈徽夫孝廉课其子，未至而阁学殁。孝廉挽以联云："先皇尚北面尊师，度在人亡，倘朝端故笏兴思，史馆他年应补传；长者以西宾迟我，情深缘浅，怅江上扁舟相访，灯窗中夜读遗书。"上联谓阁学曾充宏德殿内师傅也。

闽县杨子恂太史（仲愈）豪侠风流，挥金如土。中岁逋负山积，乃鬻其醵业于龚爱人藩伯（易图），赴都谒选，殁于上海。藩伯挽以联云："早结下三生香火缘，同是谪天来，谁知风流文采，陶写中年，缚茧为人丝竟尽；代销了一篇诗酒债，可怜挥手别，依旧富贵神仙，蹉跎两误，系铃谁遣我解何从。"语极凄婉。他若李川模联云："胸罗八斗奇才，当代共推曹子建；怀契二分明月，前身应是杜司勋。"许孝廉（贞幹）联云："文酒缔因缘，记金台大雪，夜走貂裘，可堪豪竹哀丝，眼底苍凉成往事；网罗嗟瘴疠，怅歇浦逝波，月圆鲸背，每念千秋万禩，梦中憔悴哭斯人。"林茂才（志廉）联云："先人同谱，刘孝标最笃交期，频年沟沫情深，幸免西华伤葛帔；亘古名流，孔文举差堪比例，一旦风骚韵歇，欲当北海覆金杯。"林孝廉（在礼）云："酒边交谊，弹指十年，君是阮嗣宗，人物口中少臧否；客里梦魂，伤心千里，我知李供奉，才名身后不销沉。"亦俱非俗调也。

吾邑沈稼村孝廉（百埔），挽高茶庵郡丞（望曾）联云："垂死尚惊人，叹芦中穷士，柳下卑官，忽闻霹雳一声，顿悟彻黄粱大梦；平生孰知己，看竹屋词名，草堂句好，賸得零星数卷，再商量青史千秋。"郡丞工诗词，将没时盖适遇雷震云。

范农部（鸿谟）少好音乐，至老不倦。辛巳，火起其宅，为所伤而卒。周吉甫大令（福昌）撰联挽之云："奇事共惊呼，可怜月落参横，一炬伤心同穆伯；旧游难再续，最怕酒阑灯灺，群芳含泪说车公。"为人称赏。

闽县王可庄修撰（仁堪）视学山西，其封翁殁于都门，修撰闻讣，凡五日奔一千一百里，归治其丧。屠伯熙侍读挽联云："太行匹马奔丧，五日而来，有子如斯，先生可死；沧海横流抗论，千秋之上，其人不作，吾辈焉依。"盖纪实云。

闽县陈可堂游戎（英），用船政局艺童起家，为人忠勇，饶谋略，为福星轮船管驾官。光绪甲申夏，逆夷法兰西窥福州，调防马江。君先后上书，极论水师部署失宜，并陈破夷诸法，大府不能用。七月三日，君察夷船有变，急斫椗以备。俄夷果发炮攻我军，君登柁楼麾船力战，身负重创，犹还炮不已，卒与船俱烬。家人求其尸不得，以衣冠葬。是役也，我军凡毁轮船九，丧管驾官四，而君之死为尤烈。其从兄喜人明经（莼）撰联挽之云："死原报国却含冤，想青燐黑月，夜啸声高，应憾陈涛误房琯；鬼尚有灵当杀贼，看铁雨金风，忠魂起立，肯教江水饮完颜。"词旨悲壮，罗縠臣司马（大佑）极赏之。

张振轩宫保（树声）督两广，法越衅起，疏论战守事宜，与廷议不合，迭被纠劾。公不自安，乃请解任，专办防务；得旨俞允，以张香涛制府代之。甲申九月初日薨于军，制府挽之云："代公乏武库之才，岘首哀思，片石人怀羊太傅；报国示据鞍可用，壶头瘴疠，明珠天监马将军。"时龚霭人藩伯撰联，亦以"羊、马"相拟，谓人曰："我两人所见略同也。"其句云："云撼大星沉，民思遗爱，军感旧恩，马伏波功竟壶头，兴谤无端生薏苡；风澄南海静，公定成规，我怀知己，羊太傅碑留岘首，登高何处奠茱萸。"

湘阴左文襄公（宗棠）以孝廉起家，与曾文正、李伯相平发逆及捻回各匪。而公复定关陇，收新疆，功烈尤伟。位至东阁大学士，由一等伯晋封二等侯，倚畀之隆，一时罕俪。光绪甲申，法人犯顺，奉命督师入闽。明年，和议成，乃告归。未及行而疾剧，以七月二十七日薨于福州行馆。哀挽之作，遝迩毕集。

就所闻见，如邓赓元云："幕府疆圻，书生侯伯，孝廉宰辅，疏迤机枢，系中外安危垂三十年，魂魄长依天左右；湖湘巾扇，闽浙戈船，沙漠轮蹄，中原羽檄，扬朝廷威德越五万里，声名远震海东西。"罗縠臣司马（大佑）云："以一身系天下安危者三十年，看连云烽火次第澄清，武侯挥扇而军，盖代大名垂宇宙；为圣朝恢徼外版图凡数万里，祇横海蛟鼍频烦擘画，宗泽渡河未果，出师遗憾满沧溟。"思周笔健，高挹群言。

他若刘抚部（秉璋）云："范希文十万甲兵，妙算如神，四海议中朝人物；葛忠武两朝开济，大名不朽，千秋拜丞相祠堂。"刘藩伯（连捷）云："勤学好问谓之文，辟土有德谓之襄，星日大名垂，特笔九重孚众论；黄陵之山屹若柱，湘江之流纡若带，风云秋气惨，灵旗万里送归魂。"黎大令（培质）云："生不愧封侯，整师五万里，电掣雷轰，手挈边疆归版籍；没犹思破敌，遗表数百言，风凄雨泣，魂依大海撼波涛。"冯廉使（邦栋）云："谢安东土正思归，末疾遽膺，秋色冷潇湘烟雨；诸葛南征曾奉诏，大功未竟，英灵郁天海风涛。"戴军门（定邦）云："千古证心期，《前出师表》，《后出师表》；中兴论宰执，湘乡一人，湘阴一人。"张都司（振荣）云："将相具全才，恰同潞国勋名，汾阳威望；军民怀旧德，忍见武侯遗垒，太傅丰碑。"浑雄悲壮，亦如骖之有靳。

至李太守（有棻）云："出将入相，大名与曾李相参，岂知钜任独肩，勋业最高心最苦；互市叩关，隐患非汉唐可比，太息老成不作，人材弥少事弥艰。"感时论事，与众不同，殆所谓"古之伤心人别有怀抱"者欤？

番禺邹翔笙茂才（五云），挽其季父秋琴孝廉（煌昌）联云："北辙甫言旋，才膺谒选，遽赴修文，叹从今辩难执经，向何处竹林问字；西河深抱痛，年过商瞿，悲同伯道，幸有孙承祧继体，佑后人椒衍盈升。"

钱塘朱子璞秀才（兆璜），挽其兄星莲（宝诚）云："棣萼记联辉，何图春草经年，分手竟成千古；荆枝遭叠折，从此秋英会罢，伤心更少一人。"见者称其典切。然不如闽县林勿村抚部（鸿年）哭弟云："焦灼太多端，为汝隐忧，早恐支离成病骨；聪明真到底，与予俄诀，犹将艰钜勖仔（"仔"有平、上两音，义同。）肩。"吾郡山阴谢墨香明经（家芸）哭弟雨香云："情关兄弟，义托师徒，览当年賸稿遗篇，千古文章千古憾；堂上衰亲，闺中少妇，听此日悲啼痛哭，一声儿女一声天。"语浅情深，读之令人酸鼻。

叶敷恭太史（大遒）挽其妻弟黄叔勤云："嗟嗟长吉，天上虽不苦也，其奈阿嬰何，忍看寸草摧心，未报春晖先萎落；申申女嬰，地下果相逢乎，且修来世罢，若向石林问状，为言壮岁尚蹉跎。"

卷七　哀挽（下）

挽联率以矜庄婉约胜，独曾文正公（国藩）才力标举，夭矫老苍，自成一格。亡友马宾侯（灿）称其运古文法于联语中，洵不虚也。其最佳者，如挽汤海秋侍御（鹏）云："著书贯诸子百家，其学亦博矣；得谤遍九州四海，而名即随之。"

挽孙文节公（铭恩）云："以文来，以节归，毅魄常留两江上下；因孝黜，因忠死，苦心可质百世鬼神。"公视皖学，奉命办贼，以请终养镌级。城陷，卒自经以殉。

挽袁端敏公（甲三）云："属纩寄箴言，劝我勉为范宣子；盖棺有定论，何人更议李临淮。"

挽戴文节公（熙）云："举世称画师，无人识为血性男子；上界足官府，知君仍作供奉神仙。"公用书画值南斋有年，及在籍办团练，死庚申之难。

挽左青士太守（辉春）云："使青士有年，欲安天下今谁属；忧苍生成病，未定江南死不归。"

挽张南屏太学（楚江）云："杀贼出奇兵，竟作国殇哀翟义；捐生完大节，居然家法绍睢阳。"

挽陈莋覃给谏（岱雲）云："归路三千指故乡，记否黄鹤晴川，曾上高楼持使节；去年重九作生日，岂意（《述录》误"忆"）只鸡斗酒，又来萧寺吊诗魂。"

挽李勇毅公（续宜）云："我悲难弟，公哭难兄，旧事说三河，真成万古伤心地；身病在家，心忧在国，弥留当十月，正是两淮平寇时。"盖公兄忠武公（续宾），与文正弟忠愍公（国华），同殉庐州三河镇之难也。

挽马端敏公（新贻）云："范希文先天下而忧，曾无片时逸豫；来君叔为何人所贼，足令百世悲哀。"公督两江，为贼张文祥所刺，薨。卒不得主名，遂成疑案。

挽易临庄太学（良翰）云："邓禹少从戎，壮怀欲吸西江水；终军虽遇害，毅魄犹歼南越王。"

挽谢春池茂才（邦翰）云："春草系诗怀，有人痛哭谢康乐；秋风埋战骨，无计招魂马伏波。"

挽凌紫巘孝廉（玉成）云："曰归曰归指故乡，岂期露宿风飧，便为异域招魂客；有弟有弟今诗伯，从此孤儿寡妇，付与天涯急难人。"

挽凌荻洲水部（玉垣）云："湖海诗名二十年，身世略同黄仲则；沅湘故国三千里，魂灵应傍贾长沙。"水部盖紫巘孝廉之弟，以诗名云。

挽易封翁（文杰）云："半载从吾游，令子略同秦少觏；一乡钦君德，古人可比许文休。"

挽郭封翁（家彪）云："江天落德星，有人知是戴安道；大地埋坚石，看我敬铭苏老泉。"

挽刘忠壮（松山）云："勋业略同马伏波，骨归万里；精诚差比岳忠武，寿少二龄。"

挽黄南坡观察（冕）云："伟人事业无恒蹊，任侠而作循良，推算而平祸乱；晚岁林泉有至乐，真率以娱耆旧，经纶以付儿孙。"

挽黎寿民太守（福畴）云："四十年忧患饱经，叹白发早生，襟韵真如古井水；二千石谋猷初试，只丹心不死，精魂长绕敬亭山。"

挽向伯常司马（师棣）云："与舒严并称溆浦三贤，同蹶妙年千里足；念吴楚尚有高堂二老，可怜孝子九原心。"

挽刘隐霞司马（本杰）云："五载共兵戈，地下知心王壮武；万年歆俎豆，沙场归骨马文渊。"

挽雷子木太守（铎）云："深殿注丹毫，圣主殊恩记良吏；围城襄墨守，使君遗爱在长沙。"

挽李秀峰都司（开林）云："期服去官，有犹子能行古礼；儒冠为侠，如先生岂是今人。"盖秀峰为寿亭农部从父，以儒生就武职，其没也，寿亭为乞假持服云。

左季高侯相《杂著》后附载挽联，其雄健不亚湘乡。如挽张石卿制府（亮基）云："长沙独守几经旬，忆草檄纷驰，公为府主我为客；鄂渚一别即终古，叹萍踪靡定，昔向潇湘今向秦。"

挽乌鲁木齐都统西林宫保云："遗诀酸辛，嗟膝下无儿，堂前有母；殊勋彪炳，看大江东去，冰岭西来。"

挽唐荫云方伯云："湖外故人稀，万里遥情春草绿；荆南良吏在，廿年遗爱岘山青。"

挽刘克庵通政（典）云："北阙君恩，南陔母养，西域戎机，忠孝合经权，好与圣贤论出处；廿年交固，万里功成，九原梦断，死生关气数，忍看箕尾吐光芒。"通政从侯相平粤贼、捻匪及西征逆回，以母老归卒于家。

挽沈经笙相国（桂芬）云："入告有嘉猷，击楫应同刘越石；经邦怀远志，筹边还忆李文饶。"

俞荫甫太史（樾）著有《楹帖录存》，其哀挽之作，取材新颖，务扫陈言。如挽王荫斋观察云："旧梦怕重提，海上同舟，两夜联床还似昨；微名惭偶合，吴中怀刺，一时惊座更无人。"盖观察名曾樾，与太史同名字，曾在上海同坐轮船至金陵也。

挽恽次山抚部云："大雅宏达，是名翰林，清通简要，是真吏部，严明仁恕，是封疆重臣，遗爱长留荆楚地；论芸香俸，为前后辈，编《花萼集》，为同年生，订缟纻交，为吴中老友，伤心怕过栎存堂。"抚部为太史兄壬甫太守同年，由湘抚罢归，与太史同寓吴下，所居有栎存堂。

挽丁濂甫光禄云："小集三同年，杯酒清谈，犹忆共商《蜀游草》；伤心一分手，画图留赠，不能再写浙中山。"光禄视学吾浙，太史尝与杜莲衢侍郎饮其署斋，皆庚戌同年也；光禄以所著《蜀游草》嘱校，并作画赠之。

挽徐诚庵大令云："补四百余阕新声，传世应偕万红友；溯三十八年旧梦，与君同是一青衿。"大令与太史同入邑庠，所著《词律拾遗》，足补万红友所未备。

挽张仲甫中翰云："耆年硕德，两赋鹿鸣篇，忆从前初奏笙簧，喜动天颜曾一笑；辨例属词，独得麟经意，想此后不祧俎豆，长传绝业于千秋。"中翰登嘉庆庚午贤书，其先德兰渚先生抚闽，谢恩疏入，仁庙批"欣慰"二字；同治庚午，重宴鹿鸣，所著《春秋属辞辨例》曾进乙览云。

挽倪载轩观察云："卜宅阊间城，园林花木犹待评量，遽归海上仙龛，冷落空斋小摇碧；历官观察使，霖雨经纶未遑展布，徒令吴中父老，欷歔遗爱古龚黄。"观察由县令起家，未补道缺，曾买屋苏州，太史为题其舫斋曰"小摇碧"。

挽何子贞太史云："史馆建嘉谟，惜创议未行，三品下庶僚至今无列传；讲堂刊定本，奈校雠方半，九经中大义从此属何人。"太史在史馆，曾建议修三品以下列传，不果行；晚年在维扬书局校刊大字本《十三经注疏》，未卒业而殁。

挽吴仲云制府云："树滇黔数万里外威名，归卧林泉，一品门庭若寒素；溯翰苑十九年前老辈，叨陪杖履，半年坛坫共湖山。"制府以云贵总督引疾归里，主讲杭州敷文书院，与太史所主诂经精舍止隔一西湖也。

薛慰农观察（时雨）善为楹帖，而于挽词尤典切浑成，曲尽情致。如挽桐儿云："十三龄经史粗通，誉满公卿，始信虚名能折福；卅一载违迕遘遘，默参因果，将毋造孽是居官。"

挽伯兄艺农广文云："仲无儿，叔无儿，弟有儿，兄转无儿，庭诰分承，忍见诸孤称降服；侄长逝，嫂长逝，孙夭逝，祖旋长逝，家门太蹇，可怜后死最伤心。"

挽吴勤惠公云："名在御屏风，由百里历兼圻，朴诚报国，宽厚临民，溯公德极鳌峰、雪岭而遥，边徼同瞻，何止江淮颂遗爱；学推乡祭酒，谢朝簪遂初服，刊误雠书，编年存稿，待我归话丰乐、醉翁之胜，典型遽陨，那堪湖舫忆前游。"自注："与公西湖别后，遂成永诀。"

挽何廉昉太守（栻）云："翰墨中人，诗酒中人，江山花月中人，薄宦岂能羁，平生摆脱风尘，逸兴豪情，跨鹤占维扬胜迹；文苑一传，循吏一传，货殖游侠一传，通才无不可，夙昔服膺师训，感恩知己，骑鲸作上相先驱。"自注："太守为曾文正公门下士，任侠，善诗文。罢官后治盐于扬州，先文正数日而卒。"

挽李小湖大理云："经师人师大宗师，江上题襟，许我平分一席；金管银管斑竹管，湘东纪事，如君自有千秋。"自注："大理殁于钟山书院讲席，时予分主惜阴。"

挽袁笃臣观察云："将才吏治儒修，天若假年，一代名臣应合传；科第勋猷家世，死原无憾，重闻大耋最伤心。"观察为忠愍公（甲三）犹子，殁时，其祖母郭太夫人年近百岁，犹在堂也。

挽陈桂舫部郎云："敬公为三管传人，亲炙稍迟，幸画舫题襟，雅集折白门杨柳；有子届六年报最，升庸在即，惜麻衣解组，去思留滁郡甘棠。"时部郎子幼舫刺史官滁州，方膺俸满保荐。

挽汪逸林大令云："故里擅豪情，记列岫楼开，诗酒纵横，迟我未登名士席；阳城书下考，怅双江路隔，老成凋谢，哭君新罢上元灯。"自注："大令被议后，没于赣州。其家旧有列岫楼，为全邑老辈觞咏之所。"

挽戴子高茂才云："侍中坐五十重席，解经克绍宗风，平生辛苦书林，博览旁搜，墨守相期绵汉学；湘乡是第一流人，感旧最伤知己，从此弥留宾馆，凄风苦雨，羁魂应自恋吴兴。"茂才曾受知于曾文正公，聘入金陵书局，未蒇事而没。

挽高星甫孝廉云："累年讲舍相随，把酒论文，师弟交情如骨肉；此后吾庐谁主，隔江挥泪，梦魂终古恋湖山。"自注："予主讲崇文，孝廉为监院。杭人为余结庐湖上，孝廉时监守之。"

挽李祝三云："与人无忤，与世无争，木讷自甘，葆真而去；如金在镕，如玉在璞，元善所庇，有子必昌。"

闽县戴光甫上舍（奎）知余撰《联话》，曾录杨子恂太史（仲愈）挽言一帙相示，中多藻密机圆之作。如挽陈贯甫观察（景曾）云："功罪自分明，溯江关转饷、淮甸运筹，一介素臣，万里东南资保障；才名长抑塞，羡王谢卿材、龚黄吏治，廿年散地，半生岭海老穷愁。"观察以事被黜，投效江南戎幕，卒未复职；及大营溃散，家居二十年而卒。

挽陈幼农部郎（偶庭）云："家世陈仲弓，循吏儒林，颍水一门堪合传；才名苏明允，文章政事，眉山诸子尽多材。"

挽范嵌溪给谏（熙溥）云："慷慨谏书传，数青琐朝班，报国年华君尚富；凄凉邻笛暮，怅黄垆酒伴，馀生忧患我犹存。"

代陈某挽黄蕳洲太守（庆安）云："家国鬓双皤，忧乐东山，谁识苍生关谢傅；渊源香一瓣，文章北海，曾垂青眼到陈群。"太史主讲凤池书院有年，陈盖尝为其赏拔也。

代何藻亭挽郭苴舟廉访云："千言柱史，三策河渠，叹平生辛苦一官，得晋台衡公已老；南海归魂，西洲旧路，溯曩日周旋两代，重来华屋我何堪。"自注："廉访卒于广东臬司之任。"

挽某云："才名老画师，德望老经师，累叶风流，文苑儒林应合传；及门贤子弟，克家佳子弟，一堂作述，读书从政各多材。"

挽郑芝生大令（世祺）云："弃五斗米归田园，想陶令黄花、栗里琴樽成酒隐；留万卷书贻子弟，羡谢家宝树、乌衣裳屐尽卿材。"

挽赵又铭观察（新）云："奔驰八千里归途，一面匆匆，竟与先生成永诀；惭愧三十年知己，遗编落落，敢期后死托斯文。"

挽吴又滨醛尹（其康）云："王郎抑塞，杜牧清狂，海上波涛，生死一官无限泪；陶令田园，向平婚嫁，家山千里，江南风雨未归魂。"

挽陈肖丞孝廉云："意气少年场，忆铜台走马，绮陌看花，落落前尘（《述录》误"志交"），已矣一杯燕市酒；知交千古泪（《述录》误"文章"），叹兵燹馀生，关河旅食，萧萧破箧，滕君九日见溪书。"自注："孝廉殁于崇安醛馆。"

挽卓望岩孝廉（云祥）云："才命竟相妨，怅南海烟波，白发伤心馀二老；神仙多所误，梦西陵风雨，青衫洒泪祝三生。"孝廉殁于杭州幕次，时二亲犹在堂也。

挽林封翁（士发）云："世俗笑疏狂，忆少年饮博屠沽，无忌交游，谁识侯嬴真长者；死生论气谊，怅此后江湖风雨，魏其座客，不留仲孺慰穷愁。"封翁为美堂孝廉（焘）之父，好客嗜博，所交皆知名士，与太史尤莫逆云。

挽卢士棠（《述录》误"万"姓）云："莲叶为舟，大士渡来君渡去；荔枝下酒，浮生如梦醉如仙。"卢以荔子下酒得疾，卒于六月十九日。

挽郑遂岩茂才云："玉树竟生埋，可堪缌帐招魂，夜半琴声悲寡鹄；昙花刚一现，从此云亭问字，堂前兀草泣童乌。"

挽联固贵典切，然亦有以白描胜者。如陈芸圃挽徐南辉云："订交四世，珂里同居，自怜老景难留，愿侍白头常话旧；长我一年，祖鞭先著，倘或后尘可步，相逢黄壤不多时。"陈啸琴挽从弟芷江云："一病夏徂秋，此日伤心非我独；群季十有六，而今哭弟到君三。"又李翼南挽云："竟随老父，想亦开颜，泉路承欢亲色笑；倘遇伯兄，不堪回首，秋风挥泪话凄凉。"韩铁生挽陈三桥云："总角订深交，感余客路归来，得叙离惊刚一载；齐年惊早谢，从此篇章检点，那堪遗迹认三桥。"屠筱园挽沈墨田云："戚里中有数同心，痛尔严君兼痛我；一日内两挥老泪，悲吾女侄又悲君。"徐兰洲挽阮某云："幼学每相随，青眼久蒙垂顾盼；老成不复作，素心谁与话生平。"汪芙生挽沈眉伯云："识面甫经年，遽惊奄忽黄垆，在昔论交何太晚；伤心真欲绝，何况飘零白社，平生知己本无多。"低徊俯仰，悱恻动人，固非雕缋者所能及也。

石首沈槐卿观察由进士宰鄱阳，有善政。咸丰四年，贼再薄省，公率义旅赴援。贼寻分寇饶州，公仍反救。至则城已陷，署令李仁元死之。公督勇力战，断一臂，力尽亦死。十四日，得公尸如生。自作挽联云："二十年读书，二十年服官，取义成仁，要担起纲常两字；进不能救援，退不能固守，孤忠效死，惭对他章贡双流。"

吴县潘文恭公（世恩）以大学士予告，优游京邸者四年，薨时自撰挽联云："乡梦久无凭，那有闲情问松菊；主恩惭未报，好留馀悃付儿孙。"忠爱之情溢于言表。

杜尺庄先生挽其戚胡孺人联云："尽瘁事高堂，药鼎縻瓯，红爪回春传孝爱；积悲销病骨，凤雏鸳偶，碧城破涕慰团圞。"

严大令，忘其名氏。其夫人与严同岁，于端午生子，阅十日而亡。韩鄂不茂才（鞸）挽联云："配淑偶以同庚，十载鸾俦，回首已成潘岳恨；举佳儿于重午，一旬鹤化，伤心只为孟尝生。"

郭远堂制府（柏荫）太夫人能诗文，封翁阶三先生家居设帐，太夫人时为督课，时以为有宣文君之风。其没也，黄漱六比部（绍芳）挽以联云："授经随纱幔诸郎，数末座少年，曾许黄裳堪大器；来吊具生刍一束，幸南州孺子，得交郭泰是儒宗。"盖比部曾受业其门云。

侯官周苍士学博（嘉璧）挽林为政太夫人云："内和外睦是家肥，溯平昔徽音，钟郝堂前瞻礼法；子孝孙贤兼妇顺，论后来福报，机燨传上看科名。"

侯官廖钰夫尚书挽杨竹圃方伯夫人云："鸿案德宜家，忆戒旦鸡鸣，星指薇垣光有烂；鳣堂经教子，喜后昆鹊起，雨从花县泽流甘。"

曾文正公挽胡文忠公太夫人联云："武昌居天下上流，看儿曹整顿（《述录》误"新整"）乾坤，纵横扫荡八千里；陶母是女中人杰，忆平日骈幪（《述录》误"痛仙驭永辞"）江汉，感泣（《述录》误"激"）悲歌百万家。"或作文忠挽文正太夫人作，殊误。

侯官沈文肃公（葆桢）夫人为林文忠公长女，能文工书，深明大义。咸丰六年，从文肃守广信。会贼陷贵溪、弋阳等邑，进犯郡城。时文肃方在河口筹饷，守兵闻，惊溃，吏民奔避一空，势危甚。夫人乃刺血作书，乞援于浙江防将饶镇军（廷选）。怀印与剑，日坐井旁，以死自誓。饶得书，感其忠义，乘涨夜发，不数日而至；文肃亦归。夫人亲执爨以飨将士，众咸感奋，连战皆捷，城遂获全。至今江右人，啧啧称道勿衰。以同治十二年八月望日亥时终于里第，（《锄经精舍零墨》谓殁于两江督署，误。）与其所生月日时悉合，亦异事也。

左季高侯相挽以联云："家能孝，国能忠，（《述录》误作"退能守，进能攻"）一生大节昭昭，挽狂澜于既倒；来何因，去何果，千古元精耿耿，抱明月而长终。"盛莲水通守（在渌）代船政局员撰联公挽云："为名臣女，为名臣妻，江右矢丹忱，锦伞夫人同伟绩；以中秋来，以中秋去，天边圆皓魄，霓裳仙子证前生。"

按：文肃夫妇守广信事，咸丰六年八月曾文正公入告，第称夫人躬执汲爨飨军，而乞援一节归功于文肃，不言出自夫人，故当时未沐褒赏之典。迨光绪十年六月，江抚潘伟如中丞始从绅民之请，录其书稿，疏乞袝祀文肃广信专祠；得旨俞允，并见邸抄。郑梅隐（文宾）《醒睡录》乃谓"夫人命各官婴城，而召文忠旧部来援。内外夹击，贼大败退去。诏封一品夫人"，盖传闻失实而误记也。因录夫人挽联，为辨于此。

俞曲园太史有挽江室仇夫人联，自为序云："夫人为江少云观察之配，通文墨，而不为诗词。喜观史，以史中可法可戒事为子若妇言之。尤好施与，能急人之急。庚申辛酉之乱，戚党中往依之者，人人欷助之，罄所有不惜。临终自为挽联曰：'平生尽为谁忙，代夫子辛劳，敢分人已；家法原非我设，受祖宗懿训，敬告儿孙。'呜呼，是亦女有士行者矣。"联云："以巾帼中人，常落落然有儒生气象，豪杰襟怀，日对青史一编，迥异寻常脂粉辈；当绵惙之际，所拳拳者在祖宗懿训，儿孙家法，手题緫帷数语，岂惟明白去来间。"

常熟许太夫人为翁文端相国原配，药房中丞（同书）、玉甫中丞（同爵）、叔平尚书（同龢），皆其子也。夫为宰相，子孙皆状元，极笄珈之荣。其没也，诏书褒美，赐祭一坛，盖旷典也。俞曲园太史献联云："夫为宰相，状元子，状元孙，看门庭武达文通，世代勋贤，会见韦平成旧业；帝褒贤母，御赐祭，御赐葬，极恩礼隆天重地，年家子姓，敬从钟郝缅遗徽。"

潘兰仪司马之母汪太宜人生七子，存二；有孙八人。守节四十余年。其长女守贞不字，先母卒。母、女同膺旌表。卒于同治甲戌闰六月之朔，年七十四。倪载轩观察，其西邻也，挽以联云："青灯四十载，独抱冰心，叹膝下佳儿，止存双凤，闺中弱女，先跨孤鸾，老景逼桑榆，半死枯杨遭闰厄；丹诏九重天，特褒苦节，算萱花慈寿，已过七旬，桐树孙枝，刚符八士，高风留绰楔，平分清籁到邻春。"

吴桐云方伯之室孙夫人，幼失怙恃。既归吴，抚其八岁小姑，以迄于嫁。后挈子女避兵，遂得拘挛疾，困顿床席者几十年。将卒，犹命其子善事庶母。事详方伯所撰《行状》。俞曲园先生挽以联云："噩耗到江南，溯自早岁零丁，中年离乱，暮齿又疾疢缠绵，何怪神伤荀奉倩；褒扬来日下，想其勤俭相夫，孝友勖子，恩义逮遍妻女妹，允推闺范宋宣文。"

按：《尔雅·释亲》"夫之女弟为女妹"，郭注："今谓之女妹是也。"袁又恺引《礼记·昏义》"和于室人"，郑注："室人，谓女公、女叔诸妇也。"《正义》曰："女公，谓婿之姊女；叔，谓婿之妹。"证《尔雅》正文"女妹"是"女叔"之讹。若经作"女妹"，则郭注为无谓。即以俗说证，亦但当云"今俗有此称"，不当叠经文矣。臧拜经云："夫之兄为公，故其姊为女公；夫之弟为叔，故其妹为女叔。"则"女妹"实当作"女叔"也。（郝氏《疏证》谓郭注"女妹"亦"女叔"之误，则非。）

许州葛瑞卿大令任吴县，其母李太夫人卒于署，年八十。俞曲园先生撰联挽之云："二品紫泥封，颍上板舆，花县迎来众母母；八旬黄发寿，吴中丹旐，薤歌送到大家家。"

按：《后汉书·列女传》："扶风曹世叔妻班昭，和帝令皇后诸贵人师事焉，号曰'大家'。"李贤无音，丁度《集韵》谓："家与姑同。大家，女之尊称。"愚按：古音"家"皆读"姑"，后转为"歌"，又由"歌"转今音，隋陆法言《广韵》遂收入九麻韵。顾氏、段氏，考之详矣。然古凡同音之字，例得通假。大家之"家"，乃"姑"之假字。《隋书·长孙平传》："不痴不聋，不作大家翁。""大家翁"即"阿家翁"也。《宋书·庾仲文传》作"不痴不聋，不成姑公"，是其明证。（按：《慎子》："不聪不明，不能为王；不痴不聋，不能为翁。"刘熙《释名》："不瘖不聋，不成姑翁。"则此语自古有之。赵瓯北谓"起于六朝"者，非。）《后汉·后妃传》："虞美人未加爵号，但称大家。"借"家"为"姑"，与曹大家同。然则此联上下两"家"，实音同而义异也。

成都刘特舟大令宰宁德，太孺人尝就养官舍。寻归，以四月十八日卒于里第。曾伯厚孝廉（福谦）挽以联云："莲峰下奉板舆，种成四境甘棠，入室勋官箴，犹是当年勤画荻；瀼水西理归棹，听到一声杜宇，生天参佛果，更迟十日笑拈花。"

林颖叔藩伯（寿图），挽潘耀如太史（炳年）之室吴孺人联云："写韵佐清贫，梦化彩云，吴女一灯凄似豆；悼亡同感赋，寒飘腊雪，潘郎两鬓欲成丝。"

丰润张幼樵侍讲（佩纶），与闽县陈伯潜学士同庚，少陈一月，同以直言济干著称。及法事起，侍讲奉命使闽，陈使江南，同办洋务。马江败后，陈适遭太夫人之丧，侍讲撰联挽之云："狄梁公奉使历重关，白云孤飞，将母有怀嗟陟屺；孙伯符同年少一月，东风不便，弔丧持面愧升堂。"

邹翔笙茂才（五云）挽其叔母云："荼蓼集中年，最难堪望夫石冷，思子台高，郁成一病淹淹，遽尔珮环归上界；桑榆悬暮景，何以慰白发慈姑，青灯嫠母，应念两情恻恻，凄然风雨近重阳。"

萨谦臣茂才挽其姊联云："获训付佳儿，两世才名酬望眼；荆阴怜弱弟，一时遗恨感燃须。"

谢墨香明经（家芸），有代族侄升甫挽其妻之祖母联云："慈竹正垂青，方五世同堂，讵料一朝惊见背；弱萝先殒翠，倘九京聚首，为传片语慰相思。"盖升甫妻已先卒也。

闽县刘子谌孝廉（忱），挽其师何翊卿大令（履亨）如夫人联云："好月不长圆，东阁梅花闲水部；江风何太急，后堂丝竹感彭宣。"又代其族弟，挽未婚妻母郑太君云："草带袭经香，绰绰高门，忝附鸾台惭碧鹤；胡麻分饭颗，茫茫沧海，莫寻玉杵捣元霜。"俱切其姓。

悼亡诗须缠绵婉转，方为合作；挽联亦然。如家质民先生（元淳）云："叹我不辰，仅留薄命糟糠，犹归泉下；祝卿来世，不遇封侯夫婿，莫到人间。"陈兰甫学录（澧）云："已到暮年，名曰悼亡实偕老；不妨多病，君今先去我还留。"陈渭占云："待我百年，再觅爹娘寻絮果；寄卿一语，无愁儿女泣芦花。"梁礼堂观察（鸣谦）云："百年总有散场时，就现在较量，自合君亡留我在；万事即今挥手罢，痛半生辛苦，不知泪尽但神伤。"黎召民光禄（兆棠）云："说身后事便觉悲酸，苦将好语慰沉疴，累卿牢记心头，仙去不知成隔世；顾乳中儿益增忉怛，惟有吞声空掩泣，谅我强安眠食，神伤未合对高堂。"所谓"缠绵婉转"者，非耶？赵厚子云："福慧本难兼，如君冰雪聪明，寿考早知无分；死生成永诀，念我幻泡身世，别离应不多时。"

陈少香大令（偕灿），挽其继室沈孺人联云："从忧患来，从冷暖来，从生死来，从诗歌酝酿来，十五载风雅倡随，都不记君是红颜，我是白首；无小家气，无脂粉气，无寒俭气，无柴米夫妻气，千余里关河鼙鼓，悔未遂花间课子，柳外归耕。"

南海黎虞廷学博，挽其室陈孺人云："十一年交谪无间，虽对泣牛衣，仍是团圞况味，怅今日穷愁更迫，膝七龄弱女，五岁痴儿，百感茫茫，我未成名卿已逝；廿六载尘缘太速，念相庄鸿案，谁分奉养勤劳，叹平生职任未完，有白发翁姑，青灯嫠母，两情恻恻，存犹抱憾殁何安。"

郭子美军门（松林）之配崔夫人，从军门自楚赴浙。军门以事勾留皖江，夫人先行。抵上海，忽染时疾而逝。军门为文哭之，并撰联云："十七载悼卿敬慎，终始不渝，犹忆太白楼前，仲宣台畔，凉夜青燐微月，听彻刁声，把剑最难忘，曾赖金钗输作犒；三千里为我扶持，殷勤相倚，何意皖南暂住，海上先驱，霎时黑雨惊风，吹残鸳梦，抚棺真痛绝，方知团扇竟成空。"

《楹联述录》载萨某挽继室联云："一之为甚岂可再；卿犹如

此我何堪。"节短韵长。若潘德畬藩伯挽其继配李夫人云："念姑嫜菽水久寒，两地凄凉，又因莱妇添双泪；倘新旧栗修相见，九原问讯，为道檀郎已二毛。"郭远堂抚部挽其继配杨夫人云："八千里曾共远游，满地黄沙，驴背夕阳双瘦影；四十年重寻覆辙，一坏青草，龙腰夜月两香魂。"龙腰，与其原配合葬处也。抑何婉丽乃尔！

孙诗樵孝廉言，某达官有爱姬春燕，卒于立夏前一日。自书挽联云："未免有情，此日竟同春去了；似曾相识，何时重见燕归来。"嵌字无迹，人以为工。

金匮孙勖三明经工诗画。重九日，与妻弹琴，忽隐几而逝。次日生一子。其妻挽之云："老成尚有典型，何当风雨满城，抱瑟任弹专一调；丈夫爱怜少子，更痛参商异度，盖棺未及洗三朝。"

妇人挽联无事情可叙，惟就其夫若子生发，最难见长。清新如俞荫甫太史，华泽如杨子恂太史，洵称一时能手。

俞挽吴平斋观察之母朱太夫人云："有造福三吴之子，又有造福三吴之孙，先后讴歌盈茂苑；迟浴佛一月而生，再迟浴佛一月而卒，去来踪迹在灵山。"太夫人生于五月八日，卒于六月九日。挽周缦云侍御之母沈太夫人云："跻八秩更六龄，富贵贫贱患难，处之夷然，屡承芝诰褒扬，有是儿，有是母；以一身兼五福，康宁令德考终，数者备矣，请看麻衣罗拜，又多子，又多孙。"挽丁雨生抚部之母黄太夫人："多寿复多男，有令子，有贤孙，有文孙之孙，五代一堂同蹈踊；教忠即教孝，是严师，是慈母，是众母之母，三吴百粤共讴思。"抚部抚吴，太夫人就养官舍而殁。挽杨某之母丁淑人云："有令德，有清才，不愧声称是贤母；一忠臣，一孝妇，最难伉俪并传人。"淑人能诗工书，尝刲臂疗姑疾。尊甫子宣官浙，死辛酉之难。挽柳质卿孝廉之母俞太孺人云："生称母，死称妣，必也正名，一字记曾参末议；钟氏礼，郝氏法，幸哉有子，九泉会见贲恩纶。"孺人殁时，议者以孝廉有前母，宜称"继母"；太史据《仪礼·丧服》篇"继母如母"，《疏》"继母本非骨肉，故次亲母后"，谓"以亲母而谓之继母，义不可通"。孝廉从其言，遂称"先妣"，故上联及之。挽顾竹城大令之室叶淑人云："鹤寿未六旬，仙去后一年，再到仙山献寿；莺花过三月，佛生前五日，遽归佛地拈花。"淑人年五十九，四月三日卒。

杨挽黄漱兰侍读（体芳）之母太夫人云："八十年青史女宗，羡郊祁科第，轼辙文章，绝代经师（《述录》误"当代诏经"），绛幔口传名世业；二千里白云亲舍，痛庭树慈乌，关河骆马，一篇将母，莱衣泪尽使臣诗。"侍读与其弟同入翰林，时方督学福建，甫下车而太夫人讣至。挽陈孝廉之母某太宜人云："遗经亲授诸孤，群从才名，薛凤荀龙皆国器；宝筏同登彼岸，一门孝义，樊姬谢女尽仙班。"盖太宜人病笃时，其女尝刲臂和药以进；及殁，女与其妾亦相继而亡云。挽林颖叔方伯（寿图）之母太夫人云："经术本家传，溯卅年前机声灯火，荻画窗尘，风雨绛纱，至今邹鲁诸生，尚拜宣文堂庑；勋名归母教，看万里外建绩金城，浣兵瀚灂，关山锦伞，遥想氐羌十郡，争祠谯国幨麾。"又云："懿行史臣尊，三百年异数恩荣，礼义诗书，天语九重褒孟母；孝思阡表慰，五十载孤儿血泪，文章政事，人才一代起欧阳。"太夫人擅文学，教子名成，就养陕西藩署而殁。又挽方伯之配张夫人云："诗卷唱随四十年，福慧双修，生世碧霞偏小谪；俸钱斋奠八千里，家山一梦，海天黄鹄永分飞。"挽胡季眹侍郎（肇智）夫人云："五千里路唱随，佐裦带行边，海上仙山，绣斧风清迎绂佩；十万俸钱斋奠，怅旌旗分陕，天涯芳草，锦袍凉泪浣蘋蘩。"侍郎为汀漳龙道，夫人殁于官舍，时奉陈臬陕西之命。挽潘大令之妾梅少君云："禅榻病维摩，听落叶哀蝉，潘鬓况堪凉月影；金闺贤络秀，恨云屏宝瑟，江梅还作断肠花。"

比而观之，觉杨掠浮光，俞崇切响，又有庶子家丞之别焉。

曾文正公妇人挽联，亦劲气直达，落落大方，非雕缋者所及。刘詹岩殿撰太夫人云："七州团练使，八座太夫人，爱日忽颓，乡里荣哀天下羡；哲嗣名状元，曾孙新进士，文星环绕，高堂福寿古来稀。"张海门学使太夫人云："元女大姬，祖德溯二千余载；周姜京室，帝梦同九十三龄。"贺映南太学夫人云："柳絮因风，阃内先芬堪继武；麻衣如雪，阶前后嗣总能文。"

施可斋《闽杂记》云：光泽欧阳顺斋（巽）有妇何氏，贤而才，早夭，遗一子。自为挽联云："奴别良人去矣，大丈夫何患无妻，愿他年重订婚姻，莫对生妻谈死妇；儿依严父艰哉，小孩子定仍有母，倘后日得蒙抚育，须知继母即亲娘。"上别其夫，下教其子，情深意婉，至今人犹传诵之。

按：此联《楹联续话》谓是福州林氏妇撰，惟其句则作"我别君去，君何患无妻，倘异时再协鸾占，莫谓生妻不如死妇；儿随父悲，儿终当有母，愿他日得酬乌哺，须知养母即是亲娘。"辞气结轖，不及原作之自然流走，殆属讹传。可斋称"道光戊申，馆光泽，典史徐左三（公义）为言：顺斋妇丧时往奠，亲见其书悬灵前者，当不谬也。

常州赵收庵先生，乾嘉间以学行名天下。所撰挽词，脍炙人口。庄仲弢为余述其挽孙渊如观察云："中外著猷为，一甲科尊，重向螭头追昔梦；死生成契阔，九旬母老，转从鹤发话深悲。"挽管蕴山侍御云："辛苦到衰颓，尽瘁一官，馀事文章皆自定；仓皇成诀绝，交逾廿载，异时肝膈向谁论。"挽杨蓉裳部郎云："文媲六朝，开箧尚留元宴序；魂招三峡，奔丧痛阻巨卿车。"挽杨芾圃云："五字拟长城，空有遗编凌鲍谢；一麾迟作郡，不教宣绩比龚黄。"挽庄亭叔云："科第卅年尊，文举酒常因客置；风流一时尽，康成经幸有孙传。"有书有笔，情馀于文，信乎名不虚传也。

余所辑挽联，有辞句剧佳而不知其履贯、事实者。

如挽男联云："半载协寅恭，每过宛城思太守；两河遗子惠，频临汝水哭神君。""鲍叔情深，执手都门成永诀；士安病废，伤心天道竟难论。""黄发称翁，犹令郡人思宰肉；白眉有季，能成名士奠生刍。""旧约范生车，不堪风雨招魂，知己一言悲宿草；新归丁令鹤，应向松楸含笑，表阡双璧是通才。""三十年父执云亡，叩马识韩公，往事梦萦巴水泽；二百里官程遥隔，登楼怀谢傅，苍生泪堕岘山碑。""慈悲智慧吉祥，诸相俱足；循吏儒林文苑，有子皆传。""方城作尉，我愧居先，何期后至称贤，柘火再更悲永逝；上国论交，君年差长，为问出尘胡早，麻衣六尺怆遗孤。""江淹赋别，杜牧伤春，读北海论盛孝章书，早虑此才无永岁；春雨填词，秋灯校史，仿玉溪序李长吉集，尚堪殁世有传名。""甥馆相依，记诗坛传砚，花径随舆，每感乐公勤拂拭；江乡初近，正梦断空庐，心摧春草，何堪谢傅更山邱。""半世数何奇，身既清羸官偃蹇；九原心独苦，亲方垂暮子零丁。""别我订重游，自怜吏隐十年，归计更无元亮宅；送君刚百日，最痛家分三地，离愁竟促孝章年。""挂剑独惭吴季子；撰碑谁是蔡中郎。"

挽女联云："郝钟著美，凤荷联姻，果看淑女东归，职备兰闱娴母训；梁孟齐名，忽惊感逝，所望文孙崛起，味留蔗境博翁欢。""纱幔传经，一代女宗尊魏国；泷阡归祭，三朝物望起欧阳。""论才是巾帼须眉，俾大家有家，葛衍瓜绵，两世箕裘文母力；遗爱在期功远近，视犹子如子，龙超彪怒，一家裙屐后昆贤。""依然江草江花，陌上归来，哀逝凋残潘岳鬓；曾识孝仪孝绰，林间坐久，开编凄绝令渊文。""纱幔夜生尘，化蝶随风依谢草；綵衣春入梦，啼鹃带月染潘花。""巾帼有丈夫风，列女传中，不数桓车孟案；神仙厌人间世，大罗天上，讵知潘悼元斋。""度岭奉安舆，方期八座起居，长此建牙娱爱日；趋朝持使节，才隔七旬色笑，那堪回首失慈曹。""倦游能佐长卿贫，尽封残艳雪吟笺，慰客裁书频寄远；小住曾棲徐稚榻，叹重列斜阳老屋，留宾解珮更何人。"

皆有书有笔，情馀于文，不让《联话》诸名公之作。惜乎传抄疏脱，莫考其所由来。论世知人，不无遗恨。录之以俟博闻者补订焉。

武进黄仲则（景仁）工诗，与阳湖洪稚存太史齐名，江左称"洪黄"。仲则客死汾州，稚存走千里，护其丧以归。撰联挽之云："还札到三更，老母孤儿凭我托；间关走千里，素车白马共君还。"

卷八 集　古

旧传集《四书》句戏台联云:"发于声,高也明也,悠也久也,有同听焉,斯为美;奏其乐,手之舞之,足之蹈之,若是班乎,可以观。"又集曲云:"把往事今朝重提起;破工夫明日早些来。"用古如己出,工巧绝伦。又,姚念慈集唐句题都门戏馆云:"此曲只应天上有;斯人莫道世间无。"张文敏公集宋句题西湖戏台云:"古往今来只如此;淡妆浓抹总相宜。"各切其地,不可移易。今人多用于他处戏台,其亦未之思已。

刘金门宫保题义冢联云:"逝者如斯夫;掩之诚是也。"又当铺旧联云:"以其所有,易其所无,四境之内,万物皆备于我;或曰取之,或曰勿取,三年无改,一介不以与人。"曲折如意,巧若天成。近来朱雅南少尉(振麟)题钱米店云:"尚亦有利哉;可以无饥矣。"又集《诗经》题茶行联云:"诞降嘉种,薄言采,薄言撷,自今以始岁其有;亦各有行,千斯仓,万斯箱,于胥乐矣旨且多。"又陈奎五茂才贺人新婚云:"宜尔室家,式燕且喜;从其孙子,俾炽而昌。"贺人迁居云:"有那其居,兄弟式相好矣;克昌厥后,子孙勿替引之。"亦所谓渐近自然者耶。

李香华(家瑞)近有集句题烟馆者云:"重簾不卷留香久;短笛无腔信口吹。"工切无比。

徐清惠公（宗幹）有集唐开元《春山铭》字为联云："载锡之光，百禄是荷；则笃其庆，万福攸同。"又一联云："积德承先，子臣弟友；虚心稽古，礼乐文章。"见梁茞邻《归田琐记》中。

余小霞州判（应松）以诗人滞迹下僚，郁不得志，寻罢官。为万乙楼太守，集杜句为联赠之云："古来才大难为用；老去悲秋强自宽。"

鄞县张意兰二尹（儒绩）言其在浙幕时，有某大令以名孝廉宰江山，工诗善画，倜傥风流。常于公暇，携名姬，乘画舫，往来山水佳处。集句自题一联云："现宰官身，色即是空，空即是色；作江山主，诗中有画，画中有诗。"真才人之笔。

《随园琐记》云：王梦楼太守为先君集《禊帖》书一联云："和可契兰修，深情若揭；静能知竹趣，乐事相因。"原迹久失。忽于妙相庵重睹，则已为僧人削去上款，镌木悬挂矣。

嵩鹤舫司马（云）、王可亭少尉（福昌），俱善辑古今集句楹帖。尝以抄帙相示，中多《联话》未收之作。为去其重复，选而存之，不复别孰为嵩本、孰为王本也。
五言集唐人句云：
　山公惜美景；小谢有新诗。（独孤及、李嘉裕）
　汲古得修绠；开怀畅远襟。（韩愈、褚亮）
　名香播兰蕙；妙墨挥岩泉。（岑参、张九思）

诗思竹间过；道心尘外逢。（褚亮）

七言集唐人句云：

春水船如天上坐；秋山人在画中行。
独立千载谁与友；我生百事常随缘。
山围燕坐图画出；水作夜窗风雨来。
读书有味如诸果；饮酒此心同活云。
文章论或到渊奥；意气相与披胸襟。
平生独以文字乐；孝友未要时人知。
江月转空为白昼；青山无数列青螺。
置身福地何萧爽；卓立天骨森开张。
巢父掉头不肯去；李白乘舟将欲行。
苍官青史左右树；神君仙人高下衣。
安能攒眉折腰事权贵；争见高崖巨壑争开张。

又集宋人句云：

忙中对酒成闲客；老去违时畏后生。（吕陶、张耒）
分场自敌三千客；掉鞅何烦七十城。（张耒、刘敛）
长伴高人种松菊；相忘吾道亦江湖。（张耒、刘敛）
已欣台省登群彦；尚得君王呼主人。（俱张耒句）
岂知汲黯轻为郡；真作扬雄老著书。（俱刘敞句）

八言集《诗品》云：

红杏在林，碧桃满树；疏雨相过，青风与归。

又杂集古人句云：

景星夜明，分野有庆；惠风时协，丰年屡登。
政成令行，顺如流水；德宣威立，速于置邮。
为善读书，得安乐法；浇花种竹，生欢喜心。
沉麝异香，逊乎兰桂；庄骚精语，根于诗书。

秋月照人，如镜临水；春风润物，自叶至根。
寸心自高，广流臻永；三礼立吉，四气受和。
西山朝来，致有爽气；太华夜碧，人闻清钟。
学道爱人，春来有脚；虚怀应物，云出无心。
敕勒普黎，聊以自遣；仇池华岳，藉作壮游。
古镜照人，素体储洁；大风卷水，积健为雄。
茶乳流香，酒波泛碧；月珠澄夜，花露蔼春。
好学深思，心知其故；格言至语，日陈于前。
文成规矩，思合符契；道匡雅俗，器重宗彝。
惟俭助廉，惟恕成德；寡营习静，寡欲养生。
道悭时宗，言为世则；学穷书府，文究词林。
随遇而安，因树为屋；敦行不倦，积土成山。
松月披襟，蕙风入抱；菊樽饯客，桂实延年。
成仪五凤，以成嘉瑞；纵横三略，乃昭法模。
守俨若思，养浩然气；现已成事，读未见书。
鹤有仙心，花如人意；竹随画活，云为诗留。
山水有情，桑麻如画；风云得气，鸾鹤翔空。
性情曰富，精神曰贵；和气为春，清节为秋。
披云看霄，超然独往；澄风观水，思若有神。
蔚矣国华，龙文照水；勖云朝望，骥足凌云。
收天下春，归之肺腑；与万物共，只此性情。
大厦初成，燕雀相贺；盛德斯感，兰菊丛生。
金石和鸣，云烟绚彩；芝兰挺秀，松菊引年。
秀木干云，飞沿拂席；垂露在手，和风入怀。
清閟云林，倪迂画阁；英光宝晋，米老溪堂。
白云初晴，如月之曙；黄唐在独，与古为神。

好山当门，流水如画；明月在手，清风入怀。
又集《曹娥碑》字云：
吟安屿草江花外；歌待云流月上时。
集柳诚悬《元（玄）秘塔》云：
柳风成趣凉生座；荷露流香妙入茶。
学格人功思尚友；心常自律即严师。
集《禊帖》字云：
世稽古咏清风在；人有天怀静悟生。
朗抱观人清若水；幽怀无事静于山。
林阴清和，兰言曲畅；流水今日，修竹古时。
言当其可，事得其叙；修期于永，德寄于虚。
于竹韵兰言寄所趣；以春风流水畅其怀。

宣化钟西耘太史（德祥），博学工诗文，尤精书法。尝集古诗歌及碑版文字三百余联，语俱古峭。兹录其尤佳者如左。
集《禊帖》七言云：
古怀殊世契于竹；春事得天清在兰。
每契同游叙文畅；有人虚左事当时。
世间所乐者暂相；宇内岂知无异人。
少文游山寄其趣；与可作竹契所天。
管乐迨时天所相；山嵇在坐人无群。
昔观当与古贤次；今感不为时事生。
山林致虚引修况；带毕有品同诸于。
静喻太极列一九；年有异悟观之无。
水取所乐类智者；山峻其品殊仰然。
水曲人闲咏修竹；亭阴日静观游丝。

随时不可以目听；内气自知当足流。
春事已随兰信得；风怀知向竹间殊。
古人若生寄一管；时感所极列万觞。
俯仰天地乐可极；古今将相人能为。
尝尽世趣悟随遇；老于文字无陈言。

八言云：
人生有为，静契太极；天事无妄，感随万殊。
毕觞娱天，内有至乐；迁文问世，后无齐能。
有为在林，自若其趣；天能得水，不群于时。
一水抱竹，无有世趣；万山当户，欣然静言。
天山所取，观物在峻；迁固之作，其文不陈。
文与可竹，得自天契；阴长生咏，迥不犹人。
贤者内修，为日不足；至人观化，与天同流。
絃者将然，山水静若；觞之又矣，左右相诸。

集《争坐位帖》字，七言云：
野上岂有王太客；时人不知郭子横。
阁置九师心有易；座共一品人无言。
左史所志无不古；右军可传何第书。
极天闻梵悟贵介；大泽望鱼思故人。
敢将古史少文惠；尝意心书非武侯。
上下相从念东野；人天平等悟南能。
功人岂废东郭犬；守富莫为南泽鱼。
当为众人别鱼目；闻有异事承羊须。
无终古来有节士；末下人曾言故乡。
有乡便欲依王绩；他日还当访戴公。
王桓并世岂相下；李郭同心真所难。

得士常思百夫特；能权安用九分书。
乡居日晚野闻扈；海上月明人射鱼。
指心可对当悬特；列座同尊极品鱼。
会意忽来天下月；无言清对海南香。
论文晚喜曾子固；高士昨同何尚之。
名纲晚藏三千片；异品初闻百两金。
立名可就郭有道；出世当从向子平。
能画不容迫王宰；爱人须臾得常何。

八言云：

清香昼然，数息澹空；满月时出，寓心高明。
深恩入人，功法无二；特立出世，天地与参。
指目古人，列上中品；顶足当世，见文武才。
各有两足，何不行道；同此一心，常思见天。
六一积书，欲守二犬；百里用相，不卑五羊。
行文用权，如将七纵；进退有级，类士三升。
不息杂念，见须彝国；独有高悟，入非想天。
保介有众，共力宣里；数齿念富，无若宋人。
立功本难，莫疑羊子；宗道可敬，皆曰鱼公。
知己两三，情生斋阁；寓言千九，何分迳庭。
文能开天，进三大礼；相有名德，为九分人。
朝南便行，真遂意事；日东而作，有及时功。
忽指月光，犹有我相；自命书品，为无佛尊。
割裂古才，若存一尺；披取异士，其直百金。
才如子葵，足与论圣；家有王李，可公诸人。
行古五礼，用三足爵；与人一心，得二目鱼。
天咫少闻，积以人力；日尺常满，分为月光。

参五百佛,大众平等;非十二子,尊闻古人。
座中参军,顾若平等;海上公子,坐等大鱼。
九地出师,别有将指;十部从事,不如公书。
参军言鱼,自况高志;少伯闻犬,心知异人。
空心安易,路羊可失;独行高特,野獦与从。
上德不德,是以有德;至名无名,莫之能名。
鲁侯古闻,论定一足;裴公画相,威出两权。
文中子之门出将相;王丞相所至如天人。

集宋人句,七言云:

挂席无由上牛斗;读书得趣是神仙。
馀子风流返晋魏;老元诗律尚骠姚。
开窗种竹仍留客;隐几看书随处家。
举盏但能邀皓月;养花长欲占春风。
凭陵河岳才无敌;小巧园亭坐倦宽。
留陶渊明把酒盏;笑姜太公用直钩。
数亩竹阴惟欠鹤;隔江山色欲招人。
芳草不锄当户长;幽兰生处近人多。
白蘋欲起雨初歇;绿树成阴春已还。
些骚岂敢奴仆命;笑语那知天地秋。
礼文不移意则古;妙语无言心独醒。
暂入城来惟卖药;自栽梅后不闻香。
迩来曾草鹿脯帖;间者新贻酒瓮诗。
四重阑干五滴水;数竿修竹半池荷。
幽人独来带残酒;好鸟劝坐回新声。
亭上雄文凿青石;槛前修竹忆南屏。

集东坡句云:

庭下已生书带草；袖中知有钱塘湖。
旧闻草木皆仙药；知向江湖拜散人。
应作羲之羡怀祖；况逢孟简对卢仝。
平生当著几两屐；此墨足支三十年。
且同月下三人影；自拨床头一瓮云。
但愿低头拜东野；未应举臂辞卢敖。

集杜子美句云：

政用疏通合典则；地分清切入才贤。
东阁官梅动诗兴；南极老人应寿昌。
逸群捷足信殊绝；高秋爽气相鲜新。
秋水才添四五尺；落日又见渔樵人。
小池已筑鱼千里；隙地仍栽什百区。
临风玉树葳蕤上；承露金茎霄汉间。

集黄山谷句云：

小雨藏山客来久；长江接天帆到迟。
园中看笋已成竹；阶下种桃还得阴。
周鼎汤盘见蝌蚪；深山大泽生龙蛇。
久知鹄自飞新得；漫染鸦青袭旧书。
小径曾锄待三益；清坐不言行四时。
园中鸟语劝沽酒；窗下日长宜读书。
诗罢春风荣草木；书成快剑斫蛟龙。
暑风披襟著菡萏；秋鹰振翮当云霄。
心持铁石要长久；胸吞云梦略从容。
长虹垂地若象宇；晴岫插天如断屏。
山芽落磑风迴雪；夜雨钩船灯照窗。
向来四海习凿齿；颇识平生马少游。

系船来近花光老；开轩友此岁寒君。

杂集古人句，八言云：

水镜澄花，冰壶澈鉴；辩河飞箭，文江散珠。
多材为林，众器成乐；长澜若水，远馥薰风。
礼乐旁垂，乐华会举；心星聚照，智月清升。
竹帛馀文，垂于万世；古今奇宝，是在五常。
枕经籍书，緾以年岁；登山临水，雅好琴文。
金比玉参，光为日月；麕宗骥旅，见其文章。
修竹映池，高梧直巘；新虹明岁，澄月照秋。
高节雄文，独立当世；道风德曜，远期古初。
步武新临，云蒸霞起；饭食既毕，水流花开。
万春方华，千龄始旦；三光宣曜，四灵效祥。

《桐阴清话》云：嘉应李秋四明经（光昭），其配红兰馆主，工集古。尝取《禊帖》为楹联若干，一时传诵。余记其尤雅者，如："万年觞有清和气；一品集无时世文。""修竹当风生古趣；幽兰临水抱闲情。""品齐目观云亭峻；气与风兰水竹情。"皆清丽可喜。

又云：番禺潘德畲方伯（仕成）有别墅在荔支湾，颜曰"海山仙馆"。孟蒲生孝廉为题门帖云："海上神山；仙人旧馆。"拆字浑妙无迹。又尝见某家榜其门云："老骥伏枥；流莺比邻。"盖左为马厩，右为妓院也。亦殊工巧。

金匮杨子延先生（昌礽），尝有《楹联集腋》一帙，其高足许稚麟为付剞劂。对偶工整，出处悉注本文，足资临池之助。惜板藏其家，得见者罕。今特选而录之。

五言云：

　　慎言节饮食；（后汉崔瑗《座右铭》）
　　信道守诗书。（晋阮籍《咏怀》）

　　咒水龙归盏；（明张羽《赠僧还日本》）
　　开门鹤入簾。（元袁梅《寄开元奎律师》）

七言云：

　　蓬莱文章建安骨；（唐李白《宣城谢朓楼饯别校书叔云》）
　　龙马精神海鹤姿。（唐李郢《上裴晋公》）

　　一粒粟中藏世界；（唐吕岩七言）
　　数重花外现楼台。（蜀王廷圭《浣花溪》）

八言云：

　　戴仁而行，（《儒行》）乐善不倦；（《孟子》）
　　有过则改，（《周易》）见义必为。（《集注》）

　　礼以仁清，（刘宋王僧达《祭颜光禄文》）
　　　孝惟义养；（刘宋颜延之《陶征士诔》）
　　才为世出，（梁丘迟《与陈伯之书》）
　　　觉在民先。（梁沈约《齐故安陆昭王碑》）

长联云：

　　林杪见晴峰，（宋陆游《春日》）
　　　红树暗藏殷浩宅；（唐薛逢《送衢州崔员外》）
　　座中无俗客，（宋程颢《陈公廙园修禊事席上作》）
　　　秋山又见谢公棋。（唐贯休《送杨公杜之舅》）

　　其志洁，其行廉，（《史记·屈原列传》）
　　　与物无营，（魏曹植《七启》）

但得烟霞供岁月；(唐吕岩七言)
冬一裘，夏一葛，(唐韩愈《送石处士序》)
居身以约，(梁任昉《王文宪集序》)
却将耕稼报升平。(宋陆游《秋夕露坐》)

《两般秋雨盦随笔》云：伊犁有见过亭，盖为谪官而设。刘金门宫保过之，题一联云："过焉如日月之食也；复其见天地之心乎。"运用经语，天造地设。

泰山有经石峪，方数亩许，遍刻隶书《金刚经》，字为山水所浸蚀，十不存一。无姓名年号，考《山志》亦未详何人。惟聂剑光《泰山道里记》载："北齐武平时，梁甫令王子椿尝于徂徕山刻八分书石经。"阮文达公《小沧浪笔谈》载："邹县尖山摩崖有北齐唐邕题字。"笔法俱与相类，究未知出自谁手也。近人拓其遗字为联，得"修无量德；为有善人"八字。按：丁蕴斋《闻闻见见录》记此，误"峪"为"屿"；又谓字系王右军所书，失考甚矣。

张叔平部郎（世准）尝辑道咸间书家集句集字楹帖，刻于都门。中惟何子贞集《争坐位》字三十九联已载《联话》。又，莫子偲集汉碑二十四联、焦氏《易林》两联、宋人句七联，《联话》以为黄右原、张仲甫作，馀皆未收。今录其尤工者如左，以补其遗。

集句如汉碑云："耀此馨香，虽远犹近；纳我镕范，有实若虚。"（张迁、衡方、司空践、孔彪）《易林》云："仁德大隆，吉庆长久；和气所舍，福禄光明。"汉魏六朝句云："诗书敦夙好；山水有清音。"（陶、谢）李太白五言句云："绿水绕飞阁；青天扫画屏。"七言云："浣纱石上窥明月；向日楼中吹落梅。"杜工部五言句云："明月生长好；浮云薄未归。"七言云："烟绵碧草萋萋长；雨抱红蕖冉冉香。"唐人句云："顾视清高气深稳；文章彪炳光陆离。"（杜甫、李白）东坡句云："得见来禽与青李；常撞大吕应黄钟。"山谷句云："身入醉乡无畔岸；胸吞云梦略从容。"苏、黄句云："云山得伴松桧老；天地无私花柳香。"（坡、谷）宋人句云："立脚怕从风俗转；高怀犹有故人知。"（复古、后山）"久陪方丈曼陀雨；会访拾遗花柳村。"（东坡、益公）此莫子偲所集也。

集字如《争坐位稿（帖）》字，七言云："同心席地二三子；直节忝天十八公。"八言云："朝廷传谯，礼唯三爵；太史纪绩，书及百名。"《禊帖》七言云："老竹亭间生古趣；初兰天气得先春。"八言云："合气与形，当峻诸外；会文与乐，以系其群。"此何子贞所集也。

又《争坐位稿（帖）》，七言云："屈子辞为六朝祖；右军书是百家师。"八言云："作圣何难，争于一念；论道非易，责以三公。"又《禊帖》，七言云："与可风流若水品；某生怀抱次山文。"八言云："临水遊山，咏觞为乐；观天察地，怀抱与同。"《多宝塔》字，七言云："人能辅世无如德；学可传家止有经。"八言云："合遊息藏修皆是子；通阴阳造化谓之文。"此唐诗甫所集也。

又《禊帖》，七言云："古事万言咸足信；清修一日不能虚。"此周荇农所集也。《圣教序》字，七言云："生文成佛谢灵运；旷世知音钟子期。"八言云："太华奇观，万古积雪；广陵妙境，八月惊涛。"此张鹿仙所集也。

其余不及备载，然其精华已约略尽之矣。

《海山诗话》：诗云"铁塔磨人代"，文树臣先生诗也；"黄金铸霸才"，李子虎先生诗也。梁逸集书楹联，余爱其工。

海宁黄少兰孝廉（锜）工诗善书，官江西同知，与王次厓先生莫逆。先生己未登第，以知县发甘肃。孝廉集《元秘塔》字赠联云："有如皎月出珠海；已觉清风袭玉门。"余极赏其自然。并见《海山诗话》。

龙泉周笃甫司训（耿光），学行醇笃。尝于斋中书一联云："众怒众欢，此际宜存主宰；独行独坐，其间都有鬼神。"见者叹为名言。

林勿村中丞（鸿年），题正谊书院讲堂联云："为经师难，人师尤难，义利共关头，察动须从静坐；去口过易，心过不易，圣狂分转念，群居要慎独知。"

集帖始于僧怀仁集王字为《圣教序》，赵良弼集颜字为《默庵记》。近人集为楹联，多有格言名论，可代箴铭者。

如《争坐位》，五言云："作事合天理；立身争古人。""君子必自反；圣人无常师。""能事无作意；名言但率真。""心宜定于一；日得省之三。"六言云："俭身常若不及；去过但恨未能。""清修未尝奉佛；独立本不依人。""则我未之有得；于人何所不容。""正言自明其道；大节不屈于人。""于己如未有得；其人乃莫与争。""谨言不致有失；独坐可以自修。""作事有合于古；论人独取其长。"七言云："为人知足心常喜；与世无争品自高。""事到张皇终有失；心无喜怒自然平。""纪纲端向齐家出；富贵还从积德来。""人到率真皆古道；文无作意是高才。""应世会须思有九；居心常守畏之三。""失路因宜争晚节；能文不敢恃高才。""知不足如己有失；能自反与人无争。"八言云："以礼卫身，为固本地；将书悦目，得清心时。""存平等心，悟佛入道；谨修齐事，以人合天。""能致其功，修己以敬；无纵我欲，畏天之威。""不恃己长，令德无极；莫言人过，直道自存。""我思古人，心有独得；世有作者，功不敢居。""节用谨身，保家有道；进德修业，明理为宗。""纲举目张，兴尔家室；行端言谨，益我身心。""儆怠就勤，因心作则；畏微谨独，反身而诚。""独守清明，和而为介；勿存姑息，威即是恩。""至理名言，置之座右；清天明月，悬于心中。"九言云："唯安分守身，自无大过；能知人论世，更见长才。""谨修齐事，位一家天地；存致泽心，争百世勋名。""得失本无常，惟天所命；行藏无一定，即圣之时。"十言云："谨事节用爱人，修己以敬；安分守身知命，与圣同功。""益者三，损者三，取友必谨；天数五，地数五，明理为宗。"十一言云："端行谨言，吾人以反身为事；立监佐史，尔室无纵欲乱心。"十三言云："富贵须自宁，虽高不危，虽满不溢；才德无他长，有功勿伐，有能勿矜。"此顾孟平（翰）句也。

又，七言云："友人爱我斯闻过；臣子无他敢责难。""与其过纵何如谨；到得能诚自会明。""伦理只从天事见；功名贵自本心来。""和平应事尤能介；姑息存心不是恩。""习勤能使一身振；悟道须教杂念清。""当失意时真长进；应非常事贵和平。""高才贵本诚心积；柔念须教道力提。""人各有能我何与；理所未得情难安。""圣言示我真当畏；至德使人无可名。""时事可为无自挫；友人有过亦宜匡。""时事亦当参古礼；人为不敢恃天功。""于人何不可容者；凡事当思所以然。""行百里者半九十；惟一德人无二三。""行事莫将天理错；立身当与古人争。"八言云：" 若知者行其所无事；故君子名之必可言。""力排异端，将军破贼；心存天理，行子还家。""见人之过，如己有失；于理既得，即心所安。""意之所忽，过从此长；众有同欲，功不可居。"十四言云："明理自平居，莫到有事时存两端念；置身须得地，当为从古来第一名人。"此何子贞侍郎（绍基）句也。

又七言云："欲使畏威须载德；但能无过不言功。""人能安命终无过；天亦爱名不易加。""大才自古难为用；盛德从来贵有容。""争名不若藏名好；废事都从喜事来。""人能节用家常足；士不争名品自高。""是非每以三思乱；取与当从一介分。""事惟不苟微尤畏；心可无疑毁亦安。"八言云："事当从众，亦当异众；人恐不明，犹恐太明。""行无不可对天之事；思必有益于世乃言。""君子有容，其德乃大；圣人无欲，此心常安。""盖世功名，必从满损；参天事业，都自敬终。""无伐无矜，真富贵相；有为有守，是庙堂文。""取予虽微，曾分一介；行藏有道，不易三公。""世故能明，葵犹卫足；人言可畏，李不整冠。"此唐诗甫、李、杜句也。

又集《多宝塔》，八言云："处无多言，金人所戒；动心忍性，玉汝于成。""观书要能自出见解；处世无过善体人情。""于世俗中见本来面；处家庭内无利己心。""传世之文，先取其识；观人所忽，每在于微。"此亦唐诗甫句也。

又集秦篆《峄山碑》，五言云："道因时以主；理自天而闻。""功高斯不伐；理定自无争。""书久绎乃显；理自战而强。"七言云："理义明时有建日；功夫定后无思维。""言之高下在于理；道无古今维其时。""家有义方称长者；道维强立在初年。""起灭万流金自定；久长一念石为开。""道理分明方及远；功夫长久可为山。"八言云："古称不德，乃为上德；夫维无争，斯莫之争。"

集汉隶《校官碑》，六言云："学不讲，将焉获；礼既复，即是仁。""谋于野，学有获；修之家，德乃长。"七言云："利在所轻义自重；德之既高文不卑。""武公之诗是曰抑；老子所宝首在慈。""人之进退在繇礼；官无崇卑惟爱民，""开家用老子三宝；从政禀周官六廉。""有三公不易之介；无一艺自用乃高。""化乎彼我元无迹；存尔天君即在心。""惟学艺文抑末也；克修德义是贤乎。""修德不矜官位重；克家惟在子孙贤。"八言云："义在斯为，奚让贲育；理足而止，不因程朱。""履仁蹈义，用修我德；学诗讲礼，克昌尔家。""乐民之乐，贤于自乐；仁人安仁，实即利仁。""克制彼私，平旦有息；不役于俗，天君乃安。""孝乎惟孝，家即有政；乐民之乐，德乃不孤。"

《曹全碑》，七言云："儒者承家先孝弟；学人报国在文章。""功乃不流有定节；敏而好学无常师。"八言云："君子修德，无不获报；儒者明理，奚为费辞。""和乃不同，君子之德；定而后安，《大学》所先。""君子处事，有忍乃济；儒者属辞，既扣且平。""治国若鱼，不扰为福；养民如马，有害斯除。"

《鲁峻碑》，七言云："儒者家风当静穆；学人体气自和平。""究竟孔颜何所乐；大凡清任不如和。""无大无小归于敬；有为有守视其人。""廉静并守则长足；道德自乐乃无忧。"

《樊敏碑》，七言云："古人所重在大节；君子于学无常师。""居常无喜怒之色；立志以圣仁为归。"八言云："集义所生，无助之长；好学而敏，乃穷其微。""礼以履之，义路是蹈；仁者人也，天君乃和。""见义则为，锄其德色；当仁不让，养此心苗。""道德一经，首重在俭；损益诸义，无大于谦。"此俞荫甫太史（樾）句也。

而何子贞侍郎集《争坐位》之"有三尺地身可坐；到五更时

心自清。"顾孟平集《争坐位》之"作何清修,合自悟道;如此长昼,息心披书。"钟西耘集《争坐位》之"各有两足,何不以道;同此一心,常思见天。""朝南便行,真遂意事;日东而作,有及时功。"俞荫甫太史集《校官碑》之"枝叶既删,斯存本地;门户不出,而收远功。"集《绎(峄)山碑》之"及时行乐,请自今日始;与世无争,长如泰古初。"有理趣而无腐气,余尤时时乐诵焉。

《止斋遗书》云:谢退谷师曾言,某有楹帖云:"张而复张,天地且无力量;敛之又敛,昆虫亦有生机。"语甚有味,惜未记其姓名。

卷九　杂缀（上）

何乔远《闽书》云：福安龟仙镇在县治西，邑巨镇也。朱子到此，乡民饭焉。朱子赠句云："水云深处神仙府；禾黍丰时富庶家。"按：此联已载《联话》，而不言赠何人，且"深处"作"长日"，"丰时"作"丰年"，"富庶"作"富贵"。未知孰是，存以俟考。

《重纂福建通志》云：莆田黄伯厚（麟），洪武中廷对第一，授翰林供奉。御制祀圜丘联云："大明日月光天德；洪武江山壮帝居。"麟佯狂仆之。帝怒，麟曰："此陈后主句，天朝效之，不既羞乎？"帝曰："尔便易之。"麟口占曰："乾坤一统归洪武；日月双轮照大明。"帝称善。

徐君义《谈荟》云：今上为张江陵赐堂额曰"纯忠"。其左匾云"社稷之臣"，右匾云'股肱之佐"。堂对曰："志秉纯忠，正气垂之万世；功昭捧日，休光播于百年。"楼额曰"捧日"。皆御笔。

《闽中摭闻》云，廖（天瑞）除新昌县，有善政。归里，囊箧萧然。工诗，亦精岐黄术。尝题斋联云："相不得为医得为，稍扶人世；名非所好酒所好，聊乐我生。"

明万历间，韩城刘公（永祚）巡抚宣府最久，练军戢民，边鄙静谧。榜其署门云："谨关梁，完要害，千里长边，幸一烽未起；省刑罚，薄税敛，六年镇抚，愧五技已穷。"宣人至今以为实录。

施可斋《闽杂记》云：福清叶文忠公祠中有别室，奉公小像。座前柱上，镌公自题联句云："黄阁误承恩，叹此日经纶，辜负了金瓯玉铉；青山频入梦，留衰年精力，准备著竹杖芒鞋。"盖公复相时，奄焰已张，天启昏庸，补救无术，不得已而怀退归之志。上联语极蕴蓄，非同寻常谦词；下联亦当时实事。大臣去国之苦衷，百世下犹如见焉。

李寒支《岁纪》云：崇祯甲戌九月，福州林工科农亨之子奇珍杀妻龚氏。龚即状元用卿之孙女也，向因姑病，刲股疗疾，贤孝有声。三学青衿主持公论，而民变遂起，毁林宅为孝妇祠。盖奇珍穷凶极暴，众借此泄忿也。余过祠，为题一联云："劫年兵解空糜股；前世香烧想断头。"后几为工科所陷。赖督学陶公承文不行，事乃寝。

陶宗仪《辍耕录》云：张之翰，字周卿，邯郸人。由翰林学士除授松江知府，自题桃符云："云间太守过三载；天下元贞第二年。"是岁卒，亦谶也。

李雨村《诗话》云：靳价人善作对。有孝廉习堪舆术，价人赠一联云："研经自合师师古；游艺何妨景景纯。"

高要朱铁梅孝廉负才学，为诗多规刺时事。道光辛卯，江西被水，灾黎赴会城沙井，待赈不得，多死。孝廉为作《沙井行》，达当事所，当事遽命散赈。顾以诗语刺讥，衔之，欲中以法。会当事卒，乃免。黄树斋少司寇读其诗，曰："此诗侠也。"山左徐超远为作《西江诗侠图》，题者颇多。陈莲史方伯（继昌）赠以联云："万言策下刘蕡第；七字诗传郑侠图。"

山左张扶九先生（翼）宰衡阳，清介绝俗。尝过洞庭湖，中流风浪大作，舟人请许愿于湖神，以羊豕祀。先生曰："吾安得馀金办此。"不许。太夫人乃拔头上银簪投之，浪顿息。及晚泊市鱼，剖腹得簪，即太夫人头上物也。人咸异之。先生因题一联于大堂云："衾影无惭，此事敢盟衡岳庙；肝肠略转，他年难过洞庭湖。"

秀水朱竹垞先生解组里居。岁饥，率同志为粥以食饿者，设厂市西古南寺，全活无算。先生大书榜于寺门云："同是肚皮，饱者不知饥者苦；大般面目，得时休笑失时难。"（《归田琐记》误"人"。）见杨谦《曝书亭诗集笺注》。

汀州伊墨卿先生（秉绶）守惠州日，宋芷湾太史（湘）乞假白金三百为公车费。先生久耳其才，曰："君盍以七言联赠我，嵌'东西南北'四字其中，当有以报。"太史即书一联云："南海有人瞻北斗；东坡此地即西湖。"先生称赏，倍赠之。

陈太守（其元）云：归安凌厚堂先生（堃）博学工古文，尤精壬遁之术。性怪僻，敢为大言。官金华府教授，初至，即署一联于明伦堂云："金匮万千卮，孔子曰，孟子曰；华衮百廿作，帝者师，王者师。"见者无不咋舌。后殉庚申粤匪之难。

王紫诠《瓮牖馀谈》云：宝山蒋剑人（敦复）落魄如皋，佯狂乞食。一夕大醉，宿寺中，见月射佛睛，闪闪有光，疑为宝珠。攀援登其顶，惫甚，因踞而卧。及醒，不能下，大呼。寺僧以梯来，乃得下。遂大书于壁云："大才人佛顶偷珠，山高月小；老名士街头乞食，海阔天空。"有江北某宦见而奇之，指庙中魁星以楹帖请。蒋信口集杜句云："是何意态雄且杰；不露文章世已惊。"某宦叹为绝才，乃资之归。

孙诗樵《馀墨偶谈》云：丹徒严问樵太史年十九为名解元，试春官报罢。出都，行至山东，旅费已尽。时通州徐树人中丞守泰安，初未识面，问樵书一联，使人投之。徐迎入署，极尽情好，濒行赠五百金以壮行色。其联云："千里而来，徐孺子可容下榻；一寒至此，严先生尚未披裘。"可称一时佳话。

仁和姚平泉先生（光晋），由举人官上虞教谕，以经义训士。性和而介，圭撮不妄取，虞人称之为"姚菩萨"。先是，先生梦至一处，四山若壁立，上有瀑布屈曲下流。有老僧出迎，属坐片石上。不知何处，因绘《梦游图》，赋诗志之。及游上虞麻姑洞，则宛然梦境也。乃自谓"前生为此山老僧"，复绘《独立图》，题联其上云："了他过去因缘，偶然游戏；还我本来面目，自在逍遥。"年八十一卒。

孟籁甫《丰瑕笔谈》云：季安期太史初祈梦于吕祖祠，至一所，见门联云："玉堂三载梦；湘水一帆秋。"或以为此翰林出为荆楚学使征也。既而入词垣，将散馆前一夕，梦数吏导舆从甚都，拜请曰："湘潭县缺城隍，奉上帝命来迓公，苟期在翊日午也。"季始恍然悟前梦。迟明，作书召同官及亲故与别，沐浴更衣，谈笑而逝。

皋兰吴柳堂侍郎（可读）居谏垣，鲠直敢言，不避权贵。尝题寓门云："万事未甘随俗转；一官辛苦读书来。"后露章劾甘肃乌鲁木齐提督成禄"十可斩，五不可缓"，情辞激切。迨王大臣会议传讯，公复侃侃抗辩，多所诋触。忌者欲中以危法，赖穆宗圣明，卒保全之，仅予落职。而下成禄于狱，拟斩监候。时陕甘肃清，公有还乡之志，感恩恋阙，情不自已，乃书一联于门云："春色霭南台，愧今生衰朽残年，难言封事；烽烟靖西极，念此去优游故里，总属天恩。"其死报穆宗之心，盖已基于此矣。

《馀墨偶谈》云：常见人家春联，每书"春回禹甸山河外；人在尧天雨露中"，颇以"外"字心为疑。后读《绎史纪馀》，知为越南参政黄公寅字椿轩者，赠天使周淡园礼部句也，只易"光分"为"春回"耳。诗云："丹诏钦颁自九重，星轺到处总春风。光分禹甸山河外，人在尧天雨露中。倾向有星皆拱北，朝宗无水不流东。节旋应自承清问，愿道车书一统同。"

广东粤秀山之麓，旧有应元宫道观，中祀雷神。宝应王文勤公（凯泰）为藩司时，即其地建应元书院，以为孝廉肄业之所；而于讲堂之左别建仰山阁，移奉雷神。手题楹帖云："岳峙层霄，海内斯文尊北斗；雷鸣昨夜，天公有意属南州。"跋云："用宋黄冕仲故事，预为多士大魁之兆。"院有奎文阁，并题联云："三台奎曜临南越；八座文星拱北宸。"至明年，为同治辛未科会试，院中获隽者九人，而状元梁君耀枢即九人之一。梁字斗南，联中字既明见，而《论语》注有"北辰，北极，天之枢也"，语亦隐藏其名。斯亦奇矣！时公已迁闽抚，因邮寄一联悬其讲堂云："瑞兆岂无因，不负隔年弹柳汁；科名原有定，适逢佳会种梅花。"其云"柳汁"者，因庚午春开课有《柳汁染衣赋》题也；其云"梅花"者，因公五世伯祖楼村先生康熙癸未会元，所居曰"十三本梅花书屋"。公建书院落成，适届未科，曾于左偏馀地筑屋，种梅十三树，亦颜之曰"十三本梅花书屋"，为诸孝廉兆也。俞荫甫太史载之《春在堂随笔》，以为词林佳话，而奎文阁一联未录。余尝闻公自言及此，故并志之以补其遗。

王文勤公（凯泰）为粤藩时，因久旱，祷雨于粤秀山雷神。有验，题联以酬云："绕郭云烟收一览；出山雷雨慰群生。"时公以水土不宜，拟引疾归。有人诵此联，以为必不得请。未几，迁闽抚。

李贞妇，侯官林孝廉（丰镐）之女。幼字同里李封翁作梅仲子（昂），未嫁而昂死。贞妇请于父母，奔丧守志。归李之日，亲友各撰联送之。其一曰："片石空山，大璞独完天地正；半轮皓魄，清光能夺雪霜寒。"其二曰："万劫泪模糊，恨血难消妃子竹；九重春浩荡，祥云长护女贞花。"其三曰："必委质始称臣，何以薇蕨首阳，仗节共扶周义士；能之死矢靡慝，试看柏舟河侧，呼天难夺卫共姜。"其四曰："敢云地道无成，人定胜天，一线终能存庙祀；太息江流不转，心坚匪石，千年何处起波澜。"闻皆出杨子恂太史手笔。

按：未昏奔丧守贞之女，当称"贞妇"，不当称"贞女"。余《书盛贞妇传后》，援据经史，辨之颇晰。今录于此，以质博雅君子。其文曰：

永康胡氏女，未昏，夫死奔丧守节。余为作传，题曰"贞妇"。或见而问曰：《礼》："未庙见，不成妇，不可以妇名。"故自来志传皆称"贞女"，而子独变称"贞妇"，何欤？曰：《礼记·曾子问》篇："孔子曰：三月而庙见，称来妇也。择日而祭于祢，成妇之义也。""未庙见，不成妇"之说，实出于此。然经所谓"妇"，乃对舅姑而言，非对夫而言也。《士昏礼》载："妇至，明日见于舅姑，盥馈特豚于室。若舅姑既没，三月乃奠菜。祝辞曰：'某始来妇。'"奠菜，即庙见祭祢之礼也。盖子之嗣亲，系其成妇，不系其成妻。姑舅仍存，则馈豚于室，以成妇之礼；舅姑没，则奠祭于庙，以成妇之义。明妇职不因舅姑存没而异，以教孝也。故曰："未庙见，不成妇"，谓不成子妇也。而据以为"夫妇"之"妇"，谬矣。"夫妇"之名定于纳采，而成于纳征。纳采辞曰："吾子有惠贶室某。"郑注："室，犹妻也。"而注"纳征"则曰："征，成也。言至此而夫妇可以成也。"是故《春秋》书法"往取曰逆妇，至曰妇入"。而《左氏》记徐吾犯之妹称公孙子南曰"夫"，不因未昏而异辞也。未昏且然，而况夫死奔丧、守贞不嫁者哉！

礼莫大于正名。名不正则言不顺。奔丧守贞之妇，虽未与夫共牢合卺，至其矢志不贰，归夫之家，持夫之服，上事舅姑，下抚嗣子，迹其所为，与已昏者无以异。是尚得谓之未成妇乎哉？且是时贞妇之在夫家也，其自称者，"妇"耶、"女"耶？则必曰"妇"矣。彼自"妇"之，而人自"女"之，殆非贞妇心也。古者"在室不嫁曰贞女"，《魏书·列女传》："贞女兕先氏，许嫁彭老生。未及成礼，老生逼之，不肯从，被杀。诏曰：'虽处草莱，行合古迹，宜赐美名，号曰贞女。'"盖其事与《召南》《诗序》所称"贞女"者合，故当时谓之合古迹，遂以"贞女"号之。然则"贞女"者，谓女之不受暴男侵陵者也，非谓未昏夫死奔丧守贞者也。今人混而称之，又误矣。

或曰：贞妇之称，于古亦有征欤？曰：刘向《列女传》曰："卫寡夫人者，齐侯之女，嫁于卫，至城门而卫君死。保母曰：'可以归矣。'女不听，遂入，行三年之丧。"此即今未昏奔丧守贞者也，而谓之"寡夫人"。夫人，妇辞也。有爵者曰"夫人"，则无爵者曰"贞妇"，是其例矣。由是言之，"贞妇"之称，考诸经史而不谬者，质诸传记而不悖，求之人情事理而安，不愈于彼称"贞女"之漫无取义者乎？于是或释然而去。因次序其语而书之于后。

《左·昭元年传》："郑徐吾犯之妹美，公孙楚聘之矣。公孙黑又使强委禽焉。犯惧，告子产，请二子，使女择焉。晳盛饰入，布币而出。子南戎服入，左右射，超乘而出。女自房观之，曰：'子晳信美矣，抑子南夫也。''夫夫，妇妇，所谓顺也。'适于南氏。"焦氏循《补疏》云："'抑子南夫也'，注言'丈夫'。循按：下云'夫夫，妇妇，所谓顺也'，则此'夫'字乃夫妇之夫，上云'公孙楚聘之矣，公孙黑又使强委禽焉'，然则子南聘在前，故云'子南，夫也'。言子南聘在前，已有夫妇之分也。杜以戎服左右射解为'丈夫'，《正义》引曹大家《女诫》，谓

'男欲刚,女欲柔',以解'夫夫,妇妇之顺',于义不可。"盖聘则已有夫妇之道,于此可证。归熙甫妄斥未嫁之贤女,盍读此言耶?

高烈妇,光泽张氏女,嫁为同县高汸然妻。汸然病痘死,烈妇视夫含敛毕,遂缢。先是,汸然常所居轩中,有汸然题柱帖云:"明目张胆作事;顶天立地为人。"而烈妇适死于"顶天立地"之句下,岂以自况耶?见建宁张怡亭(绅)文集《高烈妇传》。

宋伯瑜《丁戊纪闻》云:季氏,浦城人,诸生孝本之妹。能诗,工书法。嫁为同邑农家妇。夫故朴陋,季事之尽礼,绝无鄙薄之意。咸丰戊午,贼陷县城,掳季入馆,欲犯之。季弗从,头触石柱,血淋漓,大骂。贼目有解文墨者,闻而叹曰:"烈妇也。"亟移之别室,治其创。既愈,因谓之曰:"吾今即放若归,若固善书,盍以一联酬我乎?"季曰:"是非所吝,但非呼吾夫来不可。"贼目从其言。夫至,乃援笔题云:"富贵置身在忠孝;英雄退步即神仙。"盖讽其反正也。贼目览之,笑曰:"寓规于颂,深得古人赠言之体。不意巾帼中能明大义如此,可敬也。"遂遣部卒送其夫妇还乡,并给伪谕,禁他贼骚扰焉。

贵州桂丹盟廉访家居时,收藏书画金石甚富。会贼犯县境,仓猝迁避,不及携取,尽弃之而行。寻闻其宅为一贼目所据,以为必归乌有矣。及贼去归视,则一无所失,且整齐洁净反胜于前,若为主典守者然。厅事中悬一联云:"观世若弈棋,胜负难分,惟高手先人一著;开怀宜饮酒,醉醒莫问,是同心劝我三杯。"云亦贼目所题。意其人亦有才之士,而被胁从者。廉访与客言,辄呼为"风雅贼"云。

家可堂从叔自幼工诗,尤精骈体。作楹联又能语语关合,典切不浮,属对之工雅尤为馀事。尝见代王某挽妻母联云:"屏雀啁恩,忆频年淑训亲承,握手再三怜碧鹨;河鱼致虐,痛半载沉疴不起,伤心重九驾青鸾。"盖其人患痢,卒之日适逢重阳故耳。

《馀墨偶谈》云:叶昆臣制军死事隐约,挽之者曲辞固非所宜,直书又难得体,故落墨殊未易也。惟华樵云观察、陈兰浦孝廉二联,措词两得其当。华云:"身依十载春风,不堪回首;目断万重沧海,何处招魂。"陈云:"公道在人间,只缘十载旧恩,频挥涕泪;灵魂归海外,想见一腔遗憾,化作洪涛。"

贵池桂丹盟廉访(超万),道光癸丑进士,由江苏知县累迁至汀漳龙道。所至风清弊绝。尤善鞫狱,创"朱问墨供"之法,人不能欺。解组家居垂十余年,同治壬戌,避寇来闽,巡抚徐清惠公(宗幹)奏权臬篆,以疾卒于官。前数日梦神赠联云:"乾坤正气扶持我;日月山河照耀人。"自谓平生无愧此语。清惠公挽以联云:"遗爱遍东西,察吏安民,经济文章来助我;盛年如少壮,冰心铁面,聪明正直去为神。"

陈子庄《庸闲斋笔记》云:曾文正公与左季高爵相以同里、姻娅相友善。金陵克复,公据诸将言,谓幼逆洪福瑱已死于乱军中。及残寇入浙,左公谍知幼逆尚在,督兵往攻,而以其事入告。公疑浙师张皇,具疏诋之。左公疏辩,洋洋数千言,亦颇诋公。朝廷知二公忠，无他肠，特降谕两解之，而其怨卒不释，由是遂绝音问。然二公平日，未始不互相推服也。吕侍读（庭芷）自甘肃军营归，公询左公一切布置，叹为"天下第一"。公薨，左公挽以联云："知人之明，谋国之忠，自愧不如元辅；攻金以砺，磨石以错，相期无负平生。"说者谓"生死交情于是乎见"。昔韩忠献与富文忠同为宋室名臣，以撤帘事失欢，至终身不通庆吊。观二公之相与，贤于古人远矣。

《庸闲斋笔记》载言可樵（朝镛）临终自书挽联云："始笑人生徒自苦耳；既知去处亦复陶然。"以为"来去自如"。近见翁霁堂（照）一联云："园地久荒芜，纵然嘉木成阴，争似我孤怀落落；诗文多失散，若有良朋问稿，只道他妙手空空。"其洒落殊不亚于可樵。

或传左季高侯相二十七岁疾剧，自撰挽联云："痛今日骑鲸西去，满腔血洒向空林，七尺躯委残荒草，谁来歌骚歌曲，按铜琶冢畔，挂宝剑枝头，凭吊此松楸魂魄，愤激千秋，纵教黄土埋予，当呼雄鬼；倘他年化鹤东还，一瓣香祝完真性，三分月认出前身，从兹为牧为渔，访鹿友山中，寻鸥盟水上，消磨著绵绣心肠，逍遥半世，只恐苍天厄我，又作诗人。"

按：公自少即负经世之略，不屑以诗文自见。此联语气，与其平日志趣绝不相类，必属讹传，故录而辨之。

马宾侯（灿）《萍龛掌录》云：闽有虐遇其妇而致死者，妇家欲鸣诸官，其外舅不可，但撰挽联送悬灵前云："都不闻片语遗留，病果何因，此去应增大烦恼；最难得百般承顺，死宜无罪，他生定结好因缘。"其人见之感愧，遂治丧惟厚。浙有丧继母不如礼者，母家欲讼诸官，其母舅不可，但撰挽联送悬灵前云："不幸丧中年，从今雪满庭前，无复同吟柳絮；最难为后母，试问魂归月下，可曾有愧芦花。"其人读之惭悔，执丧惟谨。两事相类，知文人之讽刺，胜于长吏之刑威矣。

相传有甫娶而妇翁殁者，撰联挽之云："泰山其颓乎，吾将安仰；丈人真隐者，我至则行。"又一联云："红叶是良媒，琼珮来时仙珮返；青莲原小谪，玉山倒后泰山颓。"盖其人李姓，以醉死也。又有挽僚婿殁于花朝者云："花满芙蓉城，莫是请君作主；风飘杨柳岸，何堪与我分襟。"人皆称其新巧。然么絃仄调，究失哀挽体裁。又有挽未昏妻联云："尔何人，我何人，无端六体相成，惹出者番烦恼；生不见，死不见，倘若三生有幸，好图再世姻缘。"语虽切而亦俚，附纠于此。

又按：俗称妻父为泰山，或谓起于泰山有丈人峰，不知丈人峰特泰山诸峰之一，不可以括通山。且《玉匮经》："青城山，黄帝亦封为五岳丈人。"则山之称"丈人"者非一，何独于泰山而属妻父。此其说不可通也。或又谓起于唐张燕公，因东封而其婿郑镒迁官，黄璠绰有"泰山之力"语。不知此事详载段成式《酉阳杂俎》，其谓"泰山之力"者，乃言燕公为泰山封禅使之力，非以燕公为镒妻父而谓之泰山也。且呼妻父为岳，始见于蜀何光远《鉴戒录》，唐初尚无此称，又何从以妻父为泰山耶？此其说亦不可通也。

至或谓《汉书·郊祀志》"大山川有岳山，小山川有岳婿山。"岳而有婿，则泰山可称妻父，尤为附会。按：岳婿山，《史记·封禅书》作"岳嶻山"，与《班书》异。考《说文》《玉篇》

《广韵》皆无"嵛"字，至梅氏《字汇》始有之，其为唐以后俗字可知。疑《史记》本从"士"作"壻"，从"山"者，传刻之误也。然字虽当作"壻"，而其义实不同。《说文》士部："壻，夫也。从士，胥声。"小徐本《通论》"壻"下云："壻，胥也。胥有才智之称，知为人父之道也。故于文士胥为壻，或从女为婿。""婿"下云："胥，长也。《周礼》：'徒十人，胥一人。'徒中有才智者为之长，曰胥。古诸侯一娶九女，婿者，女之长也。"愚按：《诗·小雅》："君子乐胥。"郑笺："胥，有才智之名。"《周礼·天官·冢宰》："胥十有二人。"郑注："胥读若谞，谓其有才智为什长。"故小徐本之以立说。然《说文》之"疋部"："胥，蟹醢也。"无才智义。惟"言部"有"谞"字，下注云："知也。"与郑笺注合。是"乐胥、胥徒"皆当作"谞"，去言为胥，是其假借。故郑云"读若谞也"。由是言之，则"婿"乃从"谞"之省，可类推矣。岳婿山虽在小山川之列，而为封祀所及，意其山亦一方之杰出者，故取雄长之义，以"岳谞"名之。《史记》改"婿"固误，《汉书》借"婿"亦非本字也，其可指为夫婿之婿哉？然则妻父之称泰山，直是委巷不经之谈，而今人乃据为典故，至名手亦或蹈之，何欤？

长沙吴桐云观察言，其乡有渔人酷爱花，没而停柩于佛寺，或挽之云："生计在清湘，听欸乃声中，此日烟消人不见；灵魂依古寺，看如来座上，异时花散色皆空。"

按："欸乃"用柳子厚诗"欸乃一声山水绿"。《颜氏家训》云："欸乃，湖山节歌声。"刘蜕《文集》中有《湖山霭乃曲》，刘言史《潇湘》诗有"闲歌暧乃深峡里"之句，元结有《湖南欸乃歌》，三者皆一事，但用字异耳。"欸"音"哀"，亦作上声读。

后人因柳子厚集中有注云"一本作袄霭",遂音"欸"为"袄",音"乃"为"霭",不知彼注谓别本作"袄霭",非谓"欸乃"当音"袄霭"也。愚考《广韵》"十五海"云:"欸,相然应也,于改切。"扬雄《方言》:"欸,譥然也。南楚凡言然者曰'欸',或曰'譥'。"颜说本此。然《说文》"欠部""欸"下注云:"訾也。(本作"訾",段氏从《玉篇》订正。)从欠,矣声。"《广韵》"十六哈"云:"欸,叹也,乌开切。""十六怪"云:"欸,怒声,许介切。"《玉篇》"欠部"云:"欸,乌来切,叹也,訾也。一曰恚声。"无"相然应"之义。惟《说文》"口部"有"唉"字,下注云:"膺也。"《广韵》"十六哈"云:"唉,慢膺。"《玉篇》"口部"云:"唉,于来切,应声也。"《庄子·知北游篇》:"狂屈曰:'唉,予知之。'"《义正》训"应"。是"欸""唉"二字不同,古字多通,故《方言》借"欸"为"唉"。段氏玉裁谓"实当作唉",是也。乃,《说文》"乃部"注云:"曳词之难,象气之难出也。"《广韵》"十五海"云:"乃,语辞也。"《玉篇》"乃部"云:"乃,奴改切。"下引《说文》:"曳离之难也。""曳离"乃"曳词"之误。"唉""乃"之音义如此。湖中节歌声若人相然应,而其曼声徐度,又若曳词之难,故唐人合此二字用之。然则"欸乃"当作"唉乃",俱读如字。彼作"霭乃"或"暧乃"者固非,即作"欸乃"者亦非本字也,况今人又字讹为"欸迺",音讹为"袄霭"哉!

郑县张意兰二尹(儒绩)言,全谢山先生为母作佛事,手书楹帖云:"为东家徒,乌知西有;遵北堂命,权念南无。"按:梁氏《楹联丛话》载陆稼书先生联云:"读儒书不从佛教;遵母命权作道场。"谢山似脱胎于此,而造语益工。近人闽县林雪舫孝廉（逄）醮坛一联云："吾儒崇佛教，其然岂其然；人子报亲恩，无可无不可。"尤说得活泼泼地。

常山例决囚于鼓楼下。庚申之乱，日凡数十人。好事者作盂兰会超度之，某名宿为书一联云："好头颅谁当斫之，擘镜台前，往事不堪回首问；真面目而今已矣，盂兰会上，今宵许尔现身来。"

闽人谓盂兰盆会曰"普度"。按：《明史·宦官传》："永乐五年二月，建普度大斋于灵谷寺，为高帝帝后荐福。"则"普度"二字见于史矣。光绪己卯秋，福州乌石山道山观建普度四十九日，杨雪沧观察（濬）题联于门云："前三三，后三三，问几生果果因因，实非实，花非花，有如此山中荔子；昼七七，夜七七，看今世来来往往，闻所闻，见所见，各无隐天上木樨。"

《归田琐记》云：杭人赵京者，因病入阴司，举头见柱上一联云："人鬼只一关，关节一丝不漏；阴阳无二理，理数二字难逃。"后署"会稽陶望龄题"。

俞曲园《右台仙馆笔记》云：咸丰初，粤寇萌芽。有海盐查某者，梦至一处，见文案山积，数十人缮写犹若不及。楹间悬一联云："弱柳琼箫仙有劫；落花铜鼓佛无灵。"意不可解，而其语则颇可诵也。

海宁陈质庵通守（容礼），少时从父戍伊犁，跬步不离者十余载。尝泣请于将军文清公（松筠），乞以身代。文清怜其诚，据情入告。虽未邀俞旨，而孝子名溢塞外。父没，徒跣扶柩归葬，庐墓三年。后官江苏通判，文清赠以联云："揽胜寰中九万里；承欢塞外十三年。"纪其实也。

吴江郭频伽（麐）应京兆试，下第出都。时法梧门学士掌成均，送以联云："一辈登科惭李郃；半年大学去何蕃。"见所著《灵芬馆诗话》。

闽县何萼联先生赠周苍士学博（嘉璧）联云："斯文矜贵琅玕笔；吾道清甜苜蓿盘。"语殊名贵。然唐开元中东宫官僚清淡，薛令之为左庶子，赋诗云："朝日上团团，照见先生盘。盘中何所有，苜蓿上阑干。"盖是东宫詹事等官，不知何以相承为教职事也。

余小霞州判赠汪西芝巡检楹联云："菜根滋味知君惯；潭水交情爱我深。"皆切其姓。

屠筱园进士有赠乡贤蔡东轩先生（英）联云："范文正作秀才，以天下为己任；胡安定居教授，识弟子于其师。"盖非先生不足以当之。

《海山诗屋诗话》云：沈眉伯丈赠樊昆吾先生联云："东方朔谪仙人，少年酒阵诗坛，望气皆成龙虎；诸葛公真名士，即此纶巾羽扇，笑谈可却熊罴。"

卷十　杂缀（下）

投赠楹联，虽属应酬之作，然须恰称身分，乃为可贵。如曾文正公赠孙琴西光禄云："大笔高名海内外；君来我去天东南。"赠孔觐堂上公云："业绍二南，群伦宗主；道承一贯，累世通家。"赠胡润之宫保云："舍己从人，大贤之量；推心置腹，群彦所归。"赠袁漱六太史云："于汉宋间折衷一是；以江海量翕受群言。"赠彭筱舫太守云："两地同心，期为诤友；八年重见，已有传书。"赠徐石泉孝廉云："立千仞岗，真鲁连子；无片言妄，希司马公。"赠萧心庄茂才云："大笔横挥，颠张醉素；名山高卧，鹤骨松心。"称誉处莫不适如其人，至造语雄俊，尤其余事。

薛慰农观察善为赠言，得者莫不乐其雅切。如赠江小松大令云："少角艺，老论文，客里追随，把盏各惊双鬓雪；我拥毡，君听鼓，闲中慰藉，扶筇同看六朝山。"赠可曾禅师云："卜邻喜近清凉宅；与客同参文字禅。"赠日本儒士冈本监辅云："纵谈如览大瀛海；赠别惜无春雪诗。"赠马少原大令云："作诸侯客，现宰官身，湖海话游踪，最难忘东浙题诗，金堤折柳；筑三休亭，结五老会，乡园娱晚福，好消受钟山盐水，白下莺花。"自注："少原作幕浙江，服官江南，归老金陵。"又赠刘省三爵帅云："应运毓劳臣，未冠从军，已冠登坛，起淮南，清皖北，纵横于吴楚宋郑齐鲁燕赵之交，以西窥秦陇，陈必善，战必克，彤矢分封，顺昌旗帜照行间，懿铄哉当今名将；多材兼众美，始精技击，继精艺事，喜缓带，爱投壶，涉猎于琴棋医卜阴阳奇遁之学，而壹意诗歌，用则行，舍则藏，黑头高隐，安石莺花娱晚岁，归来兮与我同心。"尤足抵爵帅一篇小传。

《馀墨偶谈》云：王泽山孝廉赠友联云："白练裙，黄绸被，紫绮裘，草圣诗伯酒仙，郑虔三绝；玉条脱，金仆姑，铁如意，美人英雄名士，何晏一双。"句工语隽，未知此友可当此联否？

林芗溪（昌彝）云：相书可信者，惟《皇谕风鉴》，次则《大清神鉴》。《风鉴》系禁书，天下只两部。一存湖南，中载掌纹三千余条，凿凿有据。光绪庚辰春，湖南相士赵元臣挟其术游粤东，所言前后运多奇验。自言曾得《风鉴》祕书也。番禺邹梦南观察赠以联云："元叔爱神游，三神六神十二神，神乎其技；平原能相士，人相我相众生相，相根于心。"

赵又铭宫赞（新）、于慎卿中翰（光甲），同治五年奉使册封琉球国中山王尚泰。球人踵门以楹帖乞书，二公各切其爵位姓氏，撰句应之。从客林筱民孝廉曾录其稿示余。如赠中山王云："世笃忠贞，辟尔为德；天寿平格，王此大邦。"王世子尚兴云："书囿舒华，礼园俟实；龙文表瑞，麟趾歌仁。"王弟尚弼云："有礼则安，为善最乐；保世滋大，与国咸休。"相国尚克让云："米岳钟灵，笋崖测峻；瑞泉益寿，福木凝釐。"王舅向元模云："汉代亲贤原并建；宋儒体用自兼赅。"法司向有恒云："彩笔集应标一品；绣衣世本席三公。"又，法司马朝栋云："世传将略标铜柱；代有经师仰绛纱。"金紫大夫阮宣诏云："具五善宜歌小雅；兼九能不愧大夫。"又，金紫大夫阮孝铨云："五君咏重颜光禄；七子名齐汉建安。"又，金紫大夫毛发云："奉使才如吴季子；传诗家似郑司农。"又，金紫大夫东国兴云："赠缟似曾逢旧识；盥薇况复读新诗。"又，金紫大夫程德裕云："洛学一门传道脉；雪堂再世衍诗家。"又，接封通使金紫大夫郑秉衡云："与我同舟曾共济；羡君一岁竟三迁。"东禅寺清仁上人云："在山岁久知泉性；出岫云迟契道心。"馀不尽录。闻此为从来使臣所未有，至今得者犹宝若球璧云。

梁氏《联话》载：闵鹤雏诵一书室联云："世间惟有读书好；天下无如吃饭难。"不知谁作。按《随园诗话》，此为苏州薛皆三进士句。但"读书"作"修行"不同耳。

《随园诗话》云：陈豹章工诗好色，尝筑别业于庐江，依山结屋，吟啸其中。自题一联云："王伯舆终当为情死；孟东野始以其诗鸣。"

慈溪盛莲水通守（在渌）五十生日自撰联云："再过三日便成岁；若到百年已半时。"盖通守生于十二月二十七日也。侯官林芎溪孝廉（昌彝）七十生日自撰联云："七秩古来稀，去日已多来日少；百年曾有几，生时且乐死时休。"可谓达人之言。

《瀛壖杂志》云：阳湖周弢甫比部（腾虎）生平以经济才自负，尝署其门曰："有王来取法；无佛处称尊。"豪气可想。

华亭周稚廉先生为鹰垂之子，釜山太守之孙，天才雄放。少年作《钱塘观潮赋》，为时传抄。尝署门联云："论家世如阁帖官窑，可称旧矣；问文章似谈笺顾绣，换得钱无。"盖二物皆松江产也。其不羁如此。

《海山诗屋诗话》云：南海陈荫田员外尝自署楹联云："种三顷秫，拥百城书，此生足矣；制千丈裘，造万间厦，何日忘之。"按：此联闻他处亦尝有之，孰作孰袭不可知。要之，具此胸襟，皆非庸质，故所见偶同也。

闽县俞咨臣秀才（汝钦）有书室联云："后天地生真缺陷；作古今想非凡人。"

文树臣观察（星瑞）罢官后，以诗酒自娱，常榜一联于厅事云："为相为将为仙为佛，算平生志愿都虚，祗两字吃饭穿衣，便了英雄事业；学书学剑学琴学棋，悔往日精神误用，賸几句打油钉铰，也充名士风流。"

宜黄陈少香先生（偕灿）由惠安县罢归后，复避寇来闽，鬻书画以自给。有送友之浦城联云："何事不浮云，春草春波，遂尔送君南浦；将诗难度日，采薇采蕨，请看待我西山。"读之增喟。

赠僧联用佛家语，数见不鲜。钱唐吴薇客太史（敬羲），赠虎跑寺平山和尚联云："炉火红深，与我煨芋；窗树绿满，烦公写蕉。"具有雅人之致。

了若上人（善栋）通内典，能诗善琴，住持三山兴安会馆。莆田林中丞（杨祖），福州陈司马（书勋），与为方外交。林题其居曰"真室"，并赠联云："了无尘韵滞胸次；若有仙风出指头。"

瞿丹禅师（篆经）擅诗书画三绝，尤精医，贫者求治，不受谢。黄孝廉（潜熙）赠以联云："以文士才华，证辟支果；具神医手段，发菩提心。"

查莲坡《诗话》云：雪峤大师（圆信）又号雪狮子，结茅径山中，独居一庵。自书联云："孤雪卧此中；万山拜其下。"按：此联近人沈鼎山倒用其语，榜于黄山文殊院，云"书道据上人句"，不知何据。岂雪峤号"道据"耶？

漏云和尚号静峰，亦字明照。本吴江陈翰林（沂震）次子，当家难时逸出，侍文觉禅师为僧。内典之外，兼工诗文，尤善书画，然不多作。与客谈，绝口不及时事。著有《漏云诗稿》四卷，行于世。居铎庵四十余年，其婿某持节浙江，邀之，不往也。尝署其门曰："往事已遥无可悔；此身犹在敢忘修。"亦足以觇其志矣。

宋佩之《随轺日记》云：豁一道人，蓟东人，孟姓，名至才。自幼出家，居遵化石门镇黄花观中。日读道书，手不释卷。尝集《藏经》及《列仙表》行世。光绪辛巳四月十四日，将往西山白云观，手书一联付其弟子云："去黄花，留白云，恍疑身外有身，梦外有梦；集藏经，稿仙表，或得备所未备，闻所未闻。"十九日，忽无疾而逝。绎其辞，若预知羽化之期而自挽者，亦可异已。

潘任卿太史筑室都门，撰联寄其弟亦庼太史云："馀地拓三弓，几时枌里言归，得赋闲居遂初服；敝庐仍半亩，差幸荆华并茂，勉培旧植式清芬。"盖用子由《逍遥堂》诗章也。亦庼亦答以联云："八千里直北长安，何当旧约重寻，还对话逍遥夜雨；五十载城西老屋，毕竟吾庐可爱，愿无忘清白家风。"

李碧玲孝廉侨居佛山，咸丰甲寅，土寇毁其室。事平，乃重葺之。落成日，署一联于门曰："修我墙屋；反其旄倪。"

饶春田茂才有挽女尼联云："此去应知归净土；来生切莫入空门。"又云："西方添个多情佛；南国愁将薄命人"言外殊含感慨。

延平渡口亭有胡孝廉（云章）联云："莽莽红尘，一息各分南北路；盈盈绿水，三篙频送往来人。"

福建藩署仪门有联云："察吏所以安民，勤以为标，廉以为本，公以为体，明以为用；理财必先絜矩，生之者众，食之者寡，为之者疾，用之者舒。"

月潭上人有题昭忠寺也园联云："与石订交奇不厌；有梅相对冷何妨。"

南海廖觉卿明经（焯）工诗文，好为楹帖，不留稿。尝见其题珠江舟中二联，其一云："放怀于红树青山，任教世上风波，琴客逍遥诗客醉；得意在良辰美景，领略个中旨趣，荷花烟雨荻花秋。"其一云："乘兴便移舟，看来万点烟波，画意都归襟袖里；写怀欣对酒，话到三更风月，诗情全在棹歌中。"

广州清平桥为烟花泽薮，两岸酒楼对峙。何伯乔上舍（松）题联云："两岸楼台，高卷筠簾邀月入；一河船舫，轻摇兰棹载花来。"又云："风月常新，共上斯楼聊纵目；烟波无际，须知有岸可回头。"

福州南台万寿桥北，旧有锦江楼酒馆，俯临大江，颇饶胜概。后闭歇。有吴人苏姓者继其业，铺设烹调，悉仿苏式。于旧号"锦江楼"下增"苏春记"三字，遍征文人联句，须分嵌新旧字号其中。作者甚多，惟闽县郑芍樵茂才擅场，遂以用之。其辞曰："苏台春色平分，好与莺花同作记；锦里江光近接，为看风月一登楼。"锦江铺在万寿桥北，为南台五十三铺之一，楼之取名以此。芍樵此联，不但拆字浑融，妙无痕迹，而"苏台""锦里"亦极巧合，宜为人脍炙不置也。

福州南台广聚楼酒馆，近挹天宁山。区菊泉少尉为撰联云："美酒可销愁，入座应无愁里客；好山真似画，倚棚都是画中人。"

《升庵外集》有"茶榜"云："雀舌初调，玉盌分来诗思健；龙团搥碎，金渠碾处睡魔降。"

闽县林奎五茂才题油烛酒面店联云："广开世界光明地；大道人情醉饱天。"陈子安茂才（梦奎）题烟布店联云："宜夏宜冬，无思不服；匪饥匪渴，式食庶几。"分贴稳惬。又题油粿光饼店联云："敢试油锅，何如气节；几经炉火，有此圆光。"浑脱可喜。

张隽生（昌甲）《烟话》，载有人题鸦片烟馆联云："三起三眠，永朝永夕；一喷一醒，如渴如饥。"评为"形容入妙"。然余谓李香华集句一联，尤为过之。李联见上。

海宁朱雅南少尉（振麟）善集古，常集《四书》为信义典铺题联云："信以成之，会计当而已；义为利也，玉帛云乎哉。"

涿州城门有联云："蓟门锁钥今冠盖；河朔膏腴古督亢。"吴履福题。

上海曹某为薙头肆书楹帖云："大事业从头做起；好消息自耳得来。"见黄漠鸿《小家语》。

戏台楹联，尝有集佛经者，曰："一切应作如是观，有即非有；众心皆生大欢喜，闻所未闻。"曲折如意，洵非能手不办。

闽县林灿如通守集《四书》，题循州道署戏台云："河西善讴，齐右善歌，亦足以发；祝鮀之佞，宋朝之美，其势则然。"对语耐人寻味。

薛桑根先生题海上戏馆联云："五千年史鉴翻新，人物衣冠，大半是经文纬武；九万里梯航并集，楼台歌舞，此中有舜日尧天。"

《列子·汤问篇》："周穆王时，有巧人偃师者，造木人，能歌舞。"此即今傀儡之始也。或据段安节《乐府杂录》，谓"起于陈平"者，非。有人题一联云："遇事强出头，此中大有人在；登场便抽脚，天下其谓公何。"嘲誉入妙。

桐乡徐瘦生茂才终身不娶，自署其棺"独室"，并题联云："埋忧待荷刘伶锸；行乐先题表圣诗。"陆芎畇教授（元鄩）得嘉木于台州，制棺，额曰"止止居"，书联云："一生倏忽少壮老；万事脱离归去来。"虽同是达观之语，而一觉其孤高，一觉其感慨矣。

《冷庐杂识》云：杭州义塾立法甚善，费辛桥方伯（丙章）题联云："莫谓孤寒，多是读书真种子；欲求富贵，烦从伏案下工夫。"激厉寒畯，词意肫切。

福州西城外山上林氏祖茔，有联云："一部归藏易；千秋安乐窝。"人赏其工。近年林颖叔藩伯（寿图）罢官归，营寿藏于是，亦题联云："未知东越归何传；为爱西湖买此山。"神味尤为隽永。

福州西城外有一烈妇坊，联云："闺中人何谓未亡，要全了伦常大义；天下事最难一死，莫错认夫妇痴情。"

福州街巷间惜字炉联句，多书"能知付丙者；便是识丁人"，质而有味。相传为孟瓶庵考功所撰。

粤东俗尚乞巧，瓜果之外，兼设花卉、编织诸器，凡亭台楼阁、几案盘盂之属皆具。工精物丽，巧不可阶。许宾衢廉访尝编花为字，制一楹联云："帝女合欢，水仙含笑；牵牛迎辇，翠雀凌霄。"上署"七姊妹夜合"，下署"虞美人木笔"。联、款俱集花名，工切浑成，见者莫不称赏。

上海每届九月，设菊花会于豫园之茶寮，品其高下，诸名士咸与焉。袁翔甫大令尝题一联云："四座名花，难得品题尽名士；一瓯佳茗，故应比拟似佳人。"见者称其雅切。

余宴集不喜拇战，亦不善拇战。胡月樵观察尝诵一联云："倩人抓背，上些上些再上些，关痒处全凭自己；对客猜拳，著了著了又著了，真消息还在他家。"斯言虽小，可以喻大。善悟者，与《孟子》"求在我"语参观。

明福王时，马士英用事，起逆案阮大铖为兵部侍郎，逼左都御史刘公宗周去位。比周固宠，政以贿成。有署士英门者曰："两朝丞相，此马彼牛，同为畜道；二党元魁，出刘入阮，岂是仙踪。"又榜兵部门曰："闯贼无门，匹马横行天下；元凶有耳，一人直入中原。"马、阮见之，亦莫之怪。时事如此，欲国无亡，得乎？

明阉党杨维垣好谈时艺。戍淮安日，会试童子，大署其门曰："授小儿秘诀。"夜半，有人续其后曰："医太仆官方。"杨见之大窘。见阎百诗《潜邱劄记》。

姜南《蓉塘纪闻》云：正德中，以江都赵鹤为山东按察司提督学校副使，政尚严厉，所至考校生员，多所罢黜。众议纷然，搢绅亦多厌之，竟以罢官。鹤去，以贵潮代之。潮亦风裁凛然，生员之伤弓者犹畏之。潮出巡至齐河县，其分司壁间有题对句云："赵鹤方翦羽翼；江潮又起风波。"潮见之，遂投劾归，恐招怨也。

陆敬安《冷庐杂识》云：秀水令某，初至颇著仁声，士民献匾云"民之父母"。未几改操，广通贿赂。或题一联于匾侧云："漫道此之谓；谁知恶在其。"后被劾去。

郑梅隐《醒睡录》云：黄梅令某，以孝廉方正起家，而行实贪鄙。每出，必以"孝廉方正"牌为前导。或贴联其上云："焉有君子而可；譬诸小人其犹。"

陈钧堂《郎潜随笔》云：道光朝，一翰林夙出陈文悫公官俊门下。文悫丧偶，翰林为文以祭之，有"丧我师母，如丧我妣"之语。翰林妻，又尝为许文恪公乃普义女。有集成语作联，揭诸门外曰："昔岁入陈，寝苫枕块；昭兹来许，抱衾与裯。"为言官登白简。

同安秀才王海，讦孝廉吴江冒充举人。自县至府，知府钱某提鞫，江力辨其诬。海谓："果举人，必娴文艺。请出题面试，则虚实立见。"守如其请，命退而候题焉。于是江乃许海千金，而以万金为贽，拜知府门下。知府因密构一艺授江，俾面试时录以进。江见之失色，急叩头曰："师岂犹有所不足欤？何逼人之甚也！"知府惊问故，江对曰："门生手中要办数千金甚易，笔下要书数十字却难。"知府为绝倒。案既结，或揭一联于府署头门云："岂有文章惊海；有何面目见江。"一时传笑。事载葵愚老人《寄蜗残赘》。余考通志，国朝泉州乡榜无"吴江"其人，此殆老人寓言。因其联语颇巧，姑录之以助谐谭。

粤逆洪秀全据江宁，凡伪宫殿门联，辄以"一统江山，满朝文武"八字居首。有人续其下云："一统江山，四十五里有半；满朝文武，三百六行俱全。"上联谓金陵外城南北里数也，语谑而确。贼大索其人，不得乃已。归化蔡竹铭茂才（嘉勋）尝被掳至江宁，逃归，为余言"此其所目击"者。

章有谟曰：钱学士（溥）在京师时，除夜同沈大理（粲）在夏考功（愈）宅作联赠夏，倩沈书之，曰："座上无毡，且喜身寒心内暖。"方构下句，夏遽对云："门前有粟，谁怜眼饱肚中饥。"夏清介而贫，其家对仓而居也。钱以米六十石赠之。

顾丹午《杂记》云：商丘宋牧仲（荦）抚吴，修沧浪亭，作联云："共知心似水；安见我非鱼。"一夕，或改"水"为"火"，"鱼"为"牛"，以暗合公名。公闻之大笑，亟命撤去。

《归田琐记》云：京师浴堂门首联云："入门兵部体；出户翰

林身。"盖上句借音为"冰布",下句借音"汗淋"也。嘉庆乙丑,聂蓉峰(铣敏)以庶常改兵部主事,至己巳万寿,聂复以撰进颂册赏编修。有友人戏举浴堂联句赠之,人皆以为巧合。

程南《樵馀诗话》云:汪瑟庵先生为江苏学政,例至金陵录遗才,撰楹帖云:"三年灯火,原期此日飞腾,倘存片念偏私,有如江水;五度秋风,曾记昔时辛苦,仍是一囊琴剑,重到钟山。"道光初,某广文以送考至省。故事:广文送考者,例向学使求所属遗才二名。时沈小湖为学使,一概谢绝。某广文戏改前联云:"三年辛苦,只求两个遗才,倘蒙片念垂恩,感深江水;百计哀号,不管八棚伺候,拚著一条老命,撞死钟山。"后学使亦微闻之,不罪也。

余小霞(应松)曰:湖南抚部某,初入境,有某来迎。谈次,问"近有新闻乎",猝不及对,乃曰:"惟有一对甚工。有县令姓续名立人者,或戏之云:'尊姓原来貂不足;大名倒转豕而啼。'"抚部一笑而罢。及到任,竟劾去之。实则令乃一好官也。

校官署联,如《冷庐杂识》所载孙广文(垣)句云:"冷署当春暖;闲官对酒忙。"宋广文(成勋)句云:"宦海风波,不到藻芹池上;皇朝雨露,也沾苜蓿盘中。"想见寒毡清况。又,李小岩孝廉言,其尊人题花县学署云:"案上存三五卷书,虽学难博;年中食四十两俸,不养而廉。"盖谓校官称"学博"、无"养廉"也,语亦风趣。若傅芝堂广文自嘲云:"百无一事可言教;十有九分不像官。"虽其句本于宋俞野云桂英诗"百无一事身为客,十有九分心在家",然太自贬损矣。不若叶季韶舍人之寓谐于庄也。盖舍人由举人司铎光泽，初至即榜一联于署门云："爵赏刑威，奉天子命；诗书礼乐，为人伦师。"或问："校官何处得爵赏刑威？"舍人曰："操廪增附黜陟之权，岁举其优者贡于朝，爵也。贫士有粮，月课有奖，丁祭有胙，赏也。士子惟校官戒饬之，州县不得率加凌辱，刑也。排衙近文庙，坐堂即明伦，威也。子何藐视校官耶？"闻者乃大笑而退。

纪文达公在词馆，有京卿不愿外放道员，贫病以死者，公戏为挽联云："道不远人人远道；卿须怜我我怜卿。"又有撰道士娶妻贺联者，得句云"太极两仪生四象"，而未有对。公为诵唐句足之云："春宵一刻值千金。"亦谑而不虐也。

倪云癯（鸿）曰：曩闻潘、何二姓结姻，某贺以联云："有水有田兼有米；添人添口又添丁。"拆字殊巧。

萧山钱清高小楼观察（枚），前后两夫人皆陈姓也。其续娶时，仁和钱古坤学博（堃）戏制一联云："只谓陈陈相因耳；却喜高高在上头。"可称雅谑。

旧传有人与友合作五十生日，撰联云："与我同庚，忝居三日辰；得君知己，共作百年人。"语有风趣。近人闽县林奎五茂才戏贺其友五十云："二女二男，合成三个子；半赊半现，共算百年春。"尤令人启颜。

程兰畦（畹）《惊喜集》云：赵右林言一对，乃明靖难时乞丐所作，挽被难者，奇崛可喜。句曰："恭喜两先生，有志竟成，斫节烈头,剥忠义皮,快活极矣;可怜一乞丐,无家可宿,洒英雄泪,秉《春秋》笔,於戏哀哉。"

程兰畦(畹)曰:尝有屠而富者,已纳粟矣。其父既没,开门延宾。或送一联云:"此去定然成佛果;从今不忍过君门。"主人谓其情深,而不知上用"放下屠刀,立地成佛",下用"过屠门而大嚼",皆隐切屠者也。

刘三山孝廉(华东)有才而贫。一日,与友过财神庙,见香火甚盛,索笔大书一联于神座曰:"眛眛我思之,伤者贫也;仆仆亟拜尔,彼何人斯。"见者皆失笑。

镇平黄香铁(钊),以县令改官潮州教授,后升翰林院待诏,著有《白华草堂》初、二、三集。或撰一联调之云:"七品八品九品,品愈趋而愈下;一集二集三集,集日积而日多。"语颇风趣。

宜黄符雪樵先生(兆纶)工诗善谑。有贾人谭碧山者,娶妾名琪花,甚宠嬖之。既而有娠,张筵召客,以志梦兰之喜。即席乞联,先生集《诗品》赠之云:"碧山人来,幽鸟相逐;金樽酒满,奇花初胎。"见者莫不叫绝。

《馀墨偶谈》云:讽世语以调笑出之,最易动人。记有合奉药王、财神者,乞某名士撰联。某立成云:"纵使有钱难买命;须知无药可医贫。"作相轻语,正两相须也,阅者无不绝倒。

《蕉窗杂记》云：贡院旧有一联云："号列东西，两道文光齐射斗；帘分内外，一毫关节不通风。"或减数字，移用武闱云："号列东西，两道齐射；帘分内外，一毫不通。"殊堪喷饭。

《春宵呓语》云：一生员为人代倩，事发荷校，百计求脱不能得。因访健于刀笔者，苦祈之。其人曰："此当以风雅励之。"于枷上书曰："琼林独席。"又联云："坐破寒毡，从此渐入佳境；磨穿铁砚，而今才得出头。""佳境"盖借音"枷颈"也。学使见之，笑予省释。

《见闻随笔》云：某童，年八旬矣。学使询以经传，多不复记。有人嘲以联云："行年八秩尚称童，可云寿考；到老五经犹未熟，不愧书生。"亦雅谑也。

《笑笑录》云：吴下缪心如水部五月入泮，是秋即联捷。其童试题为"夫人自称曰小童"，乡试题为"君子不以言举人"一章。有客贺以联云："端午以前，犹是夫人自称曰；重阳而后，居然君子不以言。"可谓巧合。

宋学博（士琛）曰：瓯宁黄雅南孝廉（一峰），才学敏赡，好滑稽。有迁居者，携所蓄三犬四彘而往，乞联。黄为书句云："居室同三苟；为人合四诸。"人谓用《论语》《大学》语，而不知其借音"猪狗"以戏之也。

黄秀才（协埙）曰：有以赀为部曹者，性鄙吝，衣履垢敝，见客辄道其穷乏。一日，丐人书春联于寓门，一友见之，笑曰：

"子素深藏，兹何忽以富户示人耶？"急出视之，则大书曰："未若贫而乐；谁能出不由。"

《燕台花事录》云：金溪朱春舫赠秋芙联语云："九串空花，春舫依然漆黑；三拳潦草，秋芙到处装红。"谐语殊堪捧腹。

同邑章申甫丈（安圻）录示楹帖，有挽湖南诗僧懒痴两联。一云："曾选佛，亦选官，锡卓湖湘四邑，声闻传二谛；是诗僧，即诗伯，香分翰墨一编，清偈足千秋。"一云："旧访懒残，听相取十年，尘梦莫寻煨芋语；永怀齐己，问师称一字，冷斋曾忆咏梅诗。"不知何人所撰。

葛壮节公（云飞）官瑞安副将时，宗涤楼侍御（稷辰）赠联云："武穆两言，不爱不怕；文成一诀，即知即行。"公尝自以擘窠大字额其堂曰"威惠"，并书联云："持躬以正，接人以诚；任事惟忠，决机惟勇。"论者谓不负所言。

咸丰间，京师有名优周翠琴者，生于花朝前一日，以三月末卒。陆眉生给谏（秉枢）挽之云："生在百花前，万紫千红齐俯首；春归三月暮，人间天上总销魂。"流传禁中。

侯官林文忠公（则徐）在河工时，题所居室联云："春从天上至；水由地中行。"题客座联云："芦中人出；河上公来。"又赠河丞张姓者联云："乘槎直到牵牛渚；载笔同游放鹤亭。"切地切姓，人咸叹其工妙。

俞太史（樾）曰：同年应敏斋任江苏廉访，以署中楹联无佳者，属为更易。辄以各联贻之，亦未知其果用否也。大门联云："听讼吾犹人，纵到此平反，已苦下情难上达；举头天不远，愿大家猛省，莫将私意入公门。"上联乃旧句，下联余所易也。又，便坐联云："且住为佳，何必园林穷胜事；集思广益，岂惟风月助清谈。"又云："小坐集衣冠，花径常迎三益友；清言见滋味，芸窗胜读十年书。"

后　叙

　　从兄耘青先生绩学负才，困于下位，不得展其用，遂清心著述，别具千秋。博极群书，无不探讨，尤精考订之学，而职事仍无偏废。生平丞、簿、尉，三莅其官，遇屈抑无告，辄宣达以直其情。历访忠孝节烈湮没不闻者，为撰传记表彰之。厅事盈列缥缃，寝馈其中，寒暑无间。性廉介，尤憎奔竞，杜门吏隐。虽宦况瘠苦，澹如也。昔崔斯立丞蓝田，日哦松下，兄殆流亚欤？尝勖都人士敦品励行，讲求根柢之学。以故宦辙所经，士林怀之，佥持诗古文辞相就正。其任宜兰丞，僻处海外，慨文士仅攻末艺，朴学阒如，乃构挐经精舍，广置经史，定其课程，厚其廪给，使生童砥砺实诣。未数年，获隽、食饩踵相接。不宁唯是，向之为刀笔生涯者，月得所资，身家足赡，争自濯磨，廉隅顿饬。夫小试行道之端，已著成效若此，苟得充其量，则大用大效，其措施必非如庸吏为者。

　　惜乎长庆老郎，官阶终矣。乃遇既迍邅，复遭家不造，奉讳旋里，遽归道山。属纩前夕，以所著《退闲随笔》、传记事略、《楹联新话》等书，畀余校刊。兄之学行，固尝师事，义不容辞。惟名场屡蹶，谫陋寡闻，不克扬兄之名，传兄之业，为疚心耳。顾他集尚烦辜较，而是书已具梗概，遂先付梓。其体例与梁氏《丛话》相似，别类分门，编成十卷。或谓搜辑不敌梁氏之富，且有见载于《丛话》中者。抑知彼居高位，多临莅，声应气求，副墨充至。兄则柳下卑官，限于方隅，仅据耳目见闻、友朋传述。然杰构佳联，网罗亦备。况精择详语，间附考证，从事铅椠殚十余载，始裒然成集。视《丛话》如骖之靳，夫岂有所不逮耶？至重见各条，乃纠正之，非掠美也。若夫"饧、锡""根、银"，校字疏讹，实余浅学不文之咎。尚望大雅君子惠而教我，则幸甚矣。

杀青斯竟，爰赘数语，以志鸰原之痛云尔。光绪癸巳孟春既望，受业弟鸿颉谨叙。

楹联新话

陈方镛 / 撰

序

此为海宁陈君所辑。陈君与下走无一面识，兹编乃由友人汪闲闲君所介绍，剞劂之权，让诸本局。披读一过，虽不及梁章钜《楹联丛话》之富有，而选语之精、措词之当，要非三折肱于此道者不办。

有清中兴，左文襄、彭刚直诸公，类工联语，标题所至，脍炙人口。湘乡相国，尤以此自负，雄浑而不病于廓，典雅而不涉于腐，所谓狮子搏兔，亦用全力者也。此编表彰曾氏处尤多，实为先得我心。

今则文化日下，人人有厌弃国粹之心。《论语》可以当薪，《太玄》可以覆瓿，况于小道！陈君犹孜孜焉，颛颛焉，为之而不厌，聒之而不舍，趋时之子，目笑存之矣。虽然，剥极必复，晦极必明，贞下或有起元之日。异时崇文治，修文教，国粹昌明，还我故物，陈君此编，或亦研究斯道者之一助欤？

民国十年四月，吴兴王文濡序。

故　事

　　古今诗词丛话，刊行于世者最夥；独联话，则除梁章钜《楹联丛话》外，不概见。殆以联为小品，无当学问耶？实则应酬往来，亦社会上需要之一种也。兹先将故事，以次编辑。夫既曰"故事"，固非征文考献，莫由详备。余自惭学识谫陋，爰就各家载籍中，选择摘取，并参以故老遗闻，缀拾成之。阅者幸鉴原焉。

　　《蜀梼杌》载：蜀末归宋之前一年，岁除日，蜀主令学士辛寅逊题桃符板于寝门。以其词不工，自撰云："新年纳馀庆；嘉节号长春。"此为楹联之滥觞。

　　戴大宾，字寅仲，明正德戊辰探花。年十四，授编修。当游泮时，闻仅八岁。主试指厅事坐椅出联曰："虎皮褥盖学士椅。"即对曰："兔毫笔写状元坊。"主试大奇之。年十三，中乡试。有贵公某来谒其父，见寅仲戏庭侧，以为童稚无知。出一对曰"月圆"，即应曰"风扁"。问风何尝扁，曰："侧缝皆入，不扁奚能？"又出对曰"凤鸣"，应曰"牛舞"。问牛何尝舞，曰："百兽率舞，牛不在其中耶？"贵公大叹赏，询之，知已成乡举矣。未几即卒。说者谓后二对，语中皆含有讽刺，则此贵公者，固必有予人指摘之处。而寅仲负奇才而未克自敛，宜乎其不永年也。

《復斋漫录》载：刘翰为丰城尉，性不能饮酒。时推官某善饮啖，抵邑公会，乃以谚语戏翰曰："小器易盈真县尉。"刘应声曰："穷坑难满是推官。"两人旗鼓相当，若托之于诗文，度必更有可观者。

宋张横渠先生研究理学，为一代名儒。曾于著《正蒙》诸书时，自书楹帖云："夜眠人静后；早起鸟啼先。"其孜孜焉，惟日不足，已堪为百世师表，原不必以字句间论工拙也。

相传明太祖定鼎金陵后，尝赐中山王徐达联云："破虏平蛮，功冠古今第一；出将入相，才兼文武无双。"当时功臣中如中山王，诚受之而无愧。惟梁著《丛话》所载，两收句"第一""无双"上，尚有"人""世"两字，词旨虽亦通顺，而似是赘疣。

《尊匏随笔》载：明吴少常麟征，尝梦一白衣人叉手微哦曰："山河破碎风飘絮；身世浮沉雨打萍。"傍有人曰："此处士刘宗周也。"吴初不识刘，后于礼部题名中见之，竟成至交。崇祯末，吴殉难燕邸，刘以文祭之，备述其事。未几，刘亦继首阳之节。二公同心合迹，竟以梦中一联为嚆矢，不亦奇哉！

明嘉靖壬子，杨椒山先生渡江，访唐公荆川不值。因登焦山，于碍月亭得一联云："杨子怀人渡扬子；椒山无意合焦山。"见家刻《藤花居随笔》，可谓工巧无伦。

明琬娘奔嫁包长明故事，说部中亦有载入者。尚有人撰联以嘲之曰："玉因待价犹名琬；食岂无鱼却姓包。"足与其事并传矣。

相传明宏光朝有谣联云："射人先射马；擒贼要擒王。"又云："自成无成，福王无福，两个皆非真主；北人用牛，南人用马，一般俱是畜生。"按：马士英、王铎、牛金星事行，俱编入史乘，试详阅之，当知人民毁谤之实有由来。

吴三桂封滇南藩王后，曾自撰一联，榜于府门曰："帝力于我何有；臣清恐人不知。"其处心积虑，叛清自王，不待撤藩而已知之矣。

仲雍墓在虞山之麓，地与言子墓连接。两贤后裔，尝以墓旁隙地构讼，累年不决。嗣常熟令某，题一联于仲雍墓门云："一时逊国难为弟；千古名山尚属虞。"言氏后人见之，遂让地而息讼焉。盖讽喻之所感深矣。

朱竹垞先生，文章道德，久为世所景仰。曾于某处粥厂，睹贫民就食状况，恻然悯之，为题一联壁间，句云："同是肚皮，饱者不知饥者苦；一般面目，得时休笑失时人。"名言至理，宜至今士林犹传诵不忘。

海虞邵中翰齐熊，所著《松阿日记》载：余偶赴莲渚，见有人家为荐亡礼忏，其门帖云："水流原在海；月落不离天。"又于梦中得一联云："流水新知契；春风旧笑言。"邵为乾隆时人，学行甚高，故吐属迥异凡庸。惜此日记无刊本行世，惟散见于他集，偶现鳞爪耳。

《闲叟笔记》谓乾隆甲辰，高宗南巡至吾浙，仁民有悬桃符者，句云："天气常新，一岁双春三月闰；圣颜如旧，六巡两浙万民欢。"想见承平时熙熙景象。此联梁著《丛话》所载，无上二句，不知何所据也。

安乡潘相，字经峰，康雍时曾为国子监琉球学教习，后复出宰曲阜。有联语云："衍圣公县县令；琉球王国国师。"斯亦佳话之足传者矣。

吴柏庄中丞，居官能自惕励，有古贤臣风。临终尝自书一联云："做不完子臣弟友功夫，愿来生百行无亏，五伦克尽；尝遍了国难家忧滋味，到今日一肩甫卸，两手空归。"衷怀恬澹，固不仅了然于去来也。

吴中女史江碧岑，有赠伊师任心斋先生联云："闭户著书扬子业；澄心静坐孔门禅。"江为乾隆时吴中十女子之一，著《青藜阁集》，经林屋山人鉴定，余曾展读之，叹为闺秀杰出。此联偶然弄翰，尚未足以觇其才华。林屋山人，即心斋别号。

《苕南随笔》载：周木斋寅，有快婿马姓，复得一爱姜名双鱼，因号双鱼主人。平生喜自解嘲，爱书联语悬于壁间曰："半子可人为匹马；一生知己是双鱼。"迄今与周同里人士，犹传为趣谭。

《妙香室丛话》云：闽中有幕友某君，馆于某太守，旋因彼此意见不洽，辞去。太守衔之，阴嘱各属，毋再延聘。某君窘甚，自念别无开罪之处，乃哭诉于三山城隍，并献联云："结甚么仇，造甚么孽，害甚么身家性命，为饶你颠倒是非，半世竟夸权在手；占尽了利，沽尽了名，丧尽了天理良心，且看他荣华富贵，一朝终有雨淋头。"太守瞥见，恨益深，然亦无如之何。未几，竟以他故罢官，怏怏而归。

符君雪樵，时复作联以寄慨云："风波海上纵横，难立足惟游宦客；车马门前冷落，最伤心是罢官人。"读此可知古今来祸福无常，人心虽阴险，而天理自昭彰也。

余友耐冷翁曰：昔郭子美军门平定粤寇，声望颇隆。镇守某处时，因军事清简，常以吟咏自遣。有名士某献一楹帖云："古今双子美；先后两汾阳。"军门阅之欣然，乃待某名士为上宾，并厚赠焉。

金陵灵谷寺，旧附有龙神庙，洎兵兴祠毁，坛宇荡然。同治六年，曾文正公督两江，会天久旱，率属祷于神。四祈四效，岁仍有秋，遂重构斯庙以报赛，并题联云："万里神通，渡海遥分功德水；六朝都会，环山长护吉祥云。"按：省治东有泉曰"八功德水"，出钟山之阳，见《江宁府志》。

俞曲园先生樾宏才硕学，彪炳人寰。其哲嗣某因病不仕，幸文孙阶青，英年即掇巍科，旋入词馆，复掌文衡，故晚境怡然，得藉著作以寿其身。尝自撰一联云："叹老夫半世辛勤，藏书万卷，读书千卷，著书百卷；看小孙连番徼幸，县试第一，会试第二，殿试第三。"上下对句，真如天造地设。然非有此现成事实，虽大手笔，亦奚能为？

家刻《藤花居随笔》载云：乡先辈沈于涧、都见心两公，常以联吟为乐。一日向晚，偕游郊外，都出联语曰："山中落日沈于涧。"沈仓猝间竟无以应之。未几，某园牡丹盛开，两公前往，同登小楼观赏。沈触景生情，忽得对句曰："楼上看花都见心。"可谓隽妙。

又，海宁邑城至长安镇，计上河路程十八里，有桥梁六。距长安三里之村曰"漫渡"，昔人过此，曾合作一联云："已过六桥临漫渡；再行三里到长安。"将名号村镇嵌入，俱浑然无迹。先辈流风，常令人缅怀不置。

彭刚直公虽为一代元勋，而襟怀澹泊，才不自矜，依然书生本色。传闻粤寇削平后，公即手书明王文成公诗联悬于座右，以表明意志。句云："平治险秽非无力；润泽焦枯待有人。"故江督之任命，卒上疏力辞不拜。今之拥兵自卫，功成而身未退者，思之能无愧怍乎？

《庸叟笔记》云：顾郡尊嘉蘅守南阳时，与方伯陈公不洽，致借端撤任。未几，陈亦他调。代陈者为朱公寿镛，知顾冤，复令回任视事。顾遂藉题卧龙冈联，一吐其气。句曰："陈寿何人，也评论先生长短；文忠特笔，为表明当日孤忠。"今河南游宦客，尚有知其事而并述其联者。

道咸时，女史陈妙云曾隶书楹帖，赠颐道居士陈云伯云：

"家住癸辛街畔；诗名丁卯桥边。"盖以云伯家近南宋周公谨故居，于诗嗜许丁卯也，可称工雅。

按：女史除吟咏外，兼擅八法，名滋曾。云伯修西湖小青、菊香、云友三女士墓，其墓碣即所手书。

相传左文襄公未通籍时，为友人书楹帖，有选定之句，如"文章西蜀双司马；经济南阳一卧龙"一联，则屡见之而未可以偻指计。故厥后治军，常以"老亮"自命，文字亦不让古人。

《八咏楼笔屑》云：张文襄公督两湖时，求贤若渴，凡僚属秀异者，罔不加以青眼。某令有才情，历任花封，称能员。适解任侨寓省垣，一日谒文襄，以楹帖进。公见而叹赏，立署某篆。句云："师事几人心北面；感恩知己首南皮。"某善夤缘，词工谀媚，固不足取；然非文襄先爱其才，纵动以楹帖，亦安能施其伎俩耶？

常熟翁松禅先生为戊戌变政获罪，罢官归里。故易箦时，曾集《四子》语自书一联，以永别亲友。句云："朝闻道夕死可矣；今而后吾知免夫。""朝闻道"，盖谓先期已奉诏准予开复处分也。先生书法，素负盛名，晚年更学苏氏而变化之。海内士夫得其遗迹，莫不珍若球璧。则先生固自有传世者，他何论乎！

长沙章君渤生在都门时，尝自撰门帖云："横行自笑非司马；小住人疑是卧龙。"章寓居之处为螃蟹井，上句措词，尤见工巧。

时　事

　　旧辑联语，向无以时事分类。余因迩年国体更张，屡滋变故，凡士人提倡革新，忧时愤世，托之联语者，随处搜访，与闻见所得，摘录已不止数页。爰特另刊一门，俾留心时务者，藉资考征耳。

　　光绪季年，上海同志设立丽则吟社，并在《国魂报》为海内诗人通讯及观摩之资。社友俞少康君值课，即将"国魂"两字为题，遍征时事长联。其时应征者，多知名士，琳琅满目，无美不具。兹编录数联于下。章德俊君云："国是未可为，德日英俄，实逼处此，识时称俊杰，纷纷竞尚维新，老成人回首前尘，剧怜祖国千年，无复文明辉上国；魂兮今安在，诗词歌赋，尽付沦胥，吾道叹凌夷，落落转惭寡合，有志者热心风雅，留得吟魂一缕，居然缥缈筮归魂。"

　　又随园诗孙（按：袁，名保香，此为别号。）袁君云："改守旧曰维新，同声相应，顿开起四百兆人忙忙碌碌的名利心，学务设所，标统征兵，东西卒业生，满汉游历官，以及地方自治议员，就若辈表面言，俨然名利非求，两字口头禅，惟云爱国；变专制为立宪，流血成功，竟演出十八行省昏昏沉沉之杀戮界，戊戌六烈，庚子三忠，湖北唐才常，安徽徐锡麟，更有山阴秋瑾女士，逞霎时快意事，竟尔杀戮无赦，一块肝脑土，何处招魂。"

闲云馆主李严泉君云："英法欺我，德美狎我，俄罗斯更逼我，即近我若东洋，亦且割我疆土，夺我利权，虔刘我子姓，扰乱我治安，不恤国破家亡，迫我曹于五大洲棲身无地；督抚玩民，司道弃民，郡太守愈绝民，至亲民如县令，尤敢剥民脂膏，缚民手足，鞭挞民肌肤，草菅民性命，务使魂消胆落，任民族在廿世纪内流血成渠。"

桂香室主云："小民疾苦，慨频年迫我饥寒，赋税肆诛求，无非剜肉医疮，误国拚教全鹿失；大陆沉沦，问此日凭谁补救，君臣酣醉梦，安得发聋振聩，惊魂顿唤睡狮醒。"

稽山一鹤云："国以教育隆，今朝廷锐意维新，男校十之七，女校十之三，脂奁粉匣，屏弃时妆，血性效罗兰，各抱热忱思爱国；魂从躯壳出，在闺阁自由已惯，一则曰平权，再则曰平等，革履操衣，酿成奇狱，风潮起秋瑾，谁依冷歊赋招魂。"

此皆揭晓后传诵之作。若论笔气，自应推袁君为冠。至按切时事，当日之所谓最新颖者，于今阅之，已半是陈言。曾几何时，而雨云反覆，桑海变迁，益令人增无穷之感喟矣。

自时文废弃后，江苏通州即设劝学所，筹备一切，独得风气之先。姜君晓峰曾撰联以勉励学生云："恨吾曹坠势力范围，动地惊天，方算得男儿事业；愿汝辈达文明极点，升堂入室，莫错过分寸光阴。"闻姜为七十余岁老诸生，而于后生谆谆勉励如此，诚不愧"劝学"二字。

政治革命，初由诸文豪著论提倡，使前仆后起不稍衰。故某赠章太炎先生诗，有"文字收功日，全球革命潮"之句。传闻当时尚有一联，以励同盟诸君云："有志者事竟成，济河焚舟，十万秦师终入晋；苦心人天不负，卧薪尝胆，三千越甲足吞吴。"不数年而光复，不可谓非联谶。

国变后，党人即于南京设立临时政府，曾开大会庆祝。会场悬一长联云："滚滚长江，流不尽我族四千六百余年无量英雄无量血，放眼觇钟山王气，楚水霸图，半壁奠东南，大野玄黄，已逐秋风齐变色；茫茫震旦，要争个全球八十三万方里自由民意自由魂，举手庆汉日再中，胡尘一扫，雄师捣西北，卿云糺缦，重安夏甸仗群材。"此彼党姑作一时之快语已耳。若果会师西北，以一战决胜负，则鹿死谁手，殊未可知。

追悼革命诸先烈联语之多，不可以更仆数。兹摘录其二。黎公元洪云："以时势论英雄，即令还我河山，鼓声不死；为国家谋幸福，不惜拚兹性命，剑气犹生。"某君云："于革命树先声，前仆后继，掷几许头颅，一样成仁取义；为同胞谋幸福，饮水思源，读数行血史，诸公虽死犹生。"今日人民之幸福何如，思之痛心。

辛亥之役，德宗景皇后恐战祸延长，生民涂炭，故汉阳告捷，复诏袁公世凯与南京政府议和。和局定，清帝退位，袁遂继孙公文为大总统。时传诵有一联云："四世公卿绳祖武；一朝总统继孙文。"对仗咸称工稳。

国体改立共和，世界固早有先进如美利坚、法兰西者。但吾国毕竟合宜与否，当时舆论，反对者颇多。闻都门曾传诵一联云："军政学娼优，民国新民遍地；满汉蒙回藏，共和不共戴天。"又吾乡蒋子贞先生撰联云:"有年有月浑无日;无父无君只有官。"

袁总统尝聘王湘绮先生为国史馆总裁,先生因入都就职。偶议论时局,必以嬉笑怒骂出之。闻南北龃龉,兵端欲启,为作一联云:"民犹是也,国犹是也,何分南北;总而言之,统而言之,不是东西。"一时都下传诵,登载报章。而先生竟认为己笔,初不顾当局之嫉忌也。

乙卯年,袁总统以征集民意,多主君主立宪,遂颁"洪宪"年号,以帝制自为。岂料蔡公松坡起兵滇省,旋南北哄战未休,各省多乘势响应。甚至昔日之主劝进者,亦群谋独立,致事败垂成,袁即气愤而逝。彼时好事者撰联最夥,兹择较雅者摘录于下。某君云:"鹿逐中原,浩劫几延廿二省;龙飞何处,伤心惟有十三人。"又云:"劝进书非是劝进乃劝退;筹安会不能筹安实筹危。"又汪君北海一联,专指袁立言,句云:"三五年事业真奇,只因多士上书,趁此欧风亚雨之时,及时猛进;八十日英名犹在,倘为我公作传,应于本纪世家而外,新例别开。"

按:筹安会中,有"六君子""十三太保"之名;八十日袁即取消帝制,故时代仅得此而已。

项城薨逝后,黎公元洪继任大总统,时局略定。是年秋,各省俱庆恢复共和。吾浙嘉兴亦有此盛举,会场楹帖云:"序属九秋,愿此日黄花,与我族同增颜色;节逢双十,看今宵皓月,为民国大放光明。"又陶君元镛云:"共和本铁血铸成,者番盛会重开,愿全国人民毋忘阳夏疮痍,滇黔锋镝;帝制如爝火熄灭,今日普天同庆,与故乡父老消受霓裳一曲,莲炬千行。"

丙辰督军团起,其中张勋声势尤赫赫无比。因中央要事,俱与商议,一举一动,足以左右政局。某日,段总理因公辞职赴津,阁员咸询张意旨,即东海亦有电往。故都下曾传述一联云:"款段出都门,却好芝泉逢芝贵;主张留总理,曾经徐相电徐州。"时张驻徐州、蚌埠,即以"徐州"二字概括之。

复辟事如昙花一现,都中人士尝缀成联语曰:"洪宪一朝君子六;后清七日圣人双。"盖以主其事者,为张、康二公。康尝自居为文圣人,而转以武圣人称张也。借对"六君子",可谓天然巧合。

段合肥重入内阁,特假中央公园开再造共和纪念会,并手题一联云:"运会亦寻常,剥复相环,一着错安成劫子;河山重整顿,智能交尽,几人垂念到民生。"读之似霭然仁者之言。

戊午,各省复举行两院选举,种种奇形怪象,真非笔墨可以摹写。瞻庭主人集《四子》撰联云:"选择使子,乡党自好者,望望然欲洁其身,弗顾也,弗视也;举尔所知,有贱丈夫焉,洋洋乎而罔市利,患得之,患失之。"结构浑成,是斫轮老手。

国会成立,举徐东海为大总统,都中政局又一变。惟党会外,另有安福俱乐部,势力颇浩大。沪上独鹤君曾拟一联云:"元老历三朝,福如东海;群才倚一段,安若泰山。"原联对仗,阅者均嫌其不甚工,经某官名士酌易两字,似更精切。

南方为维护法律，北方为保全威信，构衅经年，迄难解决。而欧西之大战，因德奥求和，业已停罢。戊午冬，各处庆祝欧战和平。金陵城东某小学，亦于斯时开会申贺。校门悬有灯联，闻为某学生所撰，句云："说欧洲争战数年，居然一旦告终，全世界同声庆祝；自政府言和几月，如此长期不决，看国家何日升平。"词旨虽质直，而关怀国事，且系出之于小学生，殊可嘉也。

廨　署

曾文正公三督南疆，蔚为文治。曾自题督署官厅联云："虽贤哲难免过差，愿诸君谠论忠言，常攻吾短；凡堂属略同师弟，使僚友行修名立，方尽我心。"此尚非文正生平杰作，而胸襟口吻，究与寻常不同。

薛慰农先生咸同间为吾浙名太守，文章经济，固称卓绝；即所撰联语、小品，亦脍炙人口。守杭州时，曾题府署大堂暖阁联云："为政戒贪，贪利贪，贪名亦贪，勿务声华忘政本；养廉惟俭，俭己俭，俭人非俭，还从宽大保廉隅。"又题二堂联云："太傅佛，内翰仙，功德在民，宦迹相承私向往；道州诗，监门画，疮痍满地，虚堂危坐独彷徨。"盖是时粤寇初平，流亡未集，故先生躬自惕励外，于人民生聚，尤在在关怀也。

吾杭制军行台旁，旧有演武厅，凡武人之大小考试，亦均集于此。铁庵居士尝题联云："八座降文星，十里杏花环虎节；三场观武备，万条杨柳拂骢鞍。"联惟首句"备"字欠工。曰"八座文星"者，因巡抚外，学使常按临其间也。

相传徐州府某县学有题联云："黄河水滚滚而来，文应如是；淮阴兵多多益善，学亦宜然。"此就本地风光点缀之，若移至他处，便不佳矣。

查荫棠大令与慰农先生谊属同乡，且极相契。曾司金陵牛痘局，先生为题联云："仁术本仁心，江左十年同被泽；保民先保赤，河阳一县早栽花。"余髫年曾亲见之，不知今尚存在否？

前湖北省垣有储材馆，凡四方俊杰及夙具绝艺者，罔不罗致。某君曾题联云："鄂渚汉皋，上游雄据；南金东箭，彼美咸收。"闻此系张文襄公奏请设立。未几即改为学校。今读所题，犹想见当时求贤礼士之风。

瓜洲曾设盐栈，凡淮盐承销于湘鄂赣皖者，均由此载运前往。其公廨旧有文正公题联云："两点金焦，劫后山容申旧好；万家食货，舟中水调似承平。"见公《全集》。按：后因他故，复移设于十二圩，所称"扬子总栈"即此。

吴穀人祭酒曾题钱塘学联云："儒以道得民，此官不贱；学而优则仕，如日之昇。"又，沈公涛题仁和学联云："是名教内老头陀，与尼山有香火因缘，薄荐藻芹供洒扫；作冷宫中驮脚色，为浙水典胶庠首领，广栽桃李待芳菲。"吴联集成语，适如其分；沈作则别饶趣味，俱可诵也。

麟见亭漕督尝因视察河工，驻节运河同知公署。适署屋新建落成，乃援笔题大堂联云："漕为内府正供，幸挽粟飞刍，岁时无间；河扼中游要道，愿保堤防汛，凤夜惟勤。"按：南运河在淮河之上、黄河之下。麟为满洲知名士，有著作行世，题句殆一时酬应之笔，尚非惬意者。

先兄同年友徐君韵珊，行诣清介，以县令出宰，实非素志。某年，升任川东同知，政极清简。衙署在山麓中，风景固佳，徐复辟径引泉，略加点缀。公余徜徉其间，见者俱呼为仙吏。曾自题廨联云："不羡官高，喜案牍无多，叠石林间开胜境；居然吏隐，把管弦麾去，扶筇庭畔始流泉。"其所处之清逸可知。惜甫及年余，竟以公罪罢去，惟遗此联，常熟在人口。

闻桐邑某区初等小学校有楹帖一，无题者姓氏。句云："岂后生竟无才，灵气所钟，允宜陶养；知先入为其主，新机可启，莫误根源。"今之青年学子，沾染恶习，舍本逐末。读此联，其能翻然感悟否乎？

杭垣臬署，相传有吴君艾生题联云："三宥缅仁恩，相期笔下春风，长留和煦；四时饶生意，对此阶前秋草，忍尽芟夷。"此与刑部提牢厅旧题"一天和气；满地生机"，命意相同，而文质迥异。

钱子平君云：东三省前设地方审判厅时，有厅长某，曾于法庭题联云："司法虽独立尊严，倘判断不平，按级尽堪上诉；任事岂全权集合，是民刑各掌，开庭且许旁听。"

许村场场官向驻吾邑城内北寺巷，其署门题联云："政事值馀闲，且喜门近东塘，放眼观朝潮夕汐；官箴期共守，却好地邻北寺，警心听暮鼓晨钟。"能于写景中映带本题，是联语之上乘，可取法也。

某大僚题公署门联，或云即汤文正公抚苏时自撰。句云："出张盖，入鸣驺，似此众目昭彰，倘一有偏私，奚逃民鉴；污吏多，清官少，敢告四乡父老，非万难忍耐，莫到公门。"蔼然仁人之言；末二句，尤为好讼者下一棒喝。

近有某生题女子体操专修学校联云："孙子用兵，美人列队；马融设帐，女乐成行。"因该校学生有兼习军乐者，故以马氏轶事点缀之。而语意轻薄，要非大雅正宗。

南通师范学校内附设博物院，张季直先生曾题联云："设为庠序学校以教；多识鸟兽草木之名。"集《四子》句，可谓天衣无缝。

浙东汪县令下车后，尽心民事，合邑感戴，至以"汪青天"比之。曲园先生特撰联赠此令，句云："惟善可师，今之贤尹；无疑不察，民曰仁君。"该处士人以为颂不逾分，遂将原句镌版，永榜于堂前。

江苏淮安府学旧有楹帖，已见志乘及各家载籍。句云："马上文，胯下武，枚里韩亭，彪炳经纶事业；石边孝，海底忠，徐庐陆墓，维持名教纲常。"以枚皋、韩信、徐积、陆秀夫本地古人事实点缀，固非他处可移易。然上下配合，若未能铢两悉称，亦仍难见胜。此作联之关键，不可不知。

又淮安县监狱，据友人传述有题联云："到此间懊悔已迟，何苦作歹为非，竟致捉将官里去；出狱后光阴尚早，务要循规守法，莫教再入我门来。"语虽近于俚俗，而一片婆心，欲感若辈以自新之路，真无异暮鼓晨钟。

李君炳青谓山西省初设巡警局时，有督办某观察题联云："辅民团除暴锄奸，整顿始街衢，特令划区分辖；比保甲法良意美，巡逻周日夜，应教比户无惊。"余意凡题旧时未有之局所等，非运用典制，比例附会，自难出色动目。

余从政江苏通州时，彼都人士曾公具一联为赠，今尚悬于公廨。句云："百里屈长才，希望士元终大用；一官虽小试，讴思叔度恨来迟。"窃思余既无功德在民，足资歌颂；且遽丁国变，徒以时宜不合，行将终老于乡，回首前尘，益增愧恧。

院　宇

钱公桂森，曾题江南贡院至公堂联云："忆弹指顷四十二年，凉月中秋，寒雨重阳，早岁曾经辛苦地；念广厦间万八千士，腾英霍岳，毓灵钟阜，几生同咏大罗天。"又，陈公彝题衡鉴堂联云："且莫论白简朱衣，旧梦重寻，难得秀才风味；看一片冰壶玉鉴，尘襟洗净，始知上界高寒。"钱、陈俱江苏人，且俱是科第出身。某年，陈尝充江南文闱监临，准免回避本籍，故题句亦情文相生，别饶风韵。

前扬州创设济良所，有某名士题联云："是鳏寡孤独外别一种无告穷民，我只当儿女看来，聊藉慈航渡孽海；于罟擭陷阱中开这条放生大路，愿都把繁华唤醒，不留地狱在人间。"按：济良所为各处租界最慈善之举，近通商大埠均仿照开办，洵属意美法良。联语蔼然，深悉个中人苦况，惜撰者姓氏未详。

左文襄公昔年平定闽省粤寇，旋时创建漳州书院，以培养人才。院屋落成后，曾手题楹联云："经始自何年，果然逃墨归儒，天使梵王纳土；筹边曾此地，大好修文偃武，我从漳海班师。"因院基原为佛寺，有梵王碑埋土中，可证明也。题句着墨不多，一种沉实雄厚之致，适如其人。

浙绍龛山曾设立育婴堂，倩黄岩王潄岩君题联云："抚此貌诸孤，看一样婆留，龛赭射潮谈异迹；有生皆赤子，是谁家诞寘，牛羊隘巷援同胞。"龛山为钱塘江门户，武肃王发迹之地，出联引用其事，却好关合。

薛慰农先生题杭州安徽会馆联云："美擅湖山，留此地萍踪，好共一觞一咏；欢联桑梓，问故乡梅信，无忘江北江南。"又，题扬州安徽会馆联云："壤错江淮，评二分明月，十里红桥，桑梓风光应让美；欢联觞咏，望皖水名流，黄山巨贾，鱼盐泽薮莫伤廉。"两联词藻，虽有同者，而命意迥异。竹西盐商旧多豪富，当全盛时，四方名流戾止，咸有宾至如归之乐。而先生退官，独栖隐白门，超然物外，并以"莫伤廉"为侨居乡友告。其高尚真不可及，阅者勿徒赏其句调也。

吾乡朱芩年先生，为同光间名宿，所遗著作，士林莫不倾倒。其联语胎息曲园，尤见匠心。曾题硖石镇东山书院联云："七叶溯通家，与吾宗南陔同门，南轩同榜；一椽容布席，借是处东山作主，东寺作邻。"又云："文章师表同千古；香火因缘共一龛。"该院系国初乡先哲许侍郎汝霖创设，后即供奉侍郎栗主，并称乡贤祠。首联出句，历叙两家世谊，与题他处书院，固迥不同。

江苏震泽县积谷仓，旧有题联云："娄南应主藏天星，斯万斯千，多多益善；吴下擅具区水利，馀三馀九，陈陈相因。"或言即慰农先生撰，是先生亦有敷衍酬应之笔。然句亦平稳，无瑕可指。

曾文正公联语，自古文中脱胎而来，故雍容名贵，力厚气足，非他家所能抗衡。试观题湘乡东皋书院一联，句曰："涟水湘山俱有灵，其秀气必钟英哲；圣贤豪杰都无种，在儒生自识指归。"虽寥寥数句，而余味无穷，已令人百读不厌也。

福建滨海某县，素为产盐之区，凡属渔舟，均停集于此。缘鲜鱼之不能耐久者，就近取盐，制之成鲞，方可远贩至各省。其生计因交相倚也。该处曾设渔业公所，公举总办董理其事。余友抱冰居士为题联云："海宇庆重熙，愿常招舟子罟师，广罗水族；东南多美利，应更辟渔盐泽薮，富甲寰区。"词句似尚流利可诵，特未臻上乘耳。

吾浙贡院内至公堂，旧有马端敏公题联云："敷天瞻日月重光，兵气喜全消，雅颂承平，还是文章能报国；胜地揽湖山有美，人才期慎选，规模整肃，须知科举为求贤。"句调铿锵，正似行文最圆熟时。勿以典试已成陈迹，并此联而亦废弃也。

又，陈公鲁题杭州东城讲舍联云："胜地托青门，爱此间水锁虹桥，相期沿流溯源，汉学津梁追许郑；遗基捐白社，聚多士坛开燕厦，惟愿因文悟道，宋贤堂奥绍朱程。"舍与青波门相距甚近，即白公社遗址，故云。

粤省归德门外晏公街武林会馆，系吾杭侨商醵资建构。梁君应来曾题联云："一阕荔子香，听玉笛吹来，遍传南海；双声杨柳曲，问金尊把处，忆否西湖。"说者咸称其雅切。余谓上下联首句，意稍重复。

广西红十字会员某君，曾捐资钜万，并广募多金，赈济灾民。现复于省垣建立广善堂，规模异常伟大。堂屋构成，叶君也愚代为题楹联云："数不完世上苦人，最怜厄运同丁，穷民无告；愿普救劫馀群类，敢谓博施济众，先圣犹难。"叶亦慈善举中最热心者，故题句较为恳切。惜于某君事实，及所在之地，尚少映带。论者咸以为然。

相传金陵湖南会馆有楹联，风神格调，兼擅其胜，为吴君稚伦手笔。句云："揽洞庭八百里清波，鼓棹南来，三楚涛声喧袖底；招太白一千年明月，推窗西望，六朝帆影落樽前。"洵有目共赏之作。按：湖南会馆，金陵不止一所。此建于下关江滨，采石矶左近，与城内情景既殊，故措词亦异。

吾邑碛石镇丝业公所，构建已历多年，向为丝商议事集会之地。时廉访庆莱曾题一联云："高处峙双山，毓秀钟英，冀多储经纬奇才，一代文章增藻采；别来刚十稔，抚今追昔，愿更溥蚕桑美利，万家灯火试机声。"近程学川太史亦题一联云："楼陋洗皇初，黄帝文明开上古；经纶满天下，苍生衣被仰东山。"两联俱雅健而切合。此种笔墨，颇难出色；能以词藻附会，兼不脱本地风光，便是佳构。

又，亚东街布业公所，从前建筑虽较朴实，而屋宇亦颇宽大。惟其间楹联竟鲜惬意者。休宁黄钰题云："名节照千秋，绵祜灵长留谷水；神絃歌一曲，布帆安稳走天涯。"此但以字面点缀，已独占优胜矣。

仰山书院为吾邑长安镇最幽胜处，先严早岁曾肄业焉。嗣以粤寇之乱，层楼曲室尽遭焚毁，仅存后屋数楹。光绪壬寅，先严慨捐巨资，并募集多金，鸠工重建。全院落成后，特题楹联云："合群力复此宏规，鼓箧盛生徒，愿无忘师友渊源，乡邦文献；记早岁曾留爪迹，浮家老羁旅，每重忆小窗灯火，精舍书声。"今院虽已改设学校，凡旧日寒士，饮水思源，犹乐诵此联不置。

庙 祀

张文襄公督粤时,为言者所攻。适题三贤祠,乃书句云:"海气百重楼,总为浮云能蔽日;文章千古事,萧条异代不同时。"三贤者,虞翻、韩愈、苏轼也。借古人以自况,寄托之中,益见怀抱。

吾浙西湖三忠祠建立后,有某名士献联,颇得悲壮苍凉之概。句云:"与联尚书、立侍郎同罹北寺奇冤,痛箧中谏草未寒,碧血黄沙,正气竟埋燕市地;合岳鄂王、于少保一例西湖庙食,望天半灵旗来降,云车风马,忠魂长咽浙江潮。"按三忠,即徐小云尚书、许竹筼侍郎、袁爽秋太常,为庚子拳匪之乱,上书直谏,殉于都市。同时,联尚书豫、立侍郎山,亦遭斯难。事实已详见各家专集,兹不复记。

南通张峰石君著作宏富,平生所撰联语、诗钟,合编一册,曰《雕虫集》,余尝展读之。有题火神庙楹联云:"想兵家得失何常,赤壁毁千军,周即得计,曹瞒失计;笑菩萨恩仇难免,阿房归一炬,汉高恩人,秦政仇人。"措词阔大,非寻常作家敢与抗手也。

吾邑袁花镇查氏,簪缨累代。雍乾时人文之盛,尤莫与京,洵为浙中巨族。其宗祠门帖云："忠厚开基，唐宋由来旧族；文章华国，东南有数人家。"相传已久，不知为何人手笔。

淮安文通寺，亦江苏古丛林之一。殿宇屋舍，俱沿城河建筑。余曾偕友往游，见有楹帖云："女墙帆影排云去；佛殿钟声渡水来。"非亲莅其地，不知此联之佳妙。

又，关忠节公专祠，有王某题联云："撄绝岛烽烟，万里波涛流碧血；享崇祠俎豆，九天日月照丹心。"关，名天培，清道光时曾为广东提督，禁烟之战守虎门炮台，钦差琦善等忌之，不与军饷，战死。

薛慰农先生曾题金陵清凉寺联云："遗构溯南唐，避暑离宫无片石；新诗吟玉局，卧云长老有千秋。"寺本就南唐故宫遗址构建，其住持僧某，素擅吟咏，故云。

吾杭苏公祠楹联，多集苏诗，如"千古华堂奉君子；此间风物属诗人"，"欲把新诗问遗像；不妨樽酒寄平生"之类，但轻描淡写而已。惟嘉善金眉生先生所题，将公一生事实包括无遗，高华凝练，后来作者，俱莫出其右。句云："一生与宰相无缘，始进时魏公误抑之，中岁时荆公力扼之，即论免役，温公亦深厌其言，贤奸虽殊，同怅君门违万里；到处有西湖作伴，通判日杭州以诗名，出守日颍州以政名，垂老投荒，惠州更寄情于佛，江山何幸，但经宦辙便千秋。"

严正娘题大明湖铁铉祠堂联云："湖尚称明，问燕子龙孙，不堪回首；公真是铁，惟景忠方烈，差许同心。"此见于《闲叟浪墨》。或云下联第二句原作系"景皮方舌"，果尔，则与末四字似不甚连贯，恐亦非庐山真面目也。

前浙抚廖公寿丰，题吴山龙神庙联云："飞在天，见在田，大泽鳞鳞钦雨润；左为江，右为湖，新宫翼翼想云从。"又，风神殿联云："太平盛世，时占七十二番，敷化宣仁，默佑元机司橐籥；天庾正供，岁入百千万斛，遵江导海，全凭神力引帆樯。"两联庄严清稳，对仗亦工，只略少精彩耳。

无锡管社山项羽庙，杨公翰西曾题联云："拔地山雄，旧迹犹留霸王庙；平湖浪静，名区近接美人崖。"山邻万顷湖，美人崖亦相去不过数里。

石钟山观音阁，曾文正公曾题联云："长笛不吹江月落；高楼遥吸好云来。"极似唐人写景绝句。又，山麓昭忠祠题云："巨石咽江声，长鸣今古英雄恨；崇祠彰战绩，永奠湖湘子弟魂。"短句固别有古峭之致，乃后人忽改为"鸣今古英雄遗恨""奠湖湘子弟忠魂"，词虽谐而流于甜熟矣。

赵粹甫太尊曾守江苏镇江府，瞻谒宗祠，并为题联云："八百年聚族于斯，宋室同传宗室表；二千石分符到此，明州来拜润州祠。"盖镇江系太尊原籍，后始分支他迁。句调咸称不俗，洵然。

吾杭理安寺，即法雨院，旧有楹联云："杖履春回游子脚；葛藤灰尽老婆心。"后曲园先生复书一帖云："竹笕潜通十八涧；

蒲团小坐两三时。"理安有九溪十八涧之名，余曾往游，觉溪径幽绝，迥异他处。读此联，益令余心旷神怡，万感俱屏。

向荣、张国梁两公事绩，迄今江南北故老，犹有乐道之者。曾敕于金陵合建祠宇，以隆报享。慰农先生为题联云："百战建殊勋，身历多艰，非巡远谁作江淮障蔽；双忠崇大节，功成诸将，惟宗李实开韩岳先声。"以巡远、宗李诸人比拟，身分却合。又题清凉山文昌殿联云："四百八十寺过眼成墟，幸岚影江光，犹有天然好图画；三万六千场回头是梦，问善男信女，可知此处最清凉。"风神秀宕，读之醰醰有味。或谓句虽佳，而于文昌神却未点缀。不知该殿本在清凉寺内，先生但按景浑括言之，而不拘题面也。

云栖寺在江滨山麓内，为吾杭名胜之最远者。王公凯泰前题联云："长此洗心历江海；偶逢行脚问云山。"另客堂额曰"绿阴静境"。旁悬两联，均版木雕成。句云："山溪一曲泉千曲；竹径三分屋二分。"又云："剪半岭寒云补衲；留一窗明月谈经。"笔意清逸，非庸手可为。惜题客姓氏不载，询之僧人，亦无知者。

张君芝青为余述心巴罗老君洞神龛前，有石刻题联云："函关杳东去之踪，何图一角遥天，古洞名山先占领；吾道际南来之会，好待九彝入化，谈经问礼结芳邻。"撰者姓名，日久亦忘却。联从大处落墨，自觉典雅；惟对仗虚实，尚欠斟酌耳。

前长江巡阅使张勋，在任时声望赫赫，莫敢与抗。其部下将士及人民等，感怀威德，曾为建立生祠，并公献楹联云："上将度雍容，共瞻裘带风清，江汉齐名羊祜传；是翁身鼙铎，再看旗常绩茂，馨香媲美伏波祠。"以羊祜、马融相比，是否拟不于伦，世人自有公评。张复自题一联云："我不知何者树德，何者立威，只缘馀孽未清，奋戟重来，稍尽军人本职；古亦有生而铸金，生而刻石，自揣美名难副，登堂强醉，多惭父老深情。"起二句口吻毕肖，果张自己手笔。虽略欠典赡，而武人偶尔弄翰，亦当另眼相看。

江北某庙院，向合祀财神及医灵大帝。住持道人遍乞题联，初无应者，均以两不相涉、颇难着笔故也。有某生，竟题十四字于楹间，句云："纵使有钱难买命；须知无药可医贪。"词旨既上下交互，且足以警觉世人，允推佳构。或云"贪"字须易"贫"字。

烟霞洞佛像奇古，亦吾杭西湖名胜之一。其洞口有石龛，向祀财神，不知何所取义。后乡人士易祀东坡，因东坡摩崖字数行，犹在壁间，供奉最合宜也。时公蓬仙为题联云："钱如真可通神，此座巍然，何不与烟霞终古；石也有时变相，长公仙矣，莫非是香火前缘。"词句间似略带诙谐，而易祀之意，不言而阅者已喻矣，可谓神妙。

全椒薛氏，固皖南之名族也；至慰农先生，学问、事业尤推杰出。尝自题支祠，典丽亦迥乎不同，句云："吾先人由西蜀来兹，启十七世门楣，只耕读相传，敢远引皇祖奚仲；予小子自古杭罢郡，承五百年堂构，欲本支勿替，常勉为善士居州。"此联闻至今犹存。

胡公凤丹《楹联集锦》载：河南许州八里桥，为关圣帝辞曹处。后人因立庙祀之，以留古迹。有题联云："亦知吾故主尚存乎，只今日游遍天涯，不恋万钟千驷；原许尔立功乃去也，倘他年相逢歧路，无忘樽酒绨袍。"联系从关、曹两面着想，惜开阖间尚欠斟酌。

余友刘凤生孝廉，曾游吾浙普陀山，特于寺楼题联云："幻迹说花开，海岳灵奇通宝界；明心同月印，楼台灿烂现金光。"普陀胜迹甚夥，所传铁莲花轶事，前人游记中亦有载述者。此联但浑写之，殊可取也。

程学川太史题硖石东山纯阳殿一联，为近作之最惬意者。句云："俗眼梦中醒，是色是空，浮云富贵；道心随处悟，亦诗亦酒，福地神仙。"联系代查友撰。查因求纯阳方愈眼疾，特献此以答神庥，事载跋语。

财神庙旧有联语，咸落窠臼；且每于本地风光，不甚关合。兹访得曲园先生题吾杭西湖财神院一联，词旨新颖，复确切不可移易。句云："梅鹤洗寒酸，也教坡老扬眉，葛仙生色；莺花添富丽，却称金牛湖上，宝石山前。"

张勤果公曜，亦中兴名将。光绪己丑，里人请建祠西湖，以崇配享。卜地断桥东，迴廊曲榭，池石花木，占胜各祠。杨雪渔先生为题联云："在雍冀青兖之功烈最高，文武才兼全，舍我谁当天下任；与左蒋彭刘诸祠宇相望，春秋神具醉，得公来作主人翁。"写来面面俱到，且别饶风韵，宜一时遐迩传抄，洛阳纸贵。

园　林

金陵督署内煦园，结构为一省之冠。薛慰农先生曾于厅事题联云："宸翰壁间嵌，想日华云烂，露湛恩浓，遭逢一德明良，退食多闲，绿野平泉公廨筑；都城江左重，幸鲽伏鹓驯，河荣海若，旷览六朝名胜，遥岚入座，迂倪颠米画图开。"按：厅事旧有御赐横额曰"恩暖堂"，故出联先点缀之，即纪实也。又园内退思堂，先生亦题联云："赋江南春，六代莺花归眼底；后天下乐，十年休养系心头。"时粤寇初平，亟宜休养生息，语意妙能双关，对仗可不必拘。

南通张峰石君，曾题同邑徐澹卢梅花山馆联云："水几曲，石几拳，十亩苍烟，快活三生清净福；风之前，月之下，四围红雪，中间一个主人翁。"又题花笑庵联云："两三点梅雨过时，静觉花容含笑舞；四五株槐云罩处，闲听鸟语带春来。"并附跋曰："庵为硖亭家兄敲诗所，窗外遍种丁香棠杏之属，每值春日，花香鸟语，若仙境焉。"两作俱彼都人士所传达。余谓前联饶有画意，尤足赏爱。

《南园笔记》载：曲园先生题孙莲叔红叶读书楼联，词旨俊逸，不落恒蹊。句云："仙到应迷，布帘幞几重，阑干几曲；客来不速，看落叶满屋，奇书满床。"惜孙为何人，楼在何处，记中均未述及。

黄公度先生为十余年前粤中有数人物,其所居人境庐,曾自题楹帖云:"万象涵归方丈室;四围环列自家山。"《人境庐诗集》语多奇特,而此联犹谨守范围,其殆中年时手笔耶?

沪上迩来园林,虽较前为多,而布置竞尚欧派;雅人题咏,亦寥落如晨星矣。惟忆静安寺愚园,仓山旧主袁翔甫曾题联云:"百尺旷襟怀,更饶他翠袖迷云,香车流水;四时供啸傲,最好是夕阳西坠,明月东升。"联悬于楼间,余十年前常过而诵之。今园址已易他姓,改筑住宅,其联不知何往矣。

常州玄妙观内古春轩,费君惕臣曾题联云:"诗杂仙心,且听天晓残棋,海秋长啸;邑多古迹,讵识杯中竹叶,袖里梅花。"阅者咸叹其结构浑成,意境超脱。按:仙人诗即引用吕洞宾"数着残棋天欲晓,一声长啸海天秋"两句,至古迹传说不一。

甘肃藩署花园内夕佳楼,登临其上,风景远近可一览无遗。旧有楹联云:"夕阳山色横危槛;夜雨河声上小楼。"此余友孙君小海,自甘省游幕遄归,为余述之。尚有长联,较此尤壮丽,日久竟不复省记矣。

无锡万顷湖滨梅园,境极幽胜,不知主人为谁。孙君北萱尝题联云:"树木十年,此地合名小香雪;湖光万顷,浮生直欲老烟波。"又荣君汝荣题云:"风送暗香来,几辈动阁中诗兴;天空白云净,数峰见湖上青山。"皆清稳之作。荣题虽对仗欠工,亦非俗调。

前丽则同社友谢君,因撰《春柳》诗得名,人遂以"谢春柳"呼之。家复构春柳草堂,张君峰石为题联云:"辟三弓地,开四面轩,月夕风晨,安顿诗人大自在;与一世才,结十年社,诗囊画稿,消磨清福小神仙。"可谓极风神潇洒之妙矣。得此联,草堂亦应生色。

吾杭明圣湖滨旧多别墅,而楹帖亦不乏佳者。如谭公钟麟题彭刚直退省庵云:"豪杰偶留仙佛迹;江湖常系庙廊忧。"长公善题云:"别具胸襟,是明月前生,梅花知己;偶来爪印,为青山有约,白水寻盟。"刚直自题云:"浮生若梦谁非寄;到处能安即是家。"又云:"水得闲情,山多画意;门无俗客,楼有赐书。"按:退省庵在三潭印月之前,亦湖中之一墩,前称小瀛洲,风景甚优胜也。其间题句颇多,以此数联为最佳。

诗有宗派,联语亦何独不然?从前如湘乡曾氏、德清俞氏,魄力雄厚,格调纯正,固足为士林楷模。至慰农先生,蕴藉风流,专以神韵取胜。流派虽别,其饷我后学,真如太羹醇醪,醰醰有味。试观秦淮停云小榭,先生题联云:"一曲后庭花,夜泊消魂,客是三生杜牧;东边旧时月,女墙怀古,我如前度刘郎。"又题林氏水阁云:"寻江令宅,访段侯家,流水声中,六朝如梦;赌太傅棋,弄野王笛,夕阳槛外,双桨徐停。"此两联何等风韵,当时海内作家,罕与抗手。论者谓先生得句,俱胎息于汉魏六朝,则益知联虽小品,非天分、学力兼而有之,不为功也。

崇明袁保香茂才善吟咏，因私淑吾乡袁氏，自号"随园诗孙"。家住县城之北，筑冷观庐，杂莳花木。环庐皆陂泽，有"乱鸦千万点，流水绕孤村"之概。余姚戚饭牛布衣，特题赠一联曰："出北郭门，来寻陶宅；剪西窗烛，却话巴山。"茂才复自题云："且莫嫌贫，负郭田环颜子宅；何以破寂，秋坟鬼唱鲍家诗。"其所居之幽僻可知矣。两联措词，亦适如其妙。

金陵聚宝门外刘园，虽拓地不过数亩，而竹深荷静，幽然绝尘。余侨居该省时，常游憩焉。曾见楹间有卢君岑古题联云："凤城东屺，鹭水中分，于此峙名墩，别有高风齐谢傅；桃树千株，梅花百本，抚今寻旧碣，宛然前度见到郎。"又，环石居亦园中胜处，彭刚直公复题云："大地少闲人，谁能作风月佳宾，湖山胜友；六朝多古迹，我爱此荷花世界，鸥鸟家乡。"按：园有一冢，里人相传为明代刘基葬处，因题曰"刘公墩"，并立碑碣，与旧遗太傅墩晖映后先。

慈溪王恩甫茂才家，有风月双吟楼，为贤伉俪偕隐处。谢君企石尝书楹帖赠之，句云："风月尽诗魔，岂惟傅粉调脂，便算占人开艳福；楼台开画境，即此明窗净几，尽堪留天上仙才。"茂才别署"溪西渔隐"，亦前丽则社友中之矫矫者。其夫人杨霞卿，即"绣馀吟馆主"，善诗画，曾仿回文体创《花团锦簇图》。故谢君以仙才、艳福并称之，非泛言也。

父执梅竹庵先生，尝于白下城南磨盘街住宅内小筑一园，亭台池馆，位置井然。余髫龄时，常与先生文孙子雨诸君，游戏其间。犹忆厅舍有某翁题联，言情写景，颇饶逸致。句曰："傍宅拓园居，登楼台如入琅环，此真福地；造门无俗客，酬诗酒迭为宾主，我亦闲云。"先生本宣城贵族，为梅文穆公后裔。彼时所交，皆当代名流，觞咏流连，殆无虚夕。此题句，尚不过韵事之一耳。

海山仙馆，为道咸时羊城德叟栖隐之所。何子贞太史曾题联云："无奈荔支何，前度来迟今太早；又摇苏舸去，主人不醉客常醺。"按：海山仙馆绘有图卷，太史撰联外，并题七律诗四章，均为士林传诵。荔支本羊城出产，旧名荔支湾，亦即在此处。见《在山泉诗话》。

水竹居在西湖丁家山，即香山刘氏别业。金屋碧幢，华夷并构，繁华富丽，侈拟王侯。余曾几度往游，流连忘返。忆水轩有陈豪题联云："泉石亦经纶，揽全湖多少楼台，试大开绮户，遍倚雕栏，对西子新妆，如此文章真富丽；琴樽容啸傲，看佳日联翩裙屐，有万树琪花，四围岚翠，话天台轶事，本来家世是神仙。"又，主人藏娇处有集句联云："鹦鹉簾栊蝴蝶梦；芭蕉情绪海棠心。"其他所题，虽多佳者，均不若此两联之艳丽旖旎。

金陵杨氏寓园，咸同时诸名流亦常于此觞咏为欢。慰农先生题联云："问竹报书来，何氏山林招老杜；看花终日醉，习家池馆署高阳。"园中有合欢花二株，高出层檐，殆百年物。因复题句云："置酒常招乌帽客；到门先认马缨花。"结撰典雅，无一毫尘俗气犯其笔端。能事至此，宜学者奉为模范。

南通师范学校内相禽阁，花香鸟语，境颇清幽。张季直先生曾书楹帖云："见树木交荣，时鸟变声，亦复欢然有致；待春山可赏，白鸥矫翼，倘能从我游乎。"联系集王维与陶潜成句，却别有一种澹逸之趣，耐人玩味。

淮上宋小园君，尝构红袖伴吟草堂，遍征题咏。余赋诗四绝以应之，稿尚留箧中。而丽则同社诸友，有酬诗并题联者。如翟君楚材云："如椽笔君本生花，墨沈洒蛮笺，最难忘词客风华，金屋有诗鬟问字；从军行我曾醉草，边氛吹鳄浪，愿携取美人桴鼓，海天助战舰鏖兵。"章君一鹤云："休嗤他落拓青衫，读万卷书，栽数竿竹，剪半泓水，棹一叶舟，从兹选胜寻幽，明月清风招四座；赖有此娉婷红袖，焚满炉香，对两局棋，烹七碗茶，劝三雅酒，助我长吟短啸，美人名士共千秋。"两联一风雅，一稳练。馀子所撰，不足观矣。翟君厕身陆军，自号"戎马书生"，故戏引梁夫人轶事，以自解嘲。章作酌易三字，神交有素，谅不目为谬妄也。

葛安之先生有自题补读庐一联，确合高士口吻。句云："闭户不知忙世界；开门却对好湖山。"按：先生籍隶江苏，自号"包山天馀生"。庐在吾杭钱塘门外，见《府志》。

先兄明甫，曾为皖省某友书题园林一帖。园成于粤匪乱后，故曰："今日亭台，昔年烽火；名花无语，芳草有情。"先兄诗词杂作，均无遗稿。此同年张君由该省转辗抄来，读之犹想见吮毫洒墨时情状。

禾中高雅泉君，家有园圃，明窗净几，布置不俗。十余年前,曾招余往谭,并出所藏法书名画同观,情意款洽。濒行,复索余笔墨,以留纪念。余为拟某轩一联,句云:"幽赏惬春时,片石留云连草色;闲吟耽昼永,一簾映日碎花阴。"不料题成寄往,高君已在病中;越数日,竟赴道山。余即于此时襆被出游,从此潆漾天涯,音容两杳矣。追思尘梦,曷禁黯然。

庆　　贺

吴平菊先生《两罍轩尺牍》，载有寿曲园居士五十生辰联，典雅庄重，不同凡品。句云："俞楼风月，曲园图书，往来越水吴山，愿春常在；方虎高文，朏明硕学，陶养寻经诸子，以寿其身。"按：方虎、朏明，俱清人，以古文经学著名。曲园全集名"春在堂"，却好双关。

何廉昉太史移居扬州时，曾文正尝撰联以贺之。句云："千顷太湖，鸥与陶朱同泛宅；二分明月，鹤随何逊共移家。"何，名栻，江阴人，自解组后寄居竹西，经营禺荚，富并陶朱。交游甚广，借诗酒以自娱。

嘉善钱君砚观察哲嗣，续娶徐氏女公子为继室。当时亲友贺联虽夥，无甚佳者。惟慰农先生所赠，别有机杼，迄今犹脍炙人口。联云："锦树烂华门，喜小春邓尉梅开，添香点额；玉台续新咏，借五色江郎笔艳，题句催妆。"

联语于每句中嵌数目字，须妙合自然；否则非特不能见胜，反弄巧成拙矣。余所睹，有某君寿某御史太夫人联云："一品太夫人，备三从四德，五世同堂，恭值二宫齐介寿；六旬都御史，统七宾八师，九畴献福，却逢十月好称觞。"盖是年适慈禧与德宗万寿,普天同庆也。联虽无乱扯杂凑之弊,细玩之,意义有重复处,似尚未能尽善尽美。其难可知矣。

贵池刘聚卿参议,曾娶金陵傅氏女为元配,寻卒。越年余,参议举于乡,复娶其妹为继室。时余尚旅宁,特偕友趋贺。见洞房中琳琅满壁,有周君赠联云:"千门遊骑看新婿;一扇迷藏笑老奴。"往事思量,已成陈迹,惟此联语涉调侃,犹未忘于怀。

杭垣某太守,于三月九日大开筵宴,为封翁祝八秩寿诞。曲园先生寿以联云:"自杖朝至百龄,罗列孙曾,看令子由二千石黄堂而登开府;逾修禊后六日,补行觞咏,为先生写十三行玉版以祝延年。"长句挺劲,复对仗工妙,一字不苟。非具绝世之天分、学力,此境岂易到哉。

光绪某年,英新皇登极加冕,我国曾派专使前往观礼。香港华商,特假北行公所开会庆贺。相传会中有题联云:"会事者番求尽美,龙五彩,凤九苞,璀璨裔皇,无非为邻国新君留些记念;侨商此举藉联欢,鹤颂龄,燕歌喜,夔轩鼓舞,亦姑随彼都人士,共表同情。"此种联语,细玩之仍味如鸡肋,以无书卷气及精意故也。然商人笔墨,究未可与士夫等量齐观,能词旨明达,不脱本题,便算佳构。

袁项城前任直督时,适逢五十寿辰,张文襄撰联祝之。句云:"朝有王商威九泽;寿如召奭佐重光。"丁君象震云:"五岳同尊,惟嵩峻极;百年上寿,如日方中。"阮君忠枢云:"赤手擎天星拱北;黑头参政日方中。"贝子载振云:"相我国家,尚书北斗；锡公纯嘏，天保南山。"各联俱新警端庄；丁作尤雅切，为海内所传诵。

又，民党中某君当时亦有赠联，别具匠心。句曰："戊戌八月，戊申八月；我后万年，我公万年。"戊戌，指第一次变法事。意在言外，妙不可言。

父执刘颖生观察服官粤省，所至有声。惟年逾花甲，膝下犹虚。旋捧檄署理惠嘉道两府一州。适被水灾，兼患疫疠，观察倾宦囊以创捐，并募集巨款赈之，灾民全活无算。次年在任，竟得弄璋之喜，为如夫人所产。论者咸谓天之报施不爽。该处士绅，特具联申贺云："沛泽庶民苏，治绩可歌名不朽；如崧英物降，啼声未听器先知。"此观察幕友李君为余言。尚有诗文详纪其事，惜彼时阅后未录存也。

某年正月十六日，为同邑陆笃夫君祖慈某太夫人八秩大庆，朱芩年先生曾制联以寿之。句云："开上寿九旬，舞綵承欢，机云竞爽；距元宵一夕，称觞祝嘏，灯月交辉。"立意虽亦犹人，而以"灯月"借对"机云"，自觉工巧莫及。

冯河间选举副座，复任江苏督军。袁君抱诚，曾集《天发神忏碑》制联贺之，句云："得四海人才，咸归吴会；建万年功业，昭示江东。"袁擅金石之学，古体诗力追汉魏，允宜吐属不凡。

李文忠六十寿诞，当时联语之夥，洵无出其右。余曾摘录佳者藏之箧中，不意年久散失，竟难觅获。仅忆某公云："天生以为社稷；人望之若神仙。"集成语颇工切。又，曲园先生为文忠僚属代撰一联云："为岁之首，为月之中，新酒一卮，惟相公寿；治内以文，治外以武，长城万里，殿天子邦。"此所谓镕化古语，自铸伟词，尤非寻常小家能仿佛也。

寿联本难出色，祝妇女者，尤不易占胜。以铺叙事实，非巧思别具，即涉陈腐也。朱君丹九言，查桐生茂才有赠同里黄听彝母吴太夫人寿联，阅者莫不叫绝。句云："花萼堂綵舞诸昆，展花朝十日，展花甲十年，聿著花溪佳话；太夫人朋联三寿，与太史氏兄，与太原氏妹，同承太伯遐禧。"黄宅旧名花萼堂，寿辰在花朝后二月廿二日。太夫人胞兄即紫椒太史，其妹适王氏。融合结构，妙若天成，堪称杰作。

某名士赴友人处贺合卺之喜，见洞房中锦烛花开，结成双蕾，乃撰一联语，悬于壁间，曰"花烛烛花开并蒂"，倩众宾属对，同申庆贺。迨酒阑席散，迄无应者。遂复登报章，悬奖广征。同里陈君曼云，偶得句云"酒樽樽酒结同心"。语既精巧，且与新婚仍关合，亦雅制也。

古传诗律，未闻有所谓"联律"者。然平仄谐和外，嵌字、叠字，咸上下一定不易，不能独异，并随意增减。试观易实甫先生寿其如夫人某氏一联，其他即可类推矣。句云："佳人才子总情痴，女爱男欢，愿生女皆佳人，生男皆才子；花好月圆无量寿，天长地久，看地上花常好，天上月常圆。"先生风流博雅，借翰墨以遣兴。如夫人非正室比，原无妨以生花之笔，略写风情也。

宁波张让三先生，亦吾浙之名宿也。国变后无意出山，专事撰著，以养粹怡性。吴子修学士曾赠以寿联云："读百国宝书，轶段西阳《杂俎》而上；集四明文献，端居著述，正王深宁杜门之年。"先生尝任某国公使参赞，王为宋代遗民，亦鄞县人。比拟确当，加以词藻，自雅隽绝伦。

先慈八秩寿诞，余适从政南通州。因先期于署中开筵遥祝，士绅公赠以联云："仁风扬百里之间，考吏治循良，褒赏幸逢明圣主；慈寿跻七旬以上，听民生颂祷，期颐并祝太夫人。"沈绅厚堂联云："享八秩遐年，竹荫还看垂百岁；逾重阳佳节，菊花好借祝千秋。"迨返陵寓，正日开贺，戚友寅好惠赠之寿联尤夥。其中最胜者，如同年贡子宾君云："幸值建元年，寿届耆龄，好分天上恩光，征为家庆；刚逾重九日，香留晚节，且借阶前秋色，以报春晖。"时为宣统建元，先慈起居已需人扶持，越岁即行弃养。春晖未报，陟屺顿歌，诵此数联，迄今犹有余痛焉。

元和陆文忠端双庆寿言，合海内外名流著作，萃于一册，可谓精深宏富矣。然除诗文外，联语之佳者，亦寥寥无几。兹选录数联，聊当一朝之文献观可也。夏同龢云："继宣公享千载名，登显仕，擢高科，况有文章堪寿世；与孟尝争一日长，未赐衣，先予杖，豫教觳佩共承恩。"单镇云："福寿偕徐长洲、潘吴县鼎峙而三，数江左耆英，此日更后来居上；仕学合唐内相、宋象山炉冶为一，溯平原华胄，惟公能兼综众长。"梁济云："词林弁冕，宰辅钧衡，溯两代贻谋，共仰青囊培世德；秉政中枢，授经前席，越十年介寿，更膺紫绶赐天题。"李翘燊云："宣公早合平章，自惭通德门前，经训七年尊北海；章母并堪师事，同向耆英会上,寿觥双爵进南山。"又,高等实业学校同乡各学生公联云:"大名冠江左耆英,广被桴辉,为天下达尊,长膺百福;小子附宣南旅学,久依樾荫,随诸乡老后,同祝千秋。"各联推单作为最雅胜,众论佥同。余谓于双寿尚略少映带,惟就句品题,固加人一等也。

同邑蒋子贞丈五十诞日,朱芩年先生曾撰联庆祝云:"借四月八日祝长生,与佛同寿;合三唐两宋成大集,其人必传。"盖诸门生正醵金为丈刊《怀亭诗集》,遂于是日豫祝联欢。又,沈母蒋太夫人百龄寿辰,又赠联云:"朗耀寿星,是乾隆六十年乙卯始降;舒长化日,迨光绪卅一载甲子重周。"沈母,即淇泉太史之太夫人。此二联,乡人士至今犹传诵不置,以其结撰工巧、别有意致也。

前载雨农公使,续娶刘氏女公子为继室,陈君朴斋,曾倩张仲梧副车代撰联贺之。句云:"博议撰成,笑看席夺经筵,珠探诗窟;催妆赋罢,却好光生月镜,彩焕星轺。"公使完姻后,即西行赴任,故云。联语庄重典丽,洵非胸罗卷帙者不办。

番禺潘兰史先生著作等身,晚年假诗画以寄兴,风流儒雅,亦海上寓公之矫矫者。戊午春仲,六十生辰,四方名流赠言为寿。其联语为世人共赏者,择录于下。朱古薇侍郎集宋词云:"长寿杯深,醉里笑扶花下立;探春腔稳,笛中谁奏鹤南飞。"吴子修先生云:"独潆古遗民,江南客,岭南诗,愿借卷葹评汨语;太鸿老词伯,月长圆,人长寿,试披榆荫画图看。"陈蝶仙君云:"傲骨比黄花,正秋来景物多佳,笑看说剑堂前,珠树三株供指使；诗情记红豆，便老去风流犹昨，艳说剪淞阁上，月华双照画眉痕。"章一山君云："遊踪卓越周瀛海；诗骨峥嵘饱岁寒。"按：明末岭南陈恭尹，自号"独漉山人"，说剑堂、剪淞阁，均先生游息之所，并以自名其集。"月华"句，系暗切先生姬人月子、眉子。

南海康公有为六十生辰，曾于称觞之日，自撰一联寄兴。句云："傀儡曾遭登场，维新变法，备历艰辛，廿年出奔已矣！中间灰飞劫易，几阅沧桑，寿人笙磬忽闻，北海归来如梦幻；歌舞业经换剧，得失兴亡，空劳争攘，一世之雄安在？此时雾散烟消，徒留感慨，老子婆娑未已，东山兴罢整乾坤。"联系榜诸剧台两柱，却好借此寄托。另，黎黄陂寿以联云："上寿伏生传绝学；通经高密擅名家。"冯河间集杜诗云："盛才冠岩廊，致身福地何萧爽；真气惊户牖，学语小儿知姓名。"结构浑成，无懈可击，殆幕僚手笔。

余友程君正甫，前为伊郎道生完姻。其坤宅为桐乡毛氏，亦诗礼之家。余拟以联贺之，乞程学川太史代撰句云："繁露大文似鸣凤；国风小序始关雎。"又，张君洪九，素擅六法，负盛名。其二令媛，得乃父指授，亦工点染。今春于归同里陈氏，蒋鹿萍成均曾代某友撰贺联云："玉台早下谐占凤；珠翠新盘法画龙。"一切姓氏，一切才艺，较通套之陈言谰语，固不仅胜数倍矣。

前江都县令周芝贞，勤于民事，卓著循声。其太夫人年登大耋，神明不衰，洵属熙朝人瑞。诞辰系六月十八日，某君寿以联云："先大士一日而生，有子为万家生佛；愿寿母十年不老，他时祝百岁老人。"能以质胜文，真白描好手。

余与和甫三兄仰承庭训，并贤师教授。己丑既徼幸同入泮，辛卯复同举于乡，为先严平生最快意事。当时旅陵乡友，曾公赠一联申贺云："累代延厚泽清芬，莲幕展宏才，功业岂惟侔仲宝；有子共采芹攀桂，梓乡添佳话，科名应不让高阳。"按：高阳指许氏。吾镇辛木、珊林两先生，道咸时同榜会元进士，科名称最盛也。贺联推此为杰出，惟于愚兄弟奖饰逾分，读之常觉汗颜。

哀　挽

前旗籍柏中堂葰为科场参案，严究伏诛。后之论者，莫衷一是。惟赵公光挽联立言得体，且多含蓄，人咸传诵。句云："其生也荣，其死也哀，雨露雷霆皆帝泽；臣门如市，臣心如水，皇天后土鉴孤衷。"

余内姑丈陈公哲甫作古后，曲园先生曾挽以联云："功名让同辈，簪笏付后人，落落家风，不愧黄扉旧门第；官职未真除，年华才中寿，萧萧婿水，难为白发老尚书。"陈固相国后裔；白发尚书，谓余太岳父钱忠勤公也。因忆先生尚有挽忠勤联云："君以拔萃起家，历卿贰，参枢辅，食一品俸终其身，乞骸北阙归来，绿野平泉，共钦全福；我与哲昆同榜，承推爱，忝称兄，阅数十年如昨日，回首南丰门下，白头老辈，更有何人。"南丰指曾文正，先生与忠勤俱尝师事之。

前山西巡抚毓贤，素仇视外人。庚子之役，竟纵令拳匪任意屠戮。未几和议成，斩之以谢列国。临刑时有自挽一联，为世人称赏。句云："我杀人，朝廷杀我，谁曰不宜？所难堪老母八旬，娇女七龄，耄龀难全，未免有伤慈孝志；臣死君，妻妾死臣，夫复何憾！只自恨历官三省，事主卅载，涓埃莫报，空嗟永负圣明恩。"能从容伏法，并得妻若妾同殉于前，今之宦场，实已罕见。

联语似含有一种刚强不屈之概。

曾文正挽胡文忠太夫人联云："武昌据天下上游，看郎君整顿乾坤，纵横扫荡三千里；陶母为女中人杰，痛仙驭永辞江汉，感激悲歌百万家。"又挽文忠云："逋寇在吴中，是先帝与荩臣临终憾事；荐贤满天下，愿后人补我公未竟勋名。"余尝谓文正撰联，雄健沉厚，如作古文，能运气于字里行间，读此益信。

张季直先生偕同学某君，于某年赴秋试。某君出闱后扶病返里，旋即逝世。先生挽以联云："廿年角艺，半月联床，最可怜作客他乡，中道秋风扶病别；丹桂前宵，黄花今日，更休论登科佳谶，满天寒雨哭君来。"又，南通李磐石部郎著作等身，夙负声望，尝于易箦前嘱托先生撰传，并襄理后事。亦有挽联云："名心到死未灰，病榻长谈，佳传犹留身后托；净友平生略尽，遗书重读，高歌谁是眼中人。"言情之作，一时咸推为名笔。然文生于情，若非深交至友，关切异常，亦焉能如是。

联语叠句嵌字，从前目为特异者，近已不多见，盖风气转移之故。然平心论之，此种笔墨，结构浑成，实见功力。观严笠溪先生挽马公简香长联，即可知矣。句云："有官在身，有兄在家，有子在庠，有孙在抱，最怜一束诗笺，一枝画笔，一曲歌声，一病入膏肓，一瞬红尘如一梦；我母尔姑，我姊尔配，我女尔媳，我儿尔婿，回忆同塾从师，同坛礼佛，同舟避寇，同心逾手足，同盟白首不同归。"

《闲叟笔记》载：有某君临终撰联自挽云："历尝世上风霜，

身将隐矣；不食人间烟火，吾其仙乎。"又，某名士自挽云："百年一刹那，把等闲富贵功名，付之云散；再来成隔世，是这样夫妻儿女，切莫雷同。"两联语皆洒脱，视死如归，其学识殆不止加人一等。惜姓氏爵里，记中俱未述及。

同里吴紫椒先生，诗文外，联语尤独出冠时，为后学所钦仰。如挽徐传山先生云："公去丧斯文，秋雨墓庐悲挂剑；我来居后辈，春风词馆学挥毫。"又，挽查丈湘帆云："有子不羁才，数万里蓬海壮游，使者归轺迎五马；如公何等福，七十年梓乡颐养，仙乎飞舄化双凫。"两先生为翰苑前后辈，查丈哲嗣抡先年兄，曾出洋任英法公使随员，奏保知府，与余同官江苏。

相传吾邑某镇昔有马氏，以家况贫困，乃将所生女给某家为童养媳。迨成婚后，女忽罹疾卒，其翁姑竟不先使人报知马氏，俾弥留时母女再见一面。盖以养媳非娶媳比，可无庸亲串往来也。马闻之，悲愤交集，乃授意邑中知名士，代撰挽女联云："到底是你负翁姑，不顾恩情抛婿去；就总为幼离父母，也应疾痛唤娘来。"又，某君代人挽乳母云："一饭尚铭恩，况曾保抱提携，只少怀胎十月；千金难报德，即论人情天理，也应泣血三年。"两作句法相似，其沉痛亦无甚歧异。惜作者姓氏未传；或云次联系曾文正手笔。

慰农先生有挽金、朱两广文联，为士林所传诵。以其词句苍凉，较他作尤胜也。挽金云："早年夸江夏无双，那知冷宦青毡，卖赋长贫，抱经终老；何日似方干赠第，太息秋风白下，人来射策，君去修文。"挽朱云："解组洽同心，相期蔡姥湖边，笠屐倘徉，白社联吟娱暮景；维舟惊噩耗，重到蒋家径里，琴樽冷落，黄花满地哭词人。"金字仲和，朱字云笙，与先生均非恒泛之交。

如皋冒广生君，为辟疆先生后裔。曾制联挽张公百熙云："爱士似王阮亭，微闻遗疏陈情，动天上九重颜色；怜才若龚芝麓，为数揽衣雪涕，有阶前八百孤寒。"句调不俗，亦堪取法。

联语有戛戛独造，读之而余味弥穷者。如左文襄挽冯公竹渔云："万里负遗棺，风雪西归怜孝子；九重虚侧席，海天南望失才人。"曾文正挽乃弟靖毅云："英名百战总成空，泪眼看河山，怜予季保此人民，奠此疆土；慧业三生磨不尽，痴心说因果，愿来世再为哲弟，并为勋臣。"

长联最不易着笔，凡气势未足、无甚意识之辈，每难免堆砌支离。间有句调似时文者，虽制成两大比，熟极如流，亦奚足取？余平生所见，除曲园先生杰作外，如柳君熙春代张军统彪挽张文襄一联，亦尚圆转如意，清丽可诵。句云："经纶伊旦奭，是圣清亿万年有数名臣。试看坐镇东南，威扬夷夏，融和新旧，力转乾坤。洎八国启兵端，决策纡筹，半壁尤资保障。溯当日鞠躬尽瘁，由封疆入秉钧衡，竭忠而佐先皇，率属而扶幼主。值此竞争时代，缔造艰难，惟受命元勋，实全局安危所系。胡乃昊天不弔，柱石偏倾，揽辔涕纵横，遥知四野呼号，泪雨滴沉京洛路；韬略愧冯岑，沐我公卅五载非常优遇。忆自枕戈狼孟，近侍襜帷，随节龙江，久依杖履。迨两湖开帅府，分符授钺，菲材并效驰驱。念深宫变法图强，更营制以修边备，选士荆襄之域，会师皖豫之郊。方期暂饬戎行，扫除敌寇，俾耆龄枢相，睹熙朝气运中兴。迄今愿望虚存，台星忽陨，抚棺肠欲裂，惨听三军痛哭，悲风倒卷楚江潮。"

按：柳君素有才名，张彪荷文襄提拔，历任重战，故下联于叙事中并述恩遇之隆，非他人所可移用。

湘中李篁仙先生清才卓越，所制联语，虽未逮曾文正，而文正每阅之，亦复激赏不置。如挽汪孝廉云："人如黄菊凋残，会中酒寒深，秋黯园林病司马；我亦青莲摇落，念解衣情重，春沉潭水哭汪伦。"又，挽老友杨某云："同是白头人，记十五年时，识我在岳阳楼下；那堪黄叶地，偕二三朋辈，吊君于贾傅祠前。"笔意颇似曲园老人，最动人目。

又，挽继室某夫人联云："千里远谐鸾凤，支撑门户，胜似丈夫，那堪薪米萦怀，空费卿百转柔肠，难带些须泉下去；十年两折鸳鸯，问讯夜台，应呼姊妹，倘使蘼芜忆旧，当怜我独居苦况，相邀同入梦中来。"哀怨缠绵，堪与前余秋室学士悼亡联同称杰构。

同邑蒋子贞先生，国变后眷怀时局，不胜麦秀禾油之感，旋即作古。临终尝步郑所南后尘，自书栗主以鸣其志。程学川太史挽以联云："公真一代完人，楷柱气节纲常，旧史若重修，应大书汉管宁卒、晋陶潜卒；我是再传弟子，濡染道德学问，斯文犹未丧，得私淑西山先生、南雷先生。"以古遗民上下配合，真如生铁铸成，一字不能移动。余以同居一室，得常过从，请业问道，亦勉作一联，聊写悲怀。句云："白沙诗思，玉局禅机，君岂徒松节弥坚，闭户养天真，淡定早觇出世概；图绘勘经，册通访碣，我曾藉墨缘结契，挑灯忆尘梦，凄凉怕撰挽公词。"太史为先生小门生，先生著作等身，晚年喜学佛参禅，尝嘱余绘竹屋勘经图，并题东麓访碑小册，故云尔。

某君挽嘉兴陈丈仲权联，倩同社友吴青侠书之，余曾寓目。句云："风雨一灯寒，阅廿年弹指光阴，我辈惟留鸿爪印；江湖双鬓雪，剩数卷呕心文字，几人误作豹皮看。"风神蕴藉，殆为诗人之笔。

梅霖生太史讳钟澍，以词臣终老，未克一展伟抱，旋即辞世。曾文正挽以联云："万缘今已矣！新诗数卷，浊酒一壶，畴昔绝妙景光，只赢得青枫落月；孤愤竟何如？百世贻谋，千秋盛业，平生未完心事，都付与流水东风。"又，先兄太岳丈汤海秋侍御，风节凛然，著作传诵一时，为文正所企服。逝世后，因亦制联挽之云："著书成二十万言，才未尽也；得谤遍九州四海，名亦随之。"两联是文正惬意之作，百年来何人敢与抗手？

余最爱武进吴瑞玖先生云："放眼千秋，说甚么天上人间，到此都成幻境；回头一笑，历多少尘缘魔劫，而今还我前身。"旷达放逸，其友王心存谓其"到死不脱才子气"，洵然。

曾忠襄公薨逝后，海内外挽词铺张功业，冗长者多，不复记忆。惟某公一联，简短而隽妙。句云："干国失三贤，去大司农、少司寇才两月；易名垂千古，合胡文忠、左文襄为一人。"

先严自曾文正聘入两江督幕，襄理盐政，垂三十余年，交游甚广。光绪壬辰，寿甫花甲。逾二春，忽于是冬弃养，终天之恨靡极。当时蒙海内名流暨诸亲故惠赐挽联，汇录一册藏之。不意陵寓叠遭兵燹，是册竟尔散失。兹就余所省记者，编次于下。

刘忠诚公挽云："东南美利萃两淮，筹政重兴，公与有力；宾主交欢历三任，蒿歌忽唱，我奚为情。"朱子涵观察云："章奏负隽才，天遣孔彰名邺下；品题多佳士，我如太白识荆州。"吴仲衡太守云："江左失斯人，佐文正三督南疆，调鼎功深留典则；海陵同避地，忆勤恪初开东阁，捉刀我早识英雄。"杭少庐孝廉云："忆自总角追随，幼同塾，长同游，亲则甥舅，交若友朋，感频年款洽情深，从兹再到金陵，谁为东道；如此热肠古谊，亢在宗，庇在戚，功著淮盐，德光里乘，正后起科名食报，那料忽沉玉佩，我痛西州。"朱颂椒茂才云："往事感车茵，公似奇章容杜牧；好山颓幕府，我来江左哭夷吾。"

《琅环（嬛）杂志》载：某君犹子负笈远游，忽以暴疾卒于旅舍。噩音传至，某君与其母将信将疑，如痴如醉，乃以联挽之云："登台峤作一千里游，望断北堂，斯人也，而有斯疾也；请昌黎祭十二郎语，书来东野，其梦耶，抑岂其真耶。"阅者咸叹其真切。按：下联末句，原系"抑岂其真也"，余友澹道人改易"耶"字，冀免重复。

作联须先有现成事实，方免牵强空泛之弊。如程学川太史挽河南同年顾叔弢太夫人联云："膺九重一品荣封，妇以夫贵，母以子贵；近四月八日仙逝，浴佛在后，成佛在先。"又，挽沈君衡山太夫人云："迎养在明湖，就养在圣湖，乐奉板舆数晨夕；来时闰八月，去时闰二月，细参荚荚纪春秋。"此事实均现成，一经组练，自更觉精切矣。

文人之后多才人，乃往往不克永年。天道难知，古今同慨。忆薛慰农先生挽哲嗣桐郎联云："十三龄经史粗通，誉满公卿，始信虚名能折福；卅一载迍遭迭遘，默参因果，将无造孽是居官。"严笠溪先生挽郎君某云："是子未见多才，不过作几句时文，写数行小楷，岂天公老眼有花，误召呕心李长吉；斯疾早知必死，其奈弃六秩衰亲，别一群良友，刚月下秋声在树，难干泣血顾逋翁。"两联句调不类而沉痛则同，一字一泪，令人不忍卒读。

前杨雪渔先生挽吾邑许壬伯广文联，脍炙人口，至今犹称道勿衰。句云："莘莘高弟，同哭先生，碧雨未能来，愧负过车三步语；落落冷官，不忘天下，狂澜犹可挽，请看景陆一编书。"广文平生景仰陆清献，所著有《景陆萃编》。

余内兄同年朱湛清太史，国变后与蒋稚鹤先生俱退官隐居。嗣得蒋在沪逝世噩耗，乃寄联以挽之云："幼同学，长同官，即令退老江湖，共抱此心盟白水；生何乐，死何恨，当兹竞新世界，独全晚节比黄花。"又，挽老友许俊卿君云："总角结苔岑，叹会少离多，白首相逢重话旧；苦心商药石，恨情长术短，青囊无计再回春。"太史曾由侍御简任邵武知府，解组返里，依然两袖清风。因医为世业，复行之以济世，其高尚诚不可及。

文正联语，有神韵绝佳、对仗复工妙者。如挽黎寿民太守云："四十年忧患饱经，叹白发早生，静意已如古井水；二千石谋猷初试，只丹心不死，精魂长绕敬亭山。"挽金竺虔明府云：

"对榻京华，忆否夜雨深谈，情同昆弟；牵丝岭峤，留得春风遗爱，惠及子孙。"挽莫友芝孝廉云："京华一见便倾心，当时书肆订交，早钦宿学；江表十年常聚首，今日酒樽和泪，来吊诗人。"

相传昔有云贵籍某候补县令，听鼓章门，境颇贫困，旋即郁郁殁于旅邸。身后萧条，更无长物。其夫人某氏，为设法经纪其丧事，并制联以挽之云："撒手复何悲，数十年贫病交加，纵我留君生亦苦；捐躯原不惜，八千里翁姑待殡，因君累我死犹难。"闻夫人素通文翰，且深明大义，故虽言之无文，而字字都含血泪。世有诵此联而不悲悯者，定是铁石心肠。

程学川太史为余言，昔年有挽渠年丈李小丹镜一联，甚惬己意。句云："嘉惠浙西民，听万家生佛欢呼，父老未忘邺侯井；广交天下士，有卅载同僚相契，神仙犹指郭公舟。"李初入余肄业师郭谷斋观察幕，继复同官于杭，相契益深。杭城古井有六，俱唐李泌开凿，用以表扬此公治绩，洵最雅切。

昔有新学家周君龙，久游海外，因病殁于欧西。其襟兄宋某，以联挽之云："班妹最伤心，愧未能生入玉关，西域无事成汉典；小乔真薄命，只自恨春深铜雀，东风有意吊周郎。"周之妹素有才名，故以曹大姑比之。或嫌下联似欠庄重，然句固遒峭绝伦也。

明甫先长兄少负隽才，年逾二十即食廪饩，选拔贡生。嗣以朝考仅用教谕，兼之秋闱蹭蹬，竟郁郁而卒。余师夏公亭玉，与先兄为乙酉优拔同年，素相契合。闻耗后，蒙赐挽联云："豪气仰元龙，君岂徒拔萃翔声，即论书临晋、诗拟唐、制艺宗明，儒雅风流，如此清才同辈少；惊秋伤旧燕，我曾托题襟末契，回想浙江潮、金台月、秣陵烟雨，昨游今梦，生平知己几人存。"朱颂椒挽云："负才如公，而竟不禄乎？文园善病，长吉苦吟，证果四禅天，纵有金丹难夺命；伤心若我，尚复何言哉！休戚关怀，文章知己，酬恩双泪外，惟将秃笔替传神。"兄殁距今廿余载矣，读此两联，犹不禁酸鼻也。

高君申禄言，联语有押韵类于小令者。前谢申甫挽上虞王葙堂孝廉句云："不仕而通，不商而丰，不休养而寿终，百福攸同，非全德莫膺天宠；于家能孝，于国能报，于亲友能信导，九原虽渺，惟斯人可以神交。"此似平而奇、似易而难之妙作，亟录之以备一格。

归安沈锡侯二尹听鼓吴门，迄未得志。丁未季冬，卒于旅次。神交诸友，闻其妻若子哭夫唤父之声，不胜凄恻，爰各以联挽之，藉寄哀怀。戚饭牛君云："浮沉宦海，磊砢诗家，鹩迹寄吴闾，惨分离鹤子梅妻，肠断数声蜡鼓；痛哭青山，长埋碧草，鹃魂啼越树，借惆怅破琴挂剑，手题一片鸳碑。"谢春柳君云："君昔日吟风吟雨，吟月吟花，留得一囊诗，传布红尘，钻仰斗山原不死；我频年哭父哭母，哭妻哭友，倾完千斛泪，号啕白马，唏嘘琴水梦先生。"沈采侯君云："一官真儒雅，兴寄哦松，检来长吉诗囊，化鹤吟魂归越水；二竖入膏肓，惨闻歌薤，剩得休文袖稿，啼鹃血泪洒吴山。"

二尹诗才隽逸，海上丽则同社友，彼时曾为之广征挽词，所得联语自不止此，恨未能窥见全豹。其遗著有《吴中袖稿》数卷，赖秦缦卿、孙次青两君尽义，雕板寿世。

前临时总统孙文追悼诸先烈时，有挽徐观察锡麟联云："丹心一点祭馀肉；白骨三年死后香。"又，王某挽吴禄贞将军联云："我公曾有言，不拚却好头颅，奚为男子；国人今记取，愿相爱如手足，以报将军。"写来有色有声，均非俗笔。

《南园随笔》谓，曾见有某生挽未婚妻一联，言既得体，情复不薄，颇为众人赞许。句曰："彼何人，我何人，无端六礼相传，惹出今朝烦恼；存未见，殁未见，倘或三生有幸，惟谐来世因缘。"

谭鑫培曾供奉内庭，为北京伶人中之最赫赫者。前年以老病物故，顾曲诸君，俱不胜菊部凋零、后无继起之慨。殷君涵光挽以联云："歧王宅里，崔九堂前，错杂檀筝，内家激赏，我亦青衫坠泪，谁教红粉多情，霓羽傍宫墙，有声不在人间，绝世难逢广陵散；凝碧池头，沉香亭畔，依稀莲烛，供奉传呼，数番玉帐飞来，几度金壶击缺，梁尘落杯酒，此曲应还天上，令人忆煞李龟年。"闻当时海内诸名流俱有挽词，则胜于此者定尚不少，容再徐徐搜访之。

某名士挽妓联云："清风明月夜如何，本来游戏文章，竟成眷属；流水落花春去也，好似梦幻影泡，了却尘缘。"词旨超脱，且妙在口吻却合，悼亡联不能套用。

程稚侬女士，吴门人，色艳而命薄。尝以《石头记》晴雯、巴黎马克尼自况。丁未秋以疫死,年才二十三耳。虞山黄君摩西,制联以挽之云:"凤凰非竹实不食,梧桐不栖,大好因缘,偏输与月下花前,蠢蜂痴蝶;烛龙以展视为昼,含睫为夜,无多光景,最难堪人间天上,别鹄离鸾。"此联见《多罗艳屑》。闻程曾遭局骗,遇人不淑,致涉讼而解婚约,后依黄君,不二年而卒。

胜　　迹

　　江西吴城有望湖亭，曾文正尝题联云："五夜楼船，曾上孤亭听鼓角；一樽浊酒，重来此地看湖山。"时文正为平粤匪，方于此督练水师，故出句用"楼船、鼓角"字样，写景弥觉悲壮。若另题四川桂湖一联，则幽然绝尘，意境迥异矣。句云："五千里秦树蜀山，我原过客；一万顷荷花秋水，中有诗人。"文正自跋谓："癸卯九月，使旋过新都，张宜亭大令邀游桂湖。湖为明杨升庵故址，约广三百亩，皆荷花，缘堤多桂树。张君修葺，楼阁不俗，酒罢因题此。"

　　前丰绅泰公题山东济南大明湖联云："凿壁开窗，最可喜雪霁南山，霞明东海；庋床枕水，有几个春宵听雨，秋月弹琴。"又方公燕年题云："独上高楼，是山色湖光胜处；谁登画舫，正清歌美酒酣时。"湖在省垣内，故刘金门有"一城山色半城湖"之句。余庚子道出泰安，欲往游而未果。闻友人言沿湖多酒楼，名胜处舟楫可通，风景绝佳，则所题虽略加装点，固不全虚。

　　皖江大观亭榜帖，除梁辑《丛话》已采入者外，尚有李君海初题云："秋色满东南，自赤壁以来，与客泛舟无此乐；大江流日夜，问青莲而后，举杯邀月更何人。"又巡抚朱经田题云："凭高弔幽国英灵，任千古江湖，淘不尽孤忠魂魄；揽胜忆滇池杰阁，对八公烟景，问何如故里河山。"亭在安庆省垣外，向祀余忠宣公，跨太白楼之上。朱为云南人，故以滇中景物点缀之，均不嫌空泛。

题胜迹能于写景处雄壮而清丽，自为有目共赏。如旧传京江某楼，赵某题联云："谁为翔渚灵妃，倒三尺金樽，杯底邀来焦岭月；我是倚楼旧主，仗一枝玉笛，袖边吹起大江涛。"是可谓壮丽之至矣，尚何间言！

湖南常德府桃源洞，萧君大猷曾题一联，为士林所传诵。句云："开口说神仙，是耶非耶，其信然耶，难与外人言也；源头寻古洞，秦欤汉欤，将近代欤，欲呼渔子问之。"按：桃源洞不止常德一处，事涉神仙，千载下亦莫由考实。此联参用《桃花源记》及他文中成句，不着论议，弥觉隽妙。

九江琵琶亭，凡诗人舟过其间，莫不登临，低徊留之而不去。吾浙金眉生先生曾题联云："灯影幢幢，凄绝暗风吹雨夜；荻花瑟瑟，魂消明月绕船时。"读之益令人黯然。

沈文肃任川藩时，有题工部草堂联，为生平杰作。句云："地亦千秋，南来寻丞相祠堂，一样大名垂宇宙；桥通万里，东去问襄阳耆旧，几人相忆在江楼。"按：草堂外尚有独立楼，布置本极幽雅，故名流题句亦最夥，已见梁辑《丛话》。余读此，觉风骨高华，似前人所题均被压倒矣。

祁公世长，曾集林文忠句，题吾杭韬光观海亭。联云："岭树湖云沉足底；江湖海日上眉端。"又，邓公林题北高峰云："江湖俯看杯中泻；钟磬声从地底闻。"查君亮采题灵隐壑雷亭云："飞瀑欲凌空，远度峰头作霖雨；出山能泽物，先从壑底起风雷。"三联均以一"底"字见胜，而妙各不同。

《希白丛谈》载：河南龙门香山上亭，有题联云："同是宦游人，到此一空天地界；坐观垂钓者，苍然遥封海山秋。"无撰者名姓。意虽空廓，而句尚流利，殆非近人手笔。

金陵莫愁湖，区域虽不甚广，而三山环列，柳弹花香，洵六朝胜地。湖滨有胜棋楼，慰农先生曾题联云："山温水腻，风月长存，几人打桨清游，倩小伎新絃，翻一曲齐梁乐府；局冷棋枯，英雄安在，有客登楼凭眺，仰忠臣遗像，压当年常沐勋名。"楼侧曾公阁，先生又题云："出西州门迤逦而来，看桑麻遍野，花柳成蹊，十万户重睹升平，遗爱难忘，白叟黄童齐堕泪；与中山王后先相映，幸湖水波恬，石城烽靖，五百年允符运会，大名并峙，衮衣赤舄更图形。"楼向悬中山王徐达遗像，文正玉照附焉，后始建阁供之。此为先生之巨制，典丽崙皇，清新俊逸；前联尤有惊人名句，堪为后学津梁。

南通狼山即紫琅山，余曾登绝顶旷览，觉形胜与吾邑尖山相似。山半有望海楼，为名流觞咏处，清雅绝尘。某君题联云："窗静鸟窥禅，心是主人身是客；山虚风落石，天漫绝顶水漫根。"又联云："长啸一声，山鸣谷应；举头四顾，海阔天空。"惜题者姓氏，尝时未暇省记。联于本地风光固略欠映带，然豪放处实堪激赏也。

同年友李寅生主政，年少时喜汗漫游。曾泛舟至鄂州，访黄鹤楼；溯江而下，复折往黄山，登天都峰，振衣长啸，飘飘欲仙。遂于壁间手书一联云："访鹤倚层楼，曾过晴川留爪迹；寻僧登绝巘，要将云海荡胸怀。"按：黄山有十二峰，高插天际，人迹不能俱到。曰"云海"者，因是山原有铺海巨观，非泛言也。

粤垣镇海楼，建于粤秀山之巅，结构雄伟，俯瞰全城，足以游目放怀。旧有榜帖，为北平李隶华君所撰，句云："千万劫危楼尚存，问谁摘斗摩天，目空今古；五百年故侯安在，使我倚栏看剑，泪洒英雄。"可谓悲壮苍凉，一字不苟。惜其联今已无存，登临者鲜知之矣。

年丈姚伯仁为余言：某山南道院石洞，亦一琅环福地，黄君锡铨曾题联云："广寒宫遥接尘寰，有客飞升，手拨烟云捧初日；金银气高腾霄汉，问谁守藏，眼看风雨护神龙。"此山何名，彼时未详询之，而年丈旋即谢世，致迄今仍无从考证，题句亦莫名其妙。

泰山为五岳之一，人无不知。彭刚直曾于粤匪猖獗时登临，并题联云："我本楚狂人，五岳寻山不辞远；地邻邹氏邑，万方多难此登临。"公平生撰联用成语者不多，而此集杜诗竟如己出，且与时事关合，堪称名作。

金陵秦淮河，为名胜之最古者。昔年曾文正削平粤寇，因地方凋敝，特仿管子女闾遗意，招人于沿河开设妓寮，以兴商业；并创制灯舫，任人乘坐。由是墨客文豪，无花不饮，金迷纸醉，真个魂消。盖所谓六朝胜地，实一销金窟也。先兄明甫曾作长歌纪之，并题联云："佳水佳山，佳风佳月，千秋佳地；痴色痴声，痴情痴梦，几辈痴人。"时兄年方十六，阅者莫不推为才人之笔。

小孤山在金陵之上游，读《随园诗话》"绝似凌云一枝笔，夜深横插水晶盘"二句，便可想见其形势矣。金眉生先生亦尝题联云："有美一人，中夜闻五铢环珮；遗此独立，下游俯两点金焦。"斯虽非先生经意之作，而词旨雅切，已与庸俗不同。

同年友陈焕南，籍隶黄岩。曾云台州东湖湖心亭，楹联林立，鲜称意者；惟俞曲园先生题句，最新颖而工切。联云："好水好山，出东郭不半里而至；宜晴宜雨，比西湖第一楼何如。"

孙鹚洲君有咏焦山诗句云："春水绿连瓜步树，夕阳红映蒜山楼。"可谓诗中有画。山僧解事，遂将此联镌版，悬之楹间。彭刚直亦曾题联云："商船夜泊江月白；海门日出山涛红。"自堪与孙作颉颃。可见题胜迹，必须名副其实，有好题方有好文，固未能强以求之也。

海盐陈哲夫丈在贵州时，有题省垣某名阁巨制，灏气流行，不袭排偶旧法，颇为乡人士所倾倒。联云："且作鸱夷子，泛一舸隐清溪，记从潕水而来，探青龙、飞云、牟珠诸名胜，已觉神怡目骇，那知更有蓬莱，到此狂歌，甲秀楼高容我卧；肯让鄂西林，向两间撑铁柱，溯平苗疆以后，得北江、芸台、邵亭三先生，大开酒国诗坛，留下无边风月，何人洒墨，南明湖上把桥题。"并自跋云："余自丙申游黔，即饮斯阁。戊戌治矿清溪，频年中三至省垣，文酒之会，数数过此。因撰兹联，以识鸿爪。"按：邵亭即莫友芝先生，负盛名，亦游曾文正幕中。惟青龙诸胜地，难悉其详；而斯阁何名，跋中未点出，俱无从悬揣。边省向鲜交通，安得黔友或曾宦于黔者而一询之。

江苏昆山县马鞍山，有夕阳岩。右为小天台，两壁兀立，自北而南。上有罅缺，仰望青冥，仅通一线。壁间古隶镌"片云穿石硖；飞浪到天门"十字，苔藓剥蚀，不可细辨。相传为唐时陆龟蒙题。此种名句，殆非唐人莫能为也。

又，无锡管社山万顷堂，旧有陆君曜星题联云："如上岳阳楼，对万顷湖光，重忆希文椽笔；遥瞻于越界，指一帆风影，可来范蠡扁舟。"据曾往游者言，堂中楹帖，以陆作最为雅切。然余近得袁抱诚君题句，较此别有一种沉郁苍凉之概，亦颇堪激赏，联云："几席三山，万顷波涛来海上；湖天一阁，重阳风雨是江南。"按：管社山在锡城西南十里外，前临具区，后引漆湖，为江苏胜迹中之最胜者。

桐庐严子陵钓台，以一江之隔，迄未能买棹往游，常引为憾事。闻画友黄君晓汀言，台前山景绝佳，非大痴之笔下能摹绘，亦惟大痴之画差可比拟。有乾隆时郑板桥居士题联云："先生为何人，羲皇以上；醉翁不在酒，山水之间。"益令余神往不置。

《几庵诗话》载：邹君镜棠尝登京口北固山，集成句题楹联云："我辈复登临，旧业已随征战尽；大江流日夜，天风常送海涛来。"此虽未可与彭刚直泰山联抗手，而结撰雄壮，复能出于自然，岂易得哉。

吾杭灵隐冷泉亭在飞来峰下，清水一泓，游鱼可数。有亭翼然，与山峰近接。古木参天，浓阴匝地，每值炎夏，游人避暑于此，沉李浮瓜，别饶清兴。旧悬联云："泉自几时冷起；峰从何处飞来。"后人足其意，乃易"泉自源头冷起；峰从天外飞来"，似觉寡味。旋侯官林迪臣太守复题云："菩提也具热肠，泉水何尝着意冷；世界分明实地，此峰怎见是飞来。"能于写景中作解脱语，直与斯亭千古矣。

岳阳楼楹帖，近作鲜称意者。兹阅毕君希卓《清暑斋札记》载杨晳子先生题联，其口气阔大，真有涵盖古今之概，非仅以工炼见胜。联云："风物正凄然，望渺渺潇湘，万水千山皆赴我；江湖常独立，念悠悠天地，先忧后乐更何人。"

十余年前，余在金阊，侨商倪君作东道主，邀往城外山塘某别墅宴饮。时适春霁，同人有乘舟者，有策骑者，意兴甚豪。席间估客某，赋诗纪盛，并对景题联云："春满苏城，莫辜他烟柳山塘，晴波画舫；客来吴市，最好是麹尘走马，柑酒听莺。"余阅之懾然，知商业中亦有人在，所谓风雅者，固非尽属之吾辈也。

紫薇山白水泉，为吾邑硖石镇十二泉之一，载入志乘。经镇绅徐君申如循源疏浚，并就地建筑山庄，颇足为骚人逸士晨夕游憩之所。徐君除立碑记外，复自题楹联云："片壤割青山，任他陵谷变迁，忠骨长埋成畏垒；一泓沉碧血，到此林亭清旷，客星飞过总停车。"汤蛰仙先生题云："青萝池二里而强，英灵相对听然，好与周家编合传；白水泉一泓可掬，魂魄犹应恋此，近同崔象串前徽。"程君学川题云："胜地接苏杭，赢得合冷泉惠泉，不作第二流想；新亭感风景，到此招大隐小隐，却聚五百里贤。"张君仲梧题云："古迹遍名山，试箭岭，磨剑池，炼丹井，旧志凡百卅六景，埋沙没草，几处留存，何妨点缀紫薇，聊拓小园添画本；仙源分绝壑，东慈乌，中喝石，西飞龙，全境得一十二泉，疏涧引溪，重开无计，独此澄清白水，依然真味沁诗脾。"余附骥勉成一联云："轩开别有风光，割半壁紫薇，还继昔贤传韵事；世变遑论清浊，留一泓白水，聊为过客涤尘襟。"

按：紫薇山一名西山，泉旁旧尚有白水庵。洪杨之变，庵既被毁，此泉井遂为沈公桂森全家殉难之所。汽车通后，轨道与泉相距只十余步，吴丈诉零乃将沈氏忠骨迁葬于山上，此泉始克恢复旧观，拓地营构庄舍。青萝池系明末周义士举室同殉处，在硖镇南市。崔象，海盐人，明官总兵，与斯题似无关合。或谓吾邑称盐古官，旧与海盐本合并，亦可引用。然考总兵，明末时实战殁于阵，近邑并无坟墓，不知温先生何所据而云然。

胜迹有但闻其名而邈难访觅者，如陵省袁氏小仓山房，及龚公半千扫叶楼皆是也。然《随园诗话》有袁自题山房联云："明月青风不用买；名花美女有时来。"《庸叟笔记》载夏君纪钊题扫叶楼句云："一径风声飞落叶；六朝山色拥重楼。"读此，可想见盛平时诸先哲林下优游之况。

嘉兴城外落帆亭，旧为迎接官员及饮饯之所。虽临河构筑，风景尚佳。而各当道闻斯亭名，咸深滋不悦，因与前程求顺利心思适相违反之故。同里朱丹九茂才特为题联云："到亭来石秀花腴，大好月明载酒；过桥后天空水阔，依然风顺扬帆。"可谓善于措词矣。茂才天姿颖敏，自幼读书过目不忘，近复加以学识，即酬应之作，亦隽妙者居多。

平山堂为扬州最幽胜处，薛慰农先生尝题联云："遗构溯欧阳，公为文章道德之宗，侑客传花，也自徜徉诗酒；名区冠淮海，我从丰乐醉翁而至，携云载鹤，更教旷览江山。"先生本皖人，适自珂里来扬。两处咸有欧之遗构，却好映带拍合，不着痕迹。至风神蕴藉，原为先生能事，可无论矣。

余侄博涛，随兄侨寓南昌。曩曾偕同学数友，漫游庐山，于月下登牯岭并双剑峰，纵观瀑布，意兴颇豪。既返，友有赋诗纪游者，而博涛以专攻艺学，词章非所素习，未能藉翰墨寄意，深为抱恨。来书告余，欲乞余题句，以识鸿爪。为制一联付之，云："合巨细流迸作飞泷，穿硖破层云，恍似银河天上落；历千万劫犹存真面，延秋登杰阁，好将碧巘月中看。"庐山为江右千古名胜，余常神往焉，而迄未亲临。曾阅前人记略及所写图画，即以意为之，未识能免方家窃笑否？

谐　语

相传纪文达公平生善诙谐，语妙天下，不让君房。一日，有至友来谒，适文达他出，友以交久忘形，直入闺闱，瞥见文达如夫人正赤足于窗下洗濯，乃即避去。中途遇文达，友遂以"看如夫人洗足"六字倩文达属对，欲藉是以调侃之。文达云："是不难，请以尊衔'赐同进士出身'为对句，何如？"友闻之赧然，罔知所措。盖此友系由殿试三甲入翰苑也。

金陵城东，昔有老附生王某，藉行医兼开蒙馆，以资糊口。其爱女与寡媳不守闺德，常招引青年子弟入室寻欢。中冓贻羞，遂为士林所鄙弃。而王佯为不知，自理旧业，以终余年，寿逾七秩始病卒。弥留时，曾自制挽联，遍示戚族。其联云："七十有一年，糊糊涂涂，书生耶？医生耶？流水无情，随他去罢；八月初二日，明明白白，醉醒了，梦醒了，拈花微笑，待我归来。"阅者莫不腹笑之。然寻绎联意，王固非真糊涂者，特家庭事恒有不得已之苦衷，初难为外人道耳。

有某甲读书不倦，年届古稀，犹应童子试。好事者因作联嘲之云："行年七秩尚称童，可称寿考；到老五经仍未熟，不愧书生。"而收句末字，俱另有别解，但非会意，不知其妙。

光绪某年某科,吾浙主考属白公桓,暨余师潘公衍桐。浙人某君,于入闱前戏撰一联云:"金山寺斗踢文魁,难逃合钵;紫石街簾挑武嫂,密约裁衣。"用说部中故事,暗切两公姓氏,而不著议论,工雅绝伦。后来仿制虽多,似未有更胜于此者。

《闲叟笔记》载:释闲云,自号渔父,与观音庵尼尤月,结欢喜缘,俨然伉俪。某生撰联嘲之云:"此地迥非凡,闲听一曲渔歌,留云久住;夕阳无限好,尤爱三更人静,待月归来。"联却无甚精意,惟上下名号嵌入,尚无痕迹。

何君淡如有戏赠其友新婚联,为士林所称赏。联云:"雪点梅花,昨夜不知五六出;灰飞葭管,新阳仅入二三分。"以友系于冬至日成婚,故借时下景物以点缀之;然意固深曲,非躁心人遽能领会也。

周翼庭,不知为何许人。喜与文士游,常将己号倩人撰句以为荣。某友固滑稽家,侦知周有龙阳之癖,老去风情依然不减,乃集成唐诗一联赠之云:"在天愿作比翼鸟;隔江犹唱后庭花。"周阅后惭忿交并,遂从此绝交。

先兄同年陈御三太史,自幼聪颖绝人。及长,风流自赏,凡秦楼楚馆,歌台舞榭,靡不有其踪迹。一日,赴秦淮名妓大双处宴饮,妓出彩笺,乞太史撰联,并求即对客挥毫。太史见架上有《金瓶梅》小说,随手翻阅,适得某回标题,遂不假思索,提笔大书曰:"大闹葡萄架。"旁观哗然,并深惜此彩笺。岂料太史复从容书下联曰:"双栖玳瑁梁。"得此五字,使出句不觉其俗,反形其妙,观者遂叫绝,各倾倒于樽前。同时有老妓某,忘其名,善弹唱,独步江南。太史亦书句赠之云:"得卿重整广陵散;为我一谈天宝年。"此皆偶然游戏之笔,非天才不办。

李文忠与翁叔平先生当国时,都中好事者曾戏制一联,登之报章。联云:"宰相合肥天下瘦;司农常熟世间荒。"此虽谐谑之语,而结构奇妙,实为海内外人士所共赏。若论事业,两公自足以传千秋,固无损乎毫末也。

"进宫献策,渡江偷书,演来一部梨园,毕竟官场都是戏;上客挥拳,下僚屈膝,推倒两行华烛,那堪海屋更添筹。"斯诙谐联语,因吾浙官场某年曾传有种种笑谈而作,事后虽秘密不宣,而其中隐情怪状,已尽人知之。藉联以纪实,妙在当日杨、蒋两君,确为戏法妙手。所述祝寿时哄闹,挥拳屈膝,有目睹者,亦非凭空结撰也。

相传吾乡前有陈、沈两君,以至戚相关,居常同伴。一日,各携子弟买棹,偕赴近镇某姓家。半途忽遇风雨,因雨具均未携带,荒村又无肩舆可雇,只得蜷伏舟中,笑谈解闷。陈曰:"细雨沉沉,两沈钻头不出。"沈曰:"狂风阵阵,二陈伸脚勿开。"互拆所姓之字,以描写景状,心思可谓灵敏矣。

闻昔有旗人某君,虽通籍多年,而胸中仍如茅塞。忽奉命简放某省考官,某既不能凭自己眼力衡文,而又未便倩人代校。乃思得妙计,将试卷编成号数,贮一器内,颠倒倾摇,以首出者抡元,其余即挨次摇录榜,自诩为之实至公无私。某生爱作联,描写其情状云："尔等论命莫论文，碰；咱们用手不用眼，摇。"传神之笔，诚堪发噱。

京师前有伶人赛兰芳，饰花旦，亦颇负盛名。试阅报章所载诸名流各种歌咏，其倾慕丰姿，略可知矣。闻该伶完婚时，警众君尝戏撰一联赠之。联云："焉能辨我是雌雄，想华月金樽，也曾脂粉登场，为他人作嫁；毕竟男儿好身手，趁椒风锦帐，切莫胡芦依样，舍正路不由。"调侃仍不失风雅，允称佳构。

晚近地方人士出入衙署，预闻各区公事者，咸呼为"总董"。若学界，则无论男女教习，咸称之曰"先生"。而所谓"总董"与"先生"，俱不自尊重，劣迹多端。有号翰公者，爱制成长联，借谐语以讽刺之，言浅意深，亦颇足警世焉。联云："议事称总董，办事亦称总董，总董何价值哉？况以伪总董浑合真总董，董有几总，总无一董，莫可名焉，名之曰懵懂懵懂；教书号先生，唱书又号先生，先生失尊贵矣！若因女先生交结男先生，生未得先，先舍其生，是奚说也，说者谓牺牲牺牲。"

旧传嘲教官诗，余每诵之捧腹。兹又得一联语，形容尽致，尤堪发噱。句云："动地惊天，脱裤打门斗五板；穷奢极欲，连篮买豆腐三斤。"

前吾浙督军朱公介人，为袁项城所倚重。嗣以军士离贰，势不能留，乃弃职北上，别图机遇。不料项城称帝事败，而公亦婴疾殁于旅邸。时海内外当道所投挽词，无非表扬功绩而已。惟其同邑某君一联，以诙谐出之，而仍不失追悼之意。句曰："闽中悔作封侯梦；海上空归望帝魂。"论者咸叹其隽妙，独出冠时。

张君峰石，有戏赠府、县两联，迄今犹熟在人口。赠知府云："见州县则吐气，见藩臬则低眉，见督抚大人茶话须臾，只解得说几个是是是是；有差役为爪牙，有书吏为羽翼，有地方绅董袖金贿赠，不觉的笑一声呵呵呵呵。"赠知县云："下官拼万个头，向上司磕去；尔等把一生血，待本县绞来。"此画家传神阿堵之笔，虽俚俗无妨。

又，戏挽彭氏妇云："缔一夕姻缘，撒手而归，香梦才醒，尘梦又醒，何堪双叠红衾，鸿印猩痕留艳迹；入大千世界，极乐之国，槐阴遮处，柳阴深处，赢得几湾绿水，珠宫贝阙住芳魂。"妇家南通县南门外，嫁某子为妻，成婚次日忽投水死，邑人咸不解其故，叹为奇事。

某君娶再醮妇，其友集《四子》语为联以戏之曰："养子而后嫁者也；得妻则将搂之乎。"又集二十字以嘲新婚妇云："当是时报赧然，强而后可；出三日洋洋乎，欲罢不能。"此诙谐之词，妙在尚浑成不露。若近人集格言赠新婚夫妇云："放开肚皮容物；立定脚根做人。"则非特成为恶谑，且何意义之有？

光绪丁未年，为沪杭路迫借洋款事，全国人民抵拒甚力。有邬君名钢，愤激之余，竟以身殉之。粤人某某等，同挽以联云："路事尚堪言乎？呕出三升热血，遍洒尘寰，当与潘烈士、冯烈士诸君，合迹无惭传万古；男儿只此死耳！拚将七尺孱躯，自填沟壑，试问汪侍郎、邹侍郎若辈，扪心何以谢孤魂。"此联词严义正，不入故事类而入此者，因人心旋即涣散，不数年路复收为国有，间接仍授诸外人。前所云云，俱等于儿戏，联特其一端焉。岂独两侍郎无以谢邬君耶？呜呼！

有混号"引线头"者，同里端人正士，咸羞与为伍。某君特制联赠之云："功候拚磨铁；锋铓早脱囊。""引线头"即针尖，殆谓其人之善于钻营也。联着墨无多，刻画尽致。闻其人未解所云，犹悬诸楹间以为荣，见者莫不掩口胡卢。

某君题钱神联云："君能使鬼；人尽呼兄。"滑稽家固无语不妙。若张峰石居士撰土地祠联云："万世子孙香火；一方男女精神。"则意较深曲矣。按：祠在南通石港，凡男女私事，祈之恒遂所欲，俗因呼为"混账土地祠"。

国体改革后，人民专讲平权自由。惟阳历因社会数千年习惯，未能强令遵用，以致度岁迟早悬殊，各行其是。好事者集里谚缀成联语，云："男女平权，公说公有理，婆说婆有理；阴阳合历，你过你的年，我过我的年。"此似诗中之俳体然，固别具一种趣味。

吾邑袁花镇东隅天仙府间壁菩提庵，向为尼之私产，相沿已久。前该镇某某两孝廉，忽异想天开，托言天仙显灵，曾于某夜梦中告我等：府遗荒址，不能遽行恢复，实由邻庵檀树高耸，独占形势所致。遂藉端勒令诸尼迁徙，拟将庵屋暨檀树变价，充该庙院重建之费。尼延抗不遵，竟饬地保从事驱逐。乡民闻之，咸抱不平，乃聚众滋闹，专与两孝廉为难。相持勿下，致互控于邑尊。适邑尊明敏，已廉得其情，但传讯一过，并不深究严办，含糊了结。某君用俚语作联以纪此事，云："两个聪明举子，托说天仙，把数株檀树横胸，菩提庵险成白地；四图愚笨乡民，率同地保，免一顿笋干夹肉，海宁州幸是青天。"乡谚以遭板责谓"笋夹肉"。对仗及字面交互处，颇见心裁。阅斯可知当时武断乡曲之举，真无奇不有。然默察今日社会情状何如，试较量之，恐犹彼善于斯，曷胜慨叹！

松江韩伯英君，少负才名，屡试秋闱，不获一第。乃援例为巡检，以末吏听鼓某省。尝制联以自解嘲云："说甚么无双国士；不过是从九官儿。"

袁项城称帝时，伪托人民拥戴，骤将国体改易。都中好事者，曾出语征联，曰："或在囗中，拖出老袁还我國。"津人某对云："余临道上，不堪回首问前途。"就拆字中生出意义，拍合绝无痕迹，可谓奇妙矣。

吾浙杨乃武案，人无不知。初入狱时，自分必死，决难挽救。曾手书挽联云："斯文扫地；乃武归天。"又，张铭素有文名，乡闱屡试不售，迨改赴顺天，居然一战而捷。亦作联为戏云："当地废物；顺天举人。"两君殆东方朔之流亚欤？不然，何诙谐如是！

王壬秋先生赐翰林时，科举已废。是年考试出洋毕业学生，有牙医某君，亦特赏翰林。先生因撰联以自嘲云："已无齿录称前辈；幸有牙科步后尘。"见者莫不莞尔，群推为纪文达后一人。

前江苏泰兴县令龙某，在任时专与邑绅金某者，表里为奸，罔顾民怨。李孝廉璧瑜，爱戏拟一联以讽之云："龙嘘气成云，遮蔽星辰天不眼；金用汝作砺，铲清草木地无皮。"笔端虽尖刮，然句固工整，雅驯可爱。

旧传有故家子某，嗜好极深，常携烟具于宗祠内，卜昼卜夜，沉溺忘返。某君婉劝之，仍不悛改，因作联赠云："与祖宗呼吸相通，方是香烟延一脉；叹子孙诗书未读，也曾灯火到三更。"是可谓冷嘲而兼热讽者。不知该故家子展阅后，感愧何如？

云间杨了公居士，喜读佛经，南社中巨子也。性放旷，兼好诙言谐语。壬子夏，钮惕生中将续娶某女士为室，杨赠以联云："不破坏焉能进步；大冲突乃有感情。"又送屏幛四字，乃"饮中将汤"也，阅者咸为粲然。按：中将，本革命健者。用新名词于字句间双关，当尤为新学界所赞赏也。

嘉善汪承圣君形骸放浪，年甫而立，即已蓄须，一年后苍白班然。自知不足表异，适以生憎，乃嘱同人遍发传单，拟定剃须礼节，择吉某月某日，假座城内东园举行。一时阖邑喧然，称为怪事。并有好事者贺以联云："绕颊鬑鬑，生憎老气；临风濯濯，瞥睹春光。"又云："君子率真，务存面目；丈夫标异，何借须眉。"复有王某与汪年相若，而须之薙而旋留者屡矣。当时特来附骥，并具贺联云："我本过来人，迭次伐毛，未改夙思故态；君真后起者，这番杀草，相期痛绝祸根。"观者如堵，莫不拍掌大笑。至礼节单暨观礼柬，不知如何写缮，恨未传布，俾吾人亦一睹为快也。

吾邑硖石镇吴、徐两氏，皆旧族也。曩曾联为姻娅，后不知因何，忽有赖婚之举，彼此遂致涉讼，久延莫决。许壬伯先生爱作联以为戏，云："吴伯钦想入非非，毛将安附；徐元怀期逢卯卯，点尔何如？"此就字生义，类似文虎者。合成何字，阅者会心不远，当无俟明言。

杂　　缀

旧联有"一塔七层八面，万佛千灯；孤舟双桨片帆，五湖四海。"后人仿其体，亦成一联云："万瓦千砖，百日造成十字庙；一舟二橹，三人摇过四通桥。"同以数目缀就短句，而旧联尚多一字，属对均非易易。惟所云庙与桥，究在何处，竟无从考查。

曾文正公尝撰格言两联，见《全集》"艺文类"。其一云："丈夫当死中图生，祸中求福；古人有困而修德，穷而著书。"其二云："不怨不尤，但反身争个一壁静；勿忘勿助，看平地长得万丈高。"是皆圣贤克己功夫，可作经传读之。首联出句，乃文正自道也。

薛慰农先生曾制联赠段小湖观察，云："具大胸襟，旷览江天，包罗海岳；试小经济，长养花木，位置鼎彝。"又，赠江小松大令云："少角艺，老论文，客里追随，把盏各惊双鬓雪；我拥毡，君听鼓，闲中慰藉，扶筇同看六朝山。"段与先生同乡，江籍贯未详，而为先生总角之交，故情文斐亹，赠句尤亲切有味。

前海上有名妓小宝，与某生结不解缘。某生欲迎归，践百年偕老之约，奈家况萧条，徒萦梦想；秋闱屡试，又复蹭蹬频年。爰自撰联以赠该妓云："小凤本无愁，更愿卿珍重年华，流水因缘休眷恋；宝蟾曾有约，可怜我荒凉席帽，惜花心事费商量。"词旨缠绵，读之令人恻然。

旧有以"沧海日，赤城霞；羲之字，摩诘画"等词缀成联者，早熟在人口。乃复见一巨制，以古书名画上下分列，格调似均仿旧作；而排偶重叠，剪裁未匀。姑录之，聊备操觚家之资料可也。联云："卫夫人真，张文舒草，秦程邈隶，太史籀篆，合钟瘦胡肥，刘行王楷，颜筋柳骨，褚帖魏碑，历代洋洋洒洒法书，罗致山窗，洵足移人心志；释仁济梅，郑所南兰，邱庆馀菊，文湖州竹，并戴牛赵马，顾柳徐花，滕蝶梅鸡，于荷燕景，天下怪怪奇奇名迹，绘呈几案，亦能陶我性灵。"

黄公度先生归隐南海时，曾制各联寄意，已采入前编。兹又访得一帖，其组织别具锦心。句云："药是当归，花宜旋覆；虫还无恙，鸟莫奈何。"

禾中沈淇泉太史未入翰苑时，曾于某处宠眷一妓，名银珠。妓索联留悬妆阁，太史即劈笺书句曰："银烛高烧，只恐夜深花睡去；珠履半卷，似曾相识燕归来。"其风流隽雅，诚不可及。

某君以五色、五行字样嵌缀成联，造句颇觉浑融工丽。其联云："绿酒映红灯，谁能梦醒黑甜，笑他潦草黄衫，岁月销磨嗟白发；土音歌水调，毕竟星沉火灭，任尔生花木笔，心思多少为金钗。"寻绎词旨，似为风月场中文人才子而作，结句并寓有规劝之意；若更别有寄托，则非浅见者所可测矣。

湖州朱君寅伯，亦前丽则社之吟友也。因别号苕溪渔隐，曾将"苕渔"二字为题，广征嵌字楹帖。时取列前茅者，如剑仆云："苕霅乃山水名区，招来几个吟朋，于此间对酒高歌，也是风流韵事；渔樵非英雄素愿，悟到一场春梦，且归去披裘小隐，聊为浊世闲民。"倦鹤云："于苕溪深处，畅叙吟朋，拔剑狂歌，知谁是中流砥柱；待渔父归来，高谈世事，临波长啸，问几时大海澄清。"杖庐云："从张志和浮家苕霅间，占尽湖光山色；学陶靖节湎迹渔樵里，闲听琴韵书声。"各联议论宏阔，风格高超，固为有目共赏。余以神交素托，亦勉作一联应之，云："于苕溪拓地结庐，门对吴山，安顿诗人无俗累；挐渔艇寻花沽酒，村临越水，徜徉隐士即神仙。"虽承录取，而信手写来，羌无故实，自愧不如诸君远矣。

"三鸟害人鸦雀鸨；四灵除尔凤麟龙。"此旧传妙对也。新世界孙玉声君，曾以此征联。皞皞子以"百虫让位虎熊罴"为对。按：百虫将军乃益之别号，颇见博雅。近有人以"么虫咬我蚤蟁蚊"为对，亦见巧思。

杜静台先生寓斋，悬有名人所书联语云："兄弟和，其中自乐；子孙贤，此外何求。"又，先生自制斋帖云："无求胜在三公上；知足常如万斛馀。"皆名言也。见《格言联璧》。

有号翔声者，比来著作流布于各处甚夥。复有自制楹帖云："得未见书，似曾读过；作古体诗，难在选声。"此甘苦之言，非手不释卷及诗学具有根底者，其何能道之耶？

《琅嬛杂志》载名流赠妓之联，风情旖旎，华藻纷披，诚觉美不胜收。如奚君生白赠花小二宝云："一树梅花，妒美人小谪瑶台，胜渠颜色；二分明月，愿仙子常开宝镜，照我相思。"赠十里红云："梦醒南柯，求来世缘，佛前合十；情深北里，惬今生愿，花里偎红。"又，某君赠金红云："尔我多情，恨无金屋；古今薄命，偏属红颜。"赠小银子云："闻说是乡亲，何明月二分，小时不识；谁能不离别，正秋星一点，银汉无声。"赠醉红云："醉墨吟笺，借卿一席；红灯绿酒，话我三生。"赠小杏云："出岫笑闲霄，居然大白狂浮，小红低唱；入帘怜瘦燕，却好桃儿粉薄，杏子衫轻。"

前西湖游子以"火轮船水火既济"七字征联，能支对稳惬、卦名相合者，竟寥寥无几。权予云："木偶像土木同人。"章一鹤云："泽兰草风泽中孚。"梦花云："石鼓文金石同珍。"时海军未设专部，荔泉以"陆军部海陆兼司"对，句颇新颖，惜末二字非卦名。

前有某公诫县令一联，语语沉着，颇足为临民者当头棒喝。联云："俗陋待文，民贫待富，想茧茧者靡所瞻依，有愧堂皇称父母；德积几分，孽造几件，应刻刻自加检点，不须果报问儿孙。"然今之官僚，以果报为迷信、不足据，擅作威福，比比皆是，尚复何言！

程学川太史前旅居都门时，曾赠歌僮薛海云联云："海内长歌齐李白；云端奇响遏秦青。"引用古典，却好按切，固不仅对仗工巧已也。

"呼龙耕烟种瑶草；踏天磨刀割纸云。"此集唐人诗句，意境奇险，余最爱读之。后有人书联，下句易"招鹤下云眠古松"，虽亦是成语，对仗较工，而铢两似不甚称矣。

蔡君守愚澹名利，居恒除歌咏外，以书画为消遣。曾作联云："休笑俺一个痴人，画画书书，不今不古；留得此三间老屋，风风雨雨，自啸自歌。"世所谓隐君子，殆其人欤？

曾文正赠袁漱六太史联云："于汉宋间折衷一是；以江海量翕受群言。"又，赠萧心庄茂才联云："大笔横挥，颠张醉素；名山高卧，鹤骨松心。"按：太史亦湘人，学问渊深，为文正所心企，后因联为姻娅。茂才书法，久闻其名，惜遗迹传世无多，未获快睹。两联措词，皆称量出之；非若今人之书帖，抄袭陈言，诸友均可移赠也。

余姚戚饭牛布衣，尝称丽则同社友蔡眉良与吴眉孙为"江南二眉"，并戏集两君别号，衍成斋语云："丹徒县红豆斋主；碧螺峰黄叶村人。"妙句天成，见者莫不欣赏。按：吴擅诗词，社中咸无与抗衡。家有"红豆斋"，为晨夕啸咏处。碧螺乃洞庭七十二峰之一，蔡之寓庐即卜筑于此。

俞君少康所征"国魂"嵌字长联，已编入时事类。兹又搜得香奁体各帖，芬芳顽艳，细腻熨帖，亦颇足赏爱。如龙荃初君云："国称安乐，国号风流，绮国萃蛾眉，实爱他倾国娇姿，妒煞芍药国香，牡丹国色。花国赖添媚，酒国赖添趣，诗国赖添豪,钟情南国佳人,争把艳词题粉国;魂恋温柔,魂游月夕,片魂随蝶影,正好趁梦魂逐舞,飞到海棠魂畔,杨柳魂前。芳魂于以亲,春魂于以消,痴魂于以醉,只愿幽魂倩女,常教清夜伴吟魂。"

冯子期君云:"恨海茫茫,国色人间谁得似?追溯东邻女,西子颦,南朝金粉,北地胭脂,无限繁华无限恨。古今风韵事,只争此香国神仙,会心处万种相思,再顾须防即倾国;情丝袅袅,魂灵儿实在他行!试观巫崖缘,高唐梦,楚馆停云,秦楼待月,几多欢笑几多情。天下温柔乡,最易惹芳魂缭绕,司花尉三生有幸,一逢畴谓不消魂。"

李丽泉君云:"好事苦多磨,同心无结,拭泪有痕,几番款款拜来,祝上天赐我国香,温添宝鸭;春光怜欲老,芳草含愁,落花写怨,一霎沉沉睡去,怕向晓惊人魂梦,打起黄莺。"

吴均益君云:"选艳得神人,争羡冰肌浣月,玉貌羞花,经者番着意评量,秋水芙蓉比倾国;钟情宜雅士,曾记红袖添香,绿窗联句,悔前度轻言离别,春风杨柳暗消魂。"

又江纫兰女史云:"内界木兰,外界罗兰,壮气压千军,谁言生作裙钗,不能与有志男儿,同心爱国;吴宫西子,卫宫南子,芳姿传万古,即今薄施脂粉,亦足使多情仙侣,注目消魂。"首联能叠句嵌字,尤见功力。俞君取列冠军,众论自当翕然。

年丈张希贤先生德高望重,尝手书各联,以训诫子弟之入学及出仕者。句云:"岁月易消磨,求学后切莫自纷其志;精神产事业,从政时还期克保此身。"又云:"知足是人生一乐;无端勿自制千愁。"见道语别有真朴味,固未可厚非也。

奉天名妓赵金宝，选得花榜学士，名噪一时。某赠以联云："博学士佳名，竟从金马玉堂，别开生面；问美人素愿，将此宝钿珠串，孰订同心。"又某赠翠红云："卿是可憎才，忆昨宵袖翠双拢，心事琵琶弹不尽；我非前度客，问近日喜红一捻，风情旖旎向谁多。"赠月初云："相逢在天上人间，银汉月圆，金樽月满；最好是昨宵今夕，海棠初睡，木笔初开。"班香宋艳，殆均为名士手笔，读之令人意消。

某处有徐姓跛者，以拐杖拄行，积久渐惯，不觉其苦。张峰石君因书联赠之，云："世路尽羊肠，行行且止；先生移鹤趾，飘飘欲仙。"

龚定庵先生诗集，余曾披读数过，觉高华隽逸，真不愧为吾浙才人。嗣有私淑先生者，将诗句集成联语，以饷后学。兹从友人处转辗抄来，虽只数联，而一鳞半爪，阅之亦足觇先生吐属矣。联云："烈士暮年宜学道；才人老去例逃禅。""客气渐多真气少；他生缥缈此生休。""瓶花妥帖炉香定；俎胾飞沉竹肉喧。""一寸春心红到死；四厢花影怒于潮。""勉求玉体长生诀；删尽蛾眉惜誓文。""别有狂言谢时望；莫抛心力负才名。""我焚文字公焚疏；君领琵琶侬领箫。""十万狂花如梦寐；九州生气恃风雷。""撑住东南金粉气；能苏万古落花魂。"

余友诉燕居士，尝作感怀诗十余章，复乘余兴制一联，以罄写其胸中慨叹不尽之意。句曰："世界振新声，听四海管弦，袅袅常迷醉梦；古今多幻迹，看百年天地，茫茫也变尘埃。"余亦恨人，同此怀抱，特愧无生花妙笔以达之耳。

乡友双姓冯周洲云，擅堪舆之术。性颇诚笃，人乐与交。家住硖石镇沙水滨。昔朱芩年先生尝赠以联云："此地是沙明水净；其人如桐北柳东。"按：桐北、柳东，为乡先哲周青士、冯登府两公别号。属对无字不工，其胸怀别具机杼，可想见矣。

信宜李怀湘君，前以"风起云飞，击筑何为思猛士"出句征联，所得按切时事者，已编入时事类。尚有别擅胜场，及不顾出句意义，而支对尚佳者数名，兹再汇录于下。

杨浣薇云："泾分渭别，弄簧终莫谤端人。"曾经沧海客云："乾旋坤转，铭钟未足表勋臣。"漱瀑诗樵云："斗量车载，滥竽翻耻数庸臣。"林觉鸥云："奎联星聚，吹埙雅羡集贤昆。"浣花词人云："锋销燧息，奏铙全赖出奇兵。"又云："阳消阴长，上书枉自忤权奸。"韬芬女士云："郊寒岛瘦，拈毫窃愿学逋仙。"荥阳南岳人云："秩高春永，添筹惟望祝慈亲。"

李原评漱瀑诗樵云："长安肉食诸公，冥蠢恒河沙数，米珠薪桂，此其所由。安得狞丑冥隶，一一纳诸饿鬼道中。兹作最为有见，与上句合读，如一串牟尼。"评韬芬女士："借三古人联合，工巧自然。所谓'美人细意熨贴平，灭尽裁缝针线迹'，闺阁有此，其可多得耶？"评南岳人云："小人有母，年逾七十，托诸君嘉荫，强饭健在。窃欲于三十年后，萱堂寿诞，开一庆榜，乞诸君贺言，与天下之有父母者共祝之。"评语尚不止此，因此数则词句饶有趣味，特附识之。

锡山陆尔熙君之爱女，九岁时即熟读古诗，异常聪颖。偶以"春风狂似虎"句，令其属对，女略加思索，即对曰："秋水澹于鸥。"妙在亦是成语。寻常童稚，诵读尚未能领解，乃吐属不凡已如是，宜以"女圣小童"目之。

泰兴李璧瑜孝廉以一第终老于乡，乃设帐授徒，藉所得脩金，聊资糊口。曾撰联自写苦况云："伤心夜雨蕉窗，点半盏寒灯，替诸生改之乎也者；回首秋风桂院，膌一枝秃笔，为举家谋柴米油盐。"此与梁辑《楹联丛话》所载严问樵先生赠黄毅原联，泰半相同。孝廉亦一著作家，岂爱斯句调，袭之为戏耶？抑偶然符合耶？诚未可以常情测度矣。

吾浙旧有俗语对联集合，亦颇见心裁。惟其中口吻，涉于贩夫村妇者居多，亦所不取。近桂宦居士为余述一联云："三年病两岁；单日吹双风。"又于《庸叟笔记》见一联云："得一日过一日；到那里是那里。"似较雅驯。

薛慰农先生尚有赠友数联，皆俊逸可爱者。赠炳煦村司马云："我是闲云君是鹤；卧看山色醉看花。"赠庆瑞亭佐领云："五陵子弟多佳气；六代莺花属寓公。"赠王星桥孝廉云："同谱三十年，旧雨关怀，访我扁舟来白下；作客六千里，秋风忆远，与君剪烛话巴山。"赠日本人冈本监辅云："纵谈如览大瀛胜；赠别惜无春雪诗。"按：司马哲嗣承似村，为余辛卯乡榜同年，致仕后家居白下，小有园亭之胜。

或眷名妓曰金珠，以"金珠"两字征联。宋君小园句云："细揩金琖斟桑落；小试珠喉唱竹枝。"章君一鹤云："金谷春深花解语；珠簾暮卷雨催诗。"朱素贞女史云："金樽檀板消魂夜；

珠箔琼楼待字年。"清新顽艳，各擅其胜。此外诸作，因瑜瑕互见，不得不割爱删去。

"柔日读经，刚日读史；十年树木，百年树人。"此旧联也。对句有易"千万买宅，百万买邻"及"无酒学佛，有酒学仙"等成语，均属佳构。

同里李讱然先生，曾集有《毛诗》对千联。其稿本恨未能邃得，惟友人曾传达数联云："巷无服马；隰有游龙。""匪且有且；何斯违斯。""亦白其马；莫赤匪狐。""丰水东注；滮池北流。""交交黄鸟；皎皎白驹。"支对俱工妙自然。

扬州曹雨人君，于秦淮眷一妓曰小金，曾赠以联云："小楼一夜雨；金粉六朝人。"只十字，能将两方名字嵌入，如天衣无缝，可称绝唱。又，该处有雏妓小五宝、小四宝，为姊妹花，色艺双绝，名噪白门。丁酉秋试，某生兄弟各据其一。或赠以联云："小南强，大北胜；四美具，二难并。"亦俊语也。

《苕南随笔》载有六言集句各对，如："一片秋香世界；几层凉雨阑干。""竹雨松风梧月；茶烟琴韵书声。""青藕香中酒味；碧萝阴里琴心。""广文有梅花赋；少陵无海棠诗。""读书不求甚解；鼓琴足以自娱。"为其中之最雅者，特选录之。

比来纸烟盛行，某公司前制"小囝"牌，近又制"天坛"牌。百计竞争，除登报章广告外，复遍征海内联语，以新耳目。出联句云："小囝牌香烟，天坛牌香烟，人为一小天，小囝牌与天坛牌并峙。"词义既以营业关系，未能免俗；又用叠字成语，束缚枯窘，使人难于着笔，致应征者不甚踊跃。余所见罗骚君对句云："文通集诗稿，义山集诗稿，古有千文义，文通集合义山集同传。"海云君云："摩诃经梵语，地藏经梵语，佛入三摩地，摩诃经偕地藏经同参。"结构浑成，不露圭棱，首作尤见功力。昔贤云"解事作诗人"，若联则为诗人之解事，故无论出句如何，支对未有勿雅者。

余见旧书楹联，有文言道俗、发人遐想者，如："喜闻己过；不恤人言。""儒者一出一处有大节；老僧不闻不见为上乘。""上马杀贼，下马作露布；左手持螯，右手执酒杯。"有潜神伏采、别饶趣味者，如："官如豆大；人比米多。""人澹如菊；屋小于舟。""酒渴思吞海；诗狂欲上天。"以上除二、六两联外，均系集句。惜撰者姓氏，已全不记忆。

胡月樵先生《楹联集锦》，辑有名人集字联甚夥。兹选择最佳胜者，汇录于下。

吴平斋太守集《禊帖》云："斯文在天地；至乐寄山林。""一亭俯流水；万竹引清风。""有情天不老；无事日斯长。""风清人坐竹；水抱室当山。"

集《争坐位帖》云："入座香如海；闭门月满天。""大文师吏部；古画爱将军。""书宜清昼校；尊为故人开。""文品清时贵；功名晚节难。""海天明月上；城郭晚烟藏。""微香开茉莉；初日对芙蓉。""古径无人到；深堂有月来。"

丁心斋观察集《圣教序》云："天经地义无今古；知水仁山有性情。""无力东风花半露；有情春水燕双飞。""云出无心犹作雨；花开有意不能言。""山林习静闻仙梵；风雨论文想故知。"

又，张鹿仙观察集云："太华奇观，万古积雪；广陵妙境，八月惊涛。""可以栖迟，苍松古石；不知汉晋，无怀葛天。""清风满怀，明月在抱；万虑皆息，一尘不惊。"

何子贞太史集《争坐位帖》云："尺书可当十部从事；名作便是五言长城。""天爵崇高，初无阶级；书城割据，各异门涂。""若知者行其所无事；故君子名之必可言。"

张海门侍讲集《华山碑》云："元方之行，高于一世；仲长所乐，极之百年。""行乐及时，辄思少日；以书遣兴，易过中年。""豳国古风，梁州明月；柴桑时雨，颍川德星。"

余曾见某家塾有楹联云："最得意二月杏花八月桂；莫放心三更灯火五更鸡。"想见旧时士人重视科名，舍此别无竞争。古诗所谓"岂为功名始读书"，适与若辈心志相反也。

闲闲居士汪处庐为余言，彼曾以"六六对折么二三"，对"九九归原八十一"。余谓此"六六"，殆合十二之数；若就三十六算，对折不已大误乎？又言，某社前曾征联，出句云："秋容易老，一年容易又秋风。"所取诸作，前列者非皆有目共赏，惟最后一联曰："旧恨难消，两地恨难逢旧雨。"叠字造句颇工雅，而几为沧海遗珠。文章自古无凭据，孰意联语小品，亦竟乏月旦之公评，相与嗟叹不置。

赠妓联短句最多，平生所见庸劣者，过目不复省记。若雅俗共赏之作，虽历久而不忘。兹择录如左。

沈君仲华赠月红云："明月圆时卿记取；软红踏遍我重来。"

张君峰石赠翠云云:"晚翠与张靖之是三生注定事;朝云偕苏玉局作万里逍遥游。"又赠素心云:"尺素传来千种恨;寸心容得几多情。"许君道园赠素秋云:"深情豪素;一日三秋。"彭君后农赠凤娇云:"恐被玉箫引去;愿将金屋贮之。"谢君仲嘉赠玉如云:"箫韵引人思弄玉;琴心累我学相如。"先兄明甫赠毛团云:"翩若惊鸿娇若凤;二分明月十分花。"

尚有撰赠人姓氏未详者,如大姑云:"大抵人生若梦;姑从此地消魂。"竹琴云:"与古柏长松为友;奏高山流水之音。"小玉云:"小劫奈何卿偶坠;玉人无恙我重来。"花宝云:"频敲三叠催花鼓;为谱双声得宝歌。"如玉云:"如水年华如月貌;玉钗韵事玉壶心。"小月英云:"小眠邀月伴;英气仗花销。"金如玉云:"琥珀金钗丝宝髻;水晶如意玉连环。"红宝云:"梦补红楼春不老;花评宝鉴夜来香。"

另有集句赠妓者,如张君峰石赠玉春云:"悠悠我思,其人如玉;耿耿不寐,有女怀春。"某生赠小月仙云:"我何人斯,平章风月;彼姝者子,小谪神仙。"巧思绮合,弥觉古香袭人。

余退隐后自甘放逸,不问世事。尝作感怀诗,有"知己无才甘淡泊,逢人不觉任清狂"之句,谬荷同人赞赏。旋复制一联以寄怀,句云:"野鸥不竞,云鹤不羁,到处尽堪游,怕遇彼党员政客;以画陶情,以诗言志,闲人自有乐,奚问他世变时危。"狂瞽之语,其能免方家窃笑否乎?

前海上丽则社于诗课外,并附征短句联语。应征者兴会淋漓,出奇竞胜,颇极一时之盛。

剑秋出联云："花影一簾吟夜月。"徐苍生对云："稻香四壁读豳风。"慧麓对云："桑阴十亩摘春烟。"春仙女史对云："柳阴双浆弄春潮。"

饮香出联云："马上垂鞭学钓鱼。"一鹤对云："雁中排字分篆蚪。"觉鸥对云："鸥边打桨疑飞鹚。"

放形客出联云："听鼓生涯同卖笑。"无垢庵对云："驾车熟路共论文。"杞忧生对云："破舟亡国共耽忧。"

起予出联云："月到中秋分外明。"怪石对云："雾迷西夏无边暗。"一鹤对云："花因上巳提前发。"

偶红出联云："好花无雨不全开。"石隐对云："败叶经风多四散。"

生白出联云："银烛无愁泪亦流。"芎厂对云："冰纨未裂恩先断。"怪石对云："金炉有篆心同热。"

效陶出联云："三更灯火五更鸡。"且闲对云："数仞宫墙千仞凤。"藏春对云："万里沙场千里马。"

洗桐出联云："江南虽好不如家。"绝裾子对云："堂北何忧惟念子。"长颈叟对云："海上相逢都是客。"

渔湘出联云："人情未抵秋云薄。"鋗厂对云："我爱辰逢夏日长。"子彝对云："客感都从夜雨生。"

醉仙出联云："自称臣是酒中仙。"梅鹤对云："谁谓卿非山内相。"苍生对云："欲共卿为林下隐。"

红薇出联云："一枝无借着身难。"一鹤对云："七叶长绵生齿众。"钝厂对云："半壁仅存怜势弱。"

咏芳女史出联云："红蜻蜓弱不禁风。"锡九对云："粉蛤蜊鲜初出水。"一鹤对云："赤蠛蠓明方止雨。"

荫香出联云："春江水暖鸭先知。"一鹤对云："夏鼎文湮蝌莫辨。"又云："秋壑堂闲虫可斗。"苍生对云："古寺霜寒鲸欲吼。"

落花生出联云："映日荷花别样红。"黑甜对云："遗风朴实同敦素。"铸错生对云："追风李杜先宗白。"

仰桂轩出联云："倚栏先整绣鞋弯。"一鹤对云："偎枕待松金袜扣。"绕花楼对云："对镜巧梳云鬓薄。"

又，疾牛出联云："立苍苔只将绣鞋儿冰透。"一鹤对云："解锦袜难得玉箫郎温存。"忏馀对云："斟绿醪应知金盏子春生。"

按：《尔雅》释笑为兽，文为鱼；无垢庵联，非小学夙有根底不办。《绣鞋儿》为曲牌名，以《玉箫郎》支对，允推绝唱。余皆潜神伏彩，好句如珠。一鹤尤杰出，称作联妙手，同时社友，咸拜下风。

余亦曾制联赠妓林仙云："我本林下书生，登百尺高楼，尝遍览六朝金粉；卿是仙曹谪吏，听几声长笛，且同歌一曲霓裳。"又，应文娱社嵌"剑己"二字联云："名士清狂，剑胆琴心聊寄恨；老臣措置，己推人及总持平。"应丽则社出联："笔上眉痕刀上血。"余对云："奁中脂粉镜中颜。"又，"老僧深夜对红妆。"余对云："学士当年参玉版。"又，"雪晴门巷雨声多。"余对云："风细池塘云影淡。"又，"花影一帘吟夜月。"余对云："松风万壑听秋涛。"另，某社出联云："二月春风似剪刀。"余对云："百年欧化同车轨。"此皆旧时所作，残稿尚存箧中。若迩年社友星散，已无斯兴会矣。

李篁仙先生才丰而遇啬，尝两丧爱妾，乃卜地于某山合葬之。自题墓门联云："如此青山，片石三生无限恨；是何黄土，十年双葬可怜人。"缠绵哀怨，阅者靡不凄然。后杭人某亦因亡妾伤心，营葬毕，即于墓旁预筑生圹，欲践"死则同穴"之约。倩看镜楼主代题联云："未了红尘淹俗驾；无情黄土弔芳魂。"下句似即从李作脱胎而来，而蕴藉则不及。

相传京师草厂胡同有馄饨店，兼售汤圆，生涯颇不恶。室中悬大字对联云："宇内江山，如是包括；人间骨肉，同此团圆。"口气阔大，复确切而不黏滞，允推佳构。

江西党人曾于省垣设立合群社。岁戊午，因欲集合社员，另设招待所。所中榜一联云："万众腾欢，樽开北海；群贤毕至，榻下南洲。"不知为何人手笔。

鄂友李君言：武昌府庚楼，形势尚雄伟。昔有某大僚，曾题联云："昔贤整顿乾坤，缔造皆从江汉起；今日交通文轨，登临不觉亚欧遥。"出句口吻，有雄视宇内之概，似是张文襄手笔。

金陵七月间盂兰会，夙称盛举。某年踵事增华，设立各种游戏外，并构草台演剧。慰农先生于会场题联云："风露作中元，正寒林普济之秋，娱神听，洽乡情，喜闻白雪阳春，传来下里；篝车欣大熟，值香稻初炊之会，庆曾孙，迓田祖，好共山歌村笛，谱入康衢。"近该省叠遭兵燹，市间凋敝，迥异旧观。余别去亦十余载矣，寻绎斯联，犹想慕当日时和年丰景象。

杭州西湖刘庄，即水竹居，光绪乙丙间游客最盛。有吴某，特于庄畔构草庐，设炉款客。风雅之士，咸共莅止。汪次珊茂才为题联云："华屋杂茅庐，看西子湖边，别开世界；停桡来把盏，在刘伶庄畔，应集酒仙。"国变后庄既易主，此一桁酒帘亦杳不可觅。青山红树中，只剩得太白诗魂也。噫吁！

旧传京城某戏园，台前有楹帖云："凡事莫当前，看戏何如听戏好；为人须顾后，上台终有下台时。"按：都人顾曲，俱侧耳审听音节，非南方但以娱目者比。此联词质而婉，雅俗共赏，允推佳构。若近人另述一联，借题以讥刺官僚，殊稍失忠厚之意，然句亦隽妙无伦。联云："休羡他快意登场，也须夙世根基，才博得屠狗封侯，烂羊作尉；姑藉尔寓言醒俗，一任当前炫赫，总不过草头富贵，花面逢迎。"

扬州城楼旧有题联云："杰阁镇层城，看山雨江云，朝飞暮卷；长流通极浦，喜春风秋月，汐去潮来。"不知几经兵燹，今尚存在否？

南通县新建钟楼，俯瞰远瞩，全境莫不瞭然。有某君题联云："畴昔是州今是县；江淮之委海之端。"又，城内开设有斐旅馆，张季直先生题云："请为诵郑风诗，适子之馆，授子之粲；不能忘鲁论语，察其所由，观其所安。"按：南通在海门之上游，本为直隶州辖两县，改县治固未久也。次联用成句，经义纷披，得警戒馆人之意。

曾文正父某公，尝自题厅事联云："有诗书，有田园，家风半读半耕，但以箕裘承祖泽；无官守，无言责，时事不闻不问，只将艰巨付儿曹。"读文正家书，知公固谨守道义之士。今阅此联，真如见其人矣。

前上海三马路文明雅集园，茶酒并售，布置清幽，为诗人文士宴游之所。壁间诗笺满贴，其室楹复悬长句题联云："际兹美景良辰，聚集些红男绿女，白叟黄童，无忌无猜，都来坐坐，黜陟不知，理乱不闻，惟愿那花长好，月长圆，人长寿；趁此明窗净几，搜罗点剑胆琴心，诗情画意，有滋有味，随便谈谈，奇文共赏，疑义共析，更喜是酒常满，茶常熟，香常温。"系王姓名风者手笔。又，固道人题云："好联翰墨因缘，百幅云笺，萃海上风流人物；便算林泉清集，一瓯茶话，许吾曹安顿闲身。"蒲君作英题云："闲来诗酒琴棋地；肯负风花雪月天。"三联均尚清隽。或谓首作有俚俗句，非全璧也。不知茶园酒馆，乃群众杂处之地，俗亦无妨。

某名士撰京都白米斜街联云："白雪远山，图开大米；斜阳新柳，春满长街。"此嵌字之浑成而稳惬者，可取法也。

吾邑硖石镇北关桥石柱题联，为乡先辈某公所撰。句云："一水接帆樯，直达鸳湖占利济；双山资锁钥，喜同鳌塔告成功。"按：桥跨东西两山之间，由此可径抵嘉兴。某年构造，当大功告成时，适东山智标塔亦重修，恢复旧观，故云。

都门广和园戏台，旧有楹帖云："广厦集鸿宾，试看大启文明，金石千声，云霞万色；和风谐凤律，为问几多变化，古今一瞬，天地双眸。"联于嵌字外，惜本地风光尚略欠映带；然能不落寞曰,且有一二惊人之句,已堪激赏。

前传某省因律师众多,特设律师公会,以资联络,藉便纠绳。并于会所榜一帖曰:"执业异经商,读律奚为,但期保障公权,衡平冤狱;立规应共守,顾名自重,切莫借端播弄,惟利营求。"按:包揽词讼,向干例禁。改革后,法政悉仿泰西,准许读律者任兹职务。奈其中人类不齐,勾通衙役,藉端敲诈之举时有所闻,流弊将无底止。榜帖云云,亦姑托之空言耳,能尽人遵守耶?

南通张峰石君,有题店肆各联,寄托遥深,为雅俗所共赏。兹汇录于下。如钱店云:"此何物耶?饿不能吃他,冷不能穿他,看英俄德美意奥比葡及各国人民,死死生生,还要为他糜血战;是真健者!有钱的媚你,无钱的求你,合顺康雍乾嘉道咸同与今皇年号,巍巍赫赫,更教替你署头衔。"药店云:"愿处处都成病世界;笑年年做了苦生涯。"鸡行云:"想生平斗武的雄心,五德那甘侪众鸟;等世界天明时开口,一鸣何怕不惊人。"米店云:"一世经营,为人口腹;万家饱饿,在我心头。"

吴君啸庐言:金陵南门外雨花台近处,有凉亭一座,为行人栖息之所。亭柱镌就联语云:"四面荒芜,权向此间来坐坐;一肩行李,果缘何事去匆匆。"谅系前人手笔,其对仗之工巧,真得未曾有。

黄公度先生未出山时,尝自制一艇,颜曰"安乐行窝",并题联云:"尚欲乘长风破万里浪;不妨处南海弄明月珠。"后果作海外游,充某国参赞。

余曾游沪上，遇汪君次珊，为余述近题某照相馆联云："认我旧容颜，彼团扇画来，无兹神妙；留君真面目，比买丝绣去，省却功夫。"余谓词旨雅切，颇具匠心。惜买丝与团扇属对未工，汪君韪之，惟一时竟无他字以改易也。

北京春晓楼酒馆，为旅居南人宴叙之处。闻有某君题联云："此地异新亭，莫对河山学周颙；诸君来燕市，应评人物到荆卿。"虽空泛而却非俗调。若玉泉汽水公司亦有题句曰："以天下第一泉，制啤酒汽水；是全球无上品，真物美价廉。"则似以联为广告，别创体格，其俚俗不可同论矣。

汤君以香本宦家后裔，雅好弄翰。侨寓吴门，殊无聊赖。嗣为糊口计，于城内道前街开设日昇旅馆，营业勉可支持。因自题楹帖寄意云："读书不成，学剑不成，且做个逆旅主人，藉消日月；送往于此，迎来于此，常愿得天涯知己，共话昇平。"词句流利，非凑合者比。惟馆名嵌在末句第三字，此格似不多见。

李篁仙先生尚有题长沙某院戏台联，久脍炙人口。句云："画船烟雨下潭洲，正此间檀板金樽，乐府翻成望湘曲；瑶瑟清泠怀帝子，更隔岸梅花玉笛，天风吹送过江来。"毕竟名士之笔，气息不凡。

某君家园中有书舍，自题斋帖云："花圃闲浇，培养聊当佳子弟；书城高筑，拥居如拜小诸侯。"此袭前人联语展缀成之，故与他作不同。

上海大世界落成后，赵君养矫题联云："俯仰涵千象；乾坤寄一楼。"此十字何等高浑。乃长沙天心楼有集成句一联，专描写游人情态，而于风景毫不映带，殊不足取。联云："天下有情人都成眷属；心头无限事齐上眉梢。"按：天心楼为长沙最大游戏场，与大世界外状固无甚悬殊。

慰农先生尝自题门帖云："悬车宗广德；讲学绍文清。"又云："两浙东西，十年薄宦；大江南北，一个闲人。"又，京曹某门帖云："长安居大不易；天下事尚可为。"继复改一帖云："安得尽如人意；但求无愧我心。"各联结构俱耐人寻味，然合观之，当知显宦与隐士，趋向迥异，非特云泥相隔，而实冰炭不同。

柴炭铺联甚不易着笔。余在京师，尝见此铺门帖云："亘古山林馀劫烧；万家烟火赖薪传。"妙在雄浑警切，绝无雕斲之痕，可为后学津逮。

某处新开大通银号，专营汇划，贸易颇称隆盛。李君月清特题联云："为百业总枢，肇基宏大；与万商同利，随处交通。"虽无深意，却清稳可诵。

吾邑硖石填瑞雪桥，因港水淤塞，历年遂任其坍塌，仅存遗址。近镇绅将有浚河之举，特先兴工修复此桥。其桥门曾倩程学川太史撰题两联，一云："不百步登北亚；引两河作西流。"一云："但见石泾鱼乐；不闻津水鹃啼。"又，蒋鹿萍明经题云："地灵曲引西流水；山近晴看北亚岚。"按：硖镇河流，原有东南、西南之别。旧传十二景，所谓"北亚晴岚""石泾观鱼"，均与此桥相距颇近。

又蒋君虅庭家住东关厢外桥左，与街市远隔，弥觉幽旷。朱芩年先生曾代撰门联云："出郭东不十步；是桥南第一家。"简练之作，却非他人所能移用。

越中澹道人性好奇异，曾襆被独游欧西列国。嗣以年老返里，慕吴门画艓，为仿制一舟，春秋佳日，常乘坐往来于柳溪烟渚间。舟有自题联语，闻越友传述云："也曾万里浪游，梓里归耕，犹泛扁舟吟夜月；莫羡一帆风顺，柳塘无恙，且摇柔橹荡晴波。"是道人固奇异而高雅者，读其联，余可概见。

卓君慎之言某处有厝所，题联云："长夜漫漫何时旦；春愁黯黯独成眠。"管君振之言，曾见某家庖厨门帖云："卿如藏有酒；侬亦爱无盐。"前作集成句，可不拘对仗。若"有酒"以"无盐"借对，论者尤称其工巧。

题戏台联，有类似格言者。如左文襄云："都想要拜相封侯，却也不难，这里有现成榜样；最好是忠臣孝子，看来容易，问他是几许功夫。"何子贞先生云："象以虚生，看一般世态人情，谁是虚中求实；味于苦出，叹千古忠臣孝子，都从苦里回甘。"斯皆至理名论，千古不刊。特世之人目为老生常谈，而勿加体会耳。

吾邑某教堂门楹，有题联云："天门岂为初人闭；佛道还凭神子通。"造句奇特，非曾研究彼教者，阅之咸不能解。

整理后记

晚近以来,颇有"唐诗、宋词、元曲、清联"之说,虽说未获普遍认同,却也昭示了楹联爱好者的一种"态度"。同样的是,诗话、词话之外,又有"联话",这却似乎比"文话"出现要早,热度要高,至今可谓"高热"不退。

联话代表作,自然首推梁章钜的《楹联丛话》;此外,吴恭亨《对联话》等,也很深受读者喜爱。先河肇开,风气渐成,继踵撰著联话者,颇不乏人。后出的联话,不免以"新"标榜、招徕,于是就有"楹联新话"。比如,晚清民初,以此为名的联话著作就有好几种。这里,我们辑录朱应镐、陈方镛、雷瑨所撰三种,以飨读者。

朱应镐(生卒年不详),字耘青,清光绪前期曾任福建政和、台湾宜兰等县主簿。他的身份地位,较之藩臣梁章钜可谓霄壤之别,资料收集(尤其是别人提供)的难度无疑更大。然而,朱氏的《新话》虽然篇幅比不上《丛话》,在"参互考订,纠其舛误,正其事实"上却很见功力,尤其是订正了《丛话》的一些疏失。

陈方镛(?—1930),复姓陈方,名镛,字鸿甫。光绪辛卯科举人,曾任通州(南)府同州,后在家赋闲。他的《楹联新话》出版在民国年间,王文濡《序》称:"虽不及梁章钜《楹联丛话》之富有,而选语之精、措词之当,要非三折肱于此道者不办。"

雷瑨（1871－1941），字君曜，光绪戊子科举人。曾任扫叶山房、《申报》馆编辑，著述极富。所著《楹联新话》，虽然个别题下颇有与别家重复者，但挽联、集联部分均比较丰富，尤见汇集之功。原本拟三种《新话》合刊，鉴于篇幅，雷氏《新话》分出另刊，也正好用上了此书的别名《最新楹联丛话》。

此次整理，除简体横排之外，内容、体式均一仍其旧。对于文字，明显的误植，或者径予改正，或者用（）随文注出正字；联语的异文，必要的也用（）注出。缺字之处，则以［］补出。至于引文中的节略等，影响阅读的适当查补之外，则一律照旧。此外，段落、格式，也做了一些方便阅读和版面清整的适当处理。

学力所限，整理中存在的疏漏错失，还请读者批评指正。

整理者

庚子初夏

传统文化修养丛书

楹联新话（三种）
——最新楹联丛话

雷瑨 撰

乔继堂　刘冬梅　点校

上海科学技术文献出版社
Shanghai Scientific and Technological Literature Press

图书在版编目（CIP）数据

楹联新话：三种 / 朱应镐，陈方镛，雷瑨撰；乔继堂，刘冬梅点校. —上海：上海科学技术文献出版社，2021
（传统文化修养丛书）
ISBN 978-7-5439-8220-8

Ⅰ.①楹… Ⅱ.①朱…②陈…③雷…④乔…⑤刘… Ⅲ.①对联—文学评论—中国 Ⅳ.①I207.6

中国版本图书馆 CIP 数据核字（2020）第 221934 号

策划编辑：张　树
责任编辑：王　珺
封面设计：留白文化

楹联新话（三种）
YINGLIAN XINHUA (SANZHONG)
朱应镐　陈方镛　雷瑨　撰　乔继堂　刘冬梅　点校
出版发行：上海科学技术文献出版社
地　　址：上海市长乐路 746 号
邮政编码：200040
经　　销：全国新华书店
印　　刷：常熟市人民印刷有限公司
开　　本：889mm×1194mm　1/32
印　　张：20.25
字　　数：470 000
版　　次：2021 年 1 月第 1 版　2021 年 1 月第 1 次印刷
书　　号：ISBN 978-7-5439-8220-8
定　　价：98.00 元（全二册）
http://www.sstlp.com

目　录

卷一　名　胜 …………………………………………… 1
卷二　公署　局所　会馆　善堂 ……………………… 18
卷三　书院　学堂 ……………………………………… 37
卷四　祠庙墓 …………………………………………… 43
卷五　园　亭 …………………………………………… 67
卷六　居　宅 …………………………………………… 75
卷七　商　店 …………………………………………… 78
卷八　格　言 …………………………………………… 81
卷九　喜　庆 …………………………………………… 84
卷十　哀挽（上） ……………………………………… 101
卷十一　哀挽（中） …………………………………… 140
卷十二　哀挽（下） …………………………………… 181
卷十三　投　赠 ………………………………………… 206
卷十四　艳　迹 ………………………………………… 215
卷十五　集句集字（上） ……………………………… 223
卷十六　集句集字（下） ……………………………… 259
卷十七　杂　录 ………………………………………… 287
卷十八　谐　谑 ………………………………………… 296
卷十九　附　录 ………………………………………… 306

整理后记 ………………………………………………… 323

卷一　名　胜

蜀冈为维扬名胜，自六一公作游记后，流风余韵，千载如新。宦游其地者，都喜增葺园亭，为江山生色。其中楹帖，颇有名隽可诵者。定远方梦园题平山堂云："大明寺里拓坤舆，望重庐陵，赖刁周郑赵史吴踵事增华，遂领江上浮岚，长留真赏；丰乐区边推壮观，雄吞邗水，有毛魏金汪宗尹鸿篇巨制，敢道劫馀畚筑，足抗前贤。"题谷林堂云："遗址在棲灵，稚竹老槐，风景模糊今异昔；开轩借真赏，焚香醑酒，仙踪庋止弟从师。"题洛春堂云："品题金带银盘，毕竟杨花难比洛；消受淡云微雨，果然秋禊不如春。"题平远楼云："三级曩增高，两点金焦，助起杯中吟兴；双峰今耸秀，万株松栝，涌来槛外涛声。"题晴空阁云："六一清风，更有何人继高躅；二分明月，恰于此处照当头。"题第五泉云："两井并称，考古常凭墨庄录；五泉新得，即今可宝殿司砖。"

苍梧准提禅林，为士夫游宴之所，榕阴十亩，山水交辉。傍有吕仙亭，传为韩襄毅公遇吕仙处。中江刘湘云观察题联于亭云："一枕黄粱，唤醒人间大梦；三杯绿酒，飞来湖上真仙。"超脱自然，洵为佳构。

贵州东门外九华宫，江南会馆在焉。其中楹帖极多，如：

"游子春来折杨柳;故乡人到问梅花。"孙心筠观察所题也。楼中又悬鲍华潭先生一联云:"秋来黄叶成村,对景忽生归棹想;雨后青山满郭,登楼常作故乡看。"先生和州人,语尤切至。翁祖庚先生题船室集句云:"诗梦不离桃叶渡;骚人未驻木兰舟。"则又绮丽之作矣。

  云南大观楼长联,为世传诵。曩年武昌重修黄鹤楼,留题者甚众。溧阳潘耕甫先生撰长联云:"跨磴起层楼,既言费文伟曾来,又云吕绍先到此,楚书失考,竟莫喻昉自何朝,试梯山遥穷鄢塞,觉斯处者个台隍,只有祢衡作赋,崔颢题诗,千秋宛在,迨后游踪宦迹,选胜凭临,极东连皖豫,西控荆蛮,南枕岳常,北通申息,茫茫宇宙,胡往非过客蘧庐,悬屋角檐牙,听几番铜乌铁马,涌蒲帆桂楫,玩一回雪浪霜涛,出数十百丈之巅,高凌翼轸,巍巍岳岳,梁栋重新,挽倒峡狂澜,赖诸公力回气运,神仙原自幻,又奚必肩头剑佩,囊里酒钱,岭际笛声,空中鹤影;蟠峰撑杰阁,都说辛氏炉伊始,那知鲍明远弗传,晋史阙疑,究未闻建从谁手,由战垒仰慕皇初,想当年许多人物,但云屈子离骚,鬻熊遗泽,万古常新,其余创霸图王,称威俄顷,任成灭黄弦,庄严广驾,共精组练,灵筑章华,落落群雄,终归于苍烟夕照,唯方城汉水,犹记得周葛召棠,便大别晴川,亦依然尧天舜日,偕亿兆群伦以步,登耸云霄,荡荡平平,櫐枪净扫,睹丰功骏烈,贺而今曲奏昇平,风月话无边,赏不尽郭外柳阴,亭前枣实,洲边草色,江上梅花。"

  又李联芳题句云:"数千年胜迹,旷世传来,看凤凰孤岫,鹦鹉芳洲,黄鹄渔矶,晴川杰阁,好个春花秋月,只落得剩水残山,极目古今愁,是何时崔颢题诗,青莲搁笔;一万里长江,几人淘尽，望汉口斜阳，洞庭远涨，潇湘夜雨，云梦朝霞，许多酒兴诗情，仅留下苍烟晚照，放怀天地窄，都付与笛声缥缈，鹤影翩跹。"

二联均以长幅胜。至某君所题"恨我来迟鹤已去；怪人到早诗先传"，则又以少许胜人多许矣。

怀集县衙斋西畔，莲塘十亩，榕阴百弓，为署中人纳凉之地。鲍云韶先生璈游幕其地，建亭林下，额曰"绿云水榭"。濒行，撰联留题云："莲社初开，把酒且邀今日醉；萍踪靡定，种花留待后人看。"出语颇为忠厚。鲍君笃信因果，日以行善济人为念；兼精岐黄，辑有《验方新编》一书，社会颇欢迎之。

虎丘一名海涌山，在苏州阊门外，下临山塘，群山环拱，狮子峰对峙，俗有"狮子回头望虎丘"之说。丘不甚高，而单椒独秀，上有千人石，为生公说法处；旁有剑池，一泓澄清，两岸陡削，高处有桥跨之，洵称奇胜。曩时列肆连廛，嚣杂殊甚。自遭红羊之劫，市廛悉成灰烬，转觉耳目一新，山灵之真面见矣。山半憨泉，为梁时憨憨尊者所凿。近于其旁建涌翠山庄，有问泉亭、送青簃、灵澜精舍诸胜。洪文卿侍郎钧题联云："问狮峰底事回头，想顽石能灵，不独甘泉通法力；为虎阜别开生面，看远山如画，翻凭劫火洗尘嚣。"

嘉兴烟雨楼在鸳鸯湖中，创于五代时。明万历中，复筑层台，曰"钓鳌矶"；又以湖为放生池，立碑曰"鱼乐国"。旁有凝碧、浮玉两亭。清乾隆朝，翠华六幸，御笔题绘，复于热河之避暑山庄仿式为之。咸丰庚申，毁于兵燹。乱后历年兴筑，虽巍楼未复，而堂庑亭榭具备，皆善化许雪门太守所经营也。太守曾题一联云："读竹垞歌，两岸渔庄蟹舍；记梅村曲，扁舟杨柳桃花。"于情景恰甚切合。

金陵莫愁湖，以莫愁得名。洪容斋笔记有两莫愁之辨，谓周美成词"莫愁艇子曾系"，专咏金陵为误。《江宁志》云不知得名何时，又云湖之状正如楚泽悲风，眉纹双结，不知谁何爱而拟似之。然湖名相沿已久，金陵亦较著于郢州，固不必再为置辩也。湖上有李松云一联云："一种湖光比西子；千秋乐府唱南朝。"最为浑切。

今之言莫愁者，以为非伎，实节妇。此则有关风教者。湘潭王壬秋有联，并跋语云："同治十年，重新莫愁湖亭。余按乐府词，莫愁以河中人嫁卢氏，亦北方名族也。石城艇子，说者歧异。盖丽质佳名，流传词赋，如宋子、齐姜之比，不宜侪于苏小、真娘也。为附引以谂好事。"联云："莫轻他北地燕支，看画舫初来，江南儿女生颜色；尽消受六朝金粉，只青山无恙，春时桃李又芳菲。"

莫愁湖之胜棋楼，李维桢记，只言徐九公子以谢玄自比；弇州诸园记，亦未言太祖赌棋事。然今人艳称之，中山王像与莫愁小影并传。楹帖之佳者，如全椒薛慰农云："山温水腻，风月常存，几人打桨清游，倩小妓新絃，翻一曲齐梁乐府；局冷棋枯，英雄安在，有客登楼闲眺，仰宗臣遗像，压当年常沐勋名。"孙澄之云："睹墅付传闻，叹青史成堆，千古河山棋一局；争墩笑多事，看画梁依旧，半湖烟雨燕双飞。"

汉口晴川阁，与黄鹤楼隔江对峙，在江、汉二水之间，高凌翼际。中有联云："山势西分巫峡雨；江流东压海门潮。"颇能状其雄胜。

广州白云山有亭，联云："海上生明月；山中有白云。"又珠江之侧有亭，为宴赏之地，有联云："群贤毕至，少长咸集；清风徐来，水波不兴。"集句皆雅切，尤极自然。

南昌百花洲之北为红桥，红桥之北为水心观音亭，皆东湖也。礼佛者皆唤渡以往。太仓钱君宝琛撰联云："平池分占东湖水；小阁留栖南海云。"语典而切。

梧州东郭外大云山麓有冰井，唐元次山为容管经略使时所凿也；井之东南有冰井寺，亦唐时所建，都人士时于此登高作重九焉。江阴金湜生君游其地，为题联云："冰井留铭，且喜诗人足千古；云山如画，恰宜此地作重阳。"

苍梧城东大雄寺，为古感报寺。有南汉铜钟，乾和十六年吴怀恩造。文凡八十七字，字颇秀劲。此寺残毁过半，坏壁断础，鲁殿无存。桄榔数十株，垂荫山麓；老榕荒藓，浓绿满院。蒲牢一叩，犹闻古音。杨海琴观察题联云："两度来游，古寺斜阳冰井；几回凭吊，秋风废苑铜钟。"

金山在潮州城东北隅，雉堞跨之，韩江环其下，恍如桂林之叠彩山，唯无风洞耳。《一统志》云一名金城山，又名遥碧，唐常衮勒石，有"初阳顶"三字。宋祥符间，知州王汉，始辟其胜。唯所谓荔枝亭、凤凰台、回澜堂、横鹤桥诸处，均不可考；昌黎题名记石，亦无存。迩年山顶建戴日堂，堂宇宏敞，翼以亭榭。隔江岩岫，如环如屏；蜿蜒长波，双桥横锁。远山近水，足畅清游，洵坊额所云"东南最胜"也。张丹叔都转游其地，题联云："明月共天涯，看云影波光，恍疑身在江南，访当年佛祖谈禅，诗仙留带；春风移岭表，趁蕉阴椰叶，偶尔步来城北，问何处韩公遗碣，常相残题。"

东莞北郭有瓣香精舍，所以奉乡先哲者。远山近水，曲榭幽廊，为一城之胜。其楹联云："俎豆奠维桑，本此地更同吟社；祠堂傍修竹，补先生未到行窝。"又云："近邻老屋梅花，别开一席；但荐寒泉秋菊，未称斯人。"

东莞资福寺颇宏敞，为南汉邵廷琄所施宅。宋绍圣间，僧祖堂于殿后建罗汉阁，请苏文忠公为记。后阁圮，存残碑五十余字，至今犹嵌斋堂壁间。郑小谷孝廉有联云："北宋访残碑，人去未忘罗汉果；东官标古刹，我来曾吃赵州茶。"盖三国吴甘露元年，置司盐都尉于东官场，晋为东官郡，梁始改为东莞县也。

江西滕王阁，清同治年间重建，所悬楹联极多。除从前名作外，唯刘岘庄制军抚江右时一联最佳。联云："兴废总关情，看落霞孤鹜，秋水长天，幸此地湖山无恙；古今才一瞬，问江上才人，阁中帝子，比当年风景何如。"又王霞轩廉访联云："鸣鸾昼静，画蝶春融，当年文采风流，雨卷云飞馀胜赏；乘鹤楼高，燃犀渚迥，是处江山辉映，诗成酒熟待才人。"殊工丽可喜。

楹联须切合其地，不能移易他处为佳。镇江焦山联云："回看佛国青螺髻；误入仙人碧玉壶。"都门陶然亭云："穿荻小车疑泛艇；出林高阁当登山。"到此游览，方知联语之妙。

黄琴士先生，于道光丙午泊舟翠螺山下，曾撰太白楼一联云："侍金銮，谪夜郎，他心中有何得失穷通，但随遇而安，说甚么仙，说甚么狂，说甚么文章声价，上下数千年，只有楚屈平、汉曼倩、晋陶渊明，能仿佛一人胸次；踞危矶，俯长江，这眼前更觉天空地阔，试凭阑远望，不可无诗，不可无酒，不可无奇谈快论，流连四五日，岂唯牛渚月、白纻云、青山烟雨，都收来百尺楼头。"气机豪逸，洵能脱去恒蹊。

又罗平窦君塎先生题岳阳楼联云："一楼何奇，杜少陵五言绝唱，范希文两字关心，滕子京百废俱兴，吕纯阳三过必醉，诗耶、儒耶、吏耶、仙耶，前不见古人，使我怆然泪下；请君试看，洞庭湖南极潇湘，扬子江北通巫峡，巴陵山西来爽气，岳州城东道岩疆，潴者、流者、峙者、镇者，此中有真意，问谁领会得来。"硬语盘空，起结尤超妙。

又江阴何廉昉撰扬州题襟馆联云："当年多士登龙，追陪雅集，溯渔洋修禊，宾谷题襟，招来济济英髦，翰墨壮江山之色，翳玉钩芳草，绿醮歌衫，金带名花，香霏砚席，扬华摛藻，至今传宏奖风流，贤使君提倡骚坛，谁堪梅阁联诗，芜城续赋；此日有人骑鹤，烂熳闲游，怅文选楼空，蕃釐观圮，阅尽茫茫浩劫，园林剩瓦砾之场，只桥畔吹箫，二分月古，湾头打桨，十里春深，补柳栽桑，渐次复升平景象，大都会搜寻胜概，我欲雷塘泛酒，蜀井评茶。"组织殊工丽可喜。

是三联，皆虽长而不觉其冗弱，非名手不办也。

山东省城有历下亭，何子贞太史集《兰亭》字题联云："山左有古历亭，坐览一带幽燕之盛；大清当今万岁，是为九年己未所修。"集字巧合，造句尤觉浑健。

武昌黄鹤楼被毁后，久未修建。张孝达制军任湖北学使时，庀材鸠工，重行建筑。楼成，较前益形华焕，土人呼为新黄鹤楼。张题联云："江汉美中兴，赖诸君努力匡时，莫但赏楼头风月；輶轩访文献，记早岁放怀游览，曾饱看春暮烟花。"林远村方伯题联云："向江汉凭阑，作颂愿为尹吉甫；让英豪下笔，爱才谁似李青莲。"同一运典，而用意不同，亦所处不同耳。

无锡北门外九龙山之麓，有皇甫墩在芙蓉湖中，四面皆水，飞楼画槛，有"小金山"之称。旧以孙平叔宫保尔准所题"灯火春星浮北郭；云霞朝景揽西神"一联为最佳。"西神"即九龙山也。清道光年间毁于兵燹，后经重建，规模一新，有题联云："九龙绕郭而来，一颗明珠，宛在芙蓉烟雨；万马窥江已去，半规浮玉，依然杨柳楼台。"殊工丽可喜。

彭雪琴尚书营退省庵于杭州之西湖，山水徜徉，若忘其功高四海者。其题平湖秋月联云："凭阑看云影波光，最好是红蓼花疏、白蘋秋老；把酒对琼楼玉宇，莫辜负天心月到、水面风来。"浑脱风华，的是彭公得意之作。

宝月台在肇庆北郭外里许，额曰"星岩书院"。堂祀包孝肃。

其地北瞰沥湖，遥睇星岩，实擅端州之胜。后为泛瑟轩，夏日芙蕖万顷，清风送香，都人士咸于此避暑焉。张午桥太守撰联云："兀兀醉翁情，欲借斗杓同酌酒；田田词客句，闲倾荷露试烹茶。"李恢垣吏部题联云："七石碧巉巉，终古星芒垂北户；一轮光皎皎，此间月色满西江。"均称雅切。

江西吴城有望湖亭，远眺匡庐，近俯彭蠡，夙称名胜。曾文正公曾驻师于此，后题联云："五夜楼船，曾上孤亭听鼓角；一樽浊酒，重来此地看湖山。"冯展云中丞督学江右，回京时，亦题联云："东下壮军声，横槊高歌，遥想一时豪杰；北归停使节，落帆小泊，闲看千里湖山。"上联即指曾文正驻师言之。

望湖亭侧有鸿雪轩，曲榭回廊，兼饶花木，楹联亦多佳者。冯子良太守云："新旧十年行馆雨；雌雄几辈过江风。"吴竹庄方伯云："万顷湖光浮日月；一楼山色变云烟。"冯展云中丞云："泥雪人生几鸿爪；津亭诗句万牛毛。"曹汲珊太守云："客已倦游，偶然小住湖山，便欲乘风归去；人生如寄，留得现前指爪，不妨踏雪寻来。"皆名俊可诵。

金陵半山寺为王介甫旧宅，其东岩为谢公墩。介甫诗"我名公字偶相同，我屋公墩在眼中"，所谓争墩者是也。中有小涧，终日泉声淙淙然，盖钟山燕雀湖水流入青溪处。旧有魁时若将军"泉声常在耳；山色不离门"一联。薛慰农先生题联云："钟阜割秀，青溪分源，咫尺接层城，叹禁苑全虚，尚留此寺；谢傅棋枰，荆公第宅，去来皆幻迹，问孤墩终古，究属何人。"郑苏龛先生亦有联云："往事重论，怀古谁含出世想；昔贤不见，听泉我爱在山声。"跋云："癸未秋日游半山寺，客或言谢王事者，余乱之曰：'此间泉声，亦清越可喜。'客悟。谢、王有知，如此嘲讽何？"此跋及联均超妙。光绪乙酉年，谢子受观察筑屋于此，为觞咏地，联云："墩本吾家，胜迹从来称太傅；宅由我造，半山莫更让荆公。"读此又不免蹈争墩之习矣。

小姑嫁彭郎，系文人附会之词，乃山颠竟有小姑梳妆楼。习俗相沿，附会尤甚。楼有联云："有美一人，中夜闻五铢环佩；遗世独立，下游俯两点金焦。"事虽不经，语却工艳。

江都张丹叔先生守惠州时，题西湖水亭联云："放眼观古今，倘容判事于斯，吾愿学东坡先生，留一段冷泉佳话；寄怀在山水，偶尔披襟过此，可权借西湖名胜，作片时风月清谈。"名俊语不易多觏。

粤省风洞山有楼观亭台，饶山水之胜。张诗舲尚书藩粤时，有联云："爽借清风明借月；动观流水静观山。"着墨不多，写景却甚妙。

通州狼山望海楼，极江海之大观。寥园主人集唐人诗句为联云："楼观沧海日；江入大荒流。"雄浑雅与题称。

徐州云龙山放鹤亭，为欧公遗迹。亭中多楹联，中有一联云："小憩已忘机，可能舄化飞凫，栩栩然作天际真人之想；幽栖原得计，即此亭名放鹤，飘飘乎有遗世独立之情。"笔意开拓，能不为题所束缚。

金陵北极阁，即台城故址，明为观星台，清改建旷观亭。粤寇之乱，屋舍荡然。许仙屏河帅屏藩江左，重建高阁，远出云表；旁有望湖楼、阆风阁诸胜。自集苏诗为联，一时僚佐竞献厥技，藻彩辉煌，足为山川生色。中有一联，独以感慨胜，联云："大千世界等微尘，说什么钟阜龙蟠，石城虎踞，长江天险，故国山围，问几人图霸称王，赫濯雄风俱杳矣；六代繁华如逝水，请看那孙吴割据，晋宋开疆，苑号乐游，楼名结绮，都付与寒烟衰草，苍茫独立一潸然。"

白门莫愁湖，经粤寇之乱，亭榭荡然。曾文正总制两江，饬工程局建造楼宇，稍复旧观。楹帖以彭雪琴尚书一联为最佳，联云："王者五百年，河山都带英雄气；春光二三月，莺花犹是女儿魂。"同是儿女英雄之意，写来分外出色。又某君联云："渺渺一湖，干卿甚事；茫茫万古，与尔同销。"亦佳。

台州之有东湖，犹杭州之有西湖也。出东郭门不半里，湖光山色，与西湖无异。隔以长堤，分里外湖。其外湖有湖心亭，杰阁三层，登临最胜。俞曲园为题一联云："好水好山，出东郭不半里而至；宜晴宜雨，比西湖第一楼何如。"

琵琶亭，九江名胜也。嘉兴金眉生撰联云："灯影幢幢，凄断暗风吹雨夜；荻花瑟瑟，魂消明月绕船时。"组织元、白本事，故自雅切。

江西甘棠湖，周约十余里。中有墩，圆如月。白香山作亭其上，后人因"别时茫茫江浸月"之句，以"浸月"名之。宋时，周元公长子重建，改名"烟水亭"。亭有联云："恰好亭台驻烟月；可无觞咏对湖山。"又云："疏烟流水自千古；山色湖光共一楼。"颇能状其大概。

苏州沧浪亭，为应敏斋摄篆苏藩时重修。金眉生代拟楹联云："小子听之，濯足濯缨皆自取；先生醉矣，一丘一壑自陶然。"运用成语恰合。

金眉生集古诗，题武昌黄鹤楼云："大江流日夜；西北有高楼。"题岳州岳阳楼云："对此茫茫百端集；此老惓惓天下忧。"题三醉亭云："一月二十九日醉；百年三万六千场。"均以运用古语胜。惟黄鹤楼一联，"大江"对"西北""日夜"对"高楼"，终欠工致，特其气势浑雄为可喜耳。

苏州横山智显禅院，有酾酾和尚，以锡杖叩石得泉，见《吴郡图经续记》。虎丘山下有泉曰"憨憨"，或言亦酾酾和尚遗迹。横山与虎丘相近，憨与酾音又相同，疑或然也。清光绪甲申岁，洪文卿、朱修庭访得是泉，筑精舍其上，郑小坡孝廉命曰"灵澜"。俞曲园撰楹联云："一勺试清泉，此邦故老流传，都道是酾酾师卓锡峰头遗迹；数椽营胜地，我辈闲人游览，勿徒向真娘埋香冢畔题诗。"精舍因在真娘墓旁，故下联及之。

瓯江在温州北门外，中有小岛，屹立江中，曰"孤屿"，风景宛似镇江之金山。昔宋高宗南渡，曾驻跸于此。屿中有浩然楼，或云孟襄阳曾过此，故名。有题联云："青山横郭，白水绕城，孤屿大江双塔院；初日芙蓉，晚风杨柳，一楼千古两诗人。"又太守戴润邻君棨联云："忆故乡两点金焦，同斯佳境；到此地一楼风月，助我清谈。"戴，润州人，故上联云尔。又朱沧湄一联云："长与流芳，一片当年乾净土；宛然浮玉，千秋此处妙高台。"

卢龙为永平府首邑，县署有李广楼，祀将军木主。楼不甚高，杂树环之，树缺处露危城一角。其下纵横菜圃，每当夕阳欲下，鸣鸟啾啾，殊多野趣。有楹联云："遗迹剩卢龙，滦水平山，想囊时结发从戎，争传飞将；残年射猛虎，短衣匹马，动异代执鞭欣慕，何必封侯。"

距皖垣西二里许，有大观亭焉，洪杨时代毁于火。彭雪琴、吴竹庄二公，就旧址重行建造；亭旁有余忠宣公祠墓，亦加以修葺。每春秋佳日，为游人憩息之所。彭公撰楹联云："五千年皖公何在，地接东南，消除浩劫，选胜快登临，尽鹤唳丹霄，鸥盟黄浦，拓此一亭佳景，荡涤胸襟，寄语墨客骚人，莫辜负新秋风月；卅六载贱子重来，天开图画，俯仰狂吟，凭阑休感慨，看龙峦叠翠，鹅屿浮青，骋我百战壮怀，放开眼界，收览练湖灊岳，依然是旧日山河。"

吴公题联云："地隔中原劳北望；天生江水向东流。"

陈彝题联云："我辈复登临，远把余公，近思彭老；大江流日夜，东趋溟海，北拱神京。"

王之春题联云："忠宣本往代荩臣，试看芸史芳留，古木寒泉，犹是当年祠墓；逸少乃吾家才俊，为问兰亭雅集，茂林修竹，何如此地江山。"

程文炳题联云："片土寄忠魂，听阑前万马江声，滚滚惊疑钲鼓动；孤城销战气，指窗外二龙山影，苍苍飞入酒樽来。"

王珊森题联云："莽乾坤能得几人闲，且安排铁板铜琶，唱大江东去；好风月不用一钱买，休辜负青山红榭，送爽气西来。"

宫尔铎题联云："万古乾坤此江水；千家山郭静朝晖。"

冯志沂题联云："秋色满东南，自赤壁以来，与客泛舟无此乐；大江流日夜，问青莲而后，举杯邀月更何人。"

山东泰山下有楼，彭雪琴尚书题集句联云："我本楚狂人，五岳寻山不辞远；地犹邹氏邑，万方多难此登临。"可为工切。

白云山为羊城第一胜地。半山构小亭，为游人憩息之所。亭有楹联云："上方月出初生白；下界尘飞不染红。"见者咸叹为工切。

四川桂湖，为广约三百亩，荷花泛水，桂树绿堤。每当金风初起，玉露时零，雨盖虽残，蟾枝特盛，秋兴不减于夏也。清道光癸卯，曾文正过此题联云："五千里秦树蜀山，我原过客；一万顷荷花秋水，中有诗人。"兼浑雄风雅之致。

大观亭为安庆名胜，地势滨江，轩楹爽垲，清巡抚吴坤修所重葺也。吴氏自为联云："地隔中原劳北望；天生江水向东流。"朱经田中丞于宣统三年任皖抚，又题联云："凭高吊蠡国英灵，任千古江湖，淘不尽孤忠魂魄；揽胜忆滇池杰阁，对八公烟景，问何如故里河山。"

又太湖李海初旧有一联，经乱无存，清同治三年，冯志沂为重书之。联云："秋色满东南，自赤壁以来，与客泛舟无此乐；

大江流日夜，问青莲而后，举杯邀月更何人。"寿州王幼屏珊森有一联尤佳。联云："莽乾坤能得几人闲，且安排铁版铜琶，唱大江东去；好风月不用一钱买，休孤负青山红树，伴爽气西来。"

仪真阮文达公于道光年间予告归里，年已逾七十。然精神不衰，每遇名胜，犹喜赋诗，或挥洒楹帖。焦山自然庵有联云："从古桑田沧海；自然仙鹤梅花。"八分书若不经意，而能得古趣。相传公初游焦山，有僧求楹句，公以昔题某处集联为书："凌万顷之茫然；障百川而东之。"僧以句重"之"字为问，公随命僆人携回，至今人犹惜之。

九成台在韶州府西北隅城垣上，俯临武溪。中祀虞帝，有东城九成台铭碑，盖明郡守某重刻者。清咸丰乙卯，山阴汪芙生游韶，为题一联云："谁曾见北宋名流，有四面云山，依然秋色；何处问南薰法曲，只千年泷水，不断江声。"

广州城北十里许有白云山，风景绝胜。山上建一亭，中悬联云："海上生明月；山中多白云。"不知何人所撰。道光中有人于珠江之侧建亭，为宴赏之地。陈兰甫学使录集句联云："群贤毕至，少长咸集；清风徐来，水波不兴。"以上二联，佳在所集之句，人人皆知，而一经运用，便觉异样新颖，非名手不足语此。

京师陶然亭，在南下洼城根旁近，为清初江藻所建，又号"江亭"，夙为文人游宴之所。秋夏之交，塘内芦苇，高可隐人，而槛外西山，终日在望。都门喧嚣之地，有此点缀，聊足怡情。亭内联语甚多，佳者殊不多观。三六桥都护多新题一联云："载酒重来，问旧游几辈青云，几人黄土；拈花一笑，看今日满城风雨，满地江湖。"颇为人所传诵。

祭酒岭在福州会城西门外，邑宰林亭桐朝阳题联云："行路最难，才数起山驿水程，少安毋躁；入关不远，莫忙逐车尘马足，且住为佳。"句颇耐人寻味。

洞庭潘莘田观察其铃，题金陵莫愁湖联云："一局未完，笑半壁江山，已随柯烂；六朝如梦，幸满湖风月，尚有花开。"又代肃毅伯李节相，题黄鹤楼楹联云："数千里奔湍激浪，都到楼前，公暇一凭栏，江汉双流相照映；十余年人物英雄，恍如梦里，我来重访鹤，沧桑三度记频经。"又代人题重修醉翁亭联云："一醉亦千秋，辉映后先，大笔谁如苏内翰；重新劳再拜，留传山水，此亭足抵鲁灵光。"语均工整秀洁。华亭王节士友圭亟称之，为之载入《听莺馆笔记》。

松江城内普照寺，相传为机、云故宅，自晋迄今，屡废屡兴。近邑绅耿伯齐农部重加修葺，为同人觞咏之所。落成之日，遍征题咏。元和陆凤石太傅题联云："是江东古华亭邑先贤室庐，与万里桥西并称名迹；为吾祖晋侍郎公从堂昆弟，经五十世后犹诵清芬。"又一联云："晋代才名，比建安七子；草堂胜概，埒横云九峰。"

武昌黄鹤楼畔有睡仙亭，官文忠（恭）曾题一联云："偶然一枕游仙，蝶梦是庄庄梦蝶；莫以半生嗜酒，醒人常醉醉人醒。"机神殊活泼。自迭经兵火，今此联已无迹可寻矣。

金陵竺桥，古邀笛步也。玄武湖之水由珍珠桥下注，清溪之水来汇，合流出天津桥，过大中桥而为秦淮。寥园主人既筑小园于竺桥之西，桥头有永福寺，颓废久矣，为募资重葺两楹，寺奉观音像。其下盈盈一水，春秋佳日，士女嬉游。或赴鸡鸣寺进香，系必经之路。为撰一联云："诸公容与中流，倘问迷津，到此何妨登彼岸；我佛矜怜苦海，但参法座，有缘毕竟得慈航。"语妙双关，如清夜钟，足发人深省也。

江西湖口之石钟山，为剿粤匪时用兵之地，事平后，曾涤生相国与彭雪琴尚书同登是山，时北风吹雨，萧然有秋意。相国因题一联云："长笛不吹江月落；高楼遥吸好风来。"劫余翰墨，山灵亦当珍护也。

长老坪为大相岭最高峰，凭高望远，万里可穷，绝壁森然，下临无地，真天下之奇境也。上有庵，门悬一联云："万里风烟，会当凌绝顶；空山草木，前不见古人。"系清溪张某所题，并有跋云："大相岭缘武侯南征驻军得名，清初岳公钟琪平藏经此，葺祠以祀，远略固后先辉映也。民国元年，来守此土，半壁西南，边氛屡警。登高遐想，漫题志感云。"玩其意，盖隐讽西征诸公也。

太白楼有一联云："荐汾阳再造唐家，并无尺土酬功，只落得采石青山，供当日神仙啸傲；喜妃子能逛学士，不是七言感怨，怎脱去名缰利锁，让先生诗酒逍遥。"运用本事，居然一则史论。

卷二　公署　局所　会馆　善堂

公署联语，以凝炼庄重而又不失勤政爱民之意者为最合格。广东抚署花厅联云："花竹一庭，是亦中人十家产；轩窗四壁，可无广厦万间心。"臬署有督审局，江阴金湉生君题联云："体天子好生之心，有冤必雪；师圣人无讼之训，欲善从风。"又题积案局联云："清讼以恤民，凛官箴先论功过；安良须戢暴，持成宪贵协宽严。"以上数联，是皆能得为政之要者。

廨宇楹联，类多陈俗。惟两广督署诸联，为某名士所撰，颇能雅切。自大门至二堂各联，云："自西自东，万流仰镜；允文允武，八柱承天。"又云："民物滋丰，岩桂岭梅含雨露；师干整肃，珠江琼岛静波涛。"又云："铜铸交州，长励边臣横海气；珠还合浦，愿铭廉吏饮冰心。"又云："盖海旌旛，蕃舶远绥师子国；擎天柱石，筹边纡画飨军堂。"又云："八座起文昌，瑞气迥浮青玉案；三光悬圣藻，清名合在紫薇天。"又云："益地启鸿图，砥平方隅，镜清寰海；泰阶明象纬，冠冕南极，文章上台。"又云："铜柱珠崖，地合东西瞻使节；金符玉券，威宣中外畅皇猷。"

其司道官厅云："率履慎民瞻，岭海兼筹劳赞画；盍簪联宦迹，冰渊共凛济艰难。"

府厅官厅云："得位即乘熊，勉副循良学西汉；有才堪展骥，莫嗟闲散滞南荒。"

州县官厅云:"尺地借何难,须慕爱人学道;分阴宜共惜,莫夸坐啸清谈。"

盐务官厅云:"会计亦经纶,府海多才谁屈指;廉隅同勉励,饮泉有句好盟心。"

首领佐杂官厅云:"三语岂称工,莫但楼台夸得月;六箴应共勉,好商簿领助移风。"

四营将官厅云:"任寄腹心宜领袖;效收指臂咏袍裳。"

各镇官厅云:"铜柱珠崖,大将旗鼓;牙旐玉帐,公侯干城。"

候补提镇官厅云:"国士合登坛,犹忆平生经百战;君恩许专阃,待看号令肃三军。"

副参游官厅云:"为将重成谋,阵结风云须变化;洗兵期壮士,气消岭海庆昇平。"

都守官厅云:"帐下且从容,自古将才出偏校;寰中幸清泰,莫忘国事废韬钤。"

世职官厅云:"砺山带河,与世无极;国恩先烈,终身不忘。"

诸联皆切定两粤,不能移置他处,合作也。

张丹叔观察署惠州府时,题谳局联云:"连岁遘凶荒,悯边地失业小民,又添出几重公案;诸君持法律,体上天好民大德,须各尽一片苦心。"矜恻之情,溢于言表,勿徒赏其属对之工也。

倪豹岑方伯任荆州府时,题厅事联云:"问谁为倚马才,请试万言,断不吝阶前尺地;愿相戒牧猪戏,习勤百甓,慎毋抛世上分阴。"能切荆州,语亦岸异不群。

衡水县大堂有联云："我敢谓德被桃城，只自凭一点良心，好对有情百姓；尔原望安居蔀屋，也要存几分畏志，毋忘约法三章。"语甚切实，无叫嚣浮夸之弊。

真定井陉县大堂有一联，为汉阳李黻臣太守所题，联云："作官当守官箴，便留十分神，也怕我忙中错了；保民须求民隐，偶试三尺法，要替他堂下想来。"不愧为仁人之言。客厅有七言楹联云："莫谓官卑甘屈膝；果逢诗好要低头。"语能自占身分，而以蕴藉出之，故佳。

游子岱方伯，楚南新化县人，由孝廉从军起家。服官安徽，曾文正以"中兴吏治第一"，荐之于朝，简放直隶永平府。题大堂联云："任寄专城，要远法清端，近师文正，感乎草偃风行后；地当孔道，看朝鲜接轸，蒙古联镳，讴歌柳往雪来中。"其丰裁可想。

应敏斋任江苏臬司，以署中楹联无佳者，请俞曲园先生更易之。先生为题大门联云："听讼吾犹人，纵到此平反，已苦下情迟上达；举头天不远，顾大家猛省，莫将私意入公门。"题大堂联云："读律即读书，愿凡事从天理请求，勿以聪明矜独见；在官如在客，念平日所私心向往，肯将温饱负初衷。"题便座联云："且住为佳，何必园林穷胜事；集思广益，岂惟风月助清谈。"又云："小坐集衣冠，花径常迎三益友；清言见滋味，芸窗胜读十年书。"

应敏斋由臬司摄篆苏藩，俞曲园又为拟客座联云："小集宾僚同骨肉；纵谈政事即文章。"又内室联云："宴息敢忘天下事；和平先养一家春。"以文字论，固俨然绝好官箴也。

潮州丁雨生中丞日昌任江苏巡抚时，值金陵克复未久，筹办善后，整顿官常，不遗余力，至今吴人称之。中丞尝书一联于抚署云："官须守正做来，苟事事瞻顾因循，纵免刑章终造孽；民欲持平待去，看个个流离颠沛，忍将膏血入私囊。"亦可想见其政治矣。

刘仲良中丞秉璋任江西巡抚时，适值秋试，入闱监临，撰一联悬至公堂云："堂中都是个中人，十数年辛苦风檐，敢忘畴昔；阶下岂无天下士，诸君子飞腾云路，莫负科名。"

清咸同间，京师工部衙门移至太常寺虞衡司办公堂，某君撰楹联云："历红羊劫后，改建西曹，图国维新，毋徒守虞候薮薪，衡麓林木；拓仙蝶祠边，重开粉署，闲游访旧，且莫忘藤栏月夕，棠榭春阴。"

张孝达尚书督两湖时，于大堂自署一联云："西通巴蜀，南控荆襄，中有九江合流，形胜无双，楚尾吴头一都会；内修政治，外诘兵戎，兼司四裔交涉，师资不远，林前胡后两文忠。"气魄沉雄，与人地均相称。

梁节庵守武昌时，于头门自署一联云："燕柳最相思，身列修门二十载；楚材必有用，教成君子六千人。"

新繁县署二堂有联云："环竹为庐，案上亦列图书，卓尔四乡之长；栽花满县，径间更有松菊，怡然五斗之官。"联为知县郑方城撰，语有调侃。

四川盐茶道署厅事，有联云："镇日得长闲，最有味时如水淡；此官无别趣，却宜多处比诗清。"切定盐、茶，意亦萧旷，不似公署中语。

成都府试十六州县童子，向假贡院。德兴杨庆伯侍郎重雅知府事时，就贡院旁，相地创建试院。自撰联云："我生与永叔同乡，衡鉴无私，得士亟求如轼辙；此地是升庵故里，仪型未远，论文何必溯渊云。"

两湖督署于张孝达尚书在任时，曾更易新联，均极雄丽。兹择其切定两湖，不能移置他处者，录如下。
联云："江汉水东流，舸舰黄龙，节府上游尊柱石；尚书天北斗，瓡棱金爵，泰阶中夜炳台垣。"
又云："盛时礼乐入歌谣，家颂禹功，户承周化；重镇疆舆资控驭，河流巴雪，天接秦云。"
又云："兰芷升庭，七泽三湘归节制；禾麻被野，五风十雨兆丰穰。"
又云："圭瓒佐中兴，江汉万年周雅勒；䇭丹修职贡，荆衡三品夏书登。"
又云："世会庆雍熙，正当雁辑衡阳，虎驯梦泽；人文推炳蔚，犹是佩纫香草，襟袭雄风。"

又云："志乘见芳型，最难忘鸡次佚篇，鹤楼初什；敦槃思盛事，待重续习池置酒，汉上题襟。"

又云："士马带雄风，记曾蕙圃春蒐，钓台秋宴；山川增壮采，为有郢中高曲，江夏奇童。"

又云："佩黻集群才，看栝柏干霄，苣兰被渚；车书归一统，喜荆衡底贡，鄢郢尊王。"

又云："地势控荆襄，紫电军声通武库；天文占翼轸，红云御气接中台。"

又云："千里舳舻联，农隙岁修江夏猎；三军袭带茇，府僚近接岘山游。"

又云："丽藻挹葩经，周雅台莱承百禄；雄图恢荜路，楚材杞梓蔚千章。"

又云："轨迹奉雎麟，地近周南先被化；璇源钟汉沔，士生楚国易希贤。"

广东学使署有堂，颜曰"光霁"，徐花农任粤学时，函请俞曲园题联云："四面敞园林，看喻学有斋，校经有庐，以及瑞芝簃外，仙石亭中，好景无边，都向此堂呈胜概；九霄下鸾藻，溯大兴之翁，仪征之阮，上而米老题诗，雪翁葺屋，前徽未远，更欣继起得名流。"自注联中事迹均见花农诗纪，故不具录云。

何香伯太守兰馨任直隶某府时，颇著廉能名，然刑法严酷，忽而嬉笑，忽而怒骂，以听讼为儿戏。其自署大堂联云："我如卖法脑涂地；尔若欺心头有天。"后何从戎豫省，竟堕马死。以云卖法，虽三尺童子，皆知其无；或者酷刑之报欤？又某处县堂联云："尔酷吏试尝辣手；我良民共谅苦心。"微觉和平。终不如萧山汪龙庄大令书枣强县署联云："苦心未必天终负；辣手尝思人不堪。"是则恺悌君子之言矣。

蒙古柏雨田中丞贵，由知县累官至巡抚。尝自撰一联，悬于广东抚署云："牧令计十年，坐斯堂，始愿何尝及此；丝纶蒙两代，奉厥职，立心惟矢无欺。"

醝政故实极少。潮州乔豹园同转，尝倩江阴金粟香代撰其署内楹帖，金应以一联云："宪使许分猷，会典居府厅州县而上；邻疆归管辖，职掌在湖嘉汀赣之间。"盖广东运同引，地跨三省四府州，各州县销盐处分，应运同开造也。

广东雷琼道，驻扎琼山县。大堂楹联，暗藏琼州府属各州县名色，组织自然，句尤工稳。联云："定安全之策，坐镇琼山，开乐会以会同官，统府州县群僚，独临高位；澄迈往之怀，清扬陵水，佐文昌而昌化理，合万儋崖诸牧，共感恩波。"

周文之太守沐润，祥符人，以庶吉士散馆，出宰江南，历任繁剧。宰常熟县时，题大堂联云："十日雨，五日风，岁乃常熟；九年耕，三年蓄，民其姑苏。"吴人至今犹传诵之。

黎简堂中丞名培敬，初以翰林督学黔中。时苗民逆命，停考多年。公按临所过，皆逆苗巢窟，调营勇，招生童，因势利导，以次收复。朝廷嘉其功，旋命分藩开府。公用人行政，靡不权衡至当。尝题抚署大堂联云："任百务之纷乘，于曲尽人情之中，仍权至理；惟一心之默运，必克去己私而后，方见大公。"又一联云:"人苦不自知,愿诸君勤攻我短;弊去其太甚,与尔民率由旧章。"两联语意,鞭辟入里。非深于学养,何从语此!

浙江巡抚署中,有桐城方恪敏公观承联云:"湖上剧清吟,吏亦称仙,始信昔人才大;海边销霸气,民还喻水,愿看此日潮平。"其后,公之侄受畴任闽浙总督,复题联于署云:"两浙再停骖,有守无偏,敬奉丹毫遵宝训;一门三秉节,新猷旧政,勉期素心绍家声。"并有跋云:"乾隆戊辰,先伯父恪敏公,由直隶藩司抚浙。余昔为此邦守令,今继伯父之后,亦由直隶藩司擢任。余弟维甸,又曾以总督权抚事。六十年来,三持使节,洵殊遇也。敬诵御赐诗中'新猷旧政,有守无偏'之句,谨录成联,以志国恩世德云尔。"

浙江学使署在杭州府学之东,署中桃李甚繁,有牌额题曰"桃李门"。学使彭文勤公题大堂联云:"天地自成文,湖山有美;国家期得士,桃李无言。"萍乡刘金门侍郎凤诰联云:"使节壮湖山,东南坛坫;文光拱奎璧,咫尺宫墙。"皆按切其地,不可移置他处。

归安徐阮邻先生保宇,题甘肃盐茶同知署云:"回民汉民,多是子民,我最爱民无异视;礼法刑法,无非国法,尔须畏法莫重来。"语极诚恳,殊不嫌其复字。

清水师武弁张国威,题湖北某公署联云:"是谁伴我,有左氏奇书,右军法帖;与孰为邻,只芦中渔父,泽畔吟魂。"又厅事云:"黄鹤笛声千里外;翠螺山色一樽前。"张,鄂人,时守牛渚，故云。末僚能如此风雅，徜官屈宋，不过如斯。

仪征程揩阶先生绅，清嘉庆朝，由举人出为四川知县，题蒲县大堂联云："犯法只坐尔身，还须念妇哭儿啼，徒荒了田间耕凿；起衅皆由细故，若忍却一言半语，何苦在杖下呼号。"沉痛警辟，览者悚然。

李肯庵太守堂，任湖州府十余年，政通人和，废修坠举，尤以作养人才为己任。有自题厅事一联云："升堂三下鼓，打动那夙夜敬心，在不睹不闻处着想；判事一点朱，沥出这肝肠热血，从匹夫匹妇上生春。"可想见其为政风流也。

赣州演武厅有楹联云："玉垒绕双江，画鹢波平，想当年王濬楼船，阎公桨戟；金坛开八阵，坐狱云拥，看此日长松都尉，细柳将军。"联为昆山温如玉题，切定江西，语特壮丽。

校官为冷宦，往往自撰楹联，语含嘲讽，有令人忍俊不禁者。李时庵教授题大堂联云："扫雪呼童，莫认今朝点卯；轰雷请客，须知昨日逢丁。"傅芝堂学博题署联云："百无一事可言教；十有九分不像官。"此二联早已脍炙人口。

屠筱园教授亦有联云："教无可教偏称教；官不似官却是官。"自嘲中却有身分。

陆定圃教授题署联云："近圣人居大门径；享闲官福小神仙。"亦饶趣味。

沈秋河司训题署联云："读书人惟这重衙门，可以无妨出入；做官的当此种职分，也要有些作为。"风骨棱然，读之令人起敬。

又某君司铎茶江，题学署大门联云："有教无类，教亦多术矣；以文会友，文不在兹乎。"集《四书》成语，亦佳。

湖南贡院至公堂，有两联均甚佳。一云："鸿印雪泥深，阅十年棘院重来，与诸君清白盟心，看蟾魄当头，今夕止谈风月；鹏抟云路阔，望咫尺蓬山不远，愿多士文章报国，听蚕声食叶，他时同展经纶。"一云："鸣鹿荷恩光，对棘闱明月第五回圆，喜此邦代有人文，麟凤早呈王国瑞；飞鸿移宦迹，望滇徼蛮云数千里远，与多士重宣德意，梗楠莫负楚材良。"署名为湘抚王某，实则嘉定黄翰卿孝廉代撰，才人吐属，雅有情文。

浙江贡院楹联，以阮文达所题最为超脱。近见《听莺仙馆笔记》又有两联，亦佳。一云："敷天瞻日月重光，兵气喜全消，雅颂承平，还是文章能报国；胜地揽湖山有美，人材期慎选，规模整肃，须知科举为求贤。"此联盖是粤匪抚后新添者。又一联云："月满十分秋，五夜方中，射斗虹光争焕烂；风来九万里，一层更上，翀霄鹏翮快扶摇。"气势至为雄伟。

周听松先生涛，于道光中叶守扬州。时承平日久，民物丰阜，先生律己爱民，口碑载道。自撰大堂楹联云："统一年三十六旬，仔细思量，□那件利民为国；阃八属亿万千户，通盘打算，有几家足食丰衣。"先生德政，概难枚举，即此联，如见其心焉。后同治戊辰，长白吴公式梁继守是邦，兵燹之后，民困未苏，政治一以公为法，而措施倍难。癸酉廨宇落成，重书是联，悬之厅事，盖以存遗迹，并自勉焉。

湘乡左青崎先生辉春,为高邮牧,政治宽厚,惠鲜小民,以农桑为本务,以礼教挽颓风。公余之暇,辄与胶庠儒士论道讲艺,一时人文蔚起,固不独家封户足也。署中有自撰数联,皆谆谆以爱民止讼为心。其曰:"百里雷封,只种些潘令桃花,陶公杨柳,谢傅甘棠,暑往寒来,荣悴也都关我辈;一州斗大,此间有秦邦国士,莘老状头,朱卿孝子,风移俗易,方隅原不囿吾民。"则大堂楹联也。"只隔这重门,恐无术周知民隐;但凭方寸地,愿尔曹共体吾心。"则五马门联也。"花落讼庭闲,三通鼓罢;草成文告简,一曲琴调。"则大堂后屏门联也。光绪庚辰,廨宇重修,屏门、五马门楹联,尚仍其旧;大堂之联板既朽,当事者不复锓,亦憾事也。幸学士文人,传诵在口,尚未即于湮没耳。

同治末年,丹徒令何绍章,浙江人。既通籍,筮仕苏省,权丹徒篆。邑濒大江,民悍多盗,莅任三载,迄无命、盗重案。癸酉岁,苏省亢旱,丹邑独时沛甘霖,民皆谓为至诚所格。其自撰花厅楹联云:"载来吴下寒梅,为与此间补春色;扫却庭前落叶,何妨竟夕共清谈。"恤民勤政之心,盎然可见。

宁波宗太守湘文,律己爱民,政声卓著。当下车伊始,即自撰一联悬于头门云:"此是公门,裹足莫干三尺法;我无私谒,盟心常凛一条冰。"清廉自矢,于此可见其守矣。

武陵龚淦卿大令之格,同治戊辰任安宜宰。其初莅治也,百废俱兴。惟民多健讼,雀角微嫌,蝇头细故,必匍匐公庭而后已。积习相沿,由来已久。大令患之,爰撰一联,悬诸厅事云:"王法不容私,愿四民各务修勤,莫向庭前争曲直;宰官非易做,有一事或存偏袒，断难屋漏对神明。"既自励，并示警。求治苦心，隐然可见矣。

扬州甘泉邑令徐宝庵，宽猛兼施，颇多治绩。其自撰大门联云："我如稍有偏私，定不邀天眷；民其各勤尔职，勿轻入吾门。"又大堂联："教养要求实事，循吏不易为，除莠安良，先与闾阎平其雀鼠；胥吏均属子民，天良期共矢，奉公守法，勿使士庶视若虎狼。"督率与勉励兼施，意至深切。

安徽旌德县某大令，摄篆二载，兴利除弊，惠德及民。去任时，留一联于大堂云："为政在先劳，愧蒇躬两载于兹，毫无建树；教民惟礼让，愿斯邑三乡以内，永息俯张。"惓惓不已之情溢于言外，宜人之讴思不已也。

奉化县某君司厘卡差，题一联云："具有经纶，莫谓税监官可旷；权精会计，须知委吏圣曾为。"词得体要，可为司榷良言。

钱塘陈云伯大令文述，少负才名。后以乙科出宰，由皖之吴，所至有惠政。补官江都县，前令以迎送为事，积案盈万。陈初至，署厅事一联云："勤补拙，俭养廉，更无暇馈问送迎，来往宾朋须谅我；让化争，诚去伪，敬以告父兄耆老，教诲子弟各成人。"乃排日讯断，不逾年而案牍以清。

桐乡冯柯堂中丞钤，历官楚、皖，有惠政。抚皖时，于后圃莳梅及蔬果，颜曰"菜根香"。题楹联云："为恤民艰看菜色；欲知官况问梅花。"诵之，可想见其风趣。

林文忠公在河工时，题所居室联云："春从天上至；水由地中行。"题客座联云："芦中人出；河上公来。"典雅浑成，得未曾有。

丹徒严问樵太史云：余宰栖霞，每奉家君子手谕，谆谆以立身居官为最。蒙赐一联，云："职在地方，但无忘该管地方，即为尽职；民呼父母，倘难对自家父母，何以临民。"庸受而谨书之，悬之厅事，朝夕自勉。因复推广其意，撰联书于堂楹云："暗室中自有鬼神，倘鉴余少昧天良，甘为一钱誓死；公堂上谁非父母，最怜尔难宽国法，苦从三木求生。"

按：太史天才高旷，性好狭邪，艳迹流传，颇足以惊流俗，不知者几以魏收蛱蝶目之。今读此二联，知其居官雅有惠政，虽古贤吏亦无以过，方恍然于才人偶尔游戏，固不足为大节之玷也。

咸丰戊午武乡试，浙省改至己未举行。铁庵题演武厅联云："补盛典于三春，即观兵亦为耀德；收将材于两浙，惟纬武实并经文。"又一联云："八座降文星，十里杏花环虎节；三场观武备，万条杨柳拂骢鞍。"

直隶深泽县大堂有长联，为郏城吴步韩所题，气势颇浩瀚。联云："邦畿五百里内，依山带水，谁言地偏长沙，看东距鹿城，西邻鼓国，南萦滹渡，北瞰恒阳，官斯土者，如闾师，如比长，如古子男，引养引恬，要有实心敷治，漫流连高台柳月，小院荷风，故井泉香，危楼塔影；烟火二万家馀，就日瞻云，何幸躬逢盛世，想士食旧德，农服先畴，工用矩规，商循族氏，我所思兮，为良吏，为神君，为慈父母，济宽济猛，可无善政宜民，须记取杨震四知，中牟三异，赵公双砚，刘氏一钱。"语虽有所脱胎，然位置妥帖而不颇，不可谓非佳联也。

高象阶先生汉墀，任某学教官，题署中大门联云："象曰匪用伊教；阶也学古入官。"以"象阶教官"四字嵌入联中，可谓别开生面。题门斗房两联，一云："莫嫌门外汉；权作斗筲人。"一云："门庭勤洒扫；斗室慎防闲。"亦俱嵌入"门斗"二字。

又某广文自题联云："严陵教官，吴兴教官，穷益坚，老益壮；归班知县，保举知县，有若无，实若虚。"末二句，读之忍俊不禁。

明宣府巡抚刘永祚，字锡仲，陕西韩城人，万历己未进士。尝榜其门云："谨关梁，完要害，千里长边，幸一烽未起；省刑罚，薄税敛，六年镇抚，愧五技已穷。"至今读者，以为能克践所言云。

归安凌厚堂塈，清道光辛卯举人，大挑选授金华教谕。性怪僻，敢为大言。尝于明伦堂题一联云："金匮万千衷，孔子曰，孟子曰；华衮百廿作，帝者师，王者师。"见者无不吐舌。

北京政事堂，地望高绝，以简为重。某君拟撰楹联云："竟日淹留佳客坐；两朝开济老臣心。"属对工切，集杜工部句，尤能天然巧合。

平乐府接官亭，有长联云："傍千寻凤岭，对一鉴龙潭，座满高朋，柳往雪来成雅集；通百越蛮疆，控三江鹢浪，轩容小住，山光水色入吟怀。"语颇雅切不移，惜不详作者姓氏。

光绪壬寅，张香涛署江督，奏派蒯礼卿为仪栈总办，谕以实力缉私。张又亲赴十二圩，相度形势，拟自集一联，悬之仪栈。先得上句为："积雪中春，飞霜暑路。"盖用张融《海赋》语，命礼卿及黄仲弢对之。礼卿转请某君代庖，某君对以郭璞《江赋》："总括汉泗，兼包淮湘。"礼卿称善，言于张。张自以"洗兵海岛，刷马江洲"易之，其实不及某君之联之切当也。

湖北银元局，为张孝达尚书督鄂时奏办。尚书题一联云："楚国以为宝；天用莫如龙。"上句出《楚书》，尽人皆知，用诸鄂省，可谓恰如题分；下句出《史记》，妙能关合龙洋。所谓"文章本天成，妙手偶得之"也。

邓巽盦先生濂，江苏金匮人。有题纺纱厂联云："衣被遍寰中，何人巧试玲珑手；机关妙天下，此地能开顷刻花。"

湖北公桑局，为谭继洵抚鄂时所创。既购浙桑，遍树郡县，复筑园于省城东北隅，以养其萌蘖。园中小有楼台，可息游屐。公子复生孝廉，代撰一联云："美利尽田园，许万家生意平分，微行试辟豳诗地；成功告繐组，有五色天章可织，厥篚新呈荆贡时。"

京师及各省之有会馆，所以联邦人士乡谊，且藉以开谈话决议公益也。其楹联，大都有怀念故乡、低徊往复之致，是殆所谓

"情文相生"者欤？兹忆其至佳者，择录之。

镇江近山门外江西会馆楹联云："坐中都是故乡人，喜一榻茶烟，好同询南浦朝云，西山暮雨；江畔别开名胜地，近二分明月，试凭眺东流雪浪，北固烟霞。"

沪江四明公所，有楹联云："相逢多故里亲支，试话明山月色，甬水潮声，无客不思家，归梦远驰三百里；到此览神州气色，但看战舰东来，贾船西去，匹夫皆有责，旧邦毋忘四千年。"上联言爱乡，下联言爱国。非血性人，不能有此言。

苏州盘门新桥巷有浙绍会馆，俞曲园题联云："游宦到金闾，把越酒，话乡关，如读会稽之赋；清时调玉烛，借苏台，成雅集，胜在永和九年。"又题会馆戏台联云："高会即兰亭，叙觞咏幽情，更饶丝竹兴；新声征菊部，对苏台风月，应忆镜湖游。"

杭州安徽会馆，为徽人之宦浙者所建。俞曲园题联云："游宦到钱塘，饮水思源，喜两浙东西，与歙浦江流相接；钟灵自灊岳，登高望远，问双峰南北，比皖公山色何如。"

苏州城内八旗奉直会馆，系就拙政园为之。俞曲园题联云："胜迹冠吴中，有梅村诗句，衡山画图，坐对茶花思往事；名流来日下，是丰沛故家，金张贵姓，好凭酒盏话升平。"

天津府城内有浙江会馆，因旧时浙绍乡祠旧地所改建也。俞曲园题联云："从之字江边，到丁字沽边，三千里远来，同归安宅；拓越中旧馆，为浙中新馆，十一郡咸集，各话乡山。"

江西省城有江南会馆，鲍花潭侍郎题联云："亭依孺子，阁傍滕王，构兹精舍数椽，且向客中联雅集；莼采秋风，杏探春雨，话到故乡一水，应从江上动归思。"

李少荃相国题安徽会馆联云："安得广厦千万间，庇天下寒士；愿与吾党二三子，称乡里善人。"居然宰相口吻。

广西梧州建有三江两浙会馆，袁锡臣太守题联云："我本黄叶村人，更合吴越一家，好聚会冠裳，共敦乡谊；谁是苍梧地主，每忆湖山千里，且从容樽酒，各话行踪。"浑括四省，两起句尤超妙。袁名思韠，贵筑人，原籍江苏崇明。

左文襄题湖北汉镇湖南会馆楹联云："千载此楼，芳草晴川，曾见仙人骑鹤去；卅年作客，黄沙远塞，又吟乡思落梅中。"又题福建湖南会馆联云："瓯浙越梅循，海国仍持使者节；陇秦指疏勒，榕垣还作故乡看。"又题陕西湖广会馆联云："百二关河，十年征戍；八千子弟，九塞声名。"

广东皇华馆戏台联云："回首玉堂，闻乐未忘天上曲；赏音珠海，采风兼及越南讴。"杭州会馆戏台联云："一阕荔支香，听玉笛吹来，遍传南海；双声杨柳曲，问金尊把处，忆否西湖。"江苏会馆戏台联云："台榭拱佗城，问何人铁板铜琶，唱大江东去；冠裳集吴会，看此际朱轮华盖，逾五岭而来。"

某年江西乡试，既撤闱，公请主考及在事诸人饮宴，演剧侑觞。因嫌戏台联语不佳，特请蒋苕生先生更撰一联。时先生新领解，得意疾书云："为过去古人重写照；看将来吾辈亦登场。"气概不凡，于此可见。

粤西桂林城中有湖，旁多榕树，祠庙错落其间。某庙新建戏台，王芷庭先生题联云："俯莲荡一方，杨柳萧疏湖上曲；坐榕阴半亩，枌榆歌舞镜中人。"其妙处在不即不离间。

阳湖汪子渊太史洵客津门时，适江苏会馆落成，太史题其戏台联云:"日近长安,鸾翔凤翥众仙下;风流千古,铜琶铁板大江东。"

京师虎坊桥浙绍乡贤祠建有戏台,其楹联云:"地居韦曲城南,日下衣冠,共听讴歌来上国;人在枌榆社里,风流裙屐,恍携丝竹到山阴。"无一字虚设,足称佳构。元本系"上国衣冠,共听讴歌来日下",粤中杨掌生嫌其不工,为易今联云。

道光辛卯,历下城中新建江南会馆落成,乡人公觞于此。乞严问樵太史题一戏台楹联,太史援笔立成云:"东土征歌,问表海雄风,今乐何如古乐;南宫奏曲,听遏云高响,雅音原是乡音。"刘眉生方伯见之,大为欣赏,谓"才人吐属,毕竟不凡"云。

苏州积功堂为掩骼埋胔之所,亦慈善事业也。俞曲园题楹联云:"积累譬为山,得寸则寸,得尺则尺;功修无倖获,种豆是豆,种瓜是瓜。"写"积功"二字极贴切。

朱竹垞先生尝为施粥厂作楹联云:"同是肚皮,饱者不知饥者苦;一般面目,得时休笑失时人。"不独为施粥厂中说法,亦可为世态炎凉下一针砭。

某处育婴堂联云:"夫非尽人之子欤,从皇古系溯宗支,大抵形骸一脉共;是亦穷民无告者,忍若辈颠连呼吸,自家儿女两般看。"蔼然仁者之言,恻隐心令人油然而生。又一联云:"可怜落地即抛离,听门外呱啼,要倚仗他人父母;但愿进堂无疾病,做眼前功德，都关自己儿孙。"语尤恳切。

又广州东门外育婴堂，向由盐务筹款经理，堂中乳妇八百余名，一妇领一孩，每百名立一栅，设常川妇为之总。其婴之残疾而年长者，以乾妇领之，每年需费一万八千余两。办事咸井井有条。江阴金粟香过其地，为题一联云："怀之以恩，端在心诚求赤子；乐于为善，还期胞与遍苍生。"

安化陶文毅公澍，亦有题育婴堂联云："父兮生，母兮鞠，无父母有父母，此之谓民父母；子言似，孙言续，犹子孙即子孙，以能保我子孙。"

卷三　书院 学堂

自宋时建四大书院以培养士子，流风所扇，沿及明、清两朝，咸以创建书院为士人研究学问之所，即为国家培植人才之所，而于是书院遂遍于郡县矣。其间如江宁之"钟山"，湖北之"两湖"，广东之"广雅"，浙江之"诂经"，江阴之"南菁"，湖南之"船山"，名尤卓卓。高才生肄业其间，课以诗文经史，丰以膏奖。用是士皆竞争于学问，而国家亦遂收得人之效矣。各书院所悬楹帖，佳者居多，兹就传诵者择录之。

江阴南菁书院，系光绪初黄漱兰学使体芳所创建，取朱子《子游祠堂记》所云"南方之学，得其菁华"之义以为名。中有藏书楼，祀郑高密、朱紫阳木主。其楹联云："东西汉，南北宋，儒林道学，集大成于二先生，宣圣室中人，吾党未容分两派；十三经，廿四史，诸子百家，萃总目之万余种，文宗江上阁，斯楼应许附千秋。"又楼下客座联云："东林讲学以来，必有名世；南方豪杰之士，于兹为群。"今书院早已改为学堂，想此数联亦不复保存矣。

全椒薛慰农先生名时雨，以名进士出宰浙西，迁至杭州太守。乞病后，掌教西湖书院，题楹联云："讲艺重名山，与诸君夏屋同居，岂徒月夕花晨，扫榻湖滨开社会；抽帆离宦海，笑太守春婆一梦，赢得棕鞋桐帽，扶筇柳外听书声。"

湖南衡州府东，地名东洲，有船山书院，为彭刚直公所创建。曰"船山"者，以王船山先生得名也。俞曲园题楹联云："读船山先生所著全编，得三百余卷之多，经史子集，蔚一代巨观，承其后者，勿徒争门户异同，汉详名物，宋主义理，各有师傅，总不外古大儒根柢实学；卜衡岳胜地而开讲舍，看七十二峰在望，春夏秋冬，备四时佳景，登斯堂也，尚共矢晨昏黾敏，出建功勋，处修节操，交相砥砺，以毋忘老尚书创建初心。"

俞曲园主讲西湖诂经精舍有年。讲堂西偏有便座，题曰"式古堂"，并撰联云："与诸君拜许郑先师，敢以空谈荒实义；为昭代存乾嘉学派，须知经术即文章。"

德清有清溪书院，俞曲园题讲堂联云："合天目苕溪诸胜，龙飞凤舞而来，钟毓英才宜此地；承眕明方虎之道，经术文章相望，缵修旧业在群贤。"

漳州人建书院于某寺废址，掘获一碑，为宋朱文公所撰，当是勉于酬应，故于佛氏不无假借之辞，然究以逃墨归儒，责望后世为归束。书院成时，适追粤逆余党凯旋，经过其地，因题一联云："经始自何年，果然逃墨归儒，天使梵王纳土；筹边曾此地，大好修文偃武，我从漳海班师。"语甚矫劲。

广东韩江、韩山，皆以昌黎得名。昌黎庙在韩江之东，韩山之顶。旁有韩山书院，为士子肄业之地，有楹联云："奉以为师，学有经术，通知时事；号称易治，笃于文行，延及齐民。"

江阴于粤乱后，创建西郊书院，盖合江阴之西，虞门、夏港、申港、前周、利城、丁墅、桃花、后梅、观山、葫桥十乡镇之士而课之也。邑人金粟香先生题一联云："辟门幸际熙朝，教同夏校，养比虞庠，我国家利溥斯民，申命尤隆选举，愿今日陶成后进，趋步前贤，会见春城盛桃李；筑墅宏开广厦，桥接青山，浦连黄港，诸弟子周旋此地，丁年共励观摩，待他时花宴琼林，梅调金鼎，休嗤学士画葫芦。"联中暗藏十镇名色，不一字遗漏，不两字囫囵，并不一句落空，可云工妙。粟香又代其兄逸亭撰一联云："遗轨仰前贤，碑铭季子，浦溯春申，千百年余韵流风，看气象重新，礼乐诗书绵旧泽；育材占胜地，北枕吴江，南雄秦岭，十万户钟灵毓秀，愿英豪迭起，文章事业应昌期。"

伊墨卿先生守惠州时，宋芷湾太史甫领乡荐，投刺入谒。伊耳其名，厚礼之。席间嘱撰丰湖书院楹联，太史援笔立就云："万间广厦庇来新，问秀才老屋深灯，他日几逢贤太守；百顷澄湖平似掌，愿后学洙情沂思，有人重起古循州。"

广西阳朔县山水，为天下之冠。县城向有寿阳书院，贵筑颜义宣大令嗣徽撰楹联云："科名开自大中，更期继起有人，议谥当如祠部直；山水甲于天下，何幸宦游到此，论文因悟史迁奇。"按：曹邺字邺之，唐大中进士及第，官祠部郎中，议高璩赠谥事，见《唐书·高元裕传》，与桂林曹唐，为唐时粤西诗人，称"二曹"。盖阳朔山水极佳，而人才殊寥寥可数，数千年来，只此故实足供点缀，亦诚难能可贵矣。

嘉定黄翰卿先生宗起，题沅州秀水书院讲堂云："器识文艺，知所先后；孝悌忠信，勉为圣贤。"又联云："毓秀钟灵，梗楠挺质；水怀石蕴，珠玉流辉。"院有瞻望阁，亦题联云："近圣人居，可以观水；从平地起，譬如为山。"语质而不腐。

杭州崇文书院，为浙大吏课士之所，院中高材生，多有奋迹功名、破壁飞去者。有某题楹联云："讲艺重名山，与诸君夏屋同居，岂徒月夕风晨，扫榻湖滨开社会；抽身离宦海，笑大守春婆一梦，赢得棕鞋桐帽，扶筇花外听书声。"

杭城义塾，立法甚善，在学堂未兴时代，得此亦颇足以裨教育、培人才也。仁和费辛桥方伯丙章，有题义塾联云："莫谓孤寒，多是读书真种子；欲求富贵，须从伏案下工夫。"激励寒畯，语意肫切。或有以读书但求富贵，立言太卑，以此为訾议者，亦未免蹈好高务远之讥矣。又许蒉生教授题严州义塾联云："虽非千万间，居然广厦；为语二三子，慎厥初基。"语尤简贵。

科举时代，士人用功帖括者，辄有会文之举，请老师宿儒评定甲乙，以资揣摩。故都会之地，文社林立；地方贤有司，亦时时提倡之，盖亦临民者之一种善政也。嘉禾沈书森观察摄娄东篆时，尝置文社，并撰楹联云："簿书钱穀之余，小试牛刀，敢谓爱民如子弟；里塾党庠而外，别开马帐，相期华国在文章。"吐属名贵，士林诵之。

清之季年，科举既废，各省竞开学堂，有官立者，有私立者，弦诵之声，一时称盛。盖莘莘学子，非入校无以求学问也。民国成立，特设教育部，全国均以提倡教育为事。虽经费常苦难筹，而终无人敢主张消极进行者。诚以时势所趋，非人才不足以立国，非有学堂不足以得人才也。各处学堂，题联语者殊少，佳者尤寥寥。偶记数联，聊备一格。诸季迟君题昆山学堂联云："天下事不难为，且登玉峰颠，打开新世界；人之大莫如耻，要从亭林后，做个好男儿。"

北平傅肇敏，题陵水县小学堂联云："列强环伺，世界交通，为国家培养人材，占今日全球地步；读圣贤书，讲欧美学，愿多士涵濡教育，撑亚洲半壁河山。"又楚北黄陂王勉旃题联云："风雪倏变，沧海横流，时局值艰难，问谁为国家储才，热心向学；欧美文明，汉宋博奥，师承兼中外，但愿此邦同志，锐意维新。"

浙江陆军小学堂有联云："十年教训，君子成军，溯数千载祖雨宗风，再造英雄于越地；九世复仇，《春秋》大义，愿尔多士修鳞养爪，毋忘寇盗满中原。"读此气为之壮。

湖北铁路学堂落成之日，侯官严几道先生复撰一联云："遵大路兮，自东自西，自南自北，为之范我驰驱，今天下车同轨；登斯堂也，如切如磋，如琢如磨，尔尚一乃心力，有志者事竟成。"组织成语，如生铁铸成。

温州某志士创办明强女学，其楹联云："四千年坤网不开，剧怜园里春秋，黑暗狱间窥日月；二十纪离明大启，齐祝女中尧舜，竞争台上助风云。"

杭州女子职业学校，原名女子实业学校，系谢雪香女士所创设。民国二年十二月，为速成科举行毕业之期，各界观礼者千余人，均啧啧颂成绩优美。是日校中悬楹联极多，兹择其佳者录之。汤蛰仙君寿潜云："恤纬托忧怀，老妇也知亡国恨；㶟绒通战术，女流同抱救时心。"徐花农君琪云："组织腾辉，上应云汉；闺闱储秀，突过须眉。"张建勋君云："欲从抱朴传家学；知有班昭续《汉书》。"浙路公司理事会云："洴澼絖可以退兵，期女职无荒，力救寒源追汉诏；绣鞶帨亦堪劝学，况妇功有典，大典阴教属周官。"语皆工丽可诵。

卷四 祠庙 墓

天津河北，有李文忠公祠，为今大总统袁公所修建，以奉合肥故相李少荃之灵魂者也。祠中曲廊长榭，水阁凉台，无一不备，游津者多止息焉。享殿悬有一联云："受知早岁，代将中年，一生低首拜汾阳，敢诩临淮壁垒；世变方殷，斯人不作，万古大名配诸葛，长留丞相祠堂。"末署"门人项城袁世凯撰书"，想见袁公胸次之不凡。

周铁真在清光绪初年，以道员需次新疆，与总督左宗棠意见颇龃龉，抑郁不得志。乞告归，过蓝关，谒韩昌黎庙，题一联以示意云："百世之师，匹夫有志公可法；三书犹在，宰相无名鬼不灵。"语颇雄杰。

清道光中，英吉利率兵舰直趋上海，江南提督陈化成督军御之于吴淞，中炮阵亡。事后，清廷赐谥"忠愍"，敕建专祠。熊观察一本题联云："昔时未读五车书，雅量清心，温如玉，冷如冰，是大将实是大儒，使天下讲道论文人愧死；此日竟成千载业，忠肝义胆，重于山，坚于石，忘吾身不忘吾主，任世间寡廉鲜耻辈偷生。"借题发挥，大力包举，真是下语如铸者。

武昌精忠庙祀岳王，实创于此。庙成，康书臣大令撰联云：

"入其国不非大夫,若宋高宗且不论;古之人责备贤者,于张魏公又何诛。"运以史笔,气直而劲。

彭雪琴尚书建水师昭忠祠于湖口之石钟山,所以妥死绥诸将士之忠魂也。尚书题联云:"忠臣魂,烈士魄,英雄气,名贤手笔,菩萨心肠,合古今天地之精灵,同此一山结果;蠡水烟,溢浦月,浔江涛,马当斜阳,匡庐瀑布,挹南北东西之胜景,全凭两眼收来。"是谓"气盛则言之短长与声之高下皆宜"。

浔州西山林壑幽美,甲于一郡。有唐李御史明远祠,传为御史昆季隐于此山得道,同时飞举。清同治初年,张润农观察转运双江,军书之暇,时游此山,曾题祠联云:"人偕皎日秋霜,撑持南斗;天与清风明月,管领西山。"

巴陵岳阳楼,亦湖南名胜也。其地有吕祖祠,楹帖一联极佳。联云:"放不开眼底乾坤,何必登斯楼把酒;吞得尽胸中云梦;方可对仙人吟诗。"眼界极廓,措词亦落落大方,惜不记作者姓氏。

江阴杨听胪太守,题山西介休县韩信庙联云:"西望关中,百战十年空鸟兔;北临绵上,千秋一例感龙蛇。"刘子迎观察题留侯庙联云:"从龙逐鹿两茫然,我思妙用无方,何害英雄同妇女;黄石赤松皆戏耳,独怪善全有术,不遭烹醢即神仙。"笔力雄伟,驱遣史事尤工。

南昌有八隐祠,祀陶靖节以下诸贤。其门联云:"结庐在人境；赖此多古贤。"

广州火神庙有联云："缅思上古圣神，四时改燧；试看太平景象，万户炊烟。"语极典雅。

无锡惠山张睢阳庙有联云："天地风尘，古庙丹青今几劫；江淮俎豆，空山鸟雀亦千秋。"杰句颇能惊人。

清同治间，招商局承办海运。有福星轮船运粮赴津，遇雾撞裂，全船沉没，押运委员均殀于海。朝旨饬就天津地方，建愍忠祠祀之。合肥李少荃相国题联云："大海咽波涛，遗恨难填精卫石；圣朝多雨露，褒忠常傍水仙祠。"蔡君炳泰云："一死亦何奇，诸公浩劫同沦，最难堪碧海惊涛，寥天惨雾；千秋均不朽，异日英灵如在，愿常护帆樯风转，刍粟云飞。"杜君文溥云："沿于海以达河，频年转漕重洋，共历艰难非一日；勤其官而死水，看身后褒忠巨典，常膺俎豆到千秋。"

河南汤阴县岳庙联云："凛凛生气；悠悠苍天。"广东厓门三忠祠联云："臣事君以忠，其三人斯仁至矣；士见危授命，虽百世有宋存焉。"运用成句，各极其妙。

广州九曜坊华元化庙，有一联云："愧当代以医名，未能为奸雄破腹穿胸，把他心肠易换；慨沉疴非药治，愿各从平日修身积善，默邀神鬼扶持。"托之乩语，故沉着痛快如此。

潮州韩昌黎庙联云："天意起斯文，不是一封书，安得先生到此；人心归正道，只须八个月，至今百世师之。"江阴张、许二忠祠云："孤城屹立，半壁粗完，自昔论功侪李郭；一日效忠，千秋慕义，此间继起有阎陈。"天下昌黎庙、二忠祠多矣，此则一切潮州，一切江阴，均移易他处不得。

彭雪琴宫保，题金陵湘军水师昭忠祠联云："江淮河汉，浪骇涛惊，三千里扫荡纵横，公等能当天下事；矢石戈矛，血飞肉薄，一万众同心死义，国殇惟有楚人多。"雄杰之气，可以辟易万夫。

宁武周将军遇吉祠堂联云："一门全大节；百战守孤城。"可谓简括，惜未详作者姓氏。

扬州史阁部墓祠联云："佩鄂国至言，不爱钱，不惜死；与文山比烈，曰取义，曰成仁。"为桂林陈榕门相国题，亦简洁苍古。

惠州白鹤峰苏东坡先生故居，后人即其地建祠。大城刘树君守惠州时，偕幕客诣祠赋诗，祝东坡生日，且集苏句为祠联云："白鹤归何时，且作祠堂伴修竹；先生喜而笑，故应主客尽诗人。"集成句能如此工切，殊不易得。

明蓟辽督师袁崇焕，字元素，广东东莞人。天启时，关内外事方棘，朝臣惊惶无措，公独慷慨出关，谋所以战守之策，清兵甚畏惮之。后崇祯帝信谗中间，遂磔于市，天下咸以为冤。今东莞有专祠，阮文达督粤，以乾隆帝"忠于所事"四字制为祠额。

邑人何耘劬撰联云:"天命有归,万里长城宜自坏;人心不死,千秋直道任公评。""天命"云者,在帝制时代立言,固不得不尔也。

某处城隍庙门首有一联云:"子亦来见我乎;余得请于帝矣。"集句浑成,措词严厉。又大殿悬大算盘一具,额曰"不由人算",旁有联云:"你的算计忒高,得一回进一回,那晓满盘都是错;我却模糊不过,有几件记几件,从来结帐总无差。"借神权以警醒愚民,于社会未尝无益。

某处送子观音殿有联云:"我费尽一片婆心,抱个孩儿付汝;你须做百般好事,留些阴骘与他。"又痘神庙联云:"溯从前未判妍媸,到此鸿蒙开面目;过这关方为儿女,全凭祖父种心苗。"是联语之有关劝惩者。

新安汪村有关帝庙,并祀张睢阳,上有文昌阁。俞曲园撰联云:"威名满华夏,真义士,真忠臣,若论千载神交,合与睢阳同俎豆;戎服读《春秋》,亦英雄,亦儒雅,试认九霄正气,常随奎璧焕光芒。"并写处颇能融洽,殆史公合传体也。

河南汝州有关庙,浙人之经商于汝者,即其地为公所。俞曲园任河南学政时,行部经其地,为题一联云:"庙貌遍尘寰,此间地接许昌,请看魏国山河,徒留荒草;轺车遵汝水,使者家居苕霅,愿与故乡父老,同拜灵旗。"上联切定汝州,移易他处不得。

财神庙联语易近鄙俗。俞曲园有集《四书》联二则殊佳，一云："无以为宝，惟善以为宝，则财恒足矣；义然后取，人不厌其取，又从而招之。"又云："生财有大道，则拳拳服膺，仁是也，义是也，富哉言乎至足矣；君子无所争，故源源而来，孰与之，天与之，神之格思如此夫。"

西湖孤山有财神庙，以至清雅之地，而祀此至鄙俗之神，联语尤难着笔。俞曲园为拟一联云："梅鹤洗寒酸，且教逋老扬眉，葛仙生色；莺花添富丽，恰称金牛湖上，宝石山边。"映带殊有致，上联尤调侃不少。

德清乌巾山之阳有土谷祠，父老相传，谓为尧皇土地，不知何义。或言长兴有尧市山，《一统志》云尧时洪水，民避难于此成市。德清与长兴接壤，则邑之有尧时遗迹，亦无怪也。俞曲园有题德清土地庙联云："耕而食，凿而饮，相传中古遗风，尚留村社；春有祈，秋有报，愿与故乡父老，同拜灵旗。"

杭垣吴山有仓颉祠，前临浙江，后枕西湖，形势殊胜。俞曲园为题一联云："上溯羲皇画八卦时，文字权舆，秦而篆，汉而隶，任后来缣素流传，不外六书体例；高踞吴山第一峰顶，川原环抱，江为襟，湖为带，看从此菁华大启，振兴两浙人材。"气魄浑雄，足以涵盖一切。

俞曲园代恩竹樵方伯，题吴中二程子祠楹联云："后尼山千五百年，笃生两先生，辟邪说，辨异端，道统天开，正所以下启紫阳，上承邹峄；环苏台数十万户，过此一瞻拜，黜浮华，崇实学，土风日起，庶不愧言游故里，泰伯遗封。"魄力沉雄，不愧燕许手笔。

石门高氏出齐公族，由谷熟迁姑苏，晋元兴时又由苏迁池州。其地在九华山西南，曰魁峰，曰石门，曰桃坞，皆其地也。高氏子孙聚族而居，建有宗祠。俞曲园为题祠联云："卜宅晋元兴，石门秋色，桃坞春风，聚九华秀气，绵延累代簪缨，后裔至今怀祖泽；溯源齐公族，谷熟分支，姑苏别派，守百祀清芬，崇奉不祧俎豆，先祠终古傍魁峰。"历叙世系，可作高氏家谱读。

彭刚直公筑退省庵于西湖，没后即其地为专祠。俞曲园题一长联云："伟哉，斯真河岳英灵乎？以诸生请缨投笔，佐曾文正创建师船，青旓一片，直下长江，向贼巢夺转小姑山去，东防歙婺，西障溆浔，日日争命于锋镝丛中，百战功高，仍是秀才本色，外授疆臣辞，内授廷臣又辞，强林泉猿鹤，作霄汉夔龙，尚书剑履，回翔上接星辰，少保旌旗，飞舞远临海澨，虎门开绝壁，岩崖突兀，力扼重洋，千载后过大角炮台，寻求故迹，见者犹肃然动容，谓规模宏壮，布置谨严，中国诚知有人在；悲夫，今已旅常俎豆矣！忆畴昔倾盖班荆，借阮太傅留遗讲舍，明镜三潭，劝营别墅，从珂里移将退省庵来，南访云楼，北游花坞，岁岁追陪到烟霞深处，两翁契合，遂联儿女姻缘，吾家童孙幼，君家女孙亦幼，对秾华桃李，感暮景桑榆，粤峤初还，举足已怜觱篥，吴闻七至，发言益觉啥唰，鸳水遇归楑，俄顷流连，便成永诀，数月前于右台仙馆，传报噩音，闻之为潸焉出涕，念酒座尚温，琴歌顿杳，老夫何忍拜公祠。"历叙生平，铺张扬厉，竟是一篇小传，亦楹联之创格也。

湖南衡州亦有刚直公专祠，落成之日，俞曲园又寄题一联云："儒雅是书生，英武是宿将，赤心许国是社稷臣，长留俎豆旂常，突兀崇祠壮南岳；发轫在湘中，转战在江上，白发筹边在岭海外，追数艰难辛苦，凄凉老友哭西湖。"

钱敏肃公讳鼎铭，粤匪陷江苏时，公间关赴皖，谒曾文正公，慷慨乞师，遂以楚军至，江南底定，公之力也。后官至河南巡抚，有善政，卒于官。敕于原籍太仓州建专祠，落成之日，俞曲园撰楹联云："溯当年千里乞师，一舟摩寇垒而过，抵掌高谈，论列山川形势，与夫贼情变幻，及东南进取之方，声共泪俱，此事中兴关大局；迨后来两河开府，四载在夷门坐镇，悉心综理，讲求治术源流，旁及边境安危，并水旱偏灾之备，人亡政在，于今故里有崇祠。"

朱孝子名高，字兆光，广东香山人。母病废，与妻陈，以竹椅舁之，周行家弄。又因母嗜饴，逢市集，每躬往市之。市者曰："吾业此三十年，但见人市以啖儿女，未闻以奉母也。"一市嗟叹。没后，居人为之建祠，以志钦仰。俞曲园撰祠联云："有爱子市饴，无爱亲市饴，小节寻常，万口咨嗟称大孝；儿为母舁舆，妇为姑舁舆，高年安乐，八驺传唱总浮荣。"

台湾郑成功庙有联云："由秀才封王，主持半壁旧山河，为天下读书人顿增颜色；驱外夷出境，自辟千秋新世界，愿中国有志者再鼓雄风。"诵之令人雄心勃勃。

江阴城东有三忠祠，其楹联云："八十日戴发效忠，表太祖十七朝人物；亿万众同心取义，保大明一百里江山。"为明季阎典史守城时所自拟也。"取义"二字本系"杀贼"，后悬此联时，恐触清官吏忌讳，特改易之。

许仙屏中丞振祎督学陕西，过马嵬，题杨贵妃祠堂联云："龙武军变起仓皇，毕竟蛾眉能殉国；蚕丛道尘飞散漫，谁将鸳锦赋归魂。"上联为美人平反，与随园诗同意。又一联云："谷铃如诉旧愁来，蜀道秦川，过客重谈杨李事；墓粉难将秋色补，雨尘云梦，伤心何似汉唐陵。"

某君宰陕西凤翔日，集苏句，题东湖苏东坡祠云："俯仰古今情，何人更似苏夫子；供张园林美，他日终烦顾虎头。"时瓜期将届，受代者为江南顾君，故云。又一联云："千古华堂奉君子；此间风物属诗人。"又题祠中神龛云："欲把新诗问遗像；不妨樽酒寄平生。"

武昌昙华林，地境幽僻，花木扶疏，为尘市中不可多得之区。道傍福神祠有联云："四序答神庥，有名花，有香草；一龛在人境，亦城市，亦山林。"祠左多花市，秋菊春兰，芬芳触鼻，故云。

杭州孤山为林逋栖隐处。清初有林典史者，效忠于明，不为所屈。奉清廷赐谥，并在孤山建有专祠。或题联云："大节媲阁公，取义成仁，国史于今尊县尉；忠魂依处士，补梅招鹤，孤山终古属君家。"至清光绪间，杭州林太守没于任所，郡人思怀政迹，设奠孤山，某名士题联云："树穀一年，树木十年，树人百年，两浙无两；处士千古，少尉千古，太守千古，孤山不孤。"下半联即用林处士及林典史事，天然陪衬。

天津李文忠公祠内，今大总统袁公一联已纪于前。兹又有友录寄数联，亦颇可诵。

署东抚杨士骧联云："曾陪丞相后车，惭筹笔不才，获睹日月重光之烈；又见神州大陆，创崇祠以报，足增云霄万古之毛。"

天津运司陆嘉穀、津海关道梁敦彦、天津道王仁宝公，制一联云："纵四千年史家未有之奇，手挽狂澜，一木巍然支大厦；是三十载相节久临之地，神依故土，九霄恍若降灵旗。"

直隶提督马玉崑联云："受知阅四十年，御侮列门墙，我是淮军子弟；馀威震九万里，大名垂宇宙，人怀丞相祠堂。"

天津府凌福彭联云："整顿乾坤几时了；不废江河万古流。"

士民公联云："德莫能名，海无波，边无尘，思我公筹笔三十年，茇憩甘棠，居人知获将军树；神如不死，云为车，风为马，看是邦焚香亿万户，流连古柏，重译来瞻丞相祠。"

上海徐家汇亦有李文忠祠，旷地立铜像，翎顶俨然，神采奕奕。闻系德人某君制赠。祠之四周，颇具竹石花木之胜，春秋佳日，士女游者如云。民国光复时，祠中皆驻兵士，昔时华屋，变为马矢之场，转瞬沧桑，良可慨叹。祠有楹联，为阳湖吕蛰庵中翰所撰，署名则武进盛宣怀也。联云："手奠东南几行省，百战功高，惟兹海国一隅，是萧相关中，寇恂河内；身系安危数十年，千秋庙食，试写丰碑万遍，记裴公入蔡，元凯平吴。"

刘岘庄制军坤一，历任封疆，官江南最久。光绪庚子之变，约沿江各督抚共保东南，数省人民，得免兵戎之苦，无不颂其仁明。没后清廷予谥"忠诚"，饬建专祠于金陵。某科绍昌充江南副考官，题一联于祠云："应保半壁地，乃妥九庙灵，功无愧乎，君子欤，君子也；可托六尺孤，合寄百里命，利乃溥矣，如其仁，如其仁。"联语与忠诚分际颇合，惟多复字，亦是小疵。

西宁昭忠祠，系左文襄西征时，随征诸将士阵亡后栖魂之所。祠有文襄撰联云："黄流东注，湟水南来，任浊浪纵横，百折终须趋大海；胡笳勿悲，羌笛休怨，认灵旗恍惚，千载犹闻诵大招。"语极苍劲。

广东新会县梁氏宗祠，悬有二联，为饮冰先生所撰，思想甚新。一云："溯千年血统，似续相承，废专制行共和，改革先从家族起；入廿纪盘涡，竞争益烈，以保种为爱国，救时还赖子孙贤。"又一联云："作室者去其旧而惟新是谋，试看哲匠经营，大厦广搜众材，治国规模如此矣；法祖者师其意不必泥其迹，敢向宗人演说，合群乃能保种，自强根本在斯乎。"

越中有禹庙，其楹联云："江淮河汉思明德；精一危微见道心。"庄重而逸宕，尤难在七言。

贾太傅故宅在长沙城西清平街，即古濯锦坊。后人于故宅建祠。清嘉庆朝，江阴左杏庄先生抚湘，重加修葺，因《史记》屈贾合传，并祀屈左徒。有联云："亲不负楚，疏不负梁，爱国忠君真气节；骚可为经，策可为史，补天浴日大文章。"

金陵乌龙潭，有山突起。上建驻马庵，相传吴大帝与诸葛武侯看形势处。庵奉武侯像，有堂三楹，开窗可以望江。刘岘庄制军任江督时，题联云："许先帝驰驱，东连吴会；有儒者气象，上媲伊周。"制军起自田间，勋劳半天下，律身清俭，无异寒素，儒者气象，亦庶几近之。某君撰一联云："驻马看江山，早安排八阵雄图，三分鼎祚；卧龙杳霄汉，空景仰宗臣遗像，丞相祠堂。"太湖赵梓芳观察继元亦题一联云："一战定三分，功在东南，公瑾甫能成霸业；二难羁异国，名齐龙虎，子瑜端合附祠堂。"亦可谓论古有识也。

关壮缪庙联虽多，每为演义小说所误。京师广西会馆奉壮缪像，蒋霞访少京兆集《孟子》一联云："善养吾浩然之气；不失其赤子之心。"壮缪好《左氏春秋》，其学养必有大过人处，王夫之仅以"将帅之雄"目之，非通论也。又一联云："义道配成仁者勇；险夷不避大而刚。"与蒋作同一用意。

科举时代，文昌神最为士林所重。浙江台郡，士子奉祀尤虔，自府、县两庠外，又有祠十余处。二月初三为文昌诞期，先一日，各醵钱会于祠中，笙歌彻夜，三日而后罢。城东北隅白云山麓正学书院，亦有是会。临海宋心芝学博经会题联云："二月二日迓神庥，祈天上星君，文皆夺命；一甲一名承旧学，愿海滨士子，试辄抡元。"一甲一名，盖指临海秦尚书鸣雷于明嘉靖甲辰年登第，所居故址在书院侧，故云。

凤台余菊农观察士珱，题送子观音祠云："大德曰生，愿众生生生不已；至诚无息，求嗣息息息相通。"是能以叠字见长。

平望平波台元真子祠有联云："泛镜水千塍，归来餐菰饭莼羹，地真仙境；听棹歌一曲，随处有荻花枫叶，我亦渔人。"笔意潇洒可喜。

广州华元化庙联，已纪于前。兹见某处华陀庙，亦有联云："未擘曹颅千古恨；曾医关臂一军惊。"又云："岐黄以外无仁术；汉晋之间有异书。"或谓第一联语似新颖，然曹颅、关臂，事皆不见正史，不若后联之落落大方也。

桐乡沈鹿坪善作对联。如题太均神祠联云："德并高禖，犹众之母；慈同大士，则百斯男。"题乌程城隍庙联云："一城捍天下兵，丹心贯日；片语留身后誓，铁面凌霜。"神为唐之张睢阳，面黑，以有"为厉鬼杀贼"语，故塑此狰狞之像也。又题桐乡李临川先生祠云："德仰儒宗，次立功，次立言，殁而可祭于社；名垂史册，古遗直，古遗爱，过者犹式其庐。"又题湖州杨氏祠堂联云："祠开苕左新门第；村纪关西旧世家。"语皆警策可诵。

宋岳武穆，精忠贯日，人无间言。其祠庙遍于各行省，祠中楹联有极佳者。如云："百战妙一心运用；两言决千古太平。"又云："子孝臣忠，决战早成三字狱；君猜相忌，偏安还赖十年功。"又钱伯瑜中丞联云："万里坏长城，叹息北征将士；中原撂半壁，伤心南渡君臣。"又王之裔孙镇南，为浙江运使时，修葺祠宇，题联云："天章褒臣节，想当年竭力致身，忠孝兼全，万古精诚光日月；祖训衍家传，愿奕叶承先启后，蒸尝勿替，千秋俎豆炳河山。"语皆警炼。

蓼园主人述其先德某君，题关圣庙联云："圣武布昭，光天以下；帝德广运，率土之滨。"又题天后庙联云："天与为神，闽粤一家崇祀典；后还称圣，华夷万里仰慈云。"又题某处醮坛联云："神惠无疆，雨旸寒燠风时，五者各以其序；氏依有赖，水火金木土谷，六府惟曰孔修。"

常熟城隍庙，有集《四书》句联云："德之不修，吾以汝为死矣；过而不改，子亦来见我乎。"

惠州西湖朝云墓，有人题联云："从南海来时，经卷药炉，百尺江楼飞柳絮；自东坡去后，夜灯仙塔，一庭明月冷梅花。"

广东防城匪乱时，县宰宋某请兵救援，时统帅某暗与匪通，迟不发。城陷，宋全家十六人死于难。逾年乱平，县人士为宋建祠，其联云："杀身以成仁，凛然正气犹存，要使乱臣贼子惧；举家皆殉难，痛恨哭师不至，长闻天地鬼神惊。"

江浦吕祖祠，相传粤氛逼境，神尝显灵异，助清军却敌，故其后土人祀之甚虔。石岱庵先生，为范树人参军代撰祠联云："不搴旗成江浦功，惟看剑匣；将策马问邯郸道，欲藉枕函。"时岱庵拟执弟子礼于范，学申韩家言，故联中及之。

南汇张啸山先生题痘神庙联云："种果在前生，愿我民无炎无害；拈花参妙相，惟尔神能发能收。"闻此联上五字，系桐城吴挚甫京卿原拟；下七字曾文正所改，"相"字原作"谛"，以太泛，故易之也。

金沙港有花神庙，其像本名工所作，后经重塑，已失真面。故郭频伽有"谢却海棠修了月，一场小劫不分明"之句。嗣屡有修葺，官绅多就其地宴会焉。张啸山先生撰祠联云："雾鬓云鬟，小劫几经修月斧；诗天酒地，芳辰遍插护花幡。"

张啸山先生撰西湖净慈寺联云："不逢哥利王，何至漆身为厉；若遇秦丞相，也惊垢面风痴。"按：净慈寺济颠肉身，以漆髹之，垢面风痴，见《精忠记》传奇《扫秦》剧。又题水仙祠联云："秋菊寒泉，千古水仙配食；梦幻泡影，刹那龙女参禅。"下联云云，因祠内有一雏尼，敏慧绝伦，故及之也。

孤山靖安明王，祠宋林和靖。日久传讹，且以为财神，其配曰梅隐夫人，鹤子与侍焉。其荒诞如此。张啸山先生题联云："夥颐为王，荣到寒梅瘦鹤；当头有月，皎然流水空山。"又题观音殿楹联云："即色即空，现美人身而说法；大悲大愿，指恒河沙以为期。"题十王殿联云："酒地花天，幻境梦回人影少；刀山剑树，孽风吹到鬼魂多。"又题玄坛殿云："作福作威，俨然民望而畏；随盈随阙，此其天道可知。"又题弥勒殿云："一笑开门，谁能立脚；几时成佛，便请同龛。"又题药王庙联云："素问灵枢，不读通皆为废简；牛溲马勃，苟对证即是神方。"又题唐六如祠云："身后是非，盲女村翁多乱说；眼前热闹，解元才子几文钱。"又题地藏殿云："见色见空，鬼戏只争三十日；眼开眼闭，世间被骗几千年。"又题岳王墓联云："古来几个忠孝人，莫把此心看淡；赵家一片干净土，何容彼鬼潜留。"又题莲池大师墓云："开净度法门，回头便证三摩地；登极乐世界，撒手先从七笔勾。"又题于忠肃祠云："功胜莱公，不使燕云归敌境；冤同鄂国，尚虚徐石跪坟前。"

左文襄题会宁县昭忠祠联云："百战树功名，跃马横戈，豺虎丛中争效命；千秋怀义烈，刑牲击鼓，麒麟冢畔与招魂。"又题忠义祠联云："生而为英，死而为灵，同是两朝正气；忠以殉君，义以殉友，允称一代完人。"又题西宁府风神庙联云："律协静条鸣，试看豹驾螭骖，作雨为霖，都承清景；化行知草偃，听罢胡笳羌笛，阜财解愠，更谱虞琴。"又题烈妃庙联云："一抔荒土苍梧泪；百尺高楼碧血碑。"

官文督楚时，与胡文忠公林翼推分至深，凡所请无不立应。故文忠得经营武汉，成戡定元勋。二公薨逝后，楚中人士感其功德，建祠于黄鹤楼合祀焉。合肥李少荃相国撰联云："力争武汉上游，运会佐中兴，宋相边关姚相守；奠定东南半壁，馨香隆美报，羊公碑石宋公祠。"可云比例精切。又彭毓崧题联云："廉蔺是社稷臣，善相让，过相规，风义足为天下式；陶庾秉节镇日，离则伤，合则美，功名留与后人思。"又一联云："滇黔曾忝齐名，我不如公多武略；江汉未忘遗爱，今之视昔几文忠。"

戚公祠在江阴城大街小庙巷内，祀明文华殿中书舍人戚公勋，即其阖门殉节地也。祠后忠骸所瘗，两丘巍然。清道光十七年，邑人金子晋倡捐建祠，咸丰十年毁。光绪三十四年，邑绅金粟香言之大吏，饬县集绅捐赀重建，宣统二年落成。

按：戚公著有《留丹集》《佩朱随笔》，已佚；《江阴县志》载其《请设官防江疏》。乙酉城破，阖室自焚。先题诗于壁，云："血洒危亡地，心安烈焰馀。朝来墙上日，应见数行书。"苦节孤忠，足为后人景仰。粟香先生因题祠联云："殉孤城不恤身家，仰当年绝命题诗，心安烈焰；历浩劫重新祠墓，愿此日教忠励俗，力挽颓波。"又一联云："遗集访烬馀，曰佩朱，曰留丹，慷慨陈书，更有防江一疏；孤忠立人极，能成仁，能取义，从容绝命，尚留题壁五言。"

宋末常州坚守，为北兵所屠，文信国哀以诗，比为宋睢阳。其时，王忠荩公安节及刘都统师勇为最著。忠荩人呼为"双刀王"，城破殉节，葬于城西一隅。其四世孙伯玙，明正统举人，请选常州教授，来常守墓，殁即祔葬。年久失修，几至湮没。清光绪三十四年，由邑绅集赀，修墓建祠。常州府王仙洲太守详，由督抚会摺，奏请列入祀典，春秋致祭，并以其四世孙伯玙附祀焉。

邑绅金粟香先生，复辑史传志乘，遍征歌咏，合梓一册，曰《思忠录》。尊崇节义，先生能知所先务矣。先生题一联于祠云："随父守合州有功，当年勇著双刀，何止威名传凤港；殉国与睢阳比烈，此地封崇四尺，长留毅魄镇龙城。"

又常州知府王步瀛撰联："孤忠赵宋一抔土；遗泽临川四世孙。"

又临川里社庙联云："历宋元明，灵爽长存，天语褒扬，至我朝特隆礼祀；合祠墓社，馨香弗替，人心观感，为此邦显示纲常。"按：临川里社庙，即忠荩公四世孙伯玙故宅。公临川人，故名临川里，载在志乘。相传公即为社神。自忠荩祠墓修竣，社庙首事，愿以祠墓祭扫、修葺之事属之，金君因题是联云。

白云山在广州城北十里许，上有吕仙祠。清道光中重修，会稽王笠舫大令集句联云："天下有道，我黻子佩；空山无人，水流花开。"

广东韶州府有张文献公祠，中悬一联云："人传忠爱文章，千秋金鉴；我想名臣风度，几树梅花。"语极庄雅，惜不记作者姓名，见山阴汪玉泉《旅谭》。

太仓钱敏肃公祠，已录俞曲园太史联矣。嘉定黄翰卿孝廉宗起，亦题一联云："太室冈峦，蟠际天地；沧江风月，俯仰古今。"又一联云："江表乞援师，俾东南永靖烽烟，不独乡闾资保障；嵩高降灵雨，遍河洛长怀膏泽，允宜勋绩炳旂常。"公之事迹，已见前注。

孝廉又题沅州李与吾宫保祠云："万里长江，旌旗一色；三朝宿将，俎豆千秋。"又代朱太守题沅州三忠祠云："守边隅，扶正气，瓣香荐南国蘋蘩，立懦廉顽，奋乎百世；靖雄藩，锄奸竖，抗节甘熙朝斧钺，成仁取义，各有千秋。"又题卢、张二公祠云："萧规曹随，模范百世；召前杜后，讴歌万家。"又题谢绥之太守祠云："于焉栖迟，五亩荒园一池水；别有怀抱，杜陵广厦白公裘。"又题华陀庙云："争奈他铁案如山，罪孽已多方药少；枉坏我金丹一颗，治人容易洗心难。"又云："苦劝你少杀牲禽，却病延年留口福；莫问我多求丹药，灵根仙液满心田。"又云："活人功盖三分国；寿世方传十卷书。"

题沅州赫神庙联云："列宿仰天厨，问几人负鼎鼓刀，百世馨香留姓氏；雄溪新庙社，看一例报功崇德，万家烟火识升平。"语皆典雅可诵，惜其中所用事实，未能详知；传之后世，必须有人为之作郑笺耳。

京师昭忠祠，有于晦若先生式枚题联云："入卫万灵趋，昨夜带刀看北斗；论功百战罢，有人置酒念南城。"又王毓仙大纶，题无锡钱氏祠堂云："陌上花开，铁券王孙君独秀；梁间燕语，乌衣子弟我重来。"句均名贵可诵。

福清有叶文忠公祠，祠塑公像，其自撰楹联云："黄阁误承恩，怅异日经纶，孤负了金瓯玉铉；青山频入梦，留衰年筋力，安排著竹杖芒鞋。"

应敏斋方伯任上海道时，有惠政，卒后沪人建祠祀之。苏抚丁松生函求，俞曲园居士撰楹联云："溯当初练兵治饷，力保沪城，竭境内以筹兵食，联化外以壮兵威，大局攸关，尤在迎师一举；迨其后陈臬开藩，功成吴会，课积贮而备民灾，讲疏瀹而兴民利，成规共守，允宜崇祀千秋。"皆据李合肥相国奏疏语也。此联仅见先生日记，集中并未刊行。

潘莘田观察其铃，有代人作淮军昭忠祠联云："威振临淮，使贼虏皆惊，热血不寒旌旆色；气吞江汉，想英雄如在，怒潮犹作鼓鼙声。"意壮而语劲。

杭垣众安桥河下有岳庙，蒯士芗廉访撰联悬之神座云："光汝荷神庥，七十日固守岩疆，几经戎马关河，飙驰电扫，溯自贤豪梦锡,保卫中原,臣节凛春秋,亘古丹心昭日月;湖山新庙貌,数千里荡平巨寇,共赖精忠伟烈,浪静烽消,迄今旧址重寻,敬瞻遗像,宋宫埋草露,独留正气满乾坤。"并有跋云:"谨按:忠武王志在《春秋》,服膺圣训,始终得凛纯臣之节。忆自咸丰岁,荪丁外艰,奉命墨绖赴光州任。时逆氛方炽,过汤阴及朱仙镇,谒王祠,夜梦王延入,旁坐者为张桓侯。王指谓荪曰:'汝内侄张曜,乃桓侯后身,畀以助汝。'迨守固始七十余日,力战解围,曜有力焉。嗣后在豫二十年,转战数千里,皆曜为先锋,信阳剧贼,望风尽降,生全者二十余万。凡曜所过都邑,皆王所当年力争中原之地。王之灵爽,实式凭之矣。谨志遭遇之奇,俾志在生民、克奏肤功者,皆神赐也"云云。

窃谓鬼神梦寐之事,皆不足为凭;特就联语论,则固气魄沉雄,殊非凡手所能及尔。

台州巾子山张睢阳庙,屡著灵异,郡人奉祀甚虔。有楹联云:"慷慨誓师,守睢阳蕞尔之区,孤城中人皆乐死;从容尽节,振河北英雄之气,千载后貌尚如生。"运意殊精湛。又一联云:"保障在江淮,业肇中兴,正史论功先郭李;辉光齐日月,心明大义,孤城著节迈颜卢。"语亦圆稳。

杭州钱武肃王祠,在涌金门外,规制宏敞。诸城刘文清公墉题联云:"启匮尚存归国诏;解弢时拂射潮弓。"又孙文靖公联云:"衣锦还乡,保万民于安乐;上疏归国,启百世之蒸尝。"又王之裔孙,嘉定伯瑜中丞宝琛题联云:"功在生民,惜传闻异辞,信史尚留曲笔;德垂奕禩,怅播迁中叶,支流莫溯渊源。"

祠宇楹联，往往工拙互杂；独西湖巢居阁联语，皆可传诵。陈若霖云："祠傍水仙王，北宋尚留高士躅；树成香雪海，西湖重见古时春。"朱上林云："梅鹤寄高闲，遗稿千秋笑司马；湖山写清冷，寒泉一掬拜坡仙。"吴廷琛云："华表千年，遗蜕可闻玄鹤语；孤山一角，暗香先返玉梅魂。"方应纶云："山冷好教梅似续；巢新应有鹤归来。"语均名隽。

台州城西北隅八仙岩，奇石布列，境绝幽胜。旁有小池，水清洌可爱，名曰"鉴泉"。岩前吕祖祠，药方甚灵，求者不绝。祠中对联数十，惟临淮严孝廉乘潮作最佳。联云："看下方扰扰红尘，富贵几时，只抵五更炊黍梦；溯上界茫茫浩劫，神仙不老，全凭一点度人心。"

张上将勋，入民国后坐镇徐州，带甲之士数万，匪徒慑其威，相戒不敢蠢动，江以北士民德之，为之建立生祠。祠悬一联，谓系张上将所自撰，武人有此，殊难得也。联云："我不知何者树德，何者立威，只缘徐孽未清，奋戟重来，稍尽军人本职；古亦有生而铸金，生而刻石，自揣美名难副，登堂强醉，多惭父老深情。"语谦而能得体，较之古人《敕勒歌》，尤觉宛转有余味也。

常州城隍庙旁列十八司，所塑剑岭刀林，炎炉沸镬，烹魂煮魄，脍肉抽肠，法律森严，气象阴惨。事虽涉于迷信，然足使凶徒恶类，触目惊心，儒者正不必辞而辟之也。每司各有楹联，语甚警辟。

联云："天网虽疏，从不见一丝漏过；人心难测，何曾有半点便宜。"

又云:"预办前程,方可临崖撒手;蹉跎往事,定教勒马造桥。"

又云:"六欲交攻,阳世上求其欢畅;五刑皆备,阴司里受得煎熬。"(此联为汤镬司。)

又云:"舌剑唇枪,算计且图今日乐;头刀齿锯,思量应悔往时差。"

又云:"镜朗珠圆,昔日冤仇今对照;铜蛇铁狗,当年孽债始偿还。"(此联为业镜司。)

又云:"垢面蓬头,半是荣华门里出;剜肠剔骨,都从得意事中来。"

又云:"阳世奸邪,逆天害理皆由你;阴司鉴察,古往今来放过谁。"

又云:"你磨折多人,荡产倾家全不顾;我推详定案,粉身碎骨正应该。"(此联为碓磨司。)

又云:"刻薄成家,难免儿孙荡废;奸淫造孽,安能妻女清贞。"

又云:"笔底伤人,阴有鬼神阳有相;舌尖造孽,远在儿孙近在身。"(此联为断舌司。)

又云:"阴报阳报,迟报速报,终须有报;天知地知,人知鬼知,何谓无知。"(此联为报应司。)

又云:"黑道茫茫,走将来千条险路;红尘滚滚,饶不过一线危桥。"(此联为判断司,内有奈何桥。)

又云:"赫赫天条,善恶两途皆有报;森森地府,阴阳一例总无差。"

又云:"摸著一心,善和恶由你做去;睁开两眼,祸与福那个错来。"

又云："回首望吾乡，尘世已更新业主；伤心过此地，本身不是旧时人。"（此联为变化司，内有望乡台。）

又云："有底天堂，善知识须求极乐；无间地狱，恶姻缘不止酆都。"又云："鬼眼鬼心，鬼门关原非地主；迷人迷性，迷魂汤只在阳间。"

又云："雪逞风威，白占田园能几日；云随雨势，黑瞒天地不多时。"

以上各联，均见江阴金粟香先生《笔记》；至联为何人所撰，与某联之属于某司，则粟香亦不能详考矣。

丹徒严问樵先生保庸，中嘉庆己卯解元。诗文飘飘有仙气，然好为游戏之作，世所传诵者，皆近于以文为戏者也。惟题痘神庙楹联云："一点心苗，汝那里好生培养；十分善果，我者边总肯周全。"自注云："吾乡出痘谓之'出果'，种痘谓之'种苗'。"此联语妙双关，意尤肫挚。又题观塘宗祠云："率乃祖攸行，慎毋忘万石高风，一竿雅望；为后昆作则，须记取抗书峻节，讲学真传。"铸史镕经，语特凝重。

岳祠中向有联云："涪王兄弟，蕲王夫妇，鄂王父子，聚河岳英灵，仅留半壁；两字君恩，四字母训，五字兵法，洒英雄涕泪，莫复中原。"德清俞君，以起句二十四字甚佳，惜其下半联不能称，因为易之，上云："幸诸贤力护康王，才得中兴图瑞应；"下云："讵奸相只消三字，顿教万里坏长城。"较原联更为精当凝炼矣。

武庙遍于各行省，题联者须各切其地，方不能移易他处。尝见严陵武庙联云："恨中原事业未尽西川，遂令三千戴宏纲，龙德蛙声，正闰不明司马鉴；缅故老衣冠犹存东浙，好把数百年往事，黄巾赤伏，兴衰共话钓鱼台。"范次典鸿谟，题彰德武庙联云："鼎立定中原，惜汉祚天移，未与平生完事业；馨香崇古邺，问曹瞒地下，更从何处避英灵。"按：武帝镇荆州，擒于禁，操欲迁都许昌避之，故联语云尔。

陈忠愍公化成殉节吴淞后，上海建有专祠，所以褒忠节，亦藉此以示矜式也。熊君一本撰楹联云："昔年未读五车书，雅量清心，温如玉，冷如冰，是大将实是大儒，使天下讲道论文人愧死；此日竟成千载业，忠肝义胆，重于山，坚于石，忘吾身不忘吾主，任世间寡廉鲜耻辈偷生。"酣畅淋漓，足以包举一切。公死而有灵，可以瞑目九原矣。

卷五　园　亭

江阴何廉昉太守栻，天才纵逸，倜傥不群，以名进士官吉安守。罢官归，侨寓扬州，构壶园为乐。曾于厅事制联云："酿五百壶酒，装三十车书，此生足矣；制千丈大裘，造万间广厦，何日能之。"其胸次殊不凡。

满洲乌蓉台孝廉尔棍布，性嗜风雅。曾葺一小园，署联云："半日读书，半日静坐；一亩种菜，一亩栽花。"其人之品可见。

江阴刘子迎观察，曾任湖南岳常澧道，及山东登莱青道。弃官归里后，筑水榭于白云溪上。自题一联云："潇湘听雨，岱岳看云，鹿梦醒来讹，还向诗书寻乐地；秋月窥檐，春波拍岸，鸥盟随处证，不妨丝竹遣中年。"颇有萧然自得之旨。

常熟虞山有静园，为赵惠甫直刺所建，亭榭池台，颇疏爽有致。盖赵自归田后，购吴氏废园，宽广将二十亩，重事创造，手植梧柳，大逾十围，金石罗列左右，萧然自得，清福殊不浅也。自撰门联云："专意典籍，左太冲宜春之里；自栽草木，李义山永乐所居。"又客座联云："花木土石水泉，离世乐道者宜有；诵读议论教诲，大雅宏达之所群。"金眉生题联云："闻艺苑文林，以为三径；擅春华秋实，无负百城。"宗湘文题联云："尽楼台池馆，抵妙手成图，谁辨此五世遗经，万言作赋；视将相王侯，如飘风过耳，才消得四围烟水，一榻云山。"

秦润泉学士晚年筑瞻园，为娱老计。自题联云："辛勤有此庐，抽身归矣，喜鸟啼花笑，三径常开，好领取竹簟清风，茅檐暖日；萧闲无个事，闭户悠然，对茶熟香温，一编独抱，最难忘别来旧雨，经过名山。"江北泰州有游氏园，颇饶花木泉石之胜，主人自题联云："十亩地无多，只合春酒留宾，秋灯课子；半生天已定，且向西园学圃，东郭催耕。"二联闲逸之趣，读之神往，可当一首招隐篇也。

粤东荔支，以增城沙贝所产为最。其名数十种，挂绿为上品，桂味糯米糍次之，状元红则下品矣。昔何子贞太史两至广州，以未食荔支为憾。其题潘氏荔香园云："无奈荔何，昔我来迟今太早；又摇苏舸去，主人不饮客常醺。"颇有风趣。

广东荔支湾陈园，风景清幽，足资吟啸。番禺张南山先生题联云："闭门宛在深山，好花解笑，好鸟能歌，尽是性天活泼；开卷如游往古，几辈英雄，几番事业，都成文字波澜。"读之可觇其胸次之恢扩也。

江阴金逸亭，风雅士也。宅旁构一小园，竹石花木，位置楚楚。其弟湜生为题联云："芙蓉江上占林泉，解组归来，胜境重开摩诘画；桃李园中宴花月，飞觞歌咏，良遊愧乏惠连诗。"

广州粤秀山麓，有陈氏挹秀园，金湜生君为题联云："地近越王台，入室有秦时明月；家传太丘长，登堂怀汉代高风。"又云："绕郭有山，白云高妙；近水得月，清光大来。"又题其园门云："花径云霞通粤秀；萝门风月话山阴。"盖陈氏先世，由山阴之萝门迁居粤东也。陈氏有号"绳斋"者，另营别业于天平街，书室种梅，颜曰"咏花轩"，金君亦题一联云："闭门觅句怀无已；索笑巡檐定有人。"亦有风致。

长沙李氏芋园，为石梧制军星沅告养时所构，池台花木，位置得宜。有自题联云："阅世倏中年，辛苦功名都历尽；娱亲偕小隐，读书耕种总陶然。"

海山仙馆在广州荔支湾，番禺潘德畬方伯别墅也。门外有楹帖云："海上神山；仙人旧馆。"集句极自然。或谓系孟蒲生孝廉所撰。

武林高仲英、白叔昆仲，营别墅于苏堤锁澜桥边，距花港观鱼甚近，有水门可通舟，树石亦有幽致，今湖上所称"高庄"是也。俞曲园居士题楹联云："选胜到里湖，过苏堤第二桥，距花港不数武；维舟登小榭，有奇峰四五朵，又老树两三行。"

曲园居士题新安孙莲叔观旭楼楹联云："高吸红霞，最好五更看日出；薄游黄海，曾来一夕听风声。"跋云："莲叔有小楼，可观日出，署曰'观旭'。余甲辰岁，曾宿其中，适大风竟夕，遂题此联。故人马宴香孝廉极赏之，故至今犹未忘也。"

莲叔又有红叶读书楼，楼凡三折，故其家人呼之曰"曲尺楼"。客至，辄留宿其上。俞曲园撰联云："仙到应迷，有簾幕几重，阑干几曲；客来不远，看落叶满屋，奇书满床。"

曲园居士又题苏州漱碧山庄楹联云："丘壑在胸中，看叠石疏泉，有天然画意；园林甲吴下，愿携琴载酒，作人外清游。"曲园此联系徇友人之请，不知为谁氏之庄，并未知庄在何处。率然应酬之作，而能稳惬如是，洵非名手不办。

苏州山塘斟酌桥，有东阳张忠敏公祠。旁屋数楹，应敏斋廉访署曰"莳红小筑"，颇有泉石、竹篱、荷沼，楚楚可观。俞曲园题楹联云："小筑三楹，看浅碧垣墙，淡红池沼；相逢一笑，有袖中诗本，襟上酒痕。"末二语，因曲园时将由苏赴杭，故云尔也。

俞曲园题应敏斋方伯适园联云："似入万重山，不离三亩地；欲穷千里目，更上一层楼。"并缀跋语云："敏斋筑适园于杭之忠清里，泉石之胜，与真山水无异。有三层楼，登其上层，则襟江带湖，空旷可喜。因集唐人张蠙、王之涣句为楹帖赠之。"语颇切合。惟张句上下易置，则以楹联体裁须谐平仄也。

金陵聚宝门外雨花台之北麓，有刘氏园，系宋末刘叔向墓旧址。赵子昂有过墓七律诗，明宋潜溪题为刘公墩者是也。今园有竹石池馆之胜，墩亦补立碑碣，并覆以亭。有柘枰题联云："一带松冈都入画；此间松雪旧题诗。"

梁溪廉惠卿先生泉，筑小万柳堂于上海之曹家渡，屋宇不多，而颇饶幽胜。其楹联皆先生德配吴芝瑛女士集句所书，兹录其小万柳堂联云:"佳人渺天末;凉风起坐隅。"又云:"轩盖照墟落;庐园当岩栖。"跋云:"小万柳堂僻居曹家渡,乡村风景耳,又无丘壑之美。乃落成以来,车骑杂遝。夫子复徘徊其间,抗志潜默,若入山深者然。戏集二语解嘲。"

又题帆影楼联云:"杂英满芳甸;叠鼓送华辀。"跋云:"小万柳堂面临驰道,南园正在其前,背为一曲吴淞,所谓苏州河也,汽舟往来无虚日,颇似羯鼓百面,催我早春也。集此二语,以志吾堂之胜。"又一联云:"流云荡青阙;金壶启夕沦。"题蒚淞阁联云:"丹霞夹明月;惊风涌飞流。"题西楼联云:"凉叶照沙屿;流飙激棂轩。"又一联云:"野老时一望;游子澹忘归。"语皆隽永,书法尤秀逸,闺阁中异才也。

潮州丁雨生中丞日昌,历任封圻。自奏请开缺回籍后,于揭阳门外筑一园,名曰"絜园"。园后倚县治,前临大河。隔河二里许,有紫陌山、仙桥山,鸡犬桑麻,一望在目。园中景色幽倩,履其地者,如入桃花源也。中丞于园之正厅,题一联云:"居然钓水采山,暂借此为消遣处;想到桑田沧海,几多人作感怀诗。"语意颇含感慨。既而中丞归道山,其公子辈竟将楼台花木锄为平地,改筑巨冢,葬中丞于园。是真不免沧桑之感矣。

郑君方城,曾出宰新繁县。解组后,营一别墅,亭榭竹石,颇足怡情。自题一联云:"大江东去,浪淘尽千古英雄,问楼外青山,山外白云,何处是秦宫汉阙;小院春来,莺唤起一帘风月,看溪边绿树,树边红雨,此中有舜日尧天。"

湖北武昌府城内刘园,乃明故藩遗址,在将台驿之东北,因山而构，建于清乾隆癸丑岁。吴白华学使题曰"霭园"。通州刘纯斋太守锡瑕为作记，并题联云："挹朝爽西来，杯底岚光飞隔岸；望大江东去，檐前帆影度遥空。"第一门西向，内僻地数亩，皆缭以垣。有祠祀花神，题联云："五百年为园主人，高台曲池，点缀江城如画里；十二月催花使者，和风甘雨，氤氲香国得春多。"第二门东北隅南向，内有梅苔鹤露山房、小天台、白华亭诸胜。小天台之西有佳山草堂，向南可望江景。入第三门一小径，东有吸江、春草二亭。径尽，有堂三楹，向东颜曰"一地秋水半房山"。堂东有池，池东有树，树阴环绕，凉意袭人，于此避暑最佳。堂之北，即主人内室。园不宏敞，而幽邃静逸，翛然尘外，洵鄂州城内胜地也。

沪西静安寺畔之愚园，地势宽敞，而结构颇精，曲槛迴廊，饶有幽深蕴蒨之致。园主人迭经更易。当毗陵刘葆良观察得此园时，收拾尤为整洁，一时名士，皆乐与之游。园中楹联，都风雅可诵。刘君有自题一联云："疏将竹石千行，侍老亲笋舆藤杖来游，恰喜韶光正晴美；占得海天一角，任大地墨雨欧风交战，此间世界总清凉。"汤蛰仙都转寿潜题联云："窝可销金，占一隅其中，娱老亲足矣；错虽铸铁，搅三舍使转，愿贤者勉之。"郑苏戡京卿题联云："乘舆而来，游龙流水；会心不远，明月清风。"以上三联，确能与愚园情景切合，移易他处不得，移易他处之园亦不得，是真能手。

广州陈氏有咏花轩，轩外种梅数树，其轩额取"今朝梅树下，定有咏花人"诗意也。江阴金粟香为题联云："闭门觅句怀无已；索笑巡檐定有人。"

松江东门外有废园，征之志，盖即元陈家园也。自元以来，不知几易姓，而属青浦陆氏。清咸丰间，金山钱学博鼎卿，暨其季子子馨，饮于是园，喜其风景，旋购居之。南汇张啸山先生文虎名之曰"复园"。其堂曰"谢华启秀之堂"，题联云："长养收藏，物理都关天运；栽培灌溉，生机自在人心。"堂南面累石为山，曰"石林"，以界于园中，屈曲为蹊径，其平处多莳牡丹。堂之左曰"肄书庼"，题联曰："朱实不因秋落寞；绿阴能助笔纵横。"堂之右曰"玉瑛山房"，玉兰高三四丈，花时莹照，如在元圃，题联云："四壁齐闻仁寿镜；万花深护吉祥云。"其上有楼，古松当窗，昼夜声谡谡，题曰"天风海涛"。

出山房绕廊稍右，有室曰"松石间"。又右小亭临水，曰"萍簃"，题联云："生涯莫道如蓬转；归计都从泛梗来。"其水曰"勺溪"。沿溪而北，曲径右石级曰"云磴"。纳级而登楼，有廊曰"凉月"，宜夏之夕，楼以宿客，名之曰"盍簪"，题联云："皓月渐东上；薰风自南来。"昆山方惟一孝廉补题一联云："世界一楼包，何当合孔墨耶回释老诸家，分座列宾，谈判五洲未来事；中原几时好，吾意聚满汉蒙藏新疆之士，卧薪尝胆，共济长江垂覆舟。"又上曰"山光塔影楼"，某君题联云："是处极高寒，更何须贝阙琼宫，方成仙境；闲来一登眺，但即此修篁古木，已露天机。"下磴左略约渡勺溪，枣树横斜，作花时香微而清，名之曰"枣香桥"。

桥东入石林，蠡旋而上，有亭翼然，桂十余树环其周，名之曰"金粟亭"；北面有"谢华启秀堂"相向。下亭左循廊数步，有室如船，曰"壑舟"，题联云："用心渐淡风波少；立脚能坚块垒平。"循勺溪左转，当冻月廊之下，有栏槛与老梅隔溪相望，曰"耐寒槛",杨了公补题联云:"拒霜容我傲;邀月慰卿孤。"槛东月洞门,当枣香桥。槛北有板桥,题曰"暗香疏影",了公补撰联云:"浅水宜垂钓;疏花入苦吟。"

此外又有春阴馆、且止亭、味蜡庵诸胜境。今园主人为钱君选青,颇风雅,好藏书。园中诸景,屡有修葺,松江园林,此为首屈一指矣。

杭州艮山门外,有项氏蓉菊园,系取"蓉菊满园皆可羡"诗意,故又名"可羡园"。戴醇士阁学熙撰联云:"辟径欲追陶,晚节堪娱,莫辜负风亭月榭;看花争说项,名园可羡,好商量酒政茶经。"又沈子萚侍郎兆霖联云:"半亩闲园,正梵宇为邻,艮山在望;九秋好景,是锦城旧日,彭泽当年。"

横云山为松江九峰之一。山麓有王氏横云山庄,俨斋尚书修《明史》处也。其右为张文敏家祠,亦有园亭池沼。今皆颓圮矣。惟张温和公望云山庄,营于道光中,其图为同里颜朗如、冯少眉、祁虚白诸人所作。地广十六亩,对山临流,水木明瑟。公自题楹联云:"七十里看过名山,持节人归,颇觉家园多静景;十六亩攒成小筑,开尊客至,可知野史有馀情。"

卷六　居　宅

南汇张啸山先生，学问渊博，经术词章，皆卓卓可传。偶撰楹联，亦复胎息经史，醰醰有味。兹录其自撰大门联云："自求多福；且住为佳。"书室联云："好是懿德；求其放心。"客次联云："三杯对饮老兄弟；一刺不通新达官。"内室联云："维摩丈室来天女；白傅吟情寄小蛮。"堂楹联云："居安思危，省躬克己；实事求是，学问行知。"抱瓮居联云："负耒横经，从吾所好；吟风弄月，与天为徒。"

虞山翁瓶笙相国，书名冠绝古今。在京师日，其大门楹联，每岁必易新句，或切时事，或切身分，书以擘窠大字，见者皆啧啧称羡。某年考取国子监南学后，循例持束进谒，见其门联云："麒骥思千里；鹡鸰借一枝。"字甚雄伟。时在乙未中日战事之后，语盖有为而发也。

易顺鼎，号硕甫，别字哭庵，湖南才子也，文章词赋，冠绝时流。尝筑室于庐山，为避嚣计。其榜门联云："纳于大麓；藏诸名山。"疏狂之态可想。

严渭春侍郎，自广西布政使罢归，其门联云："两朝恩眷三持节；五岭归来再读书。"

张文襄晚年奉召入都，寓锡拉胡同，与项城私第仅隔一墙。张自书门联曰："朝廷有道青春好；门馆无私白日闲。"书竟大笑，意甚自得。

黄漱兰学士体芳在京师日，寓土地庙下斜街。其门联云："卜居雅近评花市；入直常过谏草庐。"盖下斜街左近多花厂，而杨椒山嵩云草堂为入直时必经之所，联语云云，亦隐然见学士之风节也。

张秋舫学博兆麟，司铎淮安，性谦谨，而文词恢廓，有《寒松草堂诗》二卷。其自署楹联云："问不朽几人，只觉得莽莽千秋，寥寥数子；幸此间无恙，莫辜负一窗明月，满架奇书。"

耆介春相国英，有"满洲才子"之目，然颇自负。清宣宗甚优礼之，尝褒为"有胆有识"。迨文宗嗣统，恩礼寖衰，屡奉旨严斥，有"无耻无能"之谕。耆揭一联于楹云："先帝隆褒，有胆有识；时皇罪过，无耻无能。"句法与尤西堂"先皇天语真才子"一联相同，而意存怨望。专制时代而能容此，可谓幸矣。

武进钱黄山先生季重，饮酒使气，有不可一世之概。溺爱三子，常与嬉戏。其柱帖云："酒酣或化庄生蝶；饭饱甘为孺子牛。"可以想见其风趣。

梁星海守武昌日，自署楹联云："零落雨中花，春梦惊回栖凤宅；绸缪天下事，壮心消尽食鱼斋。"上联盖指龚夫人事也，"栖凤"即夫人所居地。梁与文芸阁事，当时颇传为佳话，以语涉闺闱，恐蹈轻薄之诮，故未敢详为记载。但以联语论，则工妙无匹，不愧一时名士也。

桐乡徐瘦生茂才照，工书，喜为诗。家贫，授徒自给。中年后绝意进取，课读之暇，兀坐高吟，怡然自得。尝题联斋壁云："志不求荣，满架图书成小隐；身虽近俗，一庭风月伴孤吟。"诗稿甚富，殁后皆散佚无存。

桐邑郑渔帆太守心一，以名幕起家，由佐贰官至袁州太守。因病乞归，卜居苏州，时有故乡之思。题书室联云："无可奈何新白发；不如归去旧青山。"意甚隽永。

钱塘张太史曰衔，学优品懋。通籍后，不与当道往还，樵苏不继，萧然自得。题联于堂曰："相对半床书，冀渐臻圣域；但啜一瓯粥，誓不入公门。"知太史者，咸谓能言顾其行云。

丁孝廉佐赓，闽县人，住山兜尾。乾隆己亥举人，官广文，高才自负。尝自题楹帖云："天下文章归陋室；人间田宅忌儒官。"其骯髒不平之气，可想见也。

吴柳堂侍郎可读，甘肃皋兰人。以劾成禄镌级，自题京邸春联云："春色蔼南台，愧今生衰朽残年，难言封事；烽烟靖西极，念此去优游故里，总属天恩。"后穆宗上宾，侍御具疏请预定大统之归。疏未上，先自尽于蓟州之三义庙，盖效史鱼尸谏云。

卷七 商 店

商店联语，易流于俗。因既无故实可用，又鲜文墨士为之捉笔，故流传之联，佳者殊寥寥也。相传某翁开张质肆，请某名士为撰联。名士集《四书》句为联云："以其所有，易其所无，四境之内，万物皆备于我；或曰取之，或曰勿取，三年无改，一介不以与人。"集合自然，意义贯串，佳作也。

杭州涌金门外藕香居茶室，有楹联云："欲把西湖比西子；从来佳茗似佳人。"集坡诗恰合。

鸦片盛时，虽乡僻小镇，亦必有烟馆数家。帘幕深沉，云雾喷薄，非此中人，苟入其室，无不作三日恶。相传某名士有烟霞癖，有请题烟馆联者，为集成语云："重簾不卷留香久；短笛无腔信口吹。"情景宛然，可云妙绝。

京师为文人荟萃之所，偶拈小品笔墨，亦无不精妙绝伦。如庆仙居大酒缸联云："庆喜昇平开酒国；仙居日月驻壶天。"又云："大酒肥鱼豪士兴；缸花杯影美人风。"上六字，一一扣定而甚自然。相传为胡侍御某某所作，洵聪明人吐属也。又如瑞香楼栈房香铺联云："栈曲有云皆献瑞；房幽无地不生香。"宏义钟表铺云："宏业新开，必表而出；义气相应，如钟自鸣。"首末扣定，亦颇见巧思。

茶室内招柳敬亭一流人，说评话以娱客，谓之书场。自通都大邑以至乡僻镇市，无不有之。相传某处书场有一联云："把往事今朝重提起；破工夫明日早些来。"以《西厢记》对《牡丹亭》，真是天造地设；且口吻神情，无不毕肖，尤为难得。

"剃头"二字，始见于《金楼子》，不知古人之所谓剃头者如何。自前清由满洲入中原，令民间留辫而去其四围之发，于是剃头一业遂遍于全国。相传有题剃头铺一联云："到来尽是弹冠客；此去应无搔首人。"以羌无故实之题，而偏能工雅浑切，非名手不办。

眼镜又名"叆叇"，初时惟宫廷有之，民间不易得也。自通商后，西人运镜来中国，凡短视及年迈者，皆赖以大启光明。厥后制益精，沪上各眼镜公司，相率请光学专家精验目光，深浅远近，一无参差之弊。彼生于二百年前者，岂易享此幸福哉？通州张季直君謇，有赠精益眼镜公司一联云："使众昭昭，若岩下电；与世珞珞，望眼中人。"措词名俊，洵不愧为名士吐属也。

京师广和居酒馆，以糖蒸山药得名。楹间旧悬一联云："十斗酒依金谷罚；一盘春煮玉延肥。"末署"楚生"二字。按：山药名薯蓣，秦楚间名玉延。陈简斋谓玉延，取香、色、味为三绝。陆放翁诗"久缘多病炼云液，近为长斋进玉延"，王岐公诗"凤池春晚绿生烟，曾见高枝蔓玉延"，皆是也。或云，联语本元人萨天锡集中句。岂酒肆蒸药，元时已有此制法欤？

沪上某机器面粉公司开幕之日，某名士以联贺之云："机械世界；粉饰升平。"调侃语颇有意味。

近人作酒肆联语，有集唐诗云："劝君更尽一杯酒；与尔同消万古愁。"读者颇赏其工，不知此二语系宋葛长庚集句赠王秀才诗。广州城南临江酒楼，有山阴汪芙生题联集古句云："海上生明月；天边落酒星。"下句系李群玉诗，人不甚习见，然于情景却极切合。

京师土地庙下斜街一带，为花厂荟萃之所。厂中联语，颇多可诵者。如集陶句云："春秋多佳日；园林无俗情。"集白句："几处早莺争暖树；频来语燕定新巢。"均能雅切，盖都门多文墨雅流，故偶尔拈毫，无不清丽可喜也。

松城某氏媪，嫠而贫者也。设肆门前，专售炖鸡面。午前肆中寂无人，盖媪无子女，孑然一身，晨间须杀鸡切面，亲身操作也。午后三四时，鸡烂开锅，香味四溢，于是老饕者流，争集其肆，沽酒小饮，习以为常。杨了公为书一联云："黄酒童鸡风味；白头老妪生涯。"一时颇传诵之。

卷八　格　言

某君司铎茶江，尝集《四书》句为座右铭云："动心忍性，反求诸己；察言观色，薄责于人。"朴实语耐人寻味。

王芍棠《椒生随笔》云：桐城张文端公室中楹联，都见道之言。一云："造物最忌者巧；万类相感以诚。"一云："富贵贫贱总难称意，知足即为称意；山水花竹无恒主人，得闲便是主人。"文和公廷玉《澄怀园语》载，有人集《论》《孟》二语云："约失之鲜矣；诚乐莫大焉。"此三联皆耐人寻味。

金湜生《粟香随笔》云：先大父工汉分，求者踵至，尝书格言悬之云："世事让三分，天空海阔；心田留一点，子种孙耕。"求联语者，亦每书此应之。

万廉山郡丞尝制联云："仁仁义宜，以制其行；经经纬史，乃成斯文。"田小坡太守则以"亲亲仁民而爱物"为出联，或以"经经纬史乃成文"对之，亦佳。

《粟香二笔》云：尝于友人处见一联云："无能事乃能无事；不善言而善不言。"颇觉有味。又云：前在江右，见有成语一联云："博览增见识；广交得观摩。"乞蒋篆云学博芳书之。后在金陵，于友人处见一联，上句"博览广见识"，下句则"寡交无是非"也，又乞庄心吉部郎怡孙书之。后遂常以心吉所书悬座右焉。按广交、寡交，均各有益处，但视择友何如耳。粟香先生以寡交为有契于心，殆阅历愈深，则社会之情伪愈多感触，亦晚年所必至之情也。

又云：常郡有某长者，赠人新婚联云："愉色婉容，悦亲有道；严气正性，教妇初来。"凡嫁娶者，均宜诵之。

湘乡曾文正，为有清一代伟人，经济文章，并世诸贤，无与抗手；而省心克己工夫，亦已造圣贤地步。读其《求阙斋日记》中所撰各联，皆有绝大学问在。兹节录其尤佳者如左云：

李申甫自黄州归来，稍论时事，余谓当竖起骨头，竭力撑持，三更不寐。因作一联云："养活一团春意思；撑起两根穷骨头。"用自警也。

又云：余生平作自箴联句颇多，惜皆未写出。丁未年在家，作一联云："不怨不尤，但反身争个一壁静；勿忘勿助，看平地长得万丈高。"

又云：夜阅《荀子》三篇，三更尽睡，四更即醒，作一联云："天下无易境，天下无难境；终身有乐处，终身有忧处。"至五更又改作二联，一云："取人为善，与人为善；乐以终身，忧以终身。"一云："天下断无易处之境遇；人间那有空闲的光阴。"又偶作一联云："战战兢兢，即生时不忘地狱；坦坦荡荡，虽逆境亦畅天怀。"

又云：余回忆生平，愆尤丛集，悔不胜悔，而精力疲惫，自问更无晚盖之力，乃作一联云："莫苦悔已往愆尤，但求此日行为无惭神鬼；休预怕后来灾祸，只要暮年心气感召祥和。"

又云：偶作联语以自箴云："禽里还人，静由敬出；死中求活，淡极乐生。"一本《孟子》"夜气"章之意，一本《论语》"疏水曲肱"章之意，以绝去桔亡营扰之私。

又云：座右为联语以自箴云："不为圣贤，便为禽兽；莫问收获，但闻耕耘。"

又云：近来因眼蒙，常有昏暗气象，计非静坐，别无治法，因作一联以自警云："一心履薄临深，畏天之鉴，畏神之格；两眼沐日浴月，由静而明，由敬而强。"

诸联皆深自刻厉。夫以文正之贤，而犹不自满假，时时存兢惕恐惧之意，则凡世之名位、学问之远逊于文正者，读此当如何奋起也。

卷九　喜　庆

南海梁莲涧君，为司法总长梁任公之尊人。民国三年春，莲涧君七旬寿诞，任公假湖广会馆称觞祝嘏，各界之致送寿联寿屏者，美不胜纪。大总统袁公赠寿联云："白沙诗思同康节；玉局文章继老泉。"寿额为"圭峰比寿"。副总统黎公赠联云："杖国春雩，星瞻南极；传经家业，学富东瀛。"王壬秋先生赠联云："海日襟怀，燕山福分；伯鸾风节，太素年华。"又有某君拟泰山经石峪书八字云："德为世重；寿以人尊。"字体甚雄伟，的是能品。

北平孙诗樵先生櫑之尊人某君，性好风雅，历任繁剧，不废咏歌，尤长于联语。尝祝何少华先生七十寿云："庆洽齐眉，七十杖于国；欢成绕膝，八千岁为春。"又寿路蕙圃学博云："恒山维高多寿者；萍水思乐见文人。"又祝赵子绳大令五十寿云："伯玉同修，问年曰艾；黄金合铸，其寿如松。"皆名俊可诵。

陶云汀宫保督两江，以十月生，值六旬寿，某君撰联祝云："八州都督，五柳先生，经济文章，历代心传家学远；六秩初周，一阳来复，富贵寿考，百年身受国恩长。"穆鹤舫相国彰阿，与宣庙同庚，除夕生日，有赠寿联者云："一德赞襄，帝庇元臣同寿考；四时调燮，天生上相在春前。"皆典雅工切。惟穆相晚节颇为人訾议，未免当之有愧耳。

江阴金湉生先生之尊人某君，板舆东粤，遇山水佳胜处，流连诗酒，情趣陶然。六月四日，为其生辰。羊辛楣太守献寿联云："洛社方开真率会；济南合写授经图。"句颇高浑。陈孝兰孝廉联云："遥献碧筒杯，喜令子紫亲，东阁欢承天锡嘏；笑扶绿玉杖，羡诗翁访胜，南交游遍地行仙。"亦工丽可喜。

马小沅，名光勋，寿蓝云峰大令太夫人七旬诞辰云："称觞迟新令行期，好留元夜笙歌，戏綵博高堂一笑；捧檄步贤郎后躅，遥率湖陵子弟，向风祝寿母千秋。"太夫人寿辰为正月十七日，云峰署铜山，尚未赴任，而小沅奉饬赴沛任，又适在云峰署沛之后也，可谓面面俱到。

台湾巡抚刘省三中丞，八月二十六日生辰；是日为三公子成婚吉期。其长君兰谷观察，率群季赴台祝嘏，倩人代撰寿联云："八千春福荫方长，爱日霭华堂，看凤偶新谐，乌私共遂；九万里重洋远涉，碧天澄海宇，听玉箫吹月，铜笛横秋。"按：联语诚华赡堂皇，惟以子寿父，未免过尚虚文，殊不足为法也。

德清陆虢庵先生震东，官仙居县教谕。七十生辰时，沈鹿坪寿以联云："地本仙居，鸠杖亲携寻药饵；官真吏隐，鹤觞小酌味梅花。"严比玉太守之母四十生辰，沈亦寿以联云："长日綵衣孙抱戏；盛年纱幔子传经。"

汉军庆蕉园将军保，诞辰在中秋日。镇广州时，值七旬寿日，屏幛盈壁，颂祷谀词，备极精好。严厚民时居羊城，与将军有旧，以赫蹏笺用宋体书一联以献云："上古大椿长不老；小山丛桂最宜秋。"将军大喜，语宾朋曰："厚民，经师也，虽只十四字，胜于人千百言矣。"

张南山先生，九月三十日生。咸丰丁巳，年七十八，值重游泮水之年，同人为之称觞。李紫黼学博献一联云："诗称三子，学积三馀，望重三城，福懋三多，寿祝三秋，愿松柯益健，菊节弥坚，文囿词场陪杖履；身历四朝，名高四海，官尊四品，科连四世，堂开四代，况夫妇齐眉，儿孙晋爵，国恩家庆乐林泉。"

浙抚杨石泉中丞，为葛毕氏一案罢官，然非其罪也。某年寿辰，左文襄寿以联云："知公神仙中人，勉为苍生留十稔；忆昔湖山佳处，曾陪黄菊作重阳。"

武进费屺怀太史念慈，文学为当世所重。其夫人，徐相国女也。某年寿诞，端午桥中丞书联贺之云："三代吉金，尊彝铭寿；一门画史，烟墨觞秋。"名隽语颇似六朝文。

查初白善撰长联，数百字一气呵成，精力弥满；短联不粘不脱，言简意赅，引用故实，熨帖恰如题分。如寿梁大司马联云："皇览揆予，帝力于我，春酒赐天家，金瓯社稷销兵里；别业平原，故乡昼锦，寿筵寻往事，玉斧关河聚米前。"

又寿陈无逸征君曰："鬼神微妙，前席延君，处士岂虚声，姓名翻藉布衣寿；风雨晦冥，下床睡我，诗人今老大，湖海未将豪气除。"无逸，字谢盦，与查同里同学，负文章盛名，屡应童试不售。既冠，以布衣召试鸿博，坐言事激烈被放，主讲敷文书院。此联殆三十初度时所赠，以贾傅、元龙相比拟，推许可谓至矣。

诸季迟明经，有寿钟太宜人五十寿联云："读范滂传，作陶婴歌，惟艰难为福寿征，当年琼海归帆，只手挈诸孤，雪雨风饕，独立真饶男子节；掌保姆科，佐天足会，知教育自家庭始，此日钱江讲幔，慈龄开大衍，梅馨兰秀，长春同庆女贞花。"又有寿沈冕士封翁及其夫人六十双庆联云："一门清德喜眉山，贤父贤母贤子；六十华筵跻洛社，多福多寿多男。"

喜庆之联，较难于哀挽，所谓"欢愉之言难工"也。须能用典切合，组织工致，方为佳妙。俞曲园先生颇擅长于此，如贺许星台方伯之孙新婚联云："嘉耦百年成，试新画眉，刚好梅开东阁；阿翁一笑起，携小比肩，去看花放西湖。"时方伯适由苏臬迁浙藩，期于明春赴浙，故联云尔也。许方伯有一孙，适于是年入泮，曲园又作联贺之云："十月小阳春，阿翁老而矍铄，阿婆病后康强，金母木公双福寿；全家大欢喜，一孙秀撷芹芬，一孙香圆兰梦，青童玉女众神仙。"

吴县潘筑岩茂才，为相国潘文恭公之孙，娶道光壬辰状元吴崧甫侍郎之女，吉期为十月初旬。俞曲园撰贺联云："门第旧金张，喜宰相文孙，刚配状元娇女；倡随小梁孟，缔百年嘉耦，恰当十月阳春。"

浙江严芝生先生辰七旬诞日，先为其孙娶妇，曲园以联贺之云："一双嘉耦小比肩，堂上拜生朝，闺中庆满月；七十老翁大称意，今年娶新妇，明岁抱曾孙。"祝而兼贺，措词工妙。

曲园之长外孙王念曾，娶许氏，为曲园之二外孙女，盖中表姊妹也。正月十六日完姻，曲园书贺联云："十六良宵，对明月金尊，还如元夕；一双嘉耦，看春风玉树，总是孙枝。"

俞曲园贺钱鸣伯驾部续娶联云："诵南国风诗，君子得淑女为配；仿东坡故事，同安继崇德来归。"钱两娶皆徐氏女，盖姊妹行也，用东坡典恰合。

张啸山先生文虎，有《撰联偶记》。其祝姚衡堂太史八十寿云："德盛礼恭，耆英冠坐；月圆春正，家庆齐年。"祝贾云阶封君七十寿云："心游太虚，脚踏实地；穀贻孙子，术通神明。"代人祝汪母寿云："四德膺封，八鸾鸣盛；六旬开庆，三凤凭霄。"祝游芝田七十寿云："松伯长年，眉寿无已；云烟过眼，灵光岿然。"祝汪梅岑七十寿云："八索九丘，楚史倚相；一堂二内，汉儒伏生。"祝友人七十寿云："公则能平，人我无间；仁者必寿，耄耋长春。"代人寿程逸华七十云："读画课诗，优游耄耋；安贫乐善，潇洒家庭。"又贺张凤山子子根娶妇云："堂构克承，积善馀庆；琴瑟既协，和气致祥。"又贺张燮庵长孙娶妇云："安亲扬名，施于孙子；谨身节用，宜尔室家。"

潘玉泉观察，相国文恭公之第四子。五十寿辰，俞曲园撰联云："以名父子，生宰相家，有德业事功，文章气节；当中兴年，祝无量寿，是英雄儒雅，富贵神仙。"丁禹生极赏此联为工切，然观察悬未久即撤去，盖谦不敢当也。

许信臣抚部善谈名理，能以《周易》及《大学》《中庸》说释典。七十寿辰，俞曲园祝以联云："前词苑，后封疆，频年养望湖山，绿野优游，共推老福；内儒书，外释典，每夕纵谈名理，青灯滋味，还似儿时。"盖曲园曾于戊辰年主于抚部家旬日，抚部每夕出谈，故联语云尔。

张仲甫先生通内典，所著书甚多，《春秋属词辨例》六十卷，尤为巨制。八旬寿辰，俞曲园撰联祝之云："万卷拥书城，精神满腹，著作等身，积卅年雪案萤窗，尤于麟经有得；两回游泮水，净土潜修，名场倦踏，看明载苍颜鹤发，重歌鹿鸣而来。"

俞曲园寿李薇生太守六旬联云："借黄花九秋，祝黄堂千秋，菊部好翻新乐府；承高门驷马，居高官五马，柏台行绍旧家声。"盖太守生于九月四日，其先德曾任安徽廉访，有阴德也，叠字意巧而词稳。

祝朱绩臣处士五十寿云："有丹桂五株，共大椿不老；先元宵四日，祝明月长圆。"自注："处士为采孙孝廉之父，有五子。正月十一日，其生日也。"

祝张友山漕帅五十寿联云："筹添大衍，腊遇嘉平，奉八秩慈亲，鹤发堂前同笑语；任重漕舻，恩承使节，合三吴父老，骊歌声里颂台莱。"自注："友山新从苏藩迁漕督，十二月十日，其生日也。太夫人在堂，年已八十。"

祝王子勤观察七旬寿联云："舞綵满华堂，看膝前簪笏成行，以八龙兼三凤；称觞进蒲酒，愿林下康强逢吉，从夏五祝秋千。"

自注："观察以五月十日生，有子十一人。"

祝苏藩司恩竹樵方伯五十有四寿联云："白香山五十四官苏州，早见诗篇满吴郡；范纯仁六月中赐生日，行看制草出坡公。"自注："方伯喜吟诗，六月十一日其生日也。"用典切合，巧不可阶。

祝沈仲复观察五十寿联云："为第一泉小驻行旌，英荡将临黄歇浦；先重九日特开公宴，茱萸预佐紫霞觞。"自注："观察生于九月四日，时方从常镇道调苏松太道，尚未莅新任也。"既又制一联云："以玉堂客，作金山主人，旌节将移，且为第一泉小住；歌鹤南飞，和大江东去，茱萸未老，好补重九日清游。"自注："观察实生于九月十日，前联小误，因复撰此联。"

祝李少荃爵相五十寿联云："以岁之正，以月之令，春酒一尊，为相公寿；治内用文，治外用武，长城万里，殿天子邦。"自注："爵相时为直隶总督，正月五日为其生辰。"

祝汪莲府驾部六十寿联云："北阙赋归田，岿然作东鲁灵光，际一阳始生，逢六旬初度；西湖劳望远，安得跨南飞瑞鹤，来桃花潭上，拜桐叶仙人。"

祝恩竹樵中丞五十有五寿联云："歌咏满三吴，喜玉节金符，新自屏藩晋开府；唱酬同一集，愿冰桃雪藕，长从六月祝千秋。"

祝高辛才观察八十寿联云："泛宅到三吴，喜捧檄而归，日下兰孙新得意；悬弧逢八月，想称觞一笑，月中桂子共长生。"又代许信臣祝联云："吴下故人来，是六十年前总角旧交，皓首庞眉登八秩；弧南寿星见，正中秋节后缦亭高会，琼楼玉宇庆千秋。"

祝魁时若将军七十寿联云："周亚夫真将军，溯从前崧生岳降，正碧梧益叶之年，而今八秩初开，清簟疏帘，又驻羲鞭逢闰六；郭汾阳大富贵，看诸子武达文通，如琪树凌霄而起，从此一门鼎盛，木公金母，好书蜀锦祝千秋。"自注："将军生于闰六月，至癸酉岁，行年七十，又逢闰六月，时官成都将军。"

祝金小韵太守六十九寿联云："六秩又九龄，溯起家禹筴，历佐戎旗，此后勋名殊未艾；一堂曾五代，看伉俪齐眉，儿孙绕膝，从前佳话定重来。"自注："太守由盐尹累擢至知府，历佐戎幕有声；三子五孙，济济称盛。其曾祖母在时，曾有五代一堂之庆，庶几其再见乎！"

祝杜筱舫观察六十寿云："从名法入手，由盐官起家，而陈臬，而开藩，意思萧闲，共识东坡是五戒转世；纪近代战功，辑古来谣谚，又工词，又能书，精神渊著，请歌南山之六章寿公。"自注："观察初学申韩家言，从盐官起家，历署藩臬，著有《古谣谚》及《平定粤寇纪略》《江南北大营纪事本末》及《万红友词律校勘记》。始生时，其大父梦一老僧担簦入室，盖有夙根云。"

祝潘季玉观察六十寿联云："相门硕望，郎署清才，功德在珂乡，骥子龙孙能济美；一阳将生，六旬初度，笙歌围绮席，木公金母共长春。"自注："观察为文恭相国之子，以刑部起家，庚申之乱，克复苏州，与有力焉。有子四人，孙十余人。夫人同享眉寿。十一月初旬，为六十生日。"

祝杨石泉中丞四十九寿联云："仗节久西湖，才见仙筹添大衍；携香迟北阙，好凭春酒醉重阳。"自注："中丞生于九月九日，时适请觐，朝廷以海疆有事，未允也。"

祝高滋园都转六十寿联云："官两浙近卅年，以二品归田，仍在白苏旧治；过重阳刚半月，为六旬介寿，恰当黄菊新花。"

祝杨石泉中丞五十寿联云："钟三湘秀气，为两浙福星，奋武揆文，恰值宾兴大典；借九日秋光，献五旬春酒，翔檖集嘏，恭逢御极初元。"自注："光绪元年恩科乡试，中丞充监临官，又为武闱主考。"

祝金眉生廉访六十寿联云："推倒一世豪杰，拓开万古心胸，陈同甫一流人物，如是如是；醉吟旧诗几篇，闲尝新酒数盏，白香山六十岁时，仙乎仙乎。"自注："上联用陈同甫语，下联则用香山太傅《耳顺吟》中语。"

祝沈兰舫广文五十寿联云："共学东湖，同客西湖，坐封腊灯怀旧雨；五年迟我，一日先我，互斟春酒祝长生。"

祝许雪门太守六十寿联云："先立春三日作生辰，千万户柏酒桃汤，敬为使君寿；合大集一编即年谱，六十岁前忧后乐，又到上元初。"自注："雪门工诗，自编其诗，自道光庚子至咸丰壬子为《悠游集》，自癸丑至同治癸亥为《蒿目集》，甲子以后则为《上元初集》。时之治乱，具见于诗。"

祝张少渠别驾五十寿联云："不福星，真福星，即此一言，可为君寿；已五十，又五十，请至百岁，再征余文。"少渠奉檄预江苏海运之役，将附福星轮船以行，忽舍之而就他船，福星船竟沉于海，君幸而免，佥曰是好善之报。

祝李心根封翁八十寿联云："自杖朝到百龄，看令子由二千石黄堂而登开府；距修禊才六日，为先生写十三行玉版以祝延年。"自注："封翁为杭州太守伯质李君之父，庚寅三月九日为其八十生辰，余适至杭，即往祝。舆中得此联，为太守诵之，越日即以玉版笺索书，亦寿言中所罕见者也。"

祝张子青相国八十寿联云："郭汾阳遇天孙后一日；文潞公相元祐前四年。"自注："相国生于七月八日。"

祝陈舫仙廉访六十寿联云："莅吴会名区，矍铄六旬翁，笑听绮席清欢,对腊灯,酌春酒;数湘军宿将,崎岖百战后,行拜彤庭恩命,持玉节,镇金陵。"自注:"舫仙为湘军宿将,勋望颇重。于时两江制府曾忠襄公薨于位,舫仙实总领湘军,颇藉其镇抚之力。"

祝严芝生七十寿联云:"一双嘉耦小比肩,堂上拜生朝,闺中庆满月;七十老翁大称意,今年娶新妇,明岁抱曾孙。"自注:"芝生于八月下旬生日,而于月初为文孙娶妇,赠以此联,祝而兼贺也。"

祝高力臣总戎六十寿联云:"玉帐汉江秋,过重九佳节登高,拜九重恩命;金樽明月满,正十六良宵既望,庆六十生辰。"自注:"力臣为湖北汉阳镇总兵,生日在九月十六日。"

祝李少荃傅相七十寿联云:"五百年名世之才,上纬天维,下理地轴;七十载从心所欲,西摩月镜,东弄日珠。"又一联云:"以黄阁老臣,兼青宫太傅,九畿坐镇,五等崇封,德威及万里遐陬,翻笑唐李郭、宋范韩,勋业事功,不离寰宇内;先元宵十日,祝上相千秋,梁案齐眉,谢庭继武,恩礼自九天下逮,远轶汉张苍、魏罗结,富贵寿考,再届古稀年。"

祝崧镇青中丞六十寿联云:"先一岁祝六十生辰,正玉昆金友,同领封疆,当代合肥堪媲美;为两浙吁九重恩命,就越水吴山,特制开府,昔年敏达与同符。"自注:"公弟锡侯中丞,同时开府蜀中。弟兄两督抚,搢绅荣之。"

祝任小沅中丞七十寿联云:"屏藩节钺,半生来宦迹,两至吾乡,僚友曰善,士林曰善,闾阎曰善;香山放翁,七十岁诗篇,并为公寿,富贵中人,风雅中人,神仙中人。"

祝钱子密侍郎七十寿联云:"枢廷宿望,戎幕旧游,衣钵得真传,会见两江来建日;八秩初开,三年叅长,轩楹题吉语,不辞一笑再书罨。"自注："子密受曾文正公知最深，在两江幕府垂二十年，后入都供职，值枢廷，累迁至工部侍郎矣。子密小于余三岁，戒余勿自称弟，而再与通书辄忘之，仍自称弟，乃加'眾'字于上，作'罨'字，曰周人称兄曰罨也，今子密七十生日，书此联寿之，并述前语为戏。"

祝徐寿蘅侍郎七十寿联云："七十岁古稀，庭院清凉，好引碧筒招客饮；五百年论定，文章道义，可容青史附公传。"自注："侍郎视浙学时，曾以余文章学问力荐于朝，余固不知也。及侍郎以此得严谴，余始知之，乃与书曰：此事姑置之五百年后，自有定论耳。"

祝聂仲芳廉访四十寿联云："九重大庆，延及臣家，一时中外艳传，谓吾师文正公真能择婿；四十华年，晋陈枭事，此后勋名鼎盛，是本朝咸同后继起名臣。"自注："廉访为曾文正公之婿，由苏松太道迁浙江按察使，行年四十，正万寿庆典之年也。"

祝潘伟如中丞八十寿联云："任封疆万里，受知遇四朝，备历官阶到开府；距百岁廿年，先中秋一月，安排家宴祝齐眉。"

祝桐山居士七十寿联云："读卮言七章，及杂言诸篇，想见其人，欹崎历落；前阳生三日，为先生上寿，从今以往，耄耋期颐。"自注："居士名凤瑞，字桐山，号如如老人，杭州驻防，曾刻小印曰'曲园门下走狗'，亦旗营中一老诗人也。今年七十矣，以诗稿见示，并乞寿联。书此赠之。其生日为十一月二十三日，乃冬至前三日也。"

撰妇女寿联，尤不易见长。因妇女绝少事实，只能就其夫若子之事实而点缀之，佐以新颖之词采，便为佳联。如俞曲园寿吴母朱太夫人七十联云："有子宦三吴，从前治谱流传，已见桐孙能济美；后佛生一月，愿自此慈容矍铄，长将蒲酒祝延龄。"

寿李太夫人七十联云："起居八坐，亦多寿，亦多男，先百花生日，祝慈荫长春，凤舞鸾歌，遍浙水东西，洞庭南北；文昌六星，有上相，有上将，以万石家风，佐熙朝景运，玉昆金友，比荀龙减二，贾虎增三。"又一联云："花下版舆来，自皖而两浙，而三吴，而潇湘洞庭，数千里瞻拜慈云，凤鸟舞，鸾鸟歌，颂无量寿佛；床头朝笏满，有子为宰相，为节度，为观察转运，五百年特钟间气，玉策贤，金策圣，作中兴名臣。"自注："太夫人生六子，长君筱泉中丞方抚吾浙，次公少荃相国以大学士肃毅伯督两湖，家门之盛甲海内。己巳二月三日，为太夫人七十生日。余与相国为甲辰乡榜同年，而又承中丞知爱，延主讲席。故为二联，一致中丞，一致相国也。'又代人作一联云："入鼎鼐，出封疆，看膝前将相成行，武达文通，佐一代中兴大业；月初三，春未半，祝堂上佛仙齐寿，玉牙金齿，开八旬曼衍遐龄。"

寿张太夫人八十联云："京国奉慈舆，而秦而蜀，而皖粤诸邦，又向三美开寿宇；元宵张夜宴，有子有孙，有曾玄继起，行看五代共华堂。"又一联云："慈云从京国而来，为秦蜀皖粤诸大邦，万家生佛；爱日至苏台更永，与中丞廉访两贤母，三寿作朋。"自注："时丁雨生中丞、应敏斋廉访，均有寿母。"

祝韩母王太夫人五十寿联云："膝前种五树桂，天上拜五花封，正仲春觅降鹎鸣，共祝五旬寿母；报国提一旅师，传家罗一床笏，看诸子文通武达，同披一品仙衣。"

祝张子青中丞母孟太夫人八十有四寿联云："溯八秩来四番春信，青衣鼓瑟，祝高堂百年，看膝前虎武龙文，从状元至宰相；算元宵后三夜月明，金钱买灯，庆中兴十载，听境内鸾歌凤舞，自淮北到江南。"自注："同治十年，太夫人年八十四，正月十八日其生日也。中丞以丁未第一人，历任封圻，时新从漕督调苏抚，太夫人犹在淮上也。"

祝应敏斋廉访母朱太夫人七十有八寿联云："距花朝五日，开萱寿八旬，吴下刚翻新菊部；酌春酒三杯，披仙衣一品，怀中行抱小兰孙。"

祝吴子隽庶常母徐太夫人七十寿联云："芝诰日边来，积半生克俭克勤，天以佳儿报贤母；版舆吴下驻，愿此后多福多寿，人从盛夏祝长春。"

祝许小舫太守母姚太夫人七十有八寿联云："跻七十又八龄，萱寿行看登百岁；先重九只六日，菊花刚好祝千秋。"

祝赵母蒋太恭人八十寿联云："萱花不老，芝草有根，已见一堂罗五代；八秩初开，百龄将届，好从首夏祝长春。"

祝吴母朱太宜人七十寿联云："罗四世于一堂，有子有孙曾，再茁兰芽，便成五代；由七旬而百岁，曰耄曰期颐，每逢彀日，敬祝千春。"

祝朱母赵太淑人六十寿联云："三珠树环侍一金萱，添个比肩人，来助綵衣舞；周甲年刚逢建寅月，留将婪尾酒，敬祝锦堂春。"自注："淑人为朱竹石司马生母，有子三人，其生辰为正月二十四日，前期三日，为其幼子梅石娶妇。"

祝汪母倪太夫人八十寿联云："秋鬓绿如初，萱寿八旬，看膝下文孙，刚好迎将新妇至；腊灯红欲近，梅花数点，为堂前爱日，故教移到早春来。"自注："夫人生于十二月二十七日，先期于十月称觞，是日适为其孙纳妇也。"

祝窦甸膏大令母张太恭人七十寿联云："趁七月新凉，祝阿母寿到期颐，齿杖荣颁，宠命定从天上至；忆卅年旧事，看令子材兼文武，牙琴虚赏，英雄未入彀中来。"自注："甸膏，河内人,余从前视学中州,曾来应童子试,以试卷污墨,遂将所作文与同县范君,余竟取入府学,而甸膏迟十年乃入学。曾以诸生从戎,有战绩,今以县令官吴中。七月三日为其母称觞,因赠是联。"

祝奎乐峰中丞母太夫人七十有八寿联云:"使节帝移来,鹏坊鹤市,罗拜慈帏,见说七旬刚晋八;寿觞天补与,雪藕冰桃,重开家宴,又看六月过初三。"自注:"中丞自山右移节吴下,于六月五日至吴,前一日太夫人生日也,行年七十有八矣,是年闰六月,乃补以此联寿之。"

祝宋母彭夫人八十寿联云:"看长君鹊起,听仲子鹿鸣,都为萱堂添福寿;距百岁廿龄,先中秋一日,长斟桂醑祝期颐。"

祝于香草明经母姚孺人七十寿联云:"幼承祖训,老授孙书,谓儿勿急科名,课尔曹三百篇毛诗殊有味;年届古稀,月逢瑞腊,为吾小倜乡里,道我母八十岁耄寿未称觞。"自注:"孺人七十生日,戒勿称觞,命以所费周亲族之贫者。香草因请余书此联寿之,联中云云,皆述孺人之言也。"

长沙陈宗扬,前统领江西赣防水师时,驻节万安县。清光绪丁亥九月,为其太夫人九旬寿诞,都人士咸制联祝嘏。有某君联云:"远道祝慈帏,奕代嗣孙觇永寿;百年承綵服,五云多士庆千秋。"五云,万安县别名。

洞庭潘莘田观察其钤,寿两湖制军李太夫人八十联云:"母教启疆符,养隆三楚,节署胪欢,舞将一品莱衣,百属冠裳齐耀彩;圣恩褒阃范,盛历五朝,坤舆福厚,献到八旬梅寿,两湖花木尽含春。"又代人一联云:"楚南楚北拜萱慈,迎来节署春晖,八秩尊荣中外庆；圣母圣君襃获教，赐到天家珍物，五朝福寿古今稀。"典丽裔皇，不愧许燕手笔。

今大总统袁公，五旬寿诞时，由直隶总督入为军机大臣，声势炫赫，送贺仪者相望于道，即寿联亦不下千数百副。中有一联，最为公所赏识，联云："五岳同尊，惟嵩其峻极；百年上寿，如日之方中。"又有一联，用泥金纸写擘窠大字，袁公亦爱之；后觉言中有物，命除去，然已传遍京师矣。联云："戊戌八月，戊申八月；我皇万年，我公万年。"

李少荃相国鸿章任直隶总督时，值六秩正寿，僚友撰送寿联，典丽裔皇，各矜才藻，有长至数十字者，盖歌颂功德，惟恐言之不能尽也。独某大员一联云："中国相司马矣；老子其犹龙乎。"只寥寥十二字，而以成语作对，且气局堂皇，恰合身分，又能切合李姓，真文章天成，妙手偶得，能以少许胜人多许也。

元和陆凤石先生暨其夫人六十双寿时，今国务卿徐世昌，方官邮传部尚书，以联寿之云："凤日和美，正江南重四节；河山委蛇，是中朝第一流。"语意落落大方，足以压倒一切。

丹徒严问樵先生保庸，工于楹联。官山左时，寅好中联对，多出其手。如石耀卿大令尊甫，官山右司马，七十寿联云："西人慈母，东人大父；北极湛露，南极寿星。"又侯理庭太守之母夫人，九月初十日九十寿联云："开上寿初筵，九十日耄；后重阳一日，八千为秋。"又蔡仰斋州判夫妇五十双寿，其门下士以七夕称祝，代撰寿联云："屈指三秋，天上又逢七夕；齐眉百寿，人间自有双星。"又侯理庭之公子新婚曹氏，撰联贺之云："雀屏妙选今公子；鸿案清芬古大家。"各联流利端庄，不愧名手。

谭碧崖军门，湖南人，任江南提督有年，奉养太夫人于松江节署，年已八旬矣。八月八日寿诞，所属文武员弁，相率奉觞上寿。松江知府陈太守，以一联为寿云："荣封三代，恩遇三朝，节制三军，秉三湘英灵，来作三江大都督；上寿八旬，中秋八月，良辰八日，率八属寮寀，起居八座太夫人。"炼字极自然，措词尤工稳，名作也。

阳春谭康侯部曹敬昭，十二岁时应郡县试，凡十四冠军。某撰一联为贺云："百千卷里无双士；十四场中第一人。"可谓绝无仅有。

番禺冯展云太史誉骥，释褐归娶时，陈兰甫学博赠以联云："莲炬移归，艳传岭峤；兰闺静对，闲话蓬莱。"可为玉堂佳话。

张任庵，清道光己酉举于乡，庚戌成进士；其嗣君瀚堂，以同治癸酉举于乡，甲戌成进士。父子并以酉戌联捷，亦科举时代之佳话也。俞曲园撰联为贺云："北山梓，南山桥，联步到桂宫杏苑；酉年科，戌年第，成名占后甲先庚。"

德清俞荫甫先生，自号曲园居士，学问文章，海内宗仰。其孙陛云，字阶青，光绪戊戌科以第三人及第。先生闻报，撰一联榜诸室云："笑老夫毕世居稽，藏书数万卷，读书数千卷，著书数百卷；喜小孙连番侥幸，院试第一人，省试第二人，廷试第三人。"下联系实事，上联人谓先生夸，吾谓先生犹自谦也。

桐乡李鹤杉广文曰曦，道光乙未举人，选授寿昌县训导，升衢州府教授，寿至八旬。光绪丁丑，与同邑沈儒渊先生重游泮水。邑绅严芝僧太史，为撰骈文公呈，请之学使者，得邀旌额。是岁，沈之子开元，以府首入泮。孙绳祖武，甲子适周。盖当时广文系院首，沈为府首也。入学之日，龚鸣山邑侯设宴明伦堂，太史为题联云："二老喜重游，恰是当年双领袖；一黉看后起，不知他日几元魁。"不可谓非科举时代之佳话也

卷十　哀挽（上）

清光绪中叶，京师大学堂初开，长沙张冶秋先生实主其事。先生为人诚恳有余，警敏不足，往往为群小所利用；然其怜才爱士，开诚布公，近百年来未之有也。丙午夏，以病殁京师，如皋冒君广生挽以联云："爱士似王阮亭，微闻遗疏陈情，动天上九重颜色；怜才若龚芝麓，为数揽衣雪涕，有阶前八百孤寒。"颇能橐栝先生一生行事。

邹容，四川人，以图谋革命下狱，死于上海之西牢，人多哀之。江宁人为开追悼大会，来宾各有哀挽之联。章太炎先生一联，最为时传诵。联云："群盗鼠窃狗偷，死者不瞑目；此地龙蟠虎踞，古人之虚言。"语特傲睨不群。

前人楹联，大抵以风流倜傥、潇洒出尘为工，有情韵而无魄力。独湘乡曾文正公，能盛气喷薄，夭矫老苍，实为创体。兹录其挽李勇毅公续宜云："我悲难弟，公哭难兄，旧事说三河，真成万古伤心地；身病在家，心忧在国，弥留当十月，正是两淮平寇时。"

挽孙文节公铭恩云："以文来，以节归，毅魄常留两江上下；因孝黜，因忠死，苦心可质百世鬼神。"

挽袁端敏公甲三云："属纩寄箴言，劝我勉为范宣子；盖棺有定论，何人更议李临淮。"

挽戴文节公熙云："举世称画师，无人识为血性男子；上界足官府，知君仍作供奉神仙。"

挽马端敏公新贻云："范希文先天下而忧，曾无片时逸豫；来君叔为何人所贼，足令百世悲哀。"

挽左青士太守辉春云："使青士有年，欲安天下今谁属；忧苍生成病，未定江南死不归。"

挽易临庄太守良幹云："邓禹少从戎，壮怀欲吸西江水；终军虽遇害，毅魄犹歼南越王。"

挽凌紫巘孝廉玉成云："曰归曰归指故乡，岂期露宿风餐，便为异域招魂客；有弟有弟今诗伯，从此孤儿寡妇，付与天涯急难人。"

挽刘詹岩殿撰太夫人云："七州团练使，八座太夫人，爱日忽颓，乡里荣哀天下羡；哲嗣名状元，曾孙新进士，文星环绕，高堂福寿古来稀。"

挽黄子寿太史夫人云："得夫子为文学侍从之臣，虽死无憾；观人言于父母昆弟无间，其贤可知。"

骈渠道人《姜露庵杂记》云：随州喻云岩广文，深于经术。司铎谷城时，晨夕过从甚欢。后于钟祥一晤，遂成永诀，挽以联云："欲追旧梦已依稀，与君上下襄江，短别十年，长别千古；不为交情方痛哭，数我生平老友，经师易得，人师难求。"

塔忠武公齐布，为清咸同间中兴名将，以积劳呕血，薨于九江，年甫三十有九。曾文正公挽以联云："大勇却慈祥，论古略同曹武惠；至诚相煦妪，有章曾荐郭汾阳。"彭雪琴尚书亦有联云："谥并武乡侯，湘鄂战功青史在；寿同岳少保，古今名将白头稀。"文正与忠武为患难至交，而彭公则稍间矣。情谊有别，辞气不同，而确切不移则一也。

哀挽以抒真性，自以白描为妙。然有运典真切者，亦复不失其性灵。如王芍棠方伯挽妹联云："汝性最聪明，曾伴阿兄吟柳絮；甥侪均稚弱，忍看若辈著芦花。"情文相生，故自佳妙。

曾文正之封翁，在籍逝世，胡文忠公林翼挽以联云："帝与重臣，澄清江汉；天留大老，笑傲扶桑。"措语庄雅得体，然惟曾侯相父子始足当之。

汤海秋铨部鹏，著述甚富，《浮丘子》一书，尤其生平得意之作。惟因恃才傲放，目空侪辈，往往不理于众口。殁后，曾文正公挽以联云："著书累百千万言，才未尽也；得谤遍一十八省，名亦随之。"数言纪实，写尽其人。

陈二山诗画兼长，而以一衿困场屋。曾随高螺舟观察人鉴游琉球，后以修志之役，殁于西江，士林惜之。方云泉挽以联云："名士呕肝修史笔；故人挥泪拜羁魂。"语甚凄惋。

鄂抚青墨卿中丞麐，待士卒有恩，众乐为用。因徇某总兵之请，移兵就饷，擅入湖南境，清帝怒其专擅，正法于荆州。死之日，三军皆哭。张文毅公芾挽以联云："雷霆雨露总天恩，早知秉节孤忠，久拚一死；成败功名皆幻境，即此盖棺论定，已足千秋。"青果九京有知，魂其无所恫乎？

汉阳叶昆臣制军名琛，广州之役，为英舰载之以去。后死于澳门。英人送还其遗骸，亲友撰挽联者，曲辞固非所宜，直书又难得体，故落墨殊不易易。惟华樵云、陈兰甫二君联，两得其当。华云："身依十载春风，不堪回首；目断万重沧海，何处招魂。"陈云："公道在人心，虽然十载深恩，难禁涕泪；灵魄归海外，想见一腔孤愤，化作洪涛。"

常州管才叔学博乐，善为诗文，尤精于联语。其挽曾文正公云："勋名为旷代迄今所稀，衡岳效灵锺圣相；感激在故吏门生而外，江天洒泪有孤寒。"挽陆子受观察夫妇云："仕宦所至有声，论生平幼学壮行，功名尤骞；子孙已贻之德，视人世缘空障尽，夫妇皆仙。"挽赵朗甫太守云："神术炫轩岐，最伤二竖初撄，自知不起；清班跻禁近，翻恨一麾出守，未竟厥施。"又挽刘开生观察云："风谊溯平生，于学无所不窥，既妙思六经，逍遥百氏；声华传绝域，曰归正当相见，乃暂游万里，小别千年。"诸联皆笔意矫健，无丝毫尘俗气。

管才叔与江阴何廉昉相友善，著述甚富，后卒于扬州。有某挽以联云："一生负王佐才，江左夷吾犹未老；半世为诸侯客，扬州杜牧竟消魂。"盖皆切合其姓氏也。

江阴金㴋生先生武祥，以名士作宰粤西，交游遍天下。长于诗古文词，友朋唱和之作，袭然成集。尤擅长联语，记其挽吴晋壬太守云："自秣陵别已十七年，方期远宦归来，重与唱酬同结社；由郎署出为二千石，岂料长才未竟，空留著述富藏山。"

挽陆彦甫大令云:"叙谊托重姻,何堪羊石归来,梓里顿惊情话少;沉疴经两载,太息雁行中断,梅山应痛讣书传。"下联盖谓彦甫之弟彦欣,方任湖北大冶县也。

又挽史幹甫大令云:"明月证前身,频年襟袖联欢,差幸相从追洛社;白云共千载,此地园林如画,不堪重过恸黄垆。"史以中秋生,园居在白云溪,故联语云尔也。

又挽史冠千观察云:"盐梅著绩,绣斧巡方,忆昔年风度叨陪,握手燕台一尊酒;老子婆娑,连枝竞爽,有令子星奔往返,伤心彭蠡万重云。"

又挽潘应修太守云:"三筦著循声,方期晚岁归来,九老成图追洛社;两年联宦檄,何意典型遽杳,一尊话别记漓江。"

又挽赵伯度司马云:"星轺戎幄,折节群公,迨看熊轼宣猷,自有讴歌留闽峤;阀阅科名,振缨累世,更喜象贤绳武,早闻声价重燕台。"

诸联皆朗润清华,不愧老名士吐属。

挽联有用意同而措词各异者。李少荃相国挽曾忠襄公云:"易名兼胡左两公,十六字天语殊褒,异数更兼棠棣并;伤逝与彭杨一岁,二三子辈流向尽,英才尤惜竹林贤。"又易实甫观察挽忠襄云:"幹国失三贤,去大司马少司农才数月;易名足千古,合胡文忠左文襄为一人。"

挽显宦联,以不事铺张而简括出之者为贵。夏声乔孝廉挽左文襄云:"随节日边来,入幕为宾,一载流光同过客;骑箕天上去,出师未捷,九原遗恨在和戎。"张经甫茂才挽曾惠敏公云:"光名父勋,能使外人重中国;为大局恸,非徒知己感平生。"两联皆着墨不多，自然名贵。

湘乡曾侍郎纪泽，为文正公之长子，阀阅高华，文章彪炳。为同光间有数名臣，而使英一役，尤能坛坫增辉，俾外人不敢轻视。其殁也，海内名流，竞投哀挽之联。

李少荃傅相云："执别一句，何意遂成千载隔；抗棱四裔，此才方识九州难。"

许星叔尚书云："语通象译，名重鸡林，忠信涉波涛，不数凿空开绝域；经武楼船，储才泉府，艰难宏幹济，何堪尽瘁甫中年。"

黄漱兰学士云："有此佳使臣，万国方知天节贵；真堪续名父，一官惜以地卿终。"

徐寿蘅侍郎云："圭组嗣前勋，壮节纵横七万里；楹书传后叶，奇文恢拓九千言。"

俞荫甫太史云："论世务有心得，论经术有家传，参中外以独成其学；为圣代惜重臣，为师门惜贤子，合公私而一恸斯人。"

俞恪士主政云："综中西为一家言，横览九州无此学；立功名于万里外，不缘世业足封侯。"

陈右铭中丞云："扬历声名二十年，恢先世无外规模，绝学号能传墨子；谈笑折冲七万里，为中朝别开风气，乘槎何处觅张骞。"

黄子寿方伯云："海外有功，朝端有望；名父之子，名世之英。"

杨诚之观察云："为张博望易，为富郑公难，力折强邻，拓地远逾分水岭；通方言以文，治舟师以武，时当多事，问天何夺济川才。"

诸联皆推重奉使欧西之功。盖当时士大夫皆懵于外势,尤以远涉重洋为畏途。曾侯独能持节外邦,远聘异国,折冲樽俎,不贻陨越之羞,故视为奇才异能,比之张博望、富郑公而尤深崇拜也。

常熟赵惠甫直刺,奉特旨召参曾文正公军事,作宦十余年,急流勇退;构静园于虞山之麓,优游林下者又十余年,始归道山。江阴金湜生先生挽以联云:"盛名动君相,谈笑纶巾,溯从冀北归田,高卧早成传世业;清福占园林,叨陪尊酒,犹忆道南推宅,相招怕读隔年书。"下联因赵曾以园旁别屋招金同居,故及之也。

归安沈芸阁方伯莅任粤东,值海防戒严,以劳瘁卒,时太夫人犹在堂也。杜菊人大令挽以联云:"忠孝难两全,王事靡盬,不遑将母;贤良推八咏,名德之后,必有达人。"用成语恰切合。

香山何筱宋制军,晚岁家居,主讲应元书院,成就甚众。光绪戊子捐馆舍,嗣君葆之,时守梧州。江阴金湜生君挽以联云:"天厌荩臣,四十年亮节清风,青史有公评,太息斯人不再出;家传令子,二千石麻衣如雪,苍梧留惠泽,犹闻此地盼重来。"

武进费幼亭方伯,由直隶牧令,仕至清河道。当咸丰庚申,西人犯都,幼亭单骑往敌营定约,时论壮之。后以养亲归,卜居吴门三十年,不复出。光绪戊戌卒,金湜生君挽以联云:"宦绩著燕畿,忆北庭烽火,照及甘泉,单骑谕强胡,何异令公入回纥;耆英仰吴会,溯东道琴尊,邈如坠雨,扁舟寻旧梦,忽同向秀感山阳。"

挽联有以流丽胜者。曾见一联云："如何寸草不报春晖，况破镜光中，孤鸾未老，残书堆里，么凤犹雏，哀哉奚以为情，苦月凄风，九地有知应抱恨；曾记长沙同听夜雨，溯海棠开后，纨扇题诗，桂子香初，铜炉沦茗，已矣而今若梦，高山流水，七弦无恙向谁弹。"又一联云："秦淮水榭，西子楼台，记当年听雨判花，偕隐已成无准梦；碧浪裁笺，红牙顾曲，恨此日夕阳芳草，归魂休住有情天。"洵不愧为才人吐属。

山阴金子衡孝廉，自都旋里，殁于浙江途次。祥符周昀叔先生挽以联云："溯我曹道义知交，寥寥有几，方谓琴尊胜侣，长此盟心，乃自听歌骊，遂传赋鹏，四十年壮岁，早闻君子碑成，剩夜雨黄垆，空馀悲涕，回忆金台槐夏，鉴曲莼秋，某水某山，历历旧游今已矣；综生平文章风节，事事可传，就令席帽穷年，已堪搔首，讵未停征棹，遽掩夷衾，三百里迴潮，不送孝廉船到，痛白云亲舍，望断归魂，更看葛帔儿孤，练裙妇寡，斯人斯疾，茫茫天道竟何如。"当时周君书撰，援笔立就，并未起草，亦见才人能事也。

黄仲则先生客死西安，洪稚存太史挽以联云："遗札到三更，老母孤儿惟我托；炎天走千里，素车白马送君还。"二公交谊之笃，即此可见。左仲甫中丞亦有挽联云："潦倒三十年，生尔何为，合与虫沙同朽质；凄清五千首，斯人不死，长留天地作秋声。"语尤沉痛。

温壮勇公绍原，字北坪，湖北江夏人。粤匪踞金陵时，坚守六合，卒以身殉。或挽以联云："不请兵，不请饷，不请功，以一旅义师，御四围强寇，铁铮铮好男子；或死忠，或死节，或死孝，举全家骨肉，殉满县生灵，风惨惨有馀哀。"盖壮勇公殉节时，一家数口，同时就义，尤为军兴以来所仅见也。

胡文忠公林翼，薨于文宗显皇帝晏驾之后。曾文正公挽以联云："遗寇在吴中，是先帝与荩臣临终恨事；荐贤满天下，愿后人补我公未竟勋猷。"语重心长，句尤凝炼，非文正不能道。李次青方伯联云："赤手障南天，持节遽乘江渚鹤；丹心依北阙，骑箕犹扈鼎湖龙。"工丽稳切，落落大方。又某君联云："公是武乡一流，尽瘁鞠躬，死而后已；我事文忠十载，感恩知己，生不能忘。"举重若轻，是为才人之笔。

曾文正公挽罗忠节公泽南联云："率生徒数十人转战而来，克廿馀城，杀几万贼，亦良将，亦纯儒，独有千秋，罗山不死；报国家二百年养士之泽，提三尺剑，著等身书，是忠臣，是义友，又弱一个，湘水无情。"硬语盘空，挽联中仅见之作。

李次青方伯挽曾文正公太翁云："老子婆娑，看儿曹整顿乾坤，当代重逢王海日；吾皇神武，定中原扫除氛祲，家祭无忘陆放翁。"上联词意似有脱胎，然运典雅切，自是作手。

山阴汪芙生司马琮，诗文卓然成家。遍交四海知名士，游踪所至，观听为倾。在粤中最久。卒后，朋辈致送挽联，颇有佳者，录之亦足以见其生平也。

陶心云孝廉云："容甫毕生惟述学；钝翁垂老益工诗。"

文芸阁太史云："抗心古淡，处世元同，平生自署无闻子；谈艺十年，论交两世，后死应题有道碑。"

吴孟茱明经云："岭表来游，与谁论唐宋诗心，齐梁赋体；南中流寓，犹得见容斋随笔，笠泽丛书。"

叶兰台部郎云："绮岁记联吟，华岳浔阳同劲敌；骚坛难振响，词笺赋笔总伤神。"

陶子正孝廉云："遗集迈西泠，差喜及身能自定；豪情空北海，伤心先友已无多。"

陈子厚太守云："桃花潭水冷；丛桂小山空。"

胡衡斋大令云："太息闻人，不登上寿；每怀良友，辄诵遗文。"

王子展观察云："记曾廿载周旋，论治观人，有元方康成之感；自有千秋盛业，文格书品，在圣徵元颖之间。"

金湉生大令云："有经世才，但将名士称君，测君犹浅；抱知己痛，曾以循吏目我，问我何堪。"

陈讷人副郎光照，元和人，老于幕府，卒时年已七十余。江阴金君粟香挽以联云："莲幕缅长才，回思七十年来，能使公卿争倒屣；华林寻胜迹，相聚五千里外，难忘朋旧共开樽。"

巴陵刘湘浦先生树森，弱冠以刑名学游幕秦中，历佐诸节使幕四十余年。为文宗法柳州，简练峭洁。尤长于公牍，每遇极繁赜琐屑之事，他人数十语不能了者，先生以数言了之，以是名动九重。咸丰中，曾卓如中丞望颜入觐，文宗以先生名垂询，士论以为荣。先生之卒也，左文襄以一联挽之曰："约秦法三章；弱楚材一个。"联长盈丈，作擘窠书，字径几二尺许，为文襄生平得意书。

左文襄诗文，极雄奇浩瀚之致；偶撰联语，亦都含有劲气。所著《盾鼻馀渖》中，颇多佳联。如挽刘克庵银台云："北阙君恩，南陔母养，西域戎机，忠孝合经权，好与圣贤论出处；廿年交固，万里功成，九原梦断，死生关气数，忍看箕尾吐光芒。"挽陈步青提戎云："无以家为，万里边尘悲马革；不如归去，他生风雪泣牛衣。"挽兰州道琫兰谷观察云："从佛国转轮来，十载同官推长者；值边关闻喜后，一棺归去賸清名。"

左文襄与曾文正素不相合，薛《笔记》于曾、左交恶事详哉言之。顾文正之薨也，左文襄挽以联云："知人之明，谋国之忠，自愧不如贤辅；同心若金，攻错若石，相期无负平生。"钦佩之忱，溢于言表。盖文正之学识涵养，左晚年未尝不心折也。

陈弢庵阁学，会办南洋海防，清光绪初年，丁母忧归里。丰润张幼樵学士以联挽之曰："狄梁公奉使念吾亲，白云孤飞，将母有怀嗟陟岵；周公瑾同年小一月，东风未便，吊丧无面愧登堂。"时方当马江败后，故其辞悲愤异常。

钱培孙子授少司农，薨于位，王弗卿农部颂蔚挽之曰："公以枚乘笔札，兼浮丘授诗，直道难行，往事不须惭醴酒；我本词馆门生，备司农椽属，文章无命，逢人犹自惜焦桐。"盖司农初为南书房翰林，后入毓庆宫，授德宗读，眷畀日隆，行涉正卿。忽以失察户部书吏案，退出毓庆宫，遂一蹶不振，郁郁以没。故上联以申公为比，下联则农部由庶常改官部曹，故以焦桐自慨也。

通州李月湖与袁根云为道义交，其生平友谊，非笔墨所能罄。袁殁时，李只以十四字挽之，其联云："百事让人能克己；一生惟我最知君。"其言虽简，其意则赅矣。

王拾珊孝廉，南通人，挽马勿庵翰苑联云："从无庸福到奇才，君竟死，我犹生，踽踽凉凉，负从前一诺初心，相期成白首；纵有狂名留俗耳，天不怜，人更妒，苍苍莽莽，问此后几根傲骨，何处觅青山。"语甚沉痛。

光绪甲申法越之役，徐晓峰中丞延旭抚桂，兵败获谴；后又起用，不旬月卒于位。幕友王鹤琴，本桂省候补知县，徐爱其才，留赞戎机。至是挽以联云："圣主惜奇才，待公以鲁曹沫、秦孟明，遽赉志以终，恨未睹犁庭扫穴；末僚承下问，爱我如夏侍郎、张阁部，竟知音尽逝，忍重弹流水高山。"

潍县陈刺史某，官全州知州。清咸丰丙辰，土寇破城，陈死之。事平，灵车旋里，道出韶州。时陈弟觉民太守方守兹郡，设祭于城西光孝寺。汪君芙生，代合郡僚属撰挽联云："先轸此归元，料晋绛英灵，飒爽弓刀能杀贼；常山悲喋血，仗平原家祭，苍凉旌翣与招魂。"语意悲壮激昂，足吐忠义之气。

番禺陈兰甫京卿澧，其先世由金陵迁粤，故颜所居曰"钟山别业"。为学海堂学长数十年，著有《东塾丛书》四种及《东塾读书记》。卒时年七十有三。江阴金粟香挽以联云："推南交第一儒林，惟公抱道传经，共仰高风尊学海；留东塾千秋著述，从此谈诗问字，不堪别业过钟山。"又何梅生直刺联云："大儒不再，学者安宗，从今山斗千秋，莫共籯翥陪侍坐；异书满家，海内所诵，独惜权舆八志，未追扬马睹成篇。"时广州本陆桴亭先生说，设史志局，京卿已聘为总纂也。

阳湖庄卫生方伯受祺，由浙藩引退，侨居益阳，乐宗禅静。旋游楚北，殁于舟中。何子贞太史挽以联云："勇退急流，神鸾戢羽；觉馀大梦，孤鹤横江。"又额云"为逍遥游"，切其姓亦切其人，可云切合。

金粟香先生挽亲故各联，已纪于前；兹又得数则，并佳妙。其挽史佳若观察云："沧海痛横流，那堪桑梓绸缪，不遗一老；云溪陪雅集，讵料林泉怡养，遽隔千秋。"时为光绪庚子九月，北方有拳匪之乱，故首句云尔。

挽汤润之封翁云："近东坡故居，明月相邀愿长醉；继南田绝艺，白云回望怅游仙。"自注："润之豪饮善画，近寓顾塘桥，在白云溪南。"

挽段惺予广文云："家居同隔水云乡，频年星聚龙城，觞豆渐惊朋旧少；先德久留方寸地，到处风清鳣舍，诗书更启子孙贤。"自注："君述祖训，以'方寸地'三字揭于楣。"

挽沈蒙叔广文云："我归黄叶村中，幸两地神交，犹有新诗续冰井；君住红梨渡口，怆一朝仙去，难忘旧约访蒙庐。"自注："君寓盛泽，一名红梨渡，柳如是旧居也，刊有《蒙庐诗草》。"

挽陈叔明蕯尹石："黄垆觅醉，白社联吟，频年吏隐归来，九老婆娑成雅集；马帐传经，狮堂顾曲，一麈画禅解脱，八旬矍铄证仙班。"自注："君擅诗画，著有《玉狮堂传奇》十一种。"

挽陈翔翰中书云："艺林尊宿，薇省清班，并世谁定遗文，藏之名山，以诏来者；青简酬诗，黄垆觅醉，伤逝我为哀诔，殁而祭社，其在斯人。"

挽元和江建霞京卿云："蓬瀛著望，沉澧持衡，祇缘贾谊忧时，顿使盛年悲鵩鸟；禅院繙经，山塘载酒，才共江淹赋别，不堪遗集读灵鹣。"京卿以光绪己丑翰林，出典湖南试；所刊丛书名《灵鹣阁集》，颇为艺林珍赏云。

《粟香二笔》云：常郡先辈，多工哀挽，流传佳联耳熟口炙者，指不胜屈。赵味辛司马挽恽子居大令云："孤无六尺，亲已八旬，仕宦荣枯原是梦；长愧十年，业输千古，文章得失更谁论。"

陆祁生大令挽庄鸿伯司马云："江淹赋别，杜牧工愁，读北海论盛孝章书，早识斯人无永岁；春雨填词，秋风校史，仿玉溪题李长吉集，尚堪没世有传书。"

陆劭闻征君挽洪稚存太史云："万里竟生还，忆昔年谏草宸题，岂徒夸良史南狐，高文东马；十旬成死别，怅此日班荆乡梦，更为溯联吟白社，沉醉黄垆。"

崔曼亭观察挽钱竹初大令云："是名士风流，作画裁诗，自昔宦情原久淡；以宰官说法，澣衣脱粟，算来福命尚馀清。"

武进汤雨生先生，以难荫就武职，有诗书画三绝之称。晚年引退后，于金陵城北狮子窟筑别墅，题曰"双溪千树独家村"，饶有泉石卉木之胜。著有《琴隐园诗词集》。癸丑变起，上《金汤十二策》，未及用，城陷死之，年七十六。有人挽以联云："报国即承家，孤忠三世；见危宜授命，一语千秋。"颇为简括。

凌仲瓛刺史之妇某氏，以贤达著闻。既而患沉疴，其子竺臣百方医祷无效，乃偕妇刲臂肉和药以进，疾卒不起。张孝达督部挽联云："橘枳弗能良，剧怜佳妇佳儿，臂肉难充王母药；蘋蘩谁共采，空使一絃一柱，泪珠愁写玉溪词。"陈右铭廉访联云："齐眉得慧业文人，那堪触目遗徽，哀絃忽奏孤飞曲；刲臂有亢宗令子，况是同心嘉耦，擘刃偕调续命汤。"

何子贞太史，有挽蒋蔚斋先生联云："子舍承欢，饱看芝山增寿色；归舟安稳，忽惊菊径陨秋风。"联为太史亲书，字甚英秀。哲嗣蒋筠轩太守兆奎，因将字分截，装潢成册，邀人题咏。册中自左文襄以次，题者甚多。太史书法之妙，与太守孝思之笃，均有足多者。

侯官沈文肃公夫人林氏，名敬纽，为文忠公次女。文肃守江西广信府，发逆围城，夫人助同守御。事后，江抚上其事，清廷赐"双忠格天"之额。夫人生、卒俱以八月十五日，亦一奇也。慈溪张鲁生司马挽联云："为名臣女，为名臣妻，江右佐元戎，锦繖夫人分伟迹；于中秋生，于中秋逝，天边圆皓魄，霓裳仙子证前身。"文肃有悼亡联云："念此生何以酬君，幸死而有知，奉泉下翁姑，依然称意；论全福自应先我，顾事犹未了，看床前儿女，怎不伤心。"语甚悽惋。

林文忠公则徐，为有清一朝有数人物，出师未捷，遽陨大星，天下惜之。相传有御挽一联云："答君恩忠慎清勤，四十年尽瘁披诚，解组归来，犹是心存君国；迪朕德驱驰险阻，六千里出师未捷，骑箕竟去，空教泪洒英雄。"

《粟香随笔》载：程文恭公景伊薨，清高宗挽以联云："执笏无惭真宰相；盖棺犹是老书生。"《熙朝新语》讹程为陈，而《榆巢杂识》谓是联为纪文达挽词。篷楼为文达门人，似不致误。然语气则似上赐，或文达为之代拟，故有此传闻异词欤？

桐乡唐炳，由庶吉士改官桃源县令。殁后，有挽之者云："天上谪仙，此去依然参桂署；人间吏隐，今来何处问桃源。"人皆称其雅切。

桐乡陆元錞，字芗昀，精八分书，性嗜花，栽植盈庭，四时灿烂不绝。兴至则纵游岩壑，或与二三朋好，瀹茗衔杯，优游永日。晚年就养其子以湉台州教官署中，未几以中风疾逝世，台人士多哀挽之联，山阳郭太守恒辰云："鳣舍怡情，看三径香多，省识人如菊淡；鲤庭侍养，怅六年吏隐，遽闻诗咏莪哀。"长白双协镇德云："七十载德望常尊，子舍衔鳣，济美克成名进士；万八峰吟踪重到，仙区化鹤，归真定列上清班。"武进冯翊云："鹤俸慰桑榆，台岳重游，六十年前来处去；鲤庭茂桃李，楹书可读，五千言在殁犹存。"萧山张锡戊云："名成鲤对，诰赐鸾封，最悭心镜水辞官，霞城就养；闲即栽花，病还作草，忍撒手金英正放，墨渖犹浓。"临海傅兆兰云："阅历遍名区，玩水登山，七秩精神欣矍铄；笑谈聆讲幄，栽花赌酒，五年杖履忆追陪。"

临海洪瞻陛云："随宦海为汗漫之游，樽酒常携，中圣中贤，无非乐趣；就禄养于降生之地，名山久住，是仙是佛，合有前因。"

九言挽联难得佳者，有人挽仁和陈某一联云："蒙二爻，以子克家为吉；箕五福，得考终命而全。"用经语，妙造自然。

萧山缪磐谷上舍安邦，幕游临海，有姊卒于家，而甥已远出，七年不通音问。桐乡陆彡昀为撰挽联云："七载思儿，望断双鱼空堕泪；三秋梦竖，影抛只雁最伤心。"

桐乡陆彡石之长女，适归安丁学博仁咸，贤明淑慎，三党交称。其殁也，年仅中寿，其父哭以联云："堕地而半龄失恃，提携保抱，端赖重闱，想当年教养恩深，倘泉下相逢，应亦怪尔来太早；宜家而众口称贤，黾勉勤劬，克襄内政，悲此日死生路隔，纵命中有定，独何如我老难堪。"

道州何文安公凌汉，幼失怙恃，家贫，刻志励学。通籍后，叠掌文衡。清道光辛卯，典浙试后，即督浙学，校阅公明，士论翕服。庚子薨于位，海内哀挽文词，嗣君编录成集。兹择其尤佳者录之。

英相国和云："再世获传衣，最喜缘深堪历久；三台期接席，那知望切竟成空。"

毛伯雨副宪式郇云："累世簪毫，方期启沃酬恩，尚克同心作霖雨；数旬骈牡，岂意春明话别，不堪回首望停云。"

曾京卿望颜云："朝露洒遗笺，问几人东阁重窥，有子才如苏右相；春明陪末座，忆两载南车亲奉，前贤怅失郑司农。"

钱给谏仪吉云："渊云大文，赵张为政，奋建家风，时望兼汉廷数子；省台故事，都邑讴思，门墙述训，令名传荆国先贤。"

鄂太史恒云："一品荷殊荣，文望官声，端谨咸推臣节粹；千秋逢异数，崇衔美谥，幽冥应感圣恩深。"

汪明府仲洋云："践道一身修，贯乎言功者德；易名当代少，止于理义曰安。"

湖南刘霞仙侍郎蓉，署四川布政使时，或传其挽姬人联云："相从于艰难困苦之中，黻佩未加身，嗟尔西去，尚者般明明白白，重话前因，人孰无情，此日空教横涕泗；所见超世俗风尘而外，欃枪犹满目，劝我南征，是何等正正堂堂，深明大义，天如有报，他生定作好男儿。"有如此贤慧侍姬，不知公几生修到也。

诸季迟明经，有代仁和某公挽内联云："卅余载黄蘖光阴，米盐琐屑，赖汝操劳，最得舅姑心，犹存当日牛衣，旧事何堪怀北郭；六十岁白头夫妇，书卷生涯，共予辛苦，甫完婚嫁愿，便撇晚年鸳侣，清魂独自返西湖。"语意诚情文兼至。然以挽妇之联，而倩人代撰，虽工亦何足贵也。

萍乡文芸阁太史廷式，文章冠绝时流。清光绪戊戌之变，被放家居，郁郁不乐，旋以疾卒于里。杨杏城京卿士琦挽以联云："凌云献八斗才，东观校雠，谁教憎命文章，翻为海外乘槎客；乘风破万里浪，南州冠冕，并惜明时鼓吹，賸有人间折桂词。"王子展观察存善亦有挽联云："追思往事，感不绝于予心，同学少年，北邙过半，曹子桓有言既痛逝者，行自念也；历溯生平，士固憎兹多口，文章千古，东海流传，韩昌黎所谓动而得谤，名亦随之。"亦倜傥，亦悽惋，不愧才人吐属。

李忠直公兴锐，督两江甫逾月，以疾薨于位。易箦前一日，犹手拟电稿，约各省疆吏，力争赔款金磅（镑）一事。前此，惟上海道袁树勋，与李公表同情，争之尤力。袁因挽以联云："抗疏为输金，同志苍茫，垂死荩臣留憾事；瓣香在求阙，定评清鲠，一生亮节是完人。"下联谓李公不与求阙斋弟子之列，而毕生师事湘乡，李文忠尝言勉老实无愧"清鲠"二字，故云。

某中丞生平仅一子，以某年卒于江苏粮道署，中丞哭之至恸。幕中文案某君，挽以联云："东阁留宾，公子爱才天下少；西河抱恸，大儒遗憾古来多。"措词殊得体。中丞一见，击赏之，未旬日即委以优差。亦可谓善于贡谀者矣。

宋敦甫观察之先德某君，有挽内联，语极沉痛。联云："处家君用情，持家君用心，待三党君用苦心，岂但才工柳絮，早善文词，即论落纸烟云，君能不朽；奉姑我代妇，恤儿我代母，爱众孙我代祖母，胡为境迫桑榆，竟成绝诀，此后伤神岁月，我独何堪。"

某太史有挽其亡室二联，均甚凄恋。一云："兰梦竟成空，三载因缘一弹指；蒿歌忍重听，十年先后两伤心。"一云："悼亡无潘岳华文，万事苦关心，难以今悲酬昔恨；开箧有若兰锦字，三年重聚首，那堪死别续生离。"读之令人增伉俪之感。

浙人某君，新赋悼亡，其姬人又于春分日卒。友人某挽以一联云："瑶台陨月，金屋陨星，西子湖边凄夜雨；天上春分，人间春谢，东坡诗内哭朝云。"借对之工，无与伦比。

某君有挽张君莆夫人联云："伉俪比秦徐，一年间聚少离多，落月啼鹃，从此分开同命侣；倡酬学元白，千里外情长纸短，秋风丛桂，不堪和到悼亡诗。"措词恰如题分，不独文采之绮丽也。

周玉山制军馥任东抚时，其寡妹相依在署。既而因疾逝世，制军自撰一联挽之，语颇诚挚。联云："齿长十六年，弟兄渐即凋零，白首何堪哭寡妹；寿才五二岁，儿女半成婚嫁，黄泉差可慰亡夫。"

武进费屺怀太史念慈，别字西蠡，清光绪己丑翰林，放浙江副主考。闱后怵于物议，不复回京供职，流寓沪上，以金石书画自娱。未几，构疾卒，闻者惜之。陈伯严吏部三立，挽以联云："盐豉莼羹苦忆君，花时邀扫焦岩，未共高僧抱琴玉；文采风流长照世，庐记乞摹晋帖，已成孤本付人看。"

张彦云大令祖廉联云："秋窗画卷，曾索题词，纨扇箧中存，一语未偿，援笔遂成哀诔句；春梦銮坡，早看持节，朝衣尘外脱，百城犹在，著书旋付礼堂人。"

太史之婿文公达联云："欲语泪先枯，自怜霜露馀生，任昉孤儿谁与托；尺书犹在箧，检到丛残賸墨，左思娇女应难忘。"

陆申甫方伯联云："京华旧雨渐凋零，那堪中道骑箕，廿载神交，又弱一个；江上悲风添哽咽，讵料昨宵遗札，几行情话，顿诀千秋。"

吴仲怿侍郎联云："八法续吴兴，莲花庄即桃花坞；一笺传茂苑，葭露诗成薤露歌。"

汪柳门侍郎联云："识君未遇十年前，话谈每过西头，图史纷陈，秘帙借观犹在目；愧我忝叨一日长，论学甘居北面，人琴遽怆，古碑对勘更无俦。"

盛杏荪宫保联云："谓予不遇，早羡金坡珥笔，玉尺持衡，十年来老卧沧江，若论冠盖京华，似惜斯人独憔悴；与世长辞，只馀文苑数行，名山片席，千里外惊闻朝露，为念箕裘堂构，幸看后起已腾骧。"

俞曲园太史联云："词曹一出，便主持浙水文衡，高坐棘闱谈古义；小别四旬，正传玩洪家歌板，骤闻蒿里发哀音。"

陶稷山观察心云联云："旧文金石，新学欧和，并世争推广教主；谈艺十年，论交两代，后死应题有道碑。"

邓止盦太史联云："经纶小试，志学未酬，当合传以货殖儒林文苑；使节虚随，人琴怆绝，期招魂于蓬莱方丈瀛洲。"

薛次申观察联云："忝同谱谊，吊旷世才，痛频年故友飘零，化鹤高翔，两眼秋风泪欲尽；望沧浪亭，过黄歇浦，感往日爱情肫挚，登堂下拜，一樽清酒魂归来。"

汪渊若太史联云："书画名上藏，湖海归来成大隐；经纶遗业在，坛坫东南失导师。"

杨斯盛，上海之浦东人，以木工起家，积赀十余万。晚年捐其家赀之半，建立浦东中校，学者交颂之。其卒也，有撰联挽之者云："君真绍墨氏遗传，讵死守杨子为我作家法；吾实羞樊哙与伍，乃有以叶公好龙媲先生。"叶公云云，盖指甬江叶澄衷而言。澄衷积赀尤富，亦尝捐建学堂。时人每以二君为商界中有热心之人，然联语以"好龙"为喻，固不免有微词于其间也。

曾少卿，闽人而寄籍于上海。当清光绪末叶，中美因立约事，激烈者颇不以为然。曾发电政府，力与抗拒，不允则倡议不用美货以抵制之，一时名誉腾起，举世几无不知有曾少卿者，亦可见其声名之远震矣。其卒也，有许少农者挽以联云："巨商而担巨艰，方其外交棘手，志士抚膺，拒约震环球，一时振臂高呼，到处同声争响应；伟人自成伟业，非比世俗随声，市井弋誉，大名垂宇宙，此日盖棺定论，应知含笑到泉台。"

又巩汉联云："抗美国苛条，气摄强邻，他年青史留芳，岂止声名驰内外；成冯公素愿，情殷同志，此祭黄泉握手，居然辉映曜初终。"

又林癸汀联云："嗣后圣前徽，半生来推解济时艰，每补同胞于不逮，岂惟是义倡拒约，流遍口碑，妇孺且知名，遗爱仁慈钦内外；恨重洋远隔，数万里馨香聊代哭，深忧后劲之难追，更何期天促老成，顿辞身世，江山同弔唁，悲歌慷慨尽东南。"

许等三人，皆南洋华侨也。彼等羁身外域，颇希望中国之能自强，故祖国有一举动，无不非常热心。曾适有此惊人之举，宜其赞叹歌颂不能自已也。至联语殊为平平，特以出自华侨，已自不易，记此亦聊备一时之故实而已。

拒约之说，先发起于广东人冯夏威。因未达目的，仰药而死。香港拒约社，特开会追悼。有吴某者，平日素持反对拒约之说，是日亦衣冠赴会，并撰一挽联云："有意悼先生，魂其来兮，我何幸，我何幸；无心囚志士，予所否者，天厌之，天厌之。"下联云云，盖谓粤东有数人为拒约事下狱，外间疑吴所为，吴故藉此以剖白耳。

李仲约学士文田，广东顺德人，由翰林迭掌文衡，词华富赡，冠于时彦；所撰联语，尤为当世所称。如挽吴碧山军门云："遗疏尚淋漓，故老遽传虚甲帐；忠魂休怅望，汉家终不弃珠崖。"又挽潘槐史部郎云："斯人未免有情，叹文山声伎，逸少管絃，同谁细语谈心，欲为王郎歌斫地；到死何能不疾，任宋玉微辞，东坡奇语，此后莫须犁舌，定知灵运早生天。"

金匮华征君世芳，近世畴人家也，生平著述甚多。晚年应京师崇实学堂聘，教特班生，偶染微疴，不及回里而卒。同乡某君挽以联云："空冀北之一群，通都传诗伯英名，畴人绝学；哀江南兮千里，故国有芙蓉城郭，杨柳楼台。"

杨某有挽弟一联，颇为时传诵。联云："国事如斯，家事如斯，如斯斯已；生亦不了，死亦不了，不了了之。"盖其弟固负人债项，而抑郁以终者。联语殊含蓄有味。

武进盛旭人方伯，历官直隶等省。罢官后，经营刘园于吴门，颇具亭榭泉石之胜。春秋佳日，士女如云，方伯与二三老友，饮酒看花，兴殊不浅，人皆目为富贵神仙。晚年以朋旧凋零，居吴门郁郁不乐，乃依其子杏荪宫保于沪渎，未久即归道山，年已近九旬矣。友朋投赠挽章甚多，兹择尤佳者录之。

一云："前身是金粟如来，数十年篙节所临，凡转饷治军振荒察吏，与胡文忠运筹决胜，翌赞中兴，迨功成泉石优游，更有令子克家，支柱危疆，屏翰允推南国纪；登第且琼林再宴，九五福箕畴大备,于敬宗睦族教惰施医,偕先府君利物济人,流连文宴,倘地下英灵重聚,为说孤儿无恙,闭关誓墓,草堂未勒北山移。"

又云:"福德证前因,吾乡宾兴重宴,溯赵瓯北而后逾九十年,公今净域归真,痛时局艰难,白日浮云同失荫;勋业传家学,皇朝经世一编,续贺耦耕以来成百廿卷,我是名山从事,感旧游零落,枯桑海水早知寒。"

又云:"学术得益阳抚部之传,更看经济成编,允矣四朝文献;福德与仪征太傅相并,况复英贤继起,蔚为一代宗臣。"

又云:"硕德仰耆年,遗经身后,叠笏门中,海上群瞻卿士月;勋名推令子,驰誉五洲,传家万石,天南长耀老人星。"

又云:"享文彦博大年,世笃忠贞,看长公樽俎雍容,睦谊欢联环海国;精白香山禅语,佛圆正果,有上界车旛簇拥,灵光返照待云龛。"

又云:"是翁备人间福,齿德俱尊,方期再宴恩荣,岂仅诗歌藐鹿;有人具天下才,邦家攸赖,仰见九重恩眷,勿教哀毁损柴鱼。"

又云:"续耦耕侍郎著作,编垂经世,录副史宬,匡济仰蓬庐,岂惟蜡屐胜游,别业人间传绿野;缅芸台太傅襟期,身在江湖,心存魏阙,耆英凋洛社,刚待霓裳重咏,大罗天上宴琼林。"

又云:"与郭汾阳文潞国福寿攸同,看衮衮诸公,积善门庭知必大;随刘新宁陶秀水而去,叹寥寥耆旧,高秋幕府不胜悲。"

又云:"潞国作耆英领袖,林泉养志,丝竹陶情,杖履幸追随,老辈风流钦典则;东坡是戒公后身,福慧兼人,慈悲住世,因缘逢解脱,生存华屋感山邱。"

又云:"忆悼亡逾五载,爻占归妹,凤卜仍谐,方欣日永重闻，幸附孙枝分福荫；跻上寿近百龄，会启耆英，鹿鸣再赋，岂料云寒太岳，遽成佛果失灵光。"

又云："午桥池馆，洛社琴尊，此翁似苏沧浪吴下退居，五百名贤参位置；豸绣曾膺，鹿鸣再赋，有子比王蓝田江东独步，九重恩诔述渊源。"

又云："惊心黄歇浦，距刘忠诚易箦未及两旬，独我心凤善贻谋，郁为时栋，愿采采素韠，移孝作忠，苫块不忘天下计；回首白云溪，惟胡尚书骑箕将跻九秩，兹薄海艳称贵寿，直接乡贤，望岳岳灵旗，震今烁古，蓬瀛犹是地行仙。"

又云："富贵寿考，媲美郭汾阳，五戒是前生，自合三生兼福慧；兜率海山，送归白太傅，九旬虚一载，未能两度宴恩荣。"

又云："耆年跻极品崇封，厚泽衍德门馀庆，义方垂经国大猷，记陪玉杖扶鸠，是真矍铄；勋绩佐曾胡诸帅，科名峙吴会灵光，风采接乾嘉老辈，转瞬琼林再宴，恨不期颐。"

又云："当代号完人，膺德齿爵三达尊，乡举重逢，鹿宴合居千佛首；克家有令子，创输电路诸大政，文明日启，鸿猷应慰九原心。"

又云："五朝人瑞，九旬国耆，两度宾筵，廿六科甲第将周，增寿一年，雁塔重题尤旷典；头品崇阶，三省台司，贰卿荣遇，近数载申江就养，折冲万里，鲸波普靖是贻谋。"

又云："绿野赋闲居，慨时局多艰，有子能担天下事；彤庭颁异数，论人间全福，如公真是地行仙。"

又云："九老著吴中，香山居士，洛社耆英，斯尤健者；一官归海上，于尉门高，太邱道广，后有达人。"

又云："道备不朽者三，缵继有名贤，终年抽得闲身，仿洛社开筵，海上梯航，争羡中朝耆硕；梦协与龄之九，婆娑容老子，一旦遗兹尘蜕，归道山何处，云间剑履，难寻陆地神仙。"

又云："早年登第，壮岁开藩，及至退老田园，看后人节钺勋名，极富贵神仙之福；鹤算九旬，鹿鸣再赋，若使重逢琼宴，论近世艺林佳话，比状元宰相尤荣。"

又云："手续贺善化经世钜编，感公谬采小文，一疏声名荣附骥；身为胡益阳及门高第，幸我曾陪清宴，四朝耆旧忆登龙。"

又云："辟申江别墅，占吴苑名园，如公真富贵神仙，胡大运不回，忽焉终古；却八国联军，订五洲商约，问谁实仔肩时局，知明德之后，将有达人。"

又云："经世续佳编，著作萃数十万言，把酒论文，侍坐有再传弟子；通商筹全局，梯航集千八百国，趋庭秉训，问安偕重译宾僚。"

又云："丝竹怡情，寄托遥深谢太傅；簪缨继世，勋名焜耀郭汾阳。"

以上各联，虽不无溢美之词，然文采斐然，组织工稳，不可谓非佳联也。

何铁生太史守扬州，有"铁太守"之称。将没时，其门下士某以美椟赠公，遗命力却之。论者谓方之宗圣易箦，无愧色焉。时有某郡守，适受代归里，挽联云："官（宦）迹两人同，我幸田间，君翻天上；心期千古在，病犹忧国，死竟无家。"黄漱兰学士体芳挽联云："清慎勤万口成碑，怜君官囊萧然，犹有西台传谏草；诗书画一朝绝笔，今我征帆到此，不堪东阁吊官梅。"

宿松吴镇军联，骁勇善战，以勤劳卒于军。合肥李少荃相国挽以联云："袍泽浙凋零，仗剑有谁怜我老；鼓鼙太悲壮，登坛犹悔用公迟。"一时将领中读之,有感泣者。此亦足见李公之善将将也。

姚耘上,江苏金山人,性情颇怪,其临没有遇祟之说。然自作挽联云:"寿止五十九年,数尽于此;诗积一万馀首,乐在其中。"此岂脱然生世者耶,抑又有他孽而至此欤?均不可解也。

盱眙王兰生先生锡元,年近九旬始卒。著有《梦影词》六卷行世。其挽姬人杨蕙妹联云:"侍巾栉者廿余年,尝思减算益吾,痛今日竟偿凤愿;困床笫者八阅月,太息飘然化去,问他生能否重来。"不事涂饰,而语特肫挚可诵。

南汇张啸山先生文虎,以诸生为曾文正公所识拔。著述甚宏富,皆能融会汉宋,不断断于门户之见,有清同光朝名儒也。偶作哀挽之联,亦渊懿朴茂,不事雕饰,而自然古雅。兹录其挽朱某云:"九十年忠厚传家,关心乔木苍烟,过客尚称通德里;五百载神仙小劫,回首清风明月,曾孙同拜武夷君。"

挽钱廉溪云:"天道果非耶,宜安而危,宜福而祸,宜寿而夭;人情焉置此,其事适丁,其机适值,其病适成。"

挽江宁百岁老僧云:"世界都在烟雨中,休论四百八十寺;极乐不离诗酒里,可能三万六千场。"

挽禅僧云:"踏破鞋儿,管则甚闲花野草;倒却竿子,听凭他明月清风。"

挽庞太夫人云:"兼四德,备五福,二千里陔华孝养,其生也荣;毓三凤,抚双珠,九十龄谈笑全归,得天独厚。"

挽戴子高云:"注经二十篇,校管廿四卷,锐集遗文,卓有成书传绝学；离家一千里，住世卅七年，隐符噩梦，渺无灵药起沉疴。"

又代人挽云："汉宋本无争，笑众口传闻实误；瑕瑜不相掩，到此时毁誉皆空。"又一联云："赤舌烧城，再入轮回须慎口；青云没地，博通载籍岂虚生。"

又挽庄母云："父循吏，子贤能，先后媲美章江，独堪伤缺月难圆，化鹤何时归毅魄；昔熊丸，今凤诰，兄弟承欢白下，却不意慈云遽散，骖鸾未得享期颐。"

又挽钱伟甫云："弱冠绍旁枝，十载空巢悲旅燕；病魔淹瘦骨，中年后事倚原鸰。"

又挽钱雪枚侧室倪氏云："芝草无根，直与松筠同藻范；莲花证位，依然箕帚侍蓉城。"

又挽姚杏士云："黄发尚依人，日暮途穷，拭目桑榆聊慰意；白扃偏失望，天愁海怨，招魂赢博久伤心。"

又挽姚恭人云："松柏庆长春，最难梁案齐眉，犹亲中馈；茑萝叨末谊，方羡莱衣舞綵，忽散慈云。"

又挽姚致堂云："弱冠即相知，会少离多，葭倚平生殊静躁；养闲虽自适，含辉守素，瓜绵遗泽淡荣名。"

又挽闻少谷广文云："其年亚辕固服生，讲议洽闻，无愧西京博士；所学在文章性道，知行合一，允推儒林丈人。"

又挽钱子馨云："一木苦支持，必欲使漏屋重摧，天何此酷；三年勤纂辑，初不意前徽莫续，命竟难回。"又挽钱母云："相夫助子，勤不告劳；多福延年，终以誉命。"

又挽孙方伯夫人云："齐奠肃瞻园，元相诗篇伤内助；渊源存子舍，周官音义续家传。"自注："夫人子仲容，方疏《周礼》。"

又挽张凤山叔母云："卅年妯娌同心，抚子克家，不特哲夫能仗义；七秩儿孙绕膝，承欢献寿，何期天道竟难征。"

又挽杨卓庵太史云："作守十年，无惭循吏；怀仁百世，不泯清风。"

又代人挽刁姓云："群纪论文，记觞泛东篱，曾拜德公床下；乔佺等寿，待鹤归华表，重来丁令人间。"

又代挽李伯相太夫人云："毓德高门，既有令名兼寿考；蟠根福地，从来富贵即神仙。"又挽于元甫云："一病何因，属纩弥留，公瑾醇醪犹惠我；六旬中寿，贻谋周至，小同家学定承君。"

又挽顾款樵太守云："移孝作忠，阅历艰危频叱驭；先劳无倦，淹留医药尚从公。"

又挽刘恭甫云："服杜功深，两世遗书勤著述；纪群交久，十年同学感存亡。"

又挽王仲平云："世事镜中花，藻誉文章，虚空色相；科名身外物，白头黄口，遗恨泉台。"

又挽张籀生云："蘋阁诵清芬，喜宝树三株，连枝竞秀；芹宫腾俊誉，怅秋风一叶，片影先凋。"

又挽钱梦花云："念二年老屋重新，子顺孙贤，有基弗弃；小万卷丛书传世，光前裕后，无忝所生。"

又挽刘开生都转云："生入玉门，尚恨奇功输定远；修成金粟，祗应胜果证如来。"

又挽张啸峰云："订交五十六年，倾盖班荆，皓首苍颜嗟向老；相别百廿余日，安歌撤瑟，素车白马恨来迟。"

又挽夏母周孺人云："福寿康宁，陆地神仙愁失偶；慈和节俭，朝天司命醉称贤。"

又挽钱慎之云："人言叔宝神清，法阐师门，编绳祖武；我叹仲文儒雅，峰青江上，云黯秦阳。"

又挽钱伟甫子馨同葬联云："灵爽近松楸，曰友曰恭，克绳祖父；和衷营兆域，既安既固，以利后人。"又代人联云："原隰哀矣，兄弟求矣；子孙宝之，福禄宜之。"

左文襄《盾鼻馀渖》中联语极佳，前已载数则，系从他书转录。兹得原书，再补录如下。

挽闽抚徐清惠公联云："老去怕伤心，那堪万里长征，严装更哭同舟侣；人生如寄耳，賸有卅年清德，令名付与史臣书。"

挽周受三观察联云："学剑术虽疏，谁谓荆卿非勇士；渡河声尚壮，共怜宗泽是忠臣。"

挽张石卿制军联云："长沙独守几经旬，忆草檄纷驰，公为府主我为客；鄂渚一别即终古，叹萍踪靡定，昔向潇湘今向秦。"

挽黄云鹄观察太夫人联云："一尺布，一卷书，五夜寒灯慈母泪；蜀江清，蜀山峻，十年冰蘖远臣心。"

挽袁小坞侍郎祖太夫人联云："两朝纶綍传荣，良将名卿齐上寿；五代儿孙济美，凤雏麟趾映当时。"

挽徐颂阁修撰太夫人联云："持节指腔峒，画日有才光特榜；归程近畿甸，望云何处惨孤星。"

挽工部尚书李鸿藻师傅之母姚太夫人联云："两朝师保疑丞，母训由来资启沃；八座富贵寿考，天章犹为表音徽。"

挽乌鲁木齐都统英西林宫保联云："遗诀酸辛，嗟膝下无儿，堂前有母；殊勋彪炳，看大江东去，冰岭西来。"

挽唐荫云方伯联云："湖外故人稀，万里遥情春草绿；荆南良史在，廿年遗爱岘山青。"

挽黄熙春太守联云："哀情吉语本难双，偏是捷奏甘泉逢永诀；吏幹军咨才有几，堪念政成天水赋同仇。"

挽沈经笙相国联云："入告有嘉猷，击楫应同刘越石；经邦怀远志，筹边还忆李文饶。"

挽兰州道琫兰谷观察联云："从佛国转轮来，十载同官推长者；值边关闻喜后，一棺归去賸清名。"

挽潘星斋夫妇同日寿终联云："位跻极品，年过古稀，名德更贻千载远；生本自天，没仍同日，唱随犹是暮春初。"

挽冯尹平先生联云："绝徼作忠魂，孤冢迷离，收骨犹恐邹曼父；覆盆嗟往事，九重昭雪，吁天不待武陵儿。"并跋云："尹平先生戍乌孙，城陷殉难。越十余年，哲嗣竹儒观察负忠骸归葬岭南，遗榇入关，书此诔之。时光绪三年仲冬月。"

骆籥门制军为清咸同朝名臣，由翰林仕至四川总督，薨于位，赐谥文忠。殊勋伟绩，载在史册；而各省僚友挽辞，由其门人陈兴钺，辑成《挽言录》一书。兹择尤录之如左。

云贵总督刘岳昭联云："四海知名，裴晋公霜鬓论兵，灰心忍事；千秋不朽，赵枢密身骑箕尾，气作山河。"

广东巡抚蒋益澧联云："文潞国位业相同，仰七省声威，佑我湘江犹再造；武乡侯经纶未竟，痛三朝元老，如公岭海更何人。"

贵州巡抚曾璧光联云："为朝廷甄拔群才，允美得人，不减山涛奏疏；于吾蜀懋宣宏业，长留遗爱，重开丞相祠堂。"

贵州布政使黎培敬联云："西蜀为天下财富之区，独能荡扫边尘，使九重宵旰纾忧，治乱安危系元老；南楚乃我公旧游之地，犹记划除苛政，俾千载湖湘遗爱，悲歌痛哭吊生祠。"

道州何绍基联云："台馆饫清谈，一生学行惟虚己；疆圻资硕画，盖世勋名不爱钱。"

左宗植联云："遗爱在川湖，倡义早为天下首；中兴诸将相，推诚咸识老臣心。"

成都将军崇实联云："报国矢丹忱，古称社稷之臣，身有千秋公不愧；骑箕归碧落，气引星辰而上，目营四海我何依。"

锦江书院掌院童槲联云："先皇帝笃念老成，谓公是宣宗特简以遗子孙，节钺寄岩疆，留得齐贤资幼主；大丞相久专征伐，幸年来益部蒙庥复安耕凿，星辰归上界，忍教魏国弃苍生。"

又川省士民公挽云："作穆穆迓衡，有为有守，四方无虞，我西土无不静，惟周公慎简乃僚，正色率下，其克诰尔戎兵，咸刘厥敌，越七年克成厥勋，帝念哉绍刑文武，张皇六师，永绥厥位，不忘大功，允若兹有幹有年，天其永命于兹新邑；思番番黄发，克爱克威，万世永赖，矧友邦咸若时，今嗣王新服厥命，无疆惟休，尚赖匡救之德，图惟厥终，继自今日考终命，民怀之率吁众感，如丧考妣，无替厥服，以彰功德，呜呼已惟忠惟孝，予亦用闵于天越民。"又联云："鞠躬尽瘁，死而后已；盛德至善，民不能忘。"二联均集成语，恰如分际。前一联纯集壁经，虽不免有虚字重复处，然意既贯串，对偶亦工，殊不易也。

人民挽帝后之联，为古来所罕见。独前清隆裕太后薨逝后，于民国二年四月三日出殡至梁格庄，民国政界要人与夫前清遗老，多有哀挽之作。惟措词命意，各有不同。楚南易顺鼎所撰联语，最为人所称述，联云："本来生生世世，不愿入帝王家，疑黑暗中放绝大光明，全力铸共和，普造金身四万万；以后岁岁年年，有纪念圣母日，于青史上现特别异彩，同情表追悼，各弹泪珠一双双。"又某君联云："承先帝付托于临终，一旦山陵崩，藐兹遗孤谁顾复；赞民国共和而逊位，千秋谦让德，莫将前事论兴亡。"

赵智庵君秉钧，在前清由佐贰洊升至尚书，帝眷之隆，世莫与比。民国光复，尤为今大总统所倚重，由内阁总理外任直隶巡按使。以微疾薨于位，哀挽之联，大都颂扬功德，美不胜纪。独无锡廉惠卿先生泉一联，不落窠臼，最为时传颂。联云："祠宇拓平林，犹是生存话杯酒；牟尼成绝笔，不堪春醒数辰钟。"

又廉君德配吴芝瑛夫人联云："盖棺千秋，生谁誉也，死谁毁也；摊卷一哭，画佛来兮，成佛去兮。"廉君并系以长跋云："泉临发津门之前日，智老为画释迦牟尼佛像于芝瑛手写《楞严经》卷首。越日，甫返曹渡，惊闻智老生天之耗，连日怆愕。顷得寒木堂主来书，谓智老于数日前陡患肝气病，为吾兄画佛，已属勉强弄笔。致死之由，实因误服羚羊角，暴然气脱；外间谣传服毒，殊不足据。牟尼佛实为绝笔。又曰，同人公议，将平林山庄改为祠堂，春秋佳日，至好可以在彼祭奠，想吾兄亦赞成斯举云云。又附来智老与寒木堂主书，谓连日穷到不堪地步，忙其次也，并患肝气痛，昨晚眠极早，今晨五钟醒来，看见公函，意想中为画一佛不佳，请转达惠兄，日内当另画几页，寄去订上可也。末又注曰：不误惠兄走也。泉时正有扶桑大正博览会之役，故有此云。悲夫，此墨遂成永诀乎！北望津云，不知涕泗之何从也。民国三年三月三日，南湖居士廉泉附识，桐城女子吴芝瑛书。"

张香涛督鄂时，其孙自海外归，戎装入署，卫兵列戟以迎。甫及辕，遽堕马，佩剑刃腹死之。张哭之恸，挽以联云："宗悫堕马竟戕生，虚予期望乘长风破巨浪之志；汪锜虽殇亦何害，恨汝不能执干戈卫社稷而亡。"工而得体，一时传诵。

今大总统袁项城氏，武学超伦，而文才亦自不凡。尝见其挽潘烈联，词句磊落，颇有英气。原跋云："潘生子寅自日本归来，道出仁川，感韩事，愤极投海。怀才未展，饮恨以终，闻其风者，当以生之心为心，而竟其未竟之志，是即所以善效生者也"云云。联曰："吾子已矣，同袍奈何，可怜志士轻生，竟化怒涛飞大海；诸君勉旃，匹夫有责，愿结国民团体，共扶义櫓挽狂澜。"

张文襄既卒，湖北陆军统制张彪，挽以长联。联为柳煦春名士代拟，虽铺陈功绩，不无谀谀太过之处；而对偶之工，五雀六燕，铢两悉称，诚佳构也。联曰："经纶佐旦奭，是圣清亿万年有数名臣，试看坐镇东南，威扬夷夏，融和新旧，力转乾坤，泪八国启兵端，决策纡筹，半壁尤资保障，溯当日鞠躬尽瘁，由封疆入秉钧衡，竭忠而佐先皇，率属而扶幼主，值此竞争时代，缔造艰难，惟受命元勋，实全局安危所系，胡乃昊天不弔，柱石偏倾，揽辔涕纵横，遥知四野呼号，泪雨滴沉京洛路；韬略愧冯岑，沐我公卅五载非常优遇，忆自枕戈狼孟，近侍裧帷，随节龙江，久依杖履，迨两湖开帅府，分符授钺，菲材并效驰驱，念深宫变法图强，更营制以修边备，选士荆襄之域，会师皖豫之郊，方期整饬戎行，扫除敌寇，俾耄龄枢相，睹熙朝气运中兴，迄今愿望虚存，台星忽堕，抚棺肠断裂，惨听三军痛哭，悲风倒卷楚江潮。"

马讷叟先生诗词文章，无愧作者。有代张某挽其兄联，情致缠绵悱恻，令人一读一击节，一读一洒泪，洵斫轮老手也。联云："言念同胞，那堪回首，十三个弟昆姊妹，迩来仅此五人，痛兄又逝矣，维绕膝儿孙，当户尚资大被，且躬持巾栉，在房犹耀小星，示疾以还，深期药石效灵，身健心安，长使家庭推领袖；自除母服，遂倦宦游，廿数年奔走驰驱，仍未得闲一日，处世诚苦哉，然凋馀骨肉，旅居不隔天涯，何病入膏肓，团聚转从泉下，弥留之际，仿佛草堂觅句，伯歌仲舞，独将叔季弃尘寰。"

黄君勋伯，广东人，为上海华商体操会第一棚长，住美界桃源里。某夜闻邻家有盗，起而擒之，盗连刺廿余刀，黄君卒不放，盗遂为巡捕拘去，而黄君即于是夜因伤毙命。某君挽以联云："出御敌手段以御萑苻，刀剑横加，血可流，勇不挫；本爱国热诚而爱邻里，缨冠急难，身虽死，气犹生。"

宣统辛亥，吴门汪甘卿孝廉，参赞维也纳使署，以母太夫人丧奔回。其友陈君殁庐，挽以联云："乘槎怀远志，倚闾寄当归，常递瀛壖青鸟信；南海证涅槃，北山苦行役，陡惊亲舍白云飞。"又贵池刘蓬六部郎母太夫人，以七月中殁于京寓。太夫人先为蓬六续娶张文襄十四女公子，卜吉于八月中行婚礼；嗣以母病笃，改早于七夕后一日迎娶。蓬六生于伦敦使署，盖太夫人曾随侍芝田中丞欧西使节。晚年尤茹素诵经。殁庐挽联云："恩勤若此，曾依槎上慈云，惜未搜海西奇方，淮南丹药；歌哭于斯，遽别堂前爱日，忍与说天孙织素，地藏饭真。"两联均赅括典雅，为时传诵。

商君梅笙，名廷修，广东番禺人。善画墨梅，且能诗，雅洁狷介，不谐于俗。光复之岁，以疾卒。会稽顾鼎梅先生燮光，挽以联云："铁石似宋广平，况有梅花留画本；冷僻如邝湛若，应从蒲涧吊诗魂。"商君画梅，每题"蒲涧老樵"，故云。

宜都杨惺吾先生守敬，由举人选授江苏某县知县，辞不赴任，旋充黎莼斋星使驻日随员。日本维新以后，全国注重新学，于旧时经史古籍，弃若弁髦。先生怂恿星使，于使馆经费内拨款购买，中多珍异之本，为中国所已佚者。因刊为《古逸丛书》，縻赀若干万，颇为人所讥议。任满归国，补黄州府教授，自辟一园，颜曰"邻苏"。因黄州为东坡宦游之地，遗留古迹甚多，故名其园以示钦仰也。先生收藏既富，又殚心著述，当世公卿如张南皮等，咸以礼罗致，于是学日富而名日高。民国初元游京师，任参政院参政。四年春，微疾卒于京邸。大总统遣官致祭，饰终之典，极为优渥。哀挽之联，多至数百，兹择最佳者录之。

吴士鉴联云："商榷到千秋，援简待成水经序；弥留仅三日，绝笔还论伏乞碑。"

陈宦联云："异国网遗书，当年海外归航，与明月清风共称三绝；名山传盛业，他日史官载笔，合儒林文苑并有千秋。"

严复联云："博古四十年，名满寰区，为旧学诸贤后劲；策猷六阅月，邦犹阽杌，问先生何地埋忧。"

陈毅联云："旧学寥寥，凄凉湖院三秋月；暮年屹屹，辛苦郦亭一部书。"

郭曾炘联云："伏胜经师尊汉室；香山诗笔重鸡林。"

余肇康联云："出处就余商，百里士元曾遁世；丛残搜古逸，三山徐福有传书。"

陈衍联云："直以著书为性命；才从谈艺断人天。"

杨晟联云："遗墨重坡公，五百年来留作跋；芝踪追舜水，三千里外记论交。"

王揖唐联云："伏生老去秦书在；白傅诗成鸡贾求。"

刘师培联云："天不假年，憖遗一老；世之显学，博极群书。"

饶汉祥联云："藏书轶韦处厚，博识轶束广微，含味独游，晚岁更参齐物指；注经规郦道元，论字规张怀瓘，遗函尚在，后生终负定文心。"

黎副总统联云："碑版照人寰，四海知名李北海；水经推绝学，两朝抗手戴东原。"

杨度联云："著述等身高，晚岁书名传海外；专精为学苦，他年文苑仰斯人。"

刘若曾联云："东洛最崇少师帖；西崑惜辍大年诗。"

汤化龙联云："综生平著述累数万言，能使绝笔重光，当代作家，我公真健者；举终身精力殉以一事，卒得大名以去，前辈苦行，吾党其识之。"

李毓麟联云："故人遗迹半山邱，数洛下耆英，方城又失文章伯；老辈才名尊海国，抚吉光片羽，斗室犹留翰墨香。"

诸联皆当代负盛名者，余不及备录。先生躯干极伟，谈文艺精神炯炯，声若洪钟。二十年前，在鄂中曾谒之于"邻苏园"，承以手书楹帖见赠，至今犹藏箧中。

恩施樊云门先生增祥，诗文著述，负当代盛名。偶作挽联，亦别有蹊径，有学问人吐属，毕竟不凡。如挽张文襄联云："廿八载身都将相，行乎中国，达乎四夷，平生东阁宏开，主旧学，宾新学；卅一年亲炙门墙，教以文章，授以政要，今日西州痛哭，人一天，我二天。"又一联云："取海外六大邦政艺，豁中华二千载颛蒙，弱者使强，愚者使智；有晏婴三十年狐裘，无孔明八百株桑树，公尔忘私，国尔忘家。"

陈伯陶学使亦有挽文襄联云："继中兴名佐，独有千秋，自是我朝真宰相；舍天下学人，同声一哭，岂徒垂老小门生。"荣相国庆联云："生有自来，死而后已；斯文未丧，吾道益孤。"

文襄哀启，闻为梁节庵等所撰。有节启中语，作挽联云："无一日不办事，无一事不用心，疆寄三十年，竟至如此；治术行十之四，学术行十之六，存诗五百首，呜呼哀哉。"句句皆哀启中语，稍为颠倒，意义迥别，是集句中能手也。又有挽文襄联云："毁誉由人，毕竟是近世史重要人物；东南立约，也算得光绪朝汗马功劳。"语有含蓄。

无锡徐仲虎观察建寅，湛深西学。为湖北钢药厂总办，试验无烟火药，竟遭轰毙，时论惜之。张文襄亲撰一联挽之云："中华化学更有何人，从此广陵成绝调；今日军资为第一事，痛哉欧冶堕洪炉。"

四明蒋兰山人俊生甫丧耦，时在福州旅次，邮挽一联云："随宦到之江，谊切通家，溯生小相识，离乱相依，结褵十四年，同经历榕城春雨，沪渎秋风，澎岛惊涛，潮阳恶水；还乡逾数月，书传抱病，恨祈祷无功，参苓无效，盖棺卅九岁，怎抛得堂上迈姑，膝前稚子，六旬老母，千里游人。"又一联云："归我尚髫龄，孝于姑，恕于妾，慈于婴儿，跋涉相从，却累得柳瘁梅枯，十四年来成幻梦；送卿才隔岁，卷中诗，箱中衣，箧中针线，安排如故，怎忍看花残月缺，二千里外哭情天。"词意悽恻，有安仁、微之遗韵焉。

卷十一　哀挽（中）

俞荫甫先生樾，世所称曲园居士也，等身著作，海内奉为大师。偶作联语，亦复典雅绝伦。兹录其佳者如左。

挽舅氏平泉姚公联云：“宅相托空谈，想盛德如公，后起自应能继美；馆甥承谬爱，愧畴经付我，至今犹有未成书。”自注：“公于诸甥中极赏余，有天才之叹，以第四女女焉。又尝著《畴经术》，衍九畴为八十一畴，命余成其书，至今不果，无以见公于地下矣。”

挽冯室徐恭人联云：“为名门大妇，为剧县小君，而蔬食，而布衣，尽洗庸庸脂粉气；以官箴勖夫，以家学课子，是令妻，是贤母，长留落落孝慈声。”自注：“恭人乃冯少渠明府之室，有贤德，且善词章、工书法。其子听涛茂才，曾从余游，颇有声，乃母教也。”

挽吴母朱太夫人联云：“有造福三吴之子，又有造福三吴之孙，先后讴歌盈茂苑；迟浴佛一月而生，再迟浴佛一月而卒，去来踪迹在灵山。”自注：“太夫人为平斋观察之母，广庵刺史之祖母，生于五月八日，卒于六月九日。”

挽丁母黄太夫人联云：“读晋史慨温峤之绝裾，若膝下牵衣，堂前劝驾，旦夕间促办行装，此事须知足千古；在圣门有曾母之啮指，乃身膺疢疾，书报平安，巾帼中深明大义，至今传诵满三吴。”又代友人作云：“多寿复多男，有令子，有贤孙，有文孙之孙，五代一堂同蹁跹；教忠即教孝，是严师，是慈母，是众母之母，三吴百粤共讴思。"自注："太夫人为丁雨生中丞之母。同治九年七月，中丞奉命赴天津。时太夫人已卧病，中丞欲少留一二日，不许。已而病甚，中丞犹在津，秘不使知，可谓贤矣。"

挽江苏臬使应敏斋夫人联云："夜月冷皋桥，尚有馀芬留德曜；秋风鼓庄缶，不堪清泪洒安仁。"

挽王荫斋观察联云："旧梦怕重提，海上同舟，两夜联床还似昨；微名悲偶合，吴中怀刺，一时惊坐更无人。"自注："观察名曾樾，故字荫斋，与余名、字皆相合。前年在沪渎，曾与同坐威林密轮船至金陵。"

挽唐鷃安明府继母沈太淑人联云："有令子宦三吴，官舍清闲，正向北堂树萱草；距周甲尚两载，仙山归去，遽从西母痛桃花。"

挽沈菁士太守联云："京国整归装，几日从君商出处；湖楼开讲席，三年让我养疏顽。"

挽汤敏斋太常联云："顿失老成人，忆咸丰季年，阙下封章持正论；重披世系表，溯文端遗泽，床头祖笏付佳儿。"自注："太常为协揆文端公次子，咸丰庚申岁疏陈时事，与当轴者不合，遂引退。今其长子名纪尚，颇能继其家学。"

挽杨母丁淑人联云："有令德，有清才，不愧声称是贤母；一忠臣，一孝妇，最难伉俪并传人。"自注："淑人能诗工书，曾刲臂肉和药疗君姑之病。所适杨君秉，字子宣，宦游浙江，辛酉之春，死寇难。夫忠妇孝，是可传矣。"

挽管洵美明经联云："东壁陨文光，一星炯然，果应此老；南园访乔木，三吴学者，又失斯人。"自注："明经乃陈硕甫先生之高足，其没之夕，有星陨之异。硕甫先生名奂，精《毛诗》

学，居吴下之南园，学者称南园陈先生。"

挽周缦云侍御之母沈太夫人联云："跻八秩更六龄，富贵贫贱患难，处之夷然，屡承芝诰褒扬，有是儿，有是母；以一身兼五福，康宁令德考终，数者备矣，请看麻衣罗拜，又多子，又多孙。"

挽恽次山抚部联云："大雅宏达是名翰林，清通简要是真吏部，严明仁恕是封疆重臣，遗爱长留荆楚地；论芸香俸为前后辈，编花萼集为同年生，订缟纻交为吴中老友，伤心怕过栎存堂。"自注："抚部以庶常改吏部，官至湖南巡抚，罢归。乃家兄壬甫太守癸卯同年也，年来同寓吴下，时相过从。所居有栎树，余去年为书'栎存草堂'额。"

挽潘少梅明经联云："论年齿宜兄事，论婚媾是亲家，忆浴佛前两日，话别依依，何意重来失良友；以道义式乡闾，以举业训后进，与及门二三子，谈文娓娓，所欣继起有佳儿。"

挽柳母俞孺人联云："生称母，死称妣，必也正名，一字记曾参末议；钟氏礼，郝氏法，幸哉有子，九泉会见贲恩纶。"自注："孺人乃柳质卿孝廉之母，议者以孝廉有前母，宜称继母。孝廉以书问余，余按《仪礼·丧服篇》'继母如母'，《疏》曰：'继母本非骨肉，故次亲母后。'然则以亲母而谓之继母，义不可通。孝廉从余言，遂称先妣。"

挽吴仲云制府联云："树滇黔数万里外威名，归卧林泉，一品门庭若寒素；溯翰苑十九科前老辈，叨陪杖履，半年坛坫共湖山。"

挽吴晓帆方伯联云："送我八闽游，何意归来失良友；惟公一乡望，深为吾党惜斯人。"

挽翁母许太夫人联云："夫为宰相，状元子，状元孙，看门庭武达文通，世代勋贤，会见韦平承旧紫；帝褒贤母，御赐祭，御赐葬，极恩礼隆天重地，年家子姓，敬从钟郝缅遗徽。"自注："太夫人为常熟翁文端相国原配，药房中丞同书、玉甫中丞同爵、叔平阁学同龢，皆其子也。夫为宰相，子、孙皆状元，极笄珈之至荣。其殁也，诏书褒美，赐祭一坛，盖旷典也。"

挽汪瘦梅水部联云："置身郎署十六年，名心未死，病骨遽销，孀妻弱弟，扶旅榇而还，到此膝前止存孤女；回首新安廿二载，馆舍荒凉，知交零落，感旧伤今，向秋风一恸，痛我门下又失斯人。"自注："余未通籍前，馆新安汪氏最久，水部即彼时从学者也。举孝廉，官水部。未成进士，郁郁成疾，卒于京师。其弟芙青䔲尹入都，奉其灵輀，挈其妻女以归。途中又亡其长女，今仅存一女，是亦可哀也已。"

挽刘听襄庶常联云："溯廿年前词馆清声，林下相逢尊老辈；忆四月中湖楼闲话，秋来重到失良朋。"

挽陈母汤太淑人联云："泪眼十年枯，忆从前辛苦随夫，纸阁芦帘，远历关山到秦陇；悲风千里动，怜吾友仓皇闻讣，麻衣桐杖，独冲风雪到幽燕。"

挽倪载轩观察张太夫人联云："封膺一品，寿届七旬，戚党流传，共羡膝前有贤子；黍谷阳回，萱闱春去，岁除将近，最难堂上慰慈姑。"

挽吴室孙夫人联云："噩耗到江南，溯自早岁零丁，中年离乱，暮齿又疢疾缠绵，何怪神伤荀奉倩；褒扬来日下，想其勤俭相夫，孝友勖子，恩义逮遍妻女妹，允推闺范宋宣文。"

挽汪观澜封翁与刘夫人联云："倡随到六十年，白发苍颜，已届耄期重合卺；考终完九五福，年头腊尾，未逾旬日两游仙。"自注："封翁与夫人结褵六十年，于壬申岁重行合卺之礼。至是年十二月，夫人卒；明年元旦，封翁卒，相距九日，亦人瑞也。"

挽沈韵初中翰联云："一载卧沉疴，李贺床头呼阿妳；十年问奇字，扬云门下失侯芭。"

挽贾耘樵观察联云："陈臬苏台，长使吴儿歌贾父；题诗水阁，更无耘老和坡翁。"

挽丁濂甫学使联云："小集三同年，杯酒清谈，犹忆同商蜀游草；伤心一分手，画图留赠，不能再写浙中山。"自注："学使视学吾浙，招同杜莲衢侍郎小饮于其署斋，皆庚戌同年。出所著《蜀游草》一卷，属余商定，又画横幅及团扇见赠、乃未数月而遽归道山，可伤也。"

挽潘母汪太宜人联云："青灯四十载，独抱冰心，叹膝下佳儿止存双凤，闺中贞女先跨孤鸾，老景逼桑榆，半死枯杨遭闰厄；丹诏九重天，特褒苦节，算萱花慈寿已过七旬，桐树孙枝刚符八士，高风留绰楔，平分清籁到邻春。"

挽朱久香前辈联云："谢荡节而归田，故山泉石，前辈风流，没世无惭三老碣；坐花阴以补读，硕德虽亡，遗书犹在，拈毫敢署四明楼。"自注："先生安徽学政报满，即谢病归余姚故里。曾以《花阴补读图》属题，今年又属书'四明楼'额，未及书而先生归道山矣。公子镇甫孝廉，当先生七十生日，乞言为寿，曾以'三老碑'为赠，乃余姚客星山中新出汉碑也。"

挽何子贞前辈联云："史馆建嘉谟，惜创议未行，三品下庶僚，至今无列传；讲堂刊定本，奈校雠方半，九经中大义，从此付何人。"自注："先生在史馆，曾建议修三品以下列传，卒不果行。晚年居吴中，于维扬书局刊大字本《十三经注疏》，手自雠校，甫毕《毛诗》，从事《三礼》，未卒业而归道山。先生书名满天下，为当代鲁灵光。余辱先生知爱，书此联挽之，举其大者，其余琐琐可无述也。"

挽徐诚庵大令联云："补四百余阕新声，传世应偕万红友；溯三十八年旧梦，与君同是一青衿。"自注："诚庵撰《词律拾遗》，实足为万红友功臣，余尝为序而行之。"

挽冯景庭宫允联云："富贵寿考，重以科名，算海内知交，都无此福；儒林文苑，兼之经济，叹吴中耆旧，顿失斯人。"自注："宫允以庚子第二人及第，迁中允后即乞归，优游林下，潜心著述。物望甚隆，又善治生。今年夏以老病终。时方修《苏州志》未竟，深为三吴文献惜之。"

挽张振轩中丞太夫人云："玉帐动金风，吹散慈云刚九月；北堂拜西母，留将福荫在三吴。"

挽邹蓉阁县尉联云："耆旧叹凋零，杭郡连伤三老辈；闲官擅风雅，吴中顿失一诗人。"自注："蓉阁，钱塘人，能诗。官长洲典史，盖贤而隐于下位者。"

挽高辛才观察联云："浙水旧文雄，明经释褐，县令起家，虽锦江玉垒，未莅双旌，至今治谱流传，三辅两河犹叹美；覃怀贤地主，同客津门，重逢茂苑，看皓首庞眉，将登九秩，何意湖楼暂借，云车风马遽来迎。"

挽张仲甫先生联云："耆年硕德，两赋鹿鸣篇，忆从前初奏笙簧，喜动天颜曾一笑；辨例属辞，独得麟经意，想此后不祧俎豆，长传绝业到千秋。"自注："先生登嘉庆庚午贤书，其先德适官闽抚，谢恩疏入，仁庙御批'欣慰'二字。同治庚午重赋鹿鸣，所著《春秋属辞辨例》一书，曾呈乙览，亦儒者之至荣矣。"

挽江小云观察之配仇夫人云："以巾帼中人，常落落然有儒生气象，有豪杰襟怀，日对青史一编，迥异寻常脂粉辈；当绵惙之际，所拳拳者在祖宗懿训，在儿孙家法，手题纨帷数语，岂惟明白去来间。"自注："夫人通文墨而不为诗词，喜观史，每以史中可法可戒事，为子若妇言之。尤好施与，能急人之急，庚申、辛酉之乱，戚党中往依之者，人人俫助之，罄所有不惜。临终自为挽联曰：'平生尽为谁忙，代夫子辛劳，敢分人己；家法原非我设，受祖宗懿训，敬告儿孙。'呜呼！是亦女有士行者矣。"

挽倪载轩观察联云："卜宅阛阓城，园林花木，犹待评量，遽归海上仙龛，冷落空斋小摇碧；历官观察使，霖雨经纶，未遑展布，翻令吴中父老，欷歔遗爱古龚黄。"自注："数年前，观察曾买苏州大儒巷屋居之，余为题舫斋曰'小摇碧'。"

挽许母卢太夫人联云："有弱女感姑恩，为言辛苦持家，十载伤心搔白发；勖诸孤成父志，会见联翩竞爽，一门接踵到青云。"

挽张母彭太宜人联云："问俗到中州，记壶史流传，于孝友门风，见宣文母范；享年登大耋，况家声鼎盛，有琴堂令子，与芸馆贤孙。"

挽王补帆中丞联云："乘桴过斗六门边，瘴雨蛮烟，不辞辛苦，立功在绝徼，盖视傅郑尤难，伟矣半载经营，尽辟天南生熟地；回头思廿七年事，敝车羸马，时相过从，同谱若弟兄，遂订朱陈之好，伤哉一朝永诀，未完吴下唱酬篇。"

挽瓜尔佳李夫人联云："使节记南来，漂母祠边，遂成长别地；吟怀劳北望，槐云馆内，添得悼亡词。"自注："夫人为恩竹樵方伯之配。方伯之摄漕篆也，夫人与偕，及回苏藩任，方伯南来，夫人北去，遂别矣。方伯为余诗友，'槐云馆'，其所居斋名也。"

挽葛母李太夫人联云："二品紫泥封，颍上版舆，花县迎来众母母；八旬黄发寿，吴中丹旐，薤歌送到大家家。"

挽费幼亭观察继室张夫人联云："吴下议移家，停车半日，相度新居，何期骤中膏肓，仙梦三更俄跨鹤；天边荣锡诰，随宦廿年，勤劳内治，忍使未衰夫婿，伤心一曲赋离鸾。"

挽顾竹城之配叶淑人联云："鹤寿未六旬，仙去后一年，再向仙山献寿；莺花过三月，佛生前五日，遽归佛地拈花。"自注："淑人年五十九，四月三日卒。"

挽许子舒大令联云："百里播循声，凫舄不归，童子空骑郊外竹；卅年寻旧梦，鸡窗同学，老夫曾赏笔头花。"

挽黄仲陶大令联云："家杭州，宦苏州，行迹一生皆福地；来正月，去腊月，平头六十是完人。"

挽吴清卿河帅母韩太夫人联云："慈荫冀常留，方期上寿百龄，凤诏叠偕鸠杖至；君恩许归省，谁料长途半里，朱轩换得素车回。"自注："清卿闻太夫人病，疏请归省，未及归而太夫人先卒。"

挽金立甫太守联云："门望稆侯高，伏枥悲鸣，白首犹存千里志；园林吴市寄，连墙笑语，绿杨曾作两家春。"自注："立甫宦游吴下，被议而归，赍志而没。其苏寓亦在马医科巷，与余比邻。"

挽宋叔元观察联云："玉局赖提纲，十载相从，同对青编怜暮景；金台频盼捷，一椎误中，要留黄榜慰重泉。"自注："观察充浙江书局提调，与余共事。其子澄之明经，为余门下士，乙酉顺天乡试副榜。"

挽彭雪琴尚书联云："功业在天下，声名在柱下，我怀姻娅私情，只论退省庵中，历历心头廿年事；哭别于九月，闻讣于三月，公已支离病榻，犹有吟香馆内，匆匆口授数行书。"

挽曾劼刚侍郎联云："论世务有心得，论经术有家传，参中外以独成其学；为朝廷惜重臣，为师门惜令子，合公私而一恸斯人。"自注："侍郎乃吾师文正公长子，袭侯爵，官卿贰，历使海外诸邦，精于西学。"又一联云："大瀛海环游，为国宣威，方幸相门重出将；一刀圭误事，以身垂戒，使知西法不宜中。"自注："侍郎笃信西学，服西医之药而卒，故联语云然。"

挽薛子白大令云："始随宦，继服官，曩时旧雨过从，老我曾叨一日长；未五旬，已千古，去岁新橙制赠，至今犹賸隔年香。"

挽彭母常恭人联云："阿翁椿荫初颓，正期独力持家，手理田园，兼以一经传膝下；有女蓬门远嫁，犹幸先期归省，躬亲汤药，尚能两月侍床前。"自注："恭人为刚直公子妇，后公四月而卒，其长女归余孙陛云。今年四月中，因刚直公卒而归，得侍汤药者两月。"

挽包子庄孝廉联云："沪渎避烽烟，半夜怒涛还似昨；皖江传噩耗，卅年旧雨又亡君。"

挽蒋泽山大令联云："八隽出吾门，如君自有家传，别下斋中，渰雅共推名父子；一官职民社，到死不离文字，至公堂上，辛勤还似秀才时。"自注："泽山为生沐先生子，先生即刻《别下斋书》者也。泽山登乙亥贤书，与定海黄以恭、诸暨陈伟、东阳龚启荪、仁和徐琪、冯崧生、钱塘汪行恭、丁立诚，皆肄业诂经精舍，榜后有'俞门八隽'之目。泽山后以知县仕广东，光绪己丑充乡试同考官，出闱大病，旋卒。"

挽江苏按察使应敏斋廉访联云："溯治绩在三吴，是宜开府开藩，与汤陆诸贤长留民爱；享遐龄刚七秩，我亦同庚同榜，哭牙期老友兼叹吾衰。"

挽季硕女史联云："妇礼补三通，夫婿多情，筐篋零星寻旧稿；清才兼众妙，老人何幸，门墙立雪订来生。"自注："季硕姓曾氏，归张子黻祥龄，古之所谓女士也。能诗画篆隶，且优于德，著《妇礼通考》一书，未竟而卒。病中有句云：'伏生老去传经倦，愿作来生立雪人。'为余作也。"

挽任筱园中丞夫人云："疢疢已多年，顿教夫婿衰龄，寂寂繐帷哀永逝；悲欢同一日，堪叹娇孙新嫁，匆匆画舫赋催妆。"自注："夫人女孙许嫁刘氏，及吉期而夫人卒，乃于大敛后至舟中遣嫁焉。"

挽姚彦侍方伯联云："有诏欲趋朝，丝竹东山，犹以苍生存远志；斯人不开府，疆理南海，深为圣世惜良材。"自注："方伯以农部起家，仕至广东布政使，罢归。今年有旨引见，未及行而卒。"

挽严伯雅太守联云："吟草刻初成，才名空满江南，未许诗人真领郡；同枝吹并折，噩耗又传皖北，那教老弟不伤心。"自注："伯雅以太守需次江苏，能诗，有《养花馆诗稿》十二卷，甫刻成而卒。其妹为皖抚沈仲复夫人，同时谢世。其弟缁生太史，各以一联挽之，颇沉痛。"

挽沈仲复中丞之配严夫人联云："双节拜新恩，雨花台畔旌麾，惜未鱼轩同庆止；耦园寻旧梦，听橹楼头灯火，不堪鲽砚再摩挲。"自注："仲复奉命署两江总督，未赴而夫人卒。其从前寓居吴下耦园，有听橹楼，有鲽砚庐。鲽砚者，仲复得一异石，文理自然成鱼形，剖而琢之为二砚，砚各一鱼，与夫人分用之，故曰鲽砚，而即以颜其室云。"

挽曾忠襄公联云："耀旂常虎武龙文，溯始事于楚，告成功于吴，又有大造于晋，至去年霖雨奇炎，仁粟义浆，兼施两浙；钟灵秀三湘七泽，予谥法者五，建专祠者四，晋赠太傅者二，数列代凌烟盛迹，玉昆金友，足冠千秋。"自注："光绪十六年十月，两江总督曾公薨。公为文正公介弟，没后恩礼优渥，赠太傅，谥忠襄。溯曾氏一门父子兄弟，得谥法者五人，建专祠者四人，赠太傅者二人，实为历朝所仅见。"

挽东平州知州许子乔刺史联云："有儿早夭，有女犹雏，最怜缟素扶棺，一路风霜共南下；惟帝念功，惟民感德，想见黔黎拜庙，千秋俎豆在东平。"自注："刺史在东平，颇有政声。张朗斋中丞据以入告，敕于东平旧治，建立专祠。"

挽韩母王太夫人联云："忠孝与节义萃于一门，好施乐善，绰楔褒扬，更有仁声动朝野；寿富至考终合成五福，武达文通，儿孙鼎盛，曾邀天语问年龄。"自注："太夫人自言忠孝节义萃于一门，盖其夫以百夫长死难，己守柏舟之节，诸子能手刃父仇，而旧时仆媪相依，流离不去故也。诸子中，次子晋昌，官永州镇总兵；三子庆云，官江苏候补道，曾署粮道，最知名。总戎入觐，皇太后询及太夫人年岁。晚年又以捐资助赈，敕建'乐善好施坊'，亦备及哀荣矣。"

挽丁月湖先生联云："溯乾嘉以来，学派相承，惟先生铅椠精详，当世同推真种子；叹苕霅之间，风诗谁采，想使者輶轩怅望，此邦顿失老成人。"自注："先生名宝书，吴兴耆宿也。精于目录之学，宋元旧籍，收藏繁富，校勘精详，著述之志甚盛。潘峄琴学使续刻《两浙輶轩录》，属先生采访湖郡之诗，得数百家；尚拟再访，未竟而卒。"

挽潘伯寅尚书联云："以宰相孙供奉翰林，数十年老书房，怜才爱士，自任斯文，物望重朝端，八百孤寒同感泣；拜司空公兼领京兆，五六月大霖雨，御患捍灾，不遗余力，遗章闻阙下，九重恩礼异寻常。"

挽表姊姚恭人联云："至亲关中表，生小相依，于吾母为姑侄，于吾妇为弟兄，往事不堪再回首；上寿近期颐，全归何憾，有爱女在滇南，有爱子在山左，暮年未免两悬心。"

挽朱莲生明经联云："功成一笑，不慕侯封，从前铁马金戈，竟以头衔六品老；齿长四龄，谬叨师事，此后青灯黄卷，更无手稿万言来。"自注："莲生曾游于黔，客兴义府张春潭观察幕中。会苗民不靖，以一书生率偏师，收复普安县城。总督吴文节公欲为请奖叙，谢不受，乃奏保光禄寺署正衔，从其志也。暮年居上海，充求志书院副监院，每课必与焉。余忝主求志讲席，见其所为经解，洋洋万馀言，甚奇之，辄置之前列。莲生执弟子礼甚恭，然实长于余四岁也，年七十五而卒。"

挽郭筠仙侍郎联云："为翰苑，为封疆，为海外輶轩，青史长留不朽事；是同年，是前辈，是楚中耆宿，白头顿失老成人。"

挽许星台方伯联云："领郡始豫章，而吴中，而浙中，陈臬开藩，兼权节钺，白首老同年，十载过从，回思语别衡斋，犹如前日事；克家得贤子，有文孙，有曾孙，珠兰玉树，森列庭阶，黄粱大春梦，三更旅馆，堪叹送归泉壤，仅一小同存。"自注："方伯奉诏入都，卒于通州，仅一孙侍侧。"

挽朱璞山封翁联云："抱此才略，惜无此遭逢，尚馀伏枥雄心，有子幸能成父志；长我一年，实与我同岁，等是悬车暮齿，哭公兼亦叹吾衰。"自注："璞山与余，皆生于道光辛巳岁。是岁于正月二日立春，而其生也，犹在立春之前，星命家仍以庚辰大寒论，则视余若长一岁矣。"

挽郭汝雨明府联云："自秉铎至鸣琴，生平惟尽所当为，早已感乎遐迩遐；不病民甘累己，造物将何以图报，请看继起众儿孙。"

挽戚母钱太恭人联云："已逾七秩遐龄，止争一岁光阴，竟不少延登耄寿；顿触卅年旧梦，回忆两家眷属，曾谋结伴到京华。"

挽鲍伯熙太守联云："官止二千石，寿未六十年，方期幢引碧油，重绍家声开幕府；帝知佳子弟，民歌贤父母，谁料楼成白玉，并教房老殉泉台。"自注："太守为华泽中丞之子，曾文正公年终考语，有'世家子弟能耐劳苦'之语。署九江守，卒于官，年未六十也。卒后三日，其侧室高氏，仰药以殉。"

挽宝佩蘅相国鋆联云："五十年同岁生，平时怅旧雨稀逢，一旦惊台星骤陨；廿四考中书令，早日擅金经宿慧，千秋垂青史贤名。"自注："相国五六岁时，其封公日授以《金刚经》，即背讽不遗一字。可知真灵位业中，自有宿根矣。"

挽同年贺云甫御史联云："享大年兼备达尊，三看贤孙折桂而回，白发重亲，正喜满门皆杞梓；叹同谱又凋硕果，一从文靖骑箕之后，黄垆再恸，自怜暮景亦桑榆。"

挽查子伊贰尹联云："以微员薄宦吴中，最怜风冷具区，腊鼓送回仙吏舄；有令子壮游海外，谁料电飞列缺，星槎催返孝廉船。"自注："其子燕绪，时充日本使臣随员。"

挽刘文楠观察联云："承一门忠烈之余，投笔从戎，公愤私仇皆得尽；历卅载艰难而起，盖棺定论，文才武略两俱优。"自注："文楠当金陵不守时，其父母弟妹，死寇难者十余人，感而投笔从戎，积功至观察。其才略之优可想也。"

挽许子社明经德配施恭人联云："过腊八日，含笑归真，但有旃檀香不灭；诵元九诗，伤心营奠，定知虚幌泪难干。"自注："恭人平日喜持斋念佛，于十二月九日微笑而逝，室中有旃檀香。"

挽罗景山军门联云："崎岖百战后，飞扬大纛高牙，浙闽草木，都仰威名，犹不忘严陵城外，数载艰难，往事重提，示我亲编思痛录；荏苒廿年前，省识轻装缓带，褒鄂英姿，更饶儒雅，试回忆望海楼头，一樽谈笑，旧游如梦，哭公兼恸对床人。"自注："壬申岁，先兄任甫守福宁，余往省太夫人起居。军门正官福宁镇，一见如故，觞余于望海楼，出所著《思痛录》见示，盖纪严州战事也。先兄旋卒于福宁郡署，乃至今年，军门亦卒于福宁郡署。追余旧游，为之泫然。"

挽李蕭堂方伯联云："谢节钺以归来，征文考献，遂有成书，大笔千秋垂信史；爱湖山而寄寓，煨芋谈禅，长留名迹，小楼一角附芳邻。"自注："蕭堂以江西藩司护巡抚，谢病归，著《国朝耆献类征》一书，卷帙繁富。往年曾寓居浙江，于孤山筑芋禅精舍，即在俞楼之后。"

挽庄芝田大令联云："于从戎见战绩，于从政见吏才，溯先世治谱传家，又以循良达朝听；在吾邑为父母，在吾家为师友，记小孙童年就试，曾因文字受公知。"

挽于香草明经德配张孺人联云："廿一年佐夫婿治经，似此倡随能有几；三百篇为女儿课读，至今笺注尚如新。"自注："孺人名祖绶，字绿砚，能词翰，兼通经义，香草治经，得其相助者为多。尝课其女诵《毛诗》，遂著《诗问》二卷。亦女而士者也。"

挽彭岱霖观察联云："宰相之子，儒雅风流，春间过我清谈，卮酒杯羹，敢谓门生出门下；神仙中人，去来自在，身后传君奇事，悬弧属纩，不徒同日又同时。"自注："观察为文敬公之子，宦游吾浙。其生也以十月十七日亥时，其殁也亦同之，殆真有自来者也。今年春，曾偕吴清卿中丞访我于俞楼。清卿为余门下士，而观察又出清卿之门。清谈良久，进小食点心而别，不谓此别遂千古也。"

挽朱伯华观察云："昔年尝患难相依，从吴下转至越中，辛苦道涂，同留此烽火馀生，何异一家骨肉；壮岁以孝廉筮仕，由郎署出为观察，勤劳王事，止博得清河小试，兼叨二品头衔。"

挽李母陶太淑人联云："生丑年，殁丑月，又豫订丑时，平居懿美不胜书，小物克勤，珍此稻匙一点雪；始贤妇，继贤母，遂教成贤子，异日造就未可量，循声大起，拈来榴实十分红。"自注："淑人生于嘉庆二十二年丁丑，殁于光绪十八年十二月，月建在丑。又曰：'吾于丑时归去。'及卒，果丑时。早寡无子，抱夫弟之子为子。其夕梦人以榴实示之，拈其一子。及所抱子来，目有红点。生平言笑不苟，每谓物力艰难，不可不惜，食毕，辄令人于案下检寻遗粒。其嗣子名滨，官浙中，仕而不废学，亦佳士也。"

挽许星叔尚书联云："起家直阁，秉政枢廷，中外交推，洵不愧丁卯桥百年乔木；叠晋宫衔，茂膺谥典，哀荣备至，惜未逮甲午岁万寿恩纶。"

挽潘母汪太夫人联云："出自名门，嫔于相门，庆典躬逢，鸠杖方期颁内府；生在冬日，殁当秋日，耄龄已届，凫舄未及进华堂。"

挽许子社明经联云："大吉竟无凭，空流传甲午元旦；旧游能有几，又凋零丁卯诗人。"自注："子社于今年元旦作五言绝句一首，句首冠以'甲午大吉'四字，和者甚众。"

挽孙镜江吏部联云："登进士第，官吏部郎，花县归来，竟以山长老；摹散盘文，订齐罍误，草堂投刺，早作古人看。"自注："镜江性嗜金石，尝以同乡吴氏所藏《齐侯罍》，谓考订有误；又好《散氏盘铭》，命其女公子摹之，书扇面见赠。今年来见我于右台仙馆，其名刺乃钟鼎文也。"

挽沈仲复中丞联云："谢玉节以归来，盛典躬逢，正拟衣冠趋北阙；爱金阊而小筑，名园大好，不堪丝竹冷东山。"自注："仲复以皖抚内召，于姑苏小住，即拟入京，祝皇太后万寿。未及启行，以疾卒于苏寓之耦园。"

挽潘伟如中丞联云："溯悬弧榖旦，到撤瑟灵辰，一月光阴歌泣异；从牧令起家，以封疆致仕，九重恩礼始终全。"自注："中丞年登八秩，七月之望乃其生日，逾□月旋卒。"

挽王母周太淑人联云："随秦晋蜀使节归来，依然裙布钗荆，不愧文勤家法；有子孙曾英材继起，看取召棠郁棣，常留吴会名区。"自注："太淑人为王可庄太守之母，其始归也，及事祖舅文勤公，随宦历秦、晋、蜀，而荆布如寒素。晚年子孙森立，长君可庄以进士第一人出守镇江，移守苏州，皆有惠政。"

挽陆存斋观察联云："历官闽粤，声望满朝中，大可由柏署薇垣到开府；旧籍宋元，收藏冠海内，忍抛却曹仓杜库去修文。"

挽朱母陈太淑人联云："生甲年，殁甲年，上寿八旬，去岁曾经进春酒；子二人，孙二人，考终一笑，长君先已待泉台。"

山阴俞伯琛先生，名纪瑞，官河南审计分处处长。擅长书画，山水得廉州太守笔法，然不苟作，故传本甚稀。秉性豪侠，有孔北海之风；疏于择友，卒得身后之谤。会稽顾鼎梅先生燮光挽以联云："溯政绩于综名核实之中，看两河元气犹存，棠荫民应思召伯；论知己在流水高山以上，痛三月沉疴莫起，桐焦谁复遇中郎。"俞君得此联，可以传矣。

仪征程㨗阶大令绅，清嘉庆己卯举人，出为四川令。生平善为楹联，有挽媳一联云："作妇八年，因相夫远别慈帏，视我直同真父母；怀娠六月，为生子惜登鬼录，入棺犹著嫁衣裳。"自来挽媳联绝少，因措词难于得体也，此联情文兼至，的是佳构。

金粟香先生《陶庐后忆》云：冢妇谢，生前贤孝，光绪甲辰十一月以疾卒，年四十岁。挽以联云："人无间言，是贤媳妇；汝当食报，有好子隶。"又仿陈云伯为子妇汪小韫作传，只撰短篇，愧未能成八千言耳。按：挽媳联最难著笔，今虽寥寥十六字，而朴实可诵，固不必侈八千言为富也。

益阳汤海秋侍御鹏，殁于京师，曾文正哀挽之联，已录于前。又邵阳魏默深源一联云："于君父多未竟之心，其文章馀不世之气；视天下无难为之事，痛人间失有用之才。"桂林朱伯韩给谏琦一联云："洞庭八百里，衡岳五百峰，虎踬龙颠，屈指天下奇才，可为流涕；浮邱九十篇，平夷三十策，涛驱云卷，试问名山事业，幸有成书。"奇气横溢，非海秋其孰能当之。

楚南王壮武公鑫之殁也，其父尚在，寿联哭之曰："不死于贼，必死于小人，今而后吾知免矣；虽竟其才，未竟其大志，已焉哉天实为之。"盖公负重名，颇为忌者所龃龉，故其父言之如此。

徐宝山上将以草泽之英雄，作国家之干橹。民国光复后，拥护中央，镇慑匪党，江淮草木，无不惮其声威。不意为人所忌，串同骨董客某，以炸药装入木匣，伪称花瓶求售，徐上将开匣发药，立时殒命。当时挽联甚多，惟郑君雅南一联最佳。联云："江淮保障，凤望惟公，诸父老共欢迎，居然箪食壶浆，睹合境熙熙攘攘；草泽英雄，成名几辈，大丈夫不轻死，难得粉身碎骨，演这场烈烈轰轰。"颂扬之中而寓有深意，真杰作也。

常州何眉生太守，负干才，当道皆倚重之，与同郡盛宣怀尤为莫逆。上海徐家汇南洋公学创始时，布置一切，井然秩然，嗣充公学监院，各学生翕然钦服。未几积劳病故，沪上诸名流竞挽以联。兹录其最佳者。

刘葆良太史树屏云："大云不出山，天下苍生被其泽；朝露庸非福，世间群盗况如毛。"

张季直君謇云："孰置君于天地盲晦之时，热血一腔，死于经济；益坚我乎江海沉沦之志，侧身四顾，凄绝生平。"

汤蛰仙君寿潜云："及吾身难见太平，生复何为，撒手万缘君去了；算举世无多知己，死应未瞑，克期一晤我来迟。"

汪渊若君洵云："是真知己，以国士酬，苞系正相资，章草未终心血尽；曾不慭遗，为天下痛，河清竟难俟，斗车万转客星沉。"

沈子培君曾植云："投笔而绝，茫然百旨千思，遗草后来谁补缺；报书未达，直作素车白马，披帷相见更无言。"

赵竹君君凤昌云："披帷无术回生，最痛离魂心不死；掷笔微闻太息，已知有药国难医。"

严又陵君复云："行清而夷，意简而惠，若此乃不永年，天乎难问；知吾时穷，哀吾志屈，遽尔竟成长往，予将畴依。"

蔡君之宣云："震经济文章于一世，节钺争迎，变法诏初颁，旋转正资燕许笔；亲言论风采者四年，楷模顿杳，救时心未死，英灵常护茂陵书。"

章君宗宪云:"谋国树英才,创广厦千间,立教久为行省冠;侧身荷恩庇,怆江天一别,彼苍竟萎哲人心。"

清光绪庚子,京师义和拳之乱,桐庐袁爽秋京卿、嘉兴许竹筼侍郎、海盐徐小云尚书,均直言极谏,勿信乱民,轻与各国启衅。庄、端等恶之,矫诏骈戮于市,天下咸为称冤。事平,灵輀南下抵沪,各省官绅商民,均制哀挽之联。

其合挽三忠者,如陶模云:"碧血为黄种洒,何事违天问苌叔;丹心增青史光,更谁死谏继椒山。"黄建藩云:"持正本无阿,当事机丛脞,见义勇为,虽死犹生,中外同钦临大节;立名垂不朽,矧功过分明,原阶已复,致身报国,古今论定纪三忠。"李忠棠云:"遭际圣明,亦杀身成仁,五千年来诚为仅事;感怀今昔,幸天心悔祸,九重温诏备鉴孤忠。"陈宝源云:"从容报养士深恩,为社稷宗庙土地人民,不惜一死;忠义乃史家定论,若道德文章学问经济,各有千秋。"金兆藩云:"我国家厚泽深仁养士之报;为两浙名山巨浸灵气所钟。"王存善云:"殷有三仁焉,事君以忠,勿欺也而犯之;可谓大臣矣,见危致命,知我者其天乎。"严信厚云:"时局已如斯,议战议和,百世下定论当衷于一;臣心原可表,成仁成义,五人中吾乡乃得其三。"严复云:"善战不败,善败不亡,疏论廷诤,动关至计;主忧臣辱,主辱臣死,皇天后土,式鉴精忠。"孙廷献云:"亡我三仁,天乎无罪;诸公千古,忠亦不孤。"赵凤昌、刘树屏同挽云:"与立尚书联阁学,同罹北寺奇冤,痛箧中谏草未寒,浅土黄沙,正气竟埋燕市血;配岳鄂王于少保,一例西湖庙食,望天半灵旗来下,云车风马,忠魂长咽浙江潮。"汪钟霖云:"死生荣辱事之常,祇授命同时，我为国家惜元气；功罪是非今乃定，看褒忠创始，天教公道在人间。"

专挽许侍郎联，如许之瑾云："识公三十五年，出称使者，入作忠臣，悲风丹凤城南，把袂共为袁粲死；历时十有八月，昔送还朝，今迎归榇，他日鸳鸯湖畔，建祠应结鄂王邻。"金兆蕃云："浮沉尘海，商略归期，亦谓当世事不至此耳，间道旅人还，惨报双忠成大节；颎洞天心，更难悔祸，下见章皇帝能无恫乎，诸陵佳气在，尚应再世佐中兴。"谭日森云："回溯二十年来，始附茑萝，终居桃李，岂徒乡党追随，记樽楂吟春，宣南叠骑，旌旗照海，沪北题襟，□□□□□，方期圭卤联翩，组织文章辉相业；不意三千里外，社凭狐鼠，波荡鲸鲵，独有谏书慷慨，奈烧城鼓舌，热剖丹心，入地薶魂，寒飞碧血，史官谁削简，且看丝纶褒录，剖昭疑狱表孤忠。"吴受福云："方夏幅裂，故宫黍离，树鲠起何人，奇冤竟洒侍中血；严濑风悲，武原星惨，招魂同此日，灵爽应凭文种潮。"蒋廷黻云："吞毡朔幕，赐剑杜邮，浩气返太虚，遗蜕南还，万里招魂歌楚些；劫重红羊，冤深白马，孤忠拚一死，朝衣东市，千秋遗恨吊湘累。"

专挽袁京卿联，如汤寿潜云："孰诵中原无人，极古今未有复局，居然转圜，还仗先生曾抗三疏之力；庸知正命非福，莽乾坤到处横流，谁与共济，自怜后死未定千秋若何。"金兆蕃云："莫须有天下痛心，他时旌雪孤忠，远视朱勤愍王悫愍诸公，增辉史册；归去来平生宿愿，重过构云新墅，空予陈给事夏考功故宅，遥结德邻。"黄绍箕云："无东无西，无南无北，何远为些归来魂魄；不生不灭，不垢不净，用大舍法解脱盖缠。"陈豪云："从朱云地下游，大计则抗节以诤，三疏先曾拚一死；记于公梦中语，今日竟成名而去，孤忠应自鉴千秋。"谭献云："热血一腔，志厉少壮；忠肝千古，运际艰危。"杨文莹云："时局艰哉，读三疏洋洋，祸福不敢知，尽犬马愚忱而已；男儿死耳，叹孤光耿耿，是非终有定，问《春秋》直笔如何。"张焕纶云："以谏名直，以死称忠，本非大贤始愿；臣罪当诛，臣言可采，莫谓中国无人。"

各联或以慷慨胜，或以庄重胜，均能于三忠分际，恰相符合。余联语尚多，大都堆砌故实，一无精意，等诸自郐以下矣。

近人项翱《苍园谈屑》，有挽联数则，颇见工雅。如挽业师潜山刘仁斋明府云："立雪庭前，翘首问谁程正叔；骑箕天上，伤心顿失鲁灵光。"客归挽妻母云："敛未躬亲，空回首十年门下；归来泪洒，最伤心百里舟中。"代人挽已嫁女云："三载奉尊嫜，可怜汝孝养未终，此别竟成千古恨；九原逢阿母，为道我精神大减，不知能混几年来。"挽张季直师德配徐夫人云："钜掇三十年，相吾师扭转乾坤，崇俭习劳，盛德不渝亘今古；纵横五百里，为女界别开天地，垂养修教，仁风岂独被通如。"徐夫人曾倡女学，捐兴育婴堂，通、如、崇、海等县人皆称之，故云。挽友某君云："消磨卌度春秋，终成幻境；扫除一切烦恼，大好收场。"

每见友朋中哀挽联之佳者，辄别纸录之，二十年来，蔚然成册。前为桐庐袁君借去，屡索不还，至今犹耿耿焉。爰就所记忆者，录数联于后。

无锡蔡松如君文森，挽青浦李梦花云："器识如斯，肝胆如斯，十余年抑塞磊落，诗酒自豪，奇骨炼冰霜，论君身世天应泪；北窗犹昨，南浦犹昨，百许日离群索居，梦魂犹绕，哀音传海曲，对此云山气不春。"

张雄伯君家镇亦有挽梦花联云："惟吾与君，同学同游，同起同卧，同文场，同酒社，廿余年恳恳勤勤，有逾骨肉；自今以往，如梦如幻，如泡如影，如电光，如石火，百岁后生生灭灭，再见人琴。"

青浦金剑花君咏榴，挽太仓陆尚之云："旧事怕重提，旅馆联床，欢场携手；所思人不见，大江东去，孤槎南归。"

剑花又有代人挽弟联云："奔走感江湖，铁瓮城边，蓦地惊心闻噩耗；凋零伤手足，焦先墓畔，又挥老泪送魂舆。"又代人挽兄云："同气五人，相期竞爽，回溯十年前，伯兄季弟，先后云亡，伤心垂老枯荆，到于今又弱一个；分襟九月，去作卑官，历计半生事，女嫁男婚，料量未毕，此日迎归旅榇，最难忘临别数言。"

华亭宋艾生，挽同邑席韫清云："古今论世，中外衡才，春雨联床，同学两年曾颉颃；文字惊人，科名误我，秋风送棹，抵家一日最伤心。"

金剑花君代人挽弟联云："归才一月，别才一旬，黄歇浦边，惊闻噩耗；病不知时，没不知日，丹阳城外，来哭同怀。"

冒鹤亭君广生，挽元和江建霞君标云："公论付悠悠，由汉而唐而宋而明，剖出心肝，千古难言唯党祸；斯人常恻恻，有母与兄与妻与子，死于骨肉，九原犹戴是君恩。"又挽江苏学政杨蓉浦先生云："文章品题，衣食解推，靡不可述；国家艰难，老成凋谢，但有兴哀。"

各联皆名贵可诵。

悼亡联，或以朴茂胜，或以绵密胜，或以绮丽胜，或以恢诡胜，五花八门，各有妙境。因其他挽联，只有哀悼之意，而鼓盆之歌，则哀伤中别有一种情愫。至若聘妻殂化，爱妾云亡，珠沉玉碎之词，尤有不尽缠绵之痛，故措词命意，更多哀惋动人。

如全椒薛慰农有姬人殁于江西旅次，挽联云："助箧仅三年，可怜萍梗飘流，巾帼相随，细数欢娱曾有几；和颜承大妇，才到荔枝年纪，么弦忽断，伤心病状竟无名。"

严问樵有姬人没于清江，哭以联云："不合时宜，惟有朝云能识我；独弹古调，每逢暮雨倍伤神。"

某君挽妾联云："十二载光阴水逝，恨他生未卜，薄命难延，那堪女哭儿啼，媵有遗雏贻嫡累；三千里海陆星奔，痛游子归时，衰亲不待，此际肠枯肝裂，更无馀泪为卿挥。"

某君挽聘妻云："尔何人，我何人，无端六礼相成，惹出者番烦恼；生不见，死不见，倘若三生有幸，好图再世姻缘。"

黎文肃公培敬悼亡联云："记随我廿六年，始负笈，继留京，终远宦，弹指光阴，昔叹生离今死别；最怜卿卌三岁，德慈惠，言庄慎，工勤苦，伤心物化，女犹未嫁子当婚。"

朱质民君元淳悼亡联云："叹我不辰，仅留薄命糟糠，犹归泉下；祝卿来世，不遇封侯夫婿，莫到人间。"

陈渭占君悼亡联云："待我百年，再觅爹娘寻絮果；寄卿一语，无愁儿女泣芦花。"

陈少香大令偕灿，挽继室沈孺人联云："从忧患来，从冷暖来，从生死来，从诗歌酝酿来，十五载风雅倡随，都不记卿是红颜，我已白首；无小家气，无脂粉气，无寒俭气，无柴米夫妻气，千余里关河鼙鼓，悔未遂花间课字，柳外归耕。"

某君悼亡联云："三十载夫妻，有苦无甘空嫁我；七八个儿女，小啼大哭乱寻娘。"又一联云："大错嫁黔娄，求名不成，求利不成，何止伤心贫且贱；奇凶逢伯道，生男未育，生女未育，那堪肠断再而三。"

曹恺堂君秉仁，挽继妻某氏联云："中年丧妻，大不幸也；一之为甚，其可再乎！"

我邑朱子美明经昌鼎，集古句成悼亡联云："长夜漫漫何时旦；此恨绵绵无尽期。"

有字铁庵者挽继配曹孺人联云："神仙束手庸医避；夫婿伤心弱女啼。"

钱塘梁山舟学士，与其德配汪恭人，俱年登耄耋。恭人长学士一岁，先学士二年卒，学士挽联云："一百年弹指光阴，天胡靳此；九十载齐眉夫妇，我独何堪。"

某达官有宠姬名春燕，卒于立夏前一日，挽以联云："未免有情，此日竟同春去了；似曾相识，何时重见燕归来。"相传是联为湘乡曾文正所作。据近人笔记，文正确有纳妾之说，然事甚秘密，未必遽以香艳笔墨流传于外，致为轻佻者之话柄，恐传之非其真也。

刘岘庄制军坤一，湖南人，咸同间中兴名臣也。历任封圻，督两江尤久。光绪庚子拳匪之乱，与外人立约，保障东南，厥功甚伟。光绪某年薨于位，谥忠诚。张季直君謇挽联云："吕端大事不糊涂，东南半壁，五年之间，太保幸在；诸葛一生惟谨慎，咸同两朝，众贤而后，新宁有光。"

缪筱珊师联云："治兵为大将，治国为名臣，千秋遗爱难忘，保东南而惠及天下；古贤则武乡，时贤则文正，一样鞠躬尽瘁，问史策如公得几人。"

张孝达制军联云："惟公功在长江，当年右挈左提，何幸有老成同志；使我泪倾东海，此后外交内治，谁与纾宵旰深忧。"

庆亲王联云："沅湘钟间气。为国家翊赞中兴，屏翰东南，伟绩追踪曾太傅；江海息狂澜，赖我公维持大局，安全内外，殊勋媲美李文忠。"

蔡和甫钧联云："戊戌庚子后，内外各军国大政，盘错不动，惟公主之，时局赖贤才，痛南天风雨凄凉，忽失九重倚畀；潇湘衡岳间，中兴诸将帅老成，硕果仅存，而今已矣，门墙感遗泽，听东海波涛呜咽，如闻百万悲歌。"

彭刚直公玉麟，清咸同间创立长江水师，削平粤乱，朝廷屡进崇阶，均具摺力辞，仍以侍郎衔经理水师。巡缉下江时，于西湖筑退省庵，为更番休憩之所。为政赏罚严明，军民皆敬惮之。于其薨也，公卿士庶争投以挽联。兹录其佳者。

如王壬秋闿运云："诗酒自名家，更勋业烂然，长增画苑梅花价；楼船欲横海，叹英雄老矣，忍说江南血战功。"

郭筠仙嵩焘云："收吴楚六千里肃清江路之功，水师创立书生手；开国家三百年驰驱名场之局，亮节能邀圣主知。"

颜元谦云："后曾袭侯十月考终，厄闰黄杨，乡国同声悲二老；是韩蕲王一流人物，名垂青简，芳馨共播足千秋。"

蔡秉瀚云："我为天下哭公，絮酒悲凉，岂独云情深两世；此后西湖谁主，梅花冷落，最愁月夜过孤山。"

黄树枏云："万里乾坤一草亭，杯引兴来长，翠竹黄花常醉我；卅年身世双蓬鬓，功成归去远，岳云湘水永思公。"

李瀚章云："得祖豫州之直，得刘并州之刚，每思击楫中流，慨旧雨凋零，江左功名成一恸；于曾文正则师，于左文襄则友，总是昔时同泽，望衡云黯淡，中兴人物并千秋。"

曾国荃云："下为河岳，上应日星，一旅起衡湘，志量不居三代后；身在江湖，心存魏阙，大勋垂宇宙，忠清无愧九重褒。"

沈秉成云："天上将军，比伏波战舰，下濑戈船，晚年缓带轻裘，犹为九边资坐镇；山中宰相，想衡岳瞻云，圣湖泛月，此后啼猿唳鹤，空传十赉在人间。"

周炳勋云："历江南江北江右，百战功成，退归故里闲居，天下兵符犹管领；与文忠文正文襄，九原面晤，谈到中朝时局，老臣心事定悲伤。"

张义澍云："神骑箕尾，灵返衡山，正气塞乾坤，视中兴曾左二公，性情别具同千古；身在江湖，心怀社稷，遗恨吞胡虏，念外侮东西并峙，慷慨曾容上万言。"

常亨云："以秀才从戎，作一代伟人，三朝砥柱；以寒士自处，留数椽茅屋，半岭梅花。"

徐琪云："半生血战，助恢廓中原，至今江表威名，妇孺皆呼老宫保；九陛恩纶，识忠清盛德，他日专祠遗像，须眉犹是一诗人。"

李鸿章云："不荣官府，不乐室家，百战功高，此身终以江湖老；无忝史书，无惭庙食，千秋名在，馀事犹能诗画传。"

王之春云："洁清方文靖，劳瘁似武乡，高尚绍邺侯，丰裁超忠介，使车持节，犹是布衣，当年爵禄频辞，岂忘天下乐忧、民间疾苦，荩臣捐性命，自甘剑析矛攲，迨至国狗全殀，狂鲸永息，东南奠定，中外安攘，置酒方歌风，何遽大地陨星，又弱一个；伟业著鄱湖，芳踪留浙水，勋名垂粤峤，遗爱遍长江，兵法传薪，实难负担，畴昔戎机参赞，曾以干城属寄、国士相期，知己感生成，愿倚泰山北斗，谁料灾缠二竖，梦兆两楹，甲马辰飞，酉鸡夜变，无缘再立雪，愧未于场筑室，独居三年。"

广东合省绅士云："誓清大地山河，不爱官，不爱命，不爱钱，历三朝宏济艰难，于今奏草流传，尽瘁鞠躬，慷慨有如出师表；性好五湖烟水，又能诗，又能书，又能画，遍七省留题翰墨，此后甘棠遗泽，吉光片羽，感触应伤堕泪碑。"

陈彝云："何以弔孤忠，正气一歌，出师二表；斯人竟千古，西湖水碧，南岳峰青。"

清同治帝薨，未有储贰。慈禧太后思揽政权，故不为立嗣，特令光绪帝入承大统，仍以母后之尊，垂帘听政。此中隐情，廷臣未尝不知，特慑于慈禧之威，故相率安于缄默也。甘肃吴柳堂侍御可读，心知其非，虑以疏逖小臣，未必有回天之力，乃于同治帝奉安时，自尽于蓟州之三义庙，遗疏仍以为同治帝立嗣为请。一时朝野上下，无不钦其忠烈，比之于史鱼之尸谏焉。哀挽之章，不远千里而至，好事者辑为《孤忠录》。兹录其最佳者。

如袁保龄云："宗社亿万世大计所关，岂为沽名拚一死；国家二百年养士之报，莫将直谏尽先生。"

温绍棠云："折汉廷槛，攀鼎湖弓，一疏千古，一死千古；湘累哀吟，卫史尸谏，我悲先生，我愧先生。"

王仁堪云："此古之社稷臣，七尺能捐，执简终安天下计；许我为忘年友，一缄犹湿，盖棺尚望眼中人。"

王宪增云："直以小臣争大计；拚将一死博千秋。"

黄贻楫云："天意弔孤忠，三月长安忽飞雪；臣心完夙愿，五更萧寺尚哦诗。"

余上华云："视死竟如归，忠节直等曹修古；其愚不可及，精魂常傍马伸桥。"又一联云："痛惠陵咫尺颜违，一死恋蓟门风雨；效文恪后先尸谏，孤忠壮秦甸山河。"

蒋常垣云："事君能致身，以言争，以尸谏，三代下直道犹存，应同卫史鱼并传不朽；成仁而取义，是名宦，是乡贤，千秋后公论自在，肯让王文恪专美于前。"

陈维周云："一疏万言，我辈南曹犹读律；千秋片刻，先生古寺且吟诗。"

管贻萼云："哲人忧盛危明，纵为国捐躯，断不使圣朝有阙；帝王怀忠赐恤，倘异时披奏，定能知臣子无他。"

车允臧云："国事赖廷争，虽有万难，终归一是；孤忠邀圣鉴，即是两字，已足千秋。"

秦霖熙云："大计但能回，一死臣身何爱惜；先生今不朽，孤忠天话重咨嗟。"

黄国瑾云："哀吁九天，明春秋一统；昭垂两疏，与日月双悬。"

周福昌云："在公岂是沽名，知遇感先朝，涕泣馀生图死报；惟圣乃能从谏，继承由前诏，褒扬旷典悯孤忠。"

安维峻云："朝廷亦悯孤忠，先生乃独留千古；天壤自多公论，弟子终莫赞一辞。"

张之洞云："奸良终痛秦黄鸟；授命能卑卫史鱼。"

诸联以张香涛十四字，用典最切。安维峻为吴柳堂授业弟子，后亦有声于时。

挽联固以表哀思，然亦不过社会上酬应文字之一种，故只宜用之亲戚故旧，而不可施之于尊亲。即如名家集中，亦列哀祭之文，而祭父母、祖父母之作，则绝无所见。因形之于文字，已不免尚虚文而少真意。然则哀痛之至者，必不能以文章表见可知也。曾阅某笔记，载有魏肖轩君方增者，以嗜酒得疾而亡，高茶庵代其子撰挽联云："幻疾入膏肓，直欲戴天儺魖部；同怀嗟幼弱，可怜抢地泣椿闱。"以联挽父已奇，挽父而为人代撰，则尤奇矣。

又晋陵金尔音有先君子一联云："南国骋戈矛，玉碎相承，瓦全靡计，数千里烽烟迭扰，仗父紧依，藉非浙东载往，江朔负归；孰免薐躬填浩劫；只身绵岁月，编蒲课读，节用延师，廿六年艰苦备尝，期予有造，讵料服奉未能，显扬莫遂，不成人子又伊谁。"情文斐亹，不可谓非佳联；然事终不足训也。

挽兄弟姊妹之联，须以至性至情胜，不宜徒以堆砌故实见长。吴柳堂有挽兄辉秋联云："日下久相思，行役定悲予弟别；病中应有嘱，读书莫遣阿咸归。"

晋陵金尔音，代人挽胞弟云："诗酒乐天伦，不幸同怀连见弃；埙篪吹晚景，何堪一个又中分。"又代人挽从弟云："膝下无儿，闺中有女，更连年骨肉凋零，弟真命薄；死者已矣，生者何堪，当晚岁雁行寥落，我亦途穷。"

朱子璞先生兆璜，挽兄宝诚云："棣萼记联辉，何图春草经年，分手竟成千古；荆枝遭叠折，从此秋荚罢会，伤心更少一人。"

金尔音先生道从，代人挽胞妹云："咏雪逞诗才，同气交推谢道韫；肃霜埋玉质，何时再见辛宪英。"

包晋卿代人挽姊云："转瞬易百年，老矣头颅，同辈渐稀惟有姊；失声成一哭，伤哉手足，家常欲道更无人。"诸联尚非涂泽为工者。

丧明抱痛，人所难堪，故挽子之联，颇有沉痛迫切，令人不忍卒读者。《秋坪新语》云：纪文达公长子汝佶，中乾隆乙酉举人。卒时，公甚为之神伤，语客曰："今乃知因果之说，或亦有之。"盖公子病绝而苏者屡矣，忽一日，闻其声，宛山西人也。问故，曰："吾来索逋，兹已偿清。仍欠若干，可亟焚纸锭如数，当去。"家人辈如言焚之，遂瞑。方环哭间，又苏，张目曰："所乘马后足颠蹶，勿良于行。可易一匹，则乘之去矣。"众茫然，公之三女哭告曰："兄弟绝时所焚马，吾见其后足纸损，或即其故欤？"别制一具焚之，乃不复苏。公于灵帏书一挽联云："生来富贵人家，却怪怪奇奇，只落得终身贫贱；赖有聪明根器，愿生生世世，莫造此各种因缘。"盖公子素性挥霍，钱刀到手辄尽，又缘事被褫。公以其过不检摄，禁勿使出，日给资用无少溢。公子深苦之，罄所有付之质库，卒之日，不馀一物也。

全椒薛慰农先生时雨，挽桐儿联云："十三龄经史粗通，誉满公卿，始信虚名能折福；卌一载迍邅迭遘，默参因果，将无造孽是居官。"

吴柳堂侍御可读，挽女联云："吾婿无生悲，念地下相随，代奉舅姑终妇职；汝生何太促，痛天涯远隔，不闻父母哭儿声。"

金尔音挽女莲贞云："悲欢成一梦，当其绕膝承欢，忘馁若敖，未伤伯道；贤孝夺中途，岂是穷人转泰，汝为绍介，我得先容。"

陈问云有侄女适王氏，未百日而夫亡，吞金求死不得，后两年以疾没，挽以联云："忆自镜影分鸾，殉志未成，看伊勉事舅姑，槁木两年厌尘网；到处烽烟捕鹿，思归有引，竟尔相随父母，桐棺一例殡湖山。"

师生之谊，古人视之最重，故至圣有"不幸短命"之语，而弟之于师，尤筑室独居，行三载心丧之礼。汉时此风犹盛，一列门墙，几同骨肉，情谊之厚，略可知矣。降及叔世，师之待弟，既无感情之可言，而弟子之于先生，一出书塾，往往反眼若不相识。盖师惟以脩金为目的物，自待已薄，则弟子尊敬其师之心，安能保其不因此而日见淡薄耶？虽然，此亦未能一概论也。

如黎文肃公培敬，挽唐北溟师述鲲云："一载列门墙，记从花屋追陪，弟子名成惭有我；一年违杖履，每叹筑垣羁滞，先生没后竟无师。"又挽陈西卿师济钧云："廿五载忝列门墙，方欣膝下多贤，娱老年有文孙文子；数千里远羁藩服，犹忆手书垂教，勉我辈以为国为民。"吴可读挽门生童耕叔云："百里正强年，不信君归竟先我；两行垂老泪，非夫人恸而为谁。"近人何醒吾哭，挽弟子席蕴清云："及门诸子惟君最；在室双亲奈老何。"又某君集成句挽弟子云："及门安能及君，死者已矣；斯人而有斯疾，命也何如。"诸联均能于师弟间深有感情者。

又某小说载某名士挽女弟子一联云："念余年往事如烟，记旧日师生，恍见双鬟来问字；二千里望夫化石，痛当前儿女，何堪两地共招魂。"语尤沉痛。

挽亲戚联语，能情意肫恳，而又以词藻佐之，便为佳构。晋陵金尔音挽姨丈联云："夙怀利器，历宰名都，纵齿逾耄期，未倦忠勤修教养；并受仁慈，忽伤荫庇，知治尊廉俭，欲从国史传循良。"又代挽外弟云："肩担承启，念切显扬，纵药石羁身，未懒棘闱酬壮志；我在天涯，君忽地角，痛文章憎命，欲从试馆赋招魂。"又代挽内兄云："忝附葭草，满志追随娱晚景；弱同蒲柳，伤心遽尔萎春风。"

黎文肃公培敬，挽亲家母刘玉田方伯如夫人某氏联云："念丈夫整旅黔疆，数千里巾帼相随，方欣刁斗无声，一路凯歌将送别；喜爱女相攸吾子，四五年庭闱晋接，讵料沉疴莫起，两家痛哭为招魂。"又挽亲家母林贞伯中丞夫人某氏联云："丈夫共事多年，喜黔乱削平，一品荣封，回首依然在目；爱女相攸吾子，叹邮程远隔，数龄弱息，伤心莫觅慈云。"

金尔音挽太岳联云："倚玉藉光华，问疾披星，露滴黄花疑欲泣；题糕惊永诀，治丧冒雨，风鸣绿竹助悲号。"

黎文肃公代胡麦舟挽岳父云："六十年创守成家，喜孙子罗环，忝列东床亲绕膝；数千里远游作客，叹云山间隔，空瞻南岳痛招魂。"

有甫娶而妻父遽卒者，挽以联云："泰山其颓乎，吾将安仰；丈人真隐者，我至则行。"用典殊敏妙。

杨竹溪君德舆，其舅母邵夫人，为位西侍御懿辰之母，以避难殁于绍城，作挽联云："宅相愧无才，荫托慈云，到于今依旧寒儒，徒令感恩常掩涕；边烽催避地，讣来炎日，想有此成名孝子，定知含笑去生天。"

康有为宠姬何女士梅理，殁于沪寓，其门下士某制联恭挽云："天若有情亦老；人难再得为佳。"康亟奖藉之，时方岁晚，馈遗有加。

金纤纤女士逸，随园女弟子之翘楚也，著有《瘦吟楼稿》。西江吴兰雪负异才，其女弟及闺中人皆工诗，郭频伽偶举以告纤纤，颇易之。后至吴门，得见全稿，始大折服，以为真天人也。福慧难兼，笙鹤遽召，诸名士欲制挽联未成。适汪宜秋女士玉珍（轸）寄联至，其词云："入梦想从君，鹤背恐嫌凡骨重；遗真添画我，飞仙可要侍儿扶。"众为之搁笔。

嘉定黄翰卿孝廉宗起，清咸同间以诗文鸣于时，所至公卿倒屣争迎。孝廉遍览山川，寄怀吟咏。著有《知止盦诗录》六卷，承其哲嗣虞孙孝廉世祚，以一帙见贻。诗末附联语数十则，均情文斐亹之作，亟录以入联话。

如挽王颂声部郎云："水部一官，才长运短；钱塘八月，人去潮来。"

挽钱又沂学博云："六书渊源，秦汉之学；一夕解脱，神仙中人。"

挽金屏轩云："后将异欤，有世德而未食其报；古之人也，惟讷言者无愧于行。"

挽蒋亦郭夫妇云："慈竹守啼乌，玉树临风委三径；坏裙惊化蝶，瑶台落月照双栖。"

挽陆文渔学博云："海角宦游归，槎水壶觞多近局；云间家学在，谢庭玉树早知名。"

挽龙耀吾之祖云："秋社散鸡豚，黄菊花残三径远；春风违杖履，青山人去百年多。"

代王中一挽景秋坪尚书云："曾经百战归来，戈壁风霜撄疾疢；同受三朝知遇，枢垣灯火话时艰。"

挽戴赋松云："白社故人稀，蓦地悲风惊练水；青衫游子恨，遥天冷月照秦淮。"又一联云："遍尝世味酸咸，学道聊为娱老法；勘破人生浮脆，养疴难觅驻颜方。"

挽庄衡峰学博云："本经术发为文章，回首名场犹有憾；凛冰渊启予手足，省身尔室久无亏。"

挽继室秦孺人云："二十年裙布钗荆，梁椀未酬偕隐愿；数千里蛮烟瘴雨，楚山犹有未归人。"

挽唐仁卿孝廉云："悔不用中医，谁知草木皆兵，卫生无术；记曾同下第，应有文章待定，后死奚辞。"

挽周桐侯孝廉云："介真如石，和亦同尘，流风继四先生后；文欲起衰，诗能见道，所志在第一流人。"又一联云："文章有黄钟大吕之音，万古江河终不废；气象去霁月光风未远，一乡坊表庶无惭。"又一联云："同调更何人，愁听么絃奏东屋；有生原俟命，恨无遗墨阐西铭。"

代阁伯挽陆秋士学博云："师门谊重，甥馆恩深，梁木泰山将安仰；朱绂方来，玉楼遽召，人间天上两需材。"

挽陆晴杉云："第三株桂树摧残，青云未遂凌霄志；数千里楚山尽处，白发应添感逝诗。"

挽张东墅观察云："编诗卷分明一部离骚，至老未除才子气；了尘缘历尽九疑幻境，重来莫现宰官身。"

挽周紫兰云："却病延年，诵四卷楞伽，露电虚空闻在昔；谨身寡过，为一乡善士，冰渊临履到而今。"

挽钱伯文母夫人云："五十年瑶岛归真，正桂岭香销，梧庭叶冷；四千里征袍洒泪，恨吴山月暗，楚水云寒。"

挽江伊人云："老拥草堂赀，喜频年酒盏横飞，笔花艳发；生无尘世憾，倘有日乘槎仙去，化鹤归来。"

挽周京士比部云："总角记同游，万选文章，骧首名场谁并驾；浮生原似梦，十年曹部，惊心宦海此归帆。"

挽朱子京比部云："蕴藉久为郎，风月西曹，曾议亡珠宽禁网；春明同话旧，音尘北望，忽惊含玉返乡闾。"

挽李奎甫江北遭风死难云："百岁亦何为，世路崎岖，不如破浪乘风去；一抔安足恋，江流浩渺，同在高天厚地中。"又一联云："一去不还，洞庭湖上传书客；前身合是，采石矶头弄月人。"

代龙跃衢挽李蓉峰云:"蛮洞苦寻亲,虎口馀生,里史有谁传独行;比闾严约法,豚蹄报赛,乡间应共守遗规。"

代张禊亭挽罗衡江云:"兰菊有馀芳,盼腾茂蕤英,知君燕翼贻谋远;茑萝敦夙好,叹空花逝水,触我鸰原旧恨多。"

代廖缉臣挽孙谷庭方伯云:"棠除黍雨,竭来南国旬宣,惠泽三年遍湘楚;诗卷棋枰,未遂东山啸傲,朗吟一夕赴蓬莱。"

挽陆星农观察云:"苏内翰春梦一场,薄宦衡湘,回首觚棱经卅载;谢太傅东山高卧,屏除丝竹,等身铅椠足千秋。"又一联云:"宦游从衡岳归来,金石成书,会开马郑谈经席;胪唱自蓬莱高处,文章驰誉,犹语机云入洛年。"又一联云:"陶渊明归去来辞,居然达者;赵德甫金石成录,藏之名山。"

代李菊畦挽李信甫云:"恨药炉销尽雄心,江渚归来,三载杜陵愁病肺;瞻绛帐犹存师范,乡园寥落,一声楚些痛招魂。"

挽徐李侯封翁云:"代有簪缨,子弟文章能报国;恩承雨露,田园松菊未归人。"又代金伯垂挽云:"游踪溯宣武坊南,裙屐过从,尚记高怀追谢傅;噩耗传安亭江上,燕吴暌隔,空教歧路哭唐衢。"

代王中丞挽吴子健中丞云:"有经文纬武谋猷,筹笔同心,七泽旬宣资保障;是缓带轻裘气象,丰碑堕泪,大江南北遍讴歌。"

代王稚夔室朱夫人,挽周梦九之夫人云:"浙水抵情深,记十年兰臭同心,絮语临歧曾有约;楚江随宦远,怅一夕蘅香入梦,山容如黛更销魂。"

代张禊亭广文,挽其弟哲卿云:"喜白头听雨重来,不图诗梦圆成,忽惊楚塞征鸿断;泛碧海乘槎仙去,难忘乡园寥落,定向槎山化鹤归。"

代王中丞挽席研香宫保云："书生从兜鍪中来，入黔山瘴雨横飞，曾奏兰陵破阵曲；帐下多熊罴之士，枕湘水白云高卧，空留罗甸纪功碑。"

代王中丞挽孙谷庭方伯云："西湖遗爱，遍被仁风，他时初服岩栖，重憩棠阴思召伯；南国同官，幸联旧雨，一夕灵旗电掣，忽惊楚些下巫阳。"

挽太原姊云："矫首上金台，四千里征袍洒涕，寸草含愁，温峤辞亲应痛极；伤心埋玉树，数十年绣佛长斋，野蔬充膳，元稹营奠忽悲来。"又联云："无边无量，有光风霁月襟怀，轮回定作奇男子；多病多愁，到证果拈花解脱，佛说斯为善女人。"又代雨湘挽云："佐衰门历尽艰辛，枉劳百种愁烦，撒手虚空归大暮；生净土也非容易，忽听中宵喘息，环床儿女唪弥陀。"

挽朱叔彝太守继配林夫人云："忧国泪痕多，难禁晚梦衾寒，锦瑟华年催白发；后堂环佩杳，望断夜阑灯炧，空庭冷月照巴蕉。"又联云："阴教佐循声，鱼轩行部，旌节开筵，感恩遍洒穷檐泪；妇功化边郡，蚕绩躬亲，条桑盈野，遗爱应传种树书。"其三云："非命妇耶，到盖棺裙布萧然，美哉俭德可风，彤管扬芬能有几；真廉吏也，搜荩箧俸钱已尽，赢得清名载道，黄堂营奠不须哀。"

挽沅州府严太守云："觚棱回首，难忘玉署恩荣，纂石渠天禄成书，凤有和声鸣盛世；简命甫膺，未展黄堂政绩，看城郭人民依旧，鹤归华表待他年。"又云："五马日边来，梦醒一场苏内翰；双凫天样远，人归万里皖公山。"

挽李与吾宫保云："匡略佐中兴，廿年来寇靖蓷蒲，醻酒澄江森画戟；饰终邀盛典，百世下名垂竹帛，图形高阁壮凌烟。"

又联云："风云气壮，将一军永奠金瓯，忽惊箕尾芒寒，身骑列宿归天上；芦荻秋深，话往事谁沉铁锁，曾驶楼船东下，手缚降王出石头。"

代王中丞挽张屺堂廉访云："匡略展河渠，亿万户幸免其鱼，正当淮堰风清，重按乌台陈臬事；宦游隔吴楚，三千里惊传化鹤，忍忆飙轮电掣，别君黄浦候潮时。"

挽陆馨吾继配胡夫人云："悟浮生若梦，凡有情眷属，说甚悲欢，其如旧恨新愁，一晌华年催锦瑟；与吾妹同归，俾群稚长成，谈何容易，试听干啼湿哭，几家娇女衣芦花。"又联云："衿缨綦屦，少堂前冢妇一人，恐垂暮晨昏，感怀易洒慈姑泪；瑜珥瑶环，替生下佳儿几个，奈未完婚嫁，排恨难寻五岳游。"

代王中丞挽萧杞山廉访云："梦觚棱回首京华，我绥南服，君宦西湖，分栽两地棠阴，同凛官箴庇桑梓；膺简命来甸江浒，喜降鹤书，悲传鵩赋，忍听一声楚些，难禁老泪陨潇湘。"

代松蕴川太守，挽其姑母常德某太守夫人云："宦辙并熊疆，记朗江一棹，问我诸姑，方期偕隐鹿车，桓家令德垂青史；仙灵迎凤驶，怅弱水三千，朝于西母，忍忆凝香燕寝，骑省华年已白头。"

挽龙初生母夫人云："矫首望金台，几千里听鼓应官，冀他年初服耦耕，忽惊苏惠迴文断；伤心埋玉树，数十载相夫教子，待异日俸钱营奠，定触元稹旧恨多。"

代王稚夔，挽其姨母葛昧全大令之夫人云："浮荣泡幻，幸暮年偕隐有人，忽惊梦断钗钿，望千里蚕丛，泪痕应共黄河湿；随宦分张，念吾母同怀无几，又痛魂归环佩，听一声杜宇，泉下应悲蜀道难。"

挽黄太师母云："长安西笑，记当年青琐辞荣，肯教仪孟园荒，补几株秋树戎葵，替写深情托毫素；浪迹南来，冀有日绛帷拜母，谁道奉舆人远，痛此后春晖寸草，空留永恨废蒿莪。"

代沈星海太守挽李与吾宫保云："苴杖过鸠兹，听铁瓮潮来，曾对孤儿洒涕，记得题襟汉上，琼瑰盈怀，伤哉葛陂西华，难忘金石千秋谊；佩符来鹤郡，恨褰帷道远，每劳仲子传言，惊闻采石矶头，旌旐变色，已矣大江东去，淘尽艨艟百战功。"

挽谢绥之太守云："匡略佐中兴，胸有万间广厦，萃湖学经义治事英才，方期崇实黜华，咸就甄陶成伟业；急流知勇退，手拓五亩荒园，仿云林叠石疏泉养晦，谁识独居深念，耻谈温饱负平生。"又联云："庐陵以积累，起衰振坠，厥后宜昌，伤哉卅余年画荻传经，寒泉赍恨泷冈表；监门绘流亡，伏阙上书，替人有几，已矣十数省飞刍挽粟，热血难销铁泪图。"

挽童伯田云："何独酒尊能傲我；每闻风筱辄思君。"挽钱憩南云："邃学细探金匮略；清谈曾共玉峰游。"

挽王阳叔广文云："画竹已无老可笔；看山曾过广文斋。"

挽张铭甫刺史云："能傲陶家三径菊；谁编王氏五侯鲭。"

挽张靖达公云："新息肤功奏西粤；魏公手泽付南轩。"

挽陈少兰云："香山雅集追前哲；酒家豪情敌少年。"

挽张少园驾部云："松菊门庭悲过客；文章湖海有传人。"

挽吴少客明经云："老境文章应待定；后堂丝竹已无声。"

挽王我春云："雪压剡溪谁载酒；月明粤岭坐吹笙。"

挽沈稚聪云："耦耕未遂江乡乐；孤情长留海市诗。"

挽钱直卿云："三径菊荒人迹少；一炉香烬篆纹寒。"

各联语皆名贵，不愧才人之笔。惟其运用事实，未能详知，无人作郑笺，终不免有扣槃扪籥之苦耳。

鲍希斋上舍寅,为渌饮先生曾孙。渌饮于乾隆朝进书六百余种,奉旨嘉奖;嘉庆朝又以进呈所刊《知不足斋丛书》,蒙恩赏给举人。有《夕阳诗》三十首,脍炙人口,因呼为"鲍夕阳"。

上舍能承家风,于书籍板本源流,颇能识别。其殁也,桐乡严芝僧太史辰挽以联云:"三十集丛书承祖德,何居乎归赐籍于文澜,送遗编于学海,要不令整签饱蠹,可称善继家风,叹而今花韵乏传人,从此夕阳无影;廿二年豪举赖君襄,其大者聚青衿以乐育,保赤子以诚求,莫非仗下笔春蚕,乃得毋瘝我事,怅尔后籥云成独立,那堪旧雨不来。"自注云:"上舍以皖人而侨居桐邑之杨树湾,谙习邑中风俗,故名门巨室,每有庆弔事,必聘君为主持。余归里办善后局务,以采访忠义事属之;创建立志书院,聘君为司事,始终二十年,凡院款出入,课卷收发,皆君主之;而保安会、警心会诸善举,亦多资臂助,故联语及之云。"

胥云松司马寿荣,江西人。由军功得保官浙江乌镇同知,在任五六年,颇励清操;而于利民之事,如讲乡约、办保婴等,尤孜孜不倦。既而调任玉环,循声益著,甫两年卒于任所。桐乡严太史辰挽以联云:"苏城来佐郡,惟此间遗爱孔多,应有部民挥涕泪;榴屿殁为神,岂地下需贤尤亟,竟教海国失循良。"自注:"传闻司马属纩之夕,环人有见其呵导出城者,云迎作海神,故次联及之。"

吴仲昀制军振棫,钱塘人。嘉庆甲戌翰林,官至云贵总督。桐乡严芝僧,与制军有知己之感,于其殁也,撰联挽之云:"三十科承明前辈,官高一品,寿满八旬,通籍后甲子将周,偏勒(靳)此两载光阴,不使士林觇盛典;七千里孤露馀生,初见滇中，重逢陕右，归田后步趋更切，却追忆廿年酬唱，空縢诗卷感恩知。"自注："咸丰癸丑，奔先考丧至滇，晋谒节署，索观诗稿，从此得邀青目，为之集腋。归丧，馆选后游秦，公已乞病为寓公，得以后辈礼见。晚年归里，余亦时至杭垣，公每见必劝刻诗，且尤赏余之试帖，实为平生第一知己云。"

黄漱兰侍郎视吴学时，按临扬属，适扬州知府贺金寿卒，黄挽以联云："清慎勤万口同碑，至今官橐萧然，賸有西台留谏草；诗书画一朝绝笔，感我征帆到此，不堪东阁弔梅花。"昭文令陈康祺，挽吴中丞母夫人云："一德君臣，同悲爱日；三吴士女，会罢端阳。"盖卒于五月五日，时正值慈安太后国丧也。松禅相国己丑七月假归省墓，杨滨石太常适殁，公挽之云："风雨客归迟，我愧巨卿真死友；江湖天遗老，谁知苏轼旧词臣。"三联皆传诵一时。

兴化刘融斋先生熙载，研精程朱之学，躬行实践，士林翕然宗之。主讲上海龙门书院，得人称盛。既而因病旋里，遂卒。有徐姓挽以联云："诵其诗，读其书，知穷达一般操守；学不厌，教不倦，为人己百种忧勤。"语意真切，"忧勤"句尤深知先生心事。

洞庭藩（潘）莘田观察其钤，善为联语。有挽其业师冯景亭中允桂芬云："耆宿重东南，十年来建策迎师，上书减赋，息议治河，薄海尽蒙麻，论圣世中兴，端合元勋归国老；斯文绵统绪，一室内羽翼经传，乐育人材，扶持名教，高风谁继起，仰大儒硕望，不须私谥定门生。"又挽郭子美军门云："将军英武奋南湘，最难释甲图成，百战归来犹奉母；天子量移官北海，莫道握符时短，寸心未死欲平夷。"又挽郁主簿某联云："秋窗一月共谈心，知落落风高，不斗时妆眉样好；病榻两番曾握手，怪匆匆梦短，重看赠稿泪痕多。"

闽人陈左海挽何恪海治运联云："天下才人困箕斗；千秋知己感牙絃。"又挽许画山作屏联云："万里归田，丁令家乡才小住；卅年同社，卯桥风月更谁论。"又陈子丹挽刘西堂明府联云："风波宦海情何极；诗酒名场泪总多。"均见《蓝水书塾笔记》。

卷十二　哀挽（下）

咸丰辛酉，羊城风灾，嘉应州人李锡卿水部重熙，携其子学权赴试，舟覆，父子溺焉。张君彦高挽以联云："天道何知，采石乘舟偏死白；善人有后，陇西当户定生陵。"锡卿仅一子，娶妇刚半年，幸其时有遗腹也，后果生一孙，次联竟成语谶。

项城袁筱坞侍郎保恒，为端敏公令嗣。当光绪四年，豫省荒旱奇灾，奉命回籍，办理赈抚，殚竭心力，劳瘁成疾，遂不起。满洲继莲畦方伯昌，为侍郎所拔士，挽以联云："民望慰云霓，从兹四野归耕，公若有灵应瞑目；儒林重山斗，最是一时仰止，士惟知己倍伤心。"

明松江陆文定公树声，寿至九十七岁，建百岁坊于白龙潭南。清光绪间，郡人姚衡堂太史，寿亦九十有六，大吏将疏请建坊，而太史于是秋卒矣。因忆文定同时，干山有九十六岁叟，文定赠以联云："甲子已周添六六；大齐将居少双双。"叟即于是年卒。人谓二语移挽太史，可云适合。

光绪间，江西南昌县宰江召棠，为神甫王安之所杀，一时士大夫哀挽之词甚多。御史赵启霖一联，最为沉痛，联云："重于泰山，轻于鸿毛，男儿死耳；人为刀俎，我为鱼肉，天下痛之。"

民国四年十一月某日，上海镇守使郑子进将军汝成，因赴日领事署贺日本天皇加冕，行经白渡桥，为刺客王小峰、王铭三迭开数枪，致中弹身亡。大总统得电，异常哀悼，赐爵彰威侯，由长子大为承袭，并拨小站营田三千亩，又治丧银二万两，以示优恤。嗣上海军政商学各界，于十八日（即旧历十月十三日）开追悼大会于制造局，大总统赠一额、一联，额为"河山壮气"，联为："沪海再见岑彭，衔悲千古；苍天重生吉甫，佐治四方。"

此外致送挽联者，不可胜计。筹安会发起人杨度联云："男儿报国争先死；圣主开基第一功。"宣武上将军冯国璋联云："南来成不世勋名，溯推毂殷勤，一痛伯仁由我死；东望失中流砥柱，听迴潮鸣咽，千秋君叔尚如生。"奉天将军段芝贵联云："生死功名，与国万世；东南保障，弱公一人。"杨道尹晟联云："萑苻群丑，郑侨用严，相从沪渎两年，方期一扫欃枪，宣扬与国；芒角将星，桓侯被贼，岂料京尘六日，来共三军缟素，痛哭元戎。"余多斋皇典丽之作，不能尽录。

及灵輀到京，由海军部发起，联合军、警两界，在先农坛太岁前殿开追悼大会，挽联之佳者，尤不胜枚举。如外交次长曹汝霖云："横海功多，名齐杨仆；大星宵陨，痛失岑彭。"国务总理陆征祥联云："霜戟秋严，条侯壁垒；海涛夜咽，王濬楼船。"那彦圆、张镇芳联云："是真将军，是烈丈夫，虽死何憾；为人才痛，为天下惜，无泪可挥。"王士珍联云："是英豪，是名将，是元勋，九仞功劳痛来歇；赐侯爵，赐银圆，赐田产，一朝人物恸张宾。"秦国镛联云："国重生命轻，一弹炸碎共和，海上风云皆变色；心长寿数短，九有重开帝运，人间富贵早封侯。"曹嘉祥联云："江表立殊勋，一震兵威，草木知名资重镇；沙场原壮志，突遭人厄，风云变色恸元戎。"孙毓筠联云："名居邓愈之前，溯十庙功臣，应向鸡鸣留画像；气与花云并烈，开一朝钜典，已传黼冕到遗孤。"

此外若周子彝之"钟灵河岳，再生名将佐良时"，梁燕孙之"再生申甫祝英灵"，梁崧生之"韦皋再生"，张一麐之"岑彭有灵"云云，皆系揣摩大总统联中之意，而加以发挥者。至张謇之"祸福有何可言；是非久之自定"一联，意在言外，尤觉耐人寻味。说者谓郑将军遇祸虽惨，而生荣死哀，至乎其极，九原有知，可以无憾矣。

陆君镜芙，英隽少年也。早岁赴东瀛游学，习法政，为人俊爽活泼。在东京时，醉心于新派剧，尝拜彼国文学大家坪内逍遥为师。又偕同志组织春柳社，欲以高尚之新剧，饷我国之社会。而社会不能受，则颠顿失败，而镜芙亦郁郁不得志，旋竟以病殒。春柳同志开追悼会于谋得利剧场，吴门包朗生君以联挽之云："似此英年，忍听销磨谁之罪；竟成悲剧，空教惆怅不如归。"《谁之罪》与《不如归》，均剧名，而镜芙则更以《不如归》得名者也。镜芙遗著有《社会钟》《猛回头》等诸剧本，均有功世道人心之作。

长沙袁海观中丞树勋，由佐贰洊至封疆，中间任上海道最久，外交内政，均办理得宜。入民国后，政府予以参政院参政之职，迭辞不受，时人颇以克全晚节称之。民国四年夏间，以疾殁于沪寓。

恩施樊云门增祥挽联云："从科第外论功名，君及刚直其人也，起令长，陟封圻，凡节钺所临，皆为国家建远大之策，而朝右倚为长城，至五族共和，公已乞休久矣；于师友中数知己，以视文襄何殊焉，誉词章，奖政事，迨安蒲内召，独许卑末有开济之才，而言外更无馀子，如九原可作，吾将谁与归乎。"易实甫顺鼎挽联云："在先朝为福星，入民国为客星，林际忆春申，大节完人无愧色；于苍生为霖雨，对属吏念旧雨，岘山怀叔子，感恩知己有馀哀。"杨杏城士琦挽联云："故国涕洟多，回思天宝年中，沧海横流今媵我；旧友零落尽，太息贞元朝士，此江不渡更何人。"均语有感慨。

丁诵孙学士，于道光朝任贵州学政。戊申六月，因疾殁于思南书院。时黔藩为长沙罗苏溪方伯，挽以联云："簪笔侍三天，谪仙人秉节南来，似经万里夜郎，听莺小住；锋车驰六月，选佛地乘云西去，空望千年华表，化鹤归来。"黔抚乔简斋中丞用迁，亦有挽联云："记百花生日，饯别禅关，只今敬礼文存，空回首飞鸿雪里；拟六月息时，重归琐院，忽报令威羽化，更伤心来鹤楼头。"来鹤楼，在黔垣学使署内。

娄县沈景贤孝廉宗祉，好学深思，孜孜不倦，故其学问贯古今、通中外。有所著述，必根据道德，而又适合乎世界趋势。门庭之内，孝友肫然。所谓言行相符者，殆当之无愧色。年近三旬，遽以疾卒，郡之缙绅大夫，无不悲之。
时知松江府事者，为今赣巡按使戚升淮先生，挽以联云："在学界为通人，在世界为完人，愿国民矜式斯人，高悬一格；能见爱于老辈，能见重于后辈，看今日悲歌几辈，悼惜千秋。"语似未工，然推许可谓至矣。
马逢伯君挽联云："君乃故乡中有数人才，道德学问文章，真堪仰止;我为学界上无穷感慨,前辈后生同志,共此伤怀。"

张闻远先生挽联云:"伯恭知古,君举知今,惟公奄有其长,夙所倾倒;沉潜近仁,高明近智,谓天既生此质,胡不慭遗。"

黄公续君挽联云:"贯通中外之才,是灵气所钟,此后谁为继起;呕出心肝乃已,惜壮猷未展,斯人何竟虚生。"

钱复初先生挽联云:"君本是狂者流,进取有精神,频岁而还常矻矻;天不绝善人后,遗孤方保抱,廿年之外又英英。"

杨荫安挽联云:"学界推通人,订交幸附纪群列;乡评拟私谥,论品当在和介间。"

黄敬舆、宋艾生同挽云:"怀博望定远之雄心,刻苦众相钦,当世人才能有几;为伯鱼颜渊而短命,时艰谁共济,从今天意更难知。"

蒋韵笙挽联云:"其行谊学术何待言,惟苦口难甘,欲唤起国民魂,世病瞆聋君病哑;于故旧交游不必论,倘热心未冷,愿铲除社会蠹,生为英俊死为灵。"

朱叔建挽联云:"不随时世为浮沉,公自一生无遗憾;如此人才亦寥落,吾为当世发长吁。"

席韫清茂才,早年食饩于庠,为文章英爽如其人。光绪某科,应试白下,得疾遄回,抵里数日而逝,其尊人仪庭先生犹在堂也。其业师何醒吾挽以联云:"及门诸弟惟君最;在堂双亲奈老何。"蒋韵笙挽联云:"三年同院,薜史枕经,恨科第累人,君黄泉,我蓝榜;此日登堂,山遥水咽,幸身文寿世,开风气,集星轺。"末句谓席君辑有《星轺日记汇编》,谈时务者,均奉为枕中鸿宝也。

湘乡曾文正公，勋业文章，震耀寰宇，实为有清一代有数人物。薨逝后，哀挽之联，多至不可胜纪。好事者汇刊为《荣哀录》，兹择其尤者纪之。

全椒薛时雨云："一个臣休休有容，频年燮理馀闲，小队出郊坰，惯向山中招魏野；万户侯绵绵勿替，当代元勋佐命，大名垂宇宙，岂徒江左失夷吾。"

无锡薛福成云："迈萧曹郭李范韩而上，大勋尤在荐贤，宏奖如公，怅望乾坤一洒泪；窥道德文章经济之全，私淑亦兼亲炙，迂疏似我，追随南北感知音。"

道州何绍基云："武乡淡定，汾阳朴忠，洎于公元辅奇勋，旂常特炳二千载；班马史裁，苏黄诗事，怆忆我词垣凯谊，风雨深谈四十年。"

南皮张之万云："临履惕冰渊，百世同悲曾子箦；功勋逾淝洛，千秋不数谢公墩。"

记名道潘曾璋云："开济历三朝，有三达尊三不朽，八表风清，再造勋名千古少；威仪贞百度，为百寮长百世师，一宵星陨，九重震悼万民悲。"

浙江候补道秦缃业云："是名士、是名将、是名相，备于一身，衡岳溯钟灵，天为中兴降申甫；有立德、有立功、有立言，足以千古，江流助悲哽，人谁后起继萧曹。"

记名提督陈济清云："为国家股肱心膂之臣，再造勋名郭忠武；钟衡岳磅礴郁积之气，三朝知遇李长源。"

同里杨昌濬云："蓄道德，能文章，是衡湘间气所钟，一代宗风更谁嗣；以儒臣，兼武略，平东南数省大难，中兴事业独公多。"

江苏记名道江清骥云："生民拟山海凤麟，应五百年名世，历廿四考中书，正学懋躬行，帝赖其勋高柱石；翊运祭风云龙虎，通天地人为儒，立德言功不朽，救时安宇内，公诚不愧补金汤。"

江苏藩司梅启照云："武乡可拟，汾阳可拟，姚江亦可拟，潇湘衡岳，间气独钟，四十年中外倾心，如此完人空想像；相业无双，将略无双，经术又无双，钟阜秦淮，大星忽陨，廿六载门墙回首，代陈遗疏剧悲哀。"

受业章寿麟云："衡岳云兴，大泽及天下；上台星陨，遗爱遍江南。"

江苏按察应宝时云："举世托安危，生而为英，死而为灵，痛此时白马素车，滚滚江潮流日夜；大儒作将相，先天下忧，后天下乐，看到处黄蕉丹荔，纷纷俎豆荐春秋。"

门人孙衣言云："人间论功业，但谓如周召虎唐郭子仪，岂知志在皋夔，别有独居深念事；天下诵文章，殆不愧韩退之欧阳永叔，却恨老来涅轼，更无便坐雅谈时。"

粮道王大经云："三代下无此完人，道德勋名，学问文章，运世具全神，立体只从诚意积；一霣间丧兹元老，朝野中外，僚属士庶，呼天齐痛哭，伤心岂为感恩深。"

记名提督谭碧理云："三朝扬历，百战勋威，几经盘错艰危，弼成圣代中兴业；九庙旂常，千秋带砺，重以文章道谊，早立纯儒没世名。"

夔州知府蒯德模云："公今与皋夔望散同游，翳古元勋齐俯首；我正溯江汉沱潜而上，每经遗垒辄伤心。"

两淮运使方濬颐云："衡岳云开天柱峻；大江星陨石城寒。"

岳州镇彭昌禧云："韩欧无武，郭李无文，集数子所长，勋华巍焕；衡岳之高，洞庭之大，叹哲人其萎，云水苍茫。"

安徽官民同挽云："相业匡时，武功定乱，经术名家，上下千古，轶后超前，我公不朽；九重震悼，百姓悲思，三军涕泣，东南半壁，感恩怀德，吾皖尤深。"

私淑弟子欧阳利见云："五百年名世间生，三朝硕辅，试问汾阳福泽，诸葛经纶，人能兼备厥躬，古今有几；数千里神州底定，一柱承乾，况复吐握贤劳，后先忧乐，天不憖遗一老，中外皆惊。"

安徽寿春镇郭宝昌云："江左失元臣，沐德怀仁，同向甘棠挥雨泪；齐东悲往事，嘘枯吹朽，难将寸草报春晖。"

直隶候补道蒋春元云："为东南撑半壁山河，冀大乱初平，长资柱石；是国家第一流人物，胡中兴攸赖，遽陨台星。"

浙江提督黄少春云："入正揆席，出总师干，以其身系天下安危，真不愧元老壮猷，名臣硕画；德媲皋夔，功逾管葛，所注意在民生休戚，恨未见滇南解甲，陇右销兵。"

直隶同知陈崇砥云："惟公至性过人，看武功文德，勋业懋昭，卒能弼亮三朝，终此生鞠躬尽瘁；在我感恩犹后，惜外患边防，谋猷未竟，盍不憖遗一老，为当今宏济艰难。"

门下晚生黄彭年云："公真一代名臣，挽东南已坠山河，百战奇勋，论学术本原，犹为馀事；我是再传弟子，忆京洛叨陪杖履，廿年老友，每从容讲贯，咸服先生。"

欧阳兆熊云："平生风义兼师友；万古云霄一羽毛。"

宝山知县王鸿训云："于国有郭令再造之勋，规模非三代下苟且侥幸功名，尚友古人，允矣方叔壮猷，召公维翰；修身见颜子不违之用，绪馀兼四科中政事文学精蕴，师资后进，悲哉邓侯入昴，传说骑箕。"

县丞程柱云："大经济从学问中来，当年整顿乾坤，实维伊训一篇，吕韬六策；奇事业由艰难而起，此日推崇德望，允宜馨香百世，图绘千秋。"

前巩秦阶道金国琛云："承国家二百年教养，翊赞中兴，济艰难，资倚畀，欃枪迅扫，瀛海胥恬，伟绩炳千秋，锡爵允宜隆帝眷；救东南亿万姓疮痍，维持元气，崇节让，酿休和，卿月重来，大星忽陨，群生同一哭，感恩况是受公知。"

门下士李善兰云："士倾广厦，民失慈航，天胡不吊；勋震华彝，功垂宇宙，公实长存。"

湖北提督郭松林云："伟业冠古今，满而不溢，高而不危，统筹国计民生，先忧后乐；荐贤遍天下，功则归人，过则归己，若论感恩伤逝，异口同悲。"

老湘军统领刘锦棠云："五百年名世挺生，立德立功立言，钟鼎旂常铭不朽；数十载阃门衔感，教忠教义教战，江淮河汉泪同深。"

以上各联，或颂其已成之功，或惜其未竟之志；或以简练为贵，或以铺张擅长，五花八门，各极其妙，亦可谓挽联中大观矣。另有左爵相等数联，已见于前，故不复录也。

黄灿云司马天侣，番禺穗石乡人。生平勇于为善，凡有慈善事业，如恤孤赡嫠之类，无不踊跃捐资，力为赞助，故乡之人群以善士目之。年六十三，以疾卒。子八人，或蜚声庠序，或笃志诗书，或远贾重洋，或尚在襁褓；孙四人，曾孙一人。四代同堂，固可谓福德兼备矣。举殡之日，执绋而送者数十百人。哀挽之联，多不胜举，兹录其尤者。

如洪景楠云："阴德耳鸣，能读楹书方告慰；老成瞬谢，偶闻邻笛倍伤神。"

林廷幹云："仁泽仰群生，方期惠及海隅，何乃客谢季通，舍我猝时归紫府；善堂先异域，递验恩推岭峤，尤幸爱留朱邑，知君遍地是桐乡。"

卫奠安云："懿行溯生前，倡医院，建善堂，更兼旅榇航归，普济无惭真佛现；深情追往日，缔世交，忝专聘，况复姻盟联好，惨伤应比别人多。"

陈元登云："福命岂徒然，襄大义举，结大善缘，惟兹多寿多男，四代同堂，好德聿修真获报；死生亦大矣，存至仁心，秉至刚气，最是广仁广济，一时千古，此身虽殁已名传。"

黄绍昌云："仁闻交推遍乡国；善人获报望儿孙。"

刘兆玗云："义举亦何奇，所独难者，惠溥华夷，岂徒祷祝万家，群钦真佛；善缘无足异，最可敬者，训垂忠孝，幸得追陪三载，共勉贤昆。"林国璋云："与先君论交五十载；为两粤乐善第一人。"

两粤广仁善堂潘衍桐、黄瀚华、陈文慰等同挽云："丈夫志在四方，惟公更遍历重洋，弧矢远张，争羡锦衣旋故里；善士名留两粤，恨天不慭遗一老，典型空溯，难禁丝泪洒同人。"

陈瑞章云："壮岁涉重溟，忠信无私，哀故交远返遗骸，友谊无惭真古道；暮年忝同局，刚方独矢，襄义举不留余力，众生何遽失新人。"

陈绍殷云："听道旁涕泣而谈，正直廉明，殁后公评真不忝；得天上善良之报，富贵寿考，生前遐福享原多。"

西南敦善社等公挽云："见善必为，苏涸鲋，救困穷，立德立功，一生共羡无双勇；当仁不让，检遗骸，拯疾苦，实心实力，两粤如公有几人。"

肇城广善堂公挽云："两粤善功多，捐金帛，救疮痍，见义勇为，早已生前称活佛；叠封朝议贵，荷恩纶，膺寿考，修德获报，也应没后列群仙。"

金山昌后善堂公挽云："善举周五万里而遥，惟乃公首创金山，昌后堂开，爱留异地；话别经二十年之久，痛今日魂归珠海，老成人杳，恨满南天。"

城北高唐昌仁善堂公挽云："一生克立功名，有功不伐，成功不居，千万事功业非常，屡藉功曹增福寿；举国咸称善士，见善思迁，闻善则拜，七十载善根弥固，长留善果荫孙曾。"

卫家矩、卫伊才等合挽云："介祉庆蕃增，箕畴五福，华祝三多，几生因果修来，种德总凭方寸地；善缘欣广结，筹赈恤邻，留医建院，一旦逍遥归去，置身合在大罗天。"

刘祥庆、区赞森同挽云："公死何憾哉，念畴昔仁掩枯骸，义归旅榇，嘉惠且及重泉，遥望梅花庄上，宿草凄迷，魂兮有知，地下相逢应感泣；人生如寄耳，曾几时留宾说饼，对客品茶，音容宛如昨日，讵料穗石溪头，罡风吹折，天胡不吊，雨中闻讣益凄清。"

林乔生、林恩延、徐友生同挽云："善举遍华夷，积善媲岱岳昆仑差大；遗言勖忠孝，其人非货殖任侠能赅。"

冯兆暖云："三五数髫龄，忆雪窗笔研同吟，旧雨回思今已矣；两重联世谊，痛烟浒琴尊顿寂，古风追慕益凄其。"

林松年云："四十年烟浒结邻，剧关怀春水绿杨，隔篱呼取同疏懒；三五夕琶洲述旧，蓦相思秋江红树，并棹芳游续笑欢。"

盛景熙云："梅花百本，松树万株，当年书读园斋，每逢冠盖来游，常邀宴会；芝诰重封，兰交两世，他日诗编岳雪，定有箕裘济美，为述家风。"

石德芬云："何处是黄垆，明河在天，忍再过月波楼畔；有子列黉序，宗风不沬，信无愧诗礼门高。"

各联虽未必尽工，然悼惜者多至数十百人，黄之生平，亦自不可及矣。

富贵人家，生育子女，往往不自乳哺，赀雇贫家妇代乳之，俗谓之"乳母"。仁慈者，或终身周恤之。盖抚育幼孩，保抱提携，备极劬瘁，其情谊亦不可忘也。相传曾文正有乳母某氏，没后挽以联云："一饭尚酬恩，况抱负提携，只少怀胎十月；千金难报德，论人情物理，也应泣血三年。"用意甚厚，蔼然仁者之言。但读文正家书，先世风尚节俭，未必有雇乳母之事；或文正公为人代撰，因之讹为公之事实，亦未可知也。

黎文肃公培敬，文集之末附有楹联，多系哀挽之作，简练名贵，的系有学问人语。

其属于达官者，如挽子久廉访承龄云："通籍盖卅年，内台郎，外方伯，升沉历练，伤心值多事之秋，此意未终，更何堪身没龙番，神依凤阙；同官才数月，君执法，我衡文，朝夕过从，屈指仅兼旬之隔，斯人已杳，只留得满窗蕉雨，一榻荷风。"挽李宝卿观察云："九陛沛丝纶，喜游宦经卅年，相府头衔新受宠；一城严锁钥，叹睽违才六日，蓬壶羽化忽登仙。"挽顾饮山太史奎云："七千里简命承恩，喜月旦衡文，会向蛮荒储国器；一百日筑垣聚晤，痛星轺载道，顿惊鹤梦返家山。"挽龚湘浦给谏云："闻君两次觐天颜，温语垂询，方欣对命恩多，更有文章鸣盛世；别我十年联戚谊，音书互答，讵料省亲愿阻，空悲涕泪洒高堂。"

其属于封翁者，如挽蹇封翁臣云："家学本渊源，看子孙蕊榜联翩，三世孝廉承旧业；天恩正优渥，喜哲嗣枌乡望重，一门忠义有传人。"挽胡泮斋封翁云："昔年大厦初成，诗酒娱怀，万树浓阴添画稿；此日后贤继起，书香绵泽，五花封诰壮仙游。"挽刘藜仙学使之封翁云："寿节庆团圞，堂前共话中秋月；文昌光灿灿，天边顿陨老人星。"挽齐逸山封翁芳朴云："封翁称善士一乡，故里旧登堂，回首信频通鲤束；令子宰名城百里，修文新捧檄，伤心愿莫遂乌私。"挽席晋阶封翁云："封翁为善锦城，方欣宠沛双螭，老眼喜能观风诰；哲嗣服官黔徼，正拟养迎五马，伤心愿不遂乌私。"挽刘封翁云："老人居傍岳亭，方期耄耋延釐，梓里云山长献寿；郎君宦游黔省，讵料晨昏甫隔，椿庭风木顿生悲。"挽龚封翁云："封翁本古道照人，当兹金诰承恩，屈指将七旬，国运中兴家运起；哲嗣破天荒及第，遽尔玉楼赴召，伤心才五月，文星先陨极星沉。"挽李封翁云："哲嗣宦京华，恸扶杖归来，万里湘云空怅望；遗徽溯乡党，记登堂拜别，十年山斗重瞻依。"挽何春藻封翁云："与我联姻已十年，值今夏弱息携来，窃喜阿翁爱儿女；有子服官才数月，悲异地封君素养，伤心慈母望门闾。"

其属于武职者，如挽周洪福协戎云："介弟领元戎，想细柳馀威，指日定能膺锡爵；吾乡多义士，憾有苗未格，将星先自陨铜江。"挽周石庵协戎云："共说楚材多，细柳营开，帝遣将军资介弟；何时黔乱定，征苗战苦，我怀故里吊英魂。"挽田忠普军门兴恕云："筑国震馀威，君去我来，正当遍扰干戈，群黎共失长城望；梓乡论奇杰，空前绝后，方喜生还里党，噩耗惊闻大树摧。"挽张正亭军门文德云："共事十三年，值黔乱如麻，兵单饷绌，拚料一片血诚，不要钱，不怕死，克奏成功，论平苗当推巨擘；离踪数千里，喜天恩召觐，北上南来，寄到几行音问，言久别，言相思，正图良觌，闻噩耗能不伤心。"

其属于守令者，如挽凌镜初太守云："识君已五年，记铜江把酒，金筑论诗，捧檄遂乌私，忍使重闱空怅望；牧民才六月，痛膏沛黎苗，奸锄荆棘，裹尸还马革，拚好一死报知交。"挽徐榆亭大令云："早岁冠童子军，经济文章，仅以孝廉登仕版；远宦作天涯客，艰难险阻，但留兄弟哭灵辆。"挽李仲襄太守云："远宦无家，著两地循良，遗爱至今歌鸿泽；偕行有弟，痛一门忠义，招魂何忍读鸰原。"挽曾琴斋直刺云："师事纪同门，偏能匹马从戎，不愧书生留本色；宦游欣接壤，忽报双凫飞化，空悲儒吏著循声。"挽何铁生太守云："明月古扬州，共证前身官水部；清风贤太守，空馀毅魄扫星氛。"挽刘荔卿大令云："愧我亦同寅，当年谱订霓裳，廿载别离浑似梦；故人能有子，此日尸还虎穴，一门忠孝得来难。"

其属于寅谊友谊者，如挽莫逸云观察云："得寿有七旬，看文郎香搴丹桂，使出皇华，绕膝列孙曾，消受人间厚福；同官已十载，溯德政乌撤分巡，羊城转饷，关心数鱼雁，惊闻天上飞仙。"挽赵铁筇观察云："酉科订谱，寅谊同舟，君昔去黔阳，容易七年分两地；乌鸟陈情，凤雏就养，我今来锦里，憾难一面已千秋。"挽杨茹香太史云："辞母宦京华，伤心旅榇归来，老亲犹作门间望；与君同馆秩，回首筑垣话别，我辈空论文字交。"挽杨菊人云："十余年契合金兰，宦辙分驰，介弟既联同谱友；数千里归来旅榇，终天抱憾，高堂犹是倚闾人。"挽杨熙农云："缔好十年前，犹忆谈心下棋岭；招魂千里外，不堪回首老诗翁。"挽曹石仓云："负笈旧交亲，曾记泮水分香，壮概豪情，依然在目；同舟新结契，讵料储胥筹笔，生离死别，能不伤心。"挽张竹屋侍御云："文字订知交，记曾同寓京华，朝夕过从，辨难析疑师范在；谏垣留直道，此后空怀著作，性情流露，忠君爱国古风存。"挽唐玉庚云："卅载订知交，喜后辈联姻，共羡六旬称二老；廿年怅离别，叹归田话旧，那堪一面已千秋。"

其属于名臣者，如挽赵刚节公德光云："誓死灭么魔，百战馀威寒贼胆；群生资保障，万家痛哭吊忠魂。"挽劳文毅公崇光云："物望重乡邦，记筑垣道范时亲，纵谈梓里英豪，无非后辈；威名震中外，荷枫陛殊恩特沛，竟使苗顽感格，不愧纯臣。"挽曾文诚公璧光云："六科前辈，十载知交，始僚友，继属官，筑国炙芳型，愧我无才亦承乏；万姓讴歌，九重恩眷，生酬庸，没追恤，苗疆垂伟绩，如公遗爱总难忘。"挽曾文正公云："申甫本天生，仰瞻节钺宏开，岂仅东南支半壁；湖湘谁继起，太息台星遽陨，空怀元老创中兴。"

其属于闺媛者，如挽陈瑞卿军门太夫人云："哲嗣以王事驰驱，转战来黔，遗憾至今悲陟屺；寿母是女中奇杰，作忠教子，焚香愧我未登堂。"挽孟谙太夫人云："匡时经济羡文郎，因侍养萱闱，物望尚迟天下雨；遗范甄陶惟大母，愧论交梓舍，慈晖空怅晚秋云。"挽谢岐园都转太夫人云："寿母本全归，与长男泉路相逢，别逾一载；文孙能侍养，痛阿父终天抱憾，惨断重闱。"挽曹石仓司马太夫人云："郎君与我订交，橐笔来游，曾记八旬遥祝寿；母范宜家足式，登堂拜别，痛经十载倏成仙。"挽胡云谷太守太夫人云："膝前三树挺生，有子孙继宗支一脉；天上五花诰锡，太夫人本福寿全归。"挽张南浦太守太夫人云："得寿有七十五年，看文郎花诰承颜，梓舍共钦遵母教；就养来八千余里，悲故国板舆未返，萱堂顿讶失春晖。"挽何陶赓太守祖太夫人云："相夫子克振家声，难老堪歌，四世同堂真厚福；有文孙特邀天眷，相依为命，重闱终养倍伤神。"挽岑彦卿制府太夫人云："有子作勋臣，扫除六诏烽烟，共喜天南资保障；同官依大母，祷祝百年岁月，顿惊堂北失春晖。"挽陈文轩观察太夫人云："有令子筹笔宣勤，转饷黔南，梓舍令人悲陟屺；念贤母和丸立教，承恩阙北，萱闱愧我未登堂。"挽曾肃斋大令太夫人云："宜家垂范朱亭，记梓舍论交，愧未登堂亲懿训；有人服官黔徼，喜花封锡诰，顿惊陟屺动哀思。"挽刘福堂军门太夫人云："有子镇边疆，移孝作忠遵母训；同乡钦壸范，荣生哀死重天恩。"挽刘六如军门太夫人云："寿母际熙朝，枫陛承恩，被泽应叨文锦赐；郎君领雄镇，苗疆著绩，伤心未奉版舆来。"挽李锡堂太夫人云："与文郎共事两年，每询侍奉起居，窃喜承欢在莲幕；祝寿母宜臻百岁，讵料长辞色笑，顿惊痛哭到萱闱。"挽阎象文观察太夫人云："贤母教子已成名，六十年痛切未亡，撒手追随赴蓬岛；文郎与我为知己，数千里远来相访，伤心深悔别萱闱。"挽吴子健中丞太夫人云："哲嗣为天下名臣，喜苏门侍奉板舆，八座起居，欢承爱日；贤母享人间上寿，值蒲节归真蓬岛，大江南北，望断慈云。"挽傅抡之茂才之母夫人云："哲嗣早成名，荻画熊丸钦宛在；仙班新证果，花封鸾诰贲将来。"

按：哀挽之作，最要在情致凄婉；其次则叙次事实，比附典核，亦足以擅胜场。若既无情之可言，又无事之可述，仅恃敷陈词藻，点缀为工，虽名手亦不易制胜。兹所录黎文肃各联，大抵皆同时仕宦中人，故随题敷衍，语意大半从同，此亦行文之地位使然。至其间句法对偶，或未尽工整，则名家落墨，大抵如斯，固不能以此为诟病也。

虞山周某，富家子也。同邑杨侍御，素以贪酷名，要索不遂，羞憾万状。周与杨之族女为中表亲，两小无猜，往来甚习。杨伺其至，驱仆直入，诬以丑行，缚而笞之。周衔愤，服毒死。

死三日，杨之族女亦自尽。乡人怜周之蒙冤以死也，挽者以千计。翁叔平先生联云："浮生若梦；视死如归。"又某君一联颇沉痛，联云："子曰匹夫匹妇之为谅，自经沟渎，而莫知之，为我子恸矣；诗云为鬼为蜮不可得，有靦面目，谗人罔极，斯公论定之。"集成语兀傲不群。

或传一联云："天步艰难，偶因瓜李嫌疑，效匹夫小谅所为，一死原知非素志；谗人罔极，他日豺虎投畀，雪神州烈士之愤，九原宁止慰君魂。"语虽较为工整，然实不及前联之佳。或本系一事，传闻异词，述者并其语句而亦参差也。

洪北江挽武亿联云："降年有永有不永；廉吏可为不可为。"集经史成句，此为最佳。惜复一"不"字，为美玉微瑕耳。

庚子拳匪之乱，触怒各国联军，为从来未有之奇变。和议成后，合肥李文忠公薨于位，中外哀挽之联，不胜枚举，独如皋冒君一联为最佳。联云："公薨于回銮前一月，不得见圣主再入国门，遗疏拜闻应震悼；和议至光绪廿七年，何事非老臣重安社稷，皇朝赐谥合文忠。"

冒君鹤亭又有挽元和江建霞京卿标一联，最为沉痛。联云："哭君负奇才异能，受圣主特达之知，卒憔悴忧伤，以至于死；后世过长沙湘水，访当年按行所部，见风流文采，应吊先生。"京卿以编修典湖南试，所识拔皆英俊少年。所出试题，多涉声光化电格致诸学，一时舆论哗然。既而遇戊戌政变，谈新学者几尽被嫌疑。京卿试事竣后，亦忧谗畏讥，匿居申江，不敢北上。未几以疾卒，人皆深惜之。

吴县曹君诵一联，系妇挽夫者，语极凄婉，惜作者姓氏已忘之矣。联云："合卺阅三霜，君何忍弃人间，偏默默无言，霎那魂归残暑夜；衰门延一脉，我欲相从地下，奈呱呱在抱，几回肠断早秋天。"闺阁中有此才，真不易遘也。

曹君又诵一联云："急景促凋年，遗恨难招辽鹤语；回家仍逆旅，归魂倘逐杜鹃飞。"语极佳，惜亦不记作者为何人，并亦不知挽者为何如人也。

皋兰吴可读侍御，工于哀挽之联，《携雪堂集》附载诸作，颇多可诵。如挽彭榴仙比部云："旧雨忆云司，羡君第五才名，绵绵奕叶；新年哭老友，嗟我二三知己，落落晨星。"比部卒于辛未正月。

挽张子青太史云："聚首日无多，感一片热肠，驾鹤竟然遗后进；知音人有几，下两行冷泪，携琴何处哭先生。"

挽张子修云："哭君六十年华，漫漫长夜；嗟我二三老友，落落晨星。"

挽谢麟伯太史云："是国家可惜人，叹四十韶华，君不长年我偏寿；为亲友辄作恶，下两行老泪，别犹足恨殁何堪。"

挽田蔚峪太史云："人民城郭是耶非，倘逢太史魂归，道有客来寻旧约；絃管笙歌今似昨，此去长安花发，怅何时克续前游。"太史，伏羌人，卒于京。

挽沈朗亭节帅云："当今元老出朝端，正九塞宣威，三边报捷；自古将军属天上，忽一声雷雨，万丈风涛。"节帅剿办撒（撤）拉回就抚后，回省至半途，山涧中忽黑云一片起顶上，大雷雨，山头水暴发，节帅竟为水冲没，亦异事也。又代闵协戎挽云："鄯善尽输诚，异域争传文潞国；李严令绝望，后人谁是武乡侯。"又代赵都阃挽云："有泪洒军中，一阵风雷迎上将；无缘从地下，千秋血食让同人。"赵与王守府，皆节帅亲随。是日王紧随节帅，涧水至，以身殉；赵以早尖稍落后，故未与难。又代友人挽云："藉手告成功，忆当年雨露恩深，坡颖重来趋绛帐；伤心将大拜，惜此日龙蛇运厄，河湟万里哭青天。"

挽托凝如牧伯云："天道竟难知，知有忠魂，到处应闻呼父母；人生谁不死，死无遗憾，如公真个是男儿。"凝如任秦州牧，时回匪乱，屡欲带勇出击，皆为众所阻，上台亦以不可轻出为戒。凝如忿极出战，正指挥间，中炮亡。

挽杨少堂云："我见抑何迟，最难忘令子高才，身后应无遗憾；公归胡太速，试数到吾乡贤达，古来曾有几人。"

挽孙母于太恭人云："八千岁秋桂春兰，披来犹子朝衣，应无遗憾；九十年青松翠柏，数到此邦壸范，曾有几人。"

挽百龄寿母曹太夫人云："故里极尊荣，一品葬兼三品祭；满门多寿考，十旬母有八旬儿。"

挽陈荔秋德配李淑人云："老来丧偶倍难禁，为君啸复为君歌，粤岭路迢遥，聊相劝斫地王郎，珍重此磊落奇才，莫将儿女情怀，空涕泪于八千余里；话到封侯从未悔，有其夫必有其妇，燕山云黯淡，且寄语伤神奉倩，濡染这淋漓大笔，好把英雄巾帼，力表章于五十三年。"

挽俞孟廉邑宰云："五千里薄宦重来，怅京国有年，知己几人馀老辈；四十载清风两袖，叹故乡无福，后尘谁更继先贤。"

《零金碎玉》为某君所著，中载联语颇有佳者。

如胡书农学士敬，挽朱文正圭云："童试受知，礼闱受知，惟我负师恩者再；睢阳谥正，诸城谥正，与公真鼎足而三。"学士入泮、成进士均第一，为文正所识拔，故云。

李听松有友，以酒疾殁于吴淞，尚有老母在堂，殁时为仲秋，次年五月始得归榇，挽以联云："一夕酒星低，红树莼鲈增客感；八旬闱望切，黄梅风雨送魂归。"

秦海屿挽友云："知我一生，落第竟逢君在日；报君千古，贞珉留待我来书。"

某君挽屠又樵茂才云："水淡证鸥盟，式好无尤，常记取文酒盘桓，尔醇我肆；燧燃惊鹿走，欲生反死，可省得室家离散，亲老儿孤。"又一联云："尔我最投醪，况向当垆频买醉；死生空入梦，可怜阿堵怕传神。"

挽金韵仙孝廉绳武云："一第亦微名，输君顾曲矜才，脱口唱晓风残月；三生真诳语，恨我招魂乏术，伤心对衰草斜阳。"

挽华麟仲学采云："君竟忘父母衰孱，恶割尘缘骑鹤去；我但觉友朋寥落，怕从天际认鸿归。"

胡次瑶挽冯文介公培元云："先子昔论文，羡泉源万斛之才，北海词锋矜倚马；荩臣今赴义，继唐宋四贤而后，西湖讲舍有传人。"

文介肄业杭垣崇文书院，受知于胡书农学士，次瑶即学士次子也。又某君挽冯一联云："显亲扬名，无愧为孝；捐躯殉难，是之谓忠。"

挽曹母孟宜人至杭即殁云："先君未遂向平怀，犹幸吾弟将来，常附孙枝娱爱日；往岁曾浮西子棹，不料耆番重到，遽登佛地返慈云。"

挽沈母谢孺人云："勤俭贤能，闺阁中如此完人，古来有几；

生离死别，家庭内许多恨事，老去何堪。"

包晋卿挽李听松明经云："老科目一官无，老幕府一金无，长此劳劳，空有文章安所用；为名士以客死，为孝子以殉死，对兹瞆瞆，从今造化复何凭。"

《印雪轩随笔》云：庚子初秋，表侄戴琴庄福谦没于京邸，余偕竹孙同舟往弔，途中得挽联云："祖年八旬，父年六旬，将来倚靠何人，算有膝下孤儿，才盈四岁；兄亡十载，弟亡五载，前此哭声未已，忍听天涯凶耗，又逼三秋。"舟中未携笔墨，又以语过沉痛，恐伤舅氏之心，遂亦不复录出。壬寅到苕，阅孙君吕扬《愈愚賸稿》，见所作《戴氏三俊传》，偶然忆及，而又见琴庄遗孤岐嶷特甚，业已入塾，将来光大门闾，未必不赖一线之延，因仍录之于此，既悲铜士所遭之不幸，又幸铜士所望之未虚也。

挽族长联，颇为罕见。金尔音有代人挽吴氏族长一联云："堂绵四叶，福集三多，沛膏雨之施，芳草亦沾君子泽；望重一方，寿兼八秩，叹凉风骤起，白云遽掩丈人峰。"语殊流利。又挽居停主人云："十年仰泰，数月瞻韩，知雅量堪钦，无复于今尘俗相；笑语思亲，音容已杳，听哭声骤起，如何禁得我心伤。"又挽陶居士云："兵燹后人亡家破，剩得英年一子，犹复不终，谁更数奇有如君者；霎时间弃旧遗亲，教兹弱媳童孙，奚由自立，独居泉下能瞑目乎。"又挽刘居士云："豪气压青云，过客居人，共仰诗龙酒虎；耗音惊白露，后生小子，依谁起凤腾蛟。"又挽某处士云："读书稽古胸怀合，喜得百家诸子，藉以折衷，落落半生，赏鉴如公真识我；联句题诗手泽新，岂期一别五年，遂成永诀，茫茫寰宇，文章知己又何人。"各联措词造句，均矫然绝俗，非多买胭脂画牡丹者所能望其项背也。

优伶、妓女，皆以色艺事人。当月圆花好时，争妍取怜，色授魂与，但得美人垂盼，魂梦亦觉生香。年少风流，大都如是。然一旦香魂殂化，绮梦成尘，黄土一抔，桐棺三寸，昔日之缠绵恩爱，至此尽付东流，谁复念薄命红颜，向棠梨花下一为凭吊者？偶有其人，则世竞以多情目之矣。

沪妓有陆素娟者，十余年前之名校书也。与某君有嫁娶约，未及践盟，遽尔香消玉殒。某君悼之，为开追悼会于一品香餐馆，遍征诗词挽联。毗陵李伯元征君有联云："一面缘悭，那有风怀嗤白傅；十年梦醒，更挥老泪哭红儿。"又花兰芬校书挽云："冷雨凄风，无限相思寒食节；落花流水，可怜同是断肠人。"又沈丽娟校书挽云："我犹堕落人间，坠溷飘茵还未卜；君已皈依净土，新愁旧恨总成空。"又寓言报馆主某君联云："休问三生，絮果兰因如梦幻；同来一哭，素车白马为花忙。"吴趼人先生联云："此情与我何干，也来哭哭；只为怜卿薄命，同是惺惺。"

湘阴徐海宗，眷一妓号"云香"者，益阳人，未嫁而夭。徐挽以长联，悱恻缠绵，为时传诵。联云："试问十九年磨折，却苦谁来，如蜡自煎，如蚕自缚，没奈何罗网频加，曾语予云，君固怜薄命者，忍不一援手乎，呜呼可以悲矣，忆昔芙蓉露下，杨柳风前，舌妙吴歈，腰轻楚舞，每值酡颜之醉，常劳纤腕之扶，广寒无此游，会真无此遇，天台无此缘，纵教善病工愁，怜渠憔悴，尚恁地谈心深夜，数尽鸡筹，况平时袅袅亭亭，齐齐整整；不图二三月欢娱，竟抛侬去，问鱼尝渺，问雁尝空，料不定琵琶别抱，然为卿计，尔岂昧风根者，而肯再失身也，若是殆其死乎，至今豆蔻香消，蘼芜路断，门犹崔认，路已秦封，难招红粉之魂，枉坠青衫之泪，少君勿能祷，精卫勿能填，女娲勿能补，但愿降神示梦，与我周旋，更大家稽首慈云，乞还鸳牒，或有个夫夫妇妇，世世生生。"语挚情真，彼青楼薄幸者，读之得无愧煞。

某笔记载有挽妓联数则，极佳。一云："自问尚有爱情，谁知道皓月难圆，彩云易散；年来最多憾事，更那堪碧血痛友，红泪哭卿。"一云："恨我来迟，未领略苏小腰肢，莹娘眉妩；贺卿死早，消受那英雄眼泪，才子词章。"一云："痴梦醒时，秋深小院；劫花堕处，春满天涯。"前人诗云："美人自古如名将，不许人间见白头。"则信乎英雄眼泪、才子词章之未易消受也。

有某自挽联云："既死莫伤心，好料理身后事宜，莫弄得七颠八倒；再来还是我，且撇下生前眷属，重去寻三党六亲。"又有人自挽云："百年一刹那，把等闲富贵功名，付之云散；再来成隔世，是这样夫妻儿女，切莫雷同。"并题额云"这回不算"，趣甚。

无锡杜少京先生绍祁，由进士出宰闽中，升淡水同知。其任凤山县时，叠次剿平土匪，倡捐重建旧城。后以亲老告归。有自挽联云："电光石火小功名，十载临民，颇异风尘俗吏；鳌背鲲身大游览，半屏杀贼，居然戎马书生。"

吴县潘文恭公，为清道咸间名臣，晚年予告归。时金陵已为洪秀全所据。公自撰挽联云："乡梦久无凭，那有闲情问松菊；

主恩惭未报，好留馀悃付儿孙。"

骆文忠公将薨前数日，自撰挽联云："十载忝清班，由翰詹科道而转京卿，奉使遍齐州汴州吴州，回首宦途如梦幻；廿年膺外任，历鄂黔滇湘以莅巴蜀，督师平石逆李逆蔡逆，殚心戎务识时艰。"历叙宦迹，不啻自为生传。

常熟翁叔平相国，戊戌政变后，清廷褫其职，驱逐回籍，并有交地方官管束之谕。公遂隐居虞山，韬光匿迹，足不履城市，未几归道山。临殁前数日，自撰挽联云："朝闻道夕死可矣；今而后吾知免夫。"言简意深，自令人有无穷之感。

清晋抚毓贤，以纵义和拳戕害教士被劾，奉旨遣发新疆。行抵甘肃，旋得正法之命。兰州士民竟有冤之者，拟集众代请命。毓移书止之，并自作挽联云："臣罪当诛，臣志无他，念小子生死光明，不似终成三字狱；君恩我负，君忧谁解，愿诸公转旋补救，切须早慰两宫心。"又一联云："臣死国，妻妾死臣，谁曰不宜，最怜老母九旬，娇女七龄，毫稚难全，未免致伤慈孝治；我杀人，朝廷杀我，夫复何憾，所愧奉君念载，历官三省，涓埃未报，空嗟有负圣明恩。"贤之罪不容诛，文固大可哀也。

湖北有康某者，邑诸生也，少即聪俊，下笔千言。第以数奇，屡试不售，爰携其妻子，侨寓省垣，舌耕糊口。俄而构疾，易箦时自撰挽联，颇沉痛。联云："古今来何一非空，纵使竹帛旂常，园林钟鼓，宾朋未散，翁仲先迎，夭寿复奚疑，可怜坐困诸生，白发终怜赍志殁；天下事那能如愿，际此感怀堕泪，触目伤心，热血犹温，死灰日冷，妻孥更无望，惨听悲啼弱息，黄泉应有断肠声。"文人末路，良可惕已。

吴郡潘文恭公世恩，有自挽联云："乡梦久无凭，那有闲情问松菊；主恩惭未报，好留馀悃付儿孙。"自是名臣口吻。

一士子殁于山东旅舍，临危书一联云："五千里北辙南辕，看人富贵受人怜，落拓穷途，何处酒狂生涕泪；十一次东涂西抹，呕我心肝催我命，仓皇歧路，再休提名士风流。"末语尤惨痛。又有文士自挽联云："一棺附身，万事都已；人生到此，天道宁论。"集古语极名贵，古之伤心人也。

《鹧枝书屋集》载：晋陵金尔音拟自挽一联云："万物同归尽，我是何人，敢与河山争岁月；四民日以偷，魂能有主，当扶造化正阴阳。"亦旷达，亦凝重，是有学问人语。

言可樵司马朝镳，官闽多年，因疾逝世。临殁自书一联云："始笑生前，徒自苦耳；既知去处，亦复陶然。"是真能了然于生死之际者，非故作达观语也。

沈东楼名宸，湖州诸生，性迂，同人戏呼之为商贤大夫。学问淹博，工诗书画，皆臻逸品；尤长制举业，然卒不得一第以死。其临殁自挽一联云："生则生其生，死则死其死，有何挂碍；来从来处来，去从去处去，那得模糊。"去来生死，若此分明，是亦具夙根者也。

卷十三　投　赠

浏阳谭复生君嗣同，为戊戌六君子之一，朝衣东市，闻者悲之。生平著述甚富，尤善为联语。尝赠贝元征君云："解字九千三百；坐席五十余重。"兼为跋云："五经无双许叔重，说经不穷戴侍中，惟我元征齐年，泱泱其风。书者潘诵捷，赠者谭嗣同。"又集六朝人语，赠唐黻丞云："思纬淹通，比羊叔子；定礼决疑，问陶覆之。"又檃括《抱朴子》《龙川集》语，赠黄芳洲云："曾受双戟单刀，长于葛洪者剑；所谓粗块大脔，奄有陈亮之文。"又集《禊帖》字，赠吴小珊云："此日盛游，同气仰为贤知列；异时文集，相期长在地天间。"贝、吴两君，系复生尊人任湖北巡抚时幕中宾从，余则复生之知交也。

四川王泽山孝廉，有赠友联云："白练裙，黄绸被，紫绮裘，草圣诗伯酒仙，郑虔三绝；玉条脱，金仆姑，铁如意，美人英雄名士，何偃一双。"语甚工丽，然能当之者，殊鲜其人也。

丹徒严问樵太史，曾因会试报罢出都，至山东，旅费已罄。时通州徐树人中丞，方为泰安守，初未识面。严投以联云："千里而来，徐孺子可容下榻；一寒至此，严先生尚未披裘。"徐亟款留之，并厚赆焉。亦可见前人之风义也。

香山何筱宋制军，晚岁家居，主讲应元书院。与江阴金君淮生为文字交，尝集句赠金云："当代名流，翕然崇尚；夫惟大雅，卓尔不群。"句甚工稳，然惟金君耆年硕望，庶足当之。

金湉生君著述甚富，所交皆海内知名士。朋辈中以联语赠者，推崇备至。冯子良太守云："汉朝宰相千秋第；吴会英才一辈人。"何镜海观察云："千顷澄波黄叔度；一时文采阮元瑜。"蒋篆云学博云："汉魏风华资大笔；山川佳胜记清游。"薛慰农观察云："襟怀朗抱澄江月；踪迹同看钟阜云。"管才叔明经云："脱略公卿，跌宕文史；抑扬人杰，雕绘士林。"陈兰甫京卿云："高才必为一世用；新诗说尽万物情。"汪芙生布衣云："诗有万言陆务观；书成五笔洪容斋。"何廉昉太守云："身行万里半天下；眼高四海空无人。"又集苏句云："他日卜邻先有约；此间真趣岂容谈。"王子寿比部亦集苏句云："千里论交一言足；妙龄驰誉百夫雄。"各联或誉其品，或尊其学，皆恰如分际，金君当之无愧色也。

江西景德镇之磁器，自宋元时已著名。清道光时，有镇人陈国治者，彩绘雕镂，名重一时。然不肯轻作，每一器成，值数十金。蒋君矩亭赠以联云："瓦缶胜金玉；布衣傲王侯。"又赠以额曰"陶隐"。藉一艺成名，亦今之豪杰士也。

画师朱野云者，邀游京国，出其翰藻，倾倒一时。然高裾大厦，绝不作幕宾态。与龚定庵舍人，称莫逆交。龚以清狂著名，朱赠以联云："田蚡骂座非关酒；江敩移床那算狂。"龚不以为忤，悬诸厅事。徐垣生太史语人曰："入门观联，便知是定庵之家。"

全椒薛慰农先生时雨,主讲金陵尊经书院。筑薛庐于乌龙潭上,某君即集先生《藤香词》句为联以赠云:"此地足幽栖,看白发传杯,红腔写韵;俗情难再起,要渔樵作侣,猿鸟同游。"先生掀髯笑曰:"侯生桀桀大才,乃亦作此狡狯耶?"

刘省三中丞罢官后,筑潜楼于秦淮河畔。落成之日,大宴宾客,寥园赠一联云:"作风月主人,那能湖上骑驴,灞陵射虎;是英雄退步,尚有东山丝竹,北海樽罍。"

粤东吕月沧先生璜,以名进士出宰浙江钱塘县,文章政事,为都人士所钦仰。梁山舟学士同书赠以联云:"苍生自是关吾分;儒者真宜做此官。"山舟先生以书名天下,月沧先生以古文绍桐城,二公契合,自有真也。

东粤李赟谷先生,宰陕西盩厔县时,郑小谷先生赠以联云:"云山绕郭凫飞舄;风雨排衙鹤听琴。"字字烹炼,宛似晚唐名句。

张翰泉先生名光藻,安徽广德州人,清咸丰丙辰进士,服官畿辅,所至有声。祁春圃相国以循良荐之于朝,刘武慎、曾文正督直,迭保贤能。简放天津府知府,因民、教滋事,罣吏议,遣戍黑龙江,赦归还里。鲍觉生观察赠以联云:"万里自令双鬓白;九重应谅寸心丹。"措词颇得体。

彭刚直公建退省庵于西湖，巡江之暇，藉以养疴。有人赠以联云："花木一庭幽，居士心闲来放鹤；江湖千里远，圣朝恩重莫骑驴。"期望彭公，意在言外。

四川王泽山孝廉，有赠杨挺生联云："著书已近十万言，具文武才，上马杀贼，下马作露布；仕宦不过二千石，为风月生，左手持螯，右手执酒杯。"与前白练裙一联，同一工妙。杨君何人，亦果能当此无愧否也？

江阴何廉昉太守栻，罢官后流寓维扬，以盐致富。营新第落成，曾文正公赠联云："千顷太湖，鸥与陶朱同泛宅；二分明月，鹤随何逊共移家。"

伊墨卿先生守惠州时，宋芷湾太史晋谒。时宋一少年孝廉耳，先生耳其才名，厚礼之。席间索赠联，而限以南北东西四字。宋口占云："南海有人瞻北斗；东坡此地即西湖。"先生激赏之。

河南提督郭子美松林，尝慕何子贞太史绍基书名，以联纸乞书。太史傲而不应，郭立送千金，并倩人宛转致意。太史受其金，即赠联云："古今双子美；先后两汾阳。"郭得之大喜。

张次山，三楚名士也。其友某中翰罢官后，心常郁郁。一日与张同游金焦之顶，某中翰请张撰联为赠。张集成语云："冠盖满京华，斯人独憔悴；江山留胜迹，我辈复登临。"

隐士万斛泉，湖北兴国州人，生平以道学自命。洪杨之劫，贼扰兴国，万读书山中，弦诵不辍，贼皆引去。事后，中丞胡公特疏荐举，清廷赏七品顶带，人以为荣。此咸丰丁巳年事也。省中大吏赠以一联云："绛帐一时培后辈；黄巾三舍避先生。"盖以汉郑康成相比拟也。万卒时，年已九十余。

邵阳魏刚己大令精拓拔，与吴让之同为包慎伯入室弟子，诗宗盛唐，五古胎息汉魏尤深。江宁张贯三孝廉，为联赠之云："诗史诗仙，李杜之间参一席；希贤希圣，包吴而外第三人。"

南汇张啸山先生文虎，赠敬业山长杨西华联云："敬业乐群，发不中者求诸己；因文见道，无所住而生其心。"赠夏内史云："闲静读书，端详处事；和平养福，宽厚待人。"代赠医者朱德甫云："仲景微言，平脉辨证；丹溪家法，救弊扶偏。"又赠疡科某云："痛痒关心，不殊人我；化工在手，即是神仙。"诸联皆拙朴有味。

会稽顾鼎梅先生燮光，家世仕宦，自幼溺苦于学，于新旧学术，靡不潜心研究。年甫及壮，著述斐然。解研山先生赠以联云："物外搜罗归大雅；卷中文字压时贤。"吴伯撰先生集龚定庵句为赠云："侠骨岂沉沦，耻与蛟龙竞升斗；人事日龌龊，莫抛心力贸才名。"联语极佳，顾君当之，允无愧色。

潞河白季生观察让卿，同治初罢官游江南。时曾文正公以克复金陵，功封一等侯，拜大学士。观察集唐人句，为楹联以赠云："天子豫开麟阁待；相公新破蔡州回。"公见之喜，赠白金三百。继游岭南，与张松谷同寓广州，时年已六十余，犹豪饮剧谈，无老人态也。松谷尝举前联相语，傍一客曰：以"麟阁"对"蔡州"似未称。松谷笑曰："以四灵对四灵，犹不谓工耶？"客悟，亦大笑。

咸丰初，劳文毅公抚粤时，遍地皆贼，兵饷两无，大局岌岌危殆，心窃忧之。游太守长龄赠一联云："能吃亏，能忍辱，能经冻馁，治剧理烦，乃得具胆识满腔，出而斡天地间事；不动气，不恃才，不弄机权，登高行远，只知有道义一面，傍以全风浪中身。"公笑曰："得之矣。"因谓僚属曰："各宜以此为训。"

康熙间，仪征武进士杨军门恺，受知圣祖，召入南书房，与何义门、蒋南沙诸人，同校书史。后提督两湖，晚年归老。许登瀛观察赠联云："天禄校书名进士；岳阳持节老将军。"儒将遭逢，以视哈军门入直枢廷，尤为荣耀已。

桐乡萧琳村广文仪斌，道光辛卯举人。官山阴县教谕，与同邑严芝僧太史辰，交谊甚深。粤匪乱后，太史办抚恤局及善后局务，广文均力助之。时当反正之始，广文力斥往时附贼之人，众皆慑服。太史集苏诗为联赠之云："此叟神完中有恃；一生喙硬眼无人。"语殊工切。

严芝僧太史《怀人诗注》云：龚蔼人方伯易图，福建闽县人，咸丰己未翰林，散馆改云南知县。道梗不能赴官，投效军营，受知于丁稚璜制府，以功擢山东东昌府。洊升粤藩，调楚南，忽以细故，被弹罢职。君为吾同榜少年，有"容才两绝"之誉。己未榜后，同游梁园，遂订心知，约为昆季。乃先后散馆出都，而君投笔从戎，获登膴仕，差偿其谪降蓬山之恨。余则自甘退隐，惟学马少游，为乡里善人而已。方君改官出都时，余曾集苏诗"故人如故今有几；谪仙非谪乃其游"为联以赠，君《乌石山房诗集·怀人诗》中曾及之。

陆立夫制军建瀛，湖北沔阳人，道光壬午翰林，官至两江总督。咸丰癸丑，江宁失守死焉，乃事后有传其遁作黄冠者。正如韦应物《睢阳感怀诗》之疑许远，赖有昌黎《书张中丞传后》一文为之辨雪也。制军于抚滇时，以三边利病策课多士。桐乡严芝僧太史辰，方随宦滇省，为人代作一卷。制军大赏识之，手书楹联赠太史云："文字之交，通于性命；诗书所得，有此才华。"太史感深知己，每为人诵之。

严芝僧太史之于俞曲园，在词林已为后辈，然文字交深，互相钦敬，固不以年齿辈行论也。严每游西湖，必假榻俞楼，旧学商量，久而愈密。因撰一联为赠云："昔之王氏，今之俞氏，同为昭代经师，争并世千秋，吴越他年分俎豆；前有随园，后有曲园，具足他邦文献，自斯楼一筑，湖山本地借风光。"俞楼联语甚多，然终以此联为最雅切也。

朱莲生茂才逢甲，华亭人，诸生，博览群书，尤长经学。曾为黔南之游，以文字受知鲍花潭学使。旋为张春潭观察幕客，参预军务。事平列保，朱不愿为外吏，故仅得一膳部虚衔。严芝僧太史赠以联云："绝艺漫惊流俗眼；群经能折圣言衷。"朱所著经史文字，不下数千篇；且工铁笔、善白描，其才艺诚一时所罕见云。

青浦金友筠先生,与德清俞曲园居士,神交十年,未谋一面。函札往来,金君自署"林阴仰雪翁",或称"无碍翁",盖有荷篠耦耕之遗风,不欲以真姓氏传播人间也。曲园赠以楹联云:"心无挂碍;身其康强。"以佛语与经文作偶,亦工稳,亦现成,真有文章天成之妙。后曲园为人书联,屡用此二语,人莫不钦其工,而不知金君实开其始也。

林文忠公在河工时,有河丞张姓,办公颇勤能,因赠以联云:"乘槎直到牵牛渚;载笔同游放鹤亭。"切地切姓,人咸服其工妙。

南昌彭文勤公元瑞,天资绝人。乾隆丁酉,典试浙江,得人最盛。桐乡某君荐而不售,卷评一字曰"庸",因是发愤揣摩,尽变其习,即于次科获隽。是科副主试第耕亭元铭,出闱后,赠公联云:"闻士颂之,自吴于越;读公文者,如韩欧阳。"句法奇妙,非公不足以当之也。

南汇张啸山先生文虎,学问淹贯,靡书不读。善校勘,金山钱氏刊守山阁及小万卷楼丛书,皆其订定。少为阮文达所赏异。曾文正驻军祁门,延入幕府。金陵平后,开书局,先生综其事十余载。淡荣利,曾一应秋试,即绝意科举。文正欲荐授一官,力却之,因赠以联曰:"多闻远过刘中垒;寡欲差同徐伟长。"人谓先生当之无愧色也。

《丹徒县志·文苑传》云：严保庸，字伯常，号问樵。嘉庆己卯举江南第一，己丑成进士，改庶吉士。散馆发山东，任栖霞县知县。天才高旷，于书画诗词、声曲弦管靡不工。久客京师，好作狭邪游，视金钱如土芥。既之山东，以官署为词场歌榭，坐是罢官。尤善画兰，著《兰谱》，感旧作《兰花步传奇》，又尝著《同心言》《奇花鉴》《红楼新曲》诸院本，风行都下。唐陶山方伯集句赠之云："孺子亦知名下士；乐人争唱禁中诗。"盖纪实也。晚年客袁浦，咸丰间卒。

陈小桥先生泰来，以名孝廉出宰江南，潘文恭公赠联云："宦况非甘，休忘却秀才面目；民生甚苦，要存些菩萨心肠。"本色语颇见肫恳。

某君赠汤雨生都督联云："笔从天外飞来，书画文章，前代将军多束手；学到古人妙处，风流儒雅，一时名士尽低头。"推许虽似溢分，然非雨生，更无人足当此语也。雨生有赠汪鹤亭一联云："园林虽好须贤主；子弟多才必大家。"亦阅历有得之语。

卷十四　艳　迹

谢石溪广文逢源，少负才名。尝在扬州，有友某欲纳土妓银珠为妾，银珠不愿而心利其财，屡屡诳之，而友不之悟也。友一日适请石溪撰联为赠，即书十四字与之，云："欲挽银河问消息；莫拈珠露说因缘。"讽劝之意，自言外见之。

薛慰农《藤香馆小品》，多赠妓之作。如赠爱卿云："为爱馀春培芍药；认卿小影是桃根。"赠巧云云："燕子莺儿都让巧；蕙香兰气聚成云。"集句赠阿男云："生小未尝离阿母；愿天速变作男儿。"集句赠绿卿云："绿净不可唾；卿言亦复佳。"

秦淮诸校书，都以水阁为香巢，簾漾波痕，杯涵浪影，别有一种风致。有杨氏水阁，尤为此中翘楚。薛慰农题以"停艇听笛"四字，并撰联云："六朝金粉，十里笙歌，裙屐昔年游，最难忘北海豪情，西园雅集；九曲晴波，三生梦影，楼台依旧好，且消受东山丝竹，南部烟花。"

女校书有名秋芙者，或赠以联云："秋水为神玉为骨；芙蓉如面柳如眉。"见者皆叹为工绝。闻此联系许滇生尚书，集以赠净香堂伶人长春者；秋芙，长春别字也。适有妓亦名秋芙，人特袭以转赠耳。

妓名都取香艳字义，花月燕莺，触目皆是。独广州诸校书则不尽然，风月珠江，别开生面。其妆阁中嵌字楹帖，颇有佳妙可诵者。《桐阴清话》载有数十联，择尤录之如左。

如小姑云："小乔夫婿英雄裔；姑射仙人绰约姿。"秀云云："南部烟花谁夕秀；东坡侍妾是朝云。"转好云："对月转思残醉后；看花好待晚妆时。"琴仙云："琴心未许通司马；仙骨何缘肖媚猪。"连彩云："连环唐苑绸缪印；彩缕齐宫续命丝。"爱玉云："爱我品题夸绝代；玉人声价重连城。"小凌云："小海歌喉珠一串；凌波微步玉双钩。"月香云："月借眉痕秋淡处；香销心字夜深时。"怜采云："怜他杨柳春深后；采得藾花露下时。"小莺云："小小名犹传乐府；莺莺生本属诗人。"嵌字妥帖，巧不可阶。

又有以意暗切者，如柳笙云："莺边烟重春无力；鹤背雪寒月有声。"亚妹云："阑干碧玉都成字；乐府青溪旧有名。"闰桂云："桐业喜添花下影；木樨羞窃月中香。"阿二云："顾影只输花第一；问名未到月初三。"阿女云："如意不劳多著口；媚人须要放开眉。"金桂云："愿尔常依金粟佛；有人来证木樨禅。"铃卿云："但愿瑟琴调子细；再休风雨听郎当。"十五云："蟾光却爱团圞夜；莺韵分拈上下平。"小姑云："彭郎矶畔人无雨；蒋帝祠边妹第三。"俱见匠心。

更有亚三者，周、吕二人，先后狎之，或戏为联云："亚栏柳弹莺调吕；三径花娇蝶梦周。"尤巧妙不可思议。

钱塘袁翔甫撰《沪游杂记》，中多花间楹帖。五言如雪兰云："雪是天公戏；兰为王者香。"七言如凤云云："凤箫式按求凰曲；云锦新裁叠雪衣。"二宝云："二月莺花三月燕；宝儿风貌雪儿歌。"素卿云："素面真堪朝玉阙；卿心难得鄙金夫。"十全云："十分春色有如此；全部烟花合让卿。"阿三云："阿子歌宜纤口唱；三辰酒待小鬟催。"五宝云："五铢衣称轻盈体；宝相花宜绰约姿。"醉香云："醉我不关数行酒；香君自有千载名。"少卿云："少年几辈趋香国；卿相何人抵艳名。"诸联均皆佳妙。

福建南台，有妓女吴冬莲者，工大小曲，酬应殊雅，貌亦娟媚。海澄丘菽园为拟长句云："是人物只管风流，切莫唱大江东去；任菩萨能空色相，也有时并蒂莲开。"冬莲曰："侬名'冬'字，非'东'字也。凡以联赠侬者，率嫌误书。君肯补一联，以正相沿之误，斯免墨池久浸耳。"丘允之，他日为书二语云："冬山如睡春山笑；莲子为心风子腰。"迨寄往妆阁，则香巢已徙，燕去梁空矣。

燕山孙樗《馀墨偶谈》云：京师伶居妓馆，笔墨多有可观；楹帖一端，尤以嵌字工巧为尚。如太平云："过眼烟花成太息；当头风月费平章。"如意云："都道我不如归去；试问卿于意云何。"玉琴云："花覆茅檐，可人如玉；月明华屋，伴客弹琴。"大姑云："大抵浮生若梦；姑从此处销魂。"采珠云："欲采不采隔秋水；大珠小珠落玉盘。"素卿云："樊素情钟白太傅；长卿意注卓文君。"稚青云："徐稚果然名下士；小青原是意中人。"钱宝云："钱塘何必寻苏小；宝树依然属谢家。"金香云："金谷名流饶粉黛；香山诗兴到琵琶。"兰君云："问谁擅若兰诗、湘兰画；慎毋忘香君扇、文君琴。"秋蘅云："秋江月浸冰壶影；蘅院风敲玉佩声。"燕仙云："轻燕受风；众仙同日。"喜云云："喜喜欢欢，天天地地；云云雨雨，暮暮朝朝。"蝶云云："花香能醉蝶；鹤梦不离云。"莲清云："莲花比君子；清风来故人。"句法各别，而轻倩香艳，则如出一辙也。

《息楼谈馀》载有赠妓青青者云："清且涟漪，有如此水；倩兮巧笑，旁若无人。"又有赠妓秀英者云："禾水昔曾歌欸乃；草桥今又梦鸳鸯。"盖初见于嘉兴，而又重遇于杭州也。将名字分拆假借，均巧不可阶。又有人赠沪妓喜凤云："喜子乱飞上裙带；凤凰双舞入箫声。"赠张云兰云："除却巫山都不是；可知芳草最相思。"赠文媛媛云："王母从来呼小字；美人终古属双文。"集句赠红玉云："雪白荼蘼红宝相；水晶如意玉连环。"赠雪珠云："雪肤花貌参差是；珠箔银屏迤逦开。"均细腻熨帖，自饶姿媚。

周文之太守，有赠女校书富金楹联云："我富才华卿富艳；兼金声价断金情。"运俗而能使之雅，自是才人吐属。按：文之名沐润，河南祥符人，以甲午省元捷丙申进士，著有《柯亭子诗钞》。

沪妓有天香阁者，于席间倩义宁公子书联，公子援笔立成云："天壤有情终负尔；香尘扬海渺愁予。"用字典雅，不愧为诗大家也。

陈季同赠妓金枝联云："金本可挥，何妨似土；枝犹堪折，莫待无花。"是情场解脱语。

南京潘小爱房中悬一联云："小影直宜心里葬；爱情留与酒边消。"又金喜有人赠联云："有限黄金无限恨；只宜欢喜不宜愁。"方泽山孝廉赠金红联云:"掌上舞,为谁容,金缕衣,君莫惜;江南春,有何好,红豆子,最相思。"刘廉轩集句赠明仙云:"不知明月为谁好;莫辨仙源何处寻。"赵铭辛赠小杏云:"小鸟依人入怀里;杏花留我醉江南。"秦伯虞赠凤仙云:"凤兮凤兮;仙乎仙乎。"某君赠石金云:"我心匪石;其利断金。"此皆秦淮水阁佳联,卓卓可传者也。

广东嘉应之水曰梅江,达潮州以入海,往来皆乘六篷船,如浙江之山船。袁随园游岭南,以未得赏识六篷船为恨。尝闻船妓有名"细新"者,此中之翘楚也。潮州太守万子舆,有集句一联云:"细推物理须行乐;新得佳人字莫愁。"

薛慰农主讲金陵日,有所眷妓名花君者,色艺为一时冠。薛时将有远行,集句赠之云:"花开堪折直须折;君问归期未有期。"妓喜,即购联请薛书之。书未竣,适妓妹花相至,因再索赠。薛不加思索,立提笔书云:"花开堪折直须折;相见时难别亦难。"一时传诵,以为佳话。薛又赠英儿云:"惟大英雄能本色;可怜儿女莫苛求。"语婉而讽,得诗人温柔敦厚之意。

秦淮妓女,多有姊妹同住一房者。小五宝幼时,依其姊小四宝,两妓色艺双绝,先后有名于时。丁酉秋试,某狎客兄弟各据其一,因赠小四宝以联云:"小南强,大北胜;四美具,二难并。"见者窃叹其巧。(按《十国春秋》云:南汉僻远,颇有轻傲中国之意。周世宗遣使臣至,适使馆有茉莉,使臣问之,馆伴对:小南强。后锲为宋所擒,见牡丹,询其名,或戏之曰:此名大北胜。)

后小五宝为沈凤楼所匿。沈时佐江督周玉山幕府,权势熏灼，奔竞者多藉小五宝为阶梯。沈行五，或赠以联云："小楼一夜听春雨；五凤齐飞入翰林。"又题匾云"二五为耦"，署名为"凤倒鸾颠客"。沈见之，大为折服，嗣是稍稍敛迹矣。

扬州曹雨人，眷一妓曰小金，题一联云："小楼一夜雨；金粉六朝人。"可谓天造地设、绝后空前矣。

镇江有名妓小银子者，为某名士所赏识，缱绻有年，卒成眷属。其初相晤时，曾赠有联云："闻说是乡亲，何明月二分，小时不识；谁能莫离别，正秋星一点，银汉无声。"情文相生，不愧雅人深致。

又某君赠妓云燕一联云："出岫笑闲云，居然大白狂浮，小红低唱；入帘怜瘦燕，却好桃儿粉薄，杏子衫轻。"其吐属尤觉风光细腻，如见其人。

有妓名笑香者，曾嫁某君为簉室。嗣嫌举动不甚自由，又下堂求去，仍树艳帜于平康。吾友庄瘦岑君，截前人句为联赠之云："桃花依旧笑；桂子为谁香。"上句去末"春风"二字，下句去首"天台"二字，而嫁后复出，语意宛然，可谓妙手偶得。

京师优伶甲于天下，不特色艺俱佳，且善伺人意，吐属风雅，以故骚人墨客，往往惑之。有名眉仙者，联云："眉痕浅浅初三月；仙骨珊珊第一花。"有名小兰而字韵秋者，扬州人，有人赠联云："九畹幽香饶有韵；二分明月正宜秋。"仅十四字，而包蕴靡遗，非才士不能也。

歌伶莲香，亦北地燕支之卓著声望者。有人赠以联云："上有并蒂莲，下有同心藕；欢作沉水香，侬作博山炉。"句甚古艳。

京中有赠歌伶倚云一联云："香草美人，奇士所托；灯花夜雨，云谁之思。"分拆"倚云"二字，嵌入联内，弥见巧思。

都中某戏园，有花旦名梅兰芬者，色艺冠一时。某日新婚，或赠一联云："安能辨我是雌雄，想华月金樽，也曾脂粉登场，为他人作嫁；毕竟可儿好身手，趁椒风锦帐，莫把葫芦依样，舍正路勿由。"语殊俊妙，然下联究不免有伤大雅。

《豁芦风尘闻见录》云：赠妓嵌字联，易缀难工，然亦有可诵者。如某君赠马掌子云："马上琵琶千古恨；掌中歌舞一时轻。"金福云："黄金有价卿无价；艳福能修我也修。"萍女子云："青萍结缘千金价；儿女英雄一样情。"小扣子云："小垂歌袖娇难举；扣入琴心解不开。"红仙云："如此红颜拟苏小；本来仙子住秦淮。"月仙云："不知明月为谁好；修到神仙亦有情。"宝如云："楚国以为宝；梅花总不如。"又有赠绮云长联云："一曲清歌，且招来名士猖狂，美人旖旎；十年浪迹，只落得伤心风月，过眼云烟。"

陈荔峰少宗伯，少年典福建乡试，留题江山船云："此地有崇山峻岭，茂林修竹；只为你如花美眷，似水流年。"

丹徒严问樵太史酷嗜音律，往往自制新曲，付名伶歌之。所制《红楼杂剧》中有《巾绿》一折，叙花袭人嫁蒋玉函事。诘旦将登场矣，曲师谓场上铺设新房，尚少一匾对，乞书之。太史即书"玉软花娇"四字为额，对语屡思不属。正踌躇间，忽见雏伶二人，翩然而至，询之，一名天寿，字眉生；一名仙寿，字月生，即同习此剧者。意有所触，即成一联云："好儿女天仙双寿；小团栾眉月三生。"

卷十五　集句集字（上）

长洲王惕甫芑孙，有集汉碑联句，见仪征汪龚所撰《十二砚斋随录》。兹转录如下：

集《尹宙碑》，五言云：

清轨履贞寿；高居富文章。
清身履俭德；博业稽高文。
即景亲风月；随时笃诗书。
博文心有宰；亲雅业多师。
诗兴殊腾举；文章乃清纯。

七言云：

文章自传寿者相；风雅即是仙之流。
体裁六书秦相字；高含百氏汉家文。
六经三史归典则；秋月春风爱景光。
四时有兴会仙友；百里可师为宰官。
诗有兴时因作社；文当是处即名家。

集《衡方碑》，五言云：

砥行蹈前矩；悦书闻古香。
藏书入清祕；含咏归温纯。
振逸剥浮假；翼古旌雅纯。
长风顺鸿翼；威曜明虎文。

竹室会清秀；茅斋长澹宁。
新英出颖异；古石含声光。
经书在含茹；操行从温纯。
美树槛其秀；嘉苗稽在秋。
素丝呈雅则；良玉保温其。
飞步寻大雅；拔身就古狂。

七言云：
阶留竹树从向背；室有诗书镇晏温。
中朝雅操风霜色；太室高文金石声。
修竹种阶多秀拔；香茅盖屋却清温。
竹舍举樽留月色；茅庵叙咏遗风光。
紫色文章声动玉；绛宫书札色镂金。
二陆雁行名并美；元（季）方虎帅道尤光。

集《张迁碑》，五言云：
温良载珪月；芳润披兰风。
良珮双温穆；新兰独芬芳。
乡风多树艺；月令问鱼蚕。
兰言载芳润；谷性多纯良。
诗书务敦重；兰树随芳新。
弦月留虚性；幕云生远音。
德润自温克；雅敦微穆如。
兰风体芳素；林月性高虚。
诗书多岁月；城市有山林。

七言云：
文有别才兰在野；诗随兴到月流天。

道以勤萌如种谷；诗多雅炼胜烧兰。

集《史晨碑》，五言云：
　　谈际月临坐；书成烟在屏。
　　经摛流河汉；文成焕璧奎。
　　月增天不夜；酒化日长春。
七言云：
　　书史变化日增古；烟月空灵时有情。
　　书兴酒情屏上月；钩经摛史坐生春。
　　鲁史汉书文变古；周情孔思力钩元。
　　天然书兴云生几；小有文情月到门。
　　朝端德度瞻麟凤；座上文光映璧奎。
　　凤纪日长征月令；麟书春焕仰奎光。

集《史晨后碑》，五言云：
　　奉爵称寿考；吹笙谐雅歌。
　　表望参琮璧；稽材种梓桐。
　　秋上桐庐月；春延石户香。
　　种桐因补屋；流麦为耽书。
　　桐屋只延月；香亭还种春。
　　门户馀肃穆；宅里表谦嘉。
七言云：
　　对月歌因亭畔石；先秋赋到屋西桐。
　　户外香流子时月；墙西桐作一行秋。

集《百石卒史碑》，五言云：

能修汉杂事；长擅米家书。
问酒可一石；能文空百家。
行文擅雄古；尊道立高严。
常须酒一石；杂览书百家。

六言云：
六艺杂宗汉事；五言直到唐人。
兴到书如大米；典来酒是文君。

七言云：
极选文章归侍从；惟寅典礼领曹司。
百郡宪司承典则；十行宠诏奉褒嘉。
学问宠嘉前侍从；文章典领大宗师。
掌制高文留太史；侍祠嘉礼领南曹。
案上书留三古篆；尊前酒作四时春。
能通文选唐人学；直作经师汉氏宗。
长史字须从酒出；鲁公书特以人传。
典故有如文学掾；艺能特选孝廉君。

集《韩敕碑》，五言云：
洗觞来旧雨；流咏见高风。
咏风亲古道；觞月举前闻。
汉学尊记注；韩文绝雄深。
图书宣古奥；言咏载风流。
高咏月流宇；雄文雷起空。

七言云：
义存古奥语追贾；字载雄深文学韩。
秦汉高文学自古；孔颜至乐道为尊。

东华钟庆高青镜；南极承图寿紫觞。

汪鋆亦有集《琅琊台》篆书残字，五言云：
　　帝德斯称盛；臣书可刻金。
　　称德成金相；言功嗣石夫。
七言云：
　　始具臣功金袭号；后称帝德石成辞。
八言云：
　　曰德曰功，其斯称大；于金于石，为辞可书。

集《瘗鹤铭》，五言云：
　　玄亭征爽事；黄石表仙臧。
　　仙侣亭前集；黄华山外留。
　　华掩亭前石；禽浮江外山。
　　丹乃真仙事；黄惟宰相华。
七言云：
　　禽留篆势微于石；仙表铭词藏此山。
　　上下征事乃以固；髣髴真仙胎于洪。
　　以黄留石仙不朽；惟杨集亭玄乃旌。
　　杨厥铭藏征篆势；朱华词重表江山。
　　江上之山唯集侣；亭前以石乃留仙。
　　相此禽也山之侣；厥惟仙乎亭以铭。
八言云：
　　留集亭前，浮家江上；相禽山外，侣石华阴。
　　江表词华，山阴篆势；真流黄石，仙侣丹铭。
　　于玄宰征山阴篆势；惟朱浮掩江表词华。

九言云：

岁事表山家，唯留此石；午阴掩华势，以铭吾亭。

按：《琅琊台》《瘗鹤铭》两碑，今所存者仅八十余字，且字多重复，乃所集联语，颇极自然，亦可谓因难见巧矣。

六朝文语语艳绝，集为楹联，最宜园亭胜景。临桂况夔笙舍人有一联云："翡翠笔林，琉璃砚匣；芙蓉玉盌，莲子金杯。"上联徐孝穆《玉台新咏》，对语则庾子山《春赋》也。

袁冕南有集东坡《柳州碑》字为联云："黄鹤下飞，知报福事；白猿高笑，来进寿丹。"造语奇警，可入《易林》。

宝山友人抄示鞠傲轩主《禊帖集联》，颇多可诵之作。五言如：
室静不在大；时和将及春。
清言可风世；静趣能引年。
无事此静坐；有时暂放游。
视水长于带；临风尽此觞。
林清因带水；室曲为随山。
怀人当岁暮；兴事在春初。
怀间时向日；言次若生风。
六言如：
岂能与之终古；亦有慨于当今。
惠风不期自至；流水随地所之。
有为者亦若是；当知其所以然。
天随暮年自乐；终生少日能文。
山若向人列坐；水能抱地长流。

于山林得乐地；以丝竹寄闲情。
七言如：
春日初长兰气静；惠风相引竹阴清。
万类静观皆自得；斯人可与亦同群。
亭林日知自为录；竹老风怀亦寄言。
品竹品丝随地足；听风听水此间游。
能与世人同契合；每怀诸老极风流。
怀抱期为当世事；修能及此少年时。
至人之品大能化；贤者所怀和不流。
托迹山间得清趣；放怀天外极大观。
春生流水曾无迹；风引游丝若有情。
毕世修为期及古；一生遇合听诸天。
修于内自形于外；有诸己能喻诸人。
一曲引絃在流水；万间作室有春风。
亭临水次曾无地；室在林间又有天。
知足随时咸可乐；虚怀遇事若无能。
崇兰永日为知己；修竹当风自可人。
契合以言兰可喻；清虚在抱竹能知。
群形毕合天为大；一气相生乐自和。
宇宙内取之无尽；山水间得以自娱。
世在盛时咸得所；人因清品自能闲。
乐事可为知己喻；清修岂与世人言。
闲观水竹娱情所；静领风兰得气初。
犹得人间听此曲；当于世外极其游。
不期斯世有殊遇；自信于人无间言。
大地欣然春至后；群山朗若曲终时。

八言如：
山峻林幽，无遇不若；天长地永，当观自然。
暇日为文，放怀宇宙；遇风有咏，浪迹山林。
与知与能，贤人可至；其文其事，作者之林。
林茂因春，亭虚在水；山静若古，日长于年。
大水不观，知者乐此；清风将至，快哉当之。
乐感人情，若在山水；文得春气，无所古今。
异地同风，游于大化；古时今事，寄在斯文。
俯仰天人，自得至乐；管领山水，足畅幽怀。
曲室临山，自然抱合；长天映水，有此清虚。
感遇之文，每因时事；咏怀诸作，大有古风。
短咏长言，合为一集；殊能异品，揽及九流。
骋游感山，得未曾有；静悟终日，知其所无。
得自在天，初无形相；游极乐地，可与悟言。
气宇不群，信为殊品；形骸永固，得此大年。
事固有群生所寄托；文不以一日为短长。
乐以永言，初终如一；文能述事，左右咸宜。
风遇于弦，可听古曲；水流若带，暂寄闲情。
气得春和，怀同水静；品因地峻，趣与天长。
天之为天，抱此静宇；水哉取水，观其长流。
时然后言，岂流于躁；乐不可极，暂寓所欣。
和气当春，未尝自是；清怀若水，不期人知。
情足感人，不言自信；文以述古，其风可观。
天与以年，时和岁乐；人怀其惠，山崇水长。
茂林与游，有契于竹；曲室相遇，其言若兰。

留芬室主亦有集《禊帖》联，中藏人名，尤为佳妙，兹录如下云："竹所相于，为文与可；兰言若契，有万斯同。""大老犹兴，是游盛世；古生既遇，自畅幽怀。""觞咏娱情，与毕茂世；老少合坐，及陈长文。""若水清怀，岂期殊遇；文山感事，当喻舍生。""游矣向长，惓于世事；大哉林放，慨此人文。""少文不游，况陈无已；若兰所遇，次管夫人。""世期临文，叙古今事；修静寄迹，因山水情。""因事尽言，取陈述古；临流极目，同齐次风。""阴兴自修，斯终盛遇；高相所述，当合文言。""契老及彭，述犹作者；况管与乐，若相将然。"

佛经虽有偈赞而无对偶，尝见王鼎丞方伯有集《金刚经》语为联，可谓独创一格。兹录如左。

四言云：
  无有定法；是为大身。
  广为人说；如是我闻。
  无众生相；生清净心。
  皆大欢喜；实无往来。
  无寿者相；发菩提心。

五言云：
  若尊重弟子；作忍辱仙人。
  我得阿罗汉；佛说菩萨心。
  有相皆虚妄；无我即如来。
  如来有慧眼；世界即微尘。

六言云：
  为发大乘者说；应生无所住心。
  于法定无所得；其福不可思量。

果报不可思议；得福以是因缘。

七言云：

比丘知我法如筏；世尊说恒河是沙。

名微尘即名世界；见非相即见如来。

闻佛所说皆欢喜；与我授记号牟尼。

日光明照佛国土；华香围绕祇树园。

七宝满大千世界；诸佛说第一波罗。

八言云：

我从昔来所得慧眼；已于佛所种诸善根。

发最上乘，汝今谛听；是真足相，佛说非身。

合掌白佛，成就希有；洗足敷座，为发大乘。

与我授记，于未来世；闻佛所说，生清净心。

长联云：

如梦幻泡影，如露亦如电；无众生寿者，无我复无人。

日光明照，满大千佛世界；华香供养，是第一波罗蜜。

以色见，以声求，是行邪道；无众生，无寿者，即非凡人。

若当来世五百岁后，众生信解；已于无量千万佛所，种诸善根。

卵胎湿化，一切色想，众生皆得灭度；东西南北，四维上下，虚空不可思量。

优婆塞，优婆夷，及一切世间善男善女人，皆大欢喜；如是知，如是见，得阿耨多罗三藐三菩提，即为如来。

语皆工整，世有精研内典者，读之当欢喜无量也。

集句联有不专属一书者，如："铜琶铁板，大江东去；月明星稀，乌鹊南飞。""草长莺飞，暮春三月；落花流水，天上人间。""一川烟草，满城风絮；初三夜月，第四桥春。""东山如画，一时多少豪杰；光阴过客，大家暂作主人。""芳草有情，夕阳无语；杂花生树，群莺乱飞。""今宵酒醒何处；不知秋思谁家。""一花一世界；三藐三菩提。""孙复生孙，子复生子；春非吾春，秋非吾秋。"各联皆运用成语，若自己出；然欲题于风景适宜之地，亦殊不易也。

何子贞太史尝集《争坐帖》成百余联，梁章钜氏录入《楹联丛话》，习颜书者争宝贵之。吾松顾孟平部郎翰，别出机杼，集成数百联，自四字至十余字，各体皆备，读之咸妙合自然，如天衣之无缝。较之僧怀仁集王字为《圣教序》、赵良弼集颜字为《兽庵记》，尤为独运匠心。

许铁珊氏，集司空表圣语为赞云："俯拾即是，行神如空。不著一字，得其环中。伊谁与裁，取之自足。妙不自寻，其曰可读。"临池家咸谓为无愧斯言。兹录其四字联云：

守分安命；省事谨言。
出入子史；俯仰古今。
门无杂尘；室有清光。
对一勾月；参半部书。
日宣三德；指挥六军。
立德崇礼；端行谨言。
令德无极；晚节自香。
修身立命；居安思危。
兴与古会；地以人传。
盛事难再；介节自光。
敬以作所；高而不危。

杂念既息；清光自来。
二分明月；三径晚香。
坐三尺地；披六朝文。
辅德惟友；知我者天。
立修齐志；存平等心。
道之以德；尊其所闻。
不显惟德；无二尔心。
言满天下；心师古人。
以文宣德；即理言情。
圣言可畏；天爵自尊。
烟横香海；月到天心。
校理得失；损益古今。
目明于电；心贵如金。
居众香国；立一家言。
其书满室；所欲从心。
入门见喜；开径闻香。
真金不坏；古月有情。
有容乃大；无欲自清。
修其天爵；宜尔室家。
高台得月；古画藏烟。
名传香海；位列明堂。
夫容及第；明月前身。
情深如海；道大于天。
见地自别；得天独清。
独开三径；别有一天。
传书思犬；悟道得鱼。

卫身是道；悦目唯书。
以人为纪；得天之时。
从容中道；俯仰前修。
香径得月；泽国藏鱼。

五言云：

古香溢画阁；明月入书城。
高堂悬初月；古画藏朝烟。
径来三益友；坐对百城书。
清修君子节；直道史臣书。
开尊喜得月；尚友时披书。
与道本无隔；居心常不疑。
异书别有理；古画不知名。
作事合天理；立身争古人。
开径得明月；披书闻古香。
君子必自反；圣人无常师。
前身是明月；尚友唯古人。
异书悦我志；高论破人疑。
道从诸佛悟；心喜六时清。
一寮明月满；三径野烟横。
紫金诸佛相；明月古人心。
道心参天地；德业冠古今。
金紫功臣爵；文明太史书。
清心入明月；古意悬高文。
径深月难到；人定心自清。
辞比参军富；才如开府清。
香名传书史；清绩满朝廷。

论文香满齿；开径月射身。
能知天下事；即是座中人。
香榻安书室；金尊满画堂。
力定存真宰；心清得异闻。
美名人不及；君子意如何。
富贵非吾愿；时命不可知。
能事无作意；名言但率真。
不将书寓意；为对月相思。
野人参古礼；名士爱别情。
有书明其理；无事省我身。
不作无益事；乃为有心人。
此道何人悟；将心为汝参。
人惟失足易；事到遂心难。
异书悦心目；清言见古今。
十行争目力；七日见天心。
习礼宗二戴；修文合三张。
匡时见大业；修史得真才。
心宜定于一；日得省之三。
名节光国史；纲纪正人伦。
对榻论世事；披书友古人。
高才争画日；清品冠凌烟。
当大人之事；以古圣为心。
论书裴儆室；习礼戴公家。
名节自然贵；爵禄何足矜。
清言裴仆射；名画李将军。
常念心中佛；能争顶上光。

古泽尊彝满；大文日月光。
对月得情致；校书见古心。
人言只自畏；心事有天知。
清心悟梵理；然指闻天香。
不二门乃大；得一天以清。
所志和而介；其言明且清。
身行半天下；目极百家书。
论独宗齐鲁；事不道桓文。
朝中班禄至；门下奉书来。
能书思侧理；得画喜藏烟。
大文悬吏部；清品仰辞曹。
目中兴废恨；心上是非人。
以古人为友；得圣者之和。
画意参子畏；书名仰香光。
两足满天下；一心争古人。
书香高士座；烟月野人家。
古人不可作；之子如有情。
存心如古佛；出言比金人。
应门子当仆；作事我犹人。
南朝人入画；东海月横烟。
三径暮烟紫；一室晚香清。
才思喜横纵；文言贵清真。
九州名士路；三径野人家。
直道宗南史；微言守东家。
左右皆监史；心目并清明。
清心修天爵；明目别鲁鱼。

见利不苟得；爱名以自修。

六言云：

检身常若不及；匡过但恨未能。

盛德一时不朽；清节百世犹香。

保世莫如积德；齐家必本修身。

平心乃能用事；大度足以容人。

校异书，宗初本；藏名画，得古香。

无事参九家易；有时习八分书。

清修未尝奉佛；独立本不依人。

有佛能供香积；此身当作菩提。

屈指有数益友；同心无非古人。

则我未之有得；于人何所不容。

校书得作者意；品画见古人情。

正言自明其道；大节不屈于人。

人品高于南极；文心富有东京。

古本得自定武；藏烟富于宣和。

九家数参古易；半部书见鲁论。

来故人得清兴；见初月寓高情。

品画辄矜得意；校书别有会心。

其人三世修到；此地六时皆清。

真情一无作致；至理得见平常。

书品羊欣自贵；才名顾况独清。

至文未尝涂泽；高论不尚张皇。

但愿心上有佛；不可目中无人。

文心出自班固；数理得于君平。

子野乃清高品；文长真古怪才。

行修三礼六德；书参诸子百家。
以古人为知己；收天下之异书。
于己如未有得；其人乃莫与争。
令节岂容忽过；高情便有不同。
为人当自知足；作事终须合宜。
谨言不致有失；独坐可以自修。
于心常存恐惧；应事独见从容。
作事有合于古；论人独取其长。
皇极只贵九德；野人不废三时。
参易理知天道；论人事见世情。
古书三皇以上；明月二分之中。
文心不容凌杂；见地独爱清明。
唯恐修名不立；因知反身而诚。
此地得未曾有；其美真莫可名。
直道见此君节；清心闻王者香。
怪事常言咄咄；清言不喜云云。
指画道中等级；目数天下人才。
独校书中错误；不论世上是非。
吏才高瞻应举；文品敬仰子长。
知己相见恨晚；取友独自畏难。
应世无我之见；行事得人所安。
君子不坏乡校；圣人独排异端。
画意得之与可；文才富于相如。
书侯指挥文府；画史目数烟寮。
足用端非觊觎；相思喜得尺书。
得意时勿错过；会心人便不同。

吾道无非正己；圣功第一知言。
合古今为一致；得天地之大文。
无欲者身常固；有情人心自柔。
吏才知非百里；文心不厌九回。
名画论列两宋；古书校到三皇。
言如南容能谨；心无东野不平。
天地依然古始；日月不异皇初。
安世有才从扈；长公以书易羊。
身如真金不坏；心与明月同清。
文德可光九有；圣功曾奉三无。
自命俯今仰古；积习品画校书。
得遂向平志愿；欲争明道工夫。
且供三尺如意；为然百和名香。
圣功何可自量；世道岂得不知。
正冠弗居李下；向日独争葵前。
据文府，身可坐；破疑城，心自清。
大人九三利见；才子二八同升。
合君臣而一德；与天地为三才。
别鱼目，见明月；和射香，入名烟。
野人能知月令；太史所守天文。

七言云：

才名直比高常侍；功业还如郭令公。
一寮明月足清供；半榻古书藏异香。
检书时与古人对；悬榻还思益友来。
东京辞赋张平子；南国文宗顾野王。
纵横列坐书三尺；左右平阶月一勾。

独存古意文同画；别有清光子敬书。
半榻古书香满座；一门清品月同寮。
清品一门书画史；作家满座古今文。
清才直比王文度；高致真如张志和。
喜从文府修其业；坐守书城过此身。
满室古香书列座；半阶清荫月当门。
清香入座本无意；明月当阶真可人。
振朝纲乃宣臣节；端士习以正人心。
室有心香天咫尺；门无杂座地清高。
画省分香真富贵；书城列位等王侯。
保家以节用为本；修身乃入德之门。
守此节争光日月；尚其志不事王侯。
但恨古人不我见；辄思明月为君来。
画意自右丞悟出；文心从太史得来。
喜从香国争名士；愿入书城作寓公。
书圣世传张长史；画师人道顾将军。
文到可传皆合作；人能用世即高才。
子美立言即史论；不兴作画皆天才。
为人知足心常喜；与世无争品自高。
众香国中修梵行；诸佛会上悟前身。
文士之言不皆是；野人所论独见真。
事到张皇终有失；心无喜怒自然平。
曾子固文心高古；李伯时画意清微。
居圣功则我岂敢；守本分于人何尤。
书城度日依然我；画阁凌烟应是君。
习礼须知和为贵；立身愿得圣之清。

身居清庙明堂上；位列五侯九伯中。
功业高瞻郭仆射；文辞清仰宋尚书。
满座清光天上月；一家和泽海南香。
纪纲端向齐家出；富贵还从积德来。
菩提清供藏金相；梵行尊修见佛心。
天理人欲不并立；昨非今是又一时。
能省身自无大过；知节用即可保家。
事功不下裴中立；品节高于张志和。
尊前应是东南美；席上无非子史书。
尚友古人应如此；前身明月未可知。
文如屈宋才名大；贵合金张位置高。
香烟直入诸天上；海月高悬大梵中。
窃喜真人来紫府；悬知古佛是金身。
名位高于九节度；文辞清比六朝文。
班香分到才应富；匡席争来室有光。
辄见名言喜作跋；纵论古画欲然香。
人到率真皆古道；文无作意是高才。
世人安得知其故；天下不可无此君。
清挺书传率更令；纵横文喜太史公。
能尚志乃真名士；不矜才是大作家。
行大道上致下泽；守本分诚意正心。
清品既为人所仰；古心尝与道相参。
作书窃比羊开府；能画真如王右丞。
室有清光座自贵；心无杂念身常安。
侧身天地能容我；纵目古今惟爱书。
清谦喜开真率会；匡居不杂利名心。

与百世争名不易；得一人知己尤难。
宣公事业名言富；尚父功勋晚节香。
明月当门如有意；野烟入室本无心。
文心富有东京度；画品高于南宋人。
喜收上古无名画；不废当时有用书。
悟到三涂无别念；须知五祖是前身。
尊彝错杂书寮古；文史纵横烟海深。
画必传真惟道子；书能挺异是诚悬。
有志承颜曾圣道；无心合屈宋文才。
有才未尝争名利；无事不可对天人。
贵如天爵真无极；富有书城莫与京。
理到平常难得悟；时当反侧贵能安。
子瞻喜参诸佛理；戴皇能守一家言。
作事莫参无本论；检书如对有情人。
论理极为人所喜；行文节取古之长。
右军不唯书史见；立本岂愿画师名。
名士清修一片月；文人深致数行书。
满目清光书有泽；一身盛德礼为宗。
名士美人唯爱月；明堂清庙独论才。
此身直上凌烟阁；有子能承世禄家。
深情俯仰前身月；名论纵横太古香。
百尺梵台悬海月；诸天佛国闻心香。
纪纲次第一身足；家室安恬百事宜。
高堂悦取承颜日；列座欣开谦喜尊。
独存大业标书史；别有名言振古今。
每到危疑争志节；不使利欲乱清明。

一鱼清到羊兴祖；其爵高于郭令公。
有志功名莫论数；传家事业唯积书。
有才太大难为用；出言过直易见尤。
能于危难得天相；自有光明同佛心。
应世会须思有九；居心常守畏之三。
家中正有传鱼至；天上忽闻进爵来。
尔室中如对师保；我心上自别危微。
名师益友不易得；晚节末路真难能。
但容论画取古怪；弗以作书为应酬。
每于知己一为别；从此相思两地情。
弗使利欲坏名节；当以道德卫身心。
文人清兴九州路；名士勤修半部书。
失路固宜矜晚节；能文不敢恃高才。
座满才名高八及；尊开谦喜进九如。
每到九州相名士；忽于八月闻天香。
俯仰古今二三子；收藏书画数百家。
参以天理皆中正；守其本分足平安。
深情窃比戴安道；清品还如李固言。
高堂喜得瞻依日；同室常存和悦时。
修官礼书崇六太；瞻佛海月闻五香。
右丞画为古今冠；吏部文见日月光。
纲常伦纪人之本；祖德宗功家有光。
取与介然名士节；行藏不苟圣人心。
修梵行得诸佛相；然清香见菩提心。
理数微参应世事；才名挺出争古人。
三径野烟横泽国；一寮明月荫书堂。

六时安坐非无地；一室清修别有天。
金鱼得自前人泽；高爵悬于世禄家。
为人必本修齐事；应世须存平等心。
尊其崇奉莫如德；益我清明唯有书。
对月三人争李席；修词一室合班香。
德行本为传世业；文辞应是冠军才。
立言能不卑不抗；作事乃宜古宜今。
画品尊崇李相国；书宗敬奉卫夫人。
指上参九天度数；心中见片月光明。
书上疑心还自悟；文中作意便须参。
不错天理是能事；取悦人心惟至文。
挺其才则有班固；深于情者唯相如。
仰天喜悟前身月；论古微闻满齿香。
太傅有书皆古致；右丞无画不清微。
道有不同和而介；心无过分平且安。
别开异论令人喜；独有深文与世争。
三纲五常守此度；天德王道存于心。
九如齐进公堂宴；六太同修官礼书。
与君只隔数百里；使我相思十二时。
晚香深入凌烟阁；清品高居得月台。
作画须从张南本；修书窃比宋子京。
有子才名如文举；此君事业到令公。
家无别况只修月；日有相思唯爱书。
座中能有数辞伯；海上犹存一画师。
名画真传思道子；古文行径仰宗师。
应事岂宜有作意；为人不可无世情。

坐百尺台悬古画；来三径友论异书。
力争古人到极顶；别有名作还等身。
知不足如己有失；能自反与人无争。
行事可入高士传；修心还供太常斋。
八及才人古来有；六如居士天下闻。
但取片时理百事；能攫众论为一言。
太苟且与时皆废；过分明何事可行。
官吏心中只扈扈；辞曹目下皆鱼鱼。
明月清标诸佛国；紫烟横溢五侯家。
清官阶下有指佞；行子门前唯相思。
三五月明标座上；十八公挺出门前。
满室尊彝存古监；一家书画并才难。
论道能容三尺席；言情岂谓一勾金。
心地未容一念杂；顶天常得六时清。
积书纵横满一室；悬画参错列百家。
身坐书城守其业；指挥文府张我军。
半世积书不数本；两人论画同一心。
纪事喜书日南至；言情如见月东升。
修太史公五行志；习师宜官八分书。
兴天地自然之利；藏国家有用之书。
权而得中亦云礼；大则有当便是才。
中书君以文名世；相思子即地言情。
出地清标六君子；参天直节五大夫。

八言云：

道合天人，德悬日月；功崇伦纪，才冠古今。
依人而行，非我所愿；于理既正，即心之安。

修身齐家，彝伦有叙；守分安命，道德为心。
门下皆海内知名士；席上唯古来有用书。
辄见异书，目光如电；时参古佛，心地皆香。
晚节是香，闻之百世；清标如月，悬于一心。
以礼卫身，为固本地；将书悦目，得清心时。
室有尊彝，大开文宴；家存书史，时溢古香。
仰古俯今，才大如海；出子入史，文深于情。
存平等心，悟佛入道；谨修齐事，以人合天。
书上十思，居官有道；日加三省，与圣同功。
能致其躬，修己以敬；无纵我欲，畏天之威。
叙有彝伦，纪纲家室；修其天爵，冠冕古今。
直比史鱼，乃真名吏；文宗班固，是古作家。
论爵齿位，如郭仆射；参天地人，同武乡侯。
至理名言，置之座右；清天明月，悬于心中。
言谨行端，身心纲纪；彝明伦立，家室和平。
戴德于天，名香清供；爱才若命，别榻高悬。
于朝尚爵，于野尚齿；有能不伐，有才不矜。
张东海书，纵横可爱；史敬文画，名贵难收。
不恃己长，令德无极；莫言人过，直道自存。
圣业清微，一日三省；文心美富，六朝两京。
世德振兴，平安如意；太和保合，欣喜夫容。
理数分明，从心所欲；功名高大，如日之升。
兴与古会，天作之合；辞必己出，我亦云然。
得数行书，思三益友；对一寮月，见两地心。
圣业东家，清修南部；文才左史，书品右军。
书史纷披，前人之泽；尊彝错杂，古道犹存。

正心修身，即其事业；平矜节欲，便是工夫。
守正行权，从容酬应；率作兴事，俾俛就将。
瞻仰师友，道德悦目；损益今古，权度从心。
百事清勤，俾俛兴作；一门爱敬，欣喜平安。
我思古人，心有独得；世有作者，功不敢居。
合三纲五常而立极；参诸子百家以为言。
室有尊彝，德泽皆古；家存书史，才名独清。
节用谨身，保家有道；进德修业，明理为宗。
烟阁月寮，别有高致；书城文府，常见道心。
礼宗乎三，损益今古；道揆唯一，修齐身家。
纲举目张，兴尔家室；行端言谨，益我身心。
张目披书，知人论世；回心向道，特立独行。
校理异书，高人深致；收藏古画，名士别情。
高而不危，立身得地；抑然自下，应世之心。
中正和平，便是世道；恐惧修省，乃为圣功。
酬应世情，正直是与；仰瞻圣业，俾俛致功。
有真事业，悬于世上；得大才名，挺出众中。
存抑畏心，虽美不溢；立敬修愿，致谨为常。
圣业相承，仰瞻东鲁；文才挺出，震溢南朝。
校理史书，仰天俯地；就瞻圣道，入室升堂。
中令清修，鲁论半部；太公晚节，东海一人。
爱敬情文，光明高大；修齐事业，中正和平。
儆忽就动，因心作则；畏微谨独，反身而诚。
独守清明，和而为介；勿存姑息，威即是恩。
作何清修，合目悟道；如此长昼，息心披书。
割破利名，高居姑射；画开天地，清见如来。

卷十五　集句集字（上）

　　三爵相酬，画堂侍宴；两鱼比目，香海同欣。
　　失足惜才，屈身思过；息心悟道，纵目收书。
　　日出而作，日入而息；得天之时，得人之和。
　　座满文光，今日何日；堂开喜意，若烟非烟。
　　心思古人，道承作者；功盖天下，言满朝廷。
　　将军立功，太史纪事；君子谨独，圣人畏威。
　　宰相十思，长官三异；才人八及，大夫九能。
　　六时清心，三涂问道；五台得月，十州藏烟。
　　论列金台，画开紫阁；心悬姑射，名应少微。
　　古书百城，香径三益；野烟十里，明月二分。
　　纪绩三鱼，列位九扈；守书二犬，取才五羊。
　　香清海南，月满座上；礼闻柱下，书藏室中。
九言云：
　　名世无异能，守分安命；居官有大道，节用爱人。
　　校数行书，能益人心志；对一勾月，喜同我清明。
　　唯安分守身，自无大过；能知人论世，更见长才。
　　侍二人宴，得瞻依日月；然百合香，能欣喜室家。
　　居家常存节用谨身念；作事自无损人利己心。
　　谨修齐事，位一家天地；存致泽心，争百世勋名。
　　直道古心，得太和情致；清标谅节，如大月光明。
　　得失本何常，唯天所命；行藏无一定，即圣之时。
　　身不列可有可无之数；心能参宜今宜古之天。
十言云：
　　谨事节用爱人，修己以敬；安分守身知命，与圣同功。
　　益者三，损者三，取友必谨；天数五，地数五，明理为宗。
十一言云：

能立德立功立言，出入将相；合尚爵尚齿尚位，冠冕人伦。
端行谨言，吾人以反身为事；立监佐史，尔室无纵欲乱心。
十三言云：
富贵须自守，虽高不危，虽满不溢；才德无他长，有功弗伐，有能弗矜。

又附刘太冲叙集字，四言云：
西江月絜；太空日华。
尚勖尔室；来从余游。
五言云：
高明照絜月；儒雅蔚卿云。
山月游子路；春潮作者文。
道德垂春泽；文明照月华。
高明照尔室；道德传其家。
六言云：
彭泽不屑卑位；潮州与正斯文。
骥德尚其无偶；龙文垂之有声。
行文自在于絜；修礼不尚乎华。
山月照春游路；江湖作弦雅声。
德望果其高洁；文才自尔夷犹。
修儒相承明道；请事素望山公。
华望云日相蔚；文声甲第自高。
月魄照及泽国；华事明于山家。
七言云：
之子承世德家泽；斯文等江月春云。
文华闻春明甲子；月洁照泽国江山。

文明华国何水部；儒雅传家颜鲁公。
世及文明承相泽；家修儒雅蔚卿云。
尔室有月来相照；前溪无华不自开。
江华春月才无偶；彪蔚龙骧德有邻。
八言云：
开府高才，平原雅望；江州游绩，吏部文明。
修尔室家，华垂鄂不；考其德行，文蔚在斯。
超及春云，絜垂秋月；道承家泽，文蔚国华。
春泽蔚云，日华照水；龙文尚絜，骧德垂明。

寥园主人《乐府雅联》，系集古今名人词句成之，语多艳丽，诵之口角生香；间有庄重体裁，亦颇自然合拍。兹录其长联之佳者云：
蓬莱清浅对觚棱，毛滂看丽日千门，紫烟双阙；张洗
殿宇分明敞嘉瑞，晁端礼有东南佳气，西北神州。辛弃疾

百年父老晋霞觞，吴梅村有不老丹砂，自然琼液；王夫之
万里青铜开碧霄，毛滂幸人间清楚，物外闲游。刘长卿

与君各记少年时，苏东坡借酒祓清愁，花消英气；姜白石
野客从来无管领，奂秋崖任歌名宛转，乡号温柔。苏东坡

祝千岁长生，晏殊庆孟光齐眉，冯唐白首；欧阳修
傲一窗风月，张元幹有渔翁共醉，溪友为邻。陆放翁

帷幄且从容，张孝祥六郡少年，三边老将；折元礼
江山自雄丽，张孝祥笙歌围里，锦绣丛中。陆放翁

金炉香烬酒初醒，欧阳炯记宝帐歌慵，绵屏春暖；岳珂
碧玉堂深清似水，魏承班正小帘通月，虚阁笼寒。姜夔

小池波浪碧如鳞，晏殊倒泻半湖明月；陆游
隔岸垂杨青到地，何大光醉眠芳草斜阳。陆游

虎旆拥貔貅，折元礼是江左夷吾，隆中诸葛翁；孟寅
佐郡深儒雅，黄山谷有选楼高格，水部清才。刘克庄

愁损绿罗裙，鲁仲逸啼鸟惊回芳草梦；杨恢
手接红杏蕊，冯延巳春寒懒下碧云楼。张枢

青山有思，白鹤忘机，姜白石流连光景惜朱颜，欧阳修喜月地无尘，珠宫不夜；周密

贾傅才高，岳家军壮，吴文英闻道使君携将吏，黄山谷看阵云截岸，霜气横秋。折元礼

雨馀芳草斜阳，黄山谷半阴半晴，万俟雅言做就十分春意；赵崇霄
楼上暮云凝碧，李祁轻寒轻暖，陈亮又添一段新愁。李清照

杨柳月，海棠阴，周密啼鸟两三声，林少瞻向水院移船，津亭唤酒；周密

蔷薇露，牡丹球，冯伟寿顾郎千万寿，潘原质任红窗描绣，画扇题诗。无名氏

昔年心醉杜韦娘，赵同礼空记省紫曲迷香，绿窗梦月；苏东坡
古今惟有东坡老，刘长卿应共羡挥毫万字，一饮千钟。李彭老

六郡少年，三关老将，折元礼负壮略纵横王霸；陆游
临颍美人，秦川公子，彭元逊纵豪游骏马名姬。周密

十年风月旧相知，晏几道绿意分明，红情宛转；吴毅人
万里乾坤清绝处，卢祖皋小帘通月，虚阁笼寒。姜夔

铜虎分符领外台，晏殊正桃李阴成，甘棠少讼；黄山谷

卷十五　集句集字（上）

宴堂永昼喧箫鼓，失名尽万钟饮量，千丈词源。晁补之

先生原是古之儒，苏东坡喜鹤外呼云，鸥边卧雨；吴毅人
桑枯安排投老地，有膝前儿女，几上诗书。许鲁斋

江乡风物客中论，朱竹垞忆油菜薹黄，荷花草紫；吴毅人
野老时来豆棚话，吴毅人正玉香田舍，酒满液村。舒信道

明朝酒醒大江流，陈去非羡采石宫袍，沉香醉笔；王鼎翁
今日名园乔木长，吴毅人有苍藤古干，翠竹明沙。吴梅村

笑舞落花红影，醉眠芳草斜阳，谢懋暖玉惯春娇，赵正夫佳期罕遇；吴之礼

如描似削身裁，怯雨羞云情态，柳永馀香空翠被，王沂孙一晌贪欢。李后主

满腹诗书不值钱，陆游要跳出葫芦，打开窠臼；吴毅人
此翁意气还如昨，吴梅村但挥毫万字，一饮千钟。欧阳修

天真雅丽，容貌温柔，周密眉岫翠寒生，周密恨入青山连晚镜；罗志仁
烟软云松，金迷纸醉，吴毅人阑干私倚处，欧阳修醉拈裙带写新诗。苏东坡

春意阑珊，李后主都付与流水落花，夕阳芳草；周有臣
江山如画，漫凝睇层楼翠壁，古寺空岩。苏东坡

酒酽红粉自生香，欧阳修深院静，小庭空，毛震别是恼人情味；柳永
喜入秋波娇欲溜，李祁鬓云松，罗袜划，秦观何期小会幽欢。柳永

笑舞落花红影，醉眠芳草斜阳，谢懋行乐驻华年，贺铸记宝

帐歌慵，锦屏春暖；_{岳珂}

一片宋玉情怀，十分卫郎清瘦，_{潘希白}馀香空翠被，_{王沂孙}正海棠开后，燕子来时。_{王诜}

深院锁黄昏，鸳被美人贪睡暖；_{欧阳修}
客窗空翠杪，_{吴文英}青春才子有新词。_{欧阳修}

笙歌庭院醉谁扶，_{陈允平}正紫曲迷香，绿窗梦月；_{李彭老}
豆蔻梢头春有信，_{失名}向灯楼倚扇，水院移船。_{李彭老}

无言独自倚阑干，_{刘长卿}正心逐雪帆，情随烟笛；_{吴毅人}
小醉径须眠锦瑟，_{毛泽民}喜流苏帐掩，绿玉屏深。_{利碧涧}

野航渡口带烟横，_{刘长卿}望天接平冈，山围寒野；_{王安石}
碧玉楼高临水住，_{晏几道}有三秋桂子，十里荷花。_{柳永}

一钩尘袜翦轻罗，正绮席阑珊，凤灯明灭；_{陈允平}
六曲阑干偎碧树，_{冯延巳}有名花婀娜，娇鸟绵蛮。_{吴梅村}

碧藕花开水殿凉，_{刘长卿}记粉袖银筝，青帘画舫；_{吴梅村}
芭蕉叶映纱窗翠，_{刘长卿}有清歌妙舞，急管繁絃。_{晏殊}

醉眠芳草斜阳，_{谢懋}喜淡霭空蒙，轻阴清润；_{陆游}
愁锁碧窗春暮，_{尹鹗}望檀栾金碧，婀娜楼台。_{苏轼}

小字相思写不成，_{朱尧章}想初擘鸾笺，旋挥翠管；_{失名}
丁香笑吐娇无限，_{秦观}记听歌窗罅，倚月钩栏。_{史达祖}

有人楼上愁，_{朱淑贞}记年时海棠开后，燕子来时，黄昏庭院；_{王诜}
离恨天涯远，_{王诜}凝眸处雪满滹沱，云迷芒砀，梦落邯郸。_{陈参政}

今夕是何年，_{苏轼}素月分辉，明河共影；_{张孝祥}

人生行乐耳，辛弃疾琴尊左右，宾主风流。黄公度

几行鹓鹭，望尧云是仙禁春深，御炉烟袅；柳永
咫尺鳌山开雉扇，柳永有华灯换月，飞盖妨花。秦观

澄碧西湖，正玉涨松坡，花穿画舫；吴文英
软红南陌，有摇金宝辔，藏锦华裾。蒋捷

困倚东风，晁补之分彩线簇成娇蕊；晏殊
细斟北斗，张孝祥翻湖海倾泻涛澜。陈后山

微风别院，明月谁家，朱竹垞暝色入高楼，李白更无言语空相觑；毛滂
澄碧生秋，闹红驻景，朱竹垞花事随流水，蒋捷犹有当时粉黛痕。张先

香雪随波，周密落花流水和天远；杨恢
痴云入抱，吴毅人一片春愁带酒浇。蒋捷

一樽芳酒驻朱颜，陈允平记翠楫银塘，红牙金镂；失名
六朝旧事随流水，王安石认云中烟树，鸥外春沙。周密

王孙眉宇凤凰雏，晁补之喜玉树参庭，桂枝分种；刘安是
万古中原龙虎气，王夫之看鳌峰溯碧，贝阙缘云。陈允平

燕飞人静画堂深，贺铸喜并蒂莲开，合欢屏暖；吴文英
水碧天空清夜永，王夫之正笑歌间发，履舄交侵。柳永

黄芦红蓼白蘋洲，冯深居认雁外渔村，鸥边蟹舍；吴毅人
雁齿虹腰深柳巷，朱竹垞有丝阑旧曲，金谱新腔。史达祖

香囊暗解，罗带轻分，秦观深院锁黄昏，欧阳修瘦煞人，天不管；秦观

感绿惊红，羁烟啼月，高观国玉阶空伫立，李白思往事，惜流光。李白

空翠渺烟霏，刘长卿湖光只在阑干外；陈允平
恩露均寰宇，失名人物嬉游陆海中。向子諲

暮寒楼阁碧云间，毛泽民正香雪随波，浅烟迷岫；向子諲
满眼青山芳草外，刘长卿认名娃金屋，残霸宫城。周密

八言集联之佳者，如：
映竹成园，借花藏屋；陶凫香倚云裁宇，剖月垂簾。吴毂人
剑气横秋，诗肠涤雪；厉鹗风光惹鬓，草色拖裙。史达祖
汉守分麾，尧庭请瑞；柳永瑶图缵庆，玉叶腾芳。柳永
角枕题诗，宝钗贳酒；吕渭老平桥系马，画阁移舟。蔡仲
瑞日凝晖，东风解冻；柳永椒盘迎旦，綵仗鞭春。吴琚
笛外闻渔，尊边款鹭；吴毂人更残听雁，日落呼鸠。李珏
翡翠簾栊，鸳鸯楼阁；陈允平市桥月笛，灯院霜钟。陆游
十里扬州，三生杜牧；姜白石千官师表，万事平章。张元幹
壮岁文章，暮年勋业；陆游凌霄词赋，掷果丰标。失名
竹影留云，苔痕湔雨；吴琚松泉漱枕，浦月窥檐。张磐
子野闻歌，周郎顾曲；方椅石湖绝笔，玉局飞仙。刘克庄
绿野旧游，平泉雅咏；张元幹秦楼彩凤，楚馆朝云。柳永
杜曲楼台，新丰歌管；陆游汉皋玉佩，水馆冰绡。张孝祥
画里移舟，诗边就梦；史达祖开簾见雨，隔水呼灯。张炎
粉署含香，玉堂染翰；陶凫香琼筵卜夜，花槛移春。张炎
酒笛邀风，鸥波坐雪；吴毂人荷衣销翠，蕙带馀香。张炎
娇绿迷云，倦红颦晓；周密鬘丝湿雾，扇锦翻桃。张炎

满地斜阳，一天芳草；吴毂人吹花小径，听雨高楼。厉鹗
白笋黄鱼，红虾绿酒；王夫之古幹苍藤，翠竹明沙。吴梅村
檀板征歌，金尊唤酒；周稚圭笑桃移拍，浅袖抛筝。杨蒗生
楼阁空濛，管絃清润；姜白石琴樽左右，宾主风流。黄公度
月夜无尘，珠宫不夜；周密雕觞霞滟，翠幕云飞。张先

七言集联之佳者。如：
十载消磨豪更甚；顾翰六朝金粉画偏工。陶亀香
纸阁芦簾深巷里；陶亀香桃花流水小桥东。滕宾
欲买桂花重载酒；刘过休将桐叶更题诗。蔡枂
睹墅好寻王武子；吴梅村隔墙又唱谢秋娘。詹玉
谁把新声翻玉管；萧允之凭教丽句续香奁。朱竹垞
此地从来多古意；朱竹垞碧云何处认芳尘。彭元逊
万里山川归腹笥；朱竹垞百年父老进霞觞。吴梅村
花自无言莺自语；周密一般模样百般娇。张先
且呼白鹤招韩令；张炎休似桃花误阮郎。刘长卿
何日束书归旧隐；张炎更须携酒访新亭。文天祥
乾坤静里闲居赋；姜白石京洛风流绝代人。张炎
露华如雨凝高柳；朱竹垞云气吞江卷夕阳。张元干
吟社春翻红雪谱；王夫之晴窗自写绿章词。赵文仪可
夜色入簾横宝瑟；朱敦儒春风吹绿上眉峰。毛滂
琴心不度香云远；陈允平玉唾长携彩笔行。辛弃疾
渔市孤烟裊寒碧；柳永渚莲晓露堕残红。晏几道
三月露桃春意早；晏几道一簾飞絮夕阳西。陈允平
红粉佳人翻丽唱；欧阳修青春才子有新词。欧阳修
自作清歌传皓齿；黄山谷更将纨扇掩酥胸。周美成

笔下神明惊霹雳；毛滂使君才气掩波澜。苏轼
落笔纵横妙风雨；曾公衮使君才气卷波澜。苏轼
醉乡广大人间小；秦观尘事常多雅会稀。柳永
种就梅花还酿酒；吴毅人休将桐叶更题诗。蔡栩
绿云斜軃金钗坠；晏几道红藕香残玉簟秋。李清照
宝帐慵熏兰麝薄；毛熙震小楼吹彻玉笙寒。南唐元宗
渔市孤烟袅寒碧；柳永清溪一派泻柔蓝。李之仪
流水白云常自在；沈会宗斜风细雨不须归。张志和
石崇富贵彭铿寿；胡浩然玉树郎君月艳娘。吕居仁
试染吟笺留醉墨；黄子川闲登小阁眺新晴。陈去非

六言集联之佳者，如：
一夜一分月色；金应城欲梅欲雪天时。周晋
半雨半烟桥畔；张敏叔欲梅欲雪天时。周晋
赏遍玉堂金阙；苏轼无穷绿水青山。向子諲
促坐重然绛蜡；吴礼之篝香细勘唐碑。周晋
系马旗亭沽酒；吴潜断桥斜日归船。张叔夏
系马旗亭沽酒；吴潜小楼明月调筝。刘过
人静雨疏风细；赵彦端月明花落黄昏。赵耆孙
匹马乱山残照；朱竹垞杏花春雨江南。虞集

五言集联之佳者，如：
暖烟笼细柳；周邦彦缺月挂疏桐。苏轼
远岸收残雨；柳永寒沙带浅流。刘过
冷香入瑶席；姜白石细雨湿芳尘。高疏寮
一砚梨花雨；周晋开帘燕子风。金式玉

卷十六　集句集字（下）

俞曲园居士有集秦、汉、唐各碑字成联，句法苍古，妙造自然。兹录集《峄山碑》秦隶五言云：

道因时以立；理自天而开。
功高斯不伐；理定自无争。
金经略成诵；白日长无为。
去日极可念；远山如相亲。
乱流自起灭；远山时有无。
四野自高下；万山时有无。
德成言乃立；义在利斯长。
相亲维白石；所诵此金经。
山去天不远；石无土自高。
山石不流动；天日自高明。
书久绎乃显；理日战而强。
臣家今高国；帝德古成康。

六言云：

略具四时所乐；不争一日之长。
臣以壹经自乐；史称万石之家。
维以经史为乐；时有山泽之思。
极四时之所乐；袭六经而成书。
有莫能言者乐；无不成诵之书。

乐山泽而之野；明经义以著书。
帝德万世无极；臣家壹经如初。
壹威仪以成德；绎经史而立言。
除诵经无所作；思去日有如斯。
盛世不言远略；臣家自昔明经。

七言云：
理义明时有建白；功夫定后无思维。
登高因诵白也作；立石自刻献之书。
尽日相亲维有石；长年可乐莫如书。
远山相从久不去；乱石群立长无言。
自天降康年乃有；及时为乐臣所能。
昔之所经极可念；今如不乐请复思。
此日壹去不可复；及时为乐其无辞。
泽以长流乃称远；山因直上而成高。
日暮万山如无有；天高四野极分明。
古书明昧久乃显；远山高下初如无。
六经尽为道而作；群书以久绎乃明。
世不能争维此理；臣之所乐莫如书。
略诵古今成野史；具言金石著山经。
以经史为无尽义；不山泽而有远思。
古今之理尽此矣；山野所乐如斯夫。
自古以有年为乐；方今如初日之长。
有无不争家之乐；上下相亲国乃康。
极尽四时之所乐；自成壹家以立言。
无言者天此理显；有道之世其日长。
世登上理有极乐；臣除经义无壹长。

下臣所乐维经义；上理无为称诏书。
臣于世不争功利；日在家维诵道经。
维于经义有献可；不从时世复争长。
帝立四维而定国；臣诵壹经以起家。
家无所有黔长乐；世尽能思白不群。
请于极盛登咸世；诵此无为道德经。
白日无为群动止；金经成诵万言除。
起灭万流金自定；久长壹念石为开。
请于泰上无为世；长作天家在野臣。
戎功久著今天下；高义咸称古相臣。
时定始成金石乐；功高长在帝王家。
白乐天因天而乐；王无功成功如无。
维孝于亲有石建；不言所利无王戎。
乐其所乐莫之禁；利不言利无能争。
四时不害年可乐；数世之利书为长。
道理分明方及远；功夫长久可为山。
为乐极之五六日；著书可以十万言。
始在于家能及远；因之为道如登高。
久从山泽言辞直；除去经书家具无。
时绎古书明古义；请从山野著山经。
此乐无极臣壹石；斯世其康帝万年。
帝德不以首山显；臣年乃如野王高。
动之作之咸有道；高也明也今夫天。
天年自乐今山长；帝德能书昔史臣。
时从野臣著野史；久于山泽称山家。
无古无今道维壹；有可有不理自明。

家有义方称长者；道维强立在初年。
道在无言天自显；年高有德世成亲。
不以经明思自荐；维其道在泽长流。

八言云：
四时所乐，具在于此；六经之义，不尽于斯。
远在泰古乃有此乐；尽刻斯世所无之书。
登高而思，此乐万古；立言不袭，自成壹家。
威仪可亲，帝称长者；康强不害，臣乐高年。
既动复止，初念不及；自昧而明，群言尽除。
登高而尽田野所有；著书以成壹家之言。
强者明者，乃能斯道；尽矣极矣，而复其初。
初念长明，如暴之日；壹成不动，所乐者山。
山高流长，请从所乐；道成德立，自显于时。
书无经史，威极其义；山有土石，分为之辞。
帝称其功，世乐其利；及后者德，定远者威。
莫不乐其乐利其利；斯乃言无言为无为。
威制暴强，惠及山野；泽流后世，功在邦家。
具著于书，以明古义；有如此乐，维在山家。
功德既高，长在国史；金石之乐，下及臣家。
经史之泽，可以及后；道德既高，因而显亲。
古称不德，乃为上德；夫维无争，斯莫之争。
家世之盛，长为称首；著作所定，无不成书。

九言云：
道义自高，如立六国相；著作极盛，可称万石家。
及时为乐，请自今日始；于世无争，长如泰古初。

十言云：

道其道，德其德，义理自在；高者高，下者下，山泽攸分。

长联云：

后日思今，今复思昔，不如尽除此念；天下在国，国乃在家，其维自定于初。

自泰初而皇而帝而王，理乱相从，止此壹道；念古昔立德立功立言，辞义不袭，具在六经。

集《曹全碑》字，五言云：

泉石从所好；文章如有神。

有酒且共乐；无钱安足忧。

七言云：

圣世重兴武七德；诸君同负史三长。

泉遭急雨因潜出；风遇馀云复勒归。

少孙尚拟续迁史；子云奚惮反离骚。

周礼六官先治典；汉家太史首臣僚。

早齐文望张童子；还慕雄风周孝侯。

遇石不拜为之揖；拟酒以圣甚于贤。

且以文章存典礼；还因礼乐振风流。

综贯文章周六典；清高名望汉三君。

文章典重张平子；居处清幽王右丞。

不慕金章仍拜石；少疏文字复临流。

常为山人疏礼节；还因野史访遗文。

山野所乐世无禁；金石之辞臣能为。

且与君平学周易；不同扬子反离骚。

野史所收或遗事；国风既达有骚人。

师商之间有位置；周秦以降无文章。

为爱凉风开北户；因芟残叶出南山。
白石清泉从所好；和风时雨与人同。
开泉分水山人事；剪叶芟枝童子功。
泉流分布从无绝；枝叶扶疏不拟芟。
名士风流咸所慕；儒生门户本常清。
生遭圣主贤臣世；家在廉泉让水间。
文字若无高下别；酒醪焉有圣贤分。
酒以高下别贤圣；山因远近分亲疏。
风雨和平因圣世；民人欢乐是清官。
大贤忧乐同斯世；长吏廉平报圣时。
乡居且复修农政；兴至时还角酒兵。
子孙好守儒门学；乡里仍名廉吏家。
辞章旧拟三都赋；乡里仍名万石家。
白石清泉常共隐；美人名士有同心。
汉世金张牟重望；孔门曾闵拟清名。
门墙成拜文中子；官爵仍迁乡大夫。
雨风好访农家谚；泉石常存吏隐心。
世承王氏三槐美；人有张家百忍风。
字学近参王大令；清名本拟蜀君平。
家居好水好山地；人在不夷不惠间。
子孙共守颛门学；父老常沾治郡恩。
常居贤母三迁里；不慕高官万石家。
至老不离文字事；所居合在水云乡。
官位早从三事后；文章尚在六朝前。
山上白云高士隐；庭前好雨故人同。
方干以三拜为节；君平有百钱养生。

秦嘉夫妇贤名起；张敞风流乐事全。
幽人之居足泉石；高年所乐长子孙。
儒者承家先孝弟；学人报国在文章。
吏隐既分无造访；姓名尚在为文章。
美官不慕齐三服；高节还同汉二疏。
曾南丰文章典重；王右丞居止清幽。
且幸雨风和圣世；常存桃李在臣门。
旧有雄文悬北阙；近存老屋在南山。
儒官本不亲民事；老学奚为让少年。
令子贤孙同继起；美人名士共长生。
负米共嘉贤子孝；悬鱼还述长官清。
时与高人商出处；不从文士角辞章。
有钱无钱都不计；在山出山其奚殊。
山野所好各有在；州郡之职安足为。
和乃不流有定节；敏而好学无常师。
人间大隐在朝市；身后文章报国家。
曹子建文常敏疾；李商隐意本光明。
居家不为在家计；处世常存出世心。
叔子风流人所服；阳城孝弟士咸归。
为慕机云常并屋；不贪金紫早辞官。

八言云：

文德武功，副是爵禄；殊方绝域，惮其威名。
白云既开，远山齐出；清风所至，流水与遭。
屋后远山，门前流水；农父赐酒，童子赏鱼。
不夷不惠，君子所处；好山好水，幽人之居。
德义既高，不慕爵禄；文章之美，故有师承。

云出人间，合而为雨；泉流石上，清于在山。
理学程朱，辞章元白；德性曾闵，家世金张。
从叶流根，是为敦本；因云与雨，所以济时。
君子修德，无不获报；儒者明理，奚为费辞。
面山临流，幽人所止；兴廉举孝，令德之光。
君子处事，有忍乃济；儒者属辞，既和且平。
三世长者，是有令望；百岁老人，还如童年。
臣门桃李，遗有清景；名山金石，勒其雄文。
民和年丰，咸拜神赐；家给人足，共乐时清。
和仍不同，君子之德；定而后安，大学所先。
德义无官位而足重；文章勒金石以不刊。
诸子百家，不分门户；名山大河，各效文章。
残石临丞相臣斯字；名山续司马子长文。
不出门庭，全收野景；相从里巷，大有高人。
官职文章，各居其极；门墙桃李，无美不收。
所居临流，亲近泉石；有人载酒，商定文章。
石不合拜，止相揖耳；臣盖于酒，时复中之。
同人于门，以辅其德；君子有穀，乃兴尔家。
治国若鱼，不扰为福；养民如马，有害斯除。
既济乃定，是有易理；太极不动，斯为神功。
义在斯为，奚让贲育；理足而止，不因程朱。
万里长城，圣意有属；百穀膏雨，民望所归。

长联云：

退之工文辞，学者从而师事；司马相中国，远人服其威名。

泉明归与归与，置老屋六七间在山水之乡，白首相安，金章奚慕；居易乐哉乐哉，其及门二三子志秦汉而上，干时不足，养性有馀。

集《校官碑》字，五言云：
　　文章昔潘乐；家世今国高。
　　陈诗聆国政；讲易剖天心。
　　清风表介节；奥义发雄文。
　　闲来绝人迹；野外聆禽声。
　　野竹有高节；文禽无俗声。
　　君子焉不学；国人胥曰贤。
六言云：
　　三公不易介节；一官自乐天年。
　　谋于野，学有获；修之家，德乃长。
　　不役世俗之乐；惟谋我心所安。
　　学不讲，将焉获；礼既复，即是仁。
七言云：
　　修竹不孤君是矣；清风在户我招之。
　　自将诗礼垂家教；惟秉忠贞佐圣君。
　　清风无私雅爱我；修竹有节长呼君。
　　自抱高风诗典雅；不矜介节竹平安。
　　利在所轻义自重；德之既高文不卑。
　　所教学不外诗礼；既安乐且长子孙。
　　崇高将冠百官表；闲雅不矜一艺长。
　　武公之诗是曰抑；老子所宝首在慈。
　　高人不附百官表；诗老亲呼一字师。
　　平旦所息长在抱；清风自来初无私。

公旦垂声周有雅；屈平高蹈楚无风。
自陈心迹诗之圣；不用矜张文有神。
自昔学诗宗表圣；于今讲易有君平。
昔年绝作屈平赋；今世高风表圣诗。
周诗汉赋自典重；清流修竹人平安。
高义自修无德色；老年长乐有童心。
老年不失髫年乐；今世重亲上世人。
修德克昌焉有艾；抱诗自乐一无疑。
清高自作诗家祖；平易长存野外风。
君子在上众欢乐；国人曰贤无阿私。
学有师资在平昔；老将谋乐从今兹。
野无人迹禽声乐；户有轻风竹景流。
文禽发声清于磬；修竹结实陈我筵。
清绝作诗无俗字；闲来叩户有高朋。
世有令德在君子；心乎爱民惟仁人。
人之进退在繇礼；官无崇卑惟爱民。
自爱初无阿世学；之官即有利民心。
尚有典章平子赋；从无声色乐天诗。
爱乐天诗初不俗；抱君平易自无疑。
诗有清风师正雅；字无俗迹学来禽。
亲仁宝善资民利；讲武修文佐圣谟。
字无流俗形声正；诗不矜张结构安。
圣垂六艺礼乐作；天赋三德仁智存。
自是高人长不老；即今修竹复生孙。
长令子孙亲有德；自将诗赋乐平生。
文章尔雅从无俗；诗赋风流自有神。

平安自爱高人竹；清远初疑野老家。
雅艺惟诗三绝冠；受廛有竹一家清。
所爱文章宗尔雅；不将诗赋表风流。
野色有无在平旦；清流屈曲抱诗家。
闲家用老子三宝；从政禀周官六廉。
有三公不易之介；无一艺自用乃高。
国家将兴有贤佐；文武所禀惟圣谟。
化乎彼我元无迹；存尔天君即在心。
实用闲存惟圣学；善谋克复即天心。
即用诗章陈国政；长从野老察官声。
谋乐不在文字外；学诗胥从风雅来。
百姓乐呼贤令尹；一官即是昔公侯。
叩户从来无俗迹；抱诗所在有清声。
野外高人元不俗；诗家老将自来雄。
野兴且教从众乐；高年初不用童扶。
仪容闲雅人胥爱；文字优长世所师。
清风高节世所重；令子贤孙家将兴。
修德不矜官位重；克家惟在子孙贤。
闲招野色来平楚；曲受清流生远风。
一家长有欢乐色；百年从无彼我心。
文禽双来声欢乐；清流一曲人优闲。
高兴且谋野外乐；雄文尚有国初风。
天赋清高绝流俗；老垂著作贻子孙。
强抑直流生一曲；闲招孤景作三人。
自是清高无俗尚；从来文雅即风流。
童子一人亲执役；高年三老来作朋。

自是野人亲野景；惟将家学永家声。

八言云：

履仁蹈义，用修我德；学诗讲礼，克昌尔家。

仁义自修，君子安雅；诗礼之教，家人利贞。

乐民之乐，贤于自乐；仁人安仁，实即利仁。

国政民风，垂之诗教；进礼退义，闲于圣谟。

心乎爱人，即仁即智；抱兹介节，不卑不高。

爱众亲仁，世之师表；修文讲武，民乃景从。

长于从政，不惟三善；卓彼著作，自是一家。

除文字外，一无所有；有修竹在，众呼曰君。

礼乐既修，垂之教化；进退无失，闲于容仪。

孝乎惟孝，家即有政；乐民之乐，德乃不孤。

清流所受，不直即曲；野色自来，既有疑无。

惟善是师，今之贤尹；无疑不察，民曰神君。

惟忠惟孝，禀天所赋；学诗学礼，演圣之谟。

爱乐天诗，不流乎俗；学宗师文，克进于安。

十二字云：

惟曰进德焉，修学焉，是在我尔；从兹永安矣，长乐矣，盖有天乎。

天之生我公焉，是上将，是贤佐；昔也有兹人乎，曰武侯，曰子仪。

集《鲁峻碑》字，五言云：

清游止风月；生计在琴书。

春归花不落；风静月长明。

高文在乐石；大道有传薪。

七言云：

春华秋月自娱乐；三山五岳长游行。
史学无如小颜博；书家只守二王传。
高人不在百官表；远游当始三神山。
自昔诗人有何逊；还传雅度比王恭。
家除图史无长物；天以风月娱高人。
惟为孤石作雅拜；自载明月当清游。
除琴书乃无长物；有华石以佐清游。
书体迁流通汉隶；诗怀清畅发吴歌。
儒门盛比文中子；神计传之黄石公。
报国之文在公等；传书而去有门生。
儒者家风当静穆；学人体气自和平。
能令一家长静穆；不惟四月是清和。
究竟孔颜何所乐；大凡清任不如和。
令德能如太丘长；清游何独永和年。
史氏三长惟在学；文学七发竟如神。
自昔何休为学海；还如司马在文园。
所居直是和神国；自昔惟传独乐园。
群传长吏廉平德；敬作中和乐职诗。
门外有人时载月；园中无事自弹琴。
儒生任职弹琴治；廉吏迁官载石行。
何人不谒图书府；所在当称通德门。
学无弗究诗怀畅；书不徒临隶体高。
儒者不惟通一孔；史家所有是三长。
休道春华无足览；能如秋士自然清。
臣有图书足娱乐；人当华月自迁延。

能以诗书通政事；自然道学始风流。
官高中外威仪盛；家在东南门第高。
大雅不群是宏达；盛时所乐自清平。
纵怀华事当春去；畅足清游载月归。
为报春风能一石；当延明月作三人。
德行自当颜子比；风神还若九龄无。
纵览家书师内史；盛传琴德比中郎。
自构小园称独乐；时当令节作清游。
游人纵道五陵乐；高士自守孤山居。
华事循行惟小辇；石公雅拜有高冠。
自有图书生计足；长留风月举家清。
自昔儒门长静穆；一时诗史广流传。
雅事长留在诗史；清门所拜止华神。
盛事当令诗史纪；高人能佐石公游。
若徒博物儒犹小；未始陵人学自高。
高官五马何足道；陈书百城以自娱。
以诗作史乃无秽；称石为公自不孤。
廉静自守则长足；道德是乐乃无忧。
高人自纪园居乐；文士还传山石诗。
自作歌诗无节奏；强循礼度太生疏。
直以文学当政事；能为循吏惟纯儒。
不通干谒门长闭；惟守琴书案自清。
有时灌园自儒服；未始弹琴游王门。
百家九流视之掌；一日三秋怀其人。
无大无小归于敬；有为有守视其人。
自疏干谒臣门静；若去琴书家计无。

不居官职征高节；惟乐图书表雅怀。
门内琴书长雅洁；山中冠服自清高。
去除华石当无物；勃发歌诗若有神。
五体惟为拜石绌；三公未若灌园高。
长物不留惟载石；清官有效是高门。

八言云：

百事清平，为有令德；一家和乐，是以大年。
如乐之和，乃称盛德；无书不览，是为通儒。
家无长物，琴书自乐；天生高人，风雅之宗。
帝嘉其才，士归其学；民乐者德，吏服者威。
陈太丘如是其道广；颜鲁公何止以书传。
南董史才，东马文学；魏国七子，汉时三君。
落月有怀，孤石独拜；春风所在，百华自生。
董子大儒，史游小学；高堂治礼，夏侯传书。
长卿高文，天子是览；中郎独断，学者所宗。
归之于中，师商自化；逊而不较，平勃以和。
报国宏文，济时高议；居家和乐，作吏廉平。
明月清风，人无不有；弹琴作诗，自足以娱。
石气纵清，华姿自润；诗怀始畅，琴德以和。
诗若长城，四境独守；学如大海，百流兼归。
有华有月，园中乐事；无春无夏，城外清游。
春九十而园中长在；月三五于海外生明。
度比江河，细流兼纳；气如春夏，群物发生。
帝曰干城，士称师表；民乐父母，吏敬神明。
有物有则，山父之德；学诗学礼，孔门所传。
家有小园，足以独乐；年当大董，自然长生。

门外清游，三五明月；园中华事，廿四春风。
吕氏博议，自然通畅；中郎独断，大有发明。
长卿诗城，自足以守；何休学海，士无不归。
学比董生，乃为儒者；政如子产，是曰惠人。
作百一诗，以自娱乐；临十三行，大有风神。
南山等高，东海比广；春风流惠，秋月表清。
能守琴书，是为有子；自乐道德，不忧无徒。
学通九流，书兼三体；门无干谒，案有琴诗。
仁义自治，有为有守；琴书足乐，乃息乃游。
若在孔门，当视颜子；比之汉儒，其惟董生。
颜子服膺，为学之道；石氏恭敬，当时所称。
纵览乐史，太平所纪；如在大令，永和之年。
山高流长，足以游览；春温秋肃，归之中和。
天为之徒，而物何有；人能不孤，惟德则然。
公绰之廉，以石表洁；子产曰惠，不春而温。
明月清风，足以乐矣；德行（政事）文学，兼而有之。
和而不流，广平如石；游乃是学，董子之园。
强者明者，乃能是道；忠矣清矣，当视其仁。

集汉隶《樊敏碑》，五言联云：
　　不离世而立；乃与天为徒。
六言联云：
　　无遗行于乡里；有令德在子孙。
七言联云：
　　故人痛饮长松下；同志清谭密室中。
　　故旧清谭招一再；门庭春色又重三。

古书旧校汉天禄；盛世今参晋永和。
所喜清谭有周党；好将大节并严光。
秋天炳然月长满；春风起兮华怒生。
旧有辞华分八米；今留光曜在三台。
不辞华下一再饮；为喜春光九十长。
种松有就期百岁；立石不铭刊六经。
立节能轻古韩魏；当仁不后今微箕。
所学不为外人道；其居乃号君子乡。
常以经义授乡里；不将文字角辞华。
汉世所重在经义；晋人常好为清谭。
春华不若秋华好；今月常同古月明。
欲招故人与同饮；乃锄明月而种华。
古人所重在大节；君子于学无常师。
痛饮春风能一石；戏招明月作三人。
居常无喜怒之色；立志以圣仁为归。
奉华作神有春色；为石立史无秽辞。
不以荣华曜乡里；常将道德养祥和。
令德宜为汉三老；雄风不慕齐一匡。
直道而行能正俗；学人所重在穷经。
旧事微参柱下史；雄谭大发枕中书。
体道辞荣汉三老；执经请事鲁诸生。
诸史以迁为之祖；六史有铉而后明。
盛世喜当汉文景；老人复见鲁灵光。
古以青史氏为重；君乃金华殿中人。
能于遗经见大义；宜为潜德发光华。
饮人戏招毕吏部；秋色清同韩魏公。

能以经术治吏事；宜将秋实作春华。
属当中外清和世；请作君臣喜起歌。
能以经义正民俗；不辞冠冕为君恩。
此中宜作文字饮；有人能为华月歌。
松下风为鲁和圣；囊中书有晋阳秋。
行见乡间三物备；不徒文字一朝长。
喜见故人宜痛饮；戏为明月发清歌。
能以清谭学东晋；非徒风景近西泠。
十载濯冠饮俭节；三军断布佐雄谭。
明月不能无秋思；故人所在有春风。
请歌王在灵台作；非复巴人下里辞。
吏治当师宓子贱；清谭宜招刘景升。
书体浑雄或参米；史臣纪载欲师迁。
欲与故人同倡和；不从后起角辞华。
士喜然明重东里；经将老子续南华。
长松卓立古之直；好风微起圣而清。
勒石铭金百世物；清风明月六朝人。
风度清华晋人物；文辞严重汉都京。
十载辞荣长枕石；一朝慕义起弹冠。
石建门风在忠孝；王褒文体总清华。
囊中旧有归潜志；松下常谭种树书。
辞华旧有三都作；道体今从一贯参。
秋阳光曜近有若；长松风起作之而。

八言云：

所喜好不离文字外；有行义足为乡里师。

门有古松，庭无乱石；秋宜明月，春则和风。

卷十六 集句集字（下）

吏号神君，民歌众母；国有桢干，士赖楷模。
一书再书，华外无史；十里五里，松下有人。
天之生民，有物有则；学无常师，乃一乃精。
集义所生，无助之长；好学而敏，乃穷其微。
学无常师，卓然有立；古之君子，和而不同。
仁者为人，学者为己；义在所重，物在所轻。
同人于门，冠冕所集；君子表微，文字之祥。
常将令德，表此风俗；不以外物，扰其天和。
清风和风，咸助长养；春色秋色，并有光华。
仁义足荣，轻汉三杰；道德为重，耻齐一匡。
养之若苗，不助而长；书此于石，以喜其遭。
仁义是重，乃轻晋楚；道德无损，能益松侨。
履蹈中和，身为律度；安行仁义，福垂子孙。
和而不同，周而不党；今人与居，古人与稽。
华下今月，松下古月；春宜和风，秋宜清风。
九经三史，轨物咸备；五光十色，文字之华。
十年种树，君子有后；一朝复礼，天下归仁。
三世长者，宜备百禄；十部从事，不若一书。
室除书史，从无外物；臣于金石，实有微长。
皇路方清，俊士并起；圣经咸在，大义以明。
秋实春华，学人所种；礼门义路，君子之居。
礼以履之，义路是蹈；仁者人也，天君乃和。
文以载道，史以载事；义者为己，仁者为人。
居以志养，仕以禄养；德为人师，学为经师。
请刊石经，而备三体；乃为楚辞，以续九歌。
以岁之和，史书大有；其人能养，天授长生。

有物有则，乃天所与；或清或和，以圣为归。
九日五福，天之所与；一月三迁，士以为荣。
周有八士，伯达居长；汉之三杰，留侯为贤。
八士生周，三杰佐汉；六经在鲁，一匡霸齐。
天有文昌，乃见光曜；国之重臣，是为干桢。
同轨同文，遭际盛世；有物有则，模楷古人。
国侨有辞，与之方鼎；晏子节俭，见于濯冠。
请以种树十年为则；不徒文士一朝之长。
为学则益，为道则损；与今人居，与古人稽。
不遇九方，遂无神物；周历五岳，非复常人。
汉太史公，恩礼为盛；鲁灵光殿，中外咸钦。
史氏所长，三者咸备；大学之道，壹是为归。
集稷下士，作柱下史；无囊中物，有枕中书。
节制三军，行其秋令；招集百物，入此春台。
清风清圣，和风和圣；今月今人，古月古人。
从汉扬雄，而学奇字；招晋毕卓，以为饮人。
风月满庭，春色无赖；穷达一节，秋士有思。
鲁灵光殿，下倡景福；楚巴人辞，上和阳春。
见义则为，锄其德色；当仁不辟，养此心苗。
和气生祥，所养者大；浑元无外，与物为春。
道德一经，首重在俭；损益诸义，无大于谦。
秋阳光曜，近于有若；清风微起，古之伯夷。
德威并树，吏治乃建；文行咸重，士风大和。
六一居士，喜集金石；九十春光，宜养祥和。
清节为秋，是有潜德；和神当春，故能大年。
体验入微，不物于物；造就者大，化工无工。

集唐隶《纪太山铭》字为联，五言云：
　　惟孝蒸蒸乂；其仁浩浩天。
　　九五福居首；七十载从心。
　　为道则日损；有大而能谦。
　　其称名也小；能顺天者昌。
　　在山为宰相；于易乃祖师。
　　其书浑浑尔；乃心休休焉。
六言曰：
　　圣人大宝曰位；天子万岁无疆。
　　乐其乐，利其利；道非道，名非名。
　　居在仁，由在义；今与居，古与稽。
　　居何在，仁是也；信以成，君子哉。
　　仁者安，智者利；视其以，观其由。
　　能文章，有道德；是官府，亦神仙。
七言云：
　　前古后今有如是；天高地厚无已时。
　　高文典重张平子；旧迹存留王献之。
　　实始居山斯为祖；或能植物莫非师。
　　以石为山焉用大；不风而月也能凉。
　　不烦扰斯称道力；无起灭乃见禅心。
　　事在始终中毕举；儒由天地人咸通。
　　山中人惟知自乐；天下事不在多言。
　　海上生明随处见；山中积雨绝人来。
　　大山小山若伯仲；新植旧植称祖孙。
　　江上自来山万叠；樽前惟有月三人。

大文自刻会昌集；小序如见永和人。
多福集于大度者；成功率在小心人。
岩处先储镇山宝；川行小制顺风旗。
社事惟行一献礼；山居亦有九锡文。
厚地高天乐其乐；凉风明月仙乎仙。
亦有小山起平地；将随明月至前川。
合道德文章而化；如金玉锡石之储。
金石刻铭用皇象；文章典雅有相如。
文士成章时涉戏；山人行礼不为苛。
立旗而观风顺不；举网有得月随之。
小举金樽对明月；高张石刻闻古香。
风化一编今乐府；表章六艺古师儒。
众山自是群玉积；明月岂非七宝成。
自有仙人非尽诞；由来名士亦通禅。
天子万岁万万岁；圣德日新日日新。
如是我闻尽风月；多与人同惟艺文。
已成灵运山居作；不献相如封禅书。
立石自成小五岳；陈图而观大九州。
天山亦闻有官府；山中或已是神仙。
汉史公书大著作；唐山人集小词章。
顺道尚烦风一至；归山惟与月同行。
多言自守金人诫；稽典时开玉海编。
顺时自有金风至；构室惟求明月多。
四时允叶玉衡政；百岁不闻金鼓声。

八言云：

观五岳而知众山小；凡百川咸于大海归。

卷十六 集句集字（下）

文岂无神，乃帝之命；山亦有史，是臣自修。
圣于伯子，亦美其简；人如获也，始谓之和。
厥修乃来，惟日不继；与人同乐，其益无方。
山居乐事，三马有庆；文章大观，万象咸新。
德者本也，利者末也；礼以行之，信以成之。
著则能明，明则能动；正而后修，修而后齐。
视山人居，若神仙宅；开文章府，亦大将坛。
正修齐平，是谓知本；诚著明动，乃能化邦。
无岁不熟，万宝之府；得月而明，群玉其山。
以苍史凡将求古意；用金人懿诫惢躬修。
礼大斯简，乐大斯易；父在为子，君在为臣。
图难于易，为大于小；视有若无，居实若虚。
天生仙物，三千岁熟；地溥美利，九十月成。
山有锡贡，惟献植物；天张玉戏，以乐高人。
今日云云，莫大风月；我心在在，有小山川。
天锡六符，地贡万宝；易张十翼，书陈七观。
请观玉衡，以齐其政；乃刻石鼓，而纪兹文。
古有文章，与我为戏；天将风月，助人之欢。
文以先秦前汉为则；居有三山五岳之图。
稽文考献，新编山史；扬风扢雅，大启词场。
臣于三德六行咸备；书非先秦前汉不观。
风至山中，无不和畅；月生海上，自极高明。
秦刻岩石，以视后代；汉启宅壁，而求古文。
有物在尊，是为天禄；刻文于石，莫将人磨。
顺时而行，归于安宅；修德有报，福在后人。
礼乐有成，乃称明备；功名不处，自极崇高。

为政不烦，在明牧宰；与人同乐，是小唐虞。
修武揆文，允矣圣相；报功崇德，美哉昌时。
天孙锡灵，精思乃启；文昌垂象，休运斯开。
天生是人，以翼圣世；帝立作相，用缵戎功。
儒者有文，斯称风雅；山人无事，是谓神仙。

九言云：
叙事以先秦前汉为则；考文本方言广雅而来。

十言云：
通人无方，不为玉，不为石；修士有则，亦如锡，亦如金。

十一言云：
文物天开，已尽东南之美矣；典章圣作，尚于庚子而陈之。

集经石峪《金刚经》字，（泰山经石峪所刻《金刚经》已不全，兹就所有者集之，所无之字则取之《金刚经》。）四言联云：

金轮持世；宝典应时。
即心是佛；知我其天。
但用我法；何畏人言。
金经度世；白眼观人。
从小知大；受重若轻。
老树若卧；微波如罗。
不解事汉；真读书人。

五言云：
著作空后世；礼乐法前王。
尘根耨即去；清福种方生。
读书能见道；入世不求名。
照暗孤灯小；乘流一筏轻。

功名子弟事；天地圣贤心。
种成皆宝树；道合即金兰。
不养生而寿；处尘世亦仙。
高人天所命；深义佛无言。
罗衣称身著；华担在肩轻。
白眼观尘世；金经养道心。
山深围作国；树老化为人。
读书必提要；处事在通经。
福寿男则百；德功言为三。
但愿生平世；何须著罪言。
清时最有味；白日长无为。
受经有高足；应事要平心。
未成灯下句；来数园中华。
日长金尊小；身老布衣高。
多言即少味；无欲斯有为。
能受诸福五；是称达尊三。
有时而独往；无日不狂歌。
有子万事足；无佛一身尊。
坐观西山色；卧读南华经。
此语深有味；我心净不波。
佛仙亦凡种；福寿在名山。
欲无尔我见；须有老庄书。
所行是我法；其发即婆心。
众香国中住；大罗天上人。
书得灯边味；人闻华下香。
为善无不报；无欲而后刚。

荷高能得露；兰小已生香。
老树甚可怖；空山疑有仙。
有华皆解语；无树不生香。
树上长生果；天边及第华。
身心万缘净；意味一灯孤。
深思供佛句；微暗读书灯。
不凡即是佛；有果莫非因。
老树立如塔；清流绕作城。
是非听人世；礼乐付经生。
畏闻人世事；高卧故山中。

六言云：
来从华严法界；去观天下名山。
有恒可以入圣；无欲然后得刚。
多言人莫轻信；得意事不妄为。
那能皆如人意；要不大异我心。
入乐国，住乐土；见异人，读异书。
欲于经义有得；若云世事无求。

七言云：
山中作相尊之至；坐间供佛寿无量。
书有未观皆可读；事经已过不须提。
尊前时复中清圣；灯下还能读汉书。
盘中仙果最得味；坐上修兰别有香。
世上声名天付与；山中事业我平章。
乐善不言因果事；养心有取老庄书。
从来大白何能辱；果是真金定有刚。
合眼如见诸仙佛；入园即是小山河。

不解俗缘千种事；皆因身住万山中。
人世亦能随俗住；我行最喜入山深。
解经切莫金根诳；养性还须白堕来。
及时上寿一大白；随处著华千碎金。
山中坐等小兰若；天下人尊大布衣。
能以仙心修佛性；即教肉食亦清流。
修仙即是成佛法；入城不异在山时。
欲解昔贤何所乐；但观今我此时心。
老树分行如立界；深山围住即成城。
凡眼何能别兰种；仙心方得受荷香。
时歌白也微之句；亦读庄生老子书。
养性尊前须白堕；戒言坐右有金人。
万事随缘皆有味；一生知我不多人。
心上有天即见佛；山中无庙亦来仙。
清波亦可濯以足；小树已能高及肩。
昔往今来有如此；天清地旷无已时。
人奉高名非所取；天生清福不须修。
功已告成还处女；身能长寿又多男。
心至虚时能受益；目当暗处乃生明。
老树成行不见日；清流小触即生波。
不解养生偏得寿；颇思离世乃成名。
道大随人各有得；心平于世一无求。
但求之我有实在；不得于心无妄言。
少日读书得上第；老来高卧称达尊。
老去初无阿世意；出来还是在山心。
千金白日虚言值；一老空山坐读书。

长名未成三益至；清尊欲尽五经来。

经在汉初无解释；字从斯后有真行。

八言云：

大名在千佛经上见；此身于众香国中来。

人诵高名，如在天上；身无尘事，不入城中。

人能读书，即为有福；我欲去谤，莫如无言。

山中清节，严于金布；天下散汉，尊在白衣。

善合众长，取狐之白；大有所利，于肉得金。

独往独来，义之与比；众闻众见，德则不孤。

有子弟可教一乐也；舍逆亿不用其贤乎。

与其轻人，不如重我；但求无过，非必有功。

一念不起，彼我悉化；空山无人，仙佛皆来。

十言云：

尊中有味，不为贤，即为圣；灯下无事，非读老，亦读庄。

十一言云：

深山无日无时，来去今不记；老树有华有实，色香味皆清。

十二言云：

园乃甚小，山亦不深，颇得真意；食尚有肉，衣则以布，自称老人。

卷十七 杂 录

粤东前有海盗郭某，尝率船数百艘，横行沿海各省。郭自乘最大一船，船首有联云："道不行，乘桴浮于海；人之患，束带立于朝。"船中置书数千卷，郭终日观览不辍，诚奇杰也。

山东曹州为群盗之薮。相传盗魁某，尝聚饮乡间，居然召优演剧。其戏台联云："慕朱家郭解为人，交遍寰区，太史特开游侠传；抱黄初建安之恸，力匡王室，英雄偏具圣贤心。"

《斗牛宫》一剧，为名伶"想九霄"独出心裁之作。其扮观音也，法相庄严，令人有天际真人之想。阳湖汪渊若太史洵，戏拟一联云："九天阊阖开宫殿；万古云霄一羽毛。"

广州七夕乞巧，瓜果之外，分列器皿，皆剪草黏米为之，有以生花装成亭榭台阁者。许秉衡廉访题联云："帝女合欢，水仙含笑；牵牛迎辇，翠雀凌霄。"黏合花名，工丽可以相称。

张季鹰云："使我有身后名，不如即时杯酒。"尝见一联云："长歌达者杯中物；大笑前人身后名。"即用此语而整齐之。又有联云："使我有身后名，不如即时杯酒；丈夫拥书万卷，何假南面百城。"则用成语属对，更觉浑成。

绵州李雨村观察，家有万卷楼，藏书四十橱，分经、史、子、集四部，部各十橱，书目三十卷，名曰《西川李氏藏书簿》。子四人共守之，不许分析，仍以时添买，续注于后。族中有欲读书者，许自备纸札，登楼写读，不得擅移下楼。其题楼联句云："科第冠三巴，是祖父忠厚留贻，已经数世；书香绵百代，愿子孙谨严扃钥，毋失一编。"雨村尝刻《函海》，凡三十函，一百五十种，可谓丛书之大观也。

平江李次青先生元度，每向人乞花，以自撰联语易之。如云："种竹不知红日上；乞花要使紫云惊。"又云："名花乞自众香国；活水来从独乐园。"又云："送酒敢忘投李报；乞花仍作发棠思。"又云："有时袖手惟观弈；到此低头为乞花。"联语固佳，事尤风趣。

洪秀全据金陵时，尝修明故宫。有人代撰一联云："独手擎天，重整大明新气象；丹心誓国，扫除外族旧衣冠。"其吐属殊不凡。或谓出自傅善祥手笔。

桐乡陆愚汀先生炘，历官兴化、清远等县，恺悌真诚，民皆爱戴。尝仿晏元献法，字纸之废弃者，必剪取空隙处，置篚中以备用，谓子弟曰："此虽细事，亦惜福之一端也。"因题联于篚云："用勿弃馀，常为此生留后福；类无嫌杂，须知斯世少全材。"

杭州西湖风景至为明秀，曲园居士自出新意，制一游船荡漾中流，饱览湖光山色。或为题联云："五十里光景无边，开口问西湖，可能都变作尊中绿酒；七百年风流未歇，从头数南渡，几曾见销尽锅底黄金。"

黄公度京卿遵宪，尝制一艇，颜曰"安乐行窝"，题联曰："尚欲乘长风破万里浪；不妨处南海弄明月珠。"京卿退居南海，筑室数楹，即所谓"人境庐"是也。有自撰联语二则，潘兰史征君书之，洵称双璧。联云："药是当归，花宜旋覆；虫还无恙，鸟莫奈何。"又一联云："万象函归万丈室；四围环列自家山。"京卿不久即逝世，此联盖其绝笔也。

南汇张啸山先生文虎，学问淹博，著有《舒艺室随笔》等书，海内学者宗之。先生又好藏书，尝制书橱联云："开卷有益；用志不分。"语极亲切有味。

有老翁纳少妾者，张啸山先生集成句贺之云："柯如青铜根如石；云想衣裳花想容。"语甚谐妙，较之"一树梨花压海棠"之句尤为蕴藉也。又有题大佛头联云："直挺挺金身，只有半橛；圆陀陀面孔，绝无一言。"又题弥勒殿云："咦！个中人者般快活；唉！门外汉适从何来。"首两字亦神妙。

释迦世尊，诞生于吾国周昭王甲寅岁四月八日，历今二千九百有四十年。适新共和之中国告成，各省佛教徒，咸赴京师开纪念大会。一时赴会者数千人，博雅之士，咸制联以志庆祝。汾阳王式通云："愿人间铁血长销，冤亲平等；祝我佛金身不坏，信仰自由。"

南海罗惇曧云："西域化人，初生刹利；东土大众，永结胜缘。"

侯官严复云："愿闻第一义；为洗千劫非。"

郑沅云："自恒星不见至涅槃，一弹指观，赖迦卫聿来，咸归妙觉；入今日大同新震旦，开无遮会，愿众生度尽，普放光明。"

合肥张广建云："潮音东注，贝叶西来，历唐宋元明清千禩而遥，微妙法轮弥禹域；先烈生天，同胞起信，合汉满蒙回藏一家之日，冤亲平等赖慈航。"

龙阳易顺鼎云："欲问大局机关，佛言不可说不可说；若论空王愿力，子曰如其仁如其仁。"

邻水李準云："但愿众生，念自佛勿念他佛；当知牟尼，无来时亦无去时。"

黄濬云："不来相而来，丈六金身随印出；非有如是有，一时法会见灵山。"

宛平袁励准云："无不相违因，显示阙灭性；有大智度相，生无窒碍心。"

涪州施愚云："对现灵山，瞻敬我佛；张施教网，捞漉人天。"

冯恕云："云何得长寿；时会诸有情。"

易宗夔云："三界惟心，万法惟识；一尘不染，千劫不磨。"

僧人智圆云："乘愿下兜率，无生示生，普化有情登觉岸；方便入涅槃，不灭现灭，犹留纪念在人间。"

诸联皆就彼教中语为对偶，故觉活泼泼地；然非精于内典者，不易知其俊妙也。

又饶智元联云："中华二年四月八日；同胞万岁五族一家。"

吴人章钰云："各有本师，请援庚子拜经例；难得盛会，莫忘癸丑修禊年。"亦颇见巧思。

民国纪元九月十六号，为大总统袁公诞辰，各省均以骈俪之词祝贺，称述功德，累牍不能尽。袁公自制一联云："制治保邦，匹夫有责；亡国灭种，时予之辜。"论者咸赞其责任心之伟大。

安庆大观亭之左，为洋楼一幢，设有茶肆，游人于此啜茗焉。又左得一亭，亭中立巨碣，大书深刻曰"皖军北伐队阵亡诸先烈之忠魂碑"。旁有一联，不知何人所题，联云："北伐将材雄，听军前战鼓鼜鼜，头掷身歼，热血溅消胡羯运；东流江水碧，望天半灵旗隐隐，夜寒风急，忠魂怒卷伍胥潮。"亭后复有丰碑，则皖抚朱经田扑灭熊成基等革命之纪功碑也，字多磨损。反手为云覆手雨，得毋令山灵腾笑耶？

江西萍乡县文昌宫，凡得鼎甲者，例得悬联。刘金门先生凤诰，以一甲二名及第时，所悬联系："帝乃诞敷文德；天之报施善人。"刘之先德，有善人之名，故云。及光绪间，文道希先生廷式，亦以一甲二名及第，所悬联系："我知功名以人重；帝其阴骘与天通。"两联以刘作为浑厚，文作较超挺。乃未及十年，科举废，文昌之祀亦罢，文君殆有先知者欤？

瓜州江防司马阎学淳，号苘园。去任之日，留联句云："奇情都上笔端来，万里长江，千叠青山，二分明月；好梦未随流水去，广陵城郭，真州烟树，北固楼台。"语特倜傥不群。

湖南故家藏有《贼情汇纂》一书，计十二册。系咸丰五年，县丞张德坚、训导邹汉章等，奉曾文正公札饬编辑者。内有一则云：凡各伪王攻陷一城，分据宅第，谓之"打馆"，必令充先生者搜括红黄纸，撰联句，以朱墨书之。

如天王联云："天命诛妖，杀尽群妖，万里山河归化日；王赫斯怒，勃然一怒，六军介胄逞威风。"

东王联云："东国诸侯，替天行道；王畿千里，顺地无疆。"又云："东风解冻，暖回旸谷之春；王泽敷天，普锡群黎之福。"

北王联云："廿九春秋绵冀北；六千岁月颂贤王。"

翼王联云："翼戴著鸿猷，合四海之人民，齐归掌握；王威驰骏誉，率万方之黎庶，尽入版图。"又云："翼德威名，鄙阿瞒如小儿，能视豫州同骨肉；王陵忠义，弃项羽若敝屣，独知刘季是英雄。"

燕王联云："燕蓟雄都，龙蟠虎踞；王侯伟绩，云蔚霞蒸。"

豫王联云："豫州居天下之中，万邦为宪；王爵加封建之上，百辟同钦。"

丞相联云："凝碧池头，王右丞得句；虎牢关外，平原相勤王。"

指挥联云："指示机宜，伤心二百余年，忍令故国衣冠，沦为妖服；挥军力战，假手六千君子，但愿当朝父老，复返王都。"

将军联云："将十万众，横行天下；军八千人，威振寰中。"

军帅联云："军其近于均乎，与士卒同甘苦；帅之为言率也，拔鋆矢以先登。"

师帅联云："师天父训言，莫学黄巢李闯；帅地官徒旅，但为鲁肃曹彬。"

天朝中八军女巡查联云："天事理中枢，军将军兵，巡分内外；朝威严八法，女婆女娣，查究奸邪。"

铅码衙联云："铅镕月晕；码逐星流。"

仆射衙联云："仆本恨人，逢妖必杀；射涂毒药，见血即亡。"

金匠衙联云："金气多寿；匠心自工。"

圣粮馆联云："曰尧曰舜，克念作圣；斯仓斯箱，乃裹糇粮。"

圣库馆联云："圣德比天高，二百年兵革常灾，虽君明臣忠，赤子亦难逃运数；库藏如海会，四万里车书一统，况星罗棋布，金瓯原未缺分毫。"

典天柴衙联云："天降李晟平此房；柴燔岱岳告成功。"

各联忽雅忽俗，不伦不类，即此足以见洪氏之无人才矣。

道光癸未、甲申间，丹徒严问樵先生以会试留京，暇日辄制新曲，付梨园歌之，倾动一时，彼中人多有以师事者。严有句云："偶缘我作逢场戏；竟累人为举国狂。"盖纪实也。一日为严生辰，群优毕集，同人戏以"桃李门墙"四字书匾为祝。严笑曰："既有寸匾，可无对乎？"因大书一长联云："儒为戏，生旦净丑外副末，呼十门脚色，同拜一堂，重道尊师大排场，看破世情都是戏；学而优，五六工尺上四合，添两字凡乙（平声），共成七调，唱余和汝小技俩，即论文行已兼优。"同人争赏之，欢宴竟日。后为长懋亭协揆所纠，何戡虽在，不敢复唱渭城矣。

金德辉工度曲，向曾供奉内庭，以老病乞退。粗通翰墨，好从文人游。一日请于严问樵太史曰："某老矣，业又贱，他无所愿，愿从公乞一言，继柳敬亭、苏昆生后。"太史感其意，为书一联云："我亦戏场人,世味直同鸡弃肋;卿将狎客老,名心还想豹留皮。"

吴门沧浪亭畔有大云庵,六舟上人主之。六舟名达受,海宁人,精于金石篆刻之学,收藏甚富。严问樵太史为书一联云:"商彝周鼎,汉印唐碑,上下三千年,公自有情天得度;酒胆诗肠,文心画手,纵横一万里,我于无佛处称尊。"

钱塘许滇生,官至大司马。退食之暇,喜召乩仙。一日焚符讫,乩忽动,署灵曜真人,吐属微妙,书法亦精,因请之书楹帖。即撰句书之曰:"道与机忘,知者乐水;诚能动物,愚公移山。"属对天然,诚仙品也。

《印雪轩随笔》云:乙未冬,客毗陵,为人撰新婚楹帖云:"吉协和鸣陈敬仲;书成博议吕东莱。"壬寅到苕溪,见汪桂楂厅事亦悬此二话,问之,则其长君玉珂毕姻时,桂楂自撰此二语,而属友人书之者也。夫文人用习熟之典,偶尔相同,亦不足异,特十四字联,字字暗合,亦不易得之事也。

《随笔》又云:康兰皋先生旧居在中道村,新居在缑山村,相距不数里,山明而水秀。尤多竹,绿云扶疏,环绕左右。初到时,并闻其地俗尚勤俭,人敦古处。故缑山村新居落成,代拟楹帖云:"此地有茂林修竹;臣居在让水廉泉。"又以陶诗"闻多素心人,乐与数晨夕"对杜少陵诗"只疑淳朴处,自有一山川",自谓妙偶天成,于此间甚切也。居久之,乃知所闻者,尚是三十年前风气;近则人情憸薄,迥非昔比云云。尝闻此联以杜对陶,真是天造地设。惜如此佳联，求一相宜之地，实不易得。世无桃源，终不免辜负此好句耳，为之慨然。

京师地安门外，有地名白米斜街，离十刹海甚近，绿柳参差，青山隐约，风景不减江南。某姓家门署一联云："白雪远山，图开大米；斜阳新柳，春满天街。""白米斜街"四字安置妥帖，妙无斧凿痕。

卷十八　谐　谑

某氏妇家小康，其夫业屠，逝世已多年矣。有子某，能干父之蛊，居然读书入邑庠。某年为母寿辰，大开筵宴。同里某孝廉，性好谐谑，戏以一联为寿云："祝圣寿于夏六月，祝慈寿于冬十月，祝尔母寿于秋八月，三寿同登，一龙一凤一猪，哈哈岂非笑话；有贤子在庠序中，有贤孙在襁褓中，有贤夫君在地狱中，群贤毕至，可喜可歌可泣，太太何以为情。"屠子不胜其辱，浼人馈以三百金，得寝其事。予谓屠业虽贱，然亦清白良民，非盗贼、倡妓比也；况子已读书成名，更足以洗先人之污点。乃孝廉偏于其寿辰，弄此狡狯笔墨，未免太恶剧矣。惟联语则颇佳，故隐其名而存其词焉。

直隶乐亭县宋、刘二姓，富而骄者也，科举时代，二姓热中科第，或贿通官幕，或雇用枪手，盗取功名，其术甚秘。某年县试，知县张某得刘贿赂，尽取其子弟列于前茅；府考时，知府管某又受宋请托，而宋姓子弟亦巍然前列矣。众闻而不平，撰联赠之云："头场刘，二场宋，宋进去，刘出来，彼此同乐；知府管，知县张，张得开，管不紧，上下皆松。"语妙双关，令人绝倒，虽曰有伤大雅，然亦足见舆论之可畏也。

查光华、李文斛二人，先后任安徽某县，皆爱财若命。邑人撰联赠之云："前七月初八，后七月初八，笑他接印同期，未见得文光射斗；去一个木头，来一个木头，只是爱财若命，都恐怕旦子难挑。"盖查、李两姓，皆从"木"字头，先后履任，均为七月初八日。是联绾合天然，而"文光、旦子"等字，映带亦殊灵巧云。

某县有充马快之役者，忽求某名士书联。名士情不能却，乃强应之。乃援笔落纸，大书"及时雷雨龙"五字，佯作惊骇状曰："下为'舒龙甲'三字，今误将'龙'字先书，奈何？无已，请另换一纸，缓日再写可也。"马快甚惜其纸，不愿更换，因谓先生书法高妙，文虽颠倒，不妨仍之。名士乃续书"舒甲"二字，下联一挥而就，读之则"得意风云马快蹄"也，故作狡狯，无不失笑。

前清侍读学士荣光，因争设津浦铁路车站，未洽舆论，政府予以褫职处分。津门某报为撰一联云："荣光争设站，求荣反辱面无光。"征求下联，悬有赠彩，一时对者纷然。其佳者如："胜保妄谈兵，未胜先骄身莫保。"又："载振为藏娇，千载一时名大振。"又："达赖乞外援，欲达终穷行近赖。"三联皆实事，与原联工力悉敌，读者深佩之。

向闻与潘氏有隙者，为撰门联云："紫石街前门第；翠屏山下人家。"不识施耐庵何以当时专为潘姓造此故实，而其联则甚佳也。近闻有嘲陈姓者曰："辟兄世泽；盗嫂家声。"（一为陈仲子，一为陈平。）嘲董姓者曰："肚脐世泽；屁股家声。"（一为董卓，一为董贤。）嘲席姓者曰："而逃世泽；不正家声。"嘲黄姓者曰：

"狗连世泽；狼脱家声。"虽云恶谑，亦颇见巧思也。

有开妓院起家者，没后，其家属求人作挽联，为丧事中点缀品。某君戏拟一联云："大可伤心，此老竟无千岁寿；何以报德，从今不画四灵图。"

虞山某太史好作诙谐语。有挽某封翁一联云："笑书生有卵用，凡秀才举人进士翰林诸通品，都愧弗如，始为千总，继升游击，终封内阁中书，前武达，后文通，尤赖大儿子多才，钻狗洞，进衙门，唤灵了差地漕宗，下手便倾家，知县俨然居本地；做董事真头挑，算伯太书三缄翁价老数巨绅，难比其阔，晋阶二品，积财念方，享年七十有二，坏良心，生发骨，可叹老太爷抱病，做好事，请郎中，枉费尽金银财宝，有钱难买命，阎王到底不容情。"全用俗语联络，而毫无补缀痕，的是能手。

某老儒境甚贫苦，愤极谋自尽，先作一挽联，颇具嬉笑怒骂之致。联云："这回吃亏受苦，都因入孔氏牢门，坐冷板橙，作老猢狲，只说限期易满，竟挨到头童齿豁，两袖俱空，书呆子何足算也；此去喜地欢天，必须假孟婆村道，赏剑树花，观刀山瀑，可称眼界别开，再和些酒鬼诗魔，一堂常聚，南面王何以加之。"下联设想尤奇。

光绪季年，恭亲王奕䜣薨，而德国亨利亲王适来华。是年翁常熟罢相，夏同龢得大魁。有人合撰一联云："恭亲王去，德亲王来，见新鬼应思故鬼；夏同龢兴，翁同龢败，愿贵人莫学常人。"华人向诋外人为鬼，故有新鬼之目；夏贵州人，翁则常熟人也，贵人、常人，用意尤巧。

合肥李相国，与常熟翁师傅同时柄政，时人亦为联云："宰相合肥天下瘦；司农常熟世间荒。"嵌官名、地名，而意主双关，可云巧妙绝伦。惟翁为贤相，少荃相国亦为清季有数人物，联语云云，固不得为定论也。

清季某公抚赣多暴政，赣民苦之。时有嵌姓名为联云："逢君之恶，罪不容于死；时日曷丧，予及汝偕亡。"匾额为"执柯伐柯"。某公在疆吏中，虽不得谓贤，然亦无甚大恶。此联嵌字集句，可云工甚，而措词则未免过甚也。

相传张南皮相国，晚年有两侍姬，一名远山，一名近水，盖皆侍婢而擢升箧室者也。相国居京师日，二姬旦夕侍左右，非此不欢；有客造访，亦不甚避，故见者颇多。既而相国骑箕而去，有人戏作挽联云："魂兮归来乎，星海云门同怅望；死者长已矣，远山近水各凄凉。""星海"为梁鼎芬字，"云门"为樊增祥字，皆南皮得意门生也。或云两姬中，一姬已先相国而逝。撰联者不肯舍此好字面，故仍借以为凑合，不复计事实之不符云。

某年浙江乡试，主考官殷如璋、周恩锡，贿通关节，计值出售，浙人大哗。好事者以其姓名缀成联语云："殷礼不足征，看他如瞆如聋，未必文章量玉尺；周任有言曰，趁此恩科恩榜，全凭交易度金针。"对仗工整，关合自然，可谓天造地设。

安徽学政绵文，不谙文事，有人赠以联云："绵蛮不解穷公冶；文学无颜对子游。"

荣庆长学部时，左丞为乔树枏，绰号"乔秃子"；右丞为孟庆荣，号黻臣。有人戏撰一联云："秃子并吞双御史；黻翁倒挂老中堂。"双御史为高枏、高树，皆川人，乔名"树枏"，故曰"并吞"；荣为协办大学士，孟名"庆荣"，故曰"倒挂中堂"也。

内阁中书有名吴鋆者，见堂官宝中堂亦名鋆，因改己名为均金以避之。后其婿某，得内阁中书。有人撰联云："女婿头衔新内阁；丈人腰斩老中堂。"与前联可谓异曲同工。

纪文达公昀，好作谑谈。尝典某科会试，试毕，仆传新科贡士刘玉树求见。公接晤后，首询寓居何所，刘对以芙蓉庵。公忽笑不可仰，旋即退入内室，久不出。有顷，命请刘暂归。刘退，惴惴然不解开罪之由。他日再见，徐探其故，始知是日公问姓名住址后，忽忆及《金瓶梅》回目，即成一联云："潘金莲大闹蒲桃架；刘玉树小住芙蓉庵。"深自赞喜其对偶之工，故不觉大笑不止也。

扬州方地山孝廉，善作楹联。有集戏曲说白成一联云："我想平儿，平儿不想我；(《打樱桃》剧)恁说石秀，石秀也说恁。(《翠屏山》剧)"真天然妙对也。或曰"恁"字、"我"字皆仄声，微觉不谐，不知京语读恁如银，乃平声，非仄声也。

有某都统者，识字无多。致书与何秋辇中丞，"辇"误写作"辈"，"究"字又误作"宄"。秋辇戏作一联云："辈辈并车，夫夫竟作非非想；究究同盖，九九难将八八除。"可云雅谑。何为直藩时，有唐某者，留学生而得翰林者也。致何书，称为"秋辈老伯"，又其中草菅人命，写"菅"字作"管"。何亦作一联云："辈辈同车，夫夫竟作非非想；管管为官，个个多存草草心。"与前联意稍变而工则同。又有人将前联略改数字，语尤尖刻。联云："辈辈同车，人知其非矣；究宪并盖，君其忘八乎。"

某达官子孙盈膝，而多好游荡，不务正业。达官年虽高迈，却颇风流自赏，闲居无事，好作谑联以事消遣。一日宴客，达官谈及后辈不如己意，忽得一联，句云"愿子孙能跨"，而未有下联。某狂士率然对云："须祖父莫扒。"达官以道其隐事，大怒，立驱狂士出门，然知者已传为笑柄矣。

英人谋占定海时，宁波县人陈政伦号鱼门，为陈康祺之叔，时奉当道檄，办理渔团。因变马吊之法为麻雀牌，欲使渔人乐此，不至怠惰离散之意。后陈寿至八十余，犹与一土妓名黄梅者，两情爱恋。死后有人挽以联云："白板中风谁嗣响；黄梅细雨暗伤神。"可云工绝。

日本伊藤博文，一生好色，凡日本名妓，无不缱绻。某年赴哈尔滨，为人所戕。或挽以联云："归骨从黑水白山，公真不朽；遗爱遍新桥赤坂，妓亦苍生。"新桥、赤坂，日本上等妓所居之地也。

杨莲甫为直督，暇时喜唱二黄，酒酣耳熟，辄高唱入云。又京中酬应之费颇巨，为向来所未有。杨殁得谥"文敬"。有人戏挽以联云："何谓文，曲文戏文，声出若金石；恶乎敬，冰敬炭敬，用之如泥沙。"

光绪丁未年正月，京师外城厅丞，为今内务部总长朱启钤，左分厅知事为祝书元，右分厅知事为贺国昌。有人于前门外正阳桥牌楼，戏张一匾云"开印大吉"，左联曰"祝书元春王正月"，右联曰"贺国昌天子万年"。人、地、差使，次第井然，如天造地设，洵巧不可阶。

时都中又有一联云："今古三更生，中垒北江南海；宇宙一长物，孔兄佛郎墨哥。"以汉之刘向、清初之洪亮吉及光绪间之康有为，均别号"更生"；而钱称孔方兄，法币名佛郎，市间通用银圆又都属墨西哥国所铸，孔、佛、墨，则皆为世界教主。对仗之工，可谓无独有偶。

光绪丁未年，江浙争铁路诸君入都，海州许久香观察，实为江苏代表。南皮张相国，时亦在都，偶言及"烟惹御炉许久香"，颇难其对，同人亦以为然。越数日，忽接一无名信，内书一联云："图陈秘戏张之洞；烟惹御炉许久香。"南皮大怒，然亦无如何也。

光绪间，京师有某君，谈者忘其名，目甚短视，见人时必去眼镜，而去镜又极迟缓。又广西于晦若式枚，褒衣博带，道貌俨然，遇友作揖极恭敬，必上至天顶、下至地平。时人戏为联云："□□□看人三十六秒钟；于晦若作揖一百八十度。"或有人改上联为："汪药阶转身三十六分钟。"盖汪之行动亦甚迂滞，故以此形容之也。

清甲午之役，龚照屿弃旅顺而逃，其罪与卫达三等。后卫被诛，龚藉运动力，得久羁狱中。庚子拳匪之乱，遂自出狱；和议成，脱身而归。其年六月六日，为其六十寿诞，乃预定宴客三日。其邑人张六先生者，素与龚有隙，第一日，忽衣冠而入，长揖曰："六哥今日乐矣，容弟一言乎？"龚曰："请见教，愿实闻之。"曰："弟近看新书数本，始国民乃国家之主体，弟亦国民也，则中国土地之存亡，应负一分之责任。请问六哥，前年将弟之旅顺送向何处去也，今日能见还乎？"龚大窘，狂呼逐客。第二日晨，门首忽有一联云："称六太爷，上六旬寿，欣占六月六日良辰，六数适相逢，曾听得张六先生，大踏步闯进门来，口叫六哥还旅顺；坐三年监，陪三次斩，赚得三代三品封典，三生愿已足，最可怜达三故友，小钱头不如咱洒，冤沉三字赴泉台。"龚愤甚，大索数日，不得其人，而联语已传诵殆遍。联中"小钱头不如咱洒"者，合肥土语，言卫用钱之法不及龚，故卒得祸也。

某郡太守陈某，任用一熊姓幕，宾主甚相得。忌者撰一联讥之云："四足不行，试问有何能干；一耳偏听，是个什么东西。"又某署幕友冯、熊二姓，均不理于众口，熊仅喜效奔走，冯则颠倒黑白矣。当时有人撰联云："能者多劳，跑断四条腿子；凭空作祟，费尽一片心机。"

浙江候补道许贞幹，字豫生，到省以后，颇为当道所引重，历署臬、运各缺。卒以飞扬跋扈，为言官纠参，降职而去。时人诮以联云："初降同知，再贬县尉，容容易易，变成了八品微员，可笑亦可怜，贞榦而今何所榦；三权枭篆，两绾藩纲，烈烈轰轰，算做过一场春梦，无财又无势，豫生从此不聊生。"

浙江某太史，任粤东学政时，所取士率翩翩年少、涂朱傅粉之流。粤人谑以联云："尔小子整整齐齐，或画眉，或抹粉，或涂脂，三千人巧作嫦娥，好似西施同入越；这老儿颠颠倒倒，不论文，不通情，不讲理，十八省几多学士，如何东粤独来徐。"

施某性好滑稽。邑有韩姓，以小三元入泮，兼为朱某捉刀见售。施送以联云："国士无双，三报三捷；文章有价，一字一珠。"说来不著痕迹，而珠、朱同音，隐含讥讽，亦滑稽妙品也。

扬城某名士，一日与众食素面于小金山。中有一友，独索甲鱼，侍者以茹蔬对。友怒，与以值，抛之于地，不得不已。或谓某曰："余有一联，烦君代续。"某问何联，或曰："要吃甲鱼汤，杀鳖。"扬地俗语，因怒而浪费其钱曰"杀鳖"。某笑曰："此易易耳。"遥指隔坐反袭羊裘者曰："彼可对。"众茫然。某曰："反穿皮马褂，装羊。"亦扬城俗语，以知为不知曰"装羊"。众为之叫绝。

河南开封府尹，某岁岁首，大宴僚属，有联属对云："开封府开印大吉，封印大吉。"时有某候补，听鼓有年，未得一差，是日亦与末座，即曰："卑职能对。"尹问何辞，某曰："候补县候缺无期，补缺无期。"同席闻之，哑然失笑。尹怜之，委以一差，为解嘲焉。

清咸丰时，闽督王懿德、抚院吕荃荪，皆不惬于民望。有人书联于鼓楼上云："总督王懿德，名藏两心，一心害民，一心误国；巡抚吕荃荪，姓有二口，上口食人，下口吞烟。"其诙谐处，不减前人"三耳二心"之妙也。

卷十九　附　录

仆自幼即好对偶之学，顾质甚鲁钝。忆七八龄时，夏日纳凉庭中，持潮州扇拂暑，先严见之，即以"红扇"二字命对，久之思，竟不属，心大愧愤。自是益悉心研究，闻人述昔时名对，如竹垞"后稷""王瓜"之句，渔洋"斜风""正月"之联，意窃美之。嗣见《申报》广告，有《四书对联》一册出售，日夜求先严购阅。既得其书，则狂喜，反复讽诵，不下数百千遍，由是略得门径。而所读各书中，有可以为对偶之字句，更类别门分，录入小册。自惭顽钝，固不得不以勤补拙也。比长，泛滥各家记载，与夫山川名胜所经，朋旧谈论所及，凡有佳联，必笔而述之。而有时酬酢场中，亦间有效颦之作。惟词皆不工，随作随弃，万不敢存灾及梨枣之想也。比因辑《楹联新话》既竣，适有余纸，就记忆所得，录数联于简末。非云附骥尾，聊以印鸿泥而已。

萧守梅姨丈业医，精外科手术。由华亭县属之漂水渡，迁枫泾镇，求医者踵相接。姨母及表兄弟姊妹一家，均擅岐黄术，名誉远腾，而家业亦遂蒸蒸日上。光绪某年，为五旬双庆，寿以联云："八千岁为椿，试看杏林阴满，橘井波芳，频年妙手回春，扁鹊仓公同列传；九五福曰寿，更兼梓舍风和，桐阶日暖，此日庞眉介寿，梁鸿德曜共垂名。"

伍遂初太守，粤之南海人，经理沪上普源公报关行有年，会稽陶七彪、东湖王侃叔诸君皆与交好。定兴鹿芝轩相国任苏抚时，尤赏其才，旋委充汕头电报局总办，盖由商界而入官界矣。其太夫人七旬时，曾寿以联云："福寿七旬，看萱茂北堂，戏綵博慈颜一笑；清和四月，正荔香南海，捧觞祝遐算千秋。"

邻居有孙司务，业裁衣，夫妇齐眉，年均七十矣。家无担石储，而颇爱花嗜酒，兼工丝竹。月明之夕，隔墙闻笛韵悠扬，则孙所业既竣，一尊陶然，自寻其乐时也。于其寿日，赠以一联为祝云："千万贯买邻，喜凉宵弄笛，暖昼栽花，莫谓风尘无雅相；九五福曰寿，正南陌秧分，西池桃熟，好凭樽酒祝遐龄。"

粤东某太夫人寿辰，同人称觞恭祝，代某君撰一联为寿云："福寿永遐龄，看萱茂北堂，筹添东海；笙歌围绮席，正荔香南海，桃熟西池。"

于君次彬，十年前旧友也，性极肫挚，而才具则又非常开展。居恒好客，宾朋常满座；有爱花癖，园中红紫芬芳，四时不绝。予自沪渎返里，必诣之，或留小饮，或即下榻作竟夕谈，无一月不相见也。嗣君以经营商业寓申，距予馆不数武，朝夕聚晤，谈笑尤欢。不意宵人觊君忠厚，出狡计以耗君财，数不下巨万。君惧受辱，且伤来日之大难，竟吞阿芙蓉膏以殉，知交无不惜之。

犹忆丁未荷夏，同人集君世寿堂，为袁君穆盦、吴君伯庚、于君仲墀，作百有十龄合庆，予撰一联云："萃知己念馀人，纵酒倾谈,有今雨,有旧雨;合舜年百十岁,捧觞称庆,是寿星,是福星。"越明年戊申正月,同人又集世寿堂,同祝于君次彬、宋君少沐四乔梓及袁君仲默、余弟君彦百八十龄合庆,又撰联云:"两家乔梓,年符百念龄,更良朋海屋添筹,合六人三周花甲;四序康宁,寿先九五福,恰新岁芳韶驻景,喜一堂永锡林壬。"前联撰就,因知顾君立人适四十寿辰,例须同祝,因再拟一联云:"合七人二百逾廿龄,盛会仿耆英,恰值东风解冻;维春王三十有四载,斯民跻仁寿,共看南极星辉。"又拟二联,一云:"七贤星聚,问年符二百念龄,上寿祝期颐,酌大斗以祈黄耇;四海风同,纪元在三十四载,阳和布德泽,秉介圭而礼苍精。"一云:"七贤为晋代名流,开琼筵,飞羽觞,放浪形骸,不知老之将至;正月秉春王大义,载青旗,服苍玉,宣布德泽,欣看物皆生辉。"联不足存,然回溯当日觞咏之盛,殊不能去诸怀。初谓每年春正当举行一次,同人中必有适符整寿者,不意次彬于翌年新正突遭变故,同人亦遂星散。今则兼历沧桑之感,盖无复曩时兴会。言念旧游,不禁有俯仰盛衰之慨矣。

韩半池表兄,为御医陈莲舫征君入室弟子,医道得其真传,名甚噪。予十九岁时,患湿温几不起,得君治之而愈。嗣君忽动官兴,纳资为县丞,分发浙省,旋复加捐知县,历当优差。盖浙垣大吏,亦延君治疾得瘳,故藉是为酬报也。光复后,遄返里门,仍以医为业,名誉益高。今年为其六十寿辰,以联为祝云:"一官雅有政声,陶令高风归隐早;举世咸登寿域,韩康妙药活人多。"

西医陈贤能先生,毕业于上海某医学校,得有博士文凭。旋悬壶吾邑，为人治疾甚勤恳，故名誉鹊起。近与某女士结婚，婚期则三月某日也。贺以联云："谱南国宜家诗，三月桃夭，合二姓之好；传西方活人术，千林橘茂，卜五世其昌。"

友人沈君续娶王氏女，十月三日为其婚期，贺以联云："梅花开十月阳春，高士卧山中雪；蘋藻续百年嘉耦，夫人有林下风。"上联切名，下联则切其姓也。

钱君仁斋之文郎，娶郁姓女为室，四月八日其婚期也。贺以联云："武肃承家，旧传铁券；文章华国，新咏玉台。"又见某君联，以"仙眷属"对"佛因缘"，甚工切，惜不记其全联也。

吾邑王子才，经商于沪，志大而才洪，性尤慷慨，贫乏之赖以举火者数百家，于慈善事业，立捐巨金无吝色，虽囊橐空乏不顾也。混迹阛阓数十年，虽未得有所作为，要不可谓非豪杰之士。于其娶媳，贺以联云："燕语莺啼，芳华三月；鸾歌凤舞，嘉耦百年。"

商店开张，撰贺联者，往往以其商标二字嵌入，然勉强为之，颇不易工。代某君贺五丰钱庄开幕云："洪范九五福；周颂屡丰年。"又代人贺立丰钱庄开市，集成句为联云："立于礼，成于乐；丰其屋，蔀其家。"以《易经》对《论语》，骤读之，未见语病。然此庄未及数年，即被经理亏倒，因忆及《易经》下文有"三岁不觌，凶"之句，殆亦所谓语谶欤？又代人贺惠大钱庄开市，集《兰亭》字为联云："和气当春，惠风在抱；放言骋列，大年齐彭。"又代人撰贺鑫大洋货号新岁联云："三品金传夏贡；

一人泽沛春膏。"因"鑫大"二字难于嵌合，故用分点法也。有曹关寿者，合股设一糖坊，开张之日，以联为贺云："含饴味甘，乐融父老；卖饧声暖，欢聚儿童。"此联用典尚合，裁对亦似工整。又杜君等筹股开聚兴碾米厂，此事羌无故实，颇难着笔，勉凑一联云："杵臼订交，外利人，内利己；水火既济，有机事，无机心。"又代人贺译书局迁移联云："寰海风行，学精象译；高冈日暖，吉庆莺迁。"

广平，畿南僻县也。外舅秦赓堂先生，摄县篆二年。县城有崇正书院，为课士之所。是时山长王君，适选得教官缺，辞赴新任，予遂承乏，校阅课卷。诸生中以郑东壁、东里兄弟，文较优美，然亦不过稍整齐而已。院屋两进，中有讲堂，制亦狭小。临行撰一联悬之，联云："传著述七十篇，溯此邦先哲相承，好学尤高游肇志；聚生徒百余辈，缅昔日家风未替，谈经窃慕次宗贤。"查《县志》，广邑历代无著名人物，惟有游肇者，曾有著述七十余篇，故上联用之；至下联雷次宗讲学鸡鸣山，亦吾家故实也。

仆于弱龄即游幕各省，而留滞最久者，惟直隶、湖北两处。鄂中归来，以敝庐势将倾圮，乃谋于知友，贷资另筑小室数楹，聊以栖八口蔽风雨而已。时适读秀水朱十《曝书亭词》，爰集其句成一联，拟悬之书室。联云："游子何之，只是北燕南楚，落拓江湖，忍负了芳辰，万事不如归也；阿侬惫矣，最怜酒酽茶浓，逍遥文史，问谁是豪杰，几回搔首茫然。"又集苏东坡句云："纸窗竹屋深自暖；浊醪粗饭任吾年。"又集陆放翁句云："大事岂堪重破坏；人才正要越拘挛。"意有所触，聊以寄我性情而已。

哀挽之作，须与其人雅有感情者，方言之亲切有味。忆挽徐古香先生联云："能知管子贫，算十载交游，如公有几；犹馀长吉痛，想九原歌泣，遗憾良多。"古香先生名迪新，金山县人，由拔贡生考取军机，在枢垣十余年，办事勤慎，积资充领班章京。为人温厚朒挚，事母尤孝。旋以萱闱老病，辞官奉母南旋，在乡闭户谢客，从不干预外事。又十余年以病卒，时太夫人犹在堂也。予始识先生于京邸，一见即蒙垂青。嗣因修建敝庐无资，驰函商贷银币数十元，先生亦非甚富裕者，顾复函慨然允之。彼时至亲近族，有设词推却，甚或坚拒不允者，而先生则顾反是知己之感，更不胜痛绝黄垆矣。

宋艾生茂才，为养初侍御之子，西簃封翁之孙，家世清华，文章尔雅。予于戊子年，犹谒见西簃封翁。时养初方官京师，其兄守初孝廉，则于己丑春偕同北上。嗣后予留滞京师，与君乔梓叔侄，时时晤聚，甚相得也。既而西簃封翁先逝世，养初侍御则于庚子拳乱时殉节都门，其丧南归，予为经理一切。未数年而艾生茂才，竟于投河自尽矣。其妻刘夫人与其幼子，又其待字闺中之妹，均于前一二年内相继去世。一家十余人，不十年零落殆尽，伤哉！予挽茂才联云："甫两月丧妻儿妹数人，宜君抱李青莲江上鲸骑之痛；不念年哭祖子孙三世，令我忆韩昌黎殿中马监之铭。"呜呼！宋氏以忠厚节义著称，而竟不获炽昌之报，彼苍苍者，何其酷也！

虞□寿姻长勤垣，金山人，由秀才纳资为郎，官京年余即旋里。凡地方有公益事，以及慈善事业，无不慷慨担任。尤肯为人排难解纷，人得其一言，咸心平气和，不复争执。盖其诚恳之风，能感人深也。晚年捐产建一宗祠，费数万金，工未竟而遽卒。予始识君于都下，自是三十年中，情益亲厚，在沪在松，无不相见，见必作竟夕谈。君尝言宗祠告成，凡立案、拟章各事，欲举以相属，予亦心诺之。不谓未及践言，竟骤作古人也。挽以联云："乐善不倦，见义勇为，更预计千百世后，独建宗祠，葛藟庇本根，敢忘索及贱文，落成夏屋；聚首京华，谈心沪海，试回溯三十年来，最深交谊，荷香嗟小别，讵料遽传噩耗，堕泪秋江。"

世俗"盟兄弟"之称谓，予不甚赞成，以为朋友亦五伦之一，不必谊订金兰，始为亲厚也。惟与李君树春，相处甚久，交谊甚深，彼此性情，颇为契合，因遂与之通谱焉。

树春，宝山罗店镇人，而久居沪渎，家世经商。其父□□谱伯，忠厚长者也，少壮时经营商业，克俭克勤。晚年家计渐饶裕，而双目患疾，动辄需人。往年就医沪上，屡亲言论丰采，知幼经丧乱，未能专攻经史，顾甚嗜书，尤熟于历史，列代兴亡得失，诵习如流。自命为庠序中人，万不及其博雅也。既而树春以居沪嚣杂，仍随侍回里。今年夏得讣，知谱伯已微疾仙逝矣。挽以联云："曩时歇浦幸接德徽，缅嘉懿平生，孝父母，慈儿孙，仁惠待友朋戚族，一乡称善士，人无间言，岂徒嗜读史书，蠹简蟫编频论古；此日灵山顿醒尘梦，溯艰难毕世，幼乱离，壮劬瘁，暮年犹勤俭辛劳，六秩享遐龄，家多馀庆，讵料竟膺痼疾，鸾骖鹤驾遽游仙。"联中语均道其实，无一溢美词也。

树春毕业于沪上某校，中西文均优，品甚高洁，世俗脂韦突梯之辈,嫉之如仇。顾独于予,颇致拳拳,予甚感而愧之。惟慨自沪别后,音尘罕接。回思昔日,朝夕聚晤,出入必偕,一旦暌离,碧云天末,未尝不深聚散无常之感也。

代人哀挽之联,尤难见长,以情所不属,即不得不藉词藻为敷衍也。忆代某君挽夏粹方联云:"助国家推行教育,为社会振兴实业,廿二省商界,有数雄才,何期惨剧遽遭,四海闻声齐堕泪;勖立品崇尚忠信,言治生勉励专精,三十载知交,备存奖诱,回溯遗言如在,一朝永诀太伤心。"

代张女士挽叔母云:"贞苦节早咏柏舟,况俭以持己,惠以及人,五旬外逢吉康强,何期微恙偶沾,证南海妙莲,遽空色相;被深恩不殊萱荫,奈药未亲尝,疾未躬侍,一日间骤惊噩耗,太息遗言重负,对西风瘦菊,倍怆心神。"

代某女士挽某孺人云:"伏经曹史,雅擅才华,频年女塾振兴,鸾诰九重褒,彤管清芬扬有炜,鲍茗陈椒,久联吟社,此日仙輧遽返,莺花三月梦,碧窗静语更无人。"

代人挽廖太守云:"与重闱为兄妹行,倘椿荫未凋,伤心应下西洲泪;宦两浙以才识著,思棠甘勿翦,遗爱犹歌南国诗。"

代人挽友云:"结契比苔芩(岑),卅年来谊订同心,竟说交情如水淡;倾谈在茗肆,一月前欢犹聚首,可堪世事等云浮。"

代人挽叶淡人封翁云:"壮岁历崎岖,而辽沈,而燕齐,万里山川,慷慨常怀天下志;古风存戆直,是史鱼,是汲黯,七旬福寿,神明遽返上清班。"

代许良甫挽席仪廷云:"展箧读箴言,情重渭阳,遗训数行珍麝墨;骑箕惊噩耗,路遥浙水,伤心一恸愧羊昙。"

代人挽姑母云:"正菊英初放之时,凉露遽惊秋,愧少佳文商隐祭；(李商隐有祭姑母文。)溯椿荫早凋而后，慈云欣托庇，宜膺束帛鲁君旌。"又一联云："吾父谊笃同怀，发箧读遗文，书翰频贻大雷岸；重闱情深爱女，拊床惊噩耗，悲凉况值肃霜天。"

代人挽妻父云："六旬福寿全归，有令子，有贤孙，商界誉交驰，在孟河共推长者；十载江关远隔，为求师，为服贾，婿乡踪久阔，嗟泰山其竟颓乎。"

代人挽叔母雷孺人云："是丰城剑气所钟，一族中共仰才能，岂独慈云资庇荫；正沧海珠光有耀，五旬外尽多福寿，何堪皎月忽韬辉。"

代人挽内兄云："有妹嫔寒门，溯频年助我藜藿，惜少奇才续班史；维君秉介节，奈半世赚人杏桂，空将不遇感韩文。"

代杜女士挽黄四箴女士云："美玉比洁，明珠比聪，陡遇恶姻缘，采来山上蘼芜，听肠断三声，万古难消胸块垒；蠹简同研，蛮书同读，互增新智识，谁料佛前灯火，只心伤一诀，九秋洒尽泪滂沱。"又一联云："半载惨姻缘，月黑啼残姑恶鸟；一朝大解脱，风狂吹折女贞花。"黄四箴女士，松江人，志行芳洁。读书某女校，能勤奋用功，校长丁女士颇爱之。及嫁某姓，夫有外遇，母溺爱其子，时时虐待女士。居半载，竟不能容，经官离异。女士既郁且忿，不久而得瘵疾。母家无可归，乃赁一椽于尼庵，越一月而卒，年甫越二十外也。松人士之知其事者，莫不敬女士之贤而伤其遇云。

代人挽友云："长吉病深，竟尔修文归地府；伯休仙去，有谁继武振家声。"

次姑母嫁韩氏，结褵未久，姑丈即病亡。姑母痛之甚，塑像如生人，另洁一室居之，衣履巾栉之类咸备，历数月则更以新者，朝夕陈饔飧，必诚必敬，历历十余年如一日也。某年姑母染疾而逝，距祖慈之没不半年。家大人命代撰挽联云："与松柏争坚，那堪寂守青灯，廿载贞心怜独抱；痛萱花甫萎，转羡同依黄壤，九原笑语得亲承。"

长姑母嫁张氏，姑丈如琴，闭户读书，一切家政，皆姑母操之，待人宽厚，里党称贤。其没也，家大人命代撰挽联云："孝友勖子，勤俭相夫，卅年来克著贤声，何期痼疾遽膺，愧未亲煎李勖粥；泪陨慈闱，心伤弱妹，半载中迭更家难，谁料音容又渺，从今忍听女婴砧。"

施君载春，萧山人，自幼依其父赁庑于吾邑，彼此衡宇相望，竹马儿童时，固嬉游良伴也。嗣施君经商沪上，不十年致巨富，建屋于租界馀庆里。落成之日，贺以联云："日升月恒，华堂燕贺；云腾雨沛，大泽龙兴。"又一联云："大厦成而燕雀贺；蛰雷震则蛟龙腾。"又一联云："怀瑾握瑜，擅致富术；望衡对宇，是总角交。"施君致富后，于原籍萧山捐田千亩，建一义庄，亦可谓不忘其本者矣。

张君绍修，业西医。结褵未久，即赋悼亡，遗一子，甫三龄也。续娶谢姓女，在闺中有贤淑名，合卺之日，贺以联云："好合百年，绘齐眉图，擅画眉笔；良缘二姓，无衣絮事，有咏絮才。"又代人撰一联云："比翼图新，画眉笔艳；采蘋诗洁，咏絮才高。"友人章君于双十节行结婚礼，贺以联云："双十节，喜相逢，双影缠绵十全福；百两迎，诗好咏，百年偕老两同心。"代许君志翔，贺郑姓结婚喜联云："带草留芬，丝萝结好；涧蘋表洁，篱菊舒香。"

石君扶持，经商于新加坡。好藏书，尤喜研弄笔墨。因见文艺杂志有投稿章程，以所集古今书对，远道驰函，请载入杂志；并坚请书寄一联，以结文字缘。勉徇其意，拈十四字赠之云："此老允宜袍笏拜；相思不隔海天长。"

在沪上时，每有友人嘱代撰花间楹帖，随意酬应，均不留稿。偶忆二联，一赠菊香云："菊淡梅幽，输卿秀韵；香温茶熟，引我闲情。"一赠月兰集句云："薄帏鉴明月；阮嗣宗句 穹谷饶芳兰。陆士衡句"

集古人诗句为楹联，梁氏《丛话》《续话》均曾载之。曩岁寓彝陵，寒宵无事，向王君侃叔假得李太白、白香山等诗集，吟讽之余，择其句之尤佳者，集成若干联。兹录如左：

集李太白五言云：

  潜虬隐尺水；鸣凤托高梧。
  拂霜弄瑶轸；抱瓮灌秋蔬。
  水闲明镜净；山逼画屏新。
  江湖发秀色；旌节镇雄藩。
  野竹分青霭；疏杨挂绿丝。
  岸笋开新箨；疏杨挂绿丝。
  拨云寻古道；爱竹啸名园。
  拨云寻古道；蓟竹绕芳丛。
  楼栖沧岛月；窗落敬亭云。
  楼栖沧岛月；涛落浙江秋。

宁知鸾凤意；本与鸺鹠群。
雨洗秋山净；山衔好月来。
列子居郑圃；梁鸿入会稽。
高歌振林木；摇笔起风霜。
塔形标海日；星影入城楼。
好鹅寻道士；扪虱话良图。
山色摇积雪；帆影挂晴川。
穷与鲍生贾；愁为庄舄吟。

集白香山五言云：
性拙身多暇；神闲境亦空。
槐花新雨后；竹气晚凉时。
百年慵里过；万感醉中来。
古槐八九树；新篁千万竿。
绿蚁新醅酒；乌纱独幅巾。
只将琴作伴；兼有酒消忧。
暖拥红炉火；浓煎白茗芽。
浅酌一杯酒；闲题数句诗。
一杯新岁酒；万里故园花。
乡国真堪恋；功名已息机。
只将琴作伴；合共酒相随。
绿醅香堪忆；红英暖渐开。
引泉来后涧；种柳荫前墀。
陈室何曾扫；袁门莫懒开。
浅把三分酒；行添一炷香。
闲吟四句偈；独抱一张琴。
人少庭宇旷；天凉景物清。

独得幽闲境；稍结清净缘。
岫合云初吐；庭寒雨半收。
冰销泉脉动；泥暖草芽生。
版图十万户；沃壤两三州。

集陶靖节五言云：

秋菊有佳色；夏云多奇峰。
丈夫志四海；古人惜寸阴。
奇文共欣赏；浊酒且自陶。
桑竹垂馀荫；园林无俗情。
忽与一觞酒；历览千载书。
浊酒聊自适；良苗亦怀新。

集陆放翁五言云：

玉麈王夷甫；青衫杜拾遗。
好鸟晴相语；幽花寒自开。
新晴干蝶翅；细雨湿莺衣。
溪添半篙绿；花发一窗红。
稼收平野阔；木落寺楼高。
曾传种鱼术；闲学相牛经。
云生半岩润；山可一窗青。
乳窦寒犹滴；芳兰暖欲芽。
水落沙痕出；云生山崦重。
潦收滩正白；云漏日微红。

集陆放翁七言云：

高卧已忘浮世事；断编闲理少年书。
万事总须归定论；一编聊复遂吾初。
少年曾纵千场醉；志士能轻万户封。

饥卧了无千里志；退飞更觉一枝安。
万卷古今消永日；一番风雨送新凉。
挈榼自沽深巷酒；汲泉闲品故园茶。
净扫明窗凭素几；稍通密竹露青山。
少年曾纵千场醉；皓首犹亲二尺檠。
旋烹莺粟留僧话；静听松声领鹤行。
万事总须归定论；一生幸免蹈危机。
徂岁易成双鬓老；春晴又喜一花新。
小阁卷帘惊鹭起；烟波吹笛唤牛归。
闲将西蜀团窠锦；却写江南白纻词。
剩偿平日清游愿；占尽人间彻底痴。
跨马难酬四方志；作诗博得一生穷。
诸公勉画平戎策；壮士遥传入塞歌。
汀洲渐放蘋花老；清露初晞药草香。
七千里外新闲客；五百年前旧酒楼。
更拂乌丝写新句；强挼黄菊助清欢。
浅倾西国蒲萄酒；却写江南白纻词。
日消浅醉闲吟里；愁在鞭丝帽影间。
已分文章归委靡；尚凭诗酒答年光。
净扫明窗凭素几；醉移银烛写乌丝。
新竹出林时解箨；断山欲雨自生烟。
击筑谁同燕市饮；焚香闲看玉川诗。
未寻内史流觞地；宁和陶潜止酒诗。
袅袅孤云生翠壁；晖晖初日上簾钩。
大事岂堪重破坏；人才正要越拘牵。
闲携清圣浊贤酒；收拾孤帆短棹身。

浅倾西国蒲萄酒；煮就东坡玉糁羹。
新醪薄薄闲寻醉；谷鸟关关已变声。
翰林唯奉还山诏；壮士遥传入塞歌。
水鸟避人横翠霭；落梅黏袖上渔舟。
江湖跌宕送馀日；风露高寒接素秋。
若信王侯等蝼蚁；肯缘华屋叹山丘。
诸公尚守和戎策；吾辈空怀畎亩忧。
一壶春色常供醉；百亩山畲可免饥。
枯肠不饱三升稷；生计唯存五母鸡。
万里关河惊契阔；三江烟水接微茫。
自烧热火然香兽；独卧茅檐听午鸡。
万里关河惊契阔；数椽茅竹淡生涯。
但有老盆倾浊酒；自吹小灶煮蔓菁。
万里客魂迷楚峡；一帆寒日过黄州。
倦枕不成千里梦；晓寒留得一分花。
风从蘋末萧萧起；云傍行人故故低。
书坐藏多缘饱蠹；诗缘独学不名家。

集袁随园七言云：

五月新丝三月谷；美人颜色古人书。
知己那须分贵贱；浮云何处问升沉。
笛里江山怀故国；水边杨柳换新春。
且逐蜘蛛充小隐；竟同猿鸟结芳邻。
为怜碧草开三径；敢学鹪鹩占一枝。
旗亭酒醒风千里；豆蔻花开月二分。
九曲房栊云宛转；半阑灯影梦悠扬。
千里名山空蜡屐；一江春水隔琼卮。

卷十九　附　录

大抵神仙多解脱；断无名士不萧骚。
范悦诗篇褚欣笔；金张门第贾生年。
大抵神仙多解脱；何尝名士有膏肓。
四面春兰半簾雨；千条红烛两枝花。
难追玉局三春梦；不泛张骞万里槎。
千金尽买群花笑；十日何曾酒盏空。
古树独当人面立；好花不逐乱云飞。
偶来萧寺停游屐；代向春山扫落花。
万片绿云春一点；千寻飞瀑月三更。
八面窗虚岚翠涌；一簾秋卷月光寒。
难追玉局三春梦；忽唱丁娘十索歌。
半树佛花香易散；一声铜钵韵初终。
四面莺声啼暮雨；一湖水气湿春云。
黄粱入梦刚三鼓；风雨怀人各一天。

集王渔洋七言云：

渔庄蟹舍纷相映；笠子蓑衣穗称身。
去路渐回衡岳雁；残宵同听广陵钟。
日暮江城闻玉笛；月明震泽钓鲈鱼。

杂集成句为联云：

稻黍秫稷菽麻稉；《急就章》枇杷橘栗桃李梅。《柏梁诗》
安知鸿鹄；《汉书·陈胜传》且食蛤蜊。《南史·王融传》
左对孺人，右弄稚子；《恨赋》春初早韭，秋末晚菘。陆机语
左对孺人，右弄稚子；《恨赋》上称帝喾，下道齐桓。《史记》
高阁凌云，层楼起雾；香车接轸，羽盖成阴。《洛阳伽蓝记》
左酒右浆，流成河海；握珠怀玉，富于敖仓。《易林》

一湾春水千竿竹;袁枚 十顷梅花百亩田。尹继善
但将酩酊酬佳节;终把蹉跎访旧游。苏东坡
云容水态还堪赏;草色人心相与闲。苏东坡
左江右湖,其乐无有;《七发》 幕天席地,纵意所如。《酒德颂》
故国风尘惊晚岁;天涯书剑怆离群。吴梅村

整理后记

晚近以来，颇有"唐诗、宋词、元曲、清联"之说，虽说未获普遍认同，却也昭示了楹联爱好者的一种"态度"。同样的是，诗话、词话之外，又有"联话"，这却似乎比"文话"出现要早，热度要高，至今可谓"高热"不退。

联话代表作，自然首推梁章钜的《楹联丛话》；此外，吴恭亨《对联话》等，也很深受读者喜爱。先河肇开，风气渐成，继踵撰著联话者，颇不乏人。后出的联话，不免以"新"标榜、招徕，于是就有"楹联新话"。比如，晚清民初，以此为名的联话著作就有好几种。这里，我们辑录朱应镐、陈方镛、雷瑨所撰三种，以飨读者。

朱应镐（生卒年不详），字耘青，清光绪前期曾任福建政和、台湾宜兰等县主簿。他的身份地位，较之藩臣梁章钜可谓霄壤之别，资料收集（尤其是别人提供）的难度无疑更大。然而，朱氏的《新话》虽然篇幅比不上《丛话》，在"参互考订，纠其舛误，正其事实"上却很见功力，尤其是订正了《丛话》的一些疏失。

陈方镛（？—1930），复姓陈方，名镛，字鸿甫。光绪辛卯科举人，曾任通州（南）府同州，后在家赋闲。他的《楹联新话》出版在民国年间，王文濡《序》称："虽不及梁章钜《楹联丛话》之富有，而选语之精、措词之当，要非三折肱于此道者不办。"

雷瑨（1871—1941），字君曜，光绪戊子科举人。曾任扫叶山房、《申报》馆编辑，著述极富。所著《楹联新话》，虽然个别题下颇有与别家重复者，但挽联、集联部分均比较丰富，尤见汇集之功。原本拟三种《新话》合刊，鉴于篇幅，雷氏《新话》分出另刊，也正好用上了此书的别名《最新楹联丛话》。

此次整理，除简体横排之外，内容、体式均一仍其旧。对于文字，明显的误植，或者径予改正，或者用（ ）随文注出正字；联语的异文，必要的也用（ ）注出。缺字之处，则以［ ］补出。至于引文中的节略等，影响阅读的适当查补之外，则一律照旧。此外，段落、格式，也做了一些方便阅读和版面清整的适当处理。

学力所限，整理中存在的疏漏错失，还请读者批评指正。

整理者
庚子初夏